KB093397

백조와 박쥐

白鳥とコウモリ

〈HAKUCHO-TO KOMORI〉

Copyright © Keigo Higashino 2021

First published in Japan in 2021 by Gentosha, Inc.

Korean translation rights arranged with Gentosha, Inc.

through JM Contents Agency Co.

Korean edition copyright © 2021 by Hyundae Munhak Publishing Co., Ltd.

백조와 박쥐

히가시노 게이고 장편소설
양윤옥 옮김

H
현대문학

1

2017년 가을.

창유리 너머로 보이는 하늘의 아래쪽 반은 빨갛고 위쪽은 회색이
다. 저녁노을이 서린 하늘에 두툼한 구름이 번져가는 것이다. 인터
넷으로 확인했던 날씨예보에 비 그림 같은 건 없었다.

"나카마치, 우산 가져왔어?" 고다이 쓰토무는 옆에 있는 젊은 형
사에게 물었다.

"아뇨, 안 가져왔는데요. 비, 쏟아질까요?"

"나도 점점 불안해져서 물어보는 거야."

"편의점이 근처에 있었던가? 혹시 쏟아지면 제가 얼른 가서 사 오
죠, 뭐."

"아니, 그럴 것까지는 없고."

고다이는 손목시계를 들여다보았다. 이제 곧 오후 5시다. 11월에 접어들면서 쌀쌀한 날씨가 이어지고 있다. 비야, 제발 내리지 마라, 하고 마음속으로 빌었다. 관할서 젊은 형사에게 잔심부름을 시키는 건 아무래도 뒤가 켕긴다.

두 사람은 도쿄 아다치구에 자리한 소규모 공장 사무실에 와 있었다. 응접실처럼 널찍한 공간은 없고 싸구려 칸막이로 구분해둔 한쪽 귀퉁이가 손님을 맞이하는 곳이다. 벽 쪽에 놓인 선반에는 상품 샘플이 줄줄이 진열되어 있었다. 파이프, 밸브, 조인트 등등. 수도 관련 부품이 이 회사의 주력 상품인 모양이다.

인기척이 있어서 고다이는 돌아보았다. 한 젊은이가 들어와 머리를 숙였다. 회색 작업복에 노란 염색머리가 의외로 잘 어울렸다.

야마다 유타라고 합니다, 라고 젊은이가 이름을 밝혔다.

고다이는 자리에서 일어나 경시청 배지를 내보이고 수사 1과 수사관이라는 것을 밝힌 뒤, 옆의 나카마치도 소개했다.

회의 책상을 끼고 두 사람은 야마다와 마주 앉았다.

"갑작스럽게 미안하지만, 시라이시 겐스케 씨에 대해 몇 가지 물어볼 게 있어요. 시라이시 씨는 알지요?"

고다이의 질문에 네, 라고 야마다는 대답했다. 마른 편이고 턱이 뾰족하다. 고개를 숙인 채 시선을 맞추지 않는 것은 형사라는 존재에 좋은 감정 따위는 없기 때문인가.

"어떤 관계예요?"

"관계요?"

"예, 시라이시 씨와의 관계요. 편하게 얘기해요."

그제야 야마다는 얼굴을 들고 고다이 쪽을 보았다. 눈에 당황한 기색이 떠 있었다.

"그런 건…… 다 아시니까 찾아온 거잖아요."

고다이는 웃음을 건넸다.

"본인 입으로 직접 듣고 싶어서요. 부탁합니다."

야마다는 불만과 불안과 당혹스러움이 뒤섞인 표정을 보이더니 다시 시선을 떨군 채 입을 열었다.

"내가 사고 쳤을 때, 변호를 맡아주신 분이에요."

"언제 어떤 사건이었지요?"

야마다의 미간에 살짝 주름이 졌다. 다 알면서 왜 굳이 캐묻느냐는 뜻일 것이다.

어떤 일이든 본인이 직접 말하게 하는 것이 수사의 철칙이지만, 그 이외에도 이유가 있다. 일부러 화를 돋워 본심을 끌어내려는 것이다. 화가 난 사람은 거짓말을 둘러대는 게 서투르다.

"1년 전쯤에 상해 사건으로. 제가 일하던 노래방의 사장을 때려서 부상을 입혔어요. 그때 노래방 매상금을 들고 튀었다고 절도죄로도 기소됐거든요. 돈은 훔친 적이 없다고 몇 번이나 말했는데 경찰에서 내 얘기를 전혀 믿어주지 않아서……. 그거 재판할 때 변호를 맡아주신 분이 시라이시 선생님이었어요."

"시라이시 씨와는 그 전부터 안면이 있던 사이였어요?"

야마다는 고개를 저었다. "아뇨."

고다이도 그럴 거라고 생각했다. 시라이시 겐스케가 야마다의 국선 변호인이었다는 건 이미 확인했다.

"그래서 그 재판 결과는 어떻게 나왔어요?"

"집행유예 3년요. 돈을 훔쳐 갔다는 건 노래방 사장의 착각……이 아니라 거짓말이었다는 거, 시라이시 선생님이 밝혀주신 덕분이에요. 게다가 평소에 심하게 갑질을 했다는 것도 증명해주셨죠. 그게 없었다면 실형이 떨어졌을걸요."

야마다의 진술은 고다이 쪽이 사전에 조사해 온 내용과 일치했다.

"최근에 시라이시 씨를 만난 적이 있어요?"

"2주일 전인가, 여기 오셨었어요. 점심시간에."

"용건은?"

야마다는 고개를 갸우뚱했다.

"아뇨, 별로 용건이랄 것도 없이……. 그냥 어떻게 지내는지 보러 왔다고 하셨는데요."

"어떤 얘기를 했어요? 괜찮다면 자세히 좀 알려줬으면 좋겠는데."

"그니까 별다른 얘기는 한 게 없어요. 여기 일은 좀 익숙해졌냐고 물어보셨죠. 이 공장을 소개해주신 게 시라이시 선생님이었으니까."

"그렇더군요. 시라이시 씨는 어땠습니까, 평소와 다른 점, 이를테면 뭔가 걱정거리가 있다든가, 그런 기색은 없었어요?"

야마다는 다시 고개를 갸우뚱하고 생각에 잠긴 표정이 되었다.

"확실한 건 아니지만 어쩐지 기운이 없으신 것 같긴 했어요. 평소에는 나를 격려해주는 말씀을 이것저것 해주시는데 그날은 그런 것도 없이 뭔가 다른 생각을 하시는 듯한 느낌이었다고 할까. 아, 근데……." 야마다는 손을 내저었다. "내 느낌상 그랬다는 것뿐이에요. 지레짐작일지도 모르니까 너무 심각하게 받아들이지는 마시고요.

그냥 흘려들으셔도 돼요."

자신의 말이 중요하게 받아들여질까 봐 걱정하는 눈치였다. 재판을 경험해본 처지인 만큼 무책임한 발언은 별로 좋지 않다는 걸 깨달은 것이리라.

"이번 사건에 대해서는 알고 있죠?" 고다이는 일단 확인해보았다.

"네, 알고 있습니다." 야마다가 턱을 슬쩍 끄덕였다. 얼굴이 조금 뻣뻣해진 것처럼 보였다.

"어떤 생각이 들었어요?"

"어떤 생각이냐니, 그야 깜짝 놀랐죠."

"어째서?"

"아니, 너무 뜻밖의 일이라서요. 시라이시 선생님이 살해되다니. 어떻게 그런 일이 다 있는지, 진짜 모르겠어요."

"뭔가 짐작 가는 건 없는 거네요?"

없습니다, 라고 야마다는 강한 어조로 말했다.

"시라이시 씨에게 원한을 가진 사람이 있었다든가 하는 건?"

"나도 잘은 모르지만, 그런 사람은 있을 리가 없어요. 혹시 있다면 그놈은 진짜 멍청한 놈이죠. 멍청이에다 쓰레기, 차라리 죽는 게 나을 놈이에요. 그 선생님에게 원한을 품다니, 그건 절대로 있을 수 없어요."

야마다의 말투는 점점 열기를 더해갔다. 처음에는 시선도 안 맞추려고 했는데 지금은 고다이의 눈을 똑바로 마주 보고 있었다.

2

발단은 한 통의 전화였다.

수상한 차량이 길가에 주차되어 있으니 단속해달라는 신고가 들어온 것이다. 통신지령센터*의 기록에 따르면, 11월 1일 오전 7시 32분의 일이었다. 전화한 사람은 바로 옆에 있는 회사의 경비원이었다.

장소는 다케시바산바시 근처의 도로 위, 지명으로 말하면 미나토구 해안이다. 도쿄 임해 신교통 임해선**과 병행해 뻗어나간 도롯가에 그 감색 세단은 불법 주차되어 있었다.

인근 경찰서 소속의 교통과에서 출동했지만 곧바로 이 안건은 형사과로 돌려지게 되었다. 차 뒷좌석에서 남성의 사체가 발견되었기 때문이다. 검은색 계열의 양복 차림으로, 복부를 칼에 찔렸다. 흉기로 사용된 칼은 몸에 박힌 채였고, 그래서인지 출혈은 그리 많지 않았다.

지갑은 도난당하지 않고 안주머니에서 발견되었다. 약 7만 엔의 현금도 그대로 남아 있었다. 지갑에 운전면허증이 있었기 때문에 신원은 간단히 밝혀졌다.

이름은 시라이시 겐스케, 나이는 55세, 주소는 미나토구 미나미아오야마였다. 소지한 명함으로 아오야마 대로 근처에 사무실을 가진

---

* 일본 도쿄도 관할 경찰 조직인 경시청의 한 부서로, 사건 사고 및 교통 관련 신고를 받아 전달 처리하는 곳이다.

** 미나토구의 신바시역에서 고토구의 도요스역까지를 잇는 무인궤도교통 시스템.

변호사라는 것이 판명되었다. 휴대전화 등은 발견되지 않았다.

자택 전화번호는 인근 경찰서에 제출된 주민 비상연락망을 통해 알아냈다. 수사원이 연락해보니 가족은 경찰에 행방불명 신고를 하려던 참이었다. 피해자보다 한 살 적은 아내와 27세의 딸이 있었다. 피해자가 그 전날 아침에 외출한 뒤 여태 집에 돌아오지 않고 연락도 되지 않아 무슨 일이 난 게 아닌가 걱정하고 있었다고 했다. 경찰서를 찾아온 두 사람은 안치실에서 유체를 대면하고 시라이시 겐스케가 틀림없다는 것을 울면서 증언했다.

모녀의 진술에 의하면, 시라이시 겐스케는 휴대전화와 스마트폰, 두 대를 갖고 있어서 업무 때는 휴대전화를, 가족과의 통화에는 스마트폰을 사용했다고 한다. 둘 다 범인이 가져간 것으로 짐작되었지만, 휴대전화는 전혀 연결이 되지 않는데도 스마트폰 쪽은 이어져 있기는 한 것 같았다.

얼마 뒤에 이 스마트폰은 GPS 위치정보 검색을 통해 찾아냈다. 발견된 곳은 스미다가와강의 기요스바시 다리 옆, 제방을 내려간 참에 있는 스미다가와테라스 산책로로, 지명으로 말하면 고토구 사가였다. 지면 곳곳에 혈흔이 있었고 스마트폰에도 피가 묻어 있었다. 분석 결과, 시라이시 겐스케의 것이 틀림없다는 판정이 나왔다. 휴대전화 쪽은 발견되지 않았다.

특별수사본부가 당일 중에 설치되었다. 고다이를 비롯한 경시청 수사 1과의 수사원이 소집되고 첫 수사 회의가 열린 건 오후 1시의 일이었다. 관할서 형사과장의 사건 개요에 대한 설명이 있었다.

피해자의 동선은 스마트폰 위치정보 분석을 통해 거의 정확하게 밝혀졌다. 우선 미나미아오야마의 자택을 나선 것이 10월 31일 오전 8시 20분경이었고, 법률사무실에 도착한 것은 8시 30분. 그대로 종일 근무하다가 오후 6시 조금 지나서 차를 타고 이동하기 시작했다. 약 30분 뒤에 도착한 곳은 고토구 도미오카 잇초메였다. 이곳에는 도미오카 하치만구 신사가 있어서 인접한 유료 주차장에 차를 세웠던 것으로 보였다. 그곳에서 10분쯤 대기한 뒤, 다시 이동하기 시작했다. 스마트폰이 발견된 스미다가와테라스에는 오후 7시 조금 전에 도착했다.

스마트폰에 피가 묻은 것으로 보아 이곳이 살해 현장일 가능성이 높았다. 그다지 밤늦은 시각도 아니었던 만큼 평소 같으면 산책이나 조깅을 하는 사람이 많은 장소였지만, 사건 발생 시에는 사정이 달랐다. 바로 옆 배수장에서 보수공사를 하느라 산책로를 지나갈 수 없게 되었던 것이다. 이른바 막다른 길 상태로, 범행에는 마침 좋은 조건이었던 것으로 생각된다. 그런 사정을 알고 피해자를 이곳으로 유도했다고 한다면 범인은 이 일대의 지리에 상당히 밝은 사람이라는 얘기가 된다.

그 뒤에 사체는 자동차 뒷좌석으로 옮겨졌다. 피해자는 몸무게 60킬로그램 정도의 마른 편으로 어지간한 체력을 갖춘 자라면 옮기는 건 어렵지 않았을 터였다. 차는 미나토구 해안가의 도로 위에서 발견되었지만, 살해 현장에서 직접 그쪽으로 향했는지 아니면 어딘가를 경유했는지는 알 수 없었다. 차를 그쪽으로 옮긴 건 범인이었을 것으로 보이지만, 그 의도도 현시점에서는 밝혀지지 않았다.

이상의 설명을 들은 다음, 수사 방침에 대한 검토와 동시에 각 수사원의 역할 분담이 정해졌다. 고다이와 한 팀이 된 사람은 관할서의 형사과 순경 나카마치였다. 다부진 생김새에 키가 훤칠한 형사로, 나이는 스물여덟이라고 하니까 고다이보다 정확히 열 살 아래다. 쓸데없이 혈기왕성한 성격이면 귀찮겠다고 내심 떨떠름했었는데 잠시 얘기를 나눠보니 덤덤하게 일 처리를 하는 타입이어서 한결 마음이 놓였다.

고다이 팀에게 주어진 역할은 피해자의 인간관계를 훑어보는 주변 인물 수사였다. 첫 번째 업무는 가족의 진술을 따내는 것이다.

미나미아오야마에 소재한 시라이시 겐스케의 자택은 아담한 단독주택이었다. 그쪽이 워낙 고급주택가로 알려져 있고 직업도 변호사라서 상당한 저택을 상상하고 갔었기 때문에 고다이는 약간 의외라는 마음이 들었다.

거실에서 마주한 피해자의 아내 아야코와 딸 미레이는 이미 침착함을 되찾은 것처럼 보였다. 둘이서 분담해 여기저기 급히 연락을 넣고 장례 준비를 하던 참이었다고 한다. 아야코는 자그마한 몸집에 동양적인 얼굴의 여성이었지만, 미레이의 얼굴 생김새는 화려했다. 부친을 닮았구나, 라고 머릿속에서 유체와 비교하며 고다이는 생각했다.

조문 인사를 건넨 뒤, 시라이시 겐스케가 마지막에 집을 나섰을 때의 상황부터 물어보았다.

"어제만 특히 달랐다든가 하는 건 없었어요." 아야코는 침울한 표정으로 얘기하기 시작했다. "일 이외에는 누군가를 만난다든가 귀가가 늦어진 적도 별로 없는 사람이었어요." 그렇게 말하고는 단지, 라고 덧붙였다. "요즘 들어 기운이 좀 없다고 할까, 뭔가 생각에 잠기는 일이 많았던 것 같기는 합니다. 저는 뭔가 까다로운 재판을 맡은 모양이라고만 생각했었는데……."

시라이시가 최근에 어떤 사건을 담당했었는지는 아내도 딸도 알지 못했다. 업무의 구체적인 내용을 집에서 언급하는 일은 아예 없었다, 라고 두 사람은 똑같이 말했다.

고다이는 수사의 정석대로 질문을 이어갔다. 사건에 대해 뭔가 짐작되는 점은 없는지, 최근에 뭔가 달라진 건 없었는지 등을 물었다.

"마음에 짚이는 게 전혀 없습니다." 아야코는 단언했다. "그 사람이 누구한테 원한을 살 만한 일은 단 한 가지도 없었을 거예요. 언제든 성실하게 일에 임했었지요. 의뢰인분들에게서 감사 편지도 수없이 받았습니다."

하지만 피고인을 변호한다는 직업상, 피해자 측 사람에게서 미움을 사는 일도 있었던 게 아닐까. 그 의문에 대해 아내는 선뜻 답하지 못했지만 딸 쪽이 반론에 나섰다.

"그야 피해자 측 사람의 눈에는 적으로 보였을 수도 있겠지만, 아버지는 막무가내로 피고인 편만 들어준 건 아니었어요. 아버지가 사건에 대해 자세히 얘기해준 적은 없지만 변호사로서의 삶의 방식에 대해서는 자주 얘기하셨어요. 단지 감형만을 목표로 삼는 게 아니라 우선 피고인 스스로 죄를 깨닫게 하는 게 내가 정한 규칙이다, 그 죄가 얼마나 깊은지 정확히 헤아리기 위해 사건을 정사精査하는 것이 변호 활동의 기본이다, 라고 하셨어요. 그런 아버지가 누구에게 살

14

해당할 만큼 원한을 사다니, 생각할 수도 없는 일이에요." 말하는 중에 감정이 복받쳤는지, 미레이의 목소리는 중간쯤부터 갈라져 나왔다. 눈도 조금 붉어졌다.

마지막으로, 살해되기 전 시라이시 겐스케의 동선에 대해 고다이는 질문했다. 도미오카 하치만구 신사, 스미다가와테라스, 미나토구 해안 같은 지명을 듣고 뭔가 생각나는 건 없습니까.

모녀는 똑같이 고개를 갸웃거렸다. 그런 지명은 시라이시 겐스케에게서 들어본 적조차 없다, 라는 답변이었다.

결국 두 사람에게서 유익하다고 할 만한 정보는 얻지 못했다. 뭔가 생각나는 게 있으면 연락해달라고 명함을 건네고 고다이와 나카마치는 자리에서 일어섰다.

그다음에 찾아간 곳은 아오야마 대로 근처에 자리한 법률사무실이었다. 벽면이 은색으로 번쩍거리는 빌딩의 4층으로, 1층에는 유명한 커피점이 들어와 있었다.

두 형사를 맞이해준 사람은 나가이 세쓰코라는 이름의, 안경을 쓴 여성이었다. 명함에 적힌 직함은 '어시스턴트'라고 되어 있었다. 나이는 40세 전후로 보이고, 시라이시 겐스케 밑에서 일한 지는 15년째라고 한다.

나가이 세쓰코에 따르면, 시라이시 겐스케는 주로 형사사건이나 교통사고, 소년범죄를 다뤘다. 국선 변호인으로 등록되어 있어서 그쪽으로 의뢰가 들어오는 일도 많았던 모양이다.

예상 밖으로 무거운 형을 받은 의뢰인이 변호를 잘못했기 때문이라고 원한을 가졌을 만한 일은 없었느냐, 라고 고다이는 질문해보왔다.

"그야 별의별 사람이 다 있지요." 나가이 세쓰코는 부정하지 않았다. "말이 안 되는 소리를 들이대는 경우도 많으니까요. 아무 짓도 안 했다, 무죄다, 라고 주장하는데 시라이시 변호사님이 판단하기에는 아무리 생각해도 범죄자인 거예요. 그럴 때는 끈기 있게 설득을 하시곤 했어요. 솔직히 털어놓는 게 결과적으로 더 낫다, 라는 식으로 설득을 하죠. 그래도 본인이 자기주장을 바꾸지 않으면 변호사님 입장에서는 어떻게 변호해줄 도리가 없어요. 말이 안 되는 소리를 재판에서 그대로 해줄 수밖에요. 당연히 심증이 나빠져 감형은 바랄 수도 없죠. 그야말로 자업자득인데 그래도 변호사님에게 괜한 화풀이를 하는 사람이 이따금 있더라고요."

고다이로서도 충분히 공감할 만한 얘기였다. 예전에 자신이 체포했던 용의자 중에도 그런 자가 있었다.

"다만 변호사님은 형이 확정된 뒤에 그런 사람들도 극진히 돌봐주셔서 결국에는 거의 대부분 자신의 죄를 인정하고 받아들였어요. 판결이 내려졌을 때는 원망을 하던 사람이 형기를 마친 뒤에 감사 인사를 하러 왔던 일도 여러 번 있었습니다."

나가이 세쓰코의 말을 듣고 고다이는 '인정파人情派'라는 단어를 떠올렸다.

시라이시 모녀에게 질문했던 대로 피해자 측에서 원한을 샀을 가능성에 대해서도 물어보았다. 나가이 세쓰코는 가능성이 전혀 없는 건 아니라고 답했다.

"쌍방 화해를 추진한 자리에서 주먹질을 당할 뻔한 적도 있었거든요. 원래 피해자 측은 하나같이 화가 나 있게 마련이에요. 어쨌든 일을 온건하게 풀어가려는 변호사님의 태도가 자신들을 속이려는 것처럼 보였던 것이겠지요."

그렇다고 해도 살해당할 만큼 원한을 산 경우는 전혀 짐작되는 게 없다, 라고 덧붙였다.

"제가 다른 변호사들까지 그리 많이 아는 건 아니지만, 우리 시라이시 변호사님은 의뢰인뿐만 아니라 상대측 입장도 진지하게 고민해주시는 참으로 양심적인 분이었어요. 그런 분이 원한이라느니 증오라느니, 그런 원인으로 살해되었다고는 도저히 생각할 수가 없네요. 물론 세상에는 별쭝난 사람들도 많으니까 그런 경우가 절대로 없었다고 단언할 일은 아니겠지만."

그러면 이번 사건의 동기로 어떤 것이 떠오르는가, 라고 고다이는 물어보았다. 나가이 세쓰코는 답답한 듯 끄응 신음 소리를 흘렸다.

"질질 시간을 끄는 재판이 몇 건 있긴 한데, 우리 변호사님을 살해했다고 그쪽이 유리해지는 것도 아니거든요. 이건 업무와는 관계없는 개인적인 일 때문이 아닌가 싶긴 한데……. 근데 금전적인 분쟁도 없었고, 여자 문제 같은 건 아예 들어본 적도 없고, 아무래도 정신이 이상해진 인간이 뚜렷한 동기도 없이 충동적으로 살해한 건가……. 저는 그것밖에는 생각이 안 나네요."

고다이는 여기에서도 도미오카 하치만구 신사, 스미다가와테라스, 미나토구 해안 같은 지명에 대해 물어보았다. 전혀 짚이는 게 없다, 라고 나가이 세쓰코는 답했다.

시라이시 겐스케가 최근에 담당했던 사건에 관한 자료와, 사무실에 걸려온 전화 통화 목록의 복사본 등을 받아 들고 고다이는 나카마치와 함께 법률사무실을 뒤로했다. 일단 지금까지 맡았던 재판의 자료 등은 증거품 담당에게 넘기기로 했다.

그다음에도 고다이와 나카마치는 의뢰인 혹은 예전의 의뢰인들을 일일이 찾아다니며 얘기를 들었다. 시라이시 겐스케 살해 소식을 듣고는 모두가 깜짝 놀랐고, 나아가 거의 똑같은 말을 입에 올렸다.

그 변호사 선생님에게 원한을 품다니, 그런 일은 있을 수 없다, 라는 것이었다.

3

야마다 유타의 진술을 듣고 돌아오는 길에 고다이와 나카마치는 조금 이른 저녁을 먹기로 했다. 어디가 좋을지 고민하고 있으려니 나카마치가 매력적인 제안을 했다. 몬젠나카초 쪽으로 가실까요, 라는 것이었다.

"그거 좋네. 굿 아이디어야." 고다이는 손을 마주쳤다.

몬젠나카초는 특별수사본부로 돌아가는 길목에 있다. 그 이름대로 성문 앞 동네로 번창했고* 지금도 상가가 북적북적해서 후카가와 구역을 대표하는 번화가다. 무엇보다 몬젠나카초에는 바로 그 도미오카 하치만구 신사가 있다.

* 몬젠나카초는 일본 한자로 '門前仲町'라고 쓴다. 에도 시대에는 이 지역에 찻집이 많았다고 한다.

지하철을 환승해서 몬젠나카초역을 나섰을 때는 오후 6시를 넘어서고 있었다.

어떤 식당이 좋을지 전혀 감이 잡히지 않았지만, 나카마치가 스마트폰으로 후보 몇 군데를 검색해주었다. 그중 한 곳은 숯불구잇집인데다 목제 찜통에 쪄낸 영양밥 '후카가와메시'가 인기 메뉴라고 한다. 말만 들어도 벌써 입 안에 군침이 도는 것 같았다. 그곳으로 하자고 정했다.

식당은 지하철역에서 바로 코앞이었다. 안으로 들어서자 ㄷ자 모양의 카운터석이 있고 그 안에서 흰 요리사 옷을 입은 남자가 채소며 어패류를 굽고 있었다. 아직은 빈자리가 많아서 고다이와 나카마치는 가장 안쪽의 테이블석을 선택했다. 카운터석에서는 밀담을 나누기가 어렵기 때문이다.

젊은 여자 점원이 다가와서 두 사람은 생맥주와 풋콩, 양념장 두부 요리를 주문했다. 수사본부에 술 냄새를 풍기면서 들어갔다가는 크게 혼이 나지만 맥주 한 잔쯤은 괜찮다, 라고 오는 길에 둘이서 의견 일치를 봤던 것이다.

"주변 인물들이 거의 비슷비슷한 얘기들만 했네요." 나카마치가 작은 수첩을 펼쳐놓고 한숨을 내쉬었다.

"시라이시 변호사를 미워한 사람이 있을 리 없다, 라는 거지? 내 생각에도 그건 어느 정도 사실인 것 같아. 사무실 어시스턴트 나가이 씨의 말대로, 어떤 사건이든 상당히 성실히 대응했던 모양이잖아. 변호사라는 직업이 원래 남들에게서 반감을 사기 쉽고, 과거에는 살해된 케이스도 몇 건 있었지만, 실제로는 그렇게 심한 원한을 품는 일은 드물어. 원한이라는 선은 지우는 게 좋을지도 모르겠다."

생맥주와 풋콩이 나왔다. 고다이는 잔을 들고 수고했어, 라고 나카마치에게 한 마디 건넨 뒤에 맥주를 들이켰다. 돌아다니느라 노곤해진 몸에 적당히 쓴맛이 감도는 액체가 스르륵 스며드는 것 같았다.

"원한이 아니라면 뭘까요? 나가이 씨는 업무와는 관계없는 개인적인 일이 이유가 아니겠느냐고 했는데요."

"그러게 말이야. 대체 뭘까."고다이는 고개를 갸웃거리며 풋콩을 집어 들었다. "금전 분쟁도 없고 여자관계도 눈에 띄지 않았다. 그렇다면 그 밖에 생각할 수 있는 것은…… 시샘인가?"

"시샘? 질투 말입니까?"

고다이는 상의 호주머니에서 수첩을 꺼냈다.

"시라이시 겐스케. 도쿄 네리마구에서 태어났고, 국립대학 법학부 졸업 후 단번에 사법시험 합격. 이다바시에 있는 법률사무실에서 처음 변호사로 일하기 시작했어. 스물여덟 살 때, 대학 시절부터 사귄 동급생과 결혼했고, 서른여덟 살에 독립해서 현재의 법률사무실 개업. 어때, 이런 식으로 열거해보면 그야말로 순풍에 돛 단 듯 술술 풀려나간 인생이잖아? 그렇다면 시샘하는 사람이 있었을 법도 하지."

"정말 그렇긴 하네요. 근데 그런 걸로 죽이기까지 할까요? 변호사로서는 오히려 경력이 평범한 편인데요."

"그 평범함을 시샘하는 사람도 있지 않았을까? 이를테면 대학 시절의 라이벌이라든가. 변호사를 목표로 열심히 공부했는데 사법시험에 연거푸 떨어지는 바람에 울며불며 단념한 사람도 적지 않을 거라고."

"오, 그럴싸한데요."

"하지만 그런 경우라면 살의를 품었다고 해도 충동적이겠지? 흉기를 준비하거나 실제로 찌르는 행위까지 이어지지는 않았을 거라고. 내가 먼저 말해놓고 부정하는 것도 이상하지만." 고다이는 어깨를 으쓱하고 수첩을 다시 호주머니에 넣었다.

순풍에 돛 단 듯이, 라고 말했지만 아내 아야코에 의하면 시라이시 겐스케는 고생이라고는 모르고 자랐던 인물은 결코 아닌 모양이었다. 어릴 때부터 집안이 부유한 편이 아니어서 학교는 계속 공립이었고, 게다가 중학생 때 부친을 사고로 잃었다는 것이다. 고교 시절에는 아르바이트를 해가며 집안 살림을 도왔다고 한다. 재작년 말에 세상을 떠난 모친은 치매에 걸려서 시라이시 겐스케도 간호를 거들었다고 하니까 어느 쪽인가 하면 오히려 고생깨나 한 사람이다. 그렇게 세상살이의 어려움을 잘 아는 인물이었기 때문에 돈벌이에는 별로 도움이 안 된다는 국선 변호인 일도 수락했을 것이다.

풋콩과 두부를 안주 삼아 맥주잔을 비운 뒤 인기 메뉴라는 후카가와메시를 주문했다.

"그나저나 이 동네에 대체 뭐가 있다는 거야." 후카가와메시에 대한 설명이 적힌 벽 포스터를 보면서 고다이는 의문을 입에 올렸다.

"그러게 말이에요, 피해자와 아무 인연도 관련도 없는 장소인 것 같은데. 저도 진짜 궁금하네요."

고다이는 팔짱을 끼고 묵고默考에 들어갔다.

사건 당일, 시라이시 겐스케가 법률사무실을 나와 자동차로 맨 먼저 향한 곳은 도미오카 하치만구 바로 옆의 유료 주차장이었다. 그곳의 방범카메라 영상에 틀림없이 그의 차가 찍혀 있었다. 주차를 하고 약 10분 뒤에 요금을 내기 위해 차에서 잠깐 내렸다가 다시 타는 시라이시의 모습이 확인됐다. 하지만 그 외에 자동차에 접근한 사람은 없었다.

고려해볼 수 있는 것이 한 가지가 있었다. 시라이시 겐스케가 범인의 지시에 따라 유료 주차장에 차를 세웠는데 주차 중에 다시금 연락이 왔다. 그리고 새로 지정해준 장소가 바로 살해 현장이 된 스미다가와테라스였다는 것이다.

어떤 장소를 범행 현장으로 선택하든 그건 범인의 자유다. 하지만 시라이시 겐스케가 맨 처음 차를 세운 곳이 도미오카 하치만구였던 것에 수사진은 주목하고 있었다. 왜냐면 시라이시 겐스케가 지난 한 달 사이에 두 번, 이곳 몬젠나카초에 왔었다는 것이 스마트폰 위치 정보를 통해 판명되었기 때문이다.

첫 번째는 10월 7일이었고 도보로 여기저기 돌아다닌 흔적이 남아 있다. 두 번째는 10월 20일이었고 이번에는 거의 망설이는 일 없이 곧장 에이타이 대로 옆 커피점에 들어갔다. 두 번 다 차를 세운 장소는 이번과 같은 주차장이었다.

탐문수사 담당 형사가 문제의 커피점에 들렀다가 시라이시 겐스케가 그곳에 들어가고 나오는 모습이 찍힌 방범카메라 영상을 확인했다. 양복 차림이었고 짐은 서류 가방뿐이었다. 안타깝게도 시라이시 겐스케를 기억하는 커피점 점원은 없었다. 딱히 특이한 행동은 취하지 않았다는 얘기일 것이다.

시라이시 겐스케는 대체 무엇 때문에 이 동네를 찾아왔을까. 증거 수집 담당 형사들이 지금까지 조사해본 한에서는 재판과 관련된 인물 중에 이 동네에 살고 있거나 출퇴근이나 통학을 하는 사람은 찾지 못했다는 것이다.

후카가와메시가 나왔다. 목제 찜통에서 피어오르는 밥 냄새에 고다이는 저절로 입이 헤벌쭉 벌어졌다.

"잠시 사건에 대한 건 잊어버리자고."

동감입니다, 라고 나카마치도 찜통을 응시한 채 답했다.

저녁 식사를 마친 뒤, 즉각 그 커피점을 둘러보기로 했다. 후카가와메시 식당에서 50미터 정도밖에 떨어져 있지 않았다.

커피점은 2층 건물이고, 1층에는 카운터밖에 없었다. 커피를 사 들고 2층으로 올라갔다. 테이블석이 비어 있었지만 옆자리와의 간격이 좁았기 때문에 두 사람은 창가 카운터석에 나란히 앉았다.

"스마트폰의 위치정보에 따르면, 시라이시 씨는 이 커피점에서 두 시간쯤 머문 것으로 나왔어. 아무 인연도 관련도 없는 동네의 커피점에서 두 시간이나 뭘 하고 있었을까."

"첫 번째로 생각할 수 있는 것은 누군가를 만났을 가능성이겠지요?"

"그건 그렇지. 하지만 나카마치도 수사 회의에 참석했으니 잘 알겠지만, 방범카메라 영상을 보면 들어올 때도 나갈 때도 시라이시 씨는 혼자였어. 들어올 때는 어찌 됐든 나갈 때는 누군가와 함께인 것이 일반적인 거 아닌가?"

나카마치는 끄응 하고 신음했다.

"그렇겠네요. 하지만 누구를 만난 것도 아니면서 이런 곳에서 두 시간씩이나 대체 뭘 하죠? 책을 읽었을까요? 아니면 저런 식으로……." 그렇게 말하고 엄지 끝을 뒤쪽으로 향했다.

고다이가 슬쩍 뒤를 돌아보았다. 테이블석에 앉은 손님들 대부분이 스마트폰을 들여다보고 있었다.

"에이, 그건 아닐걸?" 고다이는 쓴웃음을 지으며 말했다. "스마트폰을 보려고 일부러 아무 인연도 뭣도 없는 곳까지 올 리가 없잖아. 시라이시 씨 사무실 1층에도 분명 커피점이 있었는데."

"피해자가 커피를 무지 좋아하는 사람이고, 이 가게 커피가 유난히 맛있다는 소문이 나서 일부러 찾아왔다, 라는 것도 아닐 거고……."

"재미있는 추리지만, 이 커피점은 그냥 평범한 체인점이야."

"네, 맞는 말씀이네요." 나카마치는 머쓱한 표정을 지으며 종이컵을 입가로 가져갔다.

고다이도 커피를 한 모금 마시고 앞쪽을 내다보았다. 창유리 너머로 에이타이 대로가 내려다보였다. 퍼뜩 생각난 게 있어서 푸훗 하고 코웃음을 흘렸다.

"왜요?" 나카마치가 물었다.

"책을 읽는 것도 아니고 스마트폰을 보는 것도 아니면서 한 커피점에서 혼자 두 시간씩 머물렀다? 보통 사람이라면 그런 짓은 안 하지. 근데 어쩔 수 없이 그렇게 해야 하는 사람들이 있어."

무슨 말인지 이해가 안 됐는지 나카마치는 당혹스러운 얼굴을 보였다. 그 얼굴을 손끝으로 가리키며 고다이는 뒤를 이었다.

"바로 우리야. 잠복근무 중에는 몇 시간씩 죽치고 앉아 있잖아."

엇, 하고 나카마치가 입을 헤벌렸다.

고다이는 수많은 차량이 오가는 에이타이 대로를 가리켰다.

"저거 봐. 잠복근무에는 그야말로 안성맞춤의 장소야. 몬젠나카초의 웬만한 상점은 모두 이 도로변에 줄줄이 자리 잡고 있어. 저기 맞은편 상점들에 관해서 말하자면, 어떤 가게에 어떤 식으로 손님이 드나드는지 한눈에 훤히 보이잖아. 그리고 이 동네에 오는 사람도, 이 동네에서 나가는 사람도 대개는 이 도로를 이용하게 돼."

나카마치는 아래쪽 길을 내려다보며 "정말 그러네"라고 중얼거렸다.

"피해자가 이 커피점에 온 이유가 그런 거 아니냐는 얘기네요. 즉 누군가의 행동을 감시하고 있었다는?"

"감시라는 표현이 적절한지 어떤지는 아직 모르겠어. 시라이시 씨가 형사는 아니니까. 아, 누군가 나타나기를 기다렸다, 라는 건 어떨까."

"그건 도보로 걸어오는 사람이었을까요?"

"나도 모르겠어. 어쩌면 그럴 수도 있고, 혹은 차를 도로 옆 주차 공간에 세워놓고 걸어오는 인물이거나 어딘가의 가게에 들어갔다가 이제 곧 나올 사람일 수도 있지. 다양한 가능성이 있지만, 한 가지 확실하게 말할 수 있는 건 이곳이 잠복하기에는 최적의 장소라는 거야. 커피도 마실 수 있고."

나카마치가 눈빛을 반짝였다. "그거, 상부에 보고해볼까요?"

고다이는 피식 웃으며 뭔가를 털어내듯이 짧게 손을 내저었다.

"아직은 아냐. 별 근거도 없고 추리라고도 할 수 없는 단순한 공상 수준이잖아. 이런 얘기에 일일이 귀를 기울였다가는 주임이나 계장이 몇 명이 있어도 못 당하지."

"그런가." 나카마치는 낙담하는 기색을 드러냈다. "뭐든 한 가지라도 본부에 선물을 들고 갔으면 했는데요."

"그 심정이야 잘 알지만, 수확이 없는 것을 창피하게 생각할 건 없어. 사냥감을 찾지 못한 건 사냥개 탓이 아니니까. 사냥감이 없는 곳에 사냥개를 풀어놓은 쪽이 잘못이지. 당당히 본부에 돌아가자고." 그렇게 말하고 고다이는 젊은 형사의 어깨를 툭툭 두드렸다.

사체 발견으로부터 4일이 지났다. 나카마치가 염려했듯이 다른 팀과 마찬가지로 주변 인물 수사팀도 여태까지 이렇다 할 성과를 내지 못했다.

고다이와 나카마치는 휴대전화와 스마트폰의 내역 등을 단서로 시라이시 겐스케와 최근에 접촉했던 것으로 보이는 인물들을 하나하나 찾아다녔다. 휴대전화는 여전히 발견되지 않았지만 통신사에서 제출해준 기록으로 발신 내역은 밝혀졌기 때문이다. 야마다 유타의 전화번호도 그 발신 내역에 남겨져 있었다.

현재까지 고다이 팀이 만나본 인물은 30명이 넘는다. 최근 의뢰인이나 예전 의뢰인뿐만 아니라 변호사 동료며 계약 관계인 세무사에게도 찾아갔다. 단골 이발소에까지 찾아가봤다. 하지만 그들이 한결같이 얘기하는 것은 살해 동기가 전혀 짐작되지 않는다는 말뿐이었다. 변호사 동료 중 한 사람은 "만일 범인이 잡혔다고 치고 혹시 그자의 변호를 맡아달라는 의뢰가 들어온다면 나는 즉각 못 한다고 손사래를 칠 것이다'라고까지 했다. 어떤 동기가 됐건 도저히 정상 참작의 여지를 찾을 수 없을 것 같기 때문, 이라는 얘기였다.

고다이가 나카마치와 함께 특별수사본부에 들어섰을 때는 8시 반이 지난 시각이었다. 주변 인물 수사팀을 지휘하는 쓰쓰이 경위가 아직 자리를 지키고 있어서 그에게 오늘의 결과를 보고했다.

쓰쓰이는 새치머리가 눈에 띄는 각진 얼굴의 인물이다. 부하에게서 수확 없음, 이라는 보고를 받고서도 그다지 표정이 바뀌지 않았다. 허탕의 연속이 당연한 일인 직업인 것이다.

"수고했어. 오늘은 이만 돌아가서 쉬도록 해. 아, 그리고 내일은 출장이야." 쓰쓰이가 서류 한 장을 내밀면서 말했다.

"어딥니까?" 고다이는 서류를 받아 들면서 물었다. 운전면허증을 복사한 것이었다. 마른 얼굴의 남자 사진이 붙어 있었다. 60세 정도일까.

주소는 아이치현 안조시로 나와 있었다.

4

도쿄역에서 출발하는 '고다마호'는 예상했던 것보다 붐볐지만 다행히 자유석이나마 앉을 수 있었다. 미카와안조역까지 약 2시간 30분이 걸린다. '노조미호'로 나고야역까지 간 뒤에 '고다마호'로 갈아타고 역 하나를 되돌아가는 노선을 선택하면 30분쯤 시간을 절약할 수 있지만, 요금이 2천 엔씩이나 차이가 난다면 얘기가 달라진다. 경비 절감이라는 이유로 나카마치의 동행조차 허락이 떨어지지 않은 것이다.

고다이는 창가 좌석에 앉아 어제저녁에 쓰쓰이에게서 받은 서류를 다시 훑어보았다.

구라키 다쓰로, 지금 만나러 가는 인물의 이름이다. 생년월일에 따르면 현재 66세. 그 이외의 정보는 거의 없었다.

시라이시 법률사무실에서는 전화를 걸어온 상대의 이름을 날짜와 시간까지 덧붙여 기록해두고 있었다. 발신자 번호 표시로 상대의 전화번호를 확인해서 그것도 기록했다. 시라이시 겐스케가 자신 명의의 사무실을 처음 냈을 때부터 해온 습관이라고 한다. 날마다 그 기록을 확인하며 하루를 마무리하는 것으로 누구와 어떤 대화를 나눴는지 되돌아본 모양이었다.

그 기록에 따르면, 10월 2일에 '구라키'라는 인물이 전화를 걸어왔다. 기록된 것은 휴대전화 번호였다. 나가이 세쓰코에게 확인해보니, 그때의 통화가 기억난다고 했다. 다만 시라이시 겐스케에게 연결해줬을 뿐, 남자라는 것 말고는 어떤 인물인지 전혀 알지 못했다. 물론 어떤 용건인지도 밝혀지지 않았다.

의뢰인 명단에서 그런 이름은 눈에 띄지 않았다. 전화를 걸어온 것은 그때 딱 한 번뿐이었고 사무실을 방문했다는 기록도 남아 있지 않았다.

대체 누구인가. 용의자라면 영장을 청구해 통신사에 정보를 신청하는 것도 가능하지만 현 단계에서 그건 무리한 얘기였다.

결국 기록된 번호에 연락해 본인에게 직접 확인해보기로 결론이 났다. 이성 쪽이 대화하기 쉬울 것이라는 계산에 따라 여성 경찰관이 그 역할을 맡았다.

사건 내용은 자세히 얘기하지 않고, 수사의 일환일 뿐이라고 양해를 구하고 이름과 연락처 등을 물었다. 상대는 대답을 거부하는 일 없이 구라키 다쓰로라고 이름을 밝혔고 주소 등도 알려주었다. 여성 경찰관의 느낌상으로는 딱히 당황하는 듯한 낌새는 없었다고 한다.

그런 다음에 쓰쓰이가 다시 전화를 걸어 잠시 물어볼 게 있으니 시간을 내줄 수 없겠느냐고 교섭에 나섰다. 구라키의 대답은, 현재 퇴직해서 일을 나가는 것도 아니니 언제든 괜찮다는 것이었다.

그렇게 오늘 고다이가 미카와안조로 향하게 된 것이다.

구라키는 쓰쓰이에게 어떤 사건을 문의하려는 것이냐고 몇 번이나 물었다고 한다. 당연히 그럴 것이다. 형사가 도쿄에서 일부러 거기까지 찾아간다면 상당히 큰 용건이라고 생각할 게 틀림없다. 뒤가 켕기는 일이 없더라도 일단 신경이 쓰이는 게 당연하다.

하지만 물론 쓰쓰이는 "그건 만나뵙고 말씀드리겠다"라고만 말했다. 구라키가 사건에 관련이 있는지 없는지는 아직 모르지만, 실제로 만날 때까지는 상대에게 쓸데없는 정보를 주지 않는 것이 수사의 철칙인 것이다.

오전 11시를 지났을 무렵, 미카와안조역에 도착했다. 역 건물 밖으로 나서자 작은 로터리가 보였다. 주차장에 차가 띄엄띄엄 서 있었다. 주위에 큰 건물이 적은 데다 화려한 간판도 눈에 띄지 않아 목가적인 분위기가 감도는 곳이었다.

택시 승차장에 빈 차 한 대가 대기하고 있었다. 고다이는 미리 출력해 온 지도를 운전기사에게 내보였다.

"아, 사사메篠目 쪽이군요." 그렇게 말하고 운전기사가 시동을 걸었다.

"이 한자를 사사메라고 읽습니까? 시노메가 아니고?" 고다이가 물었다.

"그렇죠. 타지에서 온 사람은 모를 겁니다. 유명한 게 아무것도 없는 동네라서." 운전기사가 웃으면서 하는 말에 사투리가 섞여 있었다. 미카와 지방 사투리다.

고다이는 차창 밖으로 시선을 옮겼다. 도로는 널찍하고 인도도 넓다. 그 도로 옆으로 민가며 상점이 늘어서 있었다. 고층빌딩이 보이지 않는 대신 민가가 됐든 점포가 됐든 부지를 넉넉히 사용하고 있었다. 이런 곳에 익숙해지면 도쿄의 밀집한 주택가에서는 못 살겠구나, 라고 고다이는 생각했다.

출발하고 채 10분도 안 되어 택시는 멈춰 섰다. "이 근처예요." 운전기사가 말했다.

"네, 여기서 내려주십쇼."

고다이는 요금을 내고 택시에서 내렸다. 주위의 경치와 지도를 견줘 보면서 걸음을 옮겼다. 새로 지은 집과 오래된 집, 다양한 단독주택이 줄줄이 들어섰다. 공통점이라면 반드시 주차장이 있다는 것이었다. 차를 여러 대 세워둔 집도 드물지 않았다.

대문에 구라키라는 문패가 걸린 집도 바로 앞이 카포트였다. 그곳에 세워져 있는 건 회색 소형차였다. 차 안을 살펴보니 룸미러에 오마모리*가 매달려 있었다.

문패 밑으로 인터폰이 보였다. 버튼을 누르고 기다리자 네, 라는 남자 목소리가 들려왔다.

"도쿄에서 온 사람입니다."

"예에."

잠시 뒤 잠금이 풀리는 소리가 나고 마당 건너 현관의 문이 열렸다. 카디건을 걸치고 면허증 사진 그대로 마른 얼굴의 인물이 나타났다. 하지만 체격은 고다이가 상상했던 것보다 훨씬 더 늠름했다.

"고다이라고 합니다. 바쁘실 텐데 죄송합니다." 경시청 배지를 꺼내면서 다가가 상대에게 내보이고는 잽싸게 안주머니에 챙겨 넣었다. 그 대신 이번에는 명함을 꺼내 내밀었다.

구라키는 받아 든 명함을 눈을 가늘게 하고 들여다본 뒤, 안으로 들어오라고 권해주었다.

실례합니다, 라고 머리를 숙이며 고다이는 실내로 들어섰다.

안내해준 곳은 현관 바로 앞의 옛날식 다다미방이었다. 하지만 좌식이 아니라 등나무 의자와 테이블을 들여놓았다. 벽 쪽으로 작은 불단이 있고 그 위 벽에는 장례식 때 영정으로 쓴 여자 얼굴 사진이 걸려 있었다. 아마도 50세 전후일 것이다. 둥근 얼굴에 쇼트헤어가 잘 어울렸다.

"아내예요." 고다이의 시선을 눈치챘는지 구라키가 말했다. "16년 전에 세상을 떠났습니다. 나보다 한 살 많으니까 당시에 쉰한 살이

---

* 절이나 신사에서 행운, 순산順産, 합격, 교통안전 등의 기원을 담아 신자에게 배포하는 수호 신물神物. 끈을 달아 어딘가에 걸거나 지니고 다닐 수 있다.

었어요."

"저런, 아직 젊은 나이셨는데, 무슨 사고라도?"

"아니, 골수성 백혈병이었어요. 골수이식이 가능했다면 어떻게든 살려낼 수도 있었을 텐데 결국 기증자를 찾지 못해서."

"그렇군요……." 어떻게 대답해야 좋을지 몰라서 고다이는 말끝을 흐렸다.

"그런 형편이라서 남자 혼자 살림이올시다. 주전자로 차를 내리는 것도 벌써 몇 년째 안 했어요. 마트에서 사 온 차라도 괜찮다면……."

"아뇨, 아닙니다. 신경 쓰지 마십시오."

"그렇습니까. 미안하군요. 자, 어서 앉으시죠."

구라키가 권하는 대로 고다이는 의자에 자리를 잡았다.

"어제 전화로 연락했던 사람에게서 얘기는 들으셨겠지만, 사건 수사를 하는 과정에서 구라키 씨의 이름이 나왔어요. 도쿄의 시라이시 법률사무실 착신 기록에 구라키 씨의 휴대전화 번호가 남겨져 있었습니다. 그게 왜 문제인가 하면, 현재 수사 중인 사안이 시라이시 씨 살해 사건에 관한 것이기 때문입니다."

단숨에 얘기한 뒤에 고다이는 구라키의 반응을 살펴보았다. 마른 얼굴의 노인은 거의 표정이 바뀌지 않은 채 짧게 턱을 끄덕였다.

"알고 계셨습니까, 시라이시 씨가 살해된 것을?"

"어제 경찰서에서 전화를 받고 인터넷으로 찾아봤어요. 내가 이래 봬도 컴퓨터는 좀 다룰 줄 알거든요. 사건을 알고 놀랐어요. 경찰이 나한테 찾아오는 것도 그럴 만하다 싶었습니다." 구라키의 목소리는 침착했다.

"사건을 알고 계신다니 말씀드리기가 한결 수월하겠군요. 오늘 여쭤볼 것은 구라키 씨가 시라이시 변호사에게 전화한 이유에 대한 겁니다. 시라이시 씨와는 어떤 관계이신지."

구라키는 짧게 깎은 머리를 뒤로 쓸어 넘겼다.

"딱히 관계는 없어요. 만난 적도 없고. 얘기한 것도 그 통화가 처음이자 마지막이었습니다."

"만난 적도 없는 사람에게 전화를 하셨다고요? 무슨 일로?"

"그야 상담을 받으려고 했지요."

"상담?"

"법률상담이에요. 요즘 작은 고민거리가 있어서. 돈에 관한 고민거리예요. 어떤 사람하고 다툼이 났어요. 그래서 법률상 어떻게 해결하면 되는지 전화해본 거였어요."

"왜 시라이시 변호사 사무실에?"

"어떤 곳이든 상관없었어요. 인터넷으로 알아봤더니 간단한 상담이라면 전화로 대답해준다고 적혀 있더라고요. 게다가 무료라고 해서. 나로서는 본격적으로 의뢰할 생각은 아니었으니까 도쿄든 오사카든 상관없었습니다."

구라키가 막힘없이 술술 대답하는 말에 고다이는 맥이 빠지는 느낌이었다. 아이치현에 사는 사람이 왜 군이 도쿄의 법률사무실에 전화를 하는가, 라고 부쩍 의심이 짙어졌었는데 얘기를 듣고 보니 그야말로 단순한 사정이었다. 게다가 설득력이 있었다.

"그 상담 내용을 구체적으로 말씀해주시면 고맙겠습니다만."

고다이의 부탁에 구라키는 미간을 좁혔다. "그건 꼭 말해야 합니까?"

"아뇨, 그런 건 아니고요. 가능하면 말씀해주십사는 거예요."

구라키는 떨떠름한 얼굴로 고개를 저었다.

"미안하지만 프라이버시가 걸린 일이라서 대답할 수 없겠네요. 나뿐만 아니라 다른 사람의 프라이버시도 걸린 일이라서."

"그렇습니까. 네, 그러시면 제가 포기하겠습니다."

고다이는 볼펜의 꽁지 부분으로 머리 뒤를 긁적였다. 전화한 이유가 그야말로 김빠지는 것이었기 때문에 그다음 질문이 얼른 떠오르지 않았다. 게다가 요의까지 몰려왔다.

그런 참에 어디선가 착신음이 들려왔다. 구라키의 전화가 울리는 모양이었다.

"아, 전화가 왔네. 저쪽에 두고 왔구면. 잠깐 자리를 떠도 되겠습니까?" 구라키가 물었다.

"물론 괜찮고말고요. 그런데 저는 화장실에 좀 가도 될까요?"

"그래요, 그래요. 여기 복도 건너 맞은편이니까."

복도 안쪽을 향해 빠른 걸음을 옮기는 구라키를 지켜본 뒤, 고다이는 화장실로 갔다. 볼일을 보면서 생각한 것은 구라키에게 할 질문이 아니라 보고서를 어떻게 쓰느냐는 것이었다.

화장실에서 조금 전의 방으로 돌아가던 때였다. 옆의 기둥에 붙은 작은 부적이 눈에 들어왔다. 그곳에 적힌 글씨를 보고 저절로 몸이 긴장했다.

'도미오카 하치만구'라고 찍혀 있고 그 아래로 '가내 안전家內安全'과 '제업 번영諸業繁榮'이라는 글씨가 이어졌다.

고다이는 품속에서 스마트폰을 꺼냈다. 사진을 찍어둘 생각이었지만, 안쪽에서 발소리가 들리고 구라키가 나타났다.

"왜요?" 구라키가 물었다.

"아뇨, 아무것도 아닙니다." 고다이는 별수 없이 스마트폰을 그냥 호주머니에 넣었다.

다시 테이블을 끼고 구라키와 마주 앉았지만 고다이의 마음가짐은 몇 분 전과는 백팔십도 달라져 있었다.

"도쿄에 가시는 일도 있습니까?" 고다이는 물었다. 말투가 딱딱해진 것이 스스로도 느껴졌다.

"예에, 있지요. 아들이 거기 사니까요."

"아드님이? 도쿄 어딘데요?"

"고엔지 쪽이에요. 도쿄에서 대학 나오고 그대로 거기서 취직했습니다."

"그렇군요. 자주 보러 가십니까?"

구라키는 고개를 갸우뚱했다. "1년에 몇 번 정도?"

"최근에는 언제 가셨지요?"

"언제였나……. 석 달 전쯤이었던 것으로 기억합니다만."

"정확한 날짜를 알려주셨으면 합니다."

구라키가 쓰윽 노려보았다. "그건 왜?"

"죄송합니다. 저희 하는 일이 원래 그렇거든요." 고다이는 머리를 숙였다. "관련된 분들에게 모두 이런 식으로 확인을 해야 합니다. 양해해주십쇼."

"관련이라고 해봤자 전화 한 번 했던 것뿐인데……."

죄송합니다, 라고 고다이는 되풀이했다.

구라키는 한숨을 내쉬더니 "잠깐 기다려봐요"라면서 옆의 휴대전화를 집어 들었다. 스마트폰이 아니었다. 진지한 표정으로 손끝을 움직이고 있었지만, 도쿄에서 온 형사를 따돌릴 만한 방편을 얻기 위한 시간 벌기가 아닌가, 하고 고다이는 내심 짐작했다.

"8월 16일이었군요." 구라키가 휴대전화 화면을 들여다보면서 대답했다. "아들과 문자를 주고받은 게 남아 있어요. 16일부터 1박 2일로 다녀왔습니다. 추석 연휴에도 아들이 고향에 내려오지 않는다길래 내가 올라갔어요. 뭐, 해마다 그렇지요."

"도쿄에 가시면 아드님 댁에서 주무시게 되나요?"

"그렇죠. 아들이 아직 독신이라 공연히 눈치 볼 필요는 없으니까요."

"괜찮으시면 아드님 이름과 연락처 등을 알려주시겠습니까?"

고다이의 말에 구라키는 슬쩍 시선을 떨구고 눈을 깜작거렸다. 망설이는 것처럼 보였다.

이윽고 구라키가 입을 열었다. "가즈마라고 합니다. 아들이 다니는 회사는……."

구라키는 유명한 광고대행사 이름을 밝히고 휴대전화를 들여다보며 전화번호를 알려주었다. 고다이는 재빨리 메모에 들어갔다.

"도쿄에 가셨을 때는 어떻게 지내시지요? 어디 자주 가시는 곳이 있습니까?"

"갈 때마다 달라요. 도쿄가 아니면 볼 수 없는 것이 있으면 그런 곳에도 가죠. 몇 년 전에는 스카이트리에 올라갔었어요. 그냥 높기만 하고 별것도 없긴 했지만."

"절이나 신사는? 요즘 사찰 순례를 좋아하시는 분들도 많은 것 같던데요."

"사찰 순례라……. 글쎄요, 싫어하는 건 아니지만 그리 좋아하는 것도 아니라서."

"화장실 앞 기둥에 도미오카 하치만구의 부적이 붙어 있었어요. 그리 오래된 건 아니던데 그 부적, 구라키 씨가 붙이셨겠지요?"

"아, 그거? 누군가 다른 사람이 준 거예요. 나는 그리 신심이 깊은 건 아니지만, 기왕 받았으니 붙여놓자 싶어서."

"다른 사람에게서 받은 거라고요? 구라키 씨가 도미오카 하치만구에 가신 게 아니고요?"

"네, 받은 겁니다."

"누구한테서? 어떤 관계인 분에게서 받았습니까?"

구라키는 의아하다는 듯 고다이를 마주 보았다. 눈에 서린 경계의 빛이 짙어졌다.

"왜 그런 걸 궁금해하지요? 누구에게 받았건 별 상관이 없을 것 같은데."

"그건 저희 쪽에서 판단합니다. 누구에게서 받았는지, 알려주시겠습니까?"

구라키는 크게 숨을 들이쉰 뒤, 지그시 눈을 감았다. 기억을 더듬는 것인지도 모르지만, 그 모습도 고다이에게는 시간 벌기로 생각되었다.

"미안하군요." 이윽고 구라키가 눈을 뜨고 말했다. "잊어버렸어요."

"잊어버려요? 사찰의 부적이라면 그리 친하지 않은 사람이 건네주는 일은 없을 텐데요."

"그야 그렇겠지만 기억이 나질 않으니 어쩔 수 없군요. 미안합니다, 이제 늙어서 망령이 났나 봅니다."

탐문수사나 취조 때 가장 힘든 대답 중의 하나가 '잊어버렸다'라는 것이다. '모른다'라고 한다면 물증을 들이대면서 모를 리 없다고 추궁하는 것도 가능하지만 '잊어버렸다'에 대해서는 손쓸 방도가 없다.

하지만 고다이는 뭔가 감이 왔다. 이번 출장은 분명 헛걸음은 아니다.

"시라이시 변호사의 사무실에 전화한 것은 단순한 법률상담 때문이라고 하셨는데, 그 건에 대해 다른 법률사무실에도 상담한 적이 있습니까?"

구라키는 고개를 가로저었다. "아니, 안 했어요."

"시라이시 변호사에게 상담을 받고 문제가 해결됐기 때문입니까?"

"아니지요, 그 반대였어요. 시라이시 변호사에게서는 인터넷으로 잠깐 검색해보면 알 만한 의례적인 답변밖에는 못 받았어요. 생각해보면, 무료 상담이니 그게 당연한지도 모르지요. 그래서 더 이상 의미가 없다 싶어서 다른 곳에도 상담은 하지 않기로 했어요." 구라키는 시선을 피하는 일도 없이 태연히 답했다. 사실대로 솔직히 대답할 뿐인 것처럼 보이지만, 거짓말을 들키지 않는다는 절대적인 자신감의 표현인 것 같기도 했다.

어쨌든 이 자리에서 그걸 밝히는 건 불가능하다고 고다이는 생각했다. 하지만 한 가지, 반드시 확인해둬야 할 것이 있었다.

고다이는 손목시계를 들여다보았다.

"엇, 시간이 벌써 이렇게 됐네? 죄송합니다. 그러면 마지막 질문입니다. 지난 10월 31일에 도쿄에 가셨었습니까?"

"10월 31일······. 아, 이거 알리바이 확인처럼 들리는군요."

"실례인 줄은 알지만, 관련된 모든 분들께 똑같이 하는 질문입니다. 양해해주시면 고맙겠습니다."

구라키는 씁쓸한 표정으로 고개를 돌렸다. 벽을 올려다본 것이다. 거기에 달력이 걸려 있었다.

"지난달 31일입니까. 공교롭게도 아무 예정도 없었군요. 그렇다면 평소와 다름없는 평범한 하루였다는 얘기네."

"그건 무슨 말씀이신지."

구라키의 얼굴이 고다이 쪽으로 되돌아왔다.

"어딘가 외출하는 일도, 누군가 찾아오는 일도 없었다는 얘기예요. 여기 집에 있었습니다. 하루 종일."

"그걸 증명하는 건······."

"증명까지는 못 하지요." 구라키가 즉각 답했다. "그날의 알리바이는 없어요. 유감스럽지만."

비굴한 기색이라고는 털끝만큼도 느껴지지 않는 답변이었다. 그 자신감이 어디에서 오는 것인지, 이제부터 차근차근 밝혀내야 할지도 모른다, 라고 고다이는 생각했다.

다시 한번 손목시계를 들여다보았다. 낮 12시를 지나가고 있었다.

"알겠습니다. 이제 끝났습니다. 바쁘실 텐데 죄송합니다."

고다이가 자리에서 일어서자 구라키도 따라 일어섰다.

"미안합니다. 아무래도 별로 도움이 안 된 것 같군요."

"아뇨, 그건……." 고다이는 구라키의 얼굴을 정면으로 바라보았다. "아직은 어떻고도 얘기할 수 없겠지요."

"그렇습니까." 구라키는 시선을 피하려고 하지 않았다.

안녕히 계십시오, 하고 고다이는 머리를 숙이고 현관으로 향하려고 했다.

형사님, 이라고 구라키가 불렀다.

"한 가지, 잘못 말한 게 있군요."

"잘못 말한 것……?"

"마지막으로 도쿄에 갔던 날짜. 방금 전에 아들 추석 휴가 때 다녀왔다고 했었는데, 그 뒤에 한 번 더 다녀온 걸 깜빡했어요."

고다이는 수첩을 꺼냈다. "그건 언제였습니까?"

"10월 5일이에요. 별다른 이유는 없고 그저 아들 얼굴을 보고 싶어서 훌쩍 신칸센을 탔어요. 매번 그렇듯이 1박만 하고 그다음 날에 돌아왔습니다. 별반 인상에 남는 일도 없었던 터라서 깜빡 잊어버렸네요."

10월 5일……. 고다이는 잽싸게 머리를 굴렸다. 시라이시 겐스케가 처음으로 몬젠나카초에 들렀던 날이 10월 7일이다.

왜 구라키는 고다이가 자리를 뜨기 직전에야 이런 말을 해주는 것인가. 실제로 지금까지 깜빡 잊었기 때문인가. 그렇다면 별수 없다. 하지만 그 밖에도 생각해볼 수 있는 경우는 없을까.

고다이는 구라키의 아들의 연락처를 물었고 메모도 했다.

즉 구라키는 경찰이 아들에게 찾아갈 것으로 예상하고, 10월 5일 얘기를 숨기는 건 별로 좋지 않다고 계산한 게 아닐까. 아들에게 확인해보면 금세 드러날 일이기 때문이다. 그렇다면 처음에 왜 숨겼는가 하는 점이 궁금해진다.

하지만 그걸 여기서 캐물어봤자 쓸데없다. 깜빡 잊어버린 것뿐이라고 주장할 게 틀림없기 때문이다.

"협조해주셔서 감사합니다."

고다이는 인사를 건네고 방을 나섰다. 현관으로 향하는 도중에 그 부적 앞에서 멈춰 섰다.

"이 부적, 누가 줬는지 생각나면 연락해드리는 게 좋겠군요?" 구라키가 물었다.

"네, 물론입니다. 꼭 부탁드립니다."

"내 생각해보리다. 기억날지 어떨지는 모르지만."

"잘 부탁드립니다."

구두를 신고 고다이는 다시 한번 구라키를 올려다보았다.

"또 뭔가 여쭤볼 게 있으면 다시 찾아뵙도록 하겠습니다."

구라키는 한순간 불쾌한 듯 미간을 좁힌 뒤에 짧게 고개를 끄덕였다. "그래요, 뭔가 있으면 언제든."

실례하겠습니다, 라고 말하고 고다이는 밖으로 나왔다. 현관문을 닫자 금세 자물쇠가 달칵 걸리는 소리가 났다.

길로 나서려다가 문득 생각난 게 있어서 옆의 자동차로 다가갔다. 몸을 숙여 앞유리 너머로 시선을 집중해 들여다보았다. 룸미러에 오마모리가 매달려 있었다.

예상이 딱 맞았다. 붉은 천에 금실로 '도미오카 하치만구 교통안전 수호'라는 자수가 들어간 오마모리였다.

이것도 누군가 준 것이라고 구라키는 말할까. 그리고 그게 누구였는지는 잊어버렸다고?

길로 나와 걸음을 옮기면서 왜 자신이 산 것이라고 말하지 않을까, 라고 고다이는 생각을 굴렸다. 자신이 도미오카 하치만구에서 사 온 것이라고 말했다면 누가 줬는지 잊어버렸다, 라는 부자연스러운 대답은 하지 않아도 된다.

어쩌면 사실인지도 모른다. 실제로 누군가 준 것이었기 때문에 깜빡 그렇게 대답이 튀어나왔다. 하지만 부적을 준 사람의 이름을 댈 수 없었기 때문에 난감한 나머지 잊어버렸다고 말했던 게 아닐까.

고다이는 어느새 걸음이 급해졌다. 도쿄에 돌아가면 할 일이 많겠구나, 라고 생각했다.

5

구라키 가즈마의 회사는 구단시타 쪽에 있었다. 야스쿠니 대로변에 서 있는 오피스 빌딩이다. 하지만 고다이는 안으로 들어가는 대신 바깥에서 그의 휴대전화 번호로 미리 연락을 하기로 했다. 전화를 받은 구라키의 아들은 경시청 형사라는 말에 뜻밖이라는 듯한 목소리를 냈다. 문의할 게 있어서 만났으면 한다고 말하자 어떤 건에 대한 것이냐고 물었다. 아무래도 아버지에게서 아무 얘기도 못 들은 모양이었다.

다행히 가즈마는 회사 안에 있었고 잠시 자리를 비워도 된다고 해서 회사 옆 오래된 찻집에서 만나기로 했다. 오늘은 나카마치도 함께 나왔기 때문에 안쪽 테이블석에 나란히 앉아 기다렸다.

"구라키는 대체 무슨 생각인 거죠?" 나카마치가 말했다. "경시청 형사가 찾아갈지도 모른다고 왜 아들에게 알리지 않았지? 그런 일은 없을 거라고 생각했을까요?"

"아니, 그건 절대 아니지." 고다이는 딱 잘라 말했다. "그 아저씨, 여간내기가 아냐. 자신이 의심을 받는다는 것도 눈치챘고, 내가 아들에 대해 물어본 이유도 잘 알고 있을 거라고. 분명 아들에게 미리 얘기해봤자 별 의미가 없다고 생각했겠지. 괜히 서로 말을 맞춰놓으면 도리어 역효과가 날 거라고 예상했기 때문에 10월 5일에 상경했던 것을 자진해서 털어놓았던 거 아닐까."

"그렇겠네요. 둘이 말을 맞춰서 10월 5일에 상경했던 것을 감출 수도 있었을 텐데 그러지 않았잖아요."

"맞아, 그거야. 설령 구라키는 이번 사건과 관련이 있더라도 아들 쪽은 관계가 없는 거 아니겠어?"

고다이는 신중한 말투를 썼지만, 마음속으로는 이번 사건과 관련이 있는 건 물론이고 구라키가 분명 범인이다, 라고까지 생각했다. 시라이시에게 전화했던 것, 그 뒤에 시라이시가 몬젠나카초에 나간 것, 그리고 기둥의 부적과 차 안의 오마모리, 모든 것이 너무도 수상쩍었다. 그 점에 대해서는 상사들도 동감이어서 이미 다른 형사들에게 구라키의 주변 인물을 샅샅이 조사해보라는 지시가 내려갔다. 또한 몬젠나카초에서는 구라키의 얼굴 사진을 손에 들고 여러 명의 형사들이 탐문수사 중일 터였다.

찻집 문이 열리고 한 남자가 들어왔다. 30세 전후일까. 콧날이 반듯한, 단정한 생김새였다. 구라키의 아들이다, 라고 고다이는 바로 알아봤다. 부친과 눈매가 붕어빵처럼 닮았다.

다른 손님은 커플이나 여성 일행이다. 남자는 고다이 쪽에서 시선이 멈추더니 약간 긴장한 표정으로 다가왔다. 고다이와 나카마치가 자리에서 일어섰다.

"전화 주신 분입니까?"

"그렇습니다. 일하시는 중에 미안합니다." 고다이는 경시청 배지를 꺼내는 대신 명함을 내밀었다.

구라키 가즈마는 명함을 보고 의아한 듯 미간을 좁혔다. 수사 1과라는 명칭에 반응을 보인 것인지도 모른다. 그곳이 살인 등의 강력 사건을 담당하는 부서라는 건 요즘에는 일반인들 사이에도 잘 알려져 있다.

가즈마가 당황스러운 얼굴로 자리에 앉는 것을 보고 고다이와 나카마치도 다시 엉덩이를 내렸다. 백발의 마스터가 물을 가져오자 가즈마는 커피를 주문했다.

"그래서 문의하실 일이라는 건 뭡니까? 정말 궁금한데요." 가즈마는 아마도 솔직한 마음을 토로한 것으로 보였다.

"전화로는 자세히 말하기가 어려운 일이라 이렇게 찾아올 수밖에 없었죠. 실은 아버님에 대해 몇 가지 물어볼 게 있습니다."

"아버님?" 가즈마는 어리둥절한 기색이었다. 전혀 예상조차 못 한 눈치였다. "아버님이라면, 저희 아버지 구라키 다쓰로 씨 말입니까?"

"물론 그렇습니다."

가즈마는 무슨 영문인지 모르겠다는 기색으로 연거푸 눈만 끔벅거렸다.

"아버지가 뭔가 나쁜 일을 했습니까? 저희 아버지, 지금 아이치현 안조시에서 사시는데요."

"알고 있습니다. 그래도 이따금 상경하시는 모양이던데요."

"네, 그건 그렇지만……."

"최근에는 언제 오셨지요?"

"잠깐만요." 가즈마는 가볍게 양손을 내밀며 고다이와 나카마치의 얼굴을 번갈아 보았다. "이건 어떤 수사죠? 아버지가 관련된 일이에요? 그걸 먼저 얘기해주시지 않으면 저도 대답하기가 어렵습니다."

그러자 나카마치가 옆에서 "너무 빡빡하시네"라고 웃음을 머금은 투로 말했다. "어떤 수사가 됐든 아버님이 언제 도쿄에 왔었는지는 대답해줄 수 있잖아요."

"기분상의 문제라고 할까요?" 가즈마는 강한 시선으로 쏘아보며 말했다. "프라이버시가 걸린 문제니까 그 정도는 미리 밝혀주셔야 하는 게 아니냐는 뜻입니다."

분위기가 약간 험악해지려는 참에 마침 커피가 나왔다. 하지만 가즈마가 손을 대려고 하지 않아서 "우선 차부터"라고 고다이는 웃음을 건네며 말했다. "여기 커피가 유명하다고 들었어요. 식어버리면 아깝잖아요. 일단 마시고 얘기하죠."

열심히 권하자 마지못한 듯 가즈마는 커피에 우유를 따랐다.

"살인 사건입니다." 고다이는 가즈마가 커피 잔을 입가로 가져가기 전에 말했다. "도쿄에서 한 사람이 살해됐어요. 그래서 피해자와 접촉했던 인물, 접촉했을 가능성이 있는 인물들을 모두 찾아다니는 중이죠. 접촉이라는 건 직접 만나지 않았더라도 전화나 메일, 편지 등을 주고받은 것도 포함됩니다."

"그 속에 아버지 이름도 있었다는 건가요?" 가즈마는 커피 잔을 들어 올린 채 물었다.

"네, 그렇습니다. 전화를 하셨어요."

가즈마는 커피를 한 모금만 마시고 잔을 내려놓았다.

"어떤 분에게 전화했었는지 알려주실 수 없는······."

"아, 그건 우리 입으로는 밝힐 수 없는 사안이에요. 꼭 알고 싶다면 아버님께 직접 여쭤보시면 될 겁니다. 아버님은 아시니까."

"아버지를 만났어요?"

"며칠 전에 다녀왔어요. 그때 가즈마 씨의 직장과 연락처를 알려주셨고요."

"하지만 아버지는 그런 얘기는 한 마디도······."

"아버님도 나름대로 생각이 있으시겠지요. 어쨌든 이걸로 대략적인 내용은 말씀드렸어요. 어때요, 대답해주시겠습니까? 최근에 아버님이 도쿄에 오셨던 건 언제였지요?"

잠시만, 이라면서 가즈마는 스마트폰을 꺼냈다. 손끝이 화면을 터치하는 걸 보니 아마도 스케줄을 확인하는 모양이다.

"10월 5일이네요." 가즈마의 대답은 이쪽이 예상한 대로였지만, 그 뒤에 이어진 말이 마음에 걸렸다. "정확히 말하면 10월 6일이지만."

고다이는 저도 모르게 엇 하는 소리를 흘렸다. "그건 무슨 말이지요?"

"5일 몇 시쯤에 도쿄에 도착했는지는 제가 알지 못하거든요. 우리집에 들어오신 건 날짜가 바뀐 오전 1시쯤이었습니다."

"그때까지 어디서 뭘 하셨는데요?"

"자세한 건 모르겠어요. 물어봐도 여기저기 돌아다녔다고만 하시니까요. 도쿄에 올 때마다 그러시니까 나도 무심코 그런가 보다 했어요."

"올 때마다 그렇다니…… 그러면 아버님과 저녁을 먹는 일도 없었어요?"

"처음 한동안은 같이 식사도 했는데 벌써 몇 년째 그럴 기회가 없었어요. 저도 아버지 시간에 맞춰서 일정을 조정하기가 힘들었고, 다음 날 아침을 같이하는 정도였죠. 부자간에 길게 얼굴을 마주하고 있어봤자 할 얘기도 별로 없고."

"아버님은 다음 날에는 바로 본가로 내려가셨어요?"

"그러셨을 텐데, 정확한 시각까지는 모르겠어요. 근처에 아침 일찍 문을 여는 식당이 있어서 거기서 같이 밥 먹고 그 앞에서 헤어졌으니까요."

"도쿄에는 자주 오셨던가요?"

"두세 달에 한 번 정도?"

이건 구라키의 진술과 일치한다.

"가즈마 씨는 도쿄에 온 지 몇 년이나 됐어요?"

"대학을 4년 만에 졸업하고 그대로 취직해서 11년째니까 15년이네요."

"아버님이 도쿄에 놀러 오신 것은 언제쯤부터예요?"

"정년퇴직하시고 나서부터였을 거예요. 시간이 생겼다면서 오시곤 했으니까."

"그 이후로 내내 지금 같은 페이스로 다녀가셨군요."

"그렇죠, 네, 그랬던 것 같아요."

"그동안에 뭔가 달라진 점은 없었어요? 좋은 일이든 아니든 괜찮습니다. 아버님이 오늘 이런 일이 있었다, 라는 식으로 얘기한 게 있었다거나."

"글쎄요." 가즈마는 손바닥을 이마에 짚으며 말했다. "자잘한 일들은 얘기하셨을 텐데, 기억이 안 나네요. 미안합니다."

"아버님은 도쿄에서 주로 혼자 다니셨어요? 누군가를 만난다거나 하는 건?"

"그런 얘기는……." 가즈마의 표정에 잠깐 낭패감이 스치는 것을 고다이는 놓치지 않았다. "아버지한테서 들은 적이 없습니다. 도쿄에 아는 사람도 없을 거고, 새로 누구를 사귀었다는 얘기도 없었어요. 항상 혼자였을 겁니다."

"그렇군요. 그럼 두 가지만 더 묻겠습니다. 몬젠나카초라는 지명을 듣고 뭔가 생각나는 건 없어요? 혹은 도미오카 하치만구."

"몬젠나카초?" 생각지도 못한 지명이 튀어나왔는지 가즈마는 잠시 어리둥절한 기색이었다. 그게 연기를 하는 것처럼은 보이지 않았다. 고개를 가로저으며 "거기가 왜요? 왜 갑자기 그런 지명이 나오지요?"라고 오히려 되물었다. 정말로 짐작되는 게 없다고 봐도 무방할 것 같았다.

"미안하지만 그 점에 대한 답변도 하기가 어려워요. 자아, 마지막 질문입니다. 최근에 아버님이 법률과 관련된 일로 뭔가 상의하신 적이 있습니까?"

"법률? 어떤 법률 말이죠?"

"어떤 것이든 좋아요. 금전과 관련된 것일 수도 있고 권리에 관한 것일 수도 있겠죠. 아버님이 그런 얘기를 하신 적이 있습니까?"

"아뇨, 저한테 그런 얘기를 하신 적은 없어요."

"알겠습니다. 제 질문은 여기까지. 고맙습니다." 고다이는 자신의 수첩을 덮었다.

"저도 잠깐 한 가지만 물어봐도 될까요?" 옆에서 한참이나 말이 없던 나카마치가 입을 열었다. "아버님이 도쿄에 오시는 것에 대해 가즈마 씨는 어떻게 생각하셨어요?"

"어떻게, 라는 건 무슨 말인지……."

"저도 지방 출신이라 잘 알지만, 부모님이 자주 찾아오시면 상당히 번거롭더라고요. 두세 달에 한 번이라면 꽤 자주 오신 편이잖아요. 무슨 일 때문에 이렇게 자주 올라오시는지, 이상하게 생각하는 게 일반적이지 않을까요? 도쿄 구경이라고 해도 가볼 만한 곳이래야 뻔하니까요. 그렇다면 뭔가 다른 목적이 있는 건 아닌지, 궁금할 것 같은데요."

가즈마는 노골적으로 불쾌감을 드러냈다. 미간에 주름을 새기고 입이 삐뚜름해진 채 커피 잔을 집어 들었다. 이미 미지근해진 커피를 마시더니 거칠게 잔을 내려놓았다.

"그쪽 집안은 부자 관계가 어떤지 모르지만 우리는 서로 간섭하지 않는다는 주의예요. 아버지가 도쿄에서 뭘 하시든 내가 관여할 일이 아닙니다. 따라서 궁금할 것도 없어요." 가즈마는 고다이에게로 시선을 돌렸다. "회사 일이 남아 있어서 이만 실례할까 하는데, 괜찮겠습니까?"

"네, 물론입니다. 수고하셨습니다."

고다이가 머리를 숙였다가 들었을 때, 이미 가즈마는 성큼성큼 출구로 향하고 있었다.

"이봐, 마지막 일격, 아주 좋았어." 고다이는 옆자리의 나카마치에게 웃음을 건네며 말했다. "가즈마 씨도 아버지에 대해 뭔가 미심쩍었던 거야. 그걸 콕 집어 지적하니까 자기도 모르게 감정이 격해져 버린 것 같아."

"미심쩍었다니, 뭐가요?"

흐흣 하고 고다이는 콧김을 내뿜으며 웃었다.

"자주 오시는데 아들에게 행선지는 알려주지 않는다, 그리고 아들 집에는 한밤중에나 들어오신다, 별다른 얘기도 나누지 않은 채 다음 날에는 본가로 내려가신다……. 남자가 그런 행동을 취한다면 이유는 단 한 가지뿐이잖아."

"……여자?"

고다이는 크게 고개를 끄덕였다.

"도미오카 하치만구의 부적과 오마모리도 '여자'가 줬을걸. 이제 그 '여자'만 찾아내면 이번 사건, 술술 풀리겠는데?"

"본부에 큰 선물을 들고 갈 수 있겠네요." 나카마치는 흐뭇한 듯 실눈이 되어 웃었다.

6

구라키 가즈마를 만나고 3일 만에 그 '여자'로 추정되는 인물을 찾아냈다. 수훈을 올린 것은 구라키 다쓰로의 사진을 들고 몬젠나카 초를 샅샅이 발로 뛰어다닌 수사원들이었다. 상점가 귀퉁이 작은 가게 하나도 허투루 넘기지 않고 끈질기게 탐문하다가 마침내 한 주류 판매점 점원에게서 "몇 번 봤다"라는 증언을 따낸 것이다. 하지만 그 주류 판매점에는 음주 코너 같은 건 없었다. 점원이 구라키를 목격한 것은 근처의 작은 식당에서였다. 손님에게 파는 술이 떨어졌다는 연락을 받고 급히 배달을 나갔다가 그 식당 손님으로 카운터석에 앉아 있는 구라키 다쓰로를 봤다는 것이다.

그 식당은 〈아스나로*〉라는 곳이었다. 몬젠나카초에 가게를 낸지 20여 년이 된 곳이라고 했다. 주인은 70대 할머니지만 실제로 운영하는 건 딸이고, 이쪽은 아직 마흔 전후였다. 66세가 된 구라키와 관련이 있는 '여자'로서 충분히 고려해볼 만했다.

---

* 측백나무과의 침엽수로, 잎에 비늘 모양의 가시가 있고 10~20미터까지 자란다. '내일 (아스)은 노송나무가 되리라(나로)'라는 뜻으로 지은 이름이라는 속설이 있다.

"이 건은 자네들이 잡은 거야. 가서 얘기 듣고 와." 그렇게 말하며 쓰쓰이가 건네준 것은 한 장의 지도였다. 아스나로의 위치를 표시한 것이었다.

고다이는 나카마치와 함께 다시 몬젠나카초로 나갔다. 하지만 그 식당에 가기 전에 잠깐 들를 데가 있었다. 그런 얘기를 했더니 나카마치도 즉각 동의했다. "좋은데요? 자 자, 가시죠."

시라이시 겐스케가 들렀던 바로 그 커피점이다. 지난번처럼 2층으로 올라가 에이타이 대로가 내려다보이는 카운터석에 나란히 앉았다.

고다이 씨, 라고 젊은 형사가 흥분한 목소리를 냈다. 그가 손에 든 것은 쓰쓰이가 건네준 지도였다. "이거, 진짜 틀림없는데요?"

고다이는 옆에서 지도를 흘끔 들여다보았다. 아스나로가 입점한 건물이 이 커피점 정면 맞은편이라는 건 이곳에 오기 전에 이미 확인했다. 시라이시 겐스케가 이 자리에서 아스나로에 드나드는 사람들을 감시했다, 라는 건 결코 엉뚱한 상상은 아닐 터였다.

"그렇게 단정적으로 말할 수야 없지만, 아예 빗나간 얘기도 아니겠지?" 고다이는 종이컵을 손에 들며 말했다. 익숙하게 마셔온 체인점 커피지만 오늘은 각별한 맛이 있었다.

요즘에는 어떤 작은 식당도 인터넷에서 간단히 정보를 입수할 수 있다. 아스나로의 개점 시각은 오후 5시 반이었다. 시곗바늘이 4시 반을 넘어설 즈음에 두 사람은 자리를 털고 일어섰다. 길을 건너 그 작고 오래된 건물로 갔다. 1층은 라면집이고 그 옆에 계단이 있었다. 층계참 위에 아스나로 간판이 서 있는 게 보였다.

계단을 올라가자 입구에 '준비 중'이라는 팻말이 걸려 있었다.

그 문을 열고 안으로 들어섰다. 우선 고다이의 오감을 자극한 것은 다시국물의 향기였다. 그다음에야 가게 안의 모습이 눈에 들어왔다. 원목으로 짠 카운터 너머에 젊은 여자가 서 있었다. 스웨트셔츠 차림에 앞치마를 두르고 있다. 하지만 화장은 끝냈는지 공들여 그린 눈썹이 인상적이었다.

"죄송하지만, 개점은 5시 반부터예요." 여자가 말했다.

"아뇨, 손님으로 온 게 아니고요. 이런 사람입니다." 고다이는 경시청 배지를 여자에게 내보였다.

여자는 국자를 든 채 당황한 듯 움직임을 멈췄다. 심호흡을 하는 기척 끝에 네에, 라고 대답했다. "어떤 일로……."

첫인상은 '젊은 여자'라는 것이었지만 찬찬히 보니 눈가에 잔주름이 있었다. 그래도 전혀 40대로는 보이지 않았다. 얼굴이 작고 이목구비가 또렷하다.

"실례지만, 이 가게 사장님이십니까?"

"아뇨, 사장은 어머니세요. 지금 잠깐 시장에 나가셨는데."

"그러면 어머님이 아사바 요코 씨?"

"네, 맞아요."

"여기서 일하시는 것 같은데, 성함을 여쭤봐도 될까요?"

"아사바 오리에라고 합니다……. 우리 가게에 무슨 일이지요?"

불안한 듯 흔들리는 눈빛으로 물었지만 고다이는 대답 대신 한자로 어떻게 쓰는 이름이냐고 재우쳐 물었다.

직물의 직織에 은혜 혜惠를 쓴다고 여자는 대답했다. 나카마치가 옆에서 그대로 메모했다.

고다이는 얼굴 사진 한 장을 내밀었다. "이 사람, 아십니까?"

오리에는 사진을 보고 눈이 둥그레졌다. 예에, 라고 고개를 끄덕인다.

"누군지 알고 있습니까?"

"구라키 씨라는 분이에요. 우리 식당에 가끔 오셨습니다."

"성씨 말고 이름은?"

"아마…… 다쓰로 씨였던 것 같은데, 제가 잘못 알고 있는지도 모르겠어요."

오리에의 말은 그리 자신이 없다는 듯한 투였다. 둘이 남녀관계를 맺었다면 모를 리가 없다. 어쩌면 교묘한 연기일 가능성도 있다. 이 세상 여자들은 모두 배우俳優, 라는 건 고다이가 지금까지 형사 생활의 경험에서 얻은 교훈이다.

"최근에 이곳에 온 것은 언제였어요?"

오리에는 고개를 갸우뚱했다. "아마 지난달 초였을 거예요."

"얼마나 자주 왔습니까?"

"1년에 몇 번 오시는 정도예요. 연달아 찾아주시기도 하고, 한참 뜸하신 적도 있고."

"언제쯤부터?"

"정확한 건 기억이 안 나는데 아마 5, 6년 전쯤부터였던 것 같아요."

가즈마의 말과 일치한다. 구라키는 도쿄에 올 때마다 이 식당을 찾은 모양이다.

"이 식당을 찾아오게 된 이유를 얘기한 적은 없었습니까? 이를테면 누가 알려줬다거나."

글쎄요, 라고 오리에는 고개를 갸웃거렸다.

"그런 얘기는 안 하셨는데…… 아마 우연히 들렀다가 마음에 드셨던 거겠죠."

"혼자였습니까? 아니면 누군가 같이 온 사람이 있었어요?"

"아뇨, 항상 혼자 오셨어요."

"혼자라면 아무래도 좀 따분했을 텐데, 어떤 모습이었어요?"

"어떤 모습이냐…… 그야 이런 밥집이니까 식사도 하시고 술도 드시고……."

"대체로 몇 시부터 몇 시쯤까지였어요?"

"7시쯤에 오셨던가? 그리고 폐점 때쯤까지 계셨어요."

"폐점 시각이 어떻게 되지요?"

"마지막 주문을 받는 게 11시, 문을 닫는 건 11시 반이에요."

"주로 어떤 자리에서?"

"예?" 오리에는 빈틈을 찔린 듯한 얼굴이 되었다.

"단골 식당이 생기면 정해진 자리에 앉고 싶어지잖습니까. 그런 자리가 있지 않았나 해서요."

아, 하고 오리에는 고개를 끄덕이더니 "저기예요"라고 벽 쪽의 자리를 가리켰다.

그 자리를 지그시 쳐다보며 고다이는 구라키가 앉아 있는 모습을 머릿속에 그렸다. 다른 손님에게 방해가 되지 않는 자리에서 식당이 문을 닫을 때까지 4시간 반 동안 술잔을 기울이며 혼자 보낸다…….

그건 이 가게에 특별한 마음을 품지 않고서는 할 수 없는 일이다.

아니, 가게가 아니라 사람인가.

저기요, 라고 오리에가 마음먹은 듯이 입을 열었다. "이건 어떤 수사예요? 구라키 씨에게 무슨 일이라도 있었어요?"

고다이가 입을 꾹 다물고 있자 나카마치가 온화한 어조로 말했다. "질문에 답만 해주시면 됩니다. 굳이 더 알려고 하시지 않는 게 좋아요."

"하지만 이런 식으로 구라키 씨에 대해 꼬치꼬치 캐물으면 저도 걱정이 되죠. 다음에 구라키 씨가 오셨을 때, 어떻게 대해야 할지 모르겠네요. 어쩌다 한 번씩 오시지만 정말 좋은 분이에요. 저한테도 어머니에게도 친절하시고. 아, 오늘 일을 구라키 씨에게 얘기해도 되나요?"

"물론 괜찮습니다." 고다이는 즉각 답했다. "이미 구라키 씨도 만나고 왔어요."

"……그렇군요."

뜻밖이라는 듯 시선을 피하는 오리에의 얼굴을 고다이는 찬찬히 살펴보았다. 구라키와 특별한 관계라면 도쿄 형사가 아이치현까지 찾아왔다는 얘기를 못 들었을 리 없다. 하지만 물론 그 표정을 곧이곧대로 믿어줄 생각은 없다. 여자는 모두 배우다, 라고 새삼 자신에게 되뇌었다.

"꼬치꼬치 캐물었다고 하셨는데 우린 아직 별다른 질문도 안 했어요." 고다이는 오리에의 단정한 얼굴을 똑바로 마주 보며 말했다. "본격적인 질문은 이제 시작이죠. 구라키 다쓰로라는 인물에 대해 아시는 것을 모두 얘기해주시겠습니까? 어떤 사소한 것이라도 좋아요. ……나카마치, 메모할 준비 됐지?"

"네, 언제든 가능합니다." 나카마치는 작은 노트를 펴놓고 있었다. 볼펜을 그 노트에 댄 채 오리에를 향해 재촉하는 눈빛을 던졌다.

"저는 별로 아는 게 없는데…… 구라키 씨가 자기 얘기는 거의 안 하시는 분이라서……. 아이치현에 사시는데 아들이 여기 도쿄에 와 있다고 들었어요. 그 아들을 보러 올라온 김에 우리 식당에도 들르셨던 것 같아요. 오실 때마다 아이치현 선물을 들고 오셨죠. 그것 말고는……." 오리에는 고개를 기울이며 생각에 잠긴 표정을 보였다. "주니치 드래건스 팬이신 모양이에요. 별다른 취미가 없어서 정년퇴직 후에 시간을 어떻게 때워야 할지 난감하다고도 하셨고, 그 밖에는……." 한숨을 내쉰 뒤 천천히 고개를 저었다. "죄송합니다. 이런저런 얘기를 들었을 텐데 지금 얼른 생각이 나질 않아서."

"그러면 나중에 시간 나실 때, 다시 생각해봐주십쇼. 어차피 몇 번 찾아뵐 것 같으니까요."

고다이의 말에 오리에는 우울한 듯 미간을 좁혔다. 또 찾아오겠다는 거냐, 라고 얼굴에 뻔히 적혀 있었다. 이건 아마도 연기는 아니리라.

등 뒤에서 문이 열리는 소리가 났다. 돌아보니 베이지색 상의를 입은 자그마한 몸집의 여자가 놀란 듯 멀뚱히 서 있었다. 흰색 비닐 봉투를 양손에 들고 있었다. 나이는 70세 전후로 안경을 쓴 작은 얼굴에 무수한 주름이 새겨졌다. 그래도 고다이는 오리에의 모친이라는 것을 한눈에 알았다. 얼굴이 꼭 닮았기 때문이다.

"아사바 요코 씨?"

고다이의 물음에 그녀는 답하지 않고 카운터로 시선을 향했다.

"경찰에서 나오신 분들이야." 오리에가 알려주었다. "구라키 씨에 대해 문의하실 게 있대."

네, 그렇습니다, 라고 고다이는 요코에게 배지를 내보였다.

요코는 경찰 배지 따위에는 관심도 없다는 듯이 쌩하니 카운터로 다가가 들고 있던 비닐봉투를 오리에에게 건넸다. 그러고는 드디어 고다이와 나카마치 쪽으로 얼굴을 돌리면서 물었다.

"구라키 씨가 뭔 사고라도 쳤어?"

"그건 아직……. 알아보려고 여기저기 얘기를 듣고 다니는 중이죠. 여기도 그렇고."

"그러셔? 어떤 수사인지는 모르겠는데 구라키 씨를 의심하는 거라면 잘못짚으셨어. 그 사람이 나쁜 짓을 할 리가 없거든." 요코는 딱 잘라 말했다.

참고하겠습니다, 라고 대답하면서 고다이는 기묘한 느낌이 들었다. 방금 요코가 한 말에서 뭔가 걸리는 게 감지되었던 것이다. 그게 무엇인지는 자신도 알 수 없었다.

"우리 가게 얘기는 구라키 씨한테서 들으셨어?" 요코가 물었다.

고다이는 쓴웃음을 지으며 짧게 손을 저었다. "그런 건 밝힐 수 없습니다."

"우리는 그냥 물어보는 것에 답하기만 하면 된대요." 카운터 안에서 오리에가 비꼬는 뉘앙스가 담긴 어조로 말했다.

"흥, 그러시구나. 그렇다면 얼른 끝내주셔, 개점 시간이 코앞에 닥

쳤으니까. 게다가 이런 말을 하면 실례겠지만, 나는 경찰이라면 옛날부터 아주 싫어." 그렇게 말하고 고다이를 올려다보는 요코의 눈에는 흠칫할 만큼 냉랭한 빛이 서려 있었다.

"알겠습니다. 그러면 두 분께 묻겠는데요, 시라이시 겐스케라는 분을 아십니까? 변호사인데요."

"내가 아는 사람 중에 그런 사람은 없네. 넌 어때?" 요코가 오리에에게 물었다. 그녀가 말없이 고개를 젓는 것을 보고는 "모른대"라고 고다이에게 말했다.

"그렇습니까. 아 참, 이 근처에 도미오카 하치만구가 있던데 거기는 가보셨던가요?"

"그야 가봤지. 바로 가까운 데 있으니까."

"부적이나 오마모리를 구입하신 일도……."

"응, 샀어." 요코는 고개를 끄덕이고는 "저거 봐, 저기도 있잖아"라고 주방 벽을 가리켰다. 천장 가까운 곳에 구라키의 집에서 본 것과 비슷한 부적이 붙어 있었다.

"구입한 부적이나 오마모리를 다른 사람에게 주신 적은?"

"항상 나눠드리지, 자주 찾아주시는 단골손님들한테."

"구라키 씨에게는 어떻습니까?"

"구라키 씨? 아, 그렇지." 요코는 가볍게 손을 마주쳤다. "그러고 보니 구라키 씨한테도 드렸었네. 그게 몇 년 전이었더라. 한 3년 전이었나? 번번이 선물을 들고 오시니까 내가 답례 삼아 챙겨드렸어."

요코의 대답에 고다이는 생각을 굴렸다. 그 말을 들어본 한에서는, 누구에게 받았는지 잊어버렸다는 구라키의 말은 역시 부자연스럽다. 왜 구라키는 이 식당에 대한 것을 애써 감추려고 했는지, 그 점을 밝혀내지 않으면 안 된다.

"두 분 얘기를 들어보니 구라키 씨와 스스럼없이 지낸 모습이 눈에 선한데요, 다른 손님들 중에 구라키 씨와 친했던 분은 없었습니까?"

"글쎄 누가 있었나⋯⋯. 보시다시피 이렇게 작은 가게니까 여러 번 얼굴 마주하다 보면 당연히 서로들 친해졌겠지."

"어떤 사람들인지 알려주시겠습니까?"

"그건 안 될 말씀이지." 요코가 피식 웃으면서 말했다. "꼭 알고 싶으면 영업시간 내에 와서 댁들이 직접 확인하면 될 거 아냐. 근데 꼭 손님으로 오셔야 해. 아까 그 배지 같은 걸 또 들이대면 영업 방해로 고소해버릴 테니까."

고다이는 쓴웃음을 지으며 고개를 끄덕였다. "네, 그러겠습니다."

"형사님, 지금도 그래, 더 물어볼 게 있으면 다시 날 잡아서 오셔. 이제 진짜 발등에 불이 떨어진 참이라니까." 벽시계를 올려다보며 요코가 말했다.

그 순간, 고다이는 조금 전에 느꼈던 기묘한 감각의 정체를 깨달았다.

억양이다. 요코의 말투에 미묘하게 사투리가 섞여 있었다. 그건 고다이가 최근에 어디선가 들은 말투와 흡사했다.

미카와안조역에서 탔던 택시 운전기사의 말투다. 즉 미카와 사투리 억양이다.

"왜 그래?" 요코가 의아한 표정으로 물었다.

"아뇨, 아무것도 아닙니다. 그러면 끝으로 한 가지만. 지난 10월 31일에 평소와 똑같이 영업을 하셨습니까?"

"지난달 31일? 그 무렵에 임시휴업은 한 적 없어."

"두 분 다 여기 가게에 나와 계셨군요?"

"나왔지. 감사하게도 장사가 잘돼서 나 혼자서는 일이 벅차서 안 돼. 근데 그날 무슨 일 있었어?"

"아니, 그건 좀······."

"아차차, 우리 쪽에서는 질문을 하면 안 된다고 했지?" 요코는 입을 손으로 가리며 어깨를 움츠렸다.

"정말 감사합니다. 괜찮으시면 두 분의 주소와 전화번호도 알려주시겠습니까."

요코가 얼굴을 찌푸렸다. "게다가 우리 집에까지 쳐들어올 생각이야?"

"아뇨, 현재로서는 그럴 계획은 없지만 혹시나 해서."

요코는 한숨을 내쉬며 옆에 있던 메모지에 주소와 두 사람의 휴대전화 번호를 적어주었다. 아사바 모녀는 도요초에 자리한 맨션에서 함께 살고 있는 모양이었다.

"근데 두 분은 어디 출신이십니까?" 고다이는 메모지에서 얼굴을 들고 요코를 응시했다. "오리에 씨는 어찌 됐든 어머님 쪽은 도쿄 출신은 아니신 것 같은데요."

요코의 얼굴에서 표정이 스르륵 사라졌다. 방금 전까지 드러냈던 경찰에 대한 혐오조차 느껴지지 않는 얼굴이었다.

이윽고 그녀는 후우 긴 숨을 토해냈다. 카운터의 오리에와 눈을 맞춘 뒤, 고다이 쪽을 향했다.

"용케도 알아보시네. 난 아이치현 세토가 고향이야. 거기서 결혼해서 서른 중반까지 도요가와라는 데서 살았고, 도쿄로 올라온 건 남편이 세상 뜨고 난 뒤였어."

"그러시군요. 그렇다면 구라키 씨와는 고향 얘기도 나누시고 재미있었겠네요."

"아니, 그런 얘기는 한 적 없어. 내가 아이치 출신이라는 것도 말을 안 했는데 뭘. 구라키 씨가 짐작은 했을 테지만 그런 걸 캐묻는 일은 없었어. 내가 말을 안 하니까 그런 얘기는 하면 안 되나 보다, 하고 조심해주신 모양이지."

"그런 얘기는…… 하면 안 됩니까?"

요코는 노멘能面 같은 얼굴로 심호흡을 했다.

"여기저기 들쑤시고 다니면서 뒷조사를 할까 봐 내가 여기서 미리 털어놓고 얘기할게. 아까 참에 내가 경찰은 싫다고 했는데 실은 그거, 분명한 이유가 있어."

"무슨 말씀이신지……."

"남편이…… 내 남편이……."

노멘이 표정을 짓기 시작했다. 눈에 핏발이 서고 뺨이 팽팽해지고 입가가 일그러졌다. 그리고 나타난 것은 깊은 슬픔의 표정이었다.

"경찰이 죽였어." 주름살에 둘러싸인 요코의 입에서 신음하는 듯한 목소리가 흘러나왔다. "살인 사건 용의자로 잡혀가서 그길로 불귀의 객이 되어버렸다고. 유치장에서 목을 맸단 말이야."

7

"사건이 발생한 것은 1984년 5월 15일 화요일입니다. 장소는 나고야 철도 히가시오카자키역 근처 상가빌딩 안의 사무실이고, 거기서 사설 금융업을 하던 남자가 살해되었습니다. 피해자 이름은 하이타니 쇼조, 나이는 51세, 독신이었습니다. 사체를 발견한 사람은 그 사무실 직원으로, 경찰에 신고한 시각은 당일 저녁 7시 30분경입니다. 흉기는 주방 식칼, 가슴을 찔렸다고 합니다."

쓰쓰이의 나지막한 목소리가 그리 넓지도 않은 회의실 안에 울렸다. 책상 주위에 둘러앉은 사람은 고다이와 쓰쓰이를 빼고는 수사 1과 강력계 계장과 관할서 서장, 형사과장, 수사 1계 계장으로 온통 상사들이었다.

"5월 18일, 즉 사건 3일 후에 후쿠마 준지라는 인물이 체포되었습니다." 쓰쓰이가 자료를 보며 보고를 이어갔다. "어떤 혐의였는지는 확실치 않지만, 그 후의 경위를 통해 추측해보면 별건 체포였을 가능성이 높습니다. 후쿠마는 당시 44세, 아이치현 도요가와시 거주자라는 것 외에 자세한 정보는 찾지 못했습니다. 경찰서 유치장에서 자살한 게 그로부터 4일 뒤였습니다. 의류를 이용해 목을 맸다고 합니다. 그 후, 피의자 사망으로 검찰에 송치되고 불기소 처분으로 이 사건은 정리가 되었습니다. 1999년 5월에 공소시효가 만료된 것을 계기로 관련 수사 자료는 대부분 폐기 처분되었다고 합니다."

쓰쓰이가 읽은 자료는 아사바 요코의 진술을 바탕으로 고다이가 다시 조사해서 작성한 것이었다. 요코는 남편이 체포된 연월일은 정확히 기억했지만 사건 개요에 대해서는 자세히 파악하지 못하고 있었다.

"어느 날 갑자기 형사와 경찰들이 집에 들이닥쳐서 남편을 데려 갔어. 남편이 나한테 금세 돌아올 테니까 걱정 말라고 했는데 며칠이 지나도 돌아오지를 않더라고. 그러고는 그다음에 들은 소식이 감옥에서 목을 매 죽었다는 얘기였어."

담담하게 말하는 요코의 얼굴을 고다이는 잊을 수 없었다. 30여년이 지난 지금도 그녀의 마음속 상처가 치유되지 않은 건 명백해 보였다.

하지만 기록이라는 점에서는 이 사건은 완전히 풍화되었다. 아이치 현경에 문의해본 끝에 사건 내용을 알 수 있었지만, 어떤 수사를 했는지, 어떤 흐름으로 피의자 체포에 이르렀는지 등은 이제 더 이상 확인할 수 없는 상태였다. 쓰쓰이가 읽은 자료의 일부는 당시의 신문기사에서 인용한 것이다.

"참고인이 자진해서 그 사건 얘기를 꺼냈다는 거지?" 강력계 계장 사쿠라카와가 확인했다. 고다이 쪽의 직속 상사다.

그렇습니다, 라고 고다이가 대답에 나섰다.

"형사가 찾아왔을 정도니까 어차피 자신들이 아이치현에서 살았던 시절도 조사에 들어갈 것이다, 작은 동네라서 잠깐만 물어보고 다녀도 금세 안다, 그러느니 내가 먼저 나서서 얘기하자, 라고 생각했다고 합니다."

이건 이미 사쿠라카와에게는 보고한 내용이었기 때문에 다른 간부들 쪽을 향해 설명했다.

"이 건을 어떻게 다뤄야 할지 모르겠습니다." 사쿠라카와가 간부들의 의견을 청하듯이 말했다. "피해자 시라이시 겐스케의 행동 중에서 가장 이해하기 어려운 점은 사건 당일을 포함해 지난 한 달 사이에 세 번이나 몬젠나카초에 갔다는 사실입니다. 그런데 그 이유에 대해서는 전혀 알 수가 없었어요. 유일한 연결 고리라면 구라키 다쓰로라는 인물입니다. 구라키, 식당 아스나로, 피해자 시라이시 겐스케, 그 셋의 관계에 대해서는 계속해서 고다이 팀이 추적하도록 할 생각입니다. 문제는 쓰쓰이 경위가 방금 보고한 30여 년 전 사건에 대해 어디까지 손을 대느냐는 것입니다."

흐으음, 하는 신음 소리를 흘린 것은 좁고 긴 얼굴의 서장이다. "거참, 일이 복잡하게 얽혔네."

"네, 맞습니다."

"이건 아이치 현경 쪽에서는 되도록 건드리지 않았으면 하는 사건일 텐데 말이야. 구류 중인 피의자가 자살하다니, 실수도 보통 실수가 아니야. 잊어버리고 싶다고 할까, 없었던 일로 하고 싶지 않겠어?"

"그렇겠지요." 사쿠라카와는 고개를 끄덕였다. "그래서 상담을 드린 겁니다."

"그 식당 여주인들이 이번 사건의 범인일 가능성은 희박한 거지?"

"고다이의 보고에 의하면 그렇습니다. 범행 시각에 가게에서 일하고 있었답니다."

"그렇다면 혹시 그 식당이 어떤 형태로든 이번 사건과 관련이 있다고 쳐도 주인 모녀 쪽을 따로 조사해볼 필요는 없지 않나? 더구나

30년도 더 된 과거 일을."

　서장은 명백히 소극적인 태도였다. 다른 현의 경찰 당국을 굳이 자극하고 싶지 않은 것이다.

　고다이, 라고 호명한 것은 형사과장이었다.

　"자네 쪽으로는 어때? 그 주인 모녀는 이번 사건과 관계가 없을까?"

　고다이는 고개를 갸우뚱했다.

　"솔직히 말씀드리면, 아직 모르겠습니다. 다만 구라키 다쓰로가 그 식당 얘기를 숨기려고 했던 점은 마음에 걸립니다. 답례 선물을 준 사람을 잊어버렸다고 한 게 아무래도 자연스럽지 않으니까요. 제 생각에는 구라키가 숨기려고 했던 게 식당이 아니라 그 모녀의 존재였던 것 같습니다. 그래서……."

　"알았어, 이제 됐어." 형사과장은 고다이를 제지하듯이 손을 내민 뒤, 서장 쪽을 향했다. "아이치 현경에서는 물론 건드리지 말았으면 하겠지만, 당시 책임자가 아직까지 재직 중일 리도 없고, 실제로는 그리 꺼리지 않을 수도 있습니다."

　부하의 말에 서장도 결단을 내린 모양이었다. 마지못한 기색으로 사쿠라카와에게 고개를 끄덕였다. "알았어. 자네 생각대로 움직여 봐."

　"그러면 상사와 상의해서 아이치 현경의 협조를 받을 수 있도록 조처하겠습니다." 그렇게 말하고 사쿠라카와는 쓰쓰이와 고다이에게 눈짓을 건넸다. 자네들 일은 끝났다는 뜻인 모양이다.

　이만 실례합니다, 라고 상사들에게 머리를 숙이고 고다이는 쓰쓰이와 함께 회의실을 나왔다.

"이거, 일이 엄청 귀찮아질 것 같다." 복도를 걸어가면서 쓰쓰이가 조금 전 읽어 올린 서류를 팔랑팔랑 흔들었다.

"1984년이라니." 고다이는 한숨을 내쉬었다. "저는 아직 초등학교 입학도 안 했을 때예요."

"그러니 수사 자료가 폐기될 만도 하지. 이제 어떻게든 당시 담당자를 찾아내 물어보는 수밖에 없어."

"윗선의 책임자들은 대부분 고인이 됐겠지요?"

"담당자가 당시 우리 나이대였다고 해도 지금은 일흔이 넘은 나이야. 살아 있더라도 여기가 이상해졌을 수도 있어." 쓰쓰이가 관자놀이를 손끝으로 툭툭 치며 말했다.

고다이는 쓴웃음을 지으면서도 마음이 무거웠다. 혹시 그 사건을 명료하게 기억하는 인물이 있다고 해도 그런 걸 이제 새삼 다시 떠올리고 싶지는 않을 터였다. 탐문을 위해 멀리까지 찾아가도 분명 환영은 못 받겠구나, 라고 생각했다.

8

"된장 돈가스는 먹어본 적이 없는데, 고다이 씨는요?" 옆 좌석의 나카마치가 스마트폰을 들여다보며 물었다.

"실은 나도 처음이야. 지난번 출장 때 생각은 했는데 결국 못 먹었거든. 무슨 맛일지 상상이 잘 안 되더라고. 솔직히 말하면, 먹기도 전에 싫은 느낌이랄까."

"진짜요? 겉모습과는 달리 예민하시네요."

"그러니 결혼을 못 하지, 라고 어머니가 늘 얘기하셔. 근데 나카마치가 먹고 싶다면 나도 같이 갈게. 일 끝나고 괜찮은 식당 있으면 가보자고."

"한두 군데가 아니라 엄청 많아요. 나고야 명물이라잖아요." 나카마치는 스마트폰에서 눈을 떼지 못했다.

차내 안내방송이 이제 곧 나고야역이라고 알려주었다. 고다이는 호주머니의 티켓을 확인했다.

또다시 아이치현 출장 지시가 내려온 것은 간부 회의에 불려 가고 4일째 되던 날의 일이었다. 이번 행선지는 나고야시 덴파쿠구다. 나고야역이라서 '노조미호'로 갈 수 있다. 게다가 나카마치의 동행도 허락해주었다. 그는 오랜만의 출장이라면서 어깨에 잔뜩 힘이 들어가 있었다.

1984년에 일어난 '히가시오카자키역 앞 금융업자 살해 사건'의 수사 자료는 역시 거의 남아 있지 않았다. 공소시효가 만료된 데다 사건 발생 이후의 세월을 고려하면 자연스러운 흐름이어서 아이치현경이 의도적으로 은폐했다고 생각하기는 어려웠다. 은폐는커녕 상당히 협조적인 분위기로 당시의 수사 담당자까지 끈기 있게 찾아내준 것이다. 기록이 없어서 나이 든 수사원들의 기억에만 의존해야하는 일이었기 때문에 몹시 힘들었으리라는 건 쉽게 짐작할 수 있었다. 고다이로서는 저절로 머리가 숙여지는 심정이었다.

그렇게 찾아낸 사람이 이제부터 고다이 일행이 만나려고 하는 인물이다. 해당 사건을 담당했던 전직 형사다. 나이는 72세. 사건 당시에는 아직 마흔이 되기 전이었다. 그야말로 현장에서 뛴 형사였던 게 아닐까, 라고 기대할 만했다.

이번 시라이시 변호사 살해 사건 쪽은 유감스럽게도 수사가 진전되었다고 말하기는 어려운 상황이었다. 흉기로 쓰인 나이프는 대형 쇼핑몰에서 누구라도 살 수 있는 물건이고, 살해 현장에서 범인의 유류품으로 보이는 것은 발견되지 않았다. 현장 주변에 설치된 방범 카메라에서도 아직까지는 유익하다고 할 만한 영상은 찾지 못했다. 구라키 다쓰로가 아스나로 식당에 드나든 것을 밝혀내준 탐문수사 팀도 그 이후에는 딱히 성과랄 게 없었다.

현재로서는 시라이시 변호사가 소지한 스마트폰의 위치정보를 바탕으로 수사 중인 쪽에서 뭔가 나올 것으로 기대하고 있었다. 난생처음 마주한 자에게 살해되었다고는 생각하기 어렵기 때문에 과거에 시라이시 겐스케와 범인은 분명 어딘가에서 만났을 터였다. 그래서 최근의 동선을 샅샅이 추적하고, 가게 등에 머문 경우에는 누군가 만났을 가능성을 고려해 그곳에 설치된 방범카메라의 동일 동시각의 영상을 판독하는 것이다. 실내에 방범카메라가 없는 경우에는 부근의 방범카메라로 도로 등을 확인했다. 끈기가 필요한 작업이지만 피해자가 최근에 어떤 사람들과 접촉했는지 정확히 알아낼 수 있다는 이점이 있었다.

그렇지만 그걸로 반드시 범인이 판명된다고 할 수는 없다. 방범카메라에 찍힌 사람들이 단순히 업무 관련자나 의뢰인들뿐이라면 그 다음부터는 딱히 할 수 있는 것이 없다.

고다이가 나카마치와 나고야역 개표구를 나선 참에 한 남자가 다가왔다. 나이는 서른 살 전후일까. 안경을 썼고 붙임성 좋은 인물이었다.

인사를 나누고 서로 신분을 밝혔다. 그쪽은 아이치 현경 지역과 소속의 가타세 경장이었다. 길을 안내해주기로 사전에 얘기가 되었던 것이다.

"번거로운 일을 부탁드려서 죄송합니다." 도쿄에서 사 온 선물을 내밀며 고다이는 미안한 마음을 표했다.

"그건 걱정 마시고요. 서로 품앗이 아니겠습니까." 가타세가 웃으면서 말했다.

여기서 곧장 차로 갈 모양이었다. 역을 나서자 두 사람을 남겨놓고 가타세는 차를 가지러 갔다. 잠시 뒤 흰색 세단이 나타났다. 운전을 하는 건 가타세였다.

나카마치가 조수석에 타려는 것을 제지하고 고다이가 앉았다. 그러는 게 가타세와 얘기하기가 편하기 때문이다.

"도쿄에서 귀찮은 일을 밀어붙인다고 불만이 많았겠지요? 30년도 더 된 옛날 사건을 다시 꺼냈으니." 차가 출발한 뒤에 고다이는 말했다.

"아뇨, 저는 개인적으로 흥미롭던데요. 내가 태어나기 전의 사건을 조사해보는 귀한 경험이잖아요." 가타세의 말투는 온건했다. 인사치레로 하는 말은 아닌 것 같았다.

"가타세 씨도 이번 조사에 참여하셨습니까?"

"전직 경찰이었어도 현재는 평범한 할아버지니까요. 당연히 지역과에서 나서서 찾아야죠."

가타세에 의하면 지금 만나러 가는 인물의 이름은 무라마쓰 시게노리, '히가시오카자키역 앞 금융업자 살해 사건' 발생 당시에 관할서 형사 1과 소속이었다. 그때의 계급은 경사였고 수사 최전선에 참여했다는 얘기였다.

"정신이 아주 또렷해서 그 사건에 대한 내용을 명확히 기억하신다고 합니다. 그리고 아마 이게 가장 중요할 것 같은데, 당시의 수사 기록을 보관하고 있답니다."

"엇, 정말요?"

"근데 그게 개인적인 기록일 뿐이라서 좀 아쉽죠. 현역 시절에 사용한 수첩이며 파일 등을 버리지 않고 보관해뒀다, 라는 얘기였어요. 그 속에 해당 사건에 관한 것도 들어 있었다고 합니다."

"아하, 그렇군."

고다이는 공감이 되었다. 그 역시 지금까지의 수사 기록을 자신의 방에 보관해두고 있다. 아무 도움도 안 된다는 걸 알면서도 선뜻 내버릴 수 없는 것이다. 이 결과를 따내기 위해 얼마나 사방팔방 뛰어다녔는지 알고 있는 건 자신뿐이다.

30분쯤 달렸을 때 가타세가 차를 세웠다. 주택가였고 근처에 유치원이 있었다. 연립주택이 눈에 띄는 걸 보면 샐러리맨 세대가 많이 사는 지역인지도 모른다.

가타세가 안내해준 집은 동서양을 절충해서 지은 오래된 단독주택이었다. 지난번에도 그랬지만 역시 주차 공간을 널찍하게 잡아서 두 대는 너끈히 세울 것 같았다. 하지만 지금은 경차 한 대가 있을 뿐이었다.

가타세가 인터폰으로 몇 마디 건네자 현관문이 열리고 백발의 남자가 나타났다. 예상했던 것보다 작은 몸집에 얼굴 생김새도 온후했다. 전직 형사, 라는 분위기는 없었다.

남자는 친절하게 고다이 일행을 맞아주었다. 안내를 받아 들어간 곳은 작은 정원이 내다보이는 서양식 거실로, 대리석 테이블을 끼고 고다이 일행은 무라마쓰와 마주 앉았다. 정식으로 인사를 나눈 뒤, 그의 아내가 차를 내주었다. 아주 조용한 여성으로 짧은 머리를 환한 색깔로 염색하고 있었다. 곱게 화장을 했지만, 손님에 대비한 것인지도 모른다.

"바쁘실 텐데 죄송합니다."

고다이가 머리를 숙이자 무라마쓰는 아니, 아니, 라고 손을 가로 저었다.

"바쁠 일이 뭐가 있어야 말이지요. 얼마 전까지는 주차감시원 일이라도 했었는데 그것도 결국 밀려났어요. 날마다 시간이 남아돌아 어쩔 줄을 모르겠다니까. 나 같은 사람이라도 괜찮다면야 힘닿는 대로 협력해야지요." 무라마쓰의 말투는 쾌활했다. 가타세가 말했던 대로 아직 두뇌는 명민한 것이리라.

"얘기를 들으셨겠지만, 며칠 전 도쿄에서 일어난 살인 사건의 수사 중에 한 참고인이 아이치현 출신이고, 예전에 여기서 일어난 살인 사건 피의자의 아내인 것으로 밝혀졌어요. 1984년의 '히가시오카자키역 앞 금융업자 살해 사건'입니다."

고다이의 말에 무라마쓰는 진지한 표정으로 고개를 끄덕였다.

72

"그렇다더군요. 그 사람, 도쿄에서 살고 있었던가요? 나도 한두 번 본 적이 있을 텐데, 얼굴이 생각이 안 나네요."

"실제로 우리가 수사하는 사건과 관계가 있는지 어떤지는 아직 확실치 않지만, 일단 어떤 사건이었는지 파악해두려고 이렇게 찾아오게 됐습니다."

무라마쓰는 만족스러운 듯이 응응, 하고 고개를 끄덕였다.

"그런 일이라면, 내 입으로 이런 말은 좀 뭐하지만, 내가 딱 적임자예요. 그 사건을 처음부터 끝까지 최전선에서 관여했으니까. 아무튼 현장에 가장 먼저 달려간 형사 중의 하나예요. 신고자가 아직 그 사무실을 떠나지 않고 사체 옆에 그대로 서 있었어."

"그렇습니까?" 고다이는 눈을 둥그렇게 떴다. 그렇다면 분명 적임자다.

무라마쓰는 옆에 놓인 종이가방에서 낡은 대학노트 한 권을 꺼내더니 테이블 위의 안경을 썼다.

"그날 일은 또렷이 기억나지요. 당시 내가 야하기가와 옆에서 살고 있었는데 저녁을 먹는 참에 갑작스럽게 호출이 떨어져 급하게 현장으로 달려갔어요. 나고야 철도 히가시오카자키역 옆에 있는 상가빌딩 2층이었어요. '그린 상점'이라는 수상쩍은 간판이 달린 사무실에서 양복 차림의 남자가 칼에 찔려 죽어 있었어요. 바닥에 피 묻은 칼이 떨어져 있는데 원래 사무실 비품으로 쓰던 것이라고 했으니까 계획적인 범행은 아니고 서로 티격태격하던 끝에 충동적으로 찌른 것으로 보였지요. 그래서 즉각 수사본부가 설치되고 수사가 진행됐는데, 조사해볼수록 피해자 하이타니라는 자가 제대로 된 인간이 아니라는 게 드러났어요. 이렇게 말하면 안 되겠지만, 살해되는 게 당연할 만한 인간이었지."

"어떤 짓을 했는데요?"

"오늘 여기 오신 분들은 젊어서 잘 모르겠지만, 동서상사 사건이라고 들어본 적이 있습니까?"

"동서상사……. 아, 경찰학교에서 배웠던 게 기억납니다. 대규모 사기 사건이었지요?"

무라마쓰는 크게 고개를 끄덕였다.

"그게, 우선 고객에게 순금을 팔아치워요. 자산 가치가 있다, 반드시 가격이 폭등한다, 라고 해가면서. 물론 순금을 판매하는 것 자체야 뭐, 괜찮지요. 문제는 그 현물 순금을 고객에게 건네주지 않는 거예요. 현물 대신에 증권이라는 종이쪽을 건네주지요. 그러고는 현물은 회사에 보관해둔다고 합니다. 실제로 그런 거라면 문제가 없지만 실은 그렇지 않았어요. 회사는 순금을 구입하지도 않고 고객에게서 받은 돈만 자기들 지갑에 착착 쌓아뒀어요. 어떻게 그런 사기에 넘어갔나 하고 이상하게 생각할지도 모르지만, 그 수법에 노인들을 비롯해 젊은 사람들까지 깜빡 속아 넘어갔어요. 물론 언제까지고 속일 수는 없지요. 불만 신고를 하는 사람이 줄을 이어서 회사의 계략이 들통이 났어요. 회사는 망하고 남은 자산은 피해자들에게 돌려주게 됐습니다. 근데 그게 아주 미미한 금액이었어요." 거기까지 단숨에 말하고 무라마쓰는 차를 마셨다.

"그런데 그 사건과 관계가 있었습니까?" 고다이가 물었다.

"간접적으로 관계가 있었어요. 동서상사라는 회사는 망했지만, 간

부나 사원들이 그 시절에 얻은 노하우를 이용해 새로운 사기 사업을 벌인 거예요. 골프 회원권을 이용하고 팔라듐을 선물거래 하고 싸구려 보석을 고가에 팔아치우고…… 아무튼 온갖 수법을 동원해 고객을 속여서 돈을 뜯어내요. 그러고는 끝장에는 야반도주하거나 회사를 계획 도산시키는 거예요. 그때마다 희생되는 건 노인네들이었어요. 특히 혼자 사는 노인들을 주로 노렸죠. 일일이 전화해서 혼자 산다는 것을 알면 이 방법 저 방법으로 속여먹어요. 은행 예금이 너무 많으면 연금이 감액되니까 투자로 돌리는 게 좋다느니, 그런 사기를 치는 것이죠. 그야말로 인간쓰레기들인데, 그런 자들에게 빌붙어 콩고물을 얻어먹는 하이에나 짓을 했던 게 바로 피해자 하이타니 쇼조였어요."

드디어 사건과 연결되는구나, 하고 고다이는 저절로 몸을 앞으로 내밀었다.

"방금도 말했듯이 악덕상법을 쓰는 자들은 항상 사냥감을 찾는 데 혈안이 되어 있어요. 하이타니는 그런 자들에게 접근해 그럴싸한 대상을 소개해준 거예요. 전에 생명보험회사에 다닌 적이 있어서 퇴직할 때 마음대로 들고나온 고객 명부가 정보원이었지요. 연령이며 수입이며 저축액, 경우에 따라서는 가족 구성까지 파악하고 있었어요. 악덕상법을 기획하는 자들의 입장에서는 실로 안성맞춤인 사람이죠. 하이타니는 그런 악덕 회사의 영업사원을 데리고 사냥감이 된 노인들 집에 찾아다녔어요. 이미 가입한 생명보험의 애프터서비스인 척하면서 그 영업사원을 소개해준 것이지요. 노인들로서는 자신이 가입한 보험사 사람이니까 딱 믿고 홀라당 넘어가는 거예요. 게

다가 하이타니가 아주 달변가였던 모양이에요. 시시때때로 선물을 들고 찾아와주니까 적적한 노인들이 한 가족처럼 마음을 터놓게 된 것이지요."

무라마쓰의 얘기를 듣고 보니 정말 살해되는 게 당연할 만한 인간이었구나, 하고 고다이도 고개가 끄덕여졌다.

"살해 동기가 짐작이 가는군요."

"그렇지요? 그래서 수사 방침도 하이타니에게 피해를 입은 사람들을 조사해보는 게 중심이었어요. 그런데 막상 수사를 해보니 뜻밖에도 그 사건이 일어난 시점에는 자기가 속은 것을 아는 사람이 거의 없었어요. 개중에는 여전히 하이타니의 말을 곧이곧대로 믿고 그가 살해되었다는 소식에 그런 착한 사람이 왜 그런 일을 당하냐면서 우는 할머니까지 있었다니까."

고다이 옆에 있던 나카마치가 "허 참, 대단하네, 대단해"라고 중얼거렸다. 하이타니의 사기 테크닉에 대한 느낌을 내뱉은 것이었다.

"그런 가운데, 수사 선상에 떠오른 사람이 후쿠마 준지라는 인물이었어요. 도요가와에서 전자대리점을 운영하던 사람인데, 하이타니의 소개로 팔라듐 선물거래에 투자를 했더라고요. 44세로 피해자 중에서는 젊은 편이었지만, 어설피 전기전자 쪽 지식이 있었던 게 탈이었어요. 자기 나름대로 잠깐 공부를 해보고는 정말로 팔라듐이 유망한 금속이라고 판단했던 모양이에요. 근데 선물거래 분야에 대해서는 완전히 아마추어였죠. 가격이 가장 높을 때 사들이게 하고 가격이 최하로 떨어졌을 때 회사 쪽 마음대로 파는 것을 거듭하다가 순식간에 재산이 바닥나버렸어요. 그동안에 사기업자는 무슨 짓을 했는가 하면, 후쿠마가 사들일 때는 팔고 팔았을 때는 사둔 거예요. 후쿠마와는 반대로 가장 싼 가격에 사들이고 가장 비싼 가격에 팔았으니 뭐, 땅 짚고 헤엄치기죠. 후쿠마의 돈이 고스란히 업자에게 넘어간 거예요."

"정말 악질적이었네요." 고다이는 얼굴을 찌푸렸다. "근데 왜 그런 거래를 계속했을까요?"

"업자가 원금은 보장해준다고 했기 때문이에요. 그래서 설령 돈을 벌지는 못해도 자신이 투자한 돈은 돌아올 거라고 후쿠마는 생각했겠죠. 그런데 업자가 행방을 감춰버린 겁니다. 그제야 후쿠마는 속은 것을 깨닫고 하이타니를 찾아가 항의를 했어요. 분명 당신도 한패일 테니까 손해난 돈을 돌려달라고 한 겁니다. 물론 하이타니가 수긍할 리가 없지요. 나는 소개만 했을 뿐이다, 아무것도 모른다고 딱 잡아뗐겠죠. 하이타니가 사무실 전화 당번으로 자기 조카를 앉혀뒀었는데, 그 조카 얘기에 의하면 후쿠마가 사무실에 여러 번 찾아왔었다더라고요." 무라마쓰는 안경을 올리면서 노트에 시선을 떨구었다. "사건 당일에도 후쿠마의 모습이 목격되었어요. 신고가 들어오기 30분 전쯤에 빌딩 계단에서 메밀국숫집 배달원과 마주쳤어요. 당연히 임의동행을 하게 됐습니다."

"후쿠마는 범행을 인정했습니까?"

무라마쓰는 입 끝을 ㅅ자로 구부리며 고개를 저었다.

"사무실에 찾아가 하이타니를 만난 것은 인정했어요. 근데 칼로 찌른 건 자신이 아니라고 했습니다. 그냥 때렸던 것뿐이라고."

엇, 하고 고다이는 되물었다. "때렸다고요?"

"응, 때렸다고 하더라고. 그건 인정한다고. 그 말을 듣자마자 상해죄로 체포하게 됐죠. 실제로 사체의 안면 부위에 내출혈이 있어서 범인에게 얻어맞은 것으로 추정하고 있었으니까."

그렇게 된 거였구나, 라고 고다이는 납득했다. 그런 거라면 별건 체포라고는 할 수 없을 것이다.

"그 순간부터 후쿠마의 신병은 구속 상태였겠군요."

"그렇죠. 상해죄로 검찰에 송치한 뒤, 취조에 들어가게 됐어요."

"무라마쓰 씨가 취조를 담당했습니까?"

"그건 아니고, 후쿠마를 취조한 사람은 현경본부에서 나온 경위와 경사였어요. 이름은 그러니까……." 무라마쓰는 노트를 확인하고 야마시타 경위와 요시오카 경사라고 알려주었다. "엄격한 취조로 유명한 콤비였어요. 때리기는 했으나 칼로 찌르지는 않았다, 라는 괴이쩍은 말을 하는 놈은 위협을 해서라도 실토하게 하는 게 제일이다, 라는 식이 된 것이지요. 그래서 야마시타 팀이 취조를 담당한다는 말을 들었을 때, 우리도 타당하다고 생각했습니다. 그 콤비라면 곧바로 일을 처리해줄 거라고 기대했으니까요. 난폭한 경찰이라는 의견도 있겠지만, 그 시절의 수사라는 게 대개 그런 식이 아니겠습니까."

취조 얘기가 나오자마자 무라마쓰의 말투가 모호해졌다.

"무라마쓰 씨는 취조에 입회한 적도 없었던가요?"

"없었어요. 단지 기록 담당자에게서 안의 상황을 들은 적은 있어요. 취조를 하는 건 주로 요시오카 씨였는데 아주 험악하게 추궁하는 통에 후쿠마가 완전히 겁을 먹었다고 하더라고요. 야마시타 씨는 옆에서 그런 요시오카 씨를 짐짓 나무라면서 후쿠마에게 살짝 다정한 말을 건네고 얼른 실토하지 않으면 훨씬 더 험한 꼴을 당할 거라는 식으로 슬슬 달랬던 모양이에요. 그 정도로 몰아붙이면 그리 길게는 못 버틴다, 이제 곧 자백할 것이다, 라고 기록 담당자가 얘기했었죠. 그런데…….” 무라마쓰는 굵은 한숨을 내쉬었다. “그런 일까지 벌어질 줄은 꿈에도 생각을 못 했어요.”

“목을 맸다고 들었습니다만.”

“그랬죠. 자기 옷을 죽죽 찢어서는 길게 꼬아서 창문의 철 격자에 걸고 목을 맸어요.” 무라마쓰는 찻잔을 손에 들었지만, 이미 빈 잔이었는지 안을 들여다보고는 테이블에 다시 내려놓았다.

“그 사건의 대략적인 개요는 그 정도예요. 유치장 관리에 허점이 있었던 것은 분명하지만, 수사라는 면에서는 딱히 큰 실수는 없었다는 게 내 생각이에요.”

고다이는 고개를 끄덕였다. 얘기를 들어보니 무라마쓰의 판단도 맞는다고 생각되었다. 피의자 사망인 채로 검찰에 송치되어 불기소로 처리되었다는 결말도 이해가 되었다.

무라마쓰는 저만치 앉아 있던 아내를 불러 다시 차를 내려달라고 부탁하고 고다이 쪽을 향했다. “그 사건에 대해 그 밖에 더 궁금한 게 있습니까?”

고다이는 등을 반듯하게 폈다.

“사건 관계자 중에 구라키라는 인물은 없었습니까? 구라키 다쓰로라는 사람인데요.”

구라키, 라고 입 밖에 내보더니 무라마쓰는 고개를 갸우뚱했다.

"글쎄 그건 모르겠네? 벌써 30년도 더 된 옛날 일인 데다 그때도 아주 여러 사람을 만났으니까 관련자들의 이름을 일일이 기억했다가는 머리에 펑크가 나지. 어쨌든 그 사건의 중요 인물 중에 그런 이름은 없었던 것 같군요."

무라마쓰는 종이가방 안에서 파일 한 권을 꺼냈다. 그러자 뭔가 함께 딸려 나와 바닥에 떨어졌다. 검은색의 작은 가죽수첩이었다. 무라마쓰는 그것을 주워 다시 종이가방에 넣고 파일을 고다이에게 내밀었다.

"하이타니가 악덕상법 패거리들에게 소개한 사람들의 목록이에요. 엉터리 같은 도자기를 산 사람, 다단계 판매에 걸려든 사람도 있었어. 완전히 사기 상법의 백화점이에요."

고다이는 파일을 받아 나카마치에게 건넸다. "구라키 다쓰로의 이름이 있는지 찾아봐줘."

"알겠습니다."

나카마치가 파일을 펼치는 것을 지켜본 뒤에 고다이는 종이가방 쪽으로 시선을 돌렸다.

"조금 전의 그 수첩은 현장에서 쓰셨던 건가요?"

"이거?" 무라마쓰가 수첩을 꺼내 들었다. "그렇죠, 현장에 갖고 다녔어요."

"잠깐 봐도 될까요?"

"물론 봐도 되지요. 내가 당시에 이 수첩을 여러 권 사놓고 사건이 일어날 때마다 새것을 들고 뛰어가곤 했거든요."

"아하, 그건 정말 합리적인데요."

고다이는 낡은 수첩을 펼쳤다. 첫 페이지에 '5/15 7시 55분 현장 도착. 야하기가와 빌딩 2층 그린 상점. 피해자 하이타니 쇼조'라고 적혀 있었다. 급하게 휘갈겨 쓴 글씨였지만 겨우겨우 알아볼 만했다. 저녁 식사 중에 뛰쳐나간 긴박감이 그대로 전해져 왔다.

다음 페이지에는 '사카노 마사히코, 여동생의 아들. 전화 담당'이라고 적혀 있었지만 그 뒷부분은 한층 더 글씨가 험해서 알아볼 수 없었다.

"여기 이건 뭐라고 쓰신 건가요?"

"응? 어이구, 글씨가 개발새발이라서 미안하네. 어디 좀 볼까."

고다이는 무라마쓰에게 다시 수첩을 건넸다. 그때 나카마치가 옆에서 파일을 돌려주며 말했다. "이 목록에는 구라키라는 이름은 없습니다."

"그래?"

하긴 그럴 거라고 생각했다. 무라마쓰의 말에 따르면 피해자는 주로 노인이다. 당시 30세 남짓이었던 구라키가 사기 대상이 되었을 가능성은 낮다.

"이건 하이타니의 조카에게서 들은 진술이네." 이윽고 무라마쓰가 말했다. "아까 내가 말했었지요? 하이타니가 여동생의 아들을 사무실 전화 당번으로 쓰고 있었다고. 사카노 마사히코라고 이름을 적어둔 게 그 조카예요. 우리가 사건 현장에 달려갔더니 그 사람이 기다리고 있다가 대략적인 상황을 얘기해줬어요. 어디 보자, 공중전화로 경찰에 신고한 뒤에 건물 밖에 나가 있었다, 라고 적혀 있네."

"어?" 고다이는 무라마쓰의 얼굴을 보며 물었다. "아까 처음에, 신고자가 아직 사무실에서 나오지도 않고 사체 옆에 서 있었다, 라고 하시지 않았던가요?"

"그랬죠. 내 기억으로는 그랬는데……. 흠, 이상하네?" 무라마쓰는 자신의 낡은 수첩을 넘겨보기 시작했다. 이윽고 아하, 그렇구나, 라고 큰 소리를 냈다. "생각나네. 미안합니다, 내가 잠깐 착각을 했군요. 두 명이 있었어요."

"두 명?"

"응, 사체 발견자가 두 명이었어. 한 명은 경찰에 신고한 조카였고, 또 한 명은 사무실 안에 있었던 인물이에요. 어디 보자, 그 조카 얘기로는 운전기사였다고 적혀 있네."

"운전기사라면 택시 운전기사 말입니까?"

"그게 아니고…… 아, 여기 써났네." 무라마쓰가 수첩을 얼굴에서 멀리 떼면서 말했다. 노안경을 쓰고서도 잘 안 보이는 모양이다. "접촉 사고 낸 사람, 사죄로 출퇴근 운전, 이라고 적혀 있어. 맞다, 그런 일이 있었네."

"무슨 일이었습니까?"

"확실하게 기억나지는 않는데, 별일은 아니었어요. 그즈음에 교통사고로 하이타니가 가벼운 부상을 입었어요. 그래서 부상이 완치될 때까지 사고를 낸 사람이 하이타니의 운전기사 역할을 해줬다는 거예요. 하이타니의 조카가 그 사람과 함께 사무실에 들어갔다가 사체를 발견했어요. 하지만 그 사람은 별문제가 없어서 초기 단계에 용의 선상에서 제외됐을 겁니다." 그렇게 말하면서 무라마쓰는 수첩을 몇 장 넘겼지만, 갑자기 그 손이 딱 멈추고 엇 하는 소리를 흘렸다.

"왜 그러십니까?"

무라마쓰는 안경 안쪽의 눈이 둥그레진 채 수첩을 펼쳐 든 손을 고다이 쪽으로 내밀고 또 다른 손으로 수첩 속의 한 곳을 가리켰다.

고다이는 슬쩍 엉덩이를 들고 수첩을 들여다보았다.

몇 개의 단어와 짧은 글이 어지럽게 적혀 있었다. 모두 알아보기 힘든 글씨였지만, 무라마쓰가 가리킨 글자는 단박에 알아볼 수 있었다.

'구라키'라고 적혀 있었던 것이다.

9

무라마쓰의 집을 나와 다시 가타세가 운전하는 차를 타고 나고야 역으로 갔다. 이번에는 나카마치를 조수석에 앉히고 고다이는 뒷좌석에서 도쿄 특별수사본부에 전화를 걸었다.

"나도 지금 연락하려던 참이야." 사쿠라카와가 말했다. "근데 우선 그쪽 얘기부터 듣자. 목소리가 활기찬 것 같은데, 뭔가 좀 건져냈어?"

"놀랄 만한 사실을 알았습니다."

고다이는 무라마쓰의 집에서 얻은 정보를 전했다.

"그거 진짜 놀랍네. 그 사건에 구라키가 관계가 있었다니."

"무라마쓰 씨의 수첩에 적힌 것뿐만 아니라 보관해둔 자료를 뒤져봤더니 지문 채취 동의서 복사본도 나왔습니다. '구라키 다쓰로'

라는 자필 서명이 있었어요. 이건 틀림없습니다."

"이제 그 식당과의 연결 고리가 잡혔군. 와아, 퍼즐이 착착 맞춰진 다는 게 바로 이런 거네. 줄줄이 카드가 열리고 있어."

"그쪽에서도 뭔가 나왔습니까?"

"나왔다고 할 정도가 아니야. 방범카메라 조사팀에서 엄청난 걸 찾아냈어. 10월 6일, 시라이시 변호사가 도쿄역 옆의 찻집에 갔었더라고. 근데 그 가게 입구에 설치된 방범카메라에 시라이시 변호사보다 2분 늦게 들어간 인물이 찍혔어. 그게 누군지, 말 안 해도 알겠지?"

"구라키 씨였군요."

"그렇지. 지금 즉시 구라키를 찾아가서 단단히 추궁하도록 해. 지원군으로 쓰쓰이 일행도 보내기로 했어. 거기 경찰 쪽에는 우리가 미리 연락할 테니까 경우에 따라서는 구라키를 거기로 임의동행 해도 좋아."

"구라키의 자택에 가기 전에 소재를 확인하지 않아도 될까요?"

"그건 안 해도 돼. 도쿄에서 또다시 형사가 찾아간다고 하면 분명 큰일이 터졌다고 생각하겠지. 실제로 구라키가 이 사건에 관여했을 경우, 자칫 도주할 우려가 있어. 현재 자네 위치에서 구라키의 자택까지는 바로 코앞이잖아. 혹시 허탕을 치더라도 괜찮지?"

"네, 그렇죠. 예고할 것 없이 즉각 가겠습니다."

전화를 끊고 나카마치에게도 본부 측의 얘기를 전해주었다.

"드디어 발동이 걸리는군요." 나카마치가 눈을 반짝이며 말했다.

"지원군까지 보내주는 건 구라키가 도망치지 못하게 집 주변을 감시하려는 거야. 계장님이 구라키를 진범으로 판단한 모양이야."

오, 잘됐네요, 라고 운전석에서 가타세가 말했다. "어쩐지 저까지 두근두근합니다. 힘내서 잘해주십쇼."

예에, 라고 고다이도 힘차게 대답했다.

나고야역에 도착하자 감사 인사를 건네고 가타세와 헤어진 뒤, 신칸센 '고다마호'의 상행선에 탔다.

"그나저나 희한하네. 30여 년 전 사건이 이번 사건과 무슨 관계가 있는 거지?" 자유석에 앉아 고다이는 팔짱을 끼며 말했다.

"아니, 나는 그것도 좀 궁금하더라고요. 분명 구라키는 옛날 그 사건의 관계자였지만, 당시 수사팀에게는 그리 중요한 인물이 아니었다는 얘기였잖아요. 영화로 말하자면 엑스트라예요. 겨우 그 정도 관련밖에 없는데 아직도 그 사건에 얽매인다는 건 과연 어떤 경우일까요?"

"나도 모르지. 아예 감도 못 잡겠어." 고다이는 어깨를 으쓱 쳐들었다.

미카와안조역에 도착하자 곧장 택시 승차장으로 향했다. 두 번째라서 익숙해졌다. 택시 운전기사에게 "사사메 쪽으로 가주십쇼"라고 말했다.

구라키의 집 앞에서 택시를 내렸다. 한 차례 심호흡을 하고 대문으로 다가가 인터폰 버튼을 눌렀다. 하지만 한참을 기다려도 반응이 없었다. 집에 없는 건가. 고다이는 나카마치와 얼굴을 마주 보았다.

그때였다. "또 볼일이 있습니까?"라고 등 뒤에서 누군가 말을 건넸다. 돌아보니 구라키가 서 있었다. 손에 종이가방을 들었다.

"아, 네, 꼭 확인해야 할 게 있어서요." 고다이는 말했다.

"그렇습니까. 그러시다면 네, 들어오시죠. 대접할 건 별로 없지만." 구라키가 호주머니에서 열쇠를 꺼내며 다가왔다.

집 안에 들어가자 지난번의 그 거실로 안내해주었다. 구라키는 "잠시만 기다려요"라면서 종이가방에서 생화를 꺼내 불단에 올리고 합장을 했다. 그 등이 유난히 작게 느껴졌다.

기다리게 해서 미안하다고 말하고 고다이와 나카마치의 맞은편에 자리를 잡았다.

"불단에 정기적으로 꽃을 올리십니까?" 고다이가 물었다.

"아뇨, 마음 내킬 때만 하지요. 오늘은 어쩐지 그러고 싶어서." 구라키가 희미하게 웃었다. 그렇게 봐서 그런지 지난번보다 기운이 없는 것 같았다. "그나저나 확인할 일이란 건 뭐지요?"

"지난번에 상경하셨던 것 말인데요, 10월 5일에 도쿄에 갔고 그다음 날 돌아왔다고 하셨지요? 어떤 일로 가셨던 건가요?"

"그건 지난번에도 말씀드렸을 텐데? 아들을 좀 보고 싶어서 다녀왔다고."

"아드님만 보러 가셨던 겁니까?"

"그건 무슨 말씀이신지……."

"10월 6일 저녁, 도쿄역 옆의 찻집에 가셨지요?"

구라키의 뺨이 팽팽해지는 게 보였다. 대답을 못 하고 있었다.

"어떻게 그걸 알았는지, 의아한 모양이시군요. 그럴 만도 합니다." 고다이는 상대의 표정을 관찰하며 말을 이어갔다. "자세한 설명은 생략하지요. 간단히 말하자면, 도쿄라는 곳은 이제 사방이 방범카메라예요. 식당이나 편의점에서 방범카메라를 설치하는 건 자기방어의 관점에서 당연한 일이겠지만, 그 밖에 거리 곳곳에도 감시카메라가 설치되었습니다. 예전에는 공중전화가 나쁜 짓을 하는 자들에게 안성맞춤의 도구였죠. 그런데 요즘은 경찰에게 든든한 한편이 되어주고 있어요. 범인이 공중전화를 이용했다는 것을 알기만 하면 도쿄 전역의 공중전화 부근 방범카메라 영상에 대한 분석에 들어가거든요. 공중전화 부근에는 거의 백 퍼센트 방범카메라가 있어서 이용자의 모습을 정확히 포착할 수 있기 때문입니다. 그런 감시 사회의 그물망에 구라키 씨도 걸려들었다는 뜻이죠. 내친김에 좀 더 말씀드리자면, 구라키 씨가 그 찻집에서 만난 사람의 모습도 똑똑히 영상에 남았어요. 굳이 말씀드릴 것도 없겠지요? 바로 시라이시 변호사였습니다."

구라키는 말이 없었다. 눈은 허공의 한 점을 응시하는 것 같았다. 방심 상태는 아니라는 건 그 눈빛을 보면 명백했다. 뭔가 갈등하고 있는 게 아닌가, 라고 고다이는 생각했다.

"지난번에 구라키 씨는 시라이시 변호사와는 전화 통화만 했을 뿐, 만난 적은 없다고 대답하셨어요. 전화를 한 이유도 무료 상담이었기 때문이라고 하셨죠. 하지만 실제로는 며칠 뒤에 도쿄에 올라가 시라이시 변호사를 만나셨잖습니까. 대체 어떻게 된 겁니까? 설명해주시죠."

구라키는 여전히 아무 말 없이 몸이 굳어버린 듯 꼼짝도 하지 않았다.

고다이는 구라키와 시선이 마주치는 위치로 허리를 틀었다. "실은 제가 아사바 요코 씨와 오리에 씨를 만나봤습니다."

구라키의 눈동자가 희미하게 움직임을 보였다.

"요코 씨가 도미오카 하치만구의 부적을 구라키 씨에게 답례로 드렸다고 하더군요. 그런데 왜 그런 사실을 구라키 씨는 잊어버렸다는 식으로 말씀하셨죠? 그런 건 잊어버릴 리가 없는데 말이에요."

구라키가 눈을 질끈 감았다. 이래서는 역시나 고다이도 시선을 맞출 수가 없다.

"왜 아스나로 식당에 드나들었습니까? 그걸 아드님에게까지 숨겼던 이유는 뭐죠? 그뿐만이 아니에요, 구라키 씨는 그 모녀에게도 비밀로 하셨더군요. 자신이 30여 년 전 '히가시오카자키역 앞 금융업자 살해 사건'의 사체 첫 발견자라는 것을 숨기셨어요. 그건 어째서입니까?"

구라키가 눈을 뜨고 천천히 몸을 일으켰다. 불단 앞으로 이동해 조금 전과 마찬가지로 합장을 했다.

"구라키 씨……."

"이제 그만, 됐습니다."

"예?"

구라키가 이쪽을 향했다. 고다이는 흠칫 놀랐다. 방금 전까지와는 비교도 할 수 없을 만큼 온화한 얼굴이었기 때문이다.

"전부 내가 했습니다. 그 모든 사건의 범인은 나예요."

"전부라니…… 그러면 혹시?"

네, 라고 구라키는 고개를 끄덕였다.

"내가 시라이시 씨를 살해했습니다. 그리고 하이타니 쇼조를 칼로 찔러 살해한 것도 나였어요."

10

지금으로부터 33년 전의 일입니다. 나는 당시에 아이치현에 소재한 자동차 부품회사에서 일하고 있었어요. 그때는 아직 내 집이 없어서 국철國鐵 오카자키역 근처 월세 연립주택에서 회사까지 자동차로 출퇴근을 했습니다. 그렇죠, 당시는 아직 국철이라고 했어요, JR가 아니라.

하루는 출근길에 자전거와 접촉 사고가 나서 상대가 부상을 입었습니다. 그 상대라는 게 하이타니 쇼조였어요.

부상이래야 그리 대단한 건 아니었어요. 하지만 하이타니는 교활하고 음습한 사람이었습니다. 이쪽이 납작 엎드려 사죄하는 것을 오히려 빌미로 삼아 이러니저러니 무리한 요구를 했어요. 내가 치료비를 내는 건 당연한 일이라고 생각했지만, 그것도 터무니없는 액수를 불렀습니다. 게다가 사무실 출퇴근 때마다 내 차로 운전해서 데려다 달라고 지시하기도 했습니다.

결국 인내심이 한계에 달했던 게 그날 저녁이었습니다. 자전거 수리비 청구서를 내밀었는데 그게 또 말이 안 되는 액수였으니까요. 아예 새것을 사는 게 더 나을 만큼 큰돈이어서 순간적으로 불끈했습니다. 이런 돈은 낼 수 없다고 말했습니다. 하이타니는 그렇다면 사고가 난 것을 회사에 까발리겠다고 하더군요.

실은 사고가 났다는 건 회사에는 비밀로 했었습니다. 왜냐면 우리 회사가 대기업 자동차회사의 자회사였기 때문에 사원의 교통사고에 아주 민감해서 한 번이라도 사고를 내면 퇴직할 때까지 인사평가에 영향을 끼친다는 말이 있었으니까요.

이런 인간에게 언제까지고 휘둘려서는 안 되겠다는 생각에 사무실 싱크대에 있던 식칼을 손에 들었습니다. 실제로 죽일 마음은 없었어요. 위협만 할 생각이었죠. 하지만 하이타니는 꿈쩍도 하지 않더군요. 찌를 테면 찔러보라면서 비웃는 거예요. 그 얼굴을 보고는 내 이성이 사라져버렸어요. 정신을 차렸을 때, 하이타니가 쓰러져 있더군요. 내 손에는 피투성이의 칼이 쥐어져 있었고. 하이타니는 죽은 것 같았습니다.

큰일을 저질렀다고 깨달았습니다. 어쨌든 한시바삐 자리를 떠야겠다 싶어서 칼의 지문 등을 닦아내고 급히 사무실을 빠져나왔습니다. 그렇게 내 차에 탄 직후의 일입니다. 하이타니의 사무실에서 전화 당번을 하던 젊은이가 돌아오는 게 보이더군요. 나는 방금 그곳에 도착한 척하면서 차에서 내려 전화 당번 젊은이와 함께 사무실로 향했습니다. 그렇게 해서 그 젊은이와 함께 사체의 첫 발견자가 됐던 겁니다.

물론 나도 조사를 받았습니다. 하지만 용의 선상에 오를 정도의 근거를 경찰은 잡지 못했던 모양이에요. 구속되는 일도, 여러 번 불려 가는 일도 없었습니다.

그럭저럭하는 사이에 뜻밖의 일이 생겼습니다. 범인이 체포되었다는 뉴스가 나온 거예요. 후쿠마 준지라는 사람인데 하이타니와 금

전 문제로 다툼이 있었다는 얘기였습니다.

솔직히 고백하자면 살았다, 라고 생각했어요. 어떻게든 이걸로 일이 끝나주기를 빌었습니다. 후쿠마 씨 본인은 부정하고 있을 게 틀림없지만, 경찰이 귀를 기울여주지 않을 가능성도 있으니까요.

결과적으로 내 바람이 이루어졌어요. 아시는 대로 후쿠마 씨가 자살하고, 그에 따라 경찰이 이후의 수사를 중단해버린 것이지요.

그날부터 나는 큰 십자가를 짊어지고 살아가게 됐습니다. 아무 죄 없는 사람의 인생을 빼앗고 말았다는 자책이 항상 머리 한 귀퉁이에, 아니 한복판에 자리 잡고 있었어요. 죄송한 마음이야 말할 수 없었죠. 하지만 경찰에 출두할 용기는 내지 못했습니다. 교도소가 무서웠던 것도 있었지만, 아내와 갓 태어난 아들을 생각하면 도저히 내 이름을 밝히고 나설 수 없었습니다. 아내와 어린 아들을 범죄자 가족으로 만들고 싶지는 않았어요.

그것이 엄청나게 잘못된 생각이었다고 깨달은 것은 그로부터 몇 년 뒤였습니다. 거품경기가 한창이어서 수많은 사람들이 주식이며 부동산 거래로 이익을 올리고 있던 때였어요.

그 무렵에 회사 일로 도요가와시에 다녀올 일이 있었습니다. 우연히 들어간 식당에서 동료와 투자 이야기를 하는 참에 식당 주인이 생각지도 못한 얘기를 꺼내더군요. 예전에 그 동네에 있었던 전자대리점에 관한 얘기였어요. 그 전자대리점 주인이 몇 년 전에 투자 사기에 걸려 전 재산을 잃었다, 그뿐만이 아니라 투자를 중개했던 자에게 항의하러 갔다가 순간적으로 욱해서 칼을 들고 살해해버렸다, 라는 것이었어요. 게다가 체포된 뒤에 유치장에서 자살했다는 게 아닙니까.

나는 식당 주인에게 어떤 전자대리점인지 물어봤습니다. 후쿠마 전자대리점이었다, 라는 대답을 듣고는 나도 모르게 몸이 부들부들 떨리더군요. 바로 그 후쿠마 씨가 틀림없었으니까요.

하지만 더욱더 충격적이었던 것은 그다음입니다. 식당 주인에 의하면 후쿠마 씨의 아내가 어린 딸을 데리고 아무도 몰래 동네를 떠났다는 겁니다. 전문 지식이 없는 아내가 전자대리점을 경영하기 어렵다는 점도 있었겠지만, 역시 주위의 비난을 더 이상 견디기 힘들었을 거라고 식당 주인은 말했습니다. 살인자의 가족이라고 여기저기서 몹시 못살게 굴었던 모양이에요.

눈앞이 피잉 돌더군요. 나는 내 가족을 지켜내겠다는 마음이었는데 그 대신 다른 가족을 불행하게 만들었던 거예요. 그건 어떻게도 용서받을 수 없는 일이지요.

그래도 여전히 나는 결단을 내리지 못했습니다. 나와 내 가족을 지켜야 한다는 것을 우선했던 것이지요. 이제 새삼 진실을 털어놓은들 무슨 소용인가, 라고 나 자신을 다독였습니다.

그로부터 다시 세월이 흘러 1999년 5월에 그 사건의 공소시효가 만료되었습니다. 하지만 기쁜 마음 따위, 털끝만큼도 없었어요. 다시금 내 죄가 얼마나 중한지, 곱씹었을 뿐이지요. 마침 그 무렵에 아내가 백혈병으로 쓰러졌습니다. 한두 해 만에 아내가 숨을 거뒀을 때, 나는 천벌이라고 생각했어요. 신께서는 나를 벌하는 대신 아내의 목숨을 앗아 간 것이지요.

그때 탐정을 고용하자고 생각했습니다. 우선 후쿠마 씨의 가족이 지금 어디서 무엇을 하는지 알아보기로 마음먹은 것이지요. 탐정 사무실은 전화번호부에서 찾았어요. 회사 이름이 어떻게 되는지 이제는 잊어버렸지만, 아주 성실하게 조사해주는 곳이었습니다. 일을 의뢰하고 일주일여 만에 정확한 보고서를 보내줬지만, 터무니없는 비용을 청구하는 일도 없었어요.

그 보고서를 보니 후쿠마 씨의 아내와 딸은 이름을 바꿔서 결혼전 성씨 '아사바'를 쓰는 모양이었습니다. 도쿄의 몬젠나카초라는 곳에서 작은 식당을 개업했고, 고등학교를 졸업한 딸도 식당 일을 거들고 있다고 했습니다. 몰래 찍어 온 사진에는 모녀간에 자택을 나오는 모습도 있었습니다. 나이는 다르지만, 자매처럼 얼굴이며 분위기가 닮았더군요.

한결 마음이 놓였습니다. 모녀가 길거리를 헤매고 있기라도 하면 어떻게 할까, 불안해서 견딜 수 없었던 참이었으니까요. 물론 아사바 씨 모녀가 지금의 생활을 손에 넣기까지 상상도 못 할 고생을 했을 게 틀림없습니다만.

한번 찾아가볼까. 아니, 이제 새삼 내가 가본들 무슨 의미가 있는가. 진실을 고백하고 사죄를 해도 공소시효가 만료된 뒤에야 찾아왔다고 불쾌하게 여길 뿐이다. 자기만족이라고 매도를 당할 뿐이다……

이래저래 망설이던 끝에 그때도 결국 행동에 나서지 못했습니다.

그리고 다시 10여 년이 지나 나도 정년퇴직을 하게 됐어요. 이걸 계기로 뭐든 해야겠다고 생각했을 때, 가장 먼저 머릿속에 떠오른 것이 후쿠마 씨, 아니 아사바 씨 모녀의 일이었습니다. 두 사람이 어떻게 지내는지, 꼭 내 눈으로 확인하고 싶었습니다.

　도쿄의 대학에 들어간 아들이 그대로 그곳에서 취직을 했습니다. 아들을 만나러 간다는 핑계로 상경해서 도쿄 구경이라는 명목으로 나 혼자 몬젠나카초로 향했습니다.

　혹시나 식당이 망한 건 아닌지 내심 그 걱정만 했는데 다행스럽게도 아스나로는 아직 그 자리에 있었습니다. 두 사람을 마주해도 결코 동요하지 말자, 섣불리 이상한 말을 흘리지 말자, 라고 다짐을 하고 식당으로 들어갔습니다.

　안에 여자 두 명이 있었습니다. 지나간 세월만큼 나이는 먹었지만, 보고서의 사진에 찍혀 있던 아사바 모녀가 틀림없었습니다. 마음속에서 뭔가가 끓어오르는 것을 혼자 꾹꾹 억눌렀습니다. 그건 오랫동안 보고 싶었던 사람들을 드디어 만났다는 반가움 같기도 하고, 오로지 죄송하기만 한 마음 같기도 하고, 여태까지 두 사람이 무사히 살아온 것을 하늘에 감사하는 마음 같기도 했습니다.

　요코 씨도 오리에 씨도 내 정체를 눈치챌 리도 없어서 아주 친절하게 대해주더군요. 요리가 하나같이 맛있어서 10여 년을 한자리에서 버텨낸 것도 당연하다고 고개를 끄덕였습니다. 실제로 그날도 연달아 손님이 들어와서 모녀간에 정신없이 바쁘게 일하고 있었습니다.

　돌아오는 길에 배웅을 해준 오리에 씨에게서 또 오라는 말을 듣고, 가까운 시일 내에 오겠노라고 대답해버리고 말았습니다. 뻔뻔스럽게도 나는 그곳에서의 시간을 즐기고 있었던 것이지요.

　그리고 그 뒤 두 달여 만에 나는 정말로 아스나로를 다시 찾았습니다. 두 사람이 나를 기억하고 웃는 얼굴로 환대를 해주더군요. 양심의 가책은 사라지지 않았지만, 흐뭇하고 기뻤던 것은 사실입니다.

그렇게 몇 번 발걸음을 하다 보니 나는 어느새 단골손님이 되었습니다. 겨우 두세 달에 한 번 정도인데 단골입네 하는 것도 참 낯두꺼운 얘기지만, 먼 길에 일부러 찾아와줬다고 아사바 씨 모녀가 특별 대접을 해주더라고요.

거기까지만 했더라면, 하고 참으로 후회가 됩니다…….

아사바 씨 모녀는 나름대로 행복을 손에 넣은 모습이었습니다. 그렇다면 내가 공연히 쓸데없는 짓을 하기보다 그 두 사람을 조용히 지켜봤어야 할 일이었어요.

하지만 그 모녀와 점점 친해질수록 내가 뭔가 할 수 있는 일이 없을까, 속죄를 대신할 만한 것이 없을까, 고민하게 됐습니다.

시라이시 겐스케 씨를 만난 게 마침 그 무렵입니다.

올해 3월 말이었을 겁니다. 그날 도쿄돔에 갔었습니다. 아들이 자이언츠와 주니치 야구 경기 티켓을 구해줬거든요. 내야 스탠드의 아주 좋은 자리였어요.

그런데 경기가 시작되자마자 작은 해프닝이 있었습니다. 옆자리에 앉은 사람이 맥주 판매원에게 천 엔짜리 지폐를 건네려다가 놓친 거예요. 운수 사납게도 내가 먼저 사 들고 있던 맥주 종이컵 속으로 그 돈이 떨어졌습니다. 그 사람은 연신 사과하면서 내 몫의 맥주를 새로 사줬습니다.

그것을 계기로 서로 대화를 나누게 됐어요. 그쪽도 혼자였으니까요.

경기를 지켜보면서 야구 토론을 하는 건 즐거운 일이지요. 얘기를 들어보니 그 사람도 주니치 팬이라는 거예요. 그래서 아이치현 출신인 모양이라고 생각했는데, 도쿄에서 나고 자랐노라고 고개를 가로젓더군요. 원래부터 안티 자이언츠였고, 자이언츠의 V10*을 저지해 준 게 주니치였기 때문에 그때부터 팬이 됐다고 했습니다.

야구 경기가 끝난 건 9시 조금 전이었습니다. 다행이라고 생각했지요. 10시 신칸센을 타지 않으면 집에 내려올 수 없었으니까요.

하지만 자리에서 일어섰을 때, 나는 당황스러웠습니다. 바지 주머니에 넣어뒀다고 생각했던 지갑이 없는 거예요. 아차 했습니다. 경기 중간에 딱 한 번 화장실에 갔었던 게 생각났으니까요. 그때 떨어뜨린 게 틀림없었습니다.

급하게 화장실로 달려갔습니다. 그 사람도 함께 따라와줬어요. 하지만 화장실에도 없었습니다. 종합안내소에 가봤는데 분실물로 들어온 것도 없었어요. 어떻게 해야 할지, 난감했습니다. 신칸센 열차 시각은 바짝바짝 다가오는데 티켓을 살 돈이 없는 거예요. 운이 없으려니 마침 그날 아침에 아들은 출장을 떠나서 도쿄에 없었습니다.

그러는데 그 사람이 선뜻 자기 지갑에서 2만 엔을 꺼내 건네주는 겁니다. 깜짝 놀랐어요. 처음 만난 사이인 데다 야구 얘기만 실컷 하고 아직 자기소개도 못 했는데.

그 사람은 명함을 같이 건네면서 나중에 우편으로 갚아주면 된다고 했습니다. 그 명함을 보고서야 처음으로 그 사람이 변호사 시라

---

* V는 Victory의 약자로, 시리즈 통산 10번째 우승을 뜻한다.

이시 씨라는 것을 알았어요.

사양할 여유도 없어서 나는 돈을 받아 들고는 감사 인사도 대충 대충 하고 그 자리를 떴습니다. 세상에 참 친절한 사람이 다 있구나, 하고 도쿄역으로 향하는 택시 안에서 생각했습니다.

안조에 무사히 돌아와서 그다음 날에 감사 편지를 덧붙여 돈을 우송했습니다. 그랬더니 사나흘 뒤에 시라이시 씨에게서 편지가 왔어요. 돈은 잘 받았다, 법률에 대해 궁금한 사항이 있으면 언제든지 연락해달라, 라는 내용이었습니다.

그러고는 한동안 시라이시 씨에 대한 것은 잊고 지냈습니다. 다시 생각난 것은 가을에 접어든 다음이었어요. 텔레비전에서 '경로의 날'이라고 유산상속과 유언에 대한 특집방송을 하더라고요. 그것을 보고 퍼뜩 생각이 났습니다. 아사바 씨 모녀에게 사죄할 방법으로는 이게 가장 좋지 않을까 하고. 즉 내가 죽은 뒤에 전 재산을 그 모녀에게 증여하는 것입니다.

문제는 그게 가능한가 하는 것이었어요. 그리고 가능하다면 어떤 수속을 밟아야 하는지, 나는 전혀 아는 게 없었습니다.

거기서 생각난 것이 시라이시 변호사였어요. 그 사람에게 상의해보면 좋겠다 싶었습니다.

전화를 한 것은 10월 2일입니다. 상담할 일이 있어서 만나고 싶다고 말했더니 즉석에서 흔쾌히 응해줬습니다.

경찰 쪽에서 조사한 대로 10월 6일에 시라이시 씨를 만났어요. 도쿄역 근처 찻집을 정해준 것은 시라이시 씨였습니다. 오랜만에 마주앉아 지갑을 잃어버렸을 때의 감사 인사 등을 주고받은 뒤에 본론으로 들어갔습니다.

혈연이 아닌 타인에게 유산을 증여하는 것도 가능한가. 시라이시 씨의 대답은 예스였습니다. 법적으로 유효한 유언장을 남기면 가능하다, 단 전 재산을 양도하느냐 마느냐는 법정상속인의 의사에 달려 있다, 라는 것이었습니다. 내 법정상속인은 아들 가즈마입니다. 전 재산 양도의 유언장을 남겨도 아들에게는 최대 2분의 1을 상속받을 권리가 있다는 것이지요. 그래서 아들을 납득시킬 수만 있다면 전 재산 혹은 그에 가까운 금액을 아사바 씨 모녀에게 남기는 것은 가능한 셈이었어요.

그런 이야기를 해준 뒤에 시라이시 씨는, 유산을 받게 될 사람은 당신의 그런 생각을 알고 있느냐고 물었습니다. 그쪽은 모르는 일이라고 대답했더니, 그렇다면 왜 그런 결정을 내렸는지 유언장에 명기해두는 게 좋겠다고 했습니다. 그 이유가 납득할 만한 것이면 아들도 유류분을 포기할 가능성이 높아진다는 것이었지요.

단 한 번 만났을 뿐인데 시라이시 씨는 아주 친절했습니다. 어째서 생판 타인에게 유산을 양도하려고 하는지, 분명 궁금할 텐데도 전혀 캐묻지 않더군요. 그러자 이상하게도 내 쪽에서 모든 사실을 그만 털어놓고 싶어졌습니다. 그러는 게 유언장을 작성할 때 도움을 받기도 편리하다는 계산도 물론 있었지요. 하지만 무엇보다 그때의 내 심정을 이해해줄 사람을 원했었는지도 모르겠어요. 도쿄돔에서의 일도 있어서 시라이시 씨가 충분히 신뢰할 만한 인물이라는 건 분명했으니까요.

실은 고백할 게 있노라고 전제를 하고, 나는 지난 일들을 시라이시 씨에게 모두 털어놓았습니다. 역시나 시라이시 씨도 깜짝 놀란 얼굴이었어요. 표정이 굳어져가는 게 느껴질 정도였습니다.

그간의 사정은 잘 알겠고, 유산을 증여해주려는 마음도 이해가 된다고 시라이시 씨는 말했습니다. 기꺼이 도움이 되어드리겠다, 라는 말도 해줬습니다.

다만 그 방식에는 찬성할 수 없다, 라는 게 시라이시 씨의 주장이었습니다. 정말로 사죄할 마음이 있다면 죽은 다음이 아니라 살아 있는 동안에 해야 한다, 라는 것이었어요.

그런 식으로 말할 줄은 예상도 못 했던 터라서 나는 크게 당황했습니다. 시라이시 씨의 주장이 틀린 말은 아니지만, 그걸 못 하기 때문에 유산을 증여한다는 방법을 생각했던 것이지요. 그런데 시라이시 씨는 이해해주지 않았습니다. 그래서는 올바른 사죄가 될 수 없다, 당신은 회피하고 있다, 라고 했습니다. 얘기를 하다 보니 더욱더 흥분했는지, 말투가 점점 더 강경해졌어요.

나는 시라이시 씨에게 상담한 것도, 과거를 털어놓은 것도 후회했습니다. 이 얘기는 못 들은 걸로 해달라고 말하고 자리를 떴습니다.

안조 자택에 돌아온 뒤에도 나는 여간 불안한 게 아니었습니다. 시라이시 씨가 혹시 뭔가 행동에 나서지나 않을지, 두려웠습니다. 아스나로 식당에 대한 것도 그에게 말해버렸기 때문입니다.

이윽고 시라이시 씨에게서 한 통의 편지가 왔습니다. 반드시 아사바 씨 모녀에게 직접 사죄해야 한다, 라는 주장을 누누이 써 내려간 편지였습니다. 그러기 위해서는 나도 힘이 되어주겠다, 정 힘들다면 동석해도 좋다, 라는 말도 덧붙였습니다.

사명감과 정의감이 넘치는, 열의가 담긴 글이었습니다. 하지만 그 열의가 나한테는 끔찍하게 느껴졌습니다. 이대로 가만두면 이 사람은 아사바 모녀에게 모든 것을 줄줄 얘기해버리는 게 아닐까, 하는 예감이 들었으니까요. 그 두려움은 나날이 커져갔습니다.

내가 답장을 하지 않자 며칠 뒤에 두 번째 편지가 도착했습니다. 첫 편지와 동일한 내용이었지만, 나를 나무라는 말이 한층 더 가혹해졌습니다. 현재 긴 논의 끝에 살인죄의 공소시효가 폐지된 것만 봐도 알 수 있듯이 당신의 죄는 사라진 것이 아니다, 변호사의 업무는 피해자의 권리를 지켜주는 것이지만, 죄를 속이려는 일은 도와줄 수 없다, 그런 짓을 하느니 차라리 죄를 세상에 명명백백히 밝히는 길을 선택하겠다, 라고까지 적혀 있었습니다.

초조한 마음이 몰려왔습니다. 이 편지는 분명 최후통첩이다, 라고 생각했으니까요. 내가 계속 입을 다물면 시라이시 씨는 아사바 씨 모녀에게 진상을 얘기할 작정인 것입니다.

그것만은 어떻게든 막아야 한다고 생각했습니다. 그 모녀와 함께하는 시간은 이제 나한테는 삶의 보람이기도 했기 때문입니다. 진실을 전하는 것은 내가 죽은 뒤에……라는 생각이 시라이시 씨의 말처럼 '회피'라는 건 잘 알고 있었어요. 그래도 나는 유일한 보물을 잃고 싶지 않았던 모양입니다.

10월 31일, 중대한 결심을 하고 도쿄행 신칸센을 탔습니다. 차 안에서 이제부터 내가 하게 될 일을 수없이 되짚어보고 어딘가 허점은 없는지 확인했습니다. 그렇습니다, 그 시점에 이미 시라이시 씨를 죽일 수밖에 없다고 생각했습니다. 호주머니 속에 칼을 품고 있었으니까요.

도쿄역에 도착한 것은 오후 5시경입니다. 우선 시라이시 씨의 휴대전화로 연락했습니다. 도쿄에 올라왔는데 지금 만날 수 있겠느냐고 물었습니다. 몇 가지 업무가 남았지만 6시 반 이후에는 괜찮다, 라고 해서 6시 40분경에 몬젠나카초에서 만나기로 했습니다. 시라이시 씨도 자동차로 몇 번 가본 적이 있고, 그때마다 도미오카 하치만구 옆의 유료 주차장을 이용한 모양이어서 그곳에 차를 세우고 기다리기로 약속했습니다.

약속 시간 전까지 몬젠나카초 부근을 둘러봤습니다. 인적 없는 장소를 찾기 위해서였습니다. 그때가 오후 6시쯤이었기 때문에 거리 전체가 사람들로 북적거리더군요. 나는 스미다가와강을 향해 걸어갔습니다. 고속도로 고가 아래로 들어갈수록 부쩍 사람들의 모습이 줄어들었기 때문입니다.

그렇게 스미다가와 강변의 공사 현장을 찾아냈습니다. 인부들이 차를 세워둘 공간이 비어 있었어요. 게다가 마침맞게 근처에 자리한 기요스바시 다리 옆 계단 아래로 내려가니 스미다가와테라스라는 산책로가 공사로 통행금지였습니다. 그것 때문이겠지요. 인적이 전혀 없었어요.

이곳으로 하자고 나는 마음을 굳혔습니다.

6시 40분을 지났을 때, 다시 시라이시 씨에게 전화를 걸었습니다. 벌써 도미오카 하치만구 옆 유료 주차장에 도착했다고 하더군요. 나는 산책을 하다가 길을 잃었으니 기요스바시 다리 옆으로 와달라고 말했습니다.

잠시 뒤 시라이시 씨가 차를 타고 나타났습니다. 공사 현장에 있는 나를 알아봤는지 바로 옆에 주차해놓고 차에서 내렸습니다.

잠시 얘기를 나누자고 청해서 둘이 스미다가와테라스를 향해 계단을 내려갔습니다. 시라이시 씨는 내 뒤를 따라왔지만, 역시나 의아했던 모양입니다. 이런 데서 뭘 하려는 거냐, 아사바 씨 식당으로 가는 게 아니냐, 라고 나무라듯이 캐물었습니다. 그 날카로운 말투가 내 결단을 재촉했습니다.

급히 주위를 살펴봤습니다. 역시 인기척이 없었습니다. 지금이 기회라고 생각하고 품속에 숨겨둔 칼로 시라이시 씨의 배를 찔렀습니다.

시라이시 씨는 잠시 저항했지만 금세 움직임이 사라졌습니다. 사체를 어떻게 할까 망설이다가 차까지 옮기기로 했습니다. 조금이라도 몬젠나카초와는 관계없는 곳에서 발견되는 편이 좋겠다고 생각했기 때문입니다.

사체를 차 뒷좌석에 싣고 운전석에 올라 차를 다른 곳으로 옮겨놓기로 했습니다. 하지만 익숙지 않은 곳이라서 어디에 차를 세워야 할지 알 수 없었습니다. 결국 20분쯤 달린 참에 노상 주차를 해놓고 휴대전화만 빼앗아 들고 도망쳤습니다. 그곳의 지명이 미나토구 해안이라는 것은 나중에야 알았습니다.

다 잘됐다, 이제 다시 아사바 모녀와 여태까지처럼 만날 수 있다는 생각과 동시에 진한 안타까움이 마음속에 달라붙었습니다.

또다시 사람을 죽이고 말았다. 게다가 아무 죄도 없는 사람을.

되돌아보면 뉘우칠 일뿐입니다. 33년 전 그대로 나는 하나도 변하지 않았습니다. 나 자신이 혐오스러울 뿐입니다.

시라이시 씨, 그리고 아사바 씨 모녀에게 참으로 죄송한 심정입니다. 아니, 하이타니 씨나 후쿠마 씨에게도 저세상에서 사죄하지 않으면 안 되겠지요.

저는 사형을 받아 마땅하다고 생각합니다.

11

잔을 마주치는 순간에 거품이 테이블에 흘렀다. 아랑곳하지 않고 꿀꺽꿀꺽 맥주를 마셨다. 각별한 맛이었다.

"역시 사건이 해결된 뒤에 마시는 술은 최고네요." 나카마치가 신이 난 목소리로 말했다.

"그렇지, 엄청 고생했으니까."

"고다이 씨, 큰 공을 세운 거 아니에요? 평가 점수, 엄청 높아지겠는데요."

"무슨 소릴. 난 그런 거 관심 없어. 게다가 나 혼자 세운 공이 아니잖아. 다른 팀에서도 이번에 아주 잘해줬어."

고다이는 손으로 턱을 괸 채 카운터석 안쪽을 바라보았다. 흰색 에이프런을 걸친 남자가 채소며 어패류, 닭고기 등을 굽고 있었다. 전에 나카마치와 왔던 숯불구잇집을 다시 찾은 것이다. 그때는 안쪽 테이블석에 자리를 잡았지만 오늘 밤은 나란히 카운터 쪽에 앉았다.

구라키 다쓰로가 전면 자백을 하고 이틀이 지났다. 이제는 그의 진술에 대한 보강수사만 남았지만, 현재까지는 자백 내용과의 모순은 발견되지 않았다.

구라키의 고백에는 고다이도 압도될 수밖에 없었다.

'히가시오카자키역 앞 금융업자 살해 사건'의 진상은 그야말로 뜻밖의 것이었다. 자살한 후쿠마 준지는 죄가 없었고, 아사바 모녀는 받지 않아도 될 차별과 주변의 비난을 받아가며 하루아침에 인생이 바뀌어버렸다⋯⋯.

하지만 구라키의 심리도 이해하지 못할 바는 아니었다. 무라마쓰의 얘기를 들었을 때, 하이타니라는 자에 대해서는 고다이도 심한 혐오감이 들었다. 아마도 구라키는 지독히 굴욕적인 일을 당했을 터였다. 욱해서 칼로 찔러버렸다, 라는 것도 어떤 면에서는 이해가 되었다. 문제는 그다음의 행동인데, 원래 선량하던 인간이라도 선뜻 자수하지 못한 채 이래저래 망설이는 건 일반적인 심리일 것이다. 조금만 더 시간이 주어졌다면 구라키도 자수하기로 결단을 내렸을지 모른다. 하지만 엉뚱한 사람이 체포되는 사태가 그의 심리에 큰 영향을 끼치고 말았다. 인간이란 약한 동물이다. 속이고 넘어갈 수만 있다면 그러고 싶다, 라는 건 부자연스럽다고 할 수 없는 일인지도 모른다.

오히려 그 뒤에도 구라키가 자신의 죄를 잊지 않았고 아사바 모녀의 존재를 알게 되면서 더욱더 강한 속죄 의식을 가졌다는 것은 그의 성실함의 반증일 것이다.

그런 만큼 시라이시 겐스케와의 사이에 일어난 이번 사건은 참으로 첫 단추부터 잘못 끼워진 일이라고밖에는 할 말이 없을 만큼 안타까웠다. 구라키의 행동은 본인이 인정한 대로 자기 위주인 데다 경솔하기 짝이 없었지만, 시라이시 겐스케의 대응에도 적잖이 문제가 있었던 게 아닌가 싶었다.

"그 두 사람, 사실을 알면 어떻게 생각할지……." 나카마치가 절절한 어조로 말했다. "아사바 씨 모녀 말이에요. 사건의 진상에 대해 아직 알려주지 않았지요?"

"윗선에서 아직 발설하지 말라는 지시가 내려왔어."

"하지만 언젠가는 알려줘야 할 거 아닙니까."

"응, 이제 곧 말해야겠지." 고다이의 가슴속에 큰 뭉텅이가 생겨났다. 그 힘든 일을 분명 자신이 떠맡게 될 거라고 미리 각오하고 있었다.

"친하게 드나들던 단골손님이 실은 내 남편, 내 아버지에게 억울한 누명을 씌운 장본인이라는 사실을 알면 대체 어떤 심정이 들까요. 이건 뭐, 상상도 안 되는데요?"

나카마치의 물음에 고다이도 선뜻 대답이 나오지 않았다. 말없이 잔만 기울였다.

"하긴 뭐, 잘됐어요." 나카마치가 말투를 환하게 바꿨다. "한때는 단서 하나 못 잡고 수사가 암초에 걸릴 뻔했잖아요. 실은 우리 계장님이 그러더라고요. 이대로 가다가는 이 사건 미궁에 빠지겠다, 라고. 근데 어떻습니까, 미궁에 빠지기는커녕 까마득한 옛날 사건의 진범까지 드러났잖아요. 이건 진짜 대단한 일이죠. 어떤 의미에서는 과거의 그 사건도 미궁에 빠져 있었던 거니까요."

구운 은행을 입에 넣으려던 고다이는 문득 손을 멈췄다.

미궁에 빠진다…….

구라키의 자백은 수많은 의문을 풀어주는 것이었다. 하지만 한 가지, 큰 수수께끼가 남아 있었다.

어째서 구라키는 33년 전에 체포되지 않았는가, 어째서 용의 선상에서 제외되었는가, 하는 점이었다. 원래는 사체 첫 발견자라면 일단 의심부터 하고 보는 것이다. 하지만 그 점에 대해서 구라키 본인도 그저 잘 모르겠다, 라는 대답을 했을 뿐이다.

우리는 정말 미궁에 빠지려는 사건을 해결한 것인가. 어쩌면 새로운 미궁에 빠져들고 있는 건 아닌가…….

자꾸만 밀려드는 의심을 고다이는 애써 떨쳐내고 있었다.

12

6층에서 내려다보는 대도시의 풍경은 고향의 그것과는 전혀 다른 세계다. 이곳은 크고 작은 다양한 빌딩이 줄줄이 늘어섰고 그 사이를 누비듯이 도로가 복잡하게 교차하고 있다. 가즈마가 나고 자랐던 고향에는 면적은 넓지만 키는 그리 크지 않은 건물이 대부분이었다. 게다가 각 건물 간의 간격도 시원시원하게 벌어져 있었다. 최근에는 고향에 내려간 적도 거의 없지만, 아마 지금도 별반 달라진 게 없을 것이다. 그쪽은 그쪽대로 이미 완결된, 변화할 필요가 없는 장소인 것이다.

심호흡을 몇 번이나 거듭했다. 경치를 내려다보며 상상하는 만큼 공기가 탁하지는 않았다. 지금 이 계절에 어울리는 서늘한 공기가 폐와 머리를 식혀주었다.

유리문을 닫고 레이스커튼을 내린 뒤에 몸을 돌렸다. 금테 안경을 쓴 각진 얼굴의 중년 남자는 몇 분 전과 똑같은 자세로 거실 소파에 앉아 있었다.

죄송합니다, 라고 말하고 가즈마는 남자의 맞은편에 가서 앉았다.

"마음이 좀 가라앉았습니까." 남자가 물었다.

아뇨, 라고 가즈마는 고개를 갸우뚱 기울였다.

"머릿속이 하얘진 것은 그대로네요."

남자는 몇 번이나 고개를 끄덕였다. "네, 그럴 만도 하지요."

가즈마는 옆에 놓인 명함으로 시선을 옮겼다. '변호사 호리베 다카히로'라고 찍혀 있다. 눈앞에 앉아 있는 인물에게서 받은 명함이다.

낮 12시 조금 전, 회사에서 근무 중이던 가즈마의 스마트폰이 울렸다. 상대가 변호사라는 것을 알고는 뜻밖이라고 생각했다. 그리고 그다음에 들려준 얘기에는 소스라치게 놀랐다. 아버지가 체포되었다, 라는 것이었다. 게다가 살인 용의자였다.

그 즉시 머릿속에 떠오르는 게 있었다. 2주일 전쯤에 경시청 수사 1과 형사라는 사람이 가즈마를 찾아왔던 것이다. 구라키 다쓰로가 도쿄에 상경했던 날짜, 그때 어떤 식으로 시간을 보냈느냐는 등의 질문을 받았다. 살인 사건의 수사라는데, 자세한 것은 알려주지 않았다.

그날 밤, 아버지에게 전화해서 확인해보았다. 간단한 대답이 돌아왔다.

"아무 관계 없어. 너는 신경 쓰지 않아도 돼."

억양 없는 그 말투를 들었을 때, 뭔가 불길한 예감이 가슴을 스쳤다. 하지만 더 이상 캐묻지 않았다. 형사는 살인 피해자의 전화에 구라키 다쓰로의 착신 기록이 남아 있어서 일괄 조사하는 것뿐이다, 라고 말했었다. 단순한 기우라고 생각하기로 했다. 아버지가 살인 사건에 관여했다니, 도무지 있을 수 없는 일이었기 때문이다.

호리베라고 이름을 밝힌 변호사는 자세한 얘기를 해야 하니 되도록 보는 사람이 없는 장소에서 만날 수 없겠느냐, 라고 말했다. 물론 가즈마도 한시바삐 어떻게 된 일인지 알고 싶었다. 일단 자택에서 만나자고 제안했다. 오후 일정을 모조리 취소하고, 가족이 트러블에 휘말렸다는 이유를 대고 회사를 조퇴했다. 가즈마의 가족은 아버지 뿐이라는 것을 알고 있는 상사는 자세한 내용을 말해달라고 했지만, 일단 "내일 얘기하겠습니다"라고만 말하고 서둘러 회사를 나왔다.

고엔지의 자택 맨션으로 돌아오는 중에 인터넷으로 기사를 검색해보았다. 구라키 다쓰로라는 이름을 입력하자 금세 기사가 떴다. 그 기사에 따르면, 아버지가 체포된 것은 3일 전인 모양이었다. 시라이시라는 변호사를 살해한 혐의였고, 동기 등은 수사기관에 의해 앞으로 밝혀질 전망이라고 나와 있었다.

세상이 한순간 암전하는 듯한 충격에 하마터면 손에 든 스마트폰을 떨어뜨릴 뻔했다. 악몽이라는 생각밖에 들지 않았다. 시라이시 변호사라고? 대체 그게 누군가. 들어본 적도 없는 이름이었다.

최근 이삼일 동안 회사 일이 바빠서 자신과 관계없는 뉴스 기사 따위는 읽어볼 여유도 없었다. 집에 텔레비전은 있지만 켜지 않는 날이 더 많다. 그렇다고 해도 경찰은 범인 체포를 그 가족에게도 알려주지 않는 건가.

그리고 조금 전 가즈마의 맨션으로 호리베가 찾아왔다. 짤막하게 인사를 주고받는 중에 그가 국선 변호인이라는 것을 알았다. 살인 사건의 경우, 피의자가 희망하면 국선 변호인이 선임된다고 했다.

호리베에 의하면, 오늘 아침 처음으로 구라키 다쓰로를 만나고 왔다는 것이었다. 매우 침착하고 건강 상태도 나쁘지 않은 것처럼 보였다. 자신의 범행을 순순히 털어놓고 있고, 그 내용이 논리 정연하고 모순이 없어서 그대로 받아쓰는 것만으로도 진술 조서로서 완성될 정도라는 얘기였다.

그 자백 내용을 호리베는 가즈마에게 상세히 알려주었다. 무려 33년 전으로 거슬러 올라간 시점에서부터 시작되는 얘기에 그저 어리둥절하기만 했지만, 그때 일어난 일을 듣고는 더욱더 큰 충격을 받았다. 아버지 구라키 다쓰로가 사람을 칼로 찔러 죽였다는 것이다.

세월이 흘러 사건은 공소시효가 만료되었다. 구라키 다쓰로는 억울한 죄로 고통을 겪은 아사바 모녀를 찾아서 어떻게든 사죄하자고 생각하게 되었다. 이윽고 자신의 유산을 증여하기로 마음먹고 시라이시 변호사에게 상담해본바, 살아 있는 동안에 사죄하는 것이 옳은 일이라는 비난을 들었다. 시라이시는 정의감과 사명감이 투철한 인물이라서 이대로 가다가는 아사바 모녀에게 진상을 말해버릴지도 모른다는 두려움 때문에 이번 범행을 저지르게 되었다……

얘기를 듣는 중에 이미 가즈마의 머릿속은 혼돈 상태였다. 대체 누구 얘기를 하는 것인지 알 수 없는 느낌이었다. 몇 번이나 호리베의 말을 가로막고 "정말로 우리 아버지가 그렇게 얘기했습니까?"라고 확인했다. 그때마다 "구라키 다쓰로 씨의 진술을 그대로 전해드리고 있습니다"라는 호리베의 대답이 돌아왔다.

모든 얘기를 다 들은 뒤에는 말문이 턱 막혔다. 열이 났나 싶을 만큼 머리가 멍해지면서 사고력이 마비되었다. 문득 깨닫고 보니 자리에서 일어나 유리문을 열고 찬 바람을 쐬고 있었던 것이다.

가즈마는 명함에서 호리베에게로 시선을 되돌렸다.

"그래서 지금 아버지는 어떤 상황입니까?"

호리베는 금테 안경을 슬쩍 올리더니 고개를 끄덕였다.

"이미 검찰에서의 조사가 시작됐어요. 하지만 경찰에서 진술의 진위를 검증하는 보강수사 단계여서 구라키 다쓰로 씨 본인에게 확인해야 할 것들이 남아 있기 때문에 신병은 계속 경찰서 쪽에 구류되어 있는 상태입니다. 나도 오늘 경찰 유치장에서 접견을 하고 왔어요. 범행을 인정하고 전면적으로 자백을 해주는 터라서 구류가 연장되지는 않을 것 같습니다. 기소 후에는 도쿄 구치소로 신병이 옮겨질 거예요."

변호사의 말 한 마디 한 마디가 현실감을 갖지 못한 채 가즈마의 뇌리를 멍하니 지나쳐갔다.

후우 긴 숨을 토해냈다.

"저는 어떻게 하면 될까요?"

"변호사로서 가족에게 해드릴 말이라면, 최대한 형이 가볍게 나오도록 협력해달라는 게 전부예요. 재판원*들에게 정상참작을 요청할 수 있으니까요."

"구체적으로 저는 뭘 해야 합니까?"

"그 얘기를 하기 전에 가즈마 씨에게 전해줄 게 있는데." 그렇게 말하고 호리베는 옆의 가방에서 봉투 하나를 테이블에 꺼내놓았다. "구라키 다쓰로 씨가 맡긴 편지예요. 이걸 아들에게 전해주고 싶어서 국선 변호인을 희망했다고 하던데요."

봉투에는 '가즈마에게'라고 적혀 있었다.

"지금 읽어봐도 될까요?"

물론이죠, 라고 호리베가 대답했다.

가즈마는 봉투를 집어 들었다. 봉인은 되어 있지 않았다. 당연히 경찰이 내용을 확인했을 게 틀림없다.

접힌 편지지를 펼쳐보니 정자正字로 쓴 글씨가 가지런히 이어졌다.

이 편지를 펼치면서 불쾌해하는 네 얼굴이 눈에 선하구나. 분노에 휩싸여 찢어버리려 하지는 않을까. 실제로 찢어버려도 괜찮다. 그것을 한탄할 만한 자격이 지금의 나에게 없다는 것은 잘 알고 있다. 하지만 바라건대 편지를 찢어버리는 건 마지막까지 읽은 다음에 해주었으면 한다.

이번 일은 참으로 죄송하다. 사과로 끝낼 얘기가 아니라는 건 거듭거듭 알고 있으나 그저 일심으로 빌어볼 수밖에 없는 처지다. 아마 너에게 큰 폐를 끼치고 있고, 앞으로 더욱더 큰 폐를 끼칠 게 틀림없으니, 그 생각을 할 때마다 가슴이 아프다.

* 우리나라의 국민참여재판 제도의 배심원에 해당하는 것으로, 일본에서는 2009년부터 중요한 형사재판에서 일반 시민들이 참여하는 '재판원 제도'가 실시되었다.

사건의 상세한 내용은 변호인에게서 들었으리라고 생각한다. 모든 것은 오랜 옛날에 내가 저지른 잘못이 발단이었다. 이제 새삼 이런 한탄을 해봐야 때늦은 일이지만 참으로 후회스럽다. 너무도 어리석었다. 지금부터 내 남은 인생은 전적으로 속죄에 쓸 것이다. 그리 긴 세월은 아닐지도 모르지만, 그 한정된 시간 동안에 다시금 뉘우치고자 한다.

너에게 전해둘 것이 세 가지가 있다. 첫째로는, 부자의 연을 끊어도 좋다는 것이다. 아니, 오히려 끊어주었으면 한다. 구라키 다쓰로라는 인간이 부친이었던 것은 잊어버리고 새로운 인생을 살아주기 바란다. 내 쪽에서 연락할 마음은 일절 없으니 편지 등은 보내지 않아도 된다. 만나러 오지 않아도 된다. 설령 오더라도 나는 만나지 않을 생각이다. 물론 재판에 나오지 않아도 된다. 증인으로 나와달라는 부탁이 있을지 모르지만 거절해주기 바란다.

두 번째로 전해둘 말은, 네 어머니 지사토에 관한 것이다. 지사토는 내가 하이타니를 살해한 것 따위는 알지 못했다. 죽을 때까지 알지 못한 채였다. 외아들인 너에 대한 애정을 포함해 지사토의 성실함에는 한 치의 흠도 없었다. 내가 부친이었던 것은 과거에서 삭제해도 좋으나 지사토가 너의 모친이라는 것만은 부디 잊지 말아주기 바란다.

마지막으로, 안조 사사메의 집에 대한 것을 부탁하고자 한다. 네가 원하는 대로 처분해도 무방하다. 등기권리증 등의 서류는 장롱 서랍에 들어 있다. 헐값으로라도 팔아치우면 될 것이다. 집도 모조리 업자에게 처분을 맡기도록 해라. 남겨두고 싶은 것은 없다.

참으로 죄송하다. 너의 앞으로의 인생이 어리석은 아비 탓에 암울한 것이 되지 않기만을 바라는 바, 오로지 그것만이 마음에 걸릴 뿐이다.

건강에 유의하고 부디 좋은 인생을 살아주기를 빈다.

 네 장의 편지지를 접어 다시 봉투에 넣고 테이블에 내려놓은 뒤, 가즈마는 긴 한숨을 흘렸다. 어떤 느낌도 떠오르지 않았다. 그저 명한 허탈함만 가슴속에 번져갔다.

 "어떻습니까." 호리베가 물었다.

 "어떻다고 해야 할지……." 가즈마는 얼굴을 찡그리며 머리를 더듬었다. "아버지가 이런 편지를 보낸 걸 보면 뭔가 착오나 누명은 아니겠죠. 하지만 어째서, 라는 생각밖에 없습니다. 우리 아버지가 그런 짓을 하다니, 이건 도저히……."

 "그 심정은 이해합니다. 오늘 구라키 씨를 만나봤지만 실로 성실한 분이라는 인상이었어요. 도저히 살인을 저지를 사람으로는 보이지 않았습니다. 경찰이나 검찰에서도 진지한 태도로 취조에 응하고 있다더군요. 그런 만큼 이번의 범행은 막다른 궁지에 몰린 상태에서 일어난 일이라고 충분히 짐작할 수 있었습니다."

 "하지만 그래도……."

 그다음 말이 나오지 않았다. 자신의 마음이 어떤지, 잘 알 수 없었다. 어떻게 이런 말도 안 되는 짓을, 이라는 분노도 있고, 다른 방법은 없었던 건가, 라는 의문도 있다. 하지만 결국은 역시 믿어지지 않는다, 라는 것이 솔직한 심정이었다.

 "변호사님, 우리 아버지……." 바싹 마른 입술을 축이고 그 뒤를 이었다. "사형을 받게 됩니까? 사람 한 명을 살해한 것으로는 사형이 나오지 않지만 두 명 이상이면 사형이다, 라는 얘기를 들었던 것 같은데……."

호리베가 오른손으로 금테 안경을 슬쩍 밀어 올렸다. 렌즈가 조명 불빛을 반사하며 번쩍 빛났다.

"그렇게 되지 않게 나도 열심히 해볼 생각이에요. 분명 두 사람의 목숨을 빼앗은 것이지만, 첫 번째 사건은 공소시효가 만료됐습니다. 게다가 구라키 씨 대신 체포되어 자살한 사람의 유족에게 진심으로 사죄하려는 마음이 있었으니까 그 사건에 관해서는 충분히 고통받고 반성한 것으로 볼 수 있어요. 재판원이 과거 사건은 일단 끝난 사안이라고 생각해주느냐 마느냐가 판결의 갈림길입니다."

"하지만 그렇다면 시라이시 씨……라고 했던가요, 그 변호사가 얘기했던 대로 자신의 이름을 밝히고 사죄를 했어야 하는 게 아니냐는 말이 나올 것 같은데요."

호리베는 입가를 일그러뜨리며 고개를 몇 번 위아래로 끄덕였다.

"네, 그 말이 맞습니다. 하지만 누명을 쓴 사람의 유족과 친해지는 바람에 차마 진실을 털어놓기가 어려웠다는 건 인간의 일반적인 심리로서 이해할 수 있지 않겠습니까. 시라이시 변호사의 주장은 매우 옳은 말씀이었지만, 지나치게 구라키 씨를 몰아붙인 게 아닌가 하는 점을 강조할 생각이에요. 어찌 됐든 재판에서는 사실관계를 다투는 것이 아니라 그 점에 초점을 두게 될 테니까요."

"그 판단에 따라 사형인지 아닌지 결정된다는 말씀인가요?"

"네, 유기징역이 나올 가능성도 없지는 않습니다." 호리베는 신중한 어조로 말했다. "그러니까 어쨌든 구라키 씨가 깊이 반성한다는 것, 원래는 살인을 저지를 사람이 아니라는 것을 재판에서 주장할 겁니다. 그러기 위해서는 역시 주위 분들의 증언이 꼭 필요합니다. 우선 가족이 나서줘야 해요."

"하지만," 가즈마는 테이블에 놓인 봉투를 가리켰다. "이 편지에 부자의 인연을 끊겠다든가 재판에 나오지 않아도 된다고……."

"네, 그게 바로 반성의 증거가 아니겠습니까. 감형은 바라지 않는다는 얘기니까요. 편지에 그리 긴 세월은 아닐지도 모른다, 라고 쓰셨지요? 사형을 각오하고 있다는 뜻이겠지요. 나는 이 편지도 증거로 제출할 생각이에요. 거기에 더해 아들로서 정상참작의 감형을 호소해주시는 게 좋아요. 그러니까 이 편지는 소중히 보관돼야 합니다. 혹시라도 찢어버리거나 폐기해서는 안 됩니다."

변호사의 말을 듣고서도 가즈마는 여전히 실감이 나지 않았다. 아들이라는 게 자신을 가리키는 말이라는 것을 깨닫기까지 잠시 시간이 걸렸을 정도다.

"몇 가지 확인해둘 게 있는데요." 호리베가 수첩과 펜을 들고 메모할 준비를 했다. "1984년 사건에 대해 가즈마 씨는 전혀 아무것도 알지 못했던 것이지요?"

가즈마는 고개를 저었다. "네, 전혀 알지 못했습니다. 무엇보다 1984년이라면 제가 아직 돌도 안 됐을 때였어요."

"구라키 씨가 이따금 도쿄에 올라오게 된 것은 정년퇴직을 했던 6년 전 가을부터라고 하던데, 틀림없습니까?"

"네, 맞습니다."

"도쿄에 오면 항상 여기 이 집에서 지냈습니까?"

"네, 자정 무렵쯤에 들어오시곤 했어요."

"그런 늦은 시간에 들어오는 것에 대해 구라키 씨는 어떻게 설명을 했었지요?"

"단골 술집이 생겨서 거기서 한잔하고 왔다고 했어요. 실제로 살짝 술 냄새가 났습니다."

"어떤 술집인지, 구체적으로 가게 이름을 얘기한 적은 없습니까?"

"신주쿠 쪽이라고만 했고 그 밖에 자세한 얘기는 안 하셨어요. 아, 근데 그거, 거짓말이었네요. 설마 몬젠나카초의 식당 같은 곳에 드나드는 줄은 몰랐어요……." 가즈마는 중얼거리듯이 말하고는 아 참, 이라고 덧붙였다. "이 얘기, 형사한테는 말을 안 했는데요."

"형사?"

"2주일 전쯤에 아버지에 대해 물어볼 게 있다고 형사가 찾아왔었어요. 그때도 아버지가 밤늦은 시간에 집에 돌아오는 이유에 대해 질문했었어요. 잘 모르겠다고 그냥 넘겼습니다만."

"왜 그냥 넘겼지요?"

"왜냐면 그야……." 가즈마는 잠깐 말끝을 어물거린 뒤에 한숨을 내쉬었다. "말하기 민망했으니까요. 아버지가 도쿄에 오시는 목적이 그 단골 술집 때문일 거라고 저 혼자 짐작했었거든요."

"그건 그러니까," 호리베가 슬쩍 가즈마를 올려다보며 말했다. "그 가게에 좋아하는 여자라도 있을 거라고 짐작했다는 뜻인가요?"

네, 라고 가즈마는 고개를 끄덕였다. "하지만 그게 나쁜 일은 아니잖아요. 어머니 돌아가시고 벌써 몇 년이나 지났고, 아버지도 아직 60대시니까 그런 즐거움이 있다면 오히려 좋은 일이라고 생각했습니다."

"실제로는 어땠지요? 이 집에 돌아왔을 때, 구라키 씨는 기분이 좋아 보였어요?"

"그건, 글쎄요." 가즈마는 고개를 갸웃거렸다. "기분이 안 좋은 건 아니지만, 뭔가 들뜬 듯한 분위기도 아니었어요. 이제 나이도 있으시고, 원래 아버지가 그렇게 경박한 분은 아니라서." 그렇게 말하고 나서, 저지른 범죄를 생각하면 원래 그다지 사려 깊은 사람도 아니었던 건가, 라고 가즈마는 생각했다.

"어찌 됐든 그 가게나 여자에 대해서 가즈마 씨와 얘기했던 적은 없었군요."

없습니다, 라고 가즈마는 잘라 말했다.

호리베는 수첩으로 시선을 떨구었다.

"구라키 씨가 첫 번째 사건을 일으킨 게 1984년 5월 15일이었어요. 어떻습니까, 5월 15일이라는 날짜를 듣고 뭔가 생각나는 것은 없습니까?"

가즈마는 질문의 의도를 얼른 알아들을 수 없었다. "그건 무슨 말씀이시죠?"

그러니까 이를테면, 이라고 호리베가 몸을 앞으로 쓱 내밀었다.

"해마다 5월 15일이면 구라키 씨가 불단 앞에서 합장을 했다든가 어딘가 외출을 했다든가, 그런 일은 없었어요? 그날 어딘가 성묘를 하러 가는 것 같았다는 등의 얘기가 있다면 아주 이상적일 텐데요."

아, 그런 얘기인가, 라고 이해가 되었다.

"자신이 죽인 사람을 위해 아버지가 해마다 공양을 하지 않았느냐, 라는 말씀이군요."

"그렇죠, 그렇죠." 호리베가 두 번 고개를 끄덕였다. "그날만은 술을 마시지 않았다든가 사경寫經*을 했다든가, 그런 것이라도 좋아요. 뭔가 없었습니까?"

가즈마는 5월 15일, 이라고 혼잣말처럼 중얼거리다가 이내 고개를 가로저었다.

"아뇨, 그런 건 전혀 생각나는 게 없습니다. 우리 집안으로도 아버지 개인으로도 특별한 날이었다는 기억은 없어요."

"그렇게 쉽게 포기하지 마시고요." 호리베가 찌푸린 표정을 보였다. "아무리 잔학한 인간이라도 자신이 사람을 죽인 날짜를 잊어버리는 일은 없을 거예요. 더구나 구라키 씨는 본디 선한 사람이잖습니까. 체포되지는 않았어도 자신을 용서했을 리 없습니다. 분명 뭔가를 하셨을 것 같은데?"

가즈마는 미간을 좁히고 고개를 갸웃거렸다. 호리베가 하는 말은 충분히 알아들었지만, 마음에 짚이는 게 없으니 어쩔 수가 없었다.

"그 얘기, 아버지에게는 물어보셨습니까?"

"아뇨, 아직. 이런 얘기는 본인이 아니라 주변 사람에게서 나오는 게 더 설득력이 있습니다. 구라키 씨 본인 입으로, 해마다 5월 15일에 마음속으로 사죄했다, 합장했다, 라고 아무리 얘기해봤자 그저 뻔한 소리로만 들릴 테니까요."

듣고 보니 맞는 말이라고 가즈마도 생각했다.

"하지만 기억나는 게 정말 없는데……."

* 공덕을 쌓거나 공양을 위해 일심으로 불교 경전을 베껴 쓰는 일을 말한다.

호리베는 체념한 표정으로 고개를 끄덕이더니 손목시계를 흘끔 들여다보고 수첩을 덮었다.

　　"그렇다면 별수 없군요. 하지만 방금 한 이야기를 머릿속에 담아두세요. 그래서 혹시 아, 그러고 보니, 라고 뭔가 생각나면 그 즉시 연락해주시면 되니까요."

　　"알겠습니다. 자신은 없지만……."

　　"아니, 노력해봐야지요. 분명 뭔가 생각날 겁니다. 명심해요, 이건 꼭 아버지를 위한 일만이 아니에요. 가즈마 씨 자신의 앞날이 걸린 일이기도 하죠. 생각해보세요, 아버지가 복역수라는 것뿐이면 어떤 죄인지는 알지 못하겠지요. 하지만 사형수라면 그 죄는 한 가지밖에 없어요. 그 차이는 큽니다. 엄청나게 커요."

　　열기 띤 말투로 내뱉은 사형수라는 단어에 가즈마는 가슴이 덜컥했다. 자신의 인생과는 아무 관련도 없다고 생각해왔던 단어였다.

　　"저는 이제부터 어떻게 해야 할까요?"

　　가즈마의 질문에 호리베는 잠시 생각에 잠긴 표정을 보인 뒤에 입을 열었다.

　　"평소처럼 지내도 별문제는 없겠지만 눈에 띄는 행동은 피하는 게 좋겠지요. 특히 조심해야 할 것은 언론 쪽입니다."

　　"언론?" 가즈마는 되물었다. 전혀 생각조차 못 했던 얘기였다.

　　"공소시효 만료로 일단 처벌을 면한 살인범이 다시 사람을 죽였다는 얘기라면 자칫 언론이 떠들고 나설 우려가 있어요. 그러면 가즈마 씨를 취재하려고 하는 사람도 나오겠지요. 그자들은 집요하고 무신경합니다. 온갖 수단을 동원해서 도발하고, 뭐가 됐든 발언 한 마디, 리액션 하나라도 따내려고 할 겁니다."

그 상황을 상상하는 것만으로도 암담한 기분이 들었다.

"무시해버리면 안 될까요?"

"지나치게 냉담한 태도를 취하는 것도 조심해야지요. 이런 식으로 쓸 수도 있으니까요. 범인의 아들은 나 몰라라 하는 태도로 일관하고 있다, 라는 식으로."

변호인의 말에 가벼운 현기증이 몰려와서 두 손으로 머리를 부여잡았다.

가즈마 씨, 라고 호리베가 새삼 말을 건넸다.

"현재의 심경이 어떠냐는 등의 질문을 받으면 솔직히 대답해도 괜찮아요. 믿어지지 않는다, 큰 충격을 받았다, 라는 것이면 됩니다. 단 범행의 동기 등, 사건의 상세한 내용에 대해서는 결코 언급해서는 안 됩니다. 끈질기게 물고 늘어진다면, 재판과 관련된 일이라서 어떤 말도 하지 말라고 변호사가 못을 박았다, 라고 대답하세요. 피해자나 유족에 대한 질문이 나올 때는 아버지를 대신해서 진심으로 사죄드립니다, 라고 말하고 깊숙이 머리를 숙이시고요. 그런 식으로 어떻게든 따돌리면 됩니다."

가즈마의 시선이 벽 쪽의 텔레비전을 향했다. 시사토론 방송의 영상이 머릿속에 떠올랐다. 수많은 기자와 리포터들에게 둘러싸여 깊숙이 머리를 숙이는 자신의 모습……

"사생활 침해라고 느껴지는 일이 있다면 나한테 연락해주세요. 내 쪽에서 항의할 테니까."

호리베의 말은 마음 든든한 한편으로 이제부터 무슨 일이 일어날지 모르니 단단히 각오하라, 라는 선고처럼 들렸다.

"뭔가 더 질문할 것은 없습니까?"

호리베의 그 말에 생각을 해봤지만 하나도 떠오르는 게 없었다. 사태의 급변에 정신이 미처 따라가지 못하는 것이다. 하지만 테이블에 놓인 편지를 보자 생각나는 게 있었다.

"면회는 가능할까요? 이 편지에는 만나러 오지 않아도 된다고 했지만……"

"접견이 금지된 건 아닙니다. 역시 만나고 싶으십니까?"

"아버지에게 직접 얘기를 듣고 싶은 마음은 있습니다."

"알았어요. 내가 구라키 씨에게 말씀드리겠습니다. 그 밖에 또 전하고 싶은 말은 없습니까?"

가즈마는 잠시 생각해보고 아뇨, 라고 고개를 저었다. "지금 당장은 아무것도……"

"그러면 건강에 유의하시라든가 하는 건 어떻습니까. 그런 한 마디라도 가족이 보내온 말에는 용기가 생기는 법이니까요."

"아…… 그러면 그걸로 부탁드립니다."

"알겠습니다. 다시 연락드리지요." 호리베가 자리에서 일어섰다.

변호인을 배웅하고 거실로 돌아오자마자 소파에 몸을 던졌다. 대체 뭘 어떻게 해야 할지, 생각이 정리되지 않았다.

우선은 내일 일정부터 확인하자 싶어서 옆에 있던 스마트폰을 집어 들었다. 그 순간, 가족이 트러블에 휘말렸다는 이유로 조퇴했던 것이 생각났다. 자세한 얘기는 내일 하겠습니다, 라고 상사에게는 말했다.

이걸 어떤 식으로 얘기해야 좋을까……. 갑작스럽게 눈앞에 커다란 벽이 나타난 듯한 기분이었다.

그때 스마트폰이 착신을 알렸다. 모르는 번호가 표시되어 있었다.

전화를 받아보니 "구라키 가즈마 씨입니까?"라고 남자 목소리가 물었다.

"네, 그렇습니다만……."

상대는 "경시청 사람입니다"라고 말했다.

13

도요초역에서 도보로 약 8분, 고다이가 도착한 맨션은 줄줄이 이어진 비슷비슷한 건물 몇 동 중 하나였다. 초등학교가 바로 근처에 있는 모양이었지만 소음은 들려오지 않았다.

연식이 느껴지는 엘리베이터를 타고 5층 버튼을 눌렀다. 손목시계로 시각을 확인해보니 바늘이 오후 2시 50분을 가리키고 있었다.

엘리베이터에서 내린 뒤, 고다이는 동행한 나카마치에게 말했다.

"좀 일찍 도착했어. 여기서 잠깐 기다리자."

현관 바로 앞에 서 있으면 다른 입주민이 수상쩍게 생각할지도 모르기 때문이다.

엘리베이터 홀 창문으로 주택가를 내려다보면서 고다이는 머릿속을 정리했다. 실은 별로 생각이랄 게 없었다. 이쪽의 질문에 상대가 어떻게 대답할지 예측이 되지 않기 때문이다. 애초에 오늘의 탐문은 마음이 무거운 일거리였다.

지금부터 만날 사람은 아사바 요코와 오리에, 아스나로 식당의 주인과 그 딸이다. 단골손님이던 구라키 다쓰로는 그녀들의 남편이고 아버지인 후쿠마 준지가 유치장에서 자살한 사건의 진범이었다. 하지만 이번에 그 얘기는 하지 말라는 사쿠라카와 계장의 지시가 있었다. 구라키의 체포 자체는 이미 보도가 되었지만 상세한 사건 내용에 대해 경시청은 공식 발표를 하지 않았다. 아이치 현경을 배려하는 뜻에서 구라키가 고백한 동기는 최대한 덮어둔다는 것이 상부의 방침인 모양이었다. 그래서 고다이의 마음을 무겁게 만든 원인은 또 다른 것이었다.

"그 두 사람, 지금 어떤 기분으로 기다리고 있을까요?" 나카마치가 말했다. "어떤 질문이 날아올지 내심 불안해할 것 같은데."

"그야 강력계 형사의 연락을 받고 마음 편할 사람은 없지. 양심에 찔리는 일이 없더라도 마찬가지야. 더구나 구라키의 체포 소식을 알고 있을 텐데."

"고다이 씨가 얘기한 건 아니지요?"

"나는 얘기를 안 했지만 뉴스에 나왔으니까 알겠지. 혹시 몰랐더라도 내 전화 받고 인터넷이라도 검색해봤을 거야."

고다이는 아사바 오리에 쪽으로 전화를 했었다. 경찰은 너무 싫다고 대놓고 질색하는 요코보다는 말하기가 편할 것 같았기 때문이다.

오리에의 목소리는 침착한 것처럼 들렸다. 무슨 용건이냐고 묻지 않은 것을 보면 아마도 구라키 일 때문이라고 짐작하는 것 같았다.

나카마치가 손목시계를 들여다보았다. "이제 슬슬 약속 시간이에요."

"그럼 가볼까."

긴 바깥 복도를 걸어갔다. 506호가 아사바 모녀의 집이다. 현관문 앞에서 호실 숫자를 확인한 뒤에 인터폰 버튼을 눌렀다. 곧바로 네, 라는 여자 목소리가 응답했다. 오리에의 목소리인 것 같았다.

"아까 전화했던 고다이입니다."

잠시 뒤 걸쇠가 열리는 소리가 나고 문이 열렸다. 얼굴을 내민 것은 아사바 오리에였다. 머리를 헤어핀으로 올렸다. 연하게 화장도 한 것 같았다. 회색 스웨터에 면바지 차림이었다.

"무리한 부탁을 드려서 죄송합니다." 고다이는 머리를 숙였다.

오리에는 짧게 고개를 끄덕이고는 들어오세요, 라고 말했다.

실례합니다, 라고 고다이는 안으로 들어섰다. 현관 앞에 이미 슬리퍼가 준비되어 있었다.

꺾어 드는 복도 안쪽으로 안내를 해주었다. 아담한 거실에 소파와 테이블이 간결하게 배치되어 있었다. 1인용 소파에 앉아 있던 요코가 고다이 일행을 보고 몸을 일으켰다. 이쪽은 보라색 카디건 차림이다. 오리에와 마찬가지로 가게에 나가기 전이지만 단정하게 화장을 하고 있었다. 손님 장사를 하는 사람의 프라이드인 걸까.

"지난번에는 수사에 협조해주셔서 감사했습니다." 고다이는 말했다.

"감사는 무슨, 별스럽게 도와드린 것도 없었는데." 요코가 다시 자리에 앉으며 말했다. 그 얼굴은 무표정했지만 형사들을 환영하지 않는다는 건 분명했다.

"여기 앉으세요." 오리에가 요코의 소파와 직각으로 놓인 2인용 소파를 권해주었다.

그럼 실례합니다, 라고 말하면서 고다이와 나카마치는 나란히 자리에 앉았다. 무심코 실내를 둘러보다가 벽 쪽의 선반에 놓인 사진 액자에서 시선이 멎었다. 작은 남자아이와 아사바 오리에가 나란히 찍혀 있었다. 아이는 초등학교 고학년 정도일까.

"저 사진은?" 고다이는 액자를 가리키며 물었다. "누구, 친척 아이입니까?"

"아들이에요." 오리에가 거북스러운 듯이 대답했다.

"엇, 그렇습니까."

오리에가 결혼했다는 것까지는 미처 파악하지 못했다.

"헤어진 전남편과의 아이예요. 지금은 그쪽 집에 있습니다."

아무래도 뭔가 사연이 있는 모양이다. 이 점에 대해 좀 더 파고드는 질문을 해야 할지 어떨지 고다이가 망설이는 사이에 오리에는 옆의 주방으로 가버렸다. 그릇을 준비하는 것을 보니 음료를 내주려는 것 같았다.

"아뇨, 신경 쓰실 것 없습니다." 고다이가 말을 건넸다.

"차 한 잔쯤이야 드려야지." 요코가 말했다. "그 대신 짧게 좀 부탁합시다."

"네, 되도록 짧게 끝내겠습니다. 실은 지난번과 마찬가지로 구라키라는 인물에 대해 몇 가지 여쭤보려고 합니다."

고다이의 말에 요코는 크게 심호흡을 했다. 스스로에게 기운을 불어넣는 것처럼 보였다.

"구라키 씨가 체포되었다면서?"

"알고 계셨습니까?"

"어젯밤에 우리 식당에 오신 손님한테서 들었어. 그이는 텔레비전에서 봤다고 하더라고. 구라키 씨를 빼닮은 사람이 화면에 나오고 경찰차로 어딘가에 데려가더래. 설마 했는데 아나운서가 구라키 용의자라고 말해서 깜짝 놀랐다나."

검찰에 송치될 때의 영상이었던 모양이라고 고다이는 짐작했다. 텔레비전이 범인 체포를 전할 때마다 으레 나오는 장면이다.

"살인 혐의예요. 저희가 수사를 담당하고 있습니다."

"그러신 모양이더라고. 손님 얘기를 듣고 우리도 곧바로 확인해봤어. 어딘가의 변호사를 살해한 혐의라던데."

"네, 맞습니다."

요코는 불쾌한 듯 입술을 삐뚜름하게 틀고 고개를 가로저었다. "말도 안 되는 소리지."

"뭐가요?"

"구라키 씨가 사람을 죽이다니, 그럴 리가 없어. 분명 뭔가 잘못된 거야. 구라키 씨가 왜 그런 짓을 하겠냐고." 요코는 입을 툭 내밀고 거친 어조로 말했다.

"사실관계나 동기에 대해서는 현재 자세한 것을 확인 중입니다."

동기를 알고 난 뒤에 요코는 과연 어떤 반응을 보일까, 라고 고다이는 생각했다.

오리에가 쟁반에 찻잔을 얹고 다가왔다. 말없이 고다이와 나카마치 앞에 찻잔을 차려준 뒤, 납작한 쿠션을 바닥에 놓고 정좌했다.

"좀 제대로 조사해보는 게 좋을 거요." 요코가 틀림없다는 듯이 단언했다. "구라키 씨가 그런 짓을 할 리가 없거든. 이건 분명 잘못됐어."

"그럴까요?"

"틀림없어. 경찰은 증거가 없어도 태연히 사람을 잡아간다니까." 요코는 그야말로 밉살스럽다는 얼굴로 중얼거렸다. "그 사람이 감옥에서 목을 맸는데도 아무렇지도 않게 생각하더라고."

"구라키 씨는 자백을 했습니다." 나카마치가 참지 못한 듯 옆에서 한 마디 던졌다.

나카마치, 라고 고다이가 짐짓 나무랐다. 곧바로 나카마치는 죄송합니다, 라고 고개를 움츠렸다.

형사님, 이라고 오리에가 입을 열었다. "구라키 씨가 어떤 자백을 하셨어요?"

"그건 말씀드릴 수 없습니다." 고다이가 대답했다. "아직은 진술의 진위 여부를 확인하는 단계라서."

오리에는 별반 불만스러운 표정을 보이는 일은 없이 "그렇군요" 라고 침울한 목소리를 냈다.

"흥, 말도 안 되는 소릴." 요코가 몸을 숙이며 말했다.

"구라키 씨가 아스나로에 1년에 서너 번꼴로 왔었다고 하셨지요?" 고다이가 확인에 나섰다. "오후 7시쯤에 와서 폐점까지 있었다, 틀림없습니까?"

오리에와 요코를 번갈아 바라보자 두 사람은 서로 얼굴을 마주 보더니 거의 동시에 고개를 끄덕였다.

"네, 틀림없습니다." 오리에가 대답했다.

"구라키 용의자와 식당 외에 다른 곳에서 만난 적은 없습니까?"

"우리 가게 외에 다른 곳에서?" 오리에는 다시 요코 쪽을 보았다. "그런 적이 있었나?"

글쎄, 라고 요코는 고개를 갸웃했다. "없었던 것 같은데."

"청한 적은 없습니까?" 고다이는 오리에 쪽을 보며 물었다.

그녀는 의아하다는 듯한 얼굴로 마주 쳐다보았다. "뭘요?"

"구라키 씨가 폐점까지 가게에 있었다고 하셨어요. 그렇다면 영업이 끝난 뒤, 다시 한잔하러 가자든가 하는 얘기는 없었습니까? 혹은 식당이 쉬는 날에 식사를 하러 가자든가."

"저한테요?" 오리에는 당혹스러운 얼굴로 자신의 가슴을 짚으며 되물었다.

"아뇨, 두 분 중 어느 쪽이든." 고다이는 오리에에게서 요코에게로 시선을 옮겼다가 다시 오리에 쪽으로 되돌아왔다.

"아뇨, 그런 일은 없었던 것 같은데요."

"있을 리가 없잖아." 요코가 딸의 목소리를 덮어씌우듯이 말했다. "그 사람은 우리 식당의 요리를 좋아해서 자주 찾아온 거야. 근데 왜 다른 식당에 가겠어?"

고다이는 눈썹 옆을 긁적였다. 어떻게 설명해야 할지, 난감한 대목이었다.

"지난번에 도미오카 하치만구의 부적을 구라키 씨에게 답례로 줬다고 하셨지요? 거꾸로 구라키 씨에게서 뭔가 선물을 받은 적은 없습니까?" 질문 내용을 바꿔보았다. "두 분 중 어느 쪽이든 상관없습니다."

"아, 그거라면 있어." 요코가 별일도 아니라는 듯이 대답했다. "우리 식당에 올 때마다 뭔가 들고 왔어. 우이로*도 가져오고 푸딩도 가져오고 새우전병도 가져오고. 아이치현이 원래 맛있는 과자가 많거든."

"아뇨, 과자 같은 지역 특산품이 아니라, 뭐랄까, 선물이라는 의미가 강한 것 말입니다. 액세서리라든가 가방이라든가……."

요코는 이해가 안 된다는 기색으로 미간을 찡그렸다.

오리에가 입을 열었다.

"형사님, 혹시 구라키 씨가 나나 어머니를 좋아해서 선물을 한 게 아니냐고 물어보시는 건가요?"

그 질문에 고다이는 저도 모르게 얼굴을 찌푸렸다. 정확히 맞혔기 때문이다.

"네, 뭐, 그렇다고 할 수도 있는데……."

결국 애매모호한 대답을 할 수밖에 없었다.

참 내, 어이가 없네, 라고 요코가 내뱉듯이 말했다.

"보시다시피 나는 이런 나이야. 혹시 구라키 씨에게 그런 마음이 있었다면 우리 딸한테, 라는 얘기겠지. 그래서 어때, 너는?" 오리에에게 물었다. "그런 생각, 한 적 있어?"

오리에는 고개를 갸우뚱했다.

"단골손님으로 자주 찾아오시니까 딱히 싫어하는 건 아니라고 생

---

* 쌀가루, 밀가루, 고사리가루 등에 설탕과 물을 넣어 반죽하고 찜통에 쪄낸 화과자. 나고야 특산품으로 유명하다.

각했지. 하지만 그런 건 별로 생각해본 적이 없어. 실제로 뭔가 그런 말씀을 하신 적도 없고."

"선물 같은 걸 받은 적은 없는 거네요?" 끈질기다고 생각하면서도 고다이는 다시 확인했다.

"없습니다." 오리에의 대답은 명쾌했다.

"그것과 구라키 씨가 체포된 사건이 무슨 관계가 있다고?" 요코가 짜증난다는 듯이 물었다.

"구라키 씨가 정기적으로 도쿄에 올라온 이유를 알아보려는 겁니다." 고다이는 준비해 온 대사를 말했다. "단골 식당에 가고 싶다는 이유만으로 신칸센 비용을 들여가며 상경하지는 않았을 테니까요."

"그거야 아들이 도쿄에 있으니까 그랬겠지. 나는 그렇게 들었는데? ……얘, 그렇지?" 요코가 딸에게 동의를 청했다.

"그런 이유라고 하기에는 너무 자주 올라왔다, 라는 게 우리 쪽 느낌입니다."

모녀는 똑같이 입을 꾹 다물었다. 그런 얘기를 우리한테 해봤자 알게 뭐냐, 라는 뜻인가.

"다시 한번 확인하겠습니다. 구라키 씨가 호의를 가졌다고 느낀 적은 한 번도 없었습니까?" 고다이는 오리에의 갸름한 얼굴을 응시하며 말했다.

그녀는 흘끔 어머니 쪽으로 시선을 던진 뒤, 대답했다.

"아까도 말했지만, 그런 건 생각해본 적이 없어요."

"그러면 한번 생각해보시겠습니까. 지금 다시 돌아보니 호의를 보인 것 같다, 라고 뭔가 마음에 짚이는 일이 없습니까?"

오리에는 곤혹스러운 얼굴로 고개를 가로저었다.

"그런 얘기를 하기로 들면 한이 없겠죠. 구라키 씨는 항상 친절하게 대해주셨고, 아까도 말했듯이 매번 아이치현 선물도 가져오셨어요. 호의라고 하면 그것도 호의겠지요. 하지만 어떤 종류의 호의였는지, 저는 잘 모르겠어요. 제가 확실하게 말할 수 있는 것은 좋아한다는 의사표시를 말이나 태도로 하신 적은 없다, 라는 것뿐입니다."

지극히 논리적인 말솜씨다. 고다이는 어떻게도 반론을 할 수 없었다.

"알겠습니다. 그러면 한 가지만 더 실례되는 질문을 하게 해주십시오. 현재, 사귀는 남자분은 있습니까? 이건 무리하게 대답하지 않으셔도 괜찮습니다."

"아뇨, 그런 사람은 없습니다." 오리에는 즉답을 했다.

고다이는 고개를 끄덕이고 요코 쪽으로 얼굴을 돌렸다.

"구라키 씨의 체포 소식을 가게 손님에게서 들었다고 하셨지요? 그분의 이름을 알려주실 수 있을까요? 가능하면 연락처도."

"우리 가게 손님을 이런 시끄러운 일에 끌어들이는 건……."

요코의 말이 끝나기 전에 고다이는 재빨리 "그 손님에게 폐를 끼치는 일은 없도록 하겠습니다"라고 말했다. "아, 그 밖에 구라키 씨와 친해진 손님들이 있었다면 그분들의 이름과 연락처도 알려주셨으면 합니다. 지난번에는 응해주시지 않았지만, 이건 살인 사건 피의자에 관한 수사입니다. 저희도 쉽게 물러설 수 없습니다." 턱을 바짝 당긴 채 요코를 쳐다보는 눈에 힘을 주었다.

요코는 입가가 일그러졌다. "아니, 손님들의 연락처를 우리가 어떻게 다 알겠어?"

"아는 범위 내에서만 얘기해주시면 됩니다."

요코는 고개를 저으며 작게 한숨을 내쉬고 오리에 쪽을 향했다. "얘, 명부 좀 가져와라."

오리에가 마지못한 기색으로 자리에서 일어섰다.

아사바 모녀의 집을 나온 뒤에도 곧장 특별수사본부로 돌아갈 마음이 나지 않았다. 고다이는 나카마치를 데리고 에이타이 대로변에 있는 커피점에 들어갔다. 커피를 마실 생각이었는데 카운터 앞에 줄을 서서 메뉴를 바라보는 사이에 마음이 바뀌어 맥주를 주문하고 있었다. 나카마치는 놀란 얼굴이었지만 금세 "저도 같은 걸로 주문해도 돼요?"라고 물었다.

"물론이지. 내가 살게."

도로 쪽에서는 눈에 띄지 않는 자리를 확보해 맥주로 목을 축였다.

"일단 알아낼 건 다 알아냈어."

"고다이 씨, 어떻게 질문할지 고민이 많았지요?"

나카마치의 말에 고다이는 입가를 틀며 고개를 끄덕였다.

"그쪽 입장에서는 웬 이상한 질문들만 한다고 생각했겠지. 구라키가 연애 감정을 품었건 말건 그게 이번 사건과 무슨 관계냐고 불만이었을 거야. 실은 나도 같은 생각이야."

"그런데 막상 재판에 들어가서는 그런 식으로 얘기하면 안 되잖습니까."

"안 될 것까지야 없겠지만, 검찰로서는 그 점을 명확히 해두고 싶은 눈치야." 고다이는 맥주를 꿀꺽 마셨다. "진짜 우리만 힘들게 한다니까."

구라키가 범행을 자백했으니 재판에서 사실관계를 다툴 일은 없다. 이제 초점은 정상참작의 여지가 있느냐 없느냐는 것이다.

구라키는 시라이시를 살해한 이유로, 아사바 모녀와 보내는 시간이 유일한 삶의 보람이었는데 과거의 범죄를 그 두 사람에게 폭로하면 그 시간을 잃게 될까 봐 두려웠기 때문이라고 진술했다. 따라서 변호인 측으로서는 삶의 유일한 보람을 지키려는 건 인간으로서 당연한 본능, 이라고 호소하고 나설 터였다. 하지만 검찰 측은 자기 때문에 억울한 누명을 쓴 인물의 유족과 함께하는 시간을 삶의 보람으로 삼은 것 자체가 이전의 범행을 반성하지 않았다는 증거이며 왜곡된 자기 위주의 욕망이라고 담판에 나설 계획인 모양이었다. 게다가 애초에 아사바 모녀에 대한 마음이 정말로 순수한 것이었는지, 실은 남자로서의 욕망에 뿌리를 둔 것이 아니었는지 의심하는 분위기였다.

그런 사정에 따라 고다이에게 내려온 지시는 구라키가 아사바 모녀의 어느 쪽에, 아마도 딸 오리에 쪽에, 연애 감정을 품었다는 것을 보여주는 물증이든 증언이든 입수해 오라는 것이었다.

고다이가 접해본 느낌으로는 구라키는 지극히 정상적인 인간이었다. 어쩌면 오리에를 여성으로 바라봤을 수도 있겠지만, 그런 감정을 품어서는 안 된다고 자제해왔을 게 틀림없다. 그렇다면 그 점에 대해서는 언급하지 않아도 되는 게 아닌가 하는 개인적인 생각이 있었다. 오늘의 탐문수사가 특히 마음이 무거웠던 것은 그런 생각이 있었기 때문이다.

특별수사본부로 돌아가 주임 쓰쓰이에게 아사바 모녀에게서 들은 내용을 보고했다.

"흠, 역시 그렇군." 쓰쓰이는 예상했던 대로라는 말투였다.

"역시 그렇다는 건?"

"구라키의 아들 얘기를 듣고 왔거든. 그 아들은 아버지가 자주 상경했던 것은 단골 식당에 좋아하는 여자가 있었기 때문일 거라고 혼자 짐작했던 모양이야. 하지만 아버지에게 그런 얘기를 직접 들은 적도 없고 확실한 근거가 있는 것도 아니라고 했어. 아마도 거짓말은 아닐 거야."

고다이는 구라키 가즈마를 만났을 때의 일이 생각났다. 아버지와는 서로 간섭하지 않기로 해왔다, 라고 불끈해서 말했었다.

"구라키 본인은 아사바 모녀에게 연애 감정이 없었다고 했잖습니까. 그 말을 그대로 받아들여도 될 것 같은데요." 고다이는 자신의 의견을 말해보았다.

"나도 동감이야. 하지만 담당 검사 입장에서는 조금이라도 재판원들의 심증에 걸릴 만한 재료가 필요할 거야. 아사바 모녀의 식당에 드나든 것은 속죄의 마음이 아니라 또 다른 속셈이 있었기 때문이라는 식으로. 구라키를 선량한 사람이라고 생각하지 않았으면 하는 거지." 쓰쓰이가 킁, 코를 울리며 말했다. "어쨌든 고생 많았어. 보고서 작성해줘."

네, 라고 고다이는 대답했다. 그때 저쪽 자리에서 통화 중인 사쿠라카와의 목소리가 들려왔다.

"차장뿐만 아니라 개표구 직원에게도 사진을 보여주라고. ……반드시 자동개표기를 지나갔다고는 할 수 없잖아. 그런 것까지 내가 일일이 지시를 해야겠어?" 날카로운 말투를 보니 상당히 화가 난 모양이다.

고다이는 허리를 숙이고 쓰쓰이 쪽으로 입을 바짝 댔다. "신칸센 차편, 아직 못 찾았어요?"

쓰쓰이는 찌푸린 얼굴을 위아래로 끄덕였다.

"방범카메라 쪽은 포기할 수밖에 없을 것 같고, 목격자를 찾는 데 주력하고 있는데 아직도 저 꼴이니 성과는 기대도 못 하겠어."

"하행선 쪽도 안 됐습니까?"

"안 됐으니까 계장님도 신경이 곤두섰지." 사쿠라카와 쪽을 흘끔 돌아보며 쓰쓰이가 한껏 목소리를 낮춰 말했다.

현재 수사원이 대거 나서서 구라키의 자백에 대한 보강수사를 하고 있었다. 10월 31일에 도쿄행 신칸센을 탔다, 라는 진술도 마찬가지다. 그런데 구라키는 나고야역에서 신칸센을 탔지만 몇 시 몇 분 발 열차였는지는 기억이 안 난다는 것이었다. 결국 도쿄역에 도착한 게 5시쯤이었다는 진술을 바탕으로 나고야역 주변의 방범카메라 영상을 샅샅이 조사했지만 구라키라고 단언할 수 있는 자의 모습은 확인되지 않았다. 그래서 차장들에게 구라키의 얼굴 사진을 보여주러 수사원이 나고야역까지 출장을 나간 것이었다. 하행선도 허탕인 걸 보니 귀가한 신칸센도 특정이 안 될 모양이다.

"그건 어떻습니까, 몬젠나카초 쪽은?" 고다이는 쓰쓰이에게 작은 소리로 물었다.

쓰쓰이의 표정은 더욱더 떨떠름해졌다. 말도 없이 고개를 가로저었다.

"역시 소용없었어요?"

"뒷골목 쪽은 방범카메라가 거의 없고, 구라키가 특히 눈에 띄는 행동을 취했을 리도 없잖아. 이건 뭐, 별 뾰족한 수가 없을 것 같아."

구라키는 시라이시 변호사를 만나기 전까지 몬젠나카초 부근을 돌아다녔다고 진술했다. 하지만 목격자도 찾지 못했고 거리에 설치된 어떤 방범카메라 영상에도 찍혀 있지 않았다.

"주임님, 뭔가 좀 이상하지 않습니까?"

"뭐가?"

"제대로 확인된 게 하나도 없어요. 심지어 그 차에서 구라키가 운전했다는 물증도 발견되지 않았잖아요. 이거, 정말 괜찮은 건가요?"

"쯧, 목소리가 너무 커." 쓰쓰이가 혀를 차면서 사쿠라카와 쪽을 슬쩍 넘어다보았다.

"이건 아닌 것 같은데요." 고다이는 목소리를 낮춰 다시 한번 물었다.

'그 차'라는 건 말할 것도 없이 살해된 시라이시 변호사의 자동차 얘기다. 구라키는 시라이시의 사체를 차에 싣고 이동했다고 진술했지만, 그 차 안에서 구라키의 지문이나 DNA, 모발 같은 게 전혀 나오지 않은 것이다.

"감식과에서 드물지만 그런 경우도 있다고 했어." 쓰쓰이가 씁쓸하게 말했다. "차에 탔다고 반드시 모발이나 DNA가 남는 건 아닌 모양이야. 그리고 지문 쪽은 나이프 손잡이와 핸들에 천인지 뭔지로 닦아낸 흔적이 있었어."

"하지만 구라키의 첫 진술에서 지문을 닦아냈다는 얘기 같은 건 없었잖아요. 취조관이 지문은 어떻게 했느냐고 물어봤을 때, 처음에는 기억이 안 난다고 대답했어요. 닦아낸 거 아니냐는 말을 듣고서야 그럴지도 모른다고 대답했을 뿐이죠."

"본인이 기억이 안 난다는데, 어쩔 수 없잖아."

고다이는 고개를 저으며 머리를 쥐어뜯었다. "그건 어딘지 군색한 설명 같은데요."

"그럼 어쩌라는 거야?" 쓰쓰이가 입을 툭 내밀었다.

"조금 더 조사해볼 필요가 있지 않을까요? 구라키가 반드시 사실 대로 말했다고 할 수는 없잖아요."

"어디가 어떻게 거짓말이라는 건데?"

"그건 모르겠어요. 그러니까 조사해봐야죠. 진술의 진위 확인이 이렇게까지 안 되는 건 아무래도 이상해요. 어쩌면 우리가 엄청난 실수를 하고 있는지도……."

"이봐, 그런 얘기 계장님 앞에서는 절대 하지 마." 쓰쓰이가 쓰윽 노려보면서 말했다. "물론 구라키가 하는 말이 전부 사실인지 어떤 지는 아무도 모르지. 재판에서 갑자기 딴소리를 할 수도 있고. 하지만 그자가 범인이라는 사실은 달라질 게 없어. 우리한테는 그거면 충분해. 경찰이 해야 할 역할은 다한 거라고."

"……비밀의 폭로, 때문입니까?"

"그래, 그거야. 잘 아네?"

구라키는 시라이시를 칼로 찔러 살해한 장소가 기요스바시 근처 스미다가와테라스라고 스스로 진술했다. 범행 현장에 관해서는 한 번도 보도된 적이 없어서 그건 범인이 아니고서는 알 수 없는 내용이었다. 그런 '비밀의 폭로'가 재판에서는 물증에 필적할 만큼 중요하다는 건 사실이다.

"그것만으로 공판이 유지될 수 있을까요?"

"내가 본 바로는 구라키가 갑작스럽게 부인하고 나설 것 같지는 않아. 그러니까 됐어. 쓸데없는 생각 하지 말고 얼른 보고서나 마무리해." 쓰쓰이가 고다이의 등을 툭툭 두드렸다.

네에, 라고 대답할 수밖에 없었다. 하지만 마음속으로는 구라키가 아사바 오리에에게 연애 감정을 품었네 마네 하는 것보다 훨씬 더 중요한 게 있다는 느낌을 떨칠 수 없었다.

"아 참, 그 도쿄돔 건은 아들에게 확인했어." 쓰쓰이가 말했다. "3월경에 자이언츠와 주니치 경기 티켓을 구라키에게 구해준 게 틀림없대."

"지갑을 잃어버린 것은요?"

"그런 건 모른다고 한 모양이야. 칠칠치 못한 실수인데 굳이 아들에게 떠벌릴 필요는 없었겠지." 이 얘기는 이걸로 끝, 이라는 듯이 쓰쓰이는 컴퓨터 화면으로 시선을 돌렸다.

고다이는 석연치 않은 마음을 품은 채 걸음을 옮겼다.

실은 진위 확인이 안 되는 중요한 것이 또 한 가지 있었다.

어제저녁에 고다이는 혼자서 미나미아오야마의 시라이시 겐스케의 자택에 찾아갔었다. 확인할 게 있었기 때문이다. 지난번과 마찬가지로 거실에서 아내 아야코와 딸 미레이를 마주했다.

확인할 것은 다름 아닌 구라키와 시라이시의 만남에 관한 것이었다.

구라키는 시라이시를 3월 말에 도쿄돔에서 만났다고 말했었다. 자이언츠와 주니치의 야구 경기다. 마침 옆자리에 앉았던 두 사람은 우연한 해프닝으로 대화를 나누게 되었고, 지갑을 분실한 구라키에게 시라이시가 신칸센 차비를 빌려줄 만큼 서로 친해졌다……. 그런 일화를 알고 있는지, 아야코와 미레이에게 물어보았다.

하지만 둘 다 그런 얘기는 듣지 못했다, 라고 대답했다. 당연히 구라키라는 이름도 들어본 적이 없다는 것이다.

그뿐만 아니라 시라이시가 혼자 도쿄돔에 야구 경기를 보러 갔다는 것 자체가 모녀에게는 뜻밖의 일이라는 반응이었다.

"남편이 주니치 드래건스 팬이었던 것은 맞아요. 누군가 가자고 해서 야구장에도 몇 번 갔을 거예요. 하지만 혼자서 그런 경기를 보러 갈 만큼 열렬한 팬은 아니었는데?" 아야코는 아무래도 이해가 안된다는 표정으로 말했다.

결국 구라키의 진술에 대한 진위는 확인하지 못한 채 고다이는 자리를 떠야 했다. 하지만 그 전에 딸 미레이가 사건에 대해 자세히 알려달라고 요구했다.

"구라키라는 사람이 체포된 것은 뉴스를 보고 알았어요. 하지만 범행 동기는 어디에도 보도되지 않았어요. 저희한테는 알려주셔야지요. 아버지가 왜 그 사람에게 살해된 거예요? 그 사람은 대체 어떤 사람이고 아버지와는 어떤 관계였어요?"

미레이는 윤곽이 짙은 서구적 미인이다. 그 얼굴로 눈썹을 치켜올리고 눈을 크게 뜬 채 노려보니 위압감이 느껴질 만큼 박력이 있었다.

현재 수사 중인 사안이라 말할 수 없다고 고다이는 판에 박힌 답변을 했지만, 그녀는 물러서지 않았다.

"뉴스를 보니까 용의자가 범행을 인정하고 있다던데요. 어떤 식으로 인정한 거예요? 살해한 것은 인정하지만 그 이유는 밝히지 않은 건가요?" 금세라도 덤벼들 듯한 기세였다.

수사상의 비밀은 말할 수 없다고 재차 말했지만, 미레이는 "유족인데도 안 된다고요?"라고 몇 번이고 캐물었다.

"우리는 유족인데 아무것도 알려주지 않는다고요? 애초에 범인을 체포했으면 가장 먼저 우리한테 알려줬어야 하는 거 아니에요? 유족인데도 이런 취급을 당하다니, 이건 이상하잖아요!"

미레이가 답답해하는 것도 충분히 이해가 되었다. 구라키의 진술 내용을 낱낱이 얘기해주고 싶었다. 하지만 그게 외부로 새어 나가지 않는다는 보장은 어디에도 없다. 발설 금지라는 단서를 달더라도 그 약속이 반드시 지켜질지는 알 수 없다. 그러니 애초에 말을 하지 않는 게 최선의 방책이다. 고다이는 죄송합니다, 라고 거듭거듭 머리를 숙일 수밖에 없었다.

그렇지만 도쿄돔에서의 그 일을 가족이 모른다는 것은 역시 이상했다. 시라이시가 가족에게 얘기할 일도 아니라고 생각했던 모양이라고 해버린다면 더 이상 반론은 할 수 없다. 하지만 정말 그렇게 넘어가도 되는 일일까. 남편이 혼자서 야구 경기를 보러 갈 리가 없다, 라는 아야코와 미레이의 말도 영 마음에 걸렸다.

무엇보다 그 유족을 위해서라도 이 사건은 좀 더 깊이 조사해볼 필요가 있는 게 아닌가, 라고 고다이는 생각했다.

14

호리베 변호인이 다녀가고 그다음 날, 가즈마는 몸이 좋지 않다는 이유로 회사를 쉬었다. 지금 같은 심리 상태로는 제대로 일을 할 수 없다고 생각했기 때문이다. 직속 상사인 야마가미 과장은 전날 가즈마가 말했던 '가족이 휘말린 트러블'은 어떻게 되었는지 궁금해하는 기색이었다. 하지만 부하 직원의 부친이 체포되었다는 건 꿈에도 생각하지 못했을 것이다. 가까운 시일 내에 설명하겠습니다, 라고 말하고 대충 넘어갔지만 내일 이후에 벌어질 일을 생각하면 한없이 우울한 기분이었다.

어젯밤부터 식욕도 없고 잠도 오지 않았다. 앞으로 무엇을 어떻게 해야 할지, 전혀 감이 잡히지 않았다. 호리베는 언론 쪽에서 들이닥칠지도 모른다고 했었지만, 그건 언제쯤에나 온다는 것일까.

가즈마는 스마트폰을 지그시 노려보았다. 금세라도 낯선 언론 관계자에게서 전화가 걸려올 것 같은 느낌이었다. 아니면 현관 인터폰을 눌러대는 것인가.

그리 내키지는 않았지만 인터넷 기사를 검색해보고 텔레비전 채널을 시사토론이나 뉴스 방송에 맞춰봤다. 앞으로 아버지와 자신이 어떻게 될지 예측하기 위해서는 우선 현재 상황부터 파악해둘 필요가 있다고 생각했기 때문이다.

하지만 가즈마의 예상과는 달리 아버지가 일으킨 사건에 관한 새로운 정보는 눈에 띄지 않았다. 생각해보면 당연한 일인지도 모른다. 날이면 날마다 새로운 사건이 터지는 판에 누군가 유명인사가 관련된 것도 아닌 한, 형사사건의 속보를 상세히 전해주는 일은 없는 것이다.

결국 점심때가 되도록 침대에서 멍하니 기다렸지만 어디에서도 연락은 없었다. 어제 호리베가 다녀간 뒤에 다시 형사 두 명이 찾아왔었다. 하지만 야구 경기 티켓을 아버지에게 구해줬느냐는 등의 소소한 질문 몇 가지를 했을 뿐이다. 그중에 아버지가 누군가와 사귀는 듯한 기미는 없었느냐, 라는 것도 있었다. 혹시 그런 건가, 라고 혼자 생각한 적은 있으나 확실한 근거는 없는 지레짐작인지도 모른다고 대답해두었다. 하지만 그런 일이 수사에 무슨 도움이 된다는 건가.

스마트폰을 체크해보니 메일 몇 개가 들어와 있었다. 어떤 내용인지 궁금하긴 했지만, 일단 메일함을 열고 읽어버리면 그에 따른 답변이나 대응도 해야 한다. 그게 귀찮아서 읽지 않고 놔두기로 했다. 어차피 그리 큰 볼일도 아닐 터였다.

오후가 되자 역시나 배가 고파왔다. 요리할 마음은 도저히 나지 않아 집을 나섰다. 단골 카페에 들어가 커피와 샌드위치를 주문한 뒤, 스마트폰으로 '가족' '가해자' '재판' 같은 단어로 검색을 해보았다.

곧바로 여러 개의 글이 떴다. 법률사무실에서 올려준 정보가 많았다. 재판에 있어서 피고인의 가족이 할 수 있는 일은 진지한 마음으로 방청하고 정상 증인으로서 증언대에 서는 것뿐이다, 라는 내용의 글이었다. 정상참작을 호소할 때는 어떤 형태로 피고의 갱생을 도와줄 계획인지, 구체적으로 설명해야 한다고 한다.

어제만 해도 도무지 현실로서 받아들여지지 않았지만, 이런 글을 검색해서 읽고 있으려니 역시 내 신상에 일어난 일이라는 실감이 들기 시작했다. 그리고 다시금 아버지가 도대체 왜 그런 짓을, 이라는 의문이 커져갔다. 사건 내용은 호리베를 통해 들었지만, 전혀 납득이 되지 않았다. 어떻게든 아버지에게서 직접 자세한 얘기를 듣고 싶었다.

억지로 밀어넣듯이 샌드위치를 먹어치우고 카페 구석으로 이동해 호리베에게 전화를 걸었다. 곧바로 받아주었다. 무슨 일 있었느냐고 묻길래 언제쯤 아버지를 만날 수 있는지 문의했다.

"지금은 경찰서와 검찰청을 왔다 갔다 하느라 시간이 나지를 않는군요. 구치소로 옮겨진 다음에 면회를 신청하는 게 마음 편히 얘기할 수 있을 겁니다."

게다가, 라고 변호사는 말을 이어갔다.

"아까도 아버님을 만나고 왔는데 역시 아들은 만나고 싶지 않다고 합니다. 마주할 면목이 없다면서. 지금으로서는 오히려 심리적 부담이 될지도 모르겠어요."

그러니 조금 시간을 두는 편이 좋다, 라고 호리베는 말하는 것이었다.

내 심정은 알지도 못하고, 라는 불만이 끓어올랐지만 호리베에게 화풀이를 하는 건 번지수가 틀린 얘기다. 알겠습니다, 라고 말하고 전화를 끊었다.

카페를 나와 집으로 돌아왔다. 회사 업무가 걱정이었지만 그렇다고 당장 뭔가 할 수 있는 일도 없었다. 어제 갑작스럽게 약속을 취소한 거래처에 사과 메일 한 통을 보낸 정도다. 그리 어려운 작업이 아닌데도 제대로 문장이 생각나지 않아 한 시간 가까이나 걸렸다.

야마가미 과장에게서 전화가 걸려온 것은 오후 5시가 넘어서였다. 착신 표시를 보고 가슴이 술렁거리는 것을 느꼈다. 스마트폰을 터치하고 "네, 가즈마입니다"라고 말했다.

"응, 나야. 잠깐 통화, 괜찮아?" 그렇게 생각해서 그런지 침울한 말투처럼 들렸다.

"네, 무슨 일이십니까."

"몸이 안 좋다고 했는데, 이제 좀 어때? 내일은 회사에 나올 수 있겠어?"

"아…… 네, 괜찮을 것 같습니다."

"그래? 그럼 평소보다 한 시간쯤 일찍 출근해줄 수 있을까?"

"한 시간……. 네, 저는 괜찮습니다만."

"미안해. 그러면 그렇게 알고, 몸조리 잘해."

야마가미가 전화를 끊으려는 기척에 가즈마는 과장님, 이라고 목소리를 냈다. "무슨 중요한 용건이 있으셨던 거 아닙니까?"

가즈마의 질문에 상사는 한순간 침묵했다. 내 감이 맞았구나, 라고 확신했다. 아니, 상식적으로 생각해보면 누구라도 알 만한 일인가.

가즈마, 라고 야마가미가 새삼 진지해진 목소리로 말했다. "지금 잠깐 시간 좀 내줄래?"

약속 장소를 어디로 정할지 망설인 끝에 결국 집으로 와주십사고 말했다. 회사 근처에서 만나면 다른 사람들 눈에 띌지 모른다고 야마가미가 말했기 때문이다.

어떤 얘기를 할지는 대략 짐작이 갔다. 그래서 야마가미가 어제 호리베가 앉았던 의자에 앉아 "용건이라는 건 다른 게 아냐. 자네 아버님 일이야"라고 운을 뗐을 때도 가즈마는 그리 동요하지 않았다.

"경찰에서 연락이 갔습니까?"

"아냐, 경찰에서는 아무 연락도 없었어. 총무부 쪽에서 얘기가 온 거야. 가즈마의 부친이 체포된 사실을 파악하고 있느냐, 라고."

"총무부에서요?"

왜 그런 곳에서, 라는 의아한 마음이 들었다.

"자네 얼굴 보니까 잘 모르는 것 같네."

"뭘 말씀입니까?"

"흠……. 이걸 어떻게 얘기해야 좋을지……." 야마가미는 테이블 위에서 두 손을 깍지 끼고 혀로 입술을 축였다. 단어를 고르느라 고심하는 것처럼 보였다. "실은 오늘 점심때, 회사에 기묘한 전화가 걸려온 모양이야. 당신네 회사에 구라키 가즈마라는 사원이 있느냐, 라는 것이었어. 물론 교환원이 그런 문의에는 응할 수 없다고 대답했겠지. 그러자 상대가 왜 대답을 할 수 없느냐고 캐물었다는 거야. 개인정보이기 때문이라고 설명했더니 대뜸 살인범의 아들이기 때문이 아니냐고 고함을 쳤대. 잠시 뒤에 전화는 끊겼는데, 놀란 교환원이 상사에게 보고를 했어. 그리고 그 상사가 총무부로 연락했고. 그래서 총무부에서 내사에 들어간 끝에 자네 아버님으로 보이는 인물이 살인 혐의로 체포되었다는 사실을 파악했어. 그리고 자네 이름이 인터넷상에 나도는 것도 알아냈고."

"제 이름이 인터넷에?" 뜻하지 않은 전개에 가즈마는 당혹했다. "어떻게⋯⋯."

"발단은 SNS야. 자네 아버님이 체포되었다는 글에 이 사람은 우리 집 근처에 사는 사람이라고 댓글을 올린 자가 있었어. 그리고 또 다른 누군가가 체포된 인물의 주거지며 아들이 있다는 댓글을 연달아 올렸어. 그 아들의 이름과 고교 시절의 사진이라면서 인터넷에 올려버린 거야."

헉, 하는 소리가 저절로 흘러나왔다. "정말입니까?"

"안타깝지만, 사실이야."

"⋯⋯지금 확인해봐도 될까요?"

응, 하고 야마가미가 고개를 끄덕였다.

가즈마는 옆에 있던 스마트폰을 터치해 자신의 이름으로 이미지를 검색했다. 느닷없이 떠오른 이미지 사진에 가즈마는 순간 현기증이 날 뻔했다. 졸업앨범을 접사接寫한 것으로 보이는, 고교 시절의 얼굴 사진이었다.

"말도 안 돼⋯⋯."

"요즘이 이런 시대야." 야마가미가 딱하다는 듯이 말했다. "일단 어떤 정보가 올라오면 끝도 없이 확산한다니까. 그 댓글을 본 누군가가 자네 이름으로 샅샅이 검색해본 모양이지. 아니면 우연히 자네가 다니던 학교나 취직한 곳을 알고 있던 누군가가 정보를 흘렸거나. 그리고 그 글을 본 다른 누군가가 우리 회사에 항의 전화를 했다……. 아마 그런 식이었을 거야."

가즈마는 한숨을 내쉬었다. "어떻게 이럴 수가……."

"자네는 아버님이 체포된 것을 어제 알았던 거야?"

"네, 변호인이 연락을 해줬어요. 죄송합니다, 어제는 어떻게 설명을 드려야 할지 몰라서……."

"자네가 크게 놀란 것도 당연하지. 다만 문제는 앞으로 어떻게 하느냐는 거야."

"그건 정상참작을 노려보는 수밖에 없다고 변호인이……."

"아니, 내가 말하는 건 그런 게 아니라." 야마가미가 짧게 오른손을 저었다. "회사 말이야, 업무 쪽의."

"네, 그렇지요, 죄송합니다."

재판의 행방 따위, 회사나 야마가미와는 관계없는 일이었다.

가즈마는 등을 반듯하게 세우고 상사의 얼굴을 정면으로 바라보았다.

"거꾸로 제가 여쭤보고 싶은데요, 저는 어떻게 하면 좋을까요? 앞으로도 회사에 다니게 해주실까요?"

야마가미도 등을 바로 세우고 짧게 고개를 위아래로 끄덕였다.

"자네가 체포된 건 아니니까 해고된다든가 하는 일은 걱정할 거 없어. 다만 지금까지와 똑같은 일은 좀 어려울지도 모르겠어."

"그건 무슨 말씀이신지……."

"총무부에서 연락을 받고 임원들과 자네의 앞으로의 처우에 대해 상의했어. 한번 올라가버린 정보를 완전히 삭제하는 건 불가능할 거고, 결국 자네에 대해 외부에서 문의가 오거나 항의를 받을지도 모른다, 당분간은 외부 출장이 없는 부서로 바꾸도록 하는 게 좋지 않으냐, 라고 얘기가 됐어."

"……배치전환입니까."

"아니, 일시적으로 그러자는 거야. 어떤 영향을 받게 될지 전혀 예측이 안 되니까 말이야. 의외로 시간이 지나면 아무 일도 없었던 것처럼 조용해질 수도 있어. 그러면 그때 다시 원상 복귀하면 돼."

"어떤 부서로 가게 될까요?"

"그건 이제부터 각 부서와 조정해서 결정할 거야. 그래서 그게 정해질 때까지 휴가를 신청하는 게 어떨까. 우선 2주일 정도."

"그렇게나……."

실은, 이라고 야마가미는 난처한 듯한 얼굴로 말했다.

"어디서 어떻게 새어 나갔는지 모르겠는데 회사 안에도 소문이 퍼지고 있어. 사원들의 동요를 되도록 빠른 시일 내에 진정시켰으면 한다는 사장님 말씀이 있었어."

"제가 출근해도 업무를 할 만한 상황이 아니군요."

야마가미가 짧게 고개를 끄덕였다. "응, 그렇다고 봐야지."

"그러면 내일은 어떻게 할까요? 아까 전화 통화로는 평소보다 한 시간쯤 일찍 출근하라고 하셨는데요."

"그건 이제 됐어. 휴가 신청은 내가 알아서 처리해줄 테니까."

가즈마는 침을 꿀꺽 삼키고 턱을 당겼다. "네, 알겠습니다."

야마가미는 아직도 뭔가 할 말이 있는 듯한 얼굴을 보이다가 "자, 그럼 그렇게 알고"라면서 자리에서 일어섰다.

가즈마도 일어나 머리를 숙였다. "큰 폐를 끼쳐서 죄송합니다."

야마가미가 깊이 숨을 들이쉬는 소리가 들렸다. 그나저나, 라고 상사는 말했다. "자네 아버님은 왜 그렇게 되신 거지? 금전적인 트러블인가?"

"아뇨, 그런 게 아니라……."

가즈마가 말끝을 흐리자 야마가미는 당황한 기색으로 손을 가로저었다.

"아냐, 아냐, 대답하지 않아도 돼. 미안해."

그리고 가즈마의 어깨를 두어 번 툭툭 두드리며 "다시 연락할게, 알았지?"라는 말을 남기고 도망치듯이 현관을 나섰다.

상사를 배웅한 뒤, 가즈마는 스마트폰을 집어 들었다. 자신에 관해 어떤 정보가 확산되고 있는지 마음에 걸렸기 때문이다. 하지만 그런 걸 검색해봤자 아무 메리트도 없다는 건 명백했다. 좋은 얘기 따위, 올라왔을 리가 없어서 한층 더 기분이 침울해질 뿐이다.

인터넷에 접속하고 싶은 마음을 꾹꾹 억누르고 스마트폰을 내려놓으려다가 메시지가 와 있는 것을 알았다. 확인해보니 동기로 입사한 아메미야 마사야에게서 온 것이었다. 제목은 '아메미야입니다'였다. 회사에서 가장 친한 친구로, 이따금 둘이서 한잔하러 가곤 했었다. 실은 어제부터 메일이 도착한 것은 알고 있었다. 전혀 '읽음'이 뜨지 않으니까 메시지로 보낸 것인지도 모른다.

열어보니 다음과 같은 글이었다.

'이래저래 얘기 들었다. 내가 도울 일이 있다면 말해주라. 답장은 안 해도 됨. 어쨌든 건강에 유의하기를 바란다. 아메미야.'

가즈마는 몇 분쯤 생각해본 끝에 '고맙다'라고만 써서 전송했다.

15

에이타이 대로변의 자전거점 안에서 아빠를 따라온 듯한 남자애가 파란 프레임의 자전거 안장에 막 올라타는 참이었다. 두 사람에게 설명을 해주는 사람이 가게 주인 후지오카인 모양이다. 자그마한 몸집이지만 탄탄한 체격이었다. 나이는 50세 전후일까. 회색 작업복을 입고 있었다.

고다이는 가게 안에 진열된 형형색색의 자전거를 구경하면서 그들의 대화가 끝나기를 기다렸다. 이따금 후지오카가 흘끔흘끔 이쪽을 쳐다보았다.

아빠와 아들 손님이 떠나자 영업용 웃음을 지으며 후지오카가 다가왔다. "아휴, 오래 기다리셨지요. 자전거 사시려고요?"

고다이는 쓴웃음을 지으며 양복 상의 안쪽에 손을 넣었다.

"죄송하지만, 이런 사람입니다." 경시청 배지를 내보였다. "후지오카 씨지요?"

후지오카는 입을 헤벌리고 고다이의 얼굴을 보더니 어, 하는 멍한 소리를 냈다.

"잠깐 얘기 좀 할 수 있을까요? 몬젠나카초의 식당 아스나로에 관한 겁니다."

후지오카는 몇 번 눈을 깜작거리더니 고개를 끄덕였다. "예에, 괜찮아요. 이쪽으로 오시죠."

가게 안쪽에 둥근 의자 두 개가 놓여 있었다. 그곳에 자리를 잡고 고다이는 얼굴 사진 한 장을 그에게 보여주었다. "이 사람, 아십니까?"

사진을 들여다본 순간, 후지오카의 뺨이 움찔했다. "구라키 씨네요……."

그렇습니다, 라면서 고다이는 사진을 다시 챙겨 넣었다. "체포된 건 아시지요?"

"예, 뉴스에서 봤어요. 진짜 깜짝 놀랐습니다." 후지오카는 숨을 가다듬는 듯한 몸짓을 보였다. "근데 그거, 정말입니까?"

"뭐가요?"

"그러니까 그거, 구라키 씨가 사람을 죽였다는 거 말입니다. 뭔가 잘못 안 거 아니에요?"

고다이는 옅은 웃음을 지었다. "왜 그렇게 생각하시요?"

"아니, 도무지 상상도 못 할 일이거든요. 아주 온화하고 선량한 사람이에요. 술자리에서도 예의 바르고 큰소리 한 번 낸 적이 없어요."

고다이는 수첩과 볼펜을 꺼냈다.

"후지오카 씨는 구라키 용의자와 아스나로에서 상당히 친하게 지내셨다던데요."

"상당히, 인지 어떤지는 모르겠지만 네, 꽤 친했어요. 나도 혼자일 때가 많아서 카운터에 나란히 앉아 술을 마시곤 했으니까요."

"두 분이 어떤 얘기를 나눴습니까?"

"어떤 얘기냐니, 그야 이것저것 화제가 있었죠. 세상 얘기도 하고 정치 얘기도 하고. 최근에는 질병이나 건강 얘기가 많았었나? 내 나이 때쯤에는 그게 가장 큰 화젯거리거든요."

구라키와 관련되는 것, 즉 살인범과 친했다는 것을 후지오카는 그

151

리 꺼리지 않는 기색이었다. 오히려 구라키의 진면목을 적극 강조하려고 하는 것처럼 보였다.

"야구 얘기 같은 것도 했습니까?"

"야구? 아, 그런 얘기도 자주 했죠. 구라키 씨는 주니치 팬이고 나는 자이언츠예요. 스마트폰으로 경기 결과를 확인하고 이겼네 졌네 해가면서 일희일비했죠."

"구라키 용의자는 야구장에 직접 나가서 경기를 보는 일도 있었던 모양인데, 그런 얘기는 들은 적이 없습니까?"

"야구장에? 아, 그러고 보니 언젠가 한번 그런 얘기를 했어요. 처음으로 도쿄돔에 간다면서."

"그게 언제쯤이었지요?"

"지금 시즌이 개막한 무렵이었을걸요, 아마?"

구라키의 진술과 일치한다. 아무래도 구라키가 야구장에 갔다는 건 틀림없는 것 같다.

"야구장에서 뭔가 특이한 일이 있었다든가 하는 얘기는 못 들었습니까?"

"특이한 일이라니?"

"누구를 만났다든가, 뭔가 잃어버렸다든가."

고다이의 질문에 글쎄요, 라고 후지오카는 고개를 갸웃거렸다.

"그런 얘기를 했던 건 구라키 씨가 도쿄돔에 가기 전날이었어요. 그다음 날에 야구 경기 보고 구라키 씨는 곧장 나고야로 돌아갔을 거예요. 우리가 다시 만난 건 그 몇 달 뒤였으니까 야구장 얘기는 더이상은 안 했지요."

그건 그렇겠다고 동의하면서 고다이는 내심 맥이 빠졌다. 구라키와 시라이시의 접점을 그에게서도 확인할 수 없게 된 것이다.

실례합니다, 라고 앞쪽에서 여자 목소리가 났다. 중년 여성이 가게 앞에 서 있었다.

"예에, 어서 오세요." 후지오카가 벌떡 일어나 뛰어갔다. 가게 안에 세워뒀던 자전거를 꺼내주고 있었다. 수리를 부탁했던 모양이다.

금전등록기에서 계산을 끝내고 중년 여성을 배웅한 뒤, 후지오카가 돌아왔다. "아직 더 물어볼 게 있습니까?"

"아스나로에서 구라키 용의자가 어떤 모습을 보였는지 얘기해주시겠습니까?"

"어떤 모습이었냐고? 뭐, 그냥 평범했어요. 남한테 시비 거는 일도 없었고, 항상 조용히 술을 마셨죠."

"그 식당은 할머니하고 딸이 하고 있지요? 그 두 사람과 구라키 용의자 사이는 어떤 느낌이었어요?"

"어떤 느낌?"

"이를테면 구라키 용의자가 아사바 오리에 씨에게 호감을 가진 것 같았다든가."

후지오카는 끄응 신음 소리를 냈지만 뜻밖의 질문이라고 생각하지는 않는 것 같았다.

"오리에 씨도 워낙 미인이고, 둘이 아주 잘 어울리지요. 하지만 구라키 씨 쪽은 글쎄요, 나이 차가 많이 나서 그런지 여자로는 바라보지 않았다고 할까, 그런 식으로 바라보지 않도록 조심하는 것 같았다고 할까……."

묘한 말투가 마음에 걸렸다.

"구라키 씨 쪽은, 이라는 건 무슨 말씀이십니까?"

"그러니까 그게……." 후지오카가 손바닥으로 이마를 짚었다. "이런 얘기를 해도 되는지 모르겠네."

"여기서 들었다는 건 아무에게도 말하지 않습니다. 얘기해주시죠."

후지오카는 끄응, 하고 다시 한번 신음 소리를 내더니 입가를 손등으로 쓰윽 닦고 왜 그런지 주위를 둘러보았다.

"내 느낌상으로는 오리에 씨 쪽이 구라키 씨에게 반했던 것 같아요."

"오리에 씨가요?"

"내 생각에는 그래요. 근데 아마 나뿐만이 아닐걸요." 후지오카는 목소리를 낮춰 뒤를 이었다. "다른 손님들도 그런 얘기를 숙덕숙덕했었으니까."

"오리에 씨 본인에게 확인해본 적은 없습니까?"

"그런 걸 어떻게 확인합니까. 형사님, 이거 내가 말했다는 건 진짜 비밀로 해주셔야 돼, 진짜로."

후지오카가 빠른 말투로 신신당부하는 것을 한 귀로 들으면서 고다이는 아사바 모녀의 얼굴을 머릿속에 떠올렸다. 손님들이 숙덕거렸을 정도라면 요코가 딸의 마음을 눈치채지 못했을 리 없다. 하지만 지난번에 고다이가 만나러 갔을 때, 그 모녀는 그런 기색은 털끝만큼도 내보이지 않았다. 형사를 상대로 연심을 고백할 필요 따위는 없다, 라는 생각이었을까.

이 세상 여자들은 모두 배우, 라고 새삼 생각했다.

16

구라키가 기소되었다는 소식을 들고 호리베가 찾아온 것은 지난번 방문 이후 6일 만이었다. 그의 신병은 이미 도쿄 구치소로 이송되었다고 한다. 침착한 상태로, 재판에 대한 것은 전적으로 일임하겠다고 호리베에게 말한 모양이었다.

"이미 기소장은 입수했습니다. 내용을 확인해봤는데 지금까지 구라키 씨가 얘기했던 내용에 준하는 것이었어요. 구라키 씨도 읽어보고 기재된 내용에 틀림이 없다고 인정했습니다." 호리베는 찬찬한 말투로 설명해주었다.

"지난번에 사실관계로는 다투지 않겠다고 하셨지요?" 가즈마는 말에 힘이 들어가지 않았다. 가슴속에는 체념하는 마음밖에 없었다.

"기본적으로는 그렇습니다."

"그러면 재판은 형식적인 절차라는 얘기네요."

호리베는 표정이 약간 험해지면서 고개를 가로저었다.

"그렇지는 않아요. 그래서야 검찰이 말하는 대로 판결이 나버리지요. 우리 쪽으로서는 유죄를 인정한 상태에서 최대한 감형을 목표로 잡아야 합니다."

"그래도 아버지가 모든 것을 인정한 거잖아요. 이를테면 어떤 것을 놓고 다퉈야 하죠?"

호리베는 자신의 노트를 펼쳤다.

"우선 중요한 게 계획성이에요. 범행이 어느 정도나 계획적이었느냐는 점이 양형에 큰 영향을 끼칩니다."

"아뇨, 그래도……." 가즈마는 기억을 더듬었다. "지난번에 하신 얘기로는, 아버지가 그 사람을 살해할 작정으로 상경했다고 하셨어요. 범행 장소도 미리 정해놓고 그곳으로 불러냈잖아요. 그렇다면 누가 봐도 계획적이라고 생각할 텐데요."

"맞는 말이에요. 기소장에도 그렇게 적혀 있습니다."

"그렇다면 다툴 여지가 없을 텐데……."

호리베는 안경을 슬쩍 올리고 고개를 끄덕였다.

"분명 그렇긴 하지만, 구라키 씨 얘기를 잘 들어보면 미묘한 부분도 있어요. 이를테면 스미다가와테라스에서 시라이시 씨와 나눴던 대화예요. 시라이시 씨가 이런 데서 뭘 하려는 거냐, 아사바 씨 식당으로 가는 게 아니냐, 라고 나무라듯이 캐물었고, 그 날카로운 말투가 결단을 재촉했다고 진술했어요. 결단을 재촉했다……. 어떻습니까. 다시 말하면 그 직전까지는 결단을 미뤘다, 라는 얘기잖아요. 죽일 수밖에 없다고 생각하면서도 실은 망설이고 있었다, 라고 하면 상당히 인상이 달라지지요?"

아, 하고 가즈마는 소리를 흘렸다. "그렇군요. 하지만 흉기를 준비했다는 건……."

"그 점에 대해서도 해명의 여지가 있습니다." 호리베는 노트를 넘겼다. "범행에 사용한 나이프는 아웃도어용 접이식 나이프예요. 대형 슈퍼마켓에서도 취급하고 있고, 통신판매로도 입수가 가능하다

고 합니다. 아주 오래전에 구입했기 때문에 구라키 씨는 가게 이름
은 기억나지 않는다고 했어요. 실제로 경찰은 입수처를 파악하지 못
했습니다. 즉 이번 범행을 위해 일부러 구입했던 게 아니라는 얘기
예요. 충동적으로 범행을 생각했고 집을 나올 때 오래전부터 갖고
있던 나이프를 무아몽중에 품속에 넣었다고 생각하는 게 타당하겠
지요. 어떻습니까. 계획성이 없다고는 할 수 없지만 주도면밀하게
계획했다는 인상은 아니지요?"

"그렇게 얘기하시니까 분명 그런 것 같기도 한데……."

"시라이시 씨의 비난이 거듭되자 궁지에 몰린 심정으로 상경했다.
여차하면 죽일 수밖에 없다고 생각하고 나이프를 들고나왔다. 하지
만 가능하면 얘기로 풀고 싶었다. 그럴 여지가 조금이라도 있기를
바랐지만 시라이시 씨의 태도에 절망해서 어쩔 수 없이 범행에 이
르게 되었다……. 재판에서 그런 식으로 주장할 생각입니다."

유창하게 말을 풀어놓는 호리베의 입매를 바라보며 가즈마는 신
기한 생물을 목도한 듯한 기분이었다. 처음 사건 내용을 들었을 때
는 왜 그런 어리석은 짓을 했는지 한심하기만 했지만, 방금 그 설명
을 듣고 나니 조금쯤 이해가 되는 것 같았다.

역시나 변호인은 다르구나, 라고 새삼 생각했다.

"반성의 태도도 중요합니다." 호리베가 말을 이어갔다. "경찰이나
검찰 조사에 성실히 응했다는 건 지난번에도 말했었지만, 그 이전에
구라키 씨는 형사가 두 번째 찾아갔을 때 일찌감치 자백을 했어요.
거짓말로 속여 넘기려는 흔적은 일절 없습니다. 그야말로 자신의 죄
를 인정하고 반성한다는 증거라고 할 수 있지요. 재판원들이 갖는

인상은 나쁘지 않을 겁니다."

"하지만 검찰은 전혀 다른 주장을 하겠지요?"

"그쪽은 그게 업무니까 당연히 그렇겠죠. 분명 자기 위주의 잔혹한 범죄라는 점을 강조할 거예요. 공소시효가 만료된 과거의 살인 사건에 대해서는 어떻게 생각하느냐, 진심으로 반성했었다면 시라이시 씨의 말을 따랐어야 할 것이다, 라는 점을 찌르고 들어올 겁니다. 검찰에서 조사할 때도 구라키 씨에게 그 점을 철저히 캐물었을 거예요. 거기에 어떻게 대답을 했는지도 재판에서 쟁점이 되겠지요. 그건 앞으로 검찰 쪽의 기록을 자세히 조사해봐야 알 수 있어요. 현재 검찰 측에 수사 기록을 요청해뒀습니다."

호리베의 말을 듣다 보니 재판에는 다양한 전략이 필요하다는 것을 실감했다. 가즈마는 잘 부탁드립니다, 라고 깊숙이 머리를 숙였다.

"그런데 가장 큰 문제는 구라키 씨 본인이에요." 호리베가 의미심장하게 목소리 톤을 떨궜다.

"무슨 문제인데요?"

"재판에 대한 것은 나한테 전적으로 일임하겠다고 했는데, 그게 나를 신뢰해서라기보다 어떤 결과가 나오든 상관없다는 식입니다. 적극성이 없다고 할까, 무관심하다고 할까, 어딘가 자포자기의 태도예요. 정상참작에 증인을 서줄 만한 사람을 물어봐도 다른 사람에게 폐를 끼치고 싶지 않다는 말만 하고, 평소에 친하게 지내던 사람의 이름조차 알려주지 않고 있어요. 무리하게 정상참작을 바라지 않아도 된다, 라고까지 하더군요."

한숨을 섞어 들려준 호리베의 말에 가즈마는 기묘한 느낌이 들었다. 아버지가 체포되었다는 소식을 들었을 때부터 아연실색할 일들의 연속이었다. 하나같이 도무지 믿어지지 않는 얘기였다. 하지만 방금 호리베가 해준 그 얘기만은 우리 아버지답다, 라는 느낌이 들었다. 죄를 범했으니 벌을 받는 것은 당연하다, 어떤 벌이든 달게 받겠다, 라고 일관되게 고집하는 모습이 눈에 선하게 떠오를 정도였다.

"그런데 지난번 그 건은 어떻습니까." 호리베는 곁에 놓인 가방에 노트를 챙겨 넣으면서 물었다. "뭔가 마음에 짚이는 건 없었어요?"

어떤 질문인지 얼른 알아듣지 못하고 가즈마가 당황한 표정을 보이자 호리베가 5월 15일, 이라고 말했다.

"해마다 그날이 되면 구라키 씨가 뭔가 특이한 일을 하지 않았는지 생각해보라고 했었지요?"

아, 네, 라고 가즈마는 그제야 지난번에 나눈 대화가 생각났다.

"죄송합니다. 생각해봤는데 아무것도 떠오르지 않아서……."

"역시 그렇군요." 호리베는 한숨을 내쉬고 어깨를 툭 떨궜다. "실은 구라키 씨에게도 넌지시 물어봤어요. 옛날에 지은 죄를 되돌아본 적은 없습니까, 라고. 구라키 씨의 대답은, 잊은 적이 없었다, 항상 뉘우치고 있었다, 라는 거예요. 하지만 구체적으로 공양이나 참회 등을 한 적은 없다는군요."

"네, 그럴 거예요."

"뭐, 그렇다면 그건 별수 없지요. 그나저나 가즈마 씨 쪽은 어때요? 회사에는 휴가를 냈다고 하던데, 그 밖에 뭔가 달라진 것은 없습니까?"

"딱히 별일은 없었어요. 언론에서 찾아온 적도 없고……."

"그건 경찰 측에서 아직 정보를 주지 않았기 때문이에요. 살해 동기를 어떻게 발표할지, 경시청도 나름대로 고민 중일 겁니다. 아이치 현경을 배려해주는 것이죠. 1984년에 유치장에서 자살한 피의자가 실은 억울한 누명이었다는 게 알려지면 아이치 현경은 이중으로 실태를 비난받을 테니까요. 하지만 기소를 했으니까 어떤 식으로든 곧 발표가 있을 겁니다. 그렇게 되면 내용에 따라서는 언론에서 떠들고 나설 가능성이 큽니다. 그자들은 심지어 유족에게도 닥치는 대로 취재를 할 정도니까 어느 정도는 미리 각오해두는 게 좋아요."

유족이라는 말에 머릿속에 떠오르는 것이 있었다.

"아, 저라도 유족을 찾아뵙고 사죄를 하는 게 좋을까요?"

호리베는 고개를 갸우뚱하면서 희미하게 미간을 좁혔다.

"현시점에서는 그런 일은 조심하는 게 좋아요. 그쪽에서는 아직 자세한 정보를 알지 못합니다. 아마 질문이 쏟아질 거예요. 왜 우리 집의 가장을 살해했느냐, 두 사람 사이에 무슨 일이 있었느냐……. 하지만 그런 질문에 가즈마 씨가 섣불리 대답할 수 있는 상황이 아니잖습니까. 결국 자세한 얘기는 해주지도 않고 그저 사과만 하는 꼴이라서 그쪽의 분노만 키울 뿐이에요. 일단 경찰 발표 때까지 기다리는 게 좋아요. 유족뿐 아니라 어떤 사건 관계자와도 접촉해서는 안 됩니다. 아시겠지요?"

"……네, 주의하겠습니다."

그럼 오늘은 이만, 이라면서 호리베가 자리에서 일어섰다.

"네에." 가즈마도 따라 일어섰다. "그런데 아버지는 아직 만날 수 없습니까?"

호리베의 얼굴이 심각해졌다.

"아까도 얘기했었지만, 아무에게도 폐를 끼치고 싶지 않다는 말만 되풀이하고 있어요. 현재로서는 아들도 전혀 만날 생각이 없는 모양입니다. 하지만 시간이 지나면 마음이 바뀌겠지요. 안타깝지만 그때까지 기다릴 수밖에 없어요."

"그렇습니까……. 실은 아버지에게 물어볼 게 있어요. 변호인님이 대신 전해주실 수 있을까요?"

"물론입니다. 어떤 것이지요?"

"사건에 대해…… 이번 사건이 아니라 1984년에 일어난 사건에 대해, 사람을 죽인 것을 가족에게도 평생 비밀로 할 생각이었는지, 아니면 언젠가는 말할 생각이었는지, 물어봐주세요."

호리베는 가방에서 필기구를 꺼내려던 손을 멈췄다.

"그건…… 상당히 날카롭게 찌르는 질문인데요?"

"그래도 꼭 알아두고 싶어서요."

"알겠습니다." 호리베는 고개를 끄덕이고 수첩에 메모했다.

호리베가 돌아간 뒤, 가즈마는 책장에서 파일 한 권을 꺼냈다. 여러 장의 서류를 정리해둔 파일이다. 옛날 신문기사를 인터넷으로 찾아내 출력한 것이다.

소파에 앉아 내용을 들여다보았다. 1984년에 일어난 살인 사건에 관한 기사다. 몇 번이나 읽어봤기 때문에 내용은 완벽하게 머릿속에 들어 있었다.

신문기사에서는 '히가시오카자키역 앞 금융업자 살해 사건'이라는 명칭으로 쓰고 있었다. 살해된 하이타니 쇼조는 '그린 상점'이라는 사무실을 운영하는 사람이었다. 사건 발생 직후의 기사에는 '업무상 금전 분쟁이 여러 건 있었고 그에 따른 범행으로 보인다'라고 실려 있었다.

그 3일 뒤, 이번에는 유력한 용의자를 찾았다는 보도가 나왔다. 하지만 그 시점에는 이름 등은 밝히지 않았다. 그게 밝혀진 것은 다시 4일 뒤였다. '히가시오카자키역 앞 금융업자 살해 사건의 용의자가 경찰서 유치장에서 자살'이라는 기사에 후쿠마 준지라는 이름이 나온 것이다.

이 사건에 대해 신문사마다 경찰서의 관리 실수를 맹비난할 뿐, 사건 자체를 다룬 기사는 없었다. 어렵게 찾아낸 용의자를 사망하도록 방치해서 결국 사건의 진상을 명백히 밝히지 못하게 되었다, 라는 기사가 주류였다. 후쿠마 준지가 실제 범인이었는지 어떤지를 의심해보는 발상은 없었던 모양이다.

가즈마는 팔짱을 낀 채 눈꺼풀을 감았다. 기억의 시간을 최대한 과거까지 거슬러 올라갔다. 가장 오래된 기억은 트럭에서 짐을 내리는 광경이다. 안조시 사사메초의 단독주택으로 이사하던 날이다. 가즈마가 초등학교에 입학하기 전의 일이었다. 전학을 시키는 건 딱하니까 집을 지을 거면 아이가 초등학교에 입학하기 전에 짓자고 아버지 어머니가 상의 끝에 정했다, 라는 얘기는 나중에 들었다.

그곳으로 이사하기 전에는 오카자키역 근처에서 살았던 모양이다. '모양이다'라는 것은 가즈마의 머릿속에는 지리에 관한 명확한 기억이 없기 때문이다. 낡은 2층짜리 다세대주택이었다. 좁은 방에서 어머니와 함께 이불 속에 들어갔던 것은 희미하게 기억이 났다.

다세대주택 옆에 월세 주차장이 있었다. 그곳에 아버지의 차가 서 있었다. 차종에 관한 기억은 애매하다. 왜냐하면 아버지가 연달아 새 차로 바꿨기 때문이다. 하지만 차종은 바뀌어도 색깔은 항상 흰색이었다. 흰색으로 하면 차량 검사 때 싸게 먹힌다, 라는 이유 때문이었다. 실제로 싸게 먹혔는지 어떤지는 모르겠지만.

아무튼 아버지는 하얀 차만 탔었다. 주차장에 지붕이 없었고, 게다가 세차를 하지 않아서 항상 꾀죄죄했다. 그 차로 회사에 다녔다. 호리베의 설명에 의하면 아버지는 출근길에 사고를 냈다고 한다. 상대는 자전거를 타고 가던 하이타니 쇼조였다. 하이타니는 부상의 치료비를 청구했을 뿐만 아니라 아버지 차로 자신의 사무실 출퇴근을 시켜달라고 요구했다. 아버지가 다니던 회사는 대기업 자동차회사의 자회사였기 때문에 사원이 교통사고를 일으키면 퇴직 때까지 인사고과에 영향을 끼친다는 얘기가 있었다. 하이타니가 그런 사정을 알고 무리한 생트집을 잡았던 것이다.

마침내 인내의 한계에 달한 아버지는 사무실에 있던 식칼을 들고 위협했지만 하이타니는 전혀 주눅 드는 일 없이 찌를 테면 찔러보라고 도발했다. 불끈한 아버지는 문득 깨닫고 보니 하이타니를 칼로 찌른 뒤였다…….

가즈마는 눈을 떴다. 자리에서 일어나 주방으로 가서 수돗물을 컵에 받아 마셨다. 그리고 방금 자신이 머릿속에 떠올린 광경을 되짚어보았다.

아무리 생각해봐도 아버지가 할 만한 행동이 아니었다. 아버지는 고집스러운 면은 있지만 아무리 불끈했어도 자기 자신을 잃어버릴 사람은 아니다.

그게 아니면 당시만 해도 그런 식으로 격해지기 쉬운 성격이었다는 것인가. 그리고 그 사건을 계기로 반성하고 성품이 바뀌었다는 것인가.

아니, 그럴 리가 없다고 가즈마는 곧바로 그 생각을 지웠다. 가즈마가 어렸을 때, 어머니 지사토에게서 들은 얘기가 있었다. 아버지는 누구에게나 선하고 친절해서 때로는 지나치게 물렁한 성격이라는 말도 듣지만 그런 점이 좋아서 결혼했다, 라고 했었다. 그런 사람이라면 애초에 칼로 위협한다는 발상 자체가 없는 게 아닐까.

이번 사건만 해도 그렇다. 역시 이해가 되지 않았다. 하나에서 열까지 아버지의 성품을 생각하면 있을 수 없는 일들뿐이다. 과거의 죄를 반성한다면 살아 있는 동안에 억울한 누명으로 고통받은 모녀에게 진실을 고백해야 한다, 라고 시라이시 변호사가 강하게 추궁했다지만, 그런 건 남이 얘기해주지 않아도 아버지 스스로 이미 알고 있을 만한 일이다. 그런 지적을 받았다고 동요할 리가 없다. 시라이시 변호사가 모녀에게 모두 밝히겠다고 한다면 그건 뭐 별수 없다, 라고 체념하는 것이 가즈마가 잘 알고 있는 아버지다. 뭔가 이상하다, 라고 가즈마는 새삼 깨달았다. 아버지는 지금 진실을 말하고 있는 것인가.

하지만 일련의 진술 속에서 아버지답다고 생각되는 얘기가 전혀 없는 건 아니었다. 이를테면 아사바 모녀에 대한 대응이다. 억울한 누명을 쓰고 자살한 후쿠마 준지의 유족을 걱정하고, 어디서 어떻게 사는지 알아보고, 뒤에서나마 응원했다는 것은 크게 고개가 끄덕여지는 얘기였다.

만나보자, 라고 가즈마는 생각했다. 그 아사바 모녀를 만나 아버지와 어떻게 지내왔는지 물어보고 싶었다.

그런 생각에 빠져 있는 참에 스마트폰에 착신이 있었다. 호리베에게서 온 전화였다. 조금 전에는 고마웠다, 라고 전제를 하고 변호인은 뒤를 이었다.

"이번 사건에 대해 경찰이 조금 전에 언론에 정보를 내보냈습니다. 이미 보도기관에서 움직이고 있을 거예요. 방송 뉴스나 인터넷을 체크해보는 게 좋겠어요."

전화를 끊은 뒤 가즈마는 텔레비전을 켜고 스마트폰으로는 속보를 검색했다. 곧바로 인터넷에서 '공소시효가 만료된 사건을 은폐할 목적으로 살인'이라는 기사를 발견했다. 민영방송의 뉴스 영상이 업로드되어 있었다.

17

스마트폰 화면 속에서 아나운서가 진지한 얼굴로 소식을 전하기 시작했다.

"지난달 초, 미나토구의 도로에 방치된 차량에서 변호사 시라이시 겐스케 씨의 사체가 발견된 사건에 관해, 살인죄로 기소된 피고 구라키 다쓰로가 공소시효가 만료된 과거 사건이 폭로되는 것을 막기 위해 살해했다, 라고 진술한 것이 수사 관계자와의 취재를 통해 밝혀졌습니다. 구라키 피고인은 과거의 범죄를 보상할 방법에 대해 이전부터 친교가 있던 시라이시 변호사에게 상담한바, 스스로 모든 것을 밝히는 게 진정성 있는 태도라는 말을 듣고, 이대로는 주위에 자신의 과거 범죄를 폭로할 것이라는 우려 때문에 범행을 저지른 것으로 알려졌습니다…….”

고다이는 긴 한숨을 내쉬고 의자 등받이에 걸쳐둔 양복 호주머니 안에 스마트폰을 챙겨 넣었다. 12월인데도 가게 안은 후덥지근했다. 숯불이 바로 옆에 있기 때문인가.

“윗선에서 왜 저런 어중간한 정보를 흘렸는지 모르겠네.” 고다이는 자신과 나카마치의 잔에 맥주를 따랐다. “괜히 더 답답하게 만들었잖아.”

“어중간하다니, 공소시효가 만료된 사건 쪽을 자세히 밝혀주지 않아서요?” 그렇게 말하고 나카마치는 풋콩을 입 안에 톡 넣었다. “그건 피고인이라도 프라이버시는 최대한 지켜줘야 한다는 이유 때문이었던 모양이던데요.”

두 사람은 몬젠나카초의 숯불구잇집 카운터석에 앉아 있었다. 이번 사건을 계기로 처음 찾았던 식당인데 이제는 거의 단골이 되었다. 오늘 저녁에도 다른 사건으로 탐문수사 중이던 나카마치를 불러내 잠시 한숨 돌리러 온 것이다.

“그건 표면상의 이유겠지. 속내는 아이치 현경을 배려해주자는 거야. 숨기고 싶은 심정이야 이해하지만, 저런 어중간한 정보를 내보내면 오히려 역효과만 나잖아. 사람들의 호기심을 자극한다는 걸 모르는 건가."

"그렇다고 공표할 수도 없잖습니까, 자살한 피의자가 억울한 누명을 썼다는 건."

고다이는 재빨리 주위를 둘러본 뒤, 오른편에 앉은 나카마치의 옆구리를 팔꿈치로 쿡 찔렀다. "이봐, 벽에도 귀가 있어."

"헉, 죄송합니다."

"최대한 숨겨두자는 게 윗선의 속셈이겠지만, 공판이 시작되면 어차피 다 밝혀지게 되어 있어. 어쨌든 이번 사건의 도화선이 된 일이잖아."

"재판에서는 아사바 씨 모녀도 증인으로 불러내게 될까요?"

"글쎄 어떨지 모르겠네. 검찰로서는 구라키가 연애 감정을 품었다는 것 말고는 그 모녀에게서 들어내야 할 증언이 없어. 오히려 그 모녀를 불러낸다고 하면…… 변호인 측일 거야."

엇, 하고 나카마치가 놀란 소리를 올렸다. "변호인 측이? 왜요?"

"물론 정상참작을 요청하기 위해서야. 구라키가 얼마나 성실한 사람인지, 그 두 사람이 증언해줄 수도 있거든." 고다이는 잘 구워진 표고버섯을 생강 간장에 찍어 덥석 베어 물었다.

"그런 증언을 해줄까요? 자기 남편, 자기 아버지가 구라키 때문에 자살까지 했는데?"

"문제는 그거야. 그 사람이 자살한 게 구라키 때문인가? 아니지. 섣불리 지레짐작만으로 체포한 당시의 수사진 때문이잖아. 실제로 요코 씨는 경찰이라면 무조건 싫다고 대놓고 말했어."

"하지만 구라키가 자수했다면 그런 누명도 쓰지 않았을 거잖아요."

"그건 그렇지. 근데 요코 씨는 또 모르지만, 오리에 씨 쪽은 그런 식으로 생각하지 않을걸."

고다이가 목소리 톤을 낮추자 눈치 빠르게 나카마치가 얼굴을 바짝 대고 물었다.

"아사바 오리에 씨에 대해 오늘도 뭔가 알아내신 거예요?"

오리에가 구라키에게 연애 감정을 품었던 모양이라는 얘기는 나카마치에게 이미 말했었다.

"아스나로의 단골 중에 부동산중개인 영감님이 있었어. 아사바 씨 모녀와는 20년 전부터 알고 지낸 사이야. 오늘 그 영감님에게서 재미있는 얘기를 들었어. 1년 전쯤에 구라키가 도쿄의 맨션 시세를 문의했다는 거야. 임대료뿐만 아니라 생활비며 세금까지. 그래서 도쿄로 이사할 계획이냐고 물었더니, 아직 그렇게까지 구체적인 건 아니고 일단 알아두려고 한다고 대답했다는 거야."

"오, 정말 이사할 생각이었을까요?"

"죽을 때까지 아사바 씨 모녀를 돌봐줄 마음이었다면 도쿄에서 사는 게 편리하지. 상당히 진지하게 검토했을 가능성이 있어. 하지만 진짜 재미있는 건 그다음부터야. 구라키가 없을 때, 부동산중개인 영감님이 그 얘기를 오리에 씨에게 슬쩍 건넸더니 엄청 관심을 보였대. 구라키 씨가 정말로 도쿄로 옮기느냐, 그렇다면 언제쯤이 될 것 같으냐, 라고 젊은 아가씨처럼 반색을 했다는 거야. 그 모습을 보고 역시 구라키 씨에게 단단히 반했구나, 라고 확신을 했다더라고."

"그럼 뭐, 틀림없네요. 이성으로서 호감을 가진 건 오리에 씨 쪽이었군요. 그렇다면 오리에 씨가 변호인 측 증인으로 나서줄 만도 하네요."

"가능성은 낮지만 전혀 없는 건 아니지."

병맥주가 떨어져서 술을 바꾸기로 했다. 고다이는 점원을 불러 고구마소주를 온더록스로 주문했다.

"그 영감님, 오래전부터 드나들었다더니 역시 그 모녀에 대해 속속들이 알고 있더라고. 요코 씨의 남편이 유치장에서 자살한 것은 몰랐지만, 오리에 씨가 결혼했을 때의 일은 기억하고 있었어. 그뿐만이 아니야. 오리에 씨의 결혼 상대도 잘 알고, 식당에서 만난 적도 있다는 거야."

"그게 언제쯤인데요?"

"십오륙 년 전이라고 했어."

고구마소주가 나왔다. 고다이는 온더록스 잔을 움켜잡고 좌우로 슬슬 흔들었다. 큼직한 얼음이 달강달강 울리는 소리를 들으면서 부동산중개인의 이야기를 떠올렸다.

결혼한 남자가 재무성에 근무하는 엘리트인 데다 약이 오를 만큼 미남이었어, 라고 뚱뚱한 영감님이 얄밉다는 듯이 말했다.

"오리에 씨는 지금도 예쁘지만 그 무렵에는 아직 20대 중반이었잖아. 그 아가씨를 보겠다고 찾아오는 손님이 많았다니까. 결혼한다는 얘기 듣고는 처자식 있는 나까지 기운이 빠지더라고. 하지만 어쩔 수 없지, 그때 이미 오리에 씨는 아이를 가졌으니까. 그런 걸 속도위반이라고 한다지?"

오리에가 결혼하고 2년여 동안은 요코 혼자 아르바이트 직원을 써가면서 아스나로 식당을 꾸려갔다. 아이를 어린이집에 맡길 때쯤이 되자 매일은 아니어도 오리에가 간간이 식당 일을 거들었다. 그 무렵의 모습을 부동산중개인은 "아주 행복해 보였지"라고 표현했다.

"어린 아들이 예뻐서 어쩔 줄 모르는 얼굴이었어. 요즘 몇 걸음을 뛰었다느니 공을 던졌다느니 말을 시작했다느니, 흐뭇한 얼굴로 날마다 자랑을 했다니까."

거기까지 말한 뒤에 부동산중개인 영감님의 얼굴빛이 흐려졌다.

"근데 참 세상 알다가도 모를 일이지. 그 몇 년 뒤에 문득 보니까 오리에 씨가 매일같이 가게에 나와 있는 거야. 집안일은 괜찮으냐고 물어봤더니만 실은 헤어졌습니다, 라잖아. 깜짝 놀랐지. 내내 행복하게 잘 사는 줄만 알았으니까. 결국 결혼 생활은 5년 정도밖에 안 됐었지, 아마?"

이혼한 이유는 차마 묻지 못했고, 지금도 모르는 모양이었다.

고다이는 아사바 모녀의 집에 갔을 때 봤던 사진을 떠올렸다. 오리에와 아들아이가 나란히 서 있던 그 사진은 언제쯤 찍은 것일까.

아들이라는 공통점 때문인지 문득 구라키 가즈마의 얼굴이 생각났다. 아버지가 기소되었다는 소식을 지금쯤은 들었는지도 모른다.

지방에서 올라와 도쿄의 대기업에 취직한 그에게는 밝은 미래가 펼쳐졌을 터였다. 하지만 이번 사건으로 그 모든 게 암전되는 게 아닐까. 그가 걸어가야 할 가시밭길을 상상하는 것만으로도 고다이는 마음이 무거워졌다. 유리잔 속의 소주를 쭈우욱 들이켰다.

18

인터폰 차임벨 소리에 눈을 떴다. 시계를 보니 오전 9시였다. 머리가 멍하다. 간밤에 잠이 든 것은 새벽 3시가 넘은 시각이었다.

불길한 예감을 품은 채 침대에서 내려왔다. 이런 시간에 찾아올 사람이 누구일지, 짐작되는 게 없었다. 택배가 도착할 예정도 없다.

모니터를 보니 콧수염을 기른 남자가 영상에 나타났다. 나이는 마흔 정도일까. 재킷을 입었지만 넥타이는 매지 않았다.

가즈마는 의아해하면서 수화기를 집어 들었다. "네."

"아침 일찍 죄송합니다. 긴히 드릴 말씀이 있어서 찾아왔습니다. 잠깐이라도 좋으니 시간 좀 내주시겠습니까." 남자의 목소리는 정중하고 말투는 공손했다.

가슴이 철렁했다. 드디어 때가 된 것인가.

"누구십니까?" 물어보는 목소리가 살짝 떨려 나왔다.

"저는 난바라고 합니다. 자세한 자기소개는 직접 뵙고 말씀드렸으면 합니다. 용건은……." 남자는 잠시 틈을 두더니 "아버님에 관한 것입니다"라고 덧붙였다.

텔레비전 관계자인가, 아니면 신문기자인가. 어찌 됐건 언론 쪽이다. 가즈마는 곤혹스러웠다. 이대로 대화를 이어가는 건 좋지 않다. 상대는 1층 공용현관 앞에 있다. 그런 곳에서 길게 얘기하면 관리인이나 다른 입주민들이 수상하게 생각할 터였다. 대화 내용이 다른 사람의 귀에 들어가는 것도 피하고 싶었다.

별수 없이 열림 버튼을 눌렀다. 집 안에 들일 마음은 없었다. 현관문 앞에서 얘기하자고 생각했다.

어떤 질문들을 할까. 호리베가 해준 충고를 되새기면서 가즈마는 기다렸다. 자칫 비난 기사가 나올 만한 말을 해서는 안 된다, 라고 마음을 다졌다.

이윽고 현관 차임벨이 울렸다. 가즈마는 심호흡을 하고 현관으로 향했다. 체인만 풀고 문을 열었다. 열린 틈새는 20센티미터 정도다. 그 틈으로 상대가 들여다볼 것이라고 예상했다.

하지만 방문자는 그렇게 하지 않았다. 문에서 멀찌감치 떨어져 있는지 모습이 보이지 않았다.

"어떤 심정이실지 충분히 이해합니다. 그래서 이 상태로 얘기하시겠다면 저도 그 뜻에 따르겠습니다." 감정을 억누른 목소리로 남자는 말했다. "하지만 다른 입주민이 지나다닐 수도 있고, 대화 내용이 단 몇 마디라도 남의 귀에 들어갈 가능성이 있어요. 저는 괜찮지만, 그쪽이 곤란하지 않겠습니까? 집 안에까지 들어갈 생각은 없습니다. 최소한 현관 안으로 들어가게 해주시면 서로 부담 없이 얘기할 수 있을 텐데요."

냉철하다는 표현이 딱 들어맞는 그 말투는 웬만한 위협보다 훨씬 더 강한 압박으로 다가왔다. 분하기는 했지만 설득력도 있었다. 가즈마는 일단 문을 닫았다가 잠금쇠를 풀고 다시 열었다.

어깨에 숄더백을 걸친 남자가 공손하게 머리를 숙였다. "갑작스럽게 죄송합니다."

들어오세요, 라고 가즈마는 말했다. 부루퉁한 말투가 되지 않게 신경을 썼지만 상대에게 어떻게 들렸는지는 알 수 없었다.

남자는 안으로 들어서더니 현관에 선 채 명함을 꺼냈다. 이름은 '난바라', 직함은 '기자'였다.

"프리랜서로 일하고 있습니다. 구라키 다쓰로 씨가 기소된 건에 대해 취재해보려고 폐가 되는 줄 알면서도 이렇게 찾아왔습니다. 아드님이 맞으시지요?"

"그렇습니다만, 어떻게 저에 대한 것이나 집 주소를 알았습니까?"

난바라는 콧수염 밑의 입가가 풀어지면서 희미하게 웃음을 보였다.

"구라키 피고가 체포되었을 때 이미 가즈마 씨의 이름도 인터넷상에 올라왔어요. 요즘에는 잠깐만 인맥을 활용하면 SNS에 이름이 오른 인물의 주소를 알아내는 건 그리 어렵지 않습니다. 하지만 아무래도 제가 첫 타자인 모양이군요."

가즈마는 한숨을 내쉬었다. "뭘 물어보려는 겁니까?"

난바라는 숄더백에서 작은 노트와 볼펜을 꺼내 들었다. "아버님이 체포된 것은 언제 알았습니까?"

"지난주였습니다."

"누구한테 들으셨지요?"

"변호인에게서 연락이 왔습니다."

"변호인과는 직접 만나셨어요?"

"전화가 왔고, 그 뒤에 만났습니다."

난바라는 노트를 펼치고 볼펜을 그 위에 댔다.

"아버님이 범행에 이른 경위 등을 듣고 어떻게 생각하셨습니까?"

"그야 뭐, 깜짝 놀랐습니다. 충격을 받았고, 믿어지지 않았습니다."

"피해자 시라이시 씨라는 분은 알고 계십니까?"

"나는 모르는 분이지만, 대단히 죄송한 심정입니다. 유족분들께 아버지를 대신해 사죄드리고 싶습니다."

흠, 하고 난바라는 짧게 고개를 끄덕였다. 노트에 시선을 돌리지 않고 가즈마의 얼굴을 계속 응시한 채 볼펜이 내달렸다. 대단한 능력이다, 라고 머릿속 한 귀퉁이에서 엉뚱한 감탄을 했다.

"방금 변호사의 설명을 듣고 믿어지지 않았다고 하셨는데요, 구체적으로 어떤 부분이 믿어지지 않았습니까?"

"어떤 부분이냐면…… 전부 다 그랬어요. 아버지가 살인을 했다는 것도 그렇고……."

"동기도?" 난바라가 재우쳐 질문을 던졌다.

네, 라고 가즈마는 대답했다.

"동기에 대해서는 변호인이 어떻게 설명했습니까?"

그건, 이라고 입을 열려다가 가즈마는 흠칫했다. 쓸데없는 얘기는 하지 말라고 호리베가 못을 박았던 것이 생각났다.

"죄송합니다. 사건에 관한 것은 말씀드릴 수 없습니다. 앞으로의 재판과 관련된 일이라서."

"그렇군요." 예상했던 대답이라는 듯이 난바라는 태연했다. "경찰 발표에 따르면, 아버님은 이미 공소시효가 만료된 과거의 사건을 감추기 위해 시라이시 변호사를 살해했다고 하더군요. 그 발표 중에서 가즈마 씨가 들은 내용과 모순된 부분은 없었습니까?"

"……없는 것 같은데요."

"과거 사건에 대해 가즈마 씨도 전부터 알고 있었습니까?"

"죄송하지만 그 질문에도 답할 수 없습니다. 양해 바랍니다." 가즈마는 머리를 숙이며 말했다.

"방금 전에 이번 사건의 유족분들께 사죄드리고 싶다고 하셨는데요, 과거 사건의 유족에 대해서는 어떻습니까. 역시 사죄할 마음이 있습니까?"

"그야, 네, 물론입니다." 반사적으로 대답했다.

난바라의 입가에 웃음이 번지는 것처럼 보였다. 그 순간, 가즈마는 실언을 했다는 것을 깨달았다. 경찰 발표에서는 '공소시효가 만료된 과거의 사건'이라고 했을 뿐, 살인 사건이라고 특정하지는 않았다. 하지만 방금 가즈마가 했던 말은 살인 사건이라고 인정한 것이나 마찬가지였다. 감쪽같이 유도질문에 걸려든 것이다.

"사건에 관한 질문에는 답할 수 없다고 하시니까 저는 약간 다른 각도에서 질문하도록 하겠습니다. 공소시효라는 것에 대해 개인적으로 어떤 생각을 갖고 계십니까?"

"어떤 생각이냐는 건 무슨 말씀이신지……."

"현재는 살인죄에 대한 공소시효가 폐지되었지만 얼마 전까지만해도 있었어요. 몇 년이었는지, 아십니까?"

"……15년, 아닌가요?"

"네, 한동안 25년으로 연장된 시기도 있었지만, 그건 이번 경우와는 관계가 없겠지요. 그러면 공소시효 폐지에 대해서는 어떻게 생각하세요? 찬성입니까? 아니면 역시 남겨뒀어야 할까요?"

이 질문의 의도는 뭘까. 가즈마는 난바라의 태연하기 짝이 없는 얼굴을 멍하니 보면서 머리를 굴려봤지만 진의를 파악할 수 없었다.

"그건 네, 찬성입니다. 폐지된 게 맞는다고 생각합니다."

나름대로 무난한 대답이라고 생각하고 한 말이었다.

기자가 지그시 마주 보았다. "왜죠?"

"그건…… 죄를 범했다면 마땅히 벌을 받아야 하니까요."

"그렇군요. 공소시효로 처벌을 면제해줘서는 안 된다는 말씀이네요?"

"네, 뭐……."

"그러면 아버님이 과거에 범한 죄에 대한 처벌은 끝나지 않았다, 그렇게 생각하시는 건가요?"

"아, 그건……."

"그 견해에 따른다면, 과거 사건과 이번 사건을 합해 죄의 중함이 두 배가 되는 셈입니다. 재판에서도 가즈마 씨는 그렇게 증언하실 생각입니까?"

꼼짝 못 하게 몰아붙이는 질문에 가즈마의 머릿속은 혼란에 빠졌다. 어떻게 대답해야 좋을지 알 수가 없었다.

입을 꾹 다물고 있자 난바라가 말했다.

"갑작스러운 질문에 당황하신 것도 당연합니다. 그러면 일단 백지로 돌리기로 하지요. 앞으로의 일을 생각해서 신중하게 대답해주세요. 공소시효가 만료된 과거 사건에서 아버님에 대한 처벌이 끝났다고 생각하십니까?"

호리베가 했던 말이 떠올랐다. 과거 사건은 일단 끝난 사안이라고 생각해주느냐 마느냐가 판결의 갈림길, 이라고 변호사는 말했었다.

가즈마는 한 차례 헛기침을 하고 입을 열었다. "그건 글쎄요, 끝이 났다고 생각하고 싶습니다."

"그 이유는? 현재 법률이 어떻든 당시에는 15년의 공소시효가 있었으니까, 라는 것으로 하면 되겠습니까?"

"……네에." 대답을 하면서 가즈마는 불안해졌다. 이런 말을 해도 괜찮은 건가.

감사합니다, 라고 난바라는 만족스러운 듯이 말했다.

"기왕 얘기하신 김에 과거 사건에 대해 조금만 더 알려주시면 안 될까요? 가즈마 씨가 몇 살 때 일어난 사건이지요?"

"아뇨, 그건…… 양해해주십시오, 변호인이 입 밖에 내지 말라고 주의를 주셨어요."

"비밀로 해도 이제 곧 밝혀질 일이에요. 밝혀진 뒤에야 얘기하는 것보다 지금 하시는 게 더 성실한 인상을 줄 수 있지 않겠습니까. 역시 깊이 반성하고 있구나, 하고."

난바라는 말재간이 뛰어났다. 깜빡 그런가, 하고 넘어갈 뻔했다.

죄송합니다, 라고 가즈마는 머리를 숙였다. "이쯤에서 그만 끝내주셨으면 합니다."

"아, 끝으로 한 가지만 더. 가즈마 씨에게 구라키 피고인은 어떤 아버지였지요?"

"어떤 아버지……." 가즈마는 입 속에서 중얼거린 뒤에 말을 이었다. "고집도 있고 엄한 면도 있었지만, 온화하고 선량하고 성실한 분이었어요."

"훌륭한 인물이시군요."

"존경할 수 있는 분이었습니다."

"하지만 인간이니까 항상 완벽한 건 아니잖아요? 그때만 해도 상당히 거칠었다, 라고 생각되는 시기도 있지 않았나요? 아니면 반대로 침울했다거나."

"네……. 한때 우울해했던 적은 있었어요."

"언제쯤이지요?" 난바라의 눈이 번쩍 빛나는 것 같았다.

"정년퇴직 직전이에요. 쓸쓸해 보이는 모습이었습니다."

그 즉시 난바라의 표정이 차갑게 식었다. 메모할 것도 없이, 네, 고맙습니다, 라면서 필기도구를 가방에 챙겨 넣기 시작했다. 그 모습을 보고, 과거 사건의 시기를 캐보려고 했다는 것을 깨달았다.

난바라가 떠난 뒤, 가즈마는 호리베에게 전화를 걸었다. 무슨 일이 있었느냐고 하길래 프리랜서 기자가 왔었다는 얘기를 했다.

"혹시 말실수는 없었습니까?"

"조심하려고 했는데 아무래도 유도질문에 걸려든 것 같아요."

가즈마는 난바라와의 대화를 자세히 들려주었다. 이따금 맞장구를 치는 호리베의 목소리가 점점 무거워졌다.

"분명 실수군요. 사람을 죽이면서까지 감추려고 한 걸 보면 분명 과거 사건도 살인죄일 것이다, 라고 예상을 하고 왔겠지요. 그래서 유족이라는 말로 슬쩍 떠본 거예요."

"그 수법에 바보같이 당해버렸네요. 죄송합니다."

"하지만 더 큰 실수는 그다음에 살인죄에 대한 대화를 주고받은 것이었어요."

"엇, 왜요?"

"유족이라고 했다고 반드시 살인죄라고 단정할 수는 없어요. 상해

치사나 과실치사일 때도 유족이라고 하니까요. 이를테면 뺑소니의 경우에는 공소시효가 7년입니다. 만일 구라키 씨의 과거 사건이 그런 것이었다면 기자가 살인죄 얘기를 꺼냈을 때 가즈마 씨가 다른 반응을 보였겠지요?"

스마트폰을 귀에 댄 채 가즈마는 얼굴을 찌푸렸다. 자신의 어리석음에 화가 났다.

"구라키 씨의 과거 사건을 경찰이 분명하게 발표하지 않으니까 그걸 어떻게든 알아내려고 했을 겁니다. 앞으로 같은 목적으로 접근해 오는 자들이 많을 거예요. 주의해야 합니다. 인터폰을 울려도 그냥 집에 없는 척하는 게 좋아요."

"알겠습니다. 앞으로는 그래야겠네요."

난바라도 그렇게 따돌릴걸, 하고 이제 새삼 후회스러웠다.

아, 그리고, 라면서 호리베가 뒤를 이었다.

"공소시효 폐지에 대해 의견을 밝힌 것도 실수였어요. 그런 질문에 대답할 만한 입장이 아닙니다, 라고 하면 되는데."

아, 그런 방법이 있었구나. 세상 물정 모르고 쉽게도 상대의 전략에 말려든 자신이 한심했다.

"무슨 일이 생기면 언제든 즉각 연락해주세요." 호리베가 말했다.

"알겠습니다. 고맙습니다."

통화를 끝내고 스마트폰을 테이블에 내려놓으려는 순간, 메일 도착 표시가 눈에 들어왔다. 이번에도 아메미야가 보내준 것이었다.

'아픈 건 아닌지, 걱정이다. 필요한 게 있으면 언제든지 말해라.

그리고 SNS는 중단하는 게 좋을 거 같다.

단 한 줄도 읽지 마. 인터넷 세상에 내 편은 없어. 단 한 명도.
계정 삭제를 추천한다.'

스마트폰을 손에 든 채 가즈마는 한숨을 내쉬었다. 친구의 고마운 배려가 가슴에 절절이 스며들었다. 우리는 참 지랄 같은 세상을 살고 있구나, 라고 새삼 통감했다.

19

오전 10시에서 2분이 지났을 때, 자동문이 열리고 백발의 마른 남자가 로비로 들어섰다. 고가의 블루종을 입고 있었다.

시라이시 미레이는 자리에서 일어나 웃는 얼굴을 지으며 인사했다. "안녕하십니까?"

다나카라고 합니다, 라고 남자가 이름을 밝혔다.

"네, 잘 오셨어요. 여기 이 의자에 앉으시면 됩니다." 데스크 반대편 의자를 권하고 남자가 앉기를 기다려 미레이도 자리에 앉았다.

옆의 키보드를 재빨리 두드렸다. 남자에 관한 정보가 모니터에 표시되었다. 직업은 회사 임원으로 되어 있다. 나이는 66세.

"다나카 고객님, 오늘 회원증과 검진 카드는 갖고 오셨습니까."

남자는 숄더백을 열고 카드 두 장을 꺼냈다. 그리고 "이것도 여기에 내면 되지요?"라면서 봉투를 데스크에 올려놓았다. 약간 볼록해진 것은 안에 원통형 용기가 들어 있기 때문이다. 소변검사 용기다.

"고맙습니다. 잘 받았습니다."

회원증 명의를 확인하고 봉투를 인수했다. 그 대신 기록표를 내주었다.

"죄송하지만, 여기에 주소와 성함을 적어주시겠습니까?"

"응, 그래요."

남자가 기입하는 동안에 서랍에서 리본을 꺼내 인쇄된 바코드를 손 밑의 판독기에 찍었다.

"이렇게 쓰면 되나?" 남자가 기록표를 미레이 쪽으로 돌려서 보여주었다.

"네, 됐습니다. 그러면 다나카 고객님, 손목에 ID리본을 감아드릴 텐데, 오른쪽과 왼쪽 어느 쪽으로 할까요?"

"이쪽으로." 남자가 오른손을 내밀었다.

실례합니다, 라고 말하고 미레이는 리본을 묶어주었다. "검사가 끝나면 저희가 풀어드릴 테니 그때까지는 계속 묶고 계셔야 합니다."

"알았어요."

"이제 수속은 끝났습니다. 저쪽 소파에 앉아서 잠시만 기다려주세요. 곧 담당자가 안으로 모실 거예요."

뒤쪽에 나란히 놓인 소파를 손바닥으로 가리켰다. 가죽소파에 테이블은 대리석이다. 각종 신문이 비치되었고, 작은 책장에는 골프 잡지와 경제 관련 정보지가 진열되어 있다.

남자는 고개를 끄덕이고 느긋한 걸음으로 소파로 향했다. 그 등을 지켜본 뒤에야 미레이는 자리에 앉았다. 손끝으로 슬쩍 뺨을 마사지했다. 계속 웃음을 짓는다는 게 의외로 지치는 일이다.

〈메디닉스 재팬〉은 회원제 종합의료기관이다. 몇 군데의 병원과

제휴해 회원들에게 최신의 검진과 건강관리를 제공하는 것이 인기 비결이다. 이곳 제도대학 의학부 부속병원 안에 자리한 사무실도 메디닉스 재팬이 운영하는 검진 시설 중 하나였다. MRI며 CT, 초음파 검사는 물론이고 최신의 PET 검사도 받을 수 있다.

곁에 둔 가방에서 작은 진동음이 울렸다. 미레이는 스마트폰을 꺼내 고객들에게 보이지 않게 데스크 밑에서 화면을 확인했다. SNS 메시지를 보내온 것은 어머니 아야코였다.

'오늘 저녁에 사쿠마 선생님이 집에 오시기로 했어. 19시쯤.'

알았어요, 라고 즉시 답장을 보냈다. 스마트폰을 가방에 챙겨 넣고 아무 일도 없었던 것처럼 등을 꼿꼿이 폈다.

자동문이 열리고 다시 새로운 고객이 들어왔다. 모피코트로 몸을 감싼 노부인이었다. 미레이는 웃는 얼굴을 지으며 자리에서 일어섰다.

미레이가 이곳 접수 담당자로 근무하기 시작한 것은 작년 4월부터였다. 이곳을 제안해준 사람은 아버지 시라이시 겐스케였다. 변호사 친구가 메디닉스 재팬의 고문 변호사를 맡고 있는 모양이었다. 아버지 본인도 메디닉스 재팬 회원이었다.

"몇 년째 접수처를 담당했던 직원이 그만뒀다는구나. 그 댁 따님에게 부탁할 수 없겠느냐고 얘기가 들어왔어. 우리 딸이 지금 하는 일을 그만두려고 한다고 언젠가 얘기했었는데 그걸 기억하고 있었던 모양이야." 고용 조건이 적힌 서류를 보여주면서 아버지는 말했었다.

서류를 읽어보고 미레이는 나쁘지 않다고 생각했다. 보수는 결코 많다고 할 수 없지만, 지금 하는 일보다 스트레스가 덜할 것 같았다. 무엇보다 생활 리듬이 일정하다는 게 마음에 들었다.

당시 미레이는 스튜어디스로 일하고 있었다. 동경심을 품고 선택한 직업이었고 나름대로 보람도 있었지만, 성취감을 지나 권태감이 들기 시작했다. 인간관계가 번잡스러운 것에도 적잖이 지쳤고 이제 슬슬 다른 세계를 경험해봐도 좋을 듯한 마음이 들었던 것이다.

이틀쯤 생각해본 뒤에 해보겠다고 대답했다. 아버지는 만족스러운 듯 고개를 끄덕였다.

"잘했어. 아무나 들일 수 있는 자리가 아니어서 난감했던 모양이니까. 분명 반겨줄 거야."

그 말을 듣고 아직 일을 시작하기도 전에 누군가에게 도움이 된 것 같아서 그리 나쁜 기분은 아니었다.

아무나 들일 수 있는 자리가 아니다, 라는 것은 개인정보를 다루는 업무이기 때문이다. 인선에 무엇보다 중요한 점이 '신용할 수 있는 사람'인 것이다.

물론 이 경우, 신용할 수 있는 사람은 미레이 자신이 아니라 시라이시 겐스케 변호사였다. 그럴 만큼 믿음을 쌓아온 아버지를 미레이도 존경하고 있었다.

하지만 그런 아버지가 지금은 이 세상에 없다. 하늘로 떠나버렸다.

미레이가 마지막으로 아버지와 대화를 나눈 것은 10월 31일 아침이었다. 어머니가 준비해준 아침을 둘이서 먹었다. 반찬은 연어구이와 시금치나물, 된장국이었다. 아버지가 빵을 별로 좋아하지 않아서 시라이시 집안의 아침은 대부분 그런 밥상이 되었다.

젓가락을 손에 들고 아버지가 꺼낸 얘기는 올겨울에 눈이 많이 내릴까, 라는 것이었다. 아버지가 스키를 취미로 하고 있어서 미레이도 어린 시절에는 거의 해마다 데려가곤 했다. 하지만 최근에는 스키를 타지 않았고 가족이 함께 간 적도 없었다. 그래서 눈이 얼마나 내리든 거의 아무 관심도 없었다.

"별로 안 내리지 않을까. 온난화 영향도 있고." 그렇게 무심히 대답했던 게 기억난다. 게다가 아버지 얼굴은 쳐다보지도 않고.

그 말에 아버지가 어떤 대답을 했는지는 전혀 기억에 없었다. 제대로 듣지 않았던 것이다. 아침 식사 때는 항상 스마트폰을 옆에 두었다. 누군가의 메시지가 도착하지 않았는지, 그런 것에만 신경을 썼던 게 틀림없다.

그게 아버지와 보낸 마지막 시간이 되어버렸다. 당연한 일이지만 그때는 그렇게 될 줄은 꿈에도 생각하지 못했다.

그날 저녁 때 미레이가 집에 돌아가자 어머니 아야코가 이상하다, 이상하다, 라고 고개를 갸웃거리고 있었다. 아버지에게 전화를 했는데 호출음만 울릴 뿐 연결이 안 된다고 했다.

"스마트폰을 어딘가에 놔두고 잊어버린 거 아냐? 휴대전화 쪽으로 걸어보는 게 어때?"

아버지는 휴대용 기기가 두 대여서 업무 때는 아직도 구식 휴대전화를 쓰고 있었다.

"아니, 그쪽은 호출음도 울리지를 않아. 대체 어떻게 된 건지 모르겠네." 아야코가 고개를 갸웃거리며 말했다.

하지만 그때만 해도 둘 다 그리 심각하게 생각하지 않았다. 변호사 시라이시 겐스케는 항상 바빠서 급한 예정 변경은 흔한 일이었다. 한밤중에 호출을 받고 나가는 일도 많았다. 단순히 전화받을 여유가 없을 뿐이라고 낙관했다.

그런데 날이 밝아도 연락이 닿지 않자 역시나 걱정이 되었다. 일하러 나갈 때가 아니라는 판단에 따라 미레이도 급히 직장에 연락해 하루 휴가를 내기로 했다.

아야코와 상의해 행방불명 신고를 하기로 했다. 근처 파출소에 가려고 미레이가 준비하고 있을 때, 집 전화가 울렸다.

전화를 받은 것은 아야코였다. 상대의 말에 응하는 어머니의 새파래진 얼굴, 갈라진 목소리를 듣고 미레이는 무슨 일이 일어났는지 짐작할 수 있었다. "정말 우리 남편이 틀림없나요?"라고 묻는 아야코의 말소리에는 울음이 섞여 있었다.

틀림없지만 일단 확인해달라, 라고 말한 모양이었다. 유체가 실려왔다는 경찰서로 둘이서 달려갔다. 택시 안에서 아야코는 내내 손수건을 눈에 대고 있었다. 미레이는 눈물이 쏟아지려는 것을 이를 악물고 참았다. 머릿속에서는 어떻게 이런 일이, 대체 무슨 일이 있었길래, 라는 의문이 소용돌이쳤다.

뭔가 착오이기를 빌었지만 그 바람은 경찰서 안치실에서 무너져내렸다. 평안, 이라고 할 만한 표정으로 눈을 감고 있는 사람은 그 전날 아침에 스키장의 눈을 걱정하던 내 아버지가 틀림없었다. 미레이의 인내심도 한계에 달해 한없이 눈물이 흘렀다.

설명을 들어보니, 미나토구 해안 도롯가에 방치된 차 안에서 발견되었다고 한다. 차 사진을 보여줬지만 눈에 익은 아버지의 자가용이었다. 단 아버지의 유체는 뒷좌석에 있었다. 즉 다른 누군가가 그곳까지 운전했다는 것이다.

어떻게 된 거예요, 무슨 일입니까, 라고 안치실까지 안내해준 경관에게 연달아 물었지만 난처한 듯한 얼굴로, 현재 수사 중입니다, 라는 대답만 되풀이할 뿐이었다.

부검에 들어간 시라이시 겐스케의 유해를 남겨두고 미레이는 아야코와 함께 집으로 돌아왔다. 둘 다 울기에도 지친 상태였지만, 급하게 처리해야 할 일이 너무도 많았다. 장례식을 준비해야 하는 것이다. 평소에 친하게 지냈던 지인들에게도 연락하지 않으면 안 된다.

어떻게든 힘을 내서 그런 작업을 하고 있는 참에 인터폰 차임벨이 울렸다. 찾아온 것은 두 명의 형사로, 고다이라고 이름을 밝힌 나이 든 쪽은 경시청 수사 1과 소속이었다. 본격적으로 살인 사건으로 수사가 시작되었다, 라고 실감했다.

고다이는 아버지와 마지막으로 접했을 때의 일을 확인한 뒤, 최근에 평소와 다른 점은 없었는지 등을 물었다. 하지만 미레이에게는 짐작되는 게 아무것도 없었다. 아야코도 마찬가지인 모양이었지만, "요즘 들어 기운이 좀 없다고 할까, 뭔가 생각에 잠기는 일이 많았던 것 같기는 합니다. 저는 뭔가 까다로운 재판을 맡은 모양이라고 생각했었는데"라고 덧붙였다.

옆에서 듣다가 그랬었나, 라고 미레이는 생각했다. 아버지에 대해 너무 무관심했던 것을 후회했다. 지금 다니는 메디닉스 재팬에 취직할 수 있었던 것도 아버지 덕분이었는데.

변호사 시라이시 겐스케는 집에서는 일절 업무 얘기를 하지 않았다. 어떤 안건을 맡고 있었느냐고 고다이가 질문했지만, 대답할 수 있을 리가 없었다.

다만 피고인을 변호하는 입장이라서 피해자 측 사람에게서 원한을 사는 일도 있었던 게 아니냐, 라는 말을 들었을 때는 미레이가 반론에 나섰다.

"아버지가 사건에 대해 자세히 얘기해준 적은 없지만 변호사로서의 삶의 방식에 대해서는 자주 얘기하셨어요. 단지 감형만을 목표로 삼는 게 아니라 우선 피고인 스스로 죄를 깨닫게 하는 게 내가 정한 규칙이다, 그 죄가 얼마나 깊은지 정확히 헤아리기 위해 사건을 정사하는 것이 변호 활동의 기본이다, 라고 하셨어요. 그런 아버지가 누구에게 살해당할 만큼 원한을 사다니, 생각할 수도 없는 일이에요."

고다이 형사는 말없이 고개를 끄덕였다. 마음속으로는 유치한 의견이라고 생각했는지도 모른다.

마지막으로 그는 기묘한 질문을 던졌다. 도미오카 하치만구, 스미다가와테라스, 미나토구 해안 등의 지명을 열거하면서 뭔가 생각나는 게 없느냐는 것이었다.

미레이와 아야코는 서로 마주 보았다. 이 집과는 전혀 인연이 없는 장소고, 아버지의 입을 통해 들은 적도 없었기 때문에 그렇게 대답했다.

형사들은 돌아갔다. 그 등짝에 '수확 없음'이라고 쓰여 있는 것 같았다.

그로부터 몇 주일이 지났다. 그동안에 많은 일들이 있었다. 가장 큰일은 범인이 체포된 것이었다.

아이치현에 사는 구라키 다쓰로라는 남자였다. 그 소식을 미레이는 뉴스 방송을 보고 알았다. 고다이가 그 소식을 듣고 미나미아오야마의 집에 찾아온 것은 그로부터 며칠이나 지난 다음이었다. 게다가 그에게는 다른 목적이 있었다. 그 목적이 아니었다면 언제까지고 소식을 전해주지 않았을지도 모른다고 미레이는 의심하고 있었다.

고다이의 목적은 구라키의 진술 일부를 확인하는 것이었다.

구라키는 3월 말에 도쿄돔에서 시라이시 겐스케를 만났다고 말한 모양이었다. 좌석이 바로 옆자리였고 둘 다 주니치 팬이라는 것으로 의기투합했다는 것이다. 지갑을 분실한 구라키에게 신칸센 차비를 빌려주기도 하고 상당히 친밀해졌다고 한다.

그런 얘기를 시라이시 겐스케에게서 들은 적이 있느냐고 고다이는 물었다.

여기에서도 미레이는 아야코와 얼굴을 마주 보며 고개를 갸웃거릴 수밖에 없었다. 둘 다 처음 듣는 얘기였다. 그뿐만 아니라 시라이시가 혼자 야구장까지 경기를 보러 갔다는 것 자체가 뜻밖이었다. 주니치를 응원했던 것은 사실이지만, 그렇게까지 열렬한 팬은 아니었다. 최근에 활약하는 선수 등은 그리 잘 알지도 못했던 게 아닐까.

미레이와 아야코의 말에 고다이는 당혹스러운 표정을 보였다. 예상과는 달랐던 것이리라.

형사가 그대로 돌아가려고 해서 미레이는 급히 붙잡고 구라키 다쓰로와 사건에 대해 좀 더 자세한 내용을 알려달라고 부탁했다. 그러자 수사상의 비밀은 말할 수 없다는 말만 거듭했다. 미레이는 유족인데 어떻게 그럴 수 있느냐고 따졌다.

"우리는 유족인데 아무것도 알려주지 않는다고요? 애초에 범인을 체포했으면 가장 먼저 우리한테 알려줬어야 하는 거 아니에요? 유족인데도 이런 취급을 당하다니, 이건 이상하잖아요!"

하지만 고다이는 죄송합니다, 라고 머리를 숙일 뿐이었다.

그 뒤에도 경찰 측에서 아무런 설명도 듣지 못한 채 시간만 흘러 갔다. 드디어 사건에 관한 정보를 얻을 수 있었던 것은 범인 체포로 부터 일주일 넘게 지났을 무렵이었다. 하지만 그것도 경찰이 알려준 게 아니라 인터넷 뉴스로 알았다. 구라키는 공소시효가 만료된 과거의 범죄에 대한 보상 방법을 시라이시 겐스케에게 상담했고, 직접 모든 것을 밝히는 것이 진정성 있는 태도라는 말을 듣자 이대로는 주위에 폭로하겠다는 두려움에 범행에 이르렀다는 것이었다.

기사를 읽고 아연했다. 이런 어이없는 이유가 범행 동기란 말인 가. 아버지가 누군가에게 원한을 살 일은 없다고 생각했는데, 설마 이런 이유를 댈 줄은 생각도 못 했다.

하지만…….

아무래도 이해할 수가 없었다. 동기가 어이없었기 때문이 아니다. 마음에 걸린 것은 '직접 모든 것을 밝히는 것이 진정성 있는 태도라는 말을 듣고'라는 부분이었다.

아버지가 정말로 그런 식으로 얘기했을까.

일반적인 경우라면 그나마 이해가 된다. 진실을 밝히는 것이 결국은 피고인에게도 도움이 된다, 라는 말은 자주 했었다. 하지만 이 경우는 다르다. 이미 공소시효가 만료된 것이다. 이제 새삼 진상을 고백해본들 딱히 누군가에게 도움이 될 것도 없는 일이 아닐까.

그런 의문을 아야코에게 말했더니 나도 그렇게 생각한다, 라고 동의해주었다.

"네 아버지 이미지와는 전혀 다르지? 네 아버지는 상대가 절박해질 만큼 궁지에 몰아넣을 분이 아니잖니." 그렇게 말하고 아야코는 이내 고개를 갸웃거렸다. "하지만 이 기사만으로는 모르겠다. 실제로 어떤 대화가 오갔는지, 얘기를 들어보지 않고서는 섣불리 판단할 수 없어."

맞는 말이었다. 결국 정보가 너무도 부족하다. 애초에 과거 사건이라는 게 어떤 것인지조차 알지 못하는 것이다.

그러자 아야코가 실은 내가 알아본 게 있어, 라고 말을 꺼냈다.

"모치즈키 씨라고 너도 알지?"

"응, 알지. 그분이 왜?"

모치즈키는 아버지의 후배 변호사였다. 지요다구 구단시타의 대기업 법률사무실에서 일하고 있다. 이번 장례식에 달려왔을 때, 미레이도 인사를 했었다.

"모치즈키 씨가 범죄 피해자 참여제도를 이용하면 어떻겠냐고 하셨어."

"아……."

그 제도라면 미레이도 아버지에게서 들은 적이 있었다. 법률이 개정되어 범죄 피해자나 유족이 재판에 참여할 수 있게 되었다는 것이다. 하지만 자세한 건 알지 못했다. 군이 알아둘 필요도 없는, 평생 자신과는 관계없는 일이라고 생각했었다.

아야코에 의하면, 만일 그 제도를 이용한다면 모치즈키가 지원 담당자를 소개해주겠다고 했다는 것이다. 유족이 재판에 참여한다고 해도 법률에 무지한 일반인이 복잡한 절차 등을 직접 처리한다는 건 무리한 얘기다. 그래서 법적인 관점에서 피해자를 지원하는 피해자 참여 변호사 제도라는 게 있었다. 도쿄지검에 상담하면 그쪽에서도 변호사를 소개해주지만, 모치즈키는 개인적으로 적임자로 점찍어둔 이가 있는 모양이었다.

"그거, 하자." 미레이는 말했다. "재판에 참여하면 다양한 정보를 알려줄 거야. 아버지가 왜 살해되어야 했는지, 범인은 어떤 사람인지, 내 눈으로 확인해야겠어."

아야코도 긍정적으로 생각했던 모양이다. "그렇겠지?"라고 결의를 다지는 얼굴이었다.

살해 동기가 공식적으로 발표된 뒤로 취재 요청이 거의 매일같이 들어왔다. 며칠 전에도 난바라라고 이름을 밝힌 프리랜서 기자가 집까지 찾아와 잠깐이라도 좋으니 이야기를 들려달라고 끈덕지게 졸랐다고 한다.

"시라이시 겐스케 씨는 공소시효 만료로 면죄부가 주어지는 건 아니라고 생각하셨던 것 같은데요, 그런 견해를 뒷받침할 만한 일은 없었습니까?" 현관 앞에서 그런 식으로 물었다는 것이다.

그런 게 전혀 없기 때문에 우리도 그 살해 동기를 받아들이지 못하는 것이다……. 아야코에게서 그 얘기를 전해 듣고 미레이는 생각했다.

　오후 7시 정각에 인터폰 차임벨이 울렸다. 아야코가 수화기를 들고 "네, 들어오세요"라고 답했다. 수화기를 내려놓더니 미레이에게 "얘, 변호사님 오셨어"라고 말하고 현관으로 향했다.

　미레이는 거실 테이블이 깨끗한지 확인하고 의자 위치도 바로잡았다.

　잠시 뒤 문이 열리고 아야코의 뒤를 따라 자그마한 몸집의 여자가 나타났다. 짧은 머리에 큼직한 검은 테 안경을 썼다. 30대 중반으로 보이지만 조금 더 많은지도 모른다. 여성 변호사라는 얘기는 미리 들었지만, 미레이가 상상했던 이미지와는 달랐다. 짙은 회색 정장 차림에 비즈니스용 백팩을 등에 메고 있었다.

　그녀는 "사쿠마라고 합니다"라면서 명함을 꺼내 내밀었다. 사쿠마 아즈사, 라고 이름이 인쇄되어 있었다. 사무실은 이다바시에 있는 모양이다.

　잘 부탁드립니다, 라고 아야코가 인사했다.

　미레이는 "이쪽으로"라고 거실 소파를 권했다. 사쿠마 아즈사가 자리에 앉는 것을 지켜본 뒤에 미레이도 마주 앉았다.

　아야코가 주방으로 가려고 하자 "차는 됐습니다"라고 사쿠마가 말했다. "대화에 집중하고 싶어서요."

　"아, 네." 아야코는 당황한 얼굴로 돌아와서 미레이 옆의 의자를 당겼다.

　"바로 본론으로 들어갈까요? 피해자 참여제도에 대해서는 얼마나 알고 계세요?" 사쿠마가 물었다.

"모치즈키 씨한테서 그 얘기를 듣고 저희도 공부를 좀 했어요. 변호사 가족인데 이제 새삼 부끄러운 얘기지만." 아야코가 미안하다는 듯이 말했다.

"의사 가족이라고 모두 의학을 잘 아는 것은 아니죠. 게다가 비교적 새로운 제도라서 변호사 중에도 아직 익숙하지 않은 사람들이 많아요." 명쾌한 어조로 사쿠마는 말했다. "한마디로 말씀드리면, 피해자나 유족이 내부로 들어올 수 있게 되었다, 라는 것이겠지요."

내부로 들어온다, 라고 따라 외우듯이 아야코가 입 속에서 중얼거렸다.

"예전에는 피고인, 변호인, 검사만을 당사자로 해서 재판을 했습니다. 피해자는 목격자나 증인과 마찬가지로 피해 상황 등을 입증하기 위한 증거의 하나일 뿐이어서 완전히 외부에 배제된 상태였어요. 심지어 추첨에서 떨어지면 재판 방청도 할 수 없었습니다. 이래서는 안 되겠다고 몇 차례 법률을 개정해서 피해자도 재판에 참여해 의견을 밝히거나 피고인에게 질문할 수 있도록 한 것이죠. 그게 피해자 참여제도입니다." 조리 있게 설명해준 뒤, 그녀는 입가를 풀며 미소를 보였다. "아차, 미리 공부하셨으니까 이런 건 이미 아시겠네요. 실례했습니다."

"하지만 구체적으로 어떻게 해야 할지 모르겠어요."

아야코의 말에 그럴 만도 하다는 듯이 사쿠마 변호사가 크게 고개를 끄덕였다.

"그런 점을 도와드리는 게 제 업무예요. 다만 도움을 드릴 뿐입니다. 어디까지나 피해자의 대리인으로서 그 의향에 따르지 않는 행위는 일절 인정되지 않습니다. 그런 점에서 피고인의 의사와는 별도로 소송을 진행하는 변호인과는 크게 다르죠. 무엇보다 중요한 것은 피해자, 즉 두 분의 의향이에요. 어떤 것을 하고 싶은지, 무엇을 원하는지, 앞으로 그 점을 명확히 정해주셨으면 합니다."

"이를테면 어떤 것을 정하면 될까요?" 미레이가 물었다.

"우선 양형이에요. 검찰 측도 나름대로 구형을 하지만, 그와는 별도로 피해자 참여인도 구형을 할 수 있으니까요."

"그 구형이 검찰 측과 달라도 되나요?"

"네, 가능합니다. 살인 사건의 경우……." 사쿠마는 잠시 머뭇거리는 표정을 보이다가 말을 이어갔다. "검찰의 구형과는 상관없이 유족이 극형을 원하는 일도 드물지 않습니다."

미레이는 흘끗 옆을 보았다. 아야코와 눈이 마주쳤다. 어떻게 할까, 라고 묻는 눈빛이었다.

당연히 사형이지, 라고 입 밖에 내지는 못한 채 눈으로 대답했다.

"그 밖에는 어떤 것이 있어요?" 미레이가 사쿠마에게 물었다.

"사건에 따라 달라요. 피고인에게 어떤 생각으로 범행을 저질렀느냐고 묻는 사람이 있는가 하면 현재의 심경을 묻는 사람도 있습니다. 어쨌든 그런 질문과 대답을 통해 재판원들이 어떤 인상을 받느냐가 중요해요. 감정적인 생각만을 토로하는 것은 좋지 않겠지요. 재판원들은 대부분 감정에 휩쓸리지 않고 냉정해지려고 노력합니다. 피해자가 열을 올려 얘기할수록 재판원들의 마음이 차가워져서 최종적으로 피해자의 생각과는 정반대의 결과가 나오는 경우도 있습니다."

아무래도 몹시 어려운 작업이 될 것 같다고 미레이는 생각했다.

"하지만 사쿠마 변호사님," 아야코가 입을 열었다. "우리가 이번 사건에 대해 아는 게 거의 없어요. 질문을 하려고 해도 어떤 것을 어떻게 물어봐야 할지 모르겠어요."

"네, 그러실 거예요." 사쿠마가 고개를 끄덕였다. "모든 것은 이제부터 시작입니다. 우선 내일 담당 검사에게 전화해서 피해자 참여제도를 이용한다는 것부터 연락해야겠어요. 그다음에 정식으로 참여 신청 수속을 할 거고요. 신청은 제가 할 테지만, 위임장이 필요하니까 내일 저희 사무실로 나와주실 수 있을까요?"

제가 갈게요, 라고 아야코가 대답했다.

"신청서를 제출하면 재판소에서 회답이 올 거예요. 이번 사건의 경우에는 허가가 나지 않는 일은 없을 겁니다. 거기서부터 모든 게 시작됩니다. 아, 공판 전 정리 수속은 알고 계세요?"

"그것도 조금 공부했어요." 아야코가 말했다. "재판 전의 준비 말이지요?"

"그렇습니다. 재판에서 무엇을 증거로 삼을 것인지, 증인으로 누구를 부를 것인지, 어떤 사안을 다툴 것인지 등을 결정하는 거예요. 재판관, 서기관, 검사, 변호인이 참석하지만, 유감스럽게도 피해자 참여인은 입회할 수 없습니다. 그러니까 제가 검찰 쪽에 나가서 가능한 한 정보를 입수해 올 거예요. 수사 기록의 등사도 신청해서 대체 어떤 일이 있었는지, 피고인과 시라이시 씨 사이에 어떤 대화가 오갔고, 왜 시라이시 씨가 살해되기에 이르렀는지 철저하게 분석할 생각입니다. 그걸 읽어보면 피고인에게 어떤 질문을 하고 싶은지, 어떤 식으로 죗값을 치르게 할 것인지, 두 분께서도 생각이 정리되실 것 같은데…….”

어떻습니까, 라고 사쿠마는 미레이와 아야코에게 질문을 던졌다.

미레이는 어머니를 마주 보며 고개를 끄덕인 뒤에 사쿠마 변호사 쪽을 향했다. “좋아요. 꼭 참여하겠습니다.”

“네, 그럼 내일 사무실에서 뵙겠습니다.” 사쿠마는 자리에서 일어나 옆의 의자에 내려놓았던 백팩을 집어 들었다.

저어, 라고 미레이도 따라 일어나면서 물어보았다. “사쿠마 변호사님은 언제부터 이런 일을 하셨어요?”

“이런 일이라는 건 범죄 피해자 지원 말인가요?”

“네. 피해자 참여제도라는 게 생겼다는 얘기는 들었지만, 아마 아버지도 그런 일은 하신 적이 없는 것 같아서…….”

“그러실 거예요. 변호사 중에서도 특이한 케이스니까요. 무엇보다 재판 때 검찰 측 자리에 앉게 됩니다. 근데 저는 사실 그쪽이 더 익숙해요.”

무슨 말인지 몰라서 미레이가 고개를 갸우뚱하자 사쿠마 아즈사는 빙그레 웃었다.

“제가 5년 동안 검찰청에서 근무했거든요. 전직 검사랍니다.”

미레이는 저도 모르게 아하, 하는 소리를 냈다.

“검사는 재판 전에 피해자에게서 얘기를 듣곤 합니다. 다들 고통과 분노를 가슴속에 품고 계세요. 재판에서 피고인의 죄를 추궁하는 것이 검사의 업무지만, 아무래도 피해자의 마음을 충분하게 드러내주지는 못했어요. 그 심정까지 대변해드릴 수가 없더라고요. 그렇다면 피해자와 유족의 입으로 직접 호소하게 해드리는 게 가장 좋겠다 싶어서 이 자리로 옮겼죠." 검은 테 안경을 올리면서 사쿠마 아즈사는 렌즈 너머로 미레이를 지그시 응시했다. "이걸로 답이 됐을까요?"

"네, 충분히. 앞으로 잘 부탁드립니다."

힘을 냅시다, 라면서 사쿠마 아즈사는 백팩을 등에 멨다. 한순간, 높은 산에 도전하려는 등산가로 보였다.

21

벽 쪽 자리에 나란히 앉은 두 여고생의 움직임이 가즈마는 아까부터 자꾸 마음에 걸렸다. 스마트폰을 보면서 둘이 뭔가 속닥거리고 있다. 그녀들의 시선이 이따금 자신에게로 향하는 듯한 느낌이 들었다.

가즈마가 자리에 앉아 마스크를 벗은 직후부터 그러는 것 같았다. 그렇다고 다시 쓰는 것도 이상하다. 게다가 마스크를 쓴 채 카페라테를 마실 수는 없다.

그런 생각을 하는 참에 여고생 한 명이 자리에서 일어나 가즈마 쪽으로 다가왔다. 설마 말을 걸려는 건가. 저절로 몸이 바짝 긴장했다.

여고생이 멈춰 섰다. 가즈마가 앉은 테이블 바로 앞이었다. 스마트폰을 이쪽에 대더니 가즈마의 오른쪽 옆 벽을 향해 셔터를 눌렀다. 화면을 확인하고는 만족스러운 듯 웃으며 자기 자리로 돌아갔다.

가즈마는 허리를 틀어 그 벽을 올려다보았다. 포스터가 붙어 있었다. 젊은 남자 아이돌이 핫도그를 손에 들고 웃고 있었다. 그녀들의 목적은 그 포스터였던 모양이다. 가즈마는 후우 한숨을 내쉬었다. 맥이 빠졌지만 이제야 마음이 놓였다.

요즘 이런 식으로 외출할 때마다 잔뜩 긴장하게 된다. 자꾸만 누군가 쳐다보는 듯한 느낌이 드는 것이다. 맨얼굴을 드러내지 않으려고 반드시 마스크를 쓰고 다녔다.

하지만 누군가 실제로 말을 걸어온 것도 아니다. "당신, 구라키 용의자의 아들이지?"라고 느닷없이 캐묻는 사람 따위, 없었다.

그런데도 내내 마음이 불안했다. 머지않아 반드시 그런 일이 닥칠 것만 같았다.

원인은 SNS였다. 누가 올린 것인지 알 수 없지만, 가즈마의 사진이 유출되었다. 처음에는 고등학교 졸업앨범을 접사한 것이었는데, 최근에 아주 오래전 자신이 SNS에 올렸던 사진이 나돌고 있다는 것을 알았다. 친구 결혼식에 참석했을 때의 사진으로, 가즈마 이외의 사람들은 눈에 검은 선이 그어져 있었다.

그런 사진 따위를 주목하는 사람은 분명 그리 많지는 않을 것이다. 살인범 본인의 사진이라면 또 모르지만 아들일 뿐이다. 하지만 그 사진을 처음 봤을 때의 충격은 말로 표현할 수 없을 정도였다. 도망칠 구멍이 없는 미로에 갇혀버린 듯한 기분이었다.

종이컵을 들고 카페라테를 마셨다. 실은 외출 자체를 하고 싶지 않았다. 집에 가만히 박혀 있으면 남의 시선에 신경 쓰지 않아도 된다. 하지만 그건 그것대로 스트레스가 쌓이는 일이었다. 원인은 정보 부족이다. 아버지가 일으킨 사건에 대해 아무것도 알지 못한다는 게 너무도 답답했다.

어떤 사건이었는지는 호리베 변호인의 설명을 듣고 대략 알고는 있다. 하지만 전혀 납득할 수가 없었다. 하나에서 열까지 처음 듣는 얘기고, 그럴 것 같다고 짐작되는 일은 한 가지도 없었다. 이대로 재판이 시작되고 유죄 판결이 떨어져 아버지가 수형 생활에 들어가는 결과가 나온다고 해도 그런 현실을 이해하고 받아들일 자신이 없었다.

입구의 문이 열리고 한 남자가 들어왔다. 정장에 베이지색 코트를 걸치고 있었다. 가즈마는 슬쩍 손을 들었다. 상대도 알아봤는지 고개를 끄덕였다.

회사 동료 아메미야 마사야다. 오늘 오전에 메일로 약속을 잡았던 것이다.

아메미야는 음료를 사 들고 가즈마에게로 다가왔다. 하지만 얼굴을 쳐다보지 않았다. 왔어, 라고 말을 건넨 것은 라지사이즈의 커피를 테이블에 내려놓고 코트를 벗고 의자에 앉은 다음이었다.

"여기까지 나오라고 해서 미안하다." 가즈마는 사과했다.

"그런 건 걱정 마. 메일에도 썼지만 나도 몬젠나카초에 한번 와 보고 싶었어. 제법 북적북적하고, 꽤 괜찮은 동네인데?" 그렇게 말하고 아메미야는 종이컵을 입가로 가져갔다. 장발에다 입 위에는 옅은 수염이 나 있었다.

"나도 처음이야. 이런 일이 아니었으면 아마 평생 올 일이 없었으려나? 아, 실은 지금도 되도록 접근하지 말아야 하는 곳인지도 모르겠다." 가즈마는 손에 든 종이컵으로 시선을 떨구었다.

"아버님이 상경할 때마다 이 동네에 오셨었다고?" 아메미야가 가즈마가 메일로 보낸 내용을 확인했다.

가즈마는 얼굴을 들고 고개를 끄덕였다.

"아스나로라는 작은 식당에 드나들었어. 모녀간에 꾸려가는 식당이래. 그 모녀를 만나는 게 아버지의 목적이었던 모양이야."

아메미야는 어깨를 으쓱하는 몸짓을 했다. "괜찮겠냐, 그런 얘기를 나한테 해도?"

"너는 믿으니까. 게다가 어느 정도 사정을 알아야 내 생각을 이해해줄 테니까."

"입 밖에 낼 마음은 없어. 네가 얘기해도 괜찮다고 생각되는 것만 얘기해주면 돼. 나는 사건에 대해 어떤 질문도 하지 않을 테니까." 아메미야가 진지한 눈빛을 던져왔다.

응, 이라고 가즈마는 친구의 시선을 받아들였다.

"그 아스나로에 지금 나하고 함께 가줬으면 한다."

"오, 간단한 일이네. 나는 어떻게 하면 되지?"

"평소와 똑같이 하면 돼. 둘이서 한잔할 때의 느낌 그대로. 인터넷을 검색해보니까 꽤 맛있는 식당으로 올라와 있더라고. 안주 몇 가지 주문해서 술이나 마시자. 근데 주의사항이 두 가지가 있어. 첫째로, 사건에 대한 얘기는 하지 말 것. 또 하나는, 식당 안에서는 내 이름을 부르지 말아줘. 꼭 이름을 불러야 할 경우에는 '시바노'라고 해주면 좋겠다. 한자도 일단 알려줄게. 잔디 지芝에 들 야野."

"알았어, 시바노." 아메미야는 테이블에 검지로 한자도 써보고 있었다.

"실은 어머니의 결혼 전 성씨야."

"오, 그래? 아무튼 많이 마시지 않게 조심해야겠네. 취하면 잊어버 릴 수 있으니까."

"미안하다. 번거로운 일에 끌어들여서."

아메미야는 흐흥, 하고 코를 울리더니 손을 가로저었다.

"야, 신경 쓸 거 없어. 맛있는 거 먹고 술만 마시면 되잖아. 평소와 똑같은데 뭘. 별일도 아니네."

"……미안하다."

"글쎄 사과할 거 없다니까." 아메미야가 얼굴을 찌푸렸다. "그보다 너, 아픈 데는 없지?"

"그럭저럭 괜찮아."

"정말이야? 삼시세끼 잘 챙겨 먹고 있어?"

"때 되면 정확히 배꼽시계가 울리더라. 밥이고 뭐고 돌아볼 기분 이 아닌데 아마 본능 쪽이 더 강한 모양이지."

"그 말 들으니 마음이 놓인다. 혼자 먹기 심심하면 연락해. 언제든 지 함께해줄 테니까."

친구의 말에 가즈마는 쓴웃음을 지었다.

"말만으로도 고맙다만, 항상 바빠서 쩔쩔매는 너한테 그런 부탁은 못 하겠다. 오늘은 아주 특별한 경우야." 그런데, 라고 가즈마는 말 을 이었다. "회사 쪽은 어때, 요즘 시끌시끌하지 않아?"

아메미야는 종이컵을 손에 들고 고개를 저었다.

"그렇지도 않아. 회사 안에서 사건 얘기는 금지사항이야. 한동안 언론 쪽 인간들이 회사 현관 앞에서 어슬렁거렸는데 요새는 그것도 안 보이더라고. 포기한 모양이야."

가즈마는 한숨을 흘렸다.

"회사에는 큰 피해를 끼쳤다. 복귀해도 원래 자리로 돌아가지는 못하겠지만, 해고당하지 않는 것만도 다행이지."

어떻게 대답해야 좋을지 모르겠는지 아메미야는 복잡한 표정으로 커피만 마셨다.

"솔직히 아직도 믿어지지 않아. 실감도 안 나고." 가즈마는 말했다. "우리 아버지가 그런 짓을 했다니, 도무지 상상이 안 된다. 고집도 있고 옳지 않은 일은 싫어하는 성격이었어. 변호사 얘기로는, 죄를 저질렀으니 어떤 형이든 달게 받겠다고 말한 모양이야. 그럴 만큼 꼿꼿한 성품인데 과거의 범죄를 숨기려고 사람을 죽인다? 아무리 생각해도 뭔가 말이 안 되는 얘기야."

아메미야는 별다른 말 없이 생각에 잠겨 있었다. 사건에 대한 질문은 하지 않겠다고 아까 그가 말했던 것이 생각났다.

"아버님은 만나봤어?" 이윽고 아메미야가 물었다.

가즈마는 고개를 저었다.

"아들은 만나고 싶지 않다고 했대. 나는 물어볼 게 산더미 같은데. 내 앞으로 보낸 편지를 국선 변호인이 전해줬는데, 사과만 했을 뿐 사건에 대한 얘기는 일절 없었어. 그런 편지로 어떻게 이런 일을 납득하고 받아들이라는 건지 모르겠다."

"그래서 네 나름대로 조사해보자고 생각한 거네."

"조사한다고 할까, 아버지가 도쿄에서 뭘 했는지, 내 눈으로 확인하고 싶어서. 가족이라 범죄를 인정하지 않으려고 그냥 발버둥 치는 것처럼 보일지도 모르지만."

"괜찮아, 발버둥 좀 치면 어때? 나는 찬성이야."

아메미야의 말에 다시 미안하다는 사과가 입을 뚫고 나올 뻔했지만 꿀꺽 삼켜버리고 고맙다, 라고 짧게 대답했다.

오후 7시에 커피점을 나왔다. 그 식당은 에이타이 대로를 끼고 맞은편에 있었다. 횡단보도를 건너 식당이 입주한 빌딩까지 둘이서 걸어갔다.

좁은 계단 위로 아스나로라는 작은 간판이 보였다. 계단을 올라서자 식당 입구 격자문에 '영업 중'이라는 팻말이 걸려 있었다.

한 차례 심호흡을 했다. 마스크는 벗었다. 그 대신 니트 모자를 깊숙이 눌러쓰고 테가 굵은 멋내기 안경을 썼다. 아사바 모녀가 SNS에 올라온 가즈마의 사진을 봤을 수도 있기 때문이다. 어설프게나마 해본 변장이었다.

아메미야가 먼저 안으로 들어갔다. 가즈마는 그 뒤를 따랐다. 백목의 카운터석에 나란히 앉은 커플 손님의 등이 아메미야의 등 너머로 보였다.

어서 오세요, 라면서 소매 달린 앞치마를 입은 할머니가 다가왔다. 일흔 살 정도일까. 자그마한 몸집이고 주름투성이의 얼굴에 안경을 쓰고 있었다. 아사바 모녀의 어머니 쪽인 모양이다. 이름은 분명 요코일 터였다.

"두 분이야?" 요코가 손가락 두 개를 세우며 아메미야를 올려다보았다.

그렇습니다, 라고 앞에서 아메미야가 대답했다.

"카운터하고 테이블, 어떤 자리가 좋으실까?" 요코는 아메미야와 가즈마를 번갈아 바라보았다. 가즈마는 순간적으로 얼굴을 숙였다.

"어느 쪽으로 할까." 아메미야가 물었다.

"응, 테이블석으로." 가즈마는 고개를 숙인 채 답했다.

"그러면 이쪽으로 오셔." 요코는 별반 미심쩍어하는 기색 없이 두 사람을 벽 쪽의 테이블석으로 안내해주었다.

자리에 앉자 곧바로 요코가 시원한 물수건을 들고 왔다. 음료 주문부터 해달라고 해서 가즈마는 하이볼을, 아메미야는 생맥주를 부탁했다.

물수건으로 손을 닦으면서 가즈마는 카운터 너머로 시선을 내달렸다. 요코와 똑같은 소매 달린 앞치마 차림의 여자가 서 있었다. 늘씬하게 키가 크고, 뒤로 올려 묶은 머리는 밤색이었다. 콧날이 높고 눈은 크다. 마흔 살 전후일 텐데 훨씬 젊게 보였다. 그녀가 아사바 오리에인 모양이었다.

아버지는 저 두 사람을 보려고 찾아왔었다. 33년 전에 자신이 범한 살인 사건으로 누명을 쓰고 남편과 부친을 잃은 두 사람을.

그 행동 자체는 지극히 아버지답다고 가즈마는 생각했다. 그녀들에게 사죄하기 위해 모든 유산을 증여하려고 했던 것도. 만일 그 옛날에 실제로 그런 범행을 저질렀다고 한다면 그렇다는 얘기지만.

이봐, 시바노, 라고 부르는 소리가 귀에 들어왔다. 앞을 보자 아메미야가 메뉴를 손에 들고 있었다.

"뭘 먹어볼까. 아, 내가 알아서 적당히 주문할까?"

그렇게 해달라고 가즈마는 말했다.

아사바 요코가 음료를 내왔다. 가즈마 앞에 코스터를 깔고 길쭉한 텀블러를 차려주었다.

생맥주를 내왔을 때 아메미야가 요리를 주문했다. 닭 날개, 된장 어묵 등의 아이치현 향토 요리를 선택해주었다.

요코가 돌아간 참에 텀블러를 손에 들었다. "마시자!"라면서 아메미야가 생맥주 잔을 들어 올렸다. 잔을 맞부딪치고 하이볼을 입에 머금었다.

무심코 카운터 쪽을 보다가 가즈마는 가슴이 철렁했다.

아사바 오리에와 눈이 마주쳤기 때문이다.

하지만 한순간이었을 뿐, 그녀는 금세 시선을 돌렸다. 다른 손님에게 웃는 얼굴을 향하고 뭔가 이야기를 하고 있었다.

뭐지, 방금 그건? 가즈마는 당황스러웠다.

우연히 시선이 마주친 건가. 아니면 그 전부터 그녀가 가즈마를 보고 있었던 건가.

텀블러를 기울이면서 다시 한번 카운터로 시선을 옮겼다. 하지만 그녀는 요리를 하고 있어서 그 얼굴이 들리는 일은 없었다.

22

사쿠마 아즈사의 사무실은 빌딩건물 3층에 있었다. 그녀의 체격에 맞춘 것처럼 아담한 공간이었다. 유리 테이블과 소파를 배치한 간소한 응접실에서 미레이와 아야코는 사무실 주인과 마주했다.

"어제 검찰청에 가서 담당 검사를 만나고 왔어요." 사쿠마가 말했다. "공판 전 정리 수속은 별문제 없이 잘 진행되는 모양이에요. 그리고 피해자 참여에 관련해 변호인 측에서 피고인이 크게 반성한다는 것을 유족분들께 확인드릴 기회가 있었으면 좋겠다는 요청이 들어왔어요."

그렇습니까, 라고 아야코가 담담한 어조로 답했다. 별다른 느낌이 없는 것이다. 미레이도 마찬가지였다.

피해자 참여 신청서를 넣자 그 취지를 재판소에서 그쪽 변호인에게 전달하고 의견을 밝혀달라고 한 모양이었다. 혐의를 부인하는 사건 등에서는 피해자 참여에 반대 의견을 표명하는 변호인도 있다는데 이번 사건은 그렇지는 않을 거라는 게 사쿠마 아즈사의 전망이었다. 실제로 순조롭게 피해자 참여 허가가 재판소에서 내려왔다.

그나저나, 라고 사쿠마가 팔짱을 끼며 말했다. "수사 기록은 좀 읽어보셨어요?"

"네, 읽어봤어요." 아야코는 종이가방에서 큼직한 파일을 테이블에 꺼내놓았다. 군데군데 부전附箋이 붙어 있었다.

3일 전에 사쿠마에게서 받은 자료였다. 검사가 갖고 있던 증거 등의 기록을 등사한 것이다. 범행에 이른 동기, 범행의 구체적 내용 등이 기록되어 있었다. 재복사하지 않는다, 인터넷 등에 공개하지 않는다는 등의 취급에 관한 주의사항을 설명해준 뒤, 다음에 만날 때까지 잘 읽어보라고 말했던 것이다.

그 기록을 통해 미레이와 아야코는 마침내 이번 사건의 전모를 파악할 수 있었다.

그 내용은 천만뜻밖의 것이었다. 무엇보다 까마득한 옛날의 살인 사건에서부터 일이 시작된 것이다. 게다가 당시 범인으로 지목된 사람은 억울한 죄를 뒤집어쓴 채 경찰서 유치장에서 자살했다. 구라키 다쓰로는 자신이 그 사건의 진범이었다고 자백했다고 한다. 나아가 자살한 남자의 유족에게 늦게나마 사죄할 마음을 갖고 있었다.

그런 일에 시라이시 겐스케가 대체 무슨 관련이 있는가, 라고 의아해하며 읽어 내려가자 그 도쿄돔에서의 얘기가 나왔다. 타인에게 유산을 증여하는 절차를 시라이시 변호사에게 상담했고, 얘기의 흐름상 과거에 저지른 범죄도 털어놓게 되었다. 그러자 그런 방식의 속죄에는 찬성할 수 없다는 말이 나왔다. 그 후에도 진실을 밝히라고 집요하게 편지 등으로 추궁하는 바람에 살의를 품게 되었다. 그리고 10월 31일, 시라이시 변호사를 불러내 스미다가와테라스에서 범행에 이르렀다……. 개요는 그런 것이었다.

"어때요?" 사쿠마 아즈사가 물었다. "어떻게 생각하셨지요?"

미레이는 아야코 쪽을 보았다.

실은 서류를 읽어본 뒤에 두 사람이 똑같은 느낌을 가졌던 것이다.

왜요, 라고 사쿠마가 재우쳐 물었다.

"이건 남편 얘기가 아닌 것 같아요." 아야코가 말했다.

사쿠마의 눈이 둥그레졌다. "어느 부분이 그렇다는 건가요?"

"그러니까 그게……." 아야코는 파일을 펼쳐 해당 페이지를 가리켰다. "속죄하는 방식에 찬성할 수 없다, 진실을 밝혀야 한다, 라고 말했다는 부분이에요. 아무래도 이건 남편답지 않은 얘기예요."

"어떤 식으로요?"

"어떤 식으로? 글쎄요, 구체적으로 딱 집어서 말하기는 어렵지만……."

옆에서 미레이가 말을 끼웠다. "아버지에게 이런 사고방식은 없었다고 생각합니다."

사쿠마의 얼굴이 미레이 쪽을 향했다. "사고방식이라면?"

"그런 식으로 무턱대고 정의를 내세우는 사고방식, 이건 전혀 우리 아버지답지 않아요. 물론 사망한 뒤에야 유산을 증여한다는 속죄 방법은 제 생각에도 만만한 짓이에요. 진심으로 사죄할 마음이 있다면 모든 것을 고백해야 한다, 라는 게 정론이겠죠. 하지만 그걸 못하는 게 인간이라는 거, 아버지는 누구보다 잘 아시는 분이었어요. 이런 식으로 구라키라는 사람을 몰아붙였다는 건 도저히 이해를 못하겠어요."

옆에서 아야코가 몇 번이나 고개를 끄덕이는 것이 시야에 들어왔다.

사쿠마는 별반 표정이 바뀌는 일 없이 파일을 물끄러미 바라보고, 그런 다음에 다시 얼굴을 들었다.

"피고인의 진술을 믿을 수 없다, 라는 말씀인가요?"

"그런 것까지는 아니지만……." 아야코가 말끝을 흐렸다.

"저는 그 진술, 믿을 수 없습니다." 미레이는 잘라 말했다. "아버지는 그런 사람이 아니에요."

사쿠마는 입을 꾹 다물고 코로 몇 번인가 호흡을 하고 나서 입을 열었다.

"검사에 의하면, 변호인은 사실관계를 놓고 다툴 생각은 없는 모양이에요. 쟁점은 아마 계획성이 될 거예요. 그렇지만 흉기를 사전에 준비했으니까 그 자리의 분위기에 따라 충동적으로 범행을 저질렀다는 식의 변명은 통하지 않습니다. 다만 어째서 범행을 생각만으로 그치지 못했는가, 하는 점은 문제가 될 가능성이 있어요. 아니, 변호인 측이 강조하고 나선다면 바로 그 점이겠지요. 가능하면 살해하고 싶지 않았으나 시라이시 변호사의 태도를 보니 어떻게도 얘기해볼 여지가 없어서 범행에 이르렀다, 라는 식으로 주장할 거예요. 즉 사건 당일에 시라이시 겐스케 씨가 어떤 태도를 취했는지가 중요해지는 것이죠."

하지만, 이라고 사쿠마는 미레이의 얼굴을 지그시 바라보며 말을 이어갔다.

"방금 그 말씀을 들어보니, 당일의 시라이시 씨의 태도 이전에 구라키 피고인의 상담에 대한 반응 자체가 시라이시 씨답지 않다, 라는 얘기인 것 같네요."

그렇습니다, 라고 미레이는 고개를 끄덕였다.

사쿠마는 생각에 잠긴 얼굴이 되었다.

"하지만 현재로서는 피고인의 진술을 믿을 수밖에 없어요. 시라이시 씨가 구라키 피고인에게 뭐라고 말했는지, 따로 들은 사람이 없는 상황이라서."

"하지만 편지 얘기도 이상해요." 미레이는 말했다. "편지로도 몇 번이나 아버지가 추궁을 했다고 나와 있던데요."

"편지는 두 통을 받았는데 둘 다 내버렸다, 라고 피고인은 진술했습니다. 편지에는 죄를 회피하는 일은 도와줄 수 없다, 그러느니 죄를 세상에 밝히는 길을 택하겠다는 등의 내용이 적혀 있었다고 했고요."

"아니, 그럴 리가 없어요." 미레이는 고개를 저었다. "아버지가 절대로 그런 편지를 썼을 리가 없습니다."

"검사도 그게 미심쩍다는 얘기는 했었어요. 심리적으로 코너에 몰린 것을 강조하려고 자의적으로 지어낸 얘기인지도 모른다고. 다만 그 편지가 증거로 제출될 리는 없기 때문에 따로 문제 삼을 생각은 없다고 했습니다."

"편지 말고는 어땠어요? 다른 진술은 믿을 만하다고 했던가요?"

"피고인이 거짓말을 할 이유가 없으니까요. 충분히 설득력이 있는 동기라고 검사는 판단한 모양이에요."

미레이는 손끝을 머리칼 속에 쑤셔 넣었다. "아, 정말 이해가 안 되는데."

"그럼 우선 그런 의향을 검사에게 전하도록 할게요." 사쿠마가 말했다. "아, 정 그러시다면 직접 검사에게 얘기해보시는 건 어떨까요?"

"제가요? 그렇게도 할 수 있어요?"

"원래 그렇게 하는 게 정상이에요." 사쿠마가 뺨을 풀고 웃으며 말했다. "저는 대리인일 뿐이니까요. 며칠 내로 검사와 상의도 해야 하니까 그때 함께 검찰청에 가도록 하죠."

"네, 알겠습니다."

"그 밖에 얘기할 건 없어요? 의문점이라든가 피고인에게 물어보고 싶은 것이라든가." 사쿠마가 다시 미레이와 아야코를 번갈아 보며 물었다.

아야코는 말없이 고개를 갸우뚱하고 있었다. 그래서 다시 미레이가 입을 열었다. "뭔가 정확히 파악하기가 어려워요, 그 범인의 인간성을."

"그건 무슨 말씀이신지."

"누명을 쓰고 자살한 사람의 유족에게 사죄하려는 건 나름대로 올바른 감정이겠죠. 게다가 고생스럽게 찾아내 일부러 아이치현에서 정기적으로 상경했었다니, 웬만한 마음가짐으로는 할 수 없는 일이에요. 근데 그만큼 남을 배려해줄 줄 아는 사람이 어째서 이런 살인을 저질렀는지⋯⋯. 충동적인 것이라면 그렇다 쳐도 이번 일은 계획적이었잖아요. 정말 어떤 사람인지 종잡을 수가 없어요."

"그 점은 피고인이 처음 자백했을 때부터 검사도 의문을 갖고 있었어요. 그래서 뒤늦게나마 어렵게 유족을 찾아낸 것은 양심의 가책 때문일 수도 있지만, 정기적으로 그 식당에 찾아간 것은 또 다른 이유 때문이 아니냐고 의심하고 있어요."

"또 다른 이유라니, 그게 뭐예요?"

"엉큼한 속셈이죠." 사쿠마는 말했다. "유족인 아사바 씨 모녀 말인데, 딸 오리에 씨가 마흔 살 전후의 나이에 독신이에요. 구라키 피고인이 연애 감정을 품었다고 해도 이상하지 않겠죠."

미레이는 깜짝 놀라서 다시 파일을 들여다보았다. "그런 얘기는 이 기록에 없었는데요?"

"네, 기록에는 없어요. 수사 담당 검사가 그런 가능성을 의심하고 경찰 쪽에 샅샅이 조사하라고 했던 모양인데, 결국 피고인이 연애 감정을 품었다는 것을 입증할 만한 증거를 찾지 못했어요. 그뿐만이 아니라 오히려 그 모녀 쪽이 구라키 피고인에게 호의적이었다는 보고가 들어왔어요. 그래도 공판 담당 검사가 아사바 요코 씨를 직접 불러다가 구라키 피고인이 33년 전 사건의 진범이었다는 것을 밝히고 다시 한번 피고인에 대한 인상을 물어봤답니다. 남편이 누명을 쓰게 된 모든 악의 근원이 피고인이라는 것을 알면 말이 달라지지 않을까, 기대했던 것이죠."

"그래서 결과가 어떻게 나왔어요?"

미레이의 물음에 사쿠마는 고개를 천천히 좌우로 흔들었다.

"갑작스럽게 그런 말을 들어봤자 실감이 안 난다, 구라키 씨는 우리에게는 항상 좋은 손님이었고 정말 잘해주셨다는 마음밖에 없다, 라고 아사바 요코 씨가 대답했다는 거예요. 그 말을 듣고 검사는 아사바 씨 모녀를 법정에 불러낼 마음이 싹 사라졌대요. 검찰 측에 도움이 안 되는 증인은 부를 필요가 없으니까요."

원래는 자신도 검사로 일했기 때문인지 사쿠마의 말투에는 차가운 느낌이 담겨 있었다.

"그러면 역시 구라키 피고인은 순수한 성의에 따라 유족을 찾아다녔다는 얘기가 되겠네요. 그건 정상참작에 유리한 건가요?"

"재판원들에게 애초 본바탕부터 악인은 아니다, 라는 정도의 인상은 줄 수 있겠지요."

"하지만 그렇다면 왜 아버지를……." 죽인다, 라는 단어를 쓰고 싶지 않아서 미레이는 입술을 깨물었다.

"그 의문은 네, 당연합니다." 사쿠마가 말했다. "지금의 그 심정을 그대로 법정에서 밝혀주시면 좋을 거예요."

23

유라쿠초의 영화관을 나와 스마트폰을 체크했더니 착신 내역에 나카마치의 이름이 있었다. 영화를 보는 동안에 전화가 왔던 모양이다. 걸음을 옮기면서 발신 버튼을 터치하고 스마트폰을 귀에 댔다. 호출음이 두 번 울린 뒤에 "네, 나카마치입니다"라는 힘찬 목소리가 들려왔다.

"고다이야. 전화했는데 내가 못 받았네?"

"바쁘신데 죄송합니다. 별일은 아니고요, 약간 마음에 걸리는 게 있어서. 고다이 씨, 이번 주에 나온 《주간세보》, 읽어보셨어요?"

"《주간세보》? 아니, 안 봤는데?"

《주간세보》는 정치, 경제, 사회 문제 및 기업의 불상사에서부터 유명인과 연예인의 스캔들에 이르기까지 아무튼 화제가 될 만한 소재라면 뭐든 다루는 주간지다. 고다이도 이따금 사서 읽었다.

"이번 사건에 대한 기사가 실렸어요. '미나토구 해안 변호사 살해 및 사체 유기 사건'에 대한 거."

이건 흘려들을 수 없는 얘기다. 스마트폰을 바짝 귀에 댔다. "어떤 기사야?"

"꽤 깊이 파고들었어요. 그게, 1984년 아이치현 사건도 언급했더라고요."

"뭐야?" 저절로 발이 뚝 멈췄다. "알았어. 바로 사 봐야겠다."

"고다이 씨, 식사는 어떻게, 드셨어요?"

"아니, 아직."

"그러면 오늘 저녁에 시간 어때요? 이 건에 대해 얘기하고 싶은데요."

"시간 있지. 사건이 정리되고 행운의 대기조니까. 방금 영화 한 편보고 나온 길이야."

"그럼 괜찮겠네요?"

"좋아, 만나자고.《주간세보》사 들고 갈게. 어디가 좋지?"

"그야 물론 거기죠."

나카마치는 몬젠나카초의 숯불구잇집을 말했다. 고다이도 이의가 있을 리 없어서 단번에 승낙하고 그럼 오후 8시에, 라고 약속한 뒤에 전화를 끊었다.

즉각 근처 서점에서 《주간세보》를 사 들고 카페에 들어가 읽기 시작했다.

꽤 큰 기사였다. 제목은 '공소시효 만료, 처벌할 수 없는 살인자들의 그 후'라는 것이었다. 작성자는 난바라라는 프리랜서 기자였다.

기사는 '11월 1일 오전 8시경, 도쿄도 미나토구 노상에 불법 주차된 차량에서 한 남성이 칼에 찔린 사체로 발견되었다'라는 첫 문장으로 시작했다. 이어서 피해자의 신원과 소지한 금품을 도난당한 흔적이 없다는 것 등, 이미 발표된 사건 개요를 정리했다. 그리고 '경찰 조사 결과, 체포된 사람은 아이치현에 거주하는 구라키 다쓰로라는 인물이었다'라고 써 내려갔다. 기사가 열기를 띠는 것은 그다음부터로, 우선 구라키가 자백한 동기에 대해 언급했다.

'경찰 관계자에 따르면, 구라키 피고인은 이미 공소시효가 만료된 자신의 과거 범죄 사건을 시라이시 변호사에게 털어놓았으나 그에게서 모든 것을 명백히 밝히라는 추궁이 돌아오자 이대로는 자신의 과거가 폭로될지 모른다는 두려움 때문에 범행에 이르렀다, 라고 진술했다고 한다. 하지만 경찰은 공소시효가 만료된 과거 사건이 구체적으로 어떤 범죄였는지 밝히지 않았다. 그래서 기자는 구라키 피고의 연고지로 찾아가 현지 취재를 감행했다. 그 결과, 놀랄 만한 사실이 밝혀졌다.'

기사는 그 과거 사건이 1984년 5월에 일어난 '히가시오카자키역 앞 금융업자 살해 사건'이라고 밝히고, 어떤 내용이었는지 상세히 설명한 뒤에 다음과 같이 이어갔다.

'당시 구라키 피고의 직장 동료였던 A씨에 따르면 구라키는 사체 발견자로서 경찰의 조사를 받았다. 그때는 용의 선상에 오르는 일도, 체포되는 일도 없었다. 하지만 사실은 구라키 피고인이 진범이었던 것이다. 세월은 흘러 이 범죄 사건은 공소시효가 만료되었다. 그리고 다시 이번 사건이 일어났다. 즉 공소시효 만료로 살인죄의 처벌을 면한 자가 또다시 살인을 저지른 것이다.'

그다음 기사는 문단을 바꾸어 이어진다.

'살인죄의 공소시효는 2010년 4월 27일에 폐지되었다. 하지만 이 개정 법률은 그 시점에 이미 공소시효가 만료된 사건까지는 대상에 포함하지 않는다. 즉 1995년 이전에 살인을 저질러 공소시효가 만료된 범인들은 일반인과 똑같이 당당하게 살아갈 수 있는 것이다. 극단적인 사례로는, 범행일이 1995년 4월 28일이라면 앞으로 범인을 체포해 처벌할 수 있지만 그 전날인 27일의 살인자라면 영구히 처벌할 수 없다. 이런 부조리한 일을 과연 어떻게 봐야 할 것인가.'

거기까지 읽고, 이걸 들고 나섰구나, 라고 고다이는 당황스러웠다. 이번 사건에 대해서는 잠깐 취재해본 것만으로는 상세한 내용을 파악하기도 어렵고, 시라이시 겐스케의 유족이 순순히 취재에 응할 것 같지도 않았기 때문에 그리 대단한 기사는 못 쓸 거라고 예상했던 것이다. 아무래도 이 기사의 노림수는 살인죄 공소시효 폐지에도 불구하고 이미 시효가 만료된 사건에는 그 법이 적용되지 않는 데 대한 불공정을 호소하려는 목적인 모양이다.

그다음에는 공소시효가 만료된 과거의 살인 사건에 대해 취재한 내용이 등장했다. 공소시효가 폐지되었으니 이미 만료된 시효도 취소해야 하는 게 아니냐, 라는 취지로 각계의 의견을 들어본 모양이었다. 취재에 응한 유족이 있었는지 그들의 목소리를 담아낸 뒤에 '공소시효 만료로 범인을 처벌할 수 없는 다른 한편에는 여전히 고통 속에 살아가는 유족이 존재한다. 그들의 깊은 상처에 공소시효 따위는 없는 것이다'라고 역설하고 있었다.

고다이는 슬슬 따분해졌다. 나름대로 가치 있는 기사인지도 모르지만, 이번 사건과는 별반 관계가 없을 것 같다. 그렇게 대충 건너뛰려고 했더니만 끝부분에서 마음에 걸리는 내용이 튀어나왔다.

'처음 얘기했던 사건으로 돌아가보자. 취재 결과, 구라키 피고인이 일으킨 과거의 범죄에는 살해된 피해자와 유족 이외에도 큰 희생을 겪은 사람들이 있었다. 당시 구라키가 아닌 다른 남성이 범인으로 오인 체포된 것이다. 그는 자신의 무죄를 주장하며 경찰서 유치장에서 자살하고 말았다.

이번에 그 유족의 이야기를 들어보려고 했지만 "조용히 지내게 해달라"는 답변만 돌아왔다. 그러나 진범 대신 억울한 누명을 쓰고 오랜 세월 동안 범죄자 가족이라는 손가락질을 받으며 온갖 고통을 겪어왔다는 것은 충분히 짐작할 수 있었다.

그렇다면 가해자 측은 어떤 생각을 갖고 있을까.

그래서 구라키 피고의 장남을 찾아가 직격 인터뷰해본바, 다음과 같은 대답이 돌아왔다.

"현재 법률이 어떻든 당시에는 15년의 공소시효가 있었으니까 과거 사건에 대한 처벌은 이미 끝났다고 생각하고 싶습니다."

한마디로, 과거의 범죄는 이미 끝난 일이니 재판에서 이번 범행에 해당하는 양형만 내려달라는 뜻인 모양이다.

자아, 만일 당신이 재판원이라면 어떤 판단을 내릴까. 구라키 피고인을 단지 한 명만 살해한 자로 취급해도 되는 것인가.'

숯불구잇집은 변함없이 손님들로 붐볐지만 나카마치가 전화로 예약해준 덕분에 구석 테이블석에서 느긋하게 마주할 수 있었다. 맥주로 건배한 뒤, 즉각 《주간세보》의 기사 얘기가 나왔다.

"그거, 놀랍지 않았어요? 1984년 사건을 알아낸 거." 나카마치가 목소리를 낮추며 물었다.

"놀랍다고 할 정도는 아니지만, 용케도 알아냈다고 감탄은 했어."

고다이는 주간지를 테이블에 탁 내려놓았다.

"예전 직장 동료에게서 얘기를 들었다던데요."

"그런 모양이지. 구라키의 과거 사건이 살인 범죄라고 추측했다면 기사에도 나온 것처럼 1995년 이전이라는 얘기잖아. 그렇게 시기를 잡고 당시에 구라키와 교류했던 사람을 훑어봤겠지. 그것도 까다로운 작업이었을 텐데 이 프리랜서 기자, 대단한 행동파인 것 같아."

"이런 기사가 터졌으니 본청 간부들은 지금 어떤 심정일까요? 아이치 현경을 배려해주느라 지금까지 1984년 사건은 입도 뻥긋하지 않았는데 말이에요."

"아냐, 오히려 잘됐다고 생각할걸? 재판이 시작되면 어차피 밝혀질 일이야. 그러면 언론에서 엄청 떠들어대겠지. 그러느니 미리부터 슬슬 정보가 확산되는 게 충격 강도가 덜할 거야. 게다가 주간지가 맘대로 써낸 기사니까 경시청으로서는 아이치 현경에 미안할 것도 없잖아. 검찰에서는 어쩌면 이런 기사가 터지기를 내심 기다렸을걸. 재판이 시작된 다음에야 이러쿵저러쿵 일제히 떠들어대면 재판원의 심리에 악영향을 끼칠 수도 있으니까. 떠들 거라면 오히려 지금이 나은 거야."

"오, 그렇구나. 정말 맞는 말씀이네요." 그렇게 말하고 나카마치는 풋콩을 톡 입에 넣었다.

"그보다 내가 놀란 것은……." 고다이는 주간지를 펼치고 기사의 마지막 부분을 손끝으로 짚었다. "구라키 피고의 장남에게 직격 인터뷰를 했다는 이 부분이야. 이거, 구라키 가즈마 씨 얘기잖아. 정말로 취재를 하긴 한 건가?"

"그야 했겠죠. 안 그러고서는 이런 얘기, 마음대로 써낼 수 없잖아요."

흥, 하고 고다이는 코웃음을 쳤다.

"상식적으로 피의자 가족이 이런 취재를 받겠냐고. 대부분 노코멘트지."

"조금이라도 아버지의 재판에 유리해진다면, 이라고 생각한 거 아닐까요?"

"뭐, 그럴지도 모르지만, 이래서는 완전 역효과야. 가해자 가족은 쓸데없는 말은 싹 빼고, 물의를 일으켜서 죄송합니다, 라고 거듭거듭 머리를 숙여야 한다는 게 매뉴얼인데."

고다이는 구라키 가즈마의 기품 있는 얼굴을 떠올렸다. 감정에 치우쳐 부친을 감싸고도는 발언을 내뱉을 만큼 경솔한 인물로는 보이지 않았다. 어쩌면 교묘한 유도질문에 걸린 것인가.

갓 구워낸 표고버섯과 풋고추가 나왔다. 간장 향이 고소하다. 고다이는 표고버섯 꼬치를 집어 들었다.

나카마치가 다시 주간지를 펼쳤다. "이 기자, 아사바 씨 모녀도 만났던데요?"

"응, 그럴싸하게 적어놨더라고. 취재는 실패한 모양이지만."

"그래도 1984년 사건의 진범이 구라키라는 거, 그 모녀도 알게 됐잖아요. 그거 알고 대체 어떤 기분이 들었을지, 안타깝네요."

"나도 궁금해. 내가 들은 바에 의하면, 요코 씨가 검찰에 불려 왔던 모양이야. 어떤 대화가 오고 갔는지는 모르지만."

고다이는 아사바 모녀와의 연락 담당을 맡았지만, 구라키의 범행

219

동기에 1984년 사건이 크게 얽혀 있다는 것은 결국 마지막까지 얘기하지 못했던 것이다.

"범인이 잡혔는데도 이래저래 꼬리를 길게 끄는 사건이군요." 나카마치가 우울한 어조로 말했다.

"살인 사건은 항상 그래. 그렇다고 우리까지 질질 끌려다니다가는 형사 노릇은 못 해. 이제는 입 다물고 재판의 향방을 지켜보는 것밖에 없어." 고다이는 비어버린 나카마치의 유리잔에 맥주를 따라주면서 말했다.

잡담을 주고받으며 술잔을 기울이다 보니 눈 깜짝할 사이에 폐점 시각이었다. 숯불구잇집을 나와 지하철역을 향해 걸음을 옮겼지만, 둘 중 누가 그러자고 한 것도 아닌데 지하철 입구를 그냥 지나쳤다. 그러고는 아스나로가 입점한 건물 앞에서 둘 다 발을 멈췄다.

"어떻게 지내고 있는지……." 나카마치가 2층을 올려다보며 중얼거렸다.

"그러게 말이야. 의외로 평소와 다름없는 거 아닐까?" 고다이가 말했다.

"그러면 좋을 텐데. 아 참, 《주간세보》는 봤을까요?"

"봤는지도 모르지만, 그런 거에 눈 하나 깜짝하지 않을걸. 어쩐지 그런 감이 든다. 그 두 사람은 강인해. 강한 어머니들이라고."

가자, 라면서 고다이가 발길을 돌리려고 했을 때, 빌딩에서 한 남자가 나왔다. 나이는 50세 이전인 것 같았다. 약간 통통하고 키는 그리 크지 않다. 각진 얼굴에 금테 안경을 쓰고 있었다.

어, 하고 옆에서 나카마치가 놀란 소리를 냈다.

"왜?" 고다이가 작은 소리로 물었다.

나카마치가 고다이의 귓가에 입을 바짝 댔다. "저 사람, 구라키의 변호인이에요."

엇, 하고 고다이는 미간을 좁히며, 멀어져가는 남자의 등을 찬찬히 쳐다보았다.

"기소되기 전에 우리 경찰서에 몇 번 접견하러 왔었어요."

나카마치에 의하면, 호리베라는 이름의 국선 변호인이라고 한다.

"그래? 근데 무슨 볼일이 있어서 여기에……."

우연일 리는 없다. 분명 호리베 변호인은 아스나로를 찾아간 것이다. 무슨 일 때문인가.

"혹시 정상참작 증인으로 나와달라고 부탁한 거 아니에요?" 나카마치가 말했다. "그거, 전에 고다이 씨가 말했었잖아요. 재판에 증인으로 부른다면 검찰 측이 아니라 변호인 측이 아니겠냐고."

"그런 말을 하긴 했는데, 설마 정말로 그럴 줄은 몰랐어." 고다이는 건물을 올려다보며 잠시 생각에 잠긴 뒤, 나카마치에게로 시선을 옮겼다. "아, 그건 그렇고 오늘 저녁 식사 함께해줘서 고마워. 재미있었어. 시간 나면 또 술 한잔 하자고."

나카마치는 뭔가 눈치를 챈 듯 눈이 둥그레졌다.

"고다이 씨, 지금 아스나로에 갈 생각이죠? 나도 데려가세요, 제발."

고다이는 쓴웃음을 지으며 얼굴 앞에서 손을 저었다.

"이건 그냥 개인적인 관심사일 뿐이야. 근데 나카마치하고 같이 가면 그쪽에서는 수사인 줄 알 거 아냐. 안됐지만 이번에는 나 혼자

같게."

"칫, 그건 그렇겠네요." 나카마치는 아쉽다는 듯 양쪽 눈썹이 축 처졌다. "알았어요. 아쉽지만 포기하죠. 그 대신 어떤 얘기를 들었는지 다음에 꼭 알려줘야 합니다?"

"응, 알았어. 자, 그럼."

"힘내십쇼."

고다이는 고개를 끄덕이며 가볍게 손을 흔들어주고 빌딩으로 향했다. 가슴속에서는 뭘 힘을 내라는 거야, 라고 중얼거렸다.

라면집 옆의 계단을 올라가면서 시계를 보니 오후 10시 45분이었다. 하지만 아스나로 입구에는 아직 영업 중이라는 팻말이 걸려 있었다. 문을 열고 안으로 들어섰다.

소매 달린 앞치마 차림의 아사바 요코가 달려와 "아이구, 미안한데 마지막 주문이……"라고 얘기한 참에 말과 발을 동시에 멈췄다. 고다이의 얼굴을 알아봤기 때문이다.

"마지막 주문이 11시였지요? 그거면 됩니다." 고다이는 식당 안을 둘러보았다. 테이블석 쪽에 두 팀의 손님이 남아 있었다. "가능하면 카운터석으로 부탁합니다."

요코는 호흡을 가다듬듯이 딱 한 차례 가슴이 오르내리더니 "이쪽으로 오셔"라고 영업용 웃음으로 안내해주었다. 카운터 안에는 아사바 오리에가 굳은 표정으로 서 있었다. 고다이는 안녕하세요, 라고 인사를 건네고 의자에 자리를 잡았다.

요코가 물수건을 가져와서 물었다. "뭘로 드실라고?"

"정종이나 한잔할까요?"

고다이의 말에 요코의 눈썹이 꿈틀했다. "술, 드셔도 되나?"

"지금 근무 중 아닙니다." 오리에 쪽을 흘끔 쳐다보고 다시 요코에게로 시선을 돌렸다. "정종, 추천 좀 해주세요."

"그럼 이건 어때?" 요코는 음료 메뉴판을 펼치고 '만세'라는 술을 가리켰다. "깔끔해서 마시기 편할 거야."

"그럼 그걸로, 차게 해주십쇼."

"알았어."

요코는 카운터 안쪽으로 들어가 선반에서 한 되들이 병을 꺼내 유리잔 냉주기에 따랐다.

"이거부터 드세요." 오리에가 고다이 앞에 작은 접시를 내주었다. 새우와 미역 초무침이다. 식전 서비스인 모양이다.

요코가 유리 커팅의 작은 잔과 냉주기를 들고 와서 첫 잔째를 따랐다. 고다이는 한 모금 마셔보고 오, 역시, 라고 고개를 끄덕였다. 향기도 좋고 목 넘김이 순하다.

"마음에 들어?" 요코가 물었다.

"정말 깔끔한데요. 과음하지 않게 조심해야겠어요."

젓가락을 들어 식전 서비스 초무침을 집었다. 이쪽도 정말 맛있다. 정종과 딱 어울렸다.

고다이는 테이블석 쪽을 살펴보았다. 손님 두 팀이 각자 얘기로 흥이 올라서, 당연한 일이지만 카운터 쪽에는 눈길도 주지 않았다.

"조금 전에 이 건물에서 호리베 변호인이 나오는 걸 봤는데요." 고다이는 오리에를 올려다보며 말했다.

옆에서 설거지를 하던 요코의 손이 멈췄다.

"우리 가게를 감시했어요?" 오리에가 물었다.

고다이는 피식 웃으며 고개를 가로저었다.

"왜 감시를 하겠습니까, 이제 그럴 이유도 없는데. 그냥 지나가다 우연히 봤어요. 그래서 잠깐 들러보기로 한 거고."

오리에는 요코를 돌아보았다. 형사의 말을 믿어도 될지, 눈으로 상의하는 것이리라. 잠시 뒤에 그녀는 덤덤한 투로 대답했다. "그러셨구나." 일단 믿어주기로 한 모양이다.

테이블석의 손님이 "미안하지만, 여기요"라고 소리를 올렸다. 예에, 라고 대답하고 요코가 달려갔다. 계산을 해달라는 모양이었다.

"편지를 들고 오셨어요." 도마에 몸을 숙인 채 오리에가 작은 소리로 말했다.

"편지?"

"구라키 씨한테서 받은 편지를 전해주러."

"아, 그런 거였군요."

구치소에서 외부에 편지 우송도 가능하지만, 변호사가 대신 전해주는 경우도 많다.

어떤 내용이냐고 물어보고 싶은 마음이 굴뚝같았지만 입을 꾹 다물었다. 그 사건은 이미 해결되었다.

남아 있던 두 팀의 손님이 계산을 끝내고 떠났다. 그들을 배웅하러 문 앞에 나갔던 요코가 돌아와 고다이의 옆자리에 앉았다. 작은 술잔이 빈 것을 보고 다시 냉주기에서 따라주었다.

"사죄하고 싶다는 내용이었어." 요코가 말했다. "구라키 씨의 편지."

"……그렇습니까."

"고다이 형사님은 다 알고 있었지? 구라키 씨가 히가시오카자키 사건의 진범이라는 거. 그걸 다 알면서도 모른 척하고 우리 얘기를 들으러 왔었던 거야. 어때, 그렇지?"

"위에서 그렇게 지시가 내려왔거든요." 변명 같은 말투가 되는 것을 고다이는 자각했다. 지시, 라는 건 여기저기 갖다 붙이기 좋은 말이라고도 생각했다.

"뭐, 기분 나쁠 것도 없어. 어차피 검사한테서 들을 얘기였으니까."

"놀라셨지요?"

요코는 입가를 풀고 웃으면서 훗 하고 콧숨을 토해냈다.

"그런 얘기 듣고 안 놀랄 사람 있으면 어디, 나와보라고 해."

근데, 라고 요코가 말을 이어갔다.

"그렇다고 구라키 씨가 미웠느냐 하면 그건 솔직히 잘 모르겠어. 우리한테는 정말로 잘해줬고, 참 좋은 사람이었어. 아니, 지금도 난 그렇게 생각해. 모두 다 뭔가 말 못 할 부득이한 사정이 있었겠지. 본바탕이 악한 인간이었으면 누명 쓰고 자살한 사람과 그 가족을 그렇게까지 걱정했겠어? 우리 찾아내는 것도 엄청 힘들었을 텐데? 검사님은 내가 구라키 씨 욕이라도 해줬으면 하는 눈치입디다만."

고다이는 상의 안주머니의 착착 접힌 종이를 요코 앞에 꺼내놓았다. 《주간세보》의 그 기사를 뜯어낸 것이다. "이거, 보셨습니까?"

요코는 흘끔 쳐다보고는 지겹다는 듯 입가가 삐뚜름해졌다.

"아까 아침에 오리에가 한 권 사 왔더라고. 근데 그딴 거 읽어봤자 쓸데없다고 내가 혼냈어."

"기자들 맘대로 틀린 얘기를 썼을 수도 있잖아요. 확인은 해봐야지." 오리에가 요코를 향해 입을 툭 내밀었다.

"기자가 식당으로 찾아왔던가요?" 두 사람을 번갈아 보며 고다이는 물었다.

"아니, 집으로 왔어." 요코가 대답했다. "갑자기 쳐들어오고, 민폐도 그런 민폐가 없었어. 30년도 넘은 옛날 일을 들쑤시길래 우린 아무 말도 하고 싶지 않다고 쫓아냈어."

기사에는 '조용히 지내게 해달라'라고 적혀 있었는데, 실제와는 뉘앙스가 크게 다르다.

"구라키 씨가 이 식당 단골이었던 것을 그 기자도 아는 눈치였습니까?"

"글쎄, 그건 물어보질 않아서 모르겠네. 근데 알았다면 훨씬 더 철썩 들러붙었을걸."

그건 그렇다고 고다이도 동의했다. 기사에 그런 얘기가 전혀 없는 게 이상했던 것이다. 분명 난바라라는 기자는 구라키의 과거 사건을 알아낸 것만으로 만족해버린 모양이다.

다시 요코가 술을 따랐다. 그 잔을 끝으로 냉주기가 바닥이 났다.

"호리베 변호인은 편지만 전해주고 갔어요? 그 밖에 다른 얘기는……." 그렇게 말하다가 고다이는 얼굴을 찡그리며 머리를 긁적였다. "죄송합니다. 꼭 대답하실 필요는 없어요."

"무슨 뒤가 켕기는 짓을 한 것도 아니고, 대답 못 할 게 뭐 있어?" 요코가 말했다. "그 변호인, 우리가 어떻게 지내는지 보러 오셨어."

"어떻게 지내는지……."

"충격받고 식당 문 닫은 건 아닌지, 이상한 소문에 손님이 끊긴 건 아닌지, 구라키 씨가 이래저래 걱정을 했던 모양이야."

"그런 거였군요."

"그래서 내가 그 변호인한테 말했어, 구라키 씨에게 이렇게 전해 달라고. 우리는 괜찮으니까 부디 건강 조심하고 제대로 죄 갚음을 하시라고."

그렇게 말하는 요코의 얼굴을 보면서 고다이는 흠칫했다. 웃음을 띠고 있었지만 주름에 감싸인 그 진지한 눈빛에서 그저 빈말이 아니라는 게 똑똑히 보였기 때문이다.

진심이구나, 라고 고다이는 감지했다. 이 모녀는 진심으로 구라키를 걱정해주고 있다.

남은 술을 들이켜고 고다이는 자리에서 일어섰다. "이만 가봐야겠어요. 계산 부탁드립니다."

"오늘 술은 내가 낼게." 요코가 말했다.

"엇, 그건 안 되죠."

"됐어, 괜찮아. 그 대신 다음에는 동료들하고 함께 와."

뜻밖의 말에 어떻게 대응해야 좋을지 몰라 고다이가 당황하고 있는데 등 뒤에서 드르륵 문이 열리는 소리가 났다. 돌아보니 베이지색 코트를 걸친 남자가 들어서는 참이었다.

오늘 장사 끝났어, 라고 요코가 말할 거라고 생각했다. 하지만 그녀는 아무 말이 없었다. 그 대신 목소리를 낸 것은 오리에 쪽이었다. "12시쯤이라고 하지 않았어?"

그 말투에는 놀람과 나무람, 그리고 아주 조금 친밀함도 담겨 있는 것 같았다. 분명한 건 이 모녀에게 저 남자는 낯선 인물이 아니라는 것이다.

"응, 볼일이 좀 일찍 끝났어." 그렇게 말하고 남자는 코트를 벗기 시작했다. 안에 입은 정장은 한눈에 보기에도 최고급 브랜드였다.

나이는 40대 후반쯤일까. 콧날이 오뚝하고 턱이 좁다. 짧게 깎은 머리는 청결한 느낌을 풍겼다.

남자는 고다이 쪽에는 눈길도 주지 않고 조용히 옆의 테이블석에 앉았다. 신경 쓰지 말라는 듯이 곧장 스마트폰을 꺼내 들여다보고 있었다.

고다이 씨, 라고 요코가 말했다. "오늘 고마웠어. 다음에 또 오셔. 잘 살펴 가."

아무것도 묻지 말고 얼른 돌아가라, 라는 뜻이라고 눈치를 챘다.

잘 먹었습니다, 라고 말하고 오리에에게도 머리를 숙인 뒤 출구로 향했다. 곁눈으로 흘끔 남자를 살펴봤지만 조금 전 그 자세 그대로 변함이 없었다.

24

싱크대에서 설거지를 하고 있을 때 인터폰 차임벨이 울렸다. 수건으로 급히 손을 닦고 모니터로 호리베의 얼굴을 확인한 뒤에 수화기를 들었다. 들어오세요, 라고 말하고 열림 버튼을 눌렀다. 모니터의 호리베는 머리를 숙이더니 모습이 사라졌다.

가즈마는 서둘러 거실 테이블 위를 정리했다. 오후 11시가 넘은 시각이다. 종일 식욕이 나지 않아 밤늦은 시간에야 인스턴트 라면을 먹었던 것이다.

현관 차임벨이 울렸다. 총총걸음으로 달려가 잠금쇠를 풀고 문을 열었다. 안녕하세요, 라고 호리베가 인사를 건넸다. 가즈마는 수고가 많으십니다, 라고 말하고 변호인을 안으로 맞이했다.

거실 테이블을 끼고 마주 앉자 "우선 문의하셨던 것부터 얘기하지요"라면서 호리베는 가방에서《주간세보》를 꺼냈다. "아까 오후에 편집부 쪽에 전화를 했습니다."

"어떻게 됐습니까?"

흠, 하고 호리베는 마뜩잖은 표정으로 턱을 끄덕였다.

"결론부터 말하면, 항의는 받아들여지지 않았어요. 정정 기사는 낼 수 없다는군요."

"하지만 저는 그런 식으로 말하지 않았는데요."

잠깐 실례한다면서 가즈마는《주간세보》를 펼쳐 문제의 페이지를 찾았다.

'그래서 구라키 피고의 장남을 찾아가 직격 인터뷰해본바, 다음과 같은 대답이 돌아왔다.

"현재 법률이 어떻든 당시에는 15년의 공소시효가 있었으니까 과거 사건에 대한 처벌은 이미 끝났다고 생각하고 싶습니다."

한마디로, 과거의 범죄는 이미 끝난 일이니 재판에서는 이번 범행에 해당하는 양형만 내려달라는 뜻인 모양이다.'

기사의 그 부분을 가즈마는 손끝으로 가리켰다. "이런 말은 한 적이 없습니다."

하지만 호리베의 심각한 얼굴 표정은 달라지지 않았다.

"휴대용 녹음기에 남아 있다고 하던데요."

"휴대용 녹음기?"

"난바라라는 기자의 휴대용 녹음기. 거기에 가즈마 씨와의 대화를 녹음했다는군요. 편집부로서도 대충 지어낸 기사라면 실을 수 없고, 가해자 가족의 발언에 틀린 부분이 있으면 큰 문제가 될 수 있기 때문에 녹음 내용으로 팩트 체크를 했다는 모양이에요."

"거기에 내 목소리가 남아 있었다고요? 이런 식으로 얘기했다는?"

"반드시 똑같은 건 아니다, 라고는 했어요. 요약하면 이런 얘기였다는 것이죠. 과거 사건에서 아버님에 대한 처벌이 끝났다고 생각하느냐는 기자의 질문에 끝났다고 생각하고 싶다고 가즈마 씨가 대답한 것은 틀림없다는 거예요. 어때요, 짐작되는 게 있습니까?"

듣고 보니 그때 주고받은 그 얘기인가, 하고 생각나는 게 있었다. 살인죄의 공소시효에 대해 난바라가 가즈마의 의견을 물은 뒤였다. 아버지를 위해서는 어떤 대답이 좋을지, 머릿속이 혼란에 빠진 상태였다.

"……짐작되는 게 있는 모양이군요." 호리베가 딱하다는 듯한 눈빛으로 말했다.

"하지만 그건 유도질문에 걸려들어 튀어나온 말이지 제 진의는 아니었어요."

"나도 그럴 거라고 생각했어요. 그자들은 원하는 발언을 끌어내려고 온갖 방법을 다 동원하니까요. 교묘한 유도질문에는 우리도 혀를 내두를 정도지요. 하지만 일단 녹음이 된 것이라면 이제는 어쩔 수 없습니다. 누군가 얘기할 때마다 끈기 있게 해명하면서 넘어가는 수밖에 없어요."

"그게 인터넷일 경우에는 어떻게 하지요? SNS로 해명하면 될까요?"

가즈마의 질문에 호리베는 눈이 둥그레져 아니, 아니, 라고 손을 내저었다.

"그건 안 됩니다. 불에 기름을 붓는 꼴이 될 뿐이에요. 지금은 아무것도 안 하는 게 최상의 방책입니다. 재판에도 도움이 될 게 하나도 없으니까."

"회사에 항의가 들어오고 있다는데……."

"그건 회사 쪽에 맡기도록 하세요. 괜찮아요, 회사도 그런 쪽으로 전문가가 있을 테니까."

가즈마는 깊은 한숨을 내쉬고 오른손으로 눈가를 꾸욱 눌렀다. 두통이 느껴졌다. 조금 전에 먹은 라면이 얹혔는지 속이 메슥거렸다.

《주간세보》의 기사를 알려준 사람은 상사 야마가미였다. 오늘 낮에 전화가 걸려온 것이다. 물론 선의에서 소식을 전해준 게 아니었다. 야마가미에 의하면, 이번 사건에 대해 몇 번씩 문의했던 사람이 그 기사를 읽고 다시금 강력한 항의 전화를 걸어왔다는 것이다.

공소시효 만료로 처벌이 끝났다고 생각하다니 가증스럽다, 그런 자를 당신 회사에 그대로 둘 셈인가, 당장 해고하라……라는 항의였다고 한다.

왜 주간지 취재 따위에 응했는가, 응했더라도 발언에는 신중을 기했어야 하지 않는가, 라고 야마가미는 가즈마를 나무랐다.

어떻게 된 영문인지 알 수 없어서 기사를 읽어본 다음에 다시 연락드리겠다고 말하고 일단 전화를 끊었다. 그리고《주간세보》를 사러 뛰쳐나갔다.

기사를 읽어보고 아연했다. 공소시효 만료로 형을 면제받은 살인범이 있다는 부조리함을 규탄하는 것은 좋다. 하지만 마지막 문단에 나오는 구라키 피고의 장남의 발언이라는 부분은 완전한 날조라고 생각했다. 가즈마는 말한 기억이 없는 얘기가 적혀 있었다.

야마가미에게 연락해 그렇게 설명했다.

그렇다면 법적 조치를 취해야 하는 게 아니냐고 야마가미는 말했다.

"변호인과 상의해서 출판사에 항의하도록 하겠습니다."

전화를 끊은 뒤 곧바로 호리베에게 연락했다.

"알겠습니다. 기사를 확인해보고 출판사에 항의하도록 하지요." 호리베는 그렇게 응해줬지만 말투가 어딘지 무거웠다. 이미 그 시점에 분명 헛수고일 거라고 예상했었는지도 모른다.

"앞으로도 조심해야 합니다. 섣불리 취재에 응하지 않도록 하세요."

호리베의 말에 가즈마는 고개를 떨궜다. "네, 명심하겠습니다."

"그보다 방금 전에 아사바 씨 모녀를 만나고 온 길입니다." 호리베의 목소리 톤이 살짝 올라갔다. "구라키 씨가 부탁한 편지를 전해줬어요."

"편지? 어떤 내용이었는데요?"

"그야 물론 사죄하는 내용이죠. 1984년 사건의 진범은 자신이고, 만일 그때 자수했었다면 억울한 누명으로 고통받는 일도 없었다, 참으로 죄송하다…… 대략 그런 얘기였습니다. 지금까지 고백하지 못하고, 게다가 거듭 죄를 지은 데 대해 진심으로 반성하는 글이었어요."

"그쪽 분들이 받아주셨습니까?"

예에, 라고 호리베는 대답했다.

"받아줬을 뿐만 아니라 아주 우호적인 느낌을 받았어요."

"우호적? 그건 무슨 말씀이신지……."

"아사바 요코 씨가 구라키 씨에게 전해달라는 얘기가 있었어요." 호리베는 가방에서 노트를 꺼내 펼쳐 들었다. "우리는 괜찮습니다. 부디 건강 조심하시고, 제대로 죄 갚음을 해주세요. ……어떻습니까, 구라키 씨에 대해 그리 나쁜 감정은 없는 것처럼 느껴지지요?"

"그 말만 들어보면 그런 느낌이 없지는 않지만……."

호리베는 고개를 크게 좌우로 흔들었다.

"영업시간 중이라서 여유 있게 대화를 나누지는 못했지만, 두 분다 구라키 씨의 건강을 몹시 걱정하고 있고, 그래서 경우에 따라서는 우리 편이 되어줄 듯한 느낌이 들었어요."

"우리 편?"

"검찰 측에서는 아사바 씨 모녀를 증인으로 부를 계획은 없는 모양이에요. 그쪽에 유리한 얘기를 해줄 전망이 희박하다고 판단했기 때문이겠지요. 거꾸로 말하면, 우리 쪽 정상참작 증인이 되어줄 수 있다는 얘기예요."

호리베의 말에 가즈마는 놀랍고 당혹스러웠다.

"설마, 증인이 되어줄까요? 아버지 때문에 아사바 씨 모녀는 가장을 잃었는데?"

호리베는 슬쩍 몸을 내밀며 말했다.

"아니, 누명을 쓴 것 자체는 구라키 씨와는 관계가 없어요. 어디까지나 경찰의 실수였습니다. 구라키 씨가 자수할 기회를 놓친 것도 그 탓이라고 할 수 있죠. 혹시 〈쇼생크 탈출〉이라는 영화를 봤나요?"

아뇨, 라고 가즈마는 대답했다.

"누명을 쓰고 종신형을 선고받은 은행원의 얘기예요. 나중에 진범을 알고 있는 인물이 등장하는데, 그의 말에 따르면 진범은 실수로 은행원이 체포된 것을 아주 재미있다는 듯이 떠벌렸다는 거예요. 죄송한 마음은 요만큼도 없었다는 뜻이죠. 본디 악인이란 그런 겁니다. 아사바 모녀에게 사죄하려는 마음을 잃지 않았던 구라키 씨가 특별한 경우예요. 그걸 잘 알기 때문에 그 모녀도 악감정을 품을 수 없었겠지요. 그리고 그만큼 좋은 인간관계를 구라키 씨가 쌓아왔다는 얘깁니다."

호리베의 열변을 들으면서 가즈마는 며칠 전 아스나로에 갔을 때의 일을 떠올렸다. 마지막까지 자신의 정체를 밝히지 않았지만, 딱한 번 오리에와 시선이 마주친 순간이 있었다. 그때 혹시 내가 아들인 줄 알고 있는 게 아닌가 하는 느낌을 받았었다.

만일 방금 호리베의 말이 사실이라면, 아버지가 가족사진을 보여준다거나 해서 그녀들이 가즈마의 얼굴을 알고 있었을 가능성이 없지 않은 것이다.

"왜요?" 가즈마의 반응이 둔했기 때문인지 호리베가 물었다.

"아뇨, 아무것도 아닙니다. 아사바 씨 모녀가 정상참작 증인이 되어준다면 정말 좋겠어요."

"오늘 밤에 일단 얼굴을 텄으니까 다음에 갈 때는 정식으로 의사를 타진해볼 생각이에요. 하지만 이런 일은 신중하게 추진해야겠지요. 호의에 기대서 주제넘은 제안을 한다는 인상을 주면 죽도 밥도 안 되니까요." 호리베는 노트를 가방에 챙겨 넣고, 이어서 《주간세보》를 집어 들었다. 하지만 가방에 넣기 전에 "이건 두고 갈까요?"라고 물었다.

가즈마는 고개를 저었다. "아뇨, 저도 한 권 샀습니다."

"그렇죠?" 호리베는 주간지를 가방에 넣었다. "내가 전할 말은 여기까지. 뭔가 질문은 없습니까?"

"지난번 그거, 아버지에게 물어보셨는지……."

"그거, 라면?"

"히가시오카자키 사건에 대한 거요. 가족에게 평생 숨길 생각이었는지 아니면 언젠가는 털어놓을 생각이었는지, 아버지에게 물어봐주십사고 부탁드렸었는데요."

"아, 그거?" 호리베는 금테 안경을 손끝으로 쓰윽 올렸다. "구라키 씨 본인에게 확인했어요. 대답은 이렇습니다. 밝힐 수 있을 리가 없다, 그 비밀은 무덤까지 갖고 갈 생각이었다……."

가즈마는 조용히 머리를 저었다. "역시 그렇군요."

분명 그럴 거라고 생각했다. 가즈마는 거꾸로 자기 자신에게 물어보았다. 만일 아버지가 그런 얘기를 털어놓았다면 나는 어떻게 했을까. 솔직히 밝히라고 추궁이라도 했을까. 그랬을 리 없다, 라고 단언할 수 있었다. 평생 감춰둔다는 아버지의 방침을 따랐을 터였다.

"아버지는 아직도 나를 만날 마음은 없는 거네요."

"계속 설득하고 있는데, 마주할 면목이 없다, 인연을 끊어도 좋다, 오히려 끊어주기를 바란다, 라는 말만 되풀이하시는군요."

가즈마는 천장을 올려다보았다. 피잉 현기증이 나는 것 같았다.

"그 밖에 다른 질문은 없습니까?"

호리베의 그 말에 한 가지 궁금한 것이 떠올랐다.

"유족은 어떻게 지내고 있습니까? 피해자 참여제도를 이용하기로 했다고 하셨는데."

며칠 전, 호리베가 전화로 그런 소식을 전해주었다. 하지만 자세한 얘기까지는 듣지 못했다.

"준비를 진행 중인 모양이에요. 지원해주는 변호사가 검사와 상의에 들어갔다더군요."

"그러면 유족은 이미 사건 개요를 파악하고 있겠군요?"

"검찰에서 어디까지 정보를 건네줬는지에 따라 다르지만, 이번 사건의 경우에는 굳이 비밀로 할 부분은 없을 테니까 대부분 파악했을 겁니다."

"그렇다면 이제는 사죄를 하러 가는 게 어떨까요. 전에 말씀드렸더니 그쪽의 질문 공세를 당할 뿐이라고 하셨었는데요."

호리베는, 아니, 그건, 이라고 미간에 주름을 잡았다.

"관두는 편이 좋을 거예요. 피해자 참여제도를 이용한다는 것은 유족들이 구라키 씨에게 뭔가 할 말이 있다, 혹은 물어볼 게 있다는 뜻이고, 가즈마 씨에게는 볼일이 없는 거예요. 아드님에게 사과를 받을 일은 없다, 라는 말을 들을 게 뻔합니다."

"하지만 그래서는 제가 너무 마음이 무거워서요."

"그건 가즈마 씨 사정이지요."

딱 잘라 말하는 바람에 가즈마는 아무 대꾸도 할 수가 없었다. 내 사정…… 분명 맞는 말이었다.

"피고인 중에는 법정에서 유족에게 무릎을 꿇고 엎드려 사죄하는 사람이 있어요. 하지만 대부분의 유족은 그런 건 바라지도 않고, 정상참작을 노린 퍼포먼스라고 괘씸하게 생각할 뿐이에요. 대부분의 경우, 검찰관이 이의를 제기하고 재판관은 즉시 중단하라고 합니다. 정상참작 증인도 마찬가지예요. 아마도 가즈마 씨도 법정에 서게 되겠지만, 발언의 상대는 어디까지나 재판관이나 재판원들이지 유족이 아니라는 점을 잊으면 안 됩니다."

담담하게 얘기하는 호리베의 말 한 마디 한 마디가 위 속에 떨어져 내리는 것 같았다. 알겠습니다, 라고 가즈마는 신음하듯이 대답했다.

그러면 나는 이만, 이라면서 호리베가 자리에서 일어섰다.

"변호인님, 제가 할 수 있는 일은 없을까요?"

호리베는 입을 딱 다물고 생각에 잠긴 얼굴을 하더니, 팔을 내밀어 가즈마의 어깨를 두드렸다.

"지금은 그저 오로지 견디는 것뿐입니다."

다시금 대꾸할 말이 생각나지 않았다. 우두커니 서 있으려니, 잘 자요, 라고 말하고 변호인은 등을 내보였다.

25

약속 장소는 아카사카 호텔의 라운지였다. 약속 시간보다 10분쯤 일찍 도착했다. 상대의 모습은 아직 보이지 않았다.

점원이 인원수를 물어서 두 명입니다, 라고 미레이는 대답했다. "되도록 구석 자리가 좋은데요."

"네, 알겠습니다. 이쪽으로." 점원이 중정이 내다보이는 테이블로 안내해주었다. 옆 테이블과 한참 떨어져 있어서 대화가 남의 귀에 들어갈 걱정은 없을 것 같다.

자리를 잡고 가방에서 스마트폰을 꺼냈다. 친구의 메시지가 들어와 있었다. 스튜어디스 시절의 동기로, 지금은 전업주부다. 이번 사건 이후로도 빈번하게 메시지를 주고받았다. 시라이시 겐스케의 장례식에도 달려와준 친구였다.

'그 시사평론가의 말 따위 무시해버려. 그냥 남들 안 하는 얘기로 튀어보려고 발버둥 치는 사람이잖아. 예상대로 비난 댓글도 엄청나고.'

메시지를 읽고 미레이는 복잡한 심경이었다. 격려해주는 건 고맙지만, 미묘한 오해라는 마음은 지울 수 없었다. 그래도 답장은 해야 할 것 같아서 '고마워! 기죽지 않아. 걱정 마'라고 써서 보냈다.

내친김에 인터넷 기사도 체크했다. 대충 훑어본바, 불쾌한 글은 더 이상 눈에 띄지 않아서 가슴을 쓸어내렸다.

스마트폰에서 마음에 걸리는 뉴스를 발견한 것은 오늘 아침 이른 시간이었다. 《주간세보》의 기사에 대한 논평으로 인터넷에 비난 댓글 쇄도, 라는 제목이 눈에 들어왔다. 방송에서 논객으로 활약하는 한 시사평론가가 이번에 발매된 《주간세보》의 '공소시효 만료, 처벌할 수 없는 살인자들의 그 후'라는 기사에 대한 논평을 SNS에 올리자 그 내용을 비난하는 의견이 쇄도하고 있다는 것이었다.

논평 내용은 '아무리 살인죄 공소시효가 폐지되었어도 이미 시효가 만료된 사건은 처벌하지 못한다고 정해져 있으므로 당사자 이외의 사람이 이러쿵저러쿵해서는 안 된다. 그 변호사는 과거의 죄를 밝히라고 구라키 피고인을 몰아붙였다는데, 그걸 밝힐지 말지는 본인이 결정할 일이다. 누구에게나 감춰두고 싶은 과거가 있다. 그것을 폭로하려는 자가 있다면 저항하게 되는 건 당연하다. 물론 그렇다고 살해해도 된다는 건 결코 아니다. 하지만 그 변호사에게도 잘못이 있었던 게 아닌가. 나라면 어떻게 공소시효 날을 맞이했는지, 그때 어떤 생각을 했는지, 충분히 얘기를 들어볼 것이다. 왜냐면 그런 기회는 거의 없기 때문이다. 아니, 평범하게 살아가는 사람에게는 아마 평생 없을 기회다'라는 것이었다.

《주간세보》의 기사는 미레이도 봤었다. 난바라라는 기자 이름도 기억났다. 아야코가 얘기했던, 집으로 불쑥 찾아와 끈질기게 물고 늘어졌다는 그 기자일 것이다.

하지만 기사를 읽고 석연치 않은 느낌이었다. 틀린 말은 아닌데 어딘가 요점을 벗어난 것 같았다. 적어도 미레이가 원했던 내용은 아니었다.

기사의 마지막 문장에서 '자아, 만일 당신이 재판원이라면 어떤 판단을 내릴까. 구라키 피고인을 단지 한 명만 살해한 자로 취급해도 되는 것인가'라고 했지만, 이번 사건의 중요 포인트가 정말로 그런 것인지, 미레이는 수긍할 수 없었다.

유일하게 시선을 끈 것은 구라키 아들의 발언이었다. 아버지의 과거 사건에 대한 처벌은 끝났다고 생각하고 싶다, 라고 했다는 것이다. 어찌 보면 가족으로서 당연한, 그야말로 솔직한 심정일 것이다. 하지만 재판 전의 중요한 시기임을 감안하면 지나치게 경솔한 발언이라는 마음이 들었다.

어쨌든 《주간세보》의 기사에 대한 느낌은 그런 정도였다. 여전히 주간지는 남의 불행까지 장삿거리로 써먹는구나, 하고 그저 한심했을 뿐이다.

그런데 오늘 아침, 당장 일이 이렇게 커져버렸다.

시사평론가의 그 글을 읽고 비난이 쇄도하는 것도 무리는 아니라고 생각했다. 웃기는 법 제도 덕분에 처벌을 면한 살인범을 옹호하는 것이냐, 유족의 입장에서 생각해봐라, 라는 비판이 속속 올라오는 모양이었다. 하지만 그 시사평론가는 시시때때로 그런 자극적인 발언을 내뱉어 욕을 먹는 것으로 유명세를 타고 있다. 이번에도 비난 쇄도를 충분히 예상했을 터였다.

하지만 미레이는 또 다른 이유로 이 논평을 용서할 수 없었다.

시라이시 변호사가 '과거의 죄를 밝히라고 구라키 피고인을 몰아붙였다'는 것을 흔들림 없는 사실처럼 써버린 것이다. 그건 이번 사건에서 미레이가 가장 납득할 수 없는 점이었다. 그자의 논평에 비난이 쇄도했다고 해도 그 억울한 마음이 풀릴 리 없다. 친구의 격려 메시지도 가슴에 와닿지 않았다.

분노로 다리를 달달 떨고 있는데 느닷없이 발밑이 컴컴해졌다. 이어서 안녕하세요, 라는 인사가 머리 위에서 들렸다. 고개를 들어보니 사쿠마 아즈사가 백팩을 등에서 내리는 참이었다.

미레이는 일어나서 인사를 하려고 했지만, 웃는 얼굴과 손짓으로 제지한 뒤 사쿠마는 자리에 앉았다.

옆으로 다가온 점원에게 커피 두 잔을 주문했다.

"조금 전에 검찰에 전화했더니 예정대로 그 시각에 만나자고 하시네요."사쿠마가 말했다.

"그렇군요. 이래저래 고맙습니다." 미레이는 머리를 숙였다.

"약간 긴장하신 것 같은데요?" 사쿠마가 얼굴을 들여다보며 말했다.

"아무래도 좀 그렇죠. 검찰청에 가는 건 처음이기도 하고."

"피고인 측이 아니니까 부디 마음 편히." 변호사는 검은 테 안경 너머에서 실눈이 되어 웃으면서 말했다. "하긴 마음 편히, 라는 게 어렵지요. 그냥 자연스럽게 하시면 돼요."

"네."

커피가 나왔다. 미레이는 우유를 조금 넣어서 마셨다.

"사쿠마 변호사님도《주간세보》기사, 보셨어요?"

그녀는 커피 잔에 손을 내밀면서 표정이 바뀌는 일 없이 "네, 읽어봤어요"라고 대답했다. "딱히 별문제는 없지만, 참고가 될 만한 내용도 없었던 것 같은데."

"하지만 그 기사를 본 사람들은 아버지의 행동이 이러니저러니, 자기들 마음대로 상상하고 판단하겠죠. 시사평론가가 SNS에 올린 글에 비난이 쇄도한다고 해도 저는 그리 기분이 좋지는 않았어요."

사쿠마는 잠시 생각에 잠긴 얼굴을 한 뒤에 고개를 끄덕였다.

"알겠습니다. 그러면 후속 기사 등을 게재할 예정이 있는지 출판사에 문의해봐야겠네요. 만일 그럴 계획이 있다면 사전에 원고를 보여달라는 요청서를 보내도록 할게요." 그렇게 말하고 백팩에서 수첩과 볼펜을 꺼내 쓱쓱 메모를 시작했다.

담당 검사는 넓은 이마와 높은 코가 특징적인 인물이었다. 이름은 이마하시, 나이는 40대 후반 정도일까. 어깨 폭이 넓어서 정장이 잘 어울렸다.

직접 느낀 대로 얘기하는 게 좋다, 라고 사전에 사쿠마가 알려주었기 때문에 미레이는 수사 기록의 등사본을 살펴보고 가졌던 의문, 즉 시라이시 겐스케의 언동으로 알려진 부분이 전혀 아버지답지 않다고 느낀 것 등을 이마하시에게 솔직히 말해보았다.

얘기를 듣는 중에 이마하시는 몇 번이나 고개를 끄덕였다. 실제로 미레이의 이야기가 끝나자 "무슨 말씀이신지 잘 알겠습니다"라고 공감을 표해주었다. "아버님의 인간성에 관한 부분이니까요, 유족으로서는 특히 거슬리는 부분이라는 건 충분히 이해합니다."

다만, 이라고 그는 말을 이었다.

"사쿠마 변호사에게서도 들으셨는지 모르겠는데, 피고인과 피해자 사이에 어떤 대화가 오고 갔는지, 그건 피고인에게 물어볼 수밖에 없는 상황이에요. 그리고 그 얘기를 들어본 바로는 별반 부자연스러운 점이 없고 사건의 양상과도 모순되지 않습니다. 어쩌면 말투등은 실제와 다소 다를지도 모르겠으나 재판을 진행하는 데 문제가될 정도는 아니라고 생각하는데, 어떻습니까?"

"아뇨, 말투 같은 게 아니라 애초에 아버지가 그런 식으로 대응할 리 없다는 거예요. 공소시효가 만료된 사람의 과거를 추궁했다느니 폭로하려고 했다느니, 저는 그게 무슨 얘긴지 전혀 납득이 안 돼요."

흐음, 하고 이마하시는 신음 소리를 냈다.

"하지만 그런 일이 있었기 때문에 아버님이 피고인에게 공격을 당했던 것이지요. 그게 없었다면 공격을 당하지 않았을 거고요. 그렇지요?"

"그러니까 바로 그 점이 이해가 안 돼요. 피고인이 거짓말을 할 가능성은 없나요?"

"구라키 피고인이 거짓말을 한다?" 이마하시는 눈썹 위쪽을 긁적였다. "무엇 때문에?"

"그건 저도 잘 모르지만……."

흠, 하고 이마하시가 검지를 바짝 세웠다.

"어쩌면 그 말대로 아버님은 그런 식으로 말씀하시지 않았을 수도 있습니다. 피고인을 강하게 추궁하는 태도를 취하지 않았을 수도 있어요. 하지만 피고인이 자기 사정에 따라 다른 방식으로 해석해버렸다, 라는 건 생각해볼 수 있겠지요. 즉 실제로 아버님이 어떤 식으로 말씀하셨느냐, 라는 건 현재로서는 관계가 없습니다. 중요한 것은 구라키 피고인이 어떻게 느꼈느냐는 거예요."

"그렇다면 아버지는 오해를 사는 바람에 살해되었다는 얘기잖아요?" 미레이는 입을 툭 내밀며 목소리가 거칠어졌다.

"그렇죠, 만일 실제로 그랬던 것이라면." 검사는 표정도 바뀌지 않고 딱 잘라 말했다. "하지만 오해가 있었는지 어떤지는 아무도 알 수 없어요. 구라키 피고인조차 모르는 일이죠. 어쨌든 본인은 정직하게 털어놓았다고 얘기하고 있으니까요."

"그게 거짓말일 수도 있다고요."

"그건 그렇죠. 하지만 본질적인 문제는 아니에요."

미레이는 고개를 갸우뚱했다. "그런가요? 왜요?"

이마하시는 책상 위에서 양손을 마주 꼈다.

"조금 극단적인 예를 들어볼까요. 방금 그 말씀대로 구라키 피고인이 거짓말을 했을 가능성도 있습니다. 체포되기까지 약간 시간이 걸렸으니까 앞뒤가 딱 맞는 스토리를 짜내는 건 어렵지 않았겠지요. 피고인은 억울한 누명으로 고통받은 아사바 씨 모녀에게 유산을 증여할 마음을 먹고 시라이시 변호사에게 상담했다고 진술했지만, 그것 자체가 정상참작을 노린 거짓말일 수도 있어요. 실제로는 그런 상담은 한 적도 없고, 단순히 예전에 자신이 공소시효 만료로 살인죄를 면했다는 얘기를 술김에 시라이시 변호사에게 떠벌린 것뿐일 수도 있어요. 그리고 그것에 대해 시라이시 변호사는 아무 말도 하지 않았다, 피고인을 나무라지도 않았다, 그런데도 피고인은 술이 깬 뒤에야 혹시 시라이시 변호사가 다른 사람에게 그런 얘기를 해버리는 게 아닌가 하고 불안해졌고 그래서 죽이기로 했다……. 의외로 진상은 그런 것일 수도 있어요."

미레이는 눈을 깜박거리며 등을 꼿꼿이 세웠다. "만일 그런 거라면 일이 전혀 달라지는 거잖아요."

"아니, 달라지지 않아요. 과정이 어찌 됐든 공소시효가 만료된 과거의 살인을 깜빡 털어놓은 것을 후회하고 입막음을 하기 위해 살해했다, 라는 점에서는 다를 게 없습니다. 어떻게 됐건 자기 사정만 생각한 이기적인 동기지요. 동기 자체가 그런 것이었기 때문에 그게 발생한 경위 같은 건 문젯거리가 안 됩니다. 재판원들 역시 그런 점은 고려하지 않아요. 고려하지 않는 부분이기 때문에 피고인이 어떤 얘기를 하든 상관이 없다는 것이죠."

이해하셨습니까, 라고 이마하시가 물었다.

"아뇨, 저는 받아들일 수 없습니다. 재판에서 아버지가 융통성 없이 그저 정의만 내세우는 사람이라는 식으로 얘기되는 건."

"어떤 심정이신지는 이해합니다. 하지만 그 부분을 지나치게 깊이 파고드는 건 득책이 아니라는 거예요. 살해 사실이나 방법에 대해서는 전혀 다툼의 여지가 없습니다. 양형에 가장 큰 영향을 주는 것은 결과의 중대성이에요. 피해자가 살해되고 사체가 유기되었다, 라는 결과가 얼마나 중대하냐, 라는 점이죠. 본건의 경우에 동기는 그다지 중요하지 않을 텐데도 그것에 의문을 제기하면 오히려 재판원들이 당황합니다. 공소시효가 만료된 범죄에 대해 추궁하는 게 맞느냐 틀리냐, 라는 식의 쓸데없는 논쟁에 빠지는 건 피하고 싶은 거예요."

"하지만 사쿠마 변호사님은 범행 직전의 아버지의 태도가 어떤 것이었는지가 중요하다, 어쩌다가 범행에 이르게 되었는지가 쟁점이 되지 않겠느냐, 라고…….”

미레이는 사쿠마 쪽을 돌아보며 “그렇지요?”라고 확인했다. 변호사는 짧게 고개를 끄덕였다.

“그건 변호인 측이 주장하고 나선다면 바로 그런 점일 것이다, 라는 얘기죠.” 이마하시가 말했다. “미리 흉기를 준비했으니까 그것만으로도 계획성의 유무는 명백히 결정됩니다. 시라이시 변호사와의 대화를 다소 자신에게 유리한 쪽으로 들고나올 가능성은 있지만, 나는 그걸로 판결이 크게 바뀔 일은 없다고 예상하고 있어요. 아까도 말했지만, 피고인이 어떤 얘기를 하든 상관이 없습니다.”

“……그럴까요.”

“본건에 관해서는 그게 최선의 방법이라고 생각합니다. 정상참작의 여지가 없을 테니까요.”

“아사바 씨 모녀에 관한 건 어때요? 피고인을 그리 미워하지 않는다고 들었는데요.”

“그 모녀를 증인으로 부를 예정은 없습니다. 어쩌면 변호인 측에서 희망할지도 모르지만, 나는 그 모녀가 법정에서 어떤 증언을 하건 구라키 피고인이 과거 사건을 반성한다는 증거가 될 수 없다고 생각해요. 그렇잖습니까, 아사바 모녀는 피고인이 과거에 일으킨 사건의 직접적인 피해자가 아니에요. 피해자는…….” 이마하시는 손밑의 파일을 재빨리 펼치고 시선을 내달렸다. “1984년에 일어난 사건의 피해자는 금융업을 하던 하이타니 쇼조라는 남성입니다. 만일 구라키 피고인이 정말로 후회한다면 그 하이타니 씨의 유족에게 먼저 사죄하는 게 맞지 않겠어요? 그런데 현재까지 그런 사죄의 증거를 변호인 측에서 제시해준 적이 없어요. 나는 그 점도 법정에서 강하게 주장할 생각입니다."

무기는 얼마든지 있다. 그러니 쓸데없는 짓은 안 하는 게 좋다, 라고 설득하려는 것처럼 미레이는 느꼈다. 하지만 대꾸할 말이 생각나지 않았다.

"자아, 이해가 되셨다면 공판에 대비한 얘기를 해볼까요? 시간이 별로 없어서." 이마하시가 손목시계를 들여다보며 말했다.

이해가 되지는 않았지만 미레이는 별수 없이 네에, 라고 대답했다. 재판 준비는 아무튼 시간이 많이 걸리는 일이라는 얘기는 아버지에게서도 자주 들었다.

"그러면 단도직입적으로 묻겠습니다." 이마하시가 말했다. "피해자로서 법정에서 피고인에게 어떤 질문을 하고 싶습니까?"

미레이는 사쿠마 쪽을 보았다. 변호사가 격려하듯이 크게 고개를 끄덕여주었다.

숨을 깊이 들이쉬었다. 아야코와 둘이 숙고 끝에 내린 결정을 머릿속에 떠올렸다.

"피고인에게 이렇게 물어보려고 합니다. 당신은 자신을 어떤 사람이라고 생각합니까. 당신 때문에 고통을 겪은 유족에게 진심으로 사죄하는 반성의 마음을 가진 사람입니까. 아니면 과거의 죄를 폭로하려는 자가 있을 때는 살인을 해버리는 이기적인 사람입니까. 만일 양쪽 다 당신이라면 새로 생겨난 불행한 유족에게는 어느 쪽 얼굴을 내보일 것이며 어떻게 보상해주시겠습니까."

외워 온 대로 말한 뒤에 어떻습니까, 라고 미레이는 검사를 올려다보았다.

이마하시는 떨떠름한 표정을 짓고 있었다. 그 얼굴 그대로 나지막하게 신음했다. 마음에 들지 않는 건가, 라고 미레이가 걱정하는 참에 그가 크게 고개를 끄덕였다. 그리고 "네, 정말 훌륭합니다"라면서 양손을 마주쳤다.

26

맨션과 빌딩 사이의 일방통행 도로로 들어가자 앞쪽에 넓은 도로가 나타났다. 신호등은 없고 노면에 '멈춤'이라고 크게 적혀 있었다. 소형 트럭 한 대가 일단정지를 한 뒤, 천천히 좌회전해서 달려갔다.

도로 오른쪽 가장자리로 걸어가던 가즈마는 그대로 널찍한 길을 따라 오른쪽으로 꺾어 들었다. 인도 폭에도 여유가 있었다. 유모차를 밀고 가는 여자를 바람막이를 걸치고 조깅을 하는 남자가 속도를 늦추는 일 없이 유유히 앞질러 갔다.

바로 눈앞에 강에 걸린 다리가 보였다. 스미다가와강의 기요스바시다. 가즈마는 걸음을 멈추고 다리를 올려다보았다. 파란색으로 칠한 철골이 우아한 곡선을 그렸다. 다리 건너편 건물의 창유리가 저녁 햇빛을 반사하며 붉게 빛났다.

심호흡을 한 차례 하고 다시 걸음을 옮겼다. 내 의지에 따라 찾아온 것이다. 여기까지 와놓고 뒤로 물러설 수는 없다.

시선을 숙인 채 묵묵히 걸었다. 다리를 다 건넜을 때 드디어 얼굴을 들고 오른편을 살펴보았다.

스미다가와강 제방을 따라 산책로가 정비되어 있었다. 스미다가와테라스라는 곳이다.

계단이 있어서 아래로 내려갔다. 이 계단은 아버지의 진술 조서에도 나온다.

가즈마는 스마트폰을 꺼내 현장을 촬영한 사진을 불러냈다. 호리베에게 부탁해 상세한 지도와 함께 받아 온 것이다.

사건 현장에 가보고 싶다는 가즈마의 말에 호리베는 "그건 추천할 만한 일이 못 됩니다"라고 전화기 너머에서 못을 박았다. 그 이유는 "별 의미가 없기 때문"이라고 퉁명스럽게 답했다.

"사건을 마주해야 할 사람은 아버님이지 가즈마 씨가 아니에요. 오히려 가즈마 씨는 하루빨리 이 사건과는 무관한 일상으로 되돌아갈 방법을 강구해야 합니다."

"하지만 내 눈으로 직접 확인해보고 싶어요. 아버지가 어디서 무엇을 했는지, 가슴에 새겨둘 생각이에요. 부탁드립니다."

호리베가 한숨을 내쉬는 소리가 들렸다.

"그렇게까지 말한다면 어쩔 수 없군요. 하지만 미리 말해두겠는데 잠깐 지나가는 정도로만 하세요. 남의 눈에 띄지 않게 얼른 둘러보고 돌아와야 합니다."

"거기 서 있는 것도 안 된다고요?"

"잠시 서 있는 정도는 괜찮지만 오래 머무는 건 아무 도움도 안 돼요. 혹시나 해서 묻겠는데, 설마 꽃이나 공양물을 들고 갈 생각은 아니지요?"

"거기까지는 미처 생각을 못 했는데……."

"다행이군요. 그런 건 절대 해서는 안 됩니다. 누가 어디서 지켜볼지 몰라요. 가해자 가족이 사건 현장에 꽃을 올리고 있더라, 라는 식의 글이 인터넷에 올라오기라도 하면 문제가 커져요. 세상은 냉담하고 악의에 차 있어요. 정상참작을 노린 퍼포먼스라고 비난할 겁니다. 그런 의미에서도 가즈마 씨가 현장에 나가는 건 아무 득 될 게 없어요." 호리베의 말투는 날카로웠다. 재판 전의 정신없이 바쁜 시기에 번거로운 일은 벌이지 말아달라, 라는 뜻이다.

"알겠습니다. 명심하겠습니다."

변호사와의 통화를 되짚어보며 가즈마는 스마트폰을 손에 들고 스미다가와테라스를 걸었다.

이윽고 발을 멈췄다. 사진과 일치하는 장소를 찾았기 때문이다. 주위를 둘러보고 저도 모르게 고개를 저었다. 지금 이 풍경만 보면 여기서 살인 사건이 났으리라고는 아무도 생각을 못 할 것 같다. 사건 당시에는 공사 때문에 통행금지가 내려졌다는데 이미 공사는 끝나고 가림막은 흔적도 없이 철거되었다. 산책을 하는 사람들의 모습이 여기저기서 눈에 띄었다.

만일 이런 풍경이었다면 아버지도 이곳을 살해 현장으로 선택하지는 않았을 것이다. 그랬다면 과연 어떻게 했을까. 어딘가 다른 장소를 물색하고 다녔을까. 하지만 오후 7시경이라는 시간대를 생각하면 남의 눈에 띄지 않게 살인이 가능한 장소를 그리 쉽게 찾아냈을 리 없다. 장소를 찾지 못했다면 적어도 그날은 범행을 단념할 수밖에 없었을 터였다.

그렇게 생각하니 가즈마는 이곳에서 공사를 했다는 것 자체가 원망스러웠다. 이런 곳에 통행금지를 내리면 사각지대가 되어서 범죄가 일어날 수도 있다는 생각은 못 했을까. 물론 이런 원망이 엉뚱한 화풀이라는 건 잘 알고 있지만.

어쨌든 용케도 이런 장소를 찾아냈구나. 주위를 살펴보며 새삼 생각했다.

아버지의 진술로는 그날 도쿄에 도착해 시라이시를 만나기 전의 빈 시간에 이곳을 찾아냈다고 했다. 하지만 그건 너무 마구잡이식이 아닌가. 정말 우연히 이런 곳을 찾아낸 것일까.

하지만 아버지가 사전에 이런 곳을 찾아냈으리라고는 생각되지 않았다. 만일 그런 거라면 사건 당일의 행적이 달라졌을 것이다.

그날 아버지는 도쿄역에서 오테마치까지 걸어갔고, 거기서 지하철을 타고 몬젠나카초역으로 갔다고 진술했다. 하지만 만일 사전에 이곳으로 정해뒀다면 몬젠나카초역 대신에 스이텐구마에역으로 향하는 게 자연스럽다. 몬젠나카초역에서 이곳까지는 1.5킬로미터 거리지만 스이텐구마에역이라면 그 반밖에 안 되기 때문이다. 실제로 가즈마도 오늘 몬젠나카초역이 아니라 스이텐구마에역에서 이곳까지 걸어왔다.

사전에 장소를 정해둔 것을 감추려고 아버지가 거짓말을 했을 리도 없다. 거의 모든 것을 자백하고 사형까지 각오한 사람이 그 부분만 거짓을 말한다는 건 부자연스럽다.

역시 그 진술대로 몬젠나카초역까지 갔다가 살해 장소를 찾으러 이곳까지 걸어왔다고 생각할 수밖에 없다. 공사 때문에 이곳이 대도시의 사각지대가 된 것을 알아본 게 불행한 우연이었던 셈인가.

하지만 그렇다고 쳐도…….

도도히 흘러가는 스미다가와 강물을 바라보면서 가즈마는 머리를 갸웃거리지 않을 수 없었다. 이 자리에서 정말로 그런 일이 일어났던 것인가. 인간 구라키 다쓰로가, 우리 아버지가, 칼로 사람을 찌르는 광경이라니, 아무리 생각해봐도 도무지 머릿속에 그려지지 않는다.

지붕 달린 놀잇배 한 척이 눈앞을 가로질러갔다. 타본 적은 없지만, 저 놀잇배 쪽에서는 이쪽이 어떻게 보일지 문득 궁금해졌다. 저녁 7시쯤이면 해는 이미 떨어졌을 테니까 어두워서 인적이 확인되지 않았는지도 모른다. 하지만 살인자의 심리상, 만일 저 놀잇배가 지나갔다면 범행을 망설이지 않았을까. 아버지가 실제로 일을 저지른 것을 보면 그때 스미다가와강에는 배가 없었다는 얘기다. 그런 것까지 불행한 우연처럼 생각되었다.

계단을 향해 걸음을 옮기려고 했을 때, 누군가 다가오는 기척이 있었다. 회색 코트 차림의 젊은 여자였다. 그 여자가 손에 든 것을 보고 가즈마는 숨을 헉 삼켰다. 흰 백합꽃이었다. 한 가지 예감이 가슴속을 스쳐갔다.

그녀는 흘끗 가즈마 쪽을 쳐다봤지만 곧바로 시선을 돌려버렸다. 누가 됐든 상관 말고 그냥 지나가라, 라는 듯한 느낌이었다.

가즈마는 걸음을 옮겼다. 하지만 그 여자가 자꾸만 마음에 걸렸다. 계단을 올라가기 전에 결국 참지 못하고 뒤를 돌아보았다.

그녀는 바닥에 꽃을 내려놓고 있었다. 그리고 그 앞에 무릎을 꿇고 양손을 맞댄 채 눈을 감았다. 틀림없이 기도를 올리는 모습이었다.

가즈마는 계단 앞에 우두커니 서버렸다. 얼른 떠나야 한다고 생각하면서도 발이 떨어지지 않았다.

그녀가 기도를 올린 것은 기껏해야 수십 초일 텐데도 가즈마에게는 무섭도록 길게 느껴졌다. 그런데도 눈을 뗄 수가 없었다. 그래서 기도를 마친 그녀가 얼굴을 들었을 때, 가즈마는 여전히 그 자리에서 그녀를 보고 있었다.

두 사람 사이의 거리는 20여 미터쯤이었다. 그래도 묘한 기척이 감지되는 것인지, 문득 그녀가 가즈마 쪽으로 얼굴을 돌렸다. 서로의 시선이 공중에서 교차하고, 다음 순간 떨어졌다. 거의 동시에 둘 다 시선을 돌렸다. 그야말로 한순간의 일이었지만 가즈마는 크게 당황했다. 다급하게 계단을 올라갔다. 뒤를 돌아보기가 두려웠다.

큰길로 나온 뒤에도 계속 걸었다. 호리베의 충고를 잊어버리고 그곳에 너무 오래 머문 것을 후회했다. 아니, 충고를 잊어버린 게 아니었다. 그 여자가 자꾸만 마음이 쓰였던 것이다.

누구였을까. 그곳에 꽃과 기도를 올릴 사람이라면 한정적이다. 시라이시 겐스케가 살해된 현장은 언론에 발표된 적이 없기 때문이다.

나이로 추측해보면 시라이시 겐스케의 딸이 아닐까, 라고 가즈마는 생각했다. 유족 측에서 피해자 참여제도를 이용한다는 통보가 호리베의 사무실에 도착했고 대표는 장녀의 이름으로 되어 있다고 들었다.

그녀는 어떤 기도를 올렸을까. 단지 돌아가신 아버지의 평안한 영

면만을 빌었을까. 아니, 재판을 앞두고 아버지의 원통함을 반드시 풀어드리겠다고 맹세했으리라. 피고인이 죄를 인정했기 때문에 사실관계를 다툴 일은 없다. 그녀에게 승리란 무엇일까. 극형을 바라고 그것이 이루어졌을 때, 비로소 투쟁이 끝난다고 생각할까.

복잡하게 얽히는 생각에 가즈마는 숨이 가빠졌다. 그녀가 사형을 바라는 상대가 우리 아버지라는 사실을 어떻게도 받아들일 수 없었다.

그녀는 내가 피고인의 아들인 것을 알아봤을까. 알아봤다면 어떻게 생각했을까. 어떻게 느꼈을까. 아버지를 살해한 범인과 똑같이 그 가족도 증오의 대상일까.

가즈마는 발을 멈추고 주위를 둘러보았다. 머리 위로 고가도로가 나란히 달리고 있었다. 여기가 대체 어디인가. 두서없는 생각을 하다 보니 낯선 곳에 들어선 모양이다. 스마트폰을 꺼내 현재 위치를 확인했다.

이곳인가……. 화면을 들여다보니 이해가 되었다. 스미다가와강을 벗어나 후카가와로 향하고 있는 것이다. 이대로 고가도로를 따라 걸어가면 몬젠나카초다. 지난번에 아스나로에 갔을 때의 일이 생각났다.

그때는 아사바 모녀가 이번 사건을 어떻게 생각하는지 전혀 알지 못해서 자신이 누군지도 밝히지 못했다. 하지만 그 뒤에 호리베에게서 그 모녀가 아버지에게 악감정을 품은 것은 아닌 듯하다는 얘기를 들었다. 아버지의 건강도 걱정해주고 있다고 한다.

여기까지 온 김에 다시 찾아가볼까. 아버지가 그 식당에서 어떤 시간을 보냈는지, 그 모녀에게 물어보고 싶었다.

계획에도 없이 퍼뜩 생각난 것이었지만, 묘안인 듯한 마음이 들어서 발걸음이 가벼워졌다. 물론 가즈마도 알고 있었다. 어느새 뇌리에 낙인처럼 찍혀버린 조금 전의 그 여자, 사건 현장에서 기도를 올리던 그녀를 어서 빨리 잊으려고 급히 다른 계획을 세운 것이다.

거기서 몬젠나카초까지 도보로 10분쯤 걸렸다. 살해 현장을 미리 정해두었다면 오테마치역에서 스이텐구마에역으로 갔을 것이라는 추리는 역시 타당성이 있다고 새삼 깨달았다.

사람들의 왕래가 많은 에이타이 대로를 따라갔다. 잠시 뒤 아메미야와 함께 찾아갔던 낡은 건물이 저만치 보이기 시작했다. 오늘은 혼자라서 역시 약간은 불안했다. 건물 앞까지 간 참에 가즈마는 걸음을 멈췄다. 1층의 라면집은 내부 공사를 하는지 휴업 중이었다. 그 옆의 계단을 올라가기가 망설여졌다.

마음을 굳게 먹고 발을 내디뎠을 때, 계단 위에서 한 젊은 남자가 내려왔다. 아니, 남자라기보다 소년인가. 나이는 어떻게 보건 10대 중반이다. 머리를 위로 삐죽삐죽 올렸지만 얼굴은 어리다. 후드티에 점퍼를 걸친 몸집도 가늘었다.

소년의 뒤를 이어 여자가 나타났다. 그녀를 보고 흠칫했다. 아사바 오리에였다.

오리에는 소년을 향해 뭔가 말을 건넸다. 소년은 그녀 쪽은 돌아보지도 않고 귀찮다는 듯한 얼굴로 몇 차례 고개를 끄덕인 뒤 빠른 걸음으로 지나갔다. 그 뒷모습을 오리에가 눈으로 배웅하고 있었다.

이윽고 그녀는 몸을 돌려 계단을 올라가려다가 흘끗 가즈마 쪽을 보자마자 화들짝 놀란 듯 발을 멈췄다. 그러고는 겸연쩍은 듯한 표정으로 머리를 숙였다.

가즈마는 심호흡을 한 뒤에 그녀에게로 다가갔다. "아사바 오리에 씨지요?"

오리에는 얼굴을 들고 네, 라고 작은 소리로 대답했다.

"가즈마라고 합니다. 구라키 다쓰로 씨의 아들입니다."

"네……."

"바쁘실 텐데 죄송하지만, 아버지 얘기를 듣고 싶어서 여기까지 와버렸습니다. 잠시만 시간을 내주실 수 있을까요?"

오리에는 입술을 달싹거렸다. 하지만 목소리는 나오지 않았다. 뭔가 망설이는 것 같았다.

"그러시면……" 그녀는 이윽고 말했다. "가게로 올라가죠. 개점 준비로 어수선하지만."

"어머님도 안에 계시지요?"

"네."

"죄송합니다. 고맙습니다." 가즈마는 머리를 숙였다.

계단을 올라가 식당 앞에서 오리에가 잠시만요, 라면서 먼저 안으로 들어갔다. 요코에게 사정을 설명하려는 모양이다.

잠시 뒤 미닫이문이 열리고 들어오세요, 라고 오리에가 고개를 끄덕였다.

실례합니다, 라고 말하고 가즈마는 안으로 발을 들였다.

테이블이며 의자가 반듯하게 정리되어서 언제든 손님을 맞이할 수 있는 분위기였다. 카운터 안에 아사바 요코가 있었다. 가즈마는 그 앞으로 걸어가 "바쁘신 중에 죄송합니다"라고 인사를 건넸다.

"지난번에 친구분하고 같이 왔었다면서?" 요코가 물었다. "난 그런 줄도 몰랐는데, 가고 난 뒤에야 오리에가 얘기해주더라니까. 아까 그 손님이 구라키 씨 아드님인 것 같다고."

가즈마는 오리에를 돌아보았다.

"역시 그때 알아보셨군요. 그러신 것 같긴 했는데……."

"처음 들어섰을 때, 구라키 씨를 꼭 닮았구나 했어요. 그래서 유심히 봤더니 작은 손짓이며 몸짓이 똑같아서 틀림없다고 생각했죠."

"죄송합니다, 이름을 밝힐 용기가 나지 않았어요. 아버지 일을 알고 분명 원망하실 것 같아서……."

아사바 모녀는 서로를 마주 보았다. 이윽고 어머니 쪽이 입을 열었다.

"얼마 전에 검사에게 불려 가서 옛날 사건의 진범이 구라키 씨였다는 얘기는 들었어. 그걸 숨기려고 이번 사건을 일으켰다는 것도. 물론 크게 놀랐고 충격도 받았지. 솔직히 말하면 그때 왜 자수해주지 않았나 하는 원망도 있어. 그때 그렇게 해줬으면 우리도 모진 고생 없이 그럭저럭 잘 살았을 거 아냐. 남편을 잃는 일도, 차가운 시선과 손가락질을 받는 일도 없었을 거고."

"정말 죄송합니다. 아버지를 대신해 사죄드립니다." 가즈마는 깊숙이 머리를 숙였다.

"저런 저런, 그러지 말고 얼굴 들어요. 아드님이 무슨 죄가 있다고."

요코가 카운터 밖으로 달려 나오는 기척에 가즈마는 얼굴을 들었다.

오리에가 앉으라고 의자를 권해주었다. 고맙습니다, 라고 말하고 가즈마는 그 의자에 앉았다.

요코도 카운터 스툴에 자리를 잡았다.

"구라키 씨를 원망하는 말도 물론 하고 싶지. 하지만 이해가 되는 점도 있더라고."

가즈마는 눈만 끔벅거리다가 요코를 마주 보았다. "그건 무슨 말씀이신지……."

"구라키 씨는 우리한테 참말로 잘해주셨어. 여기 올 때마다 항상 넌지시 식당 경영 상태도 물어봐주고 장사가 시원찮다고 하면 비싼 걸로 몇 가지씩이나 주문해주고……. 그뿐만이 아니라 힘든 일이 있으면 무엇이든 서슴없이 말하라는 얘기도 자주 해주셨어. 다만 어째 이리도 우리한테 잘해주시나, 궁금하기는 했어. 번번이 먼 길에 일부러 찾아주고. 나고야나 미카와 음식이야 구라키 씨가 사는 곳에서도 얼마든지 드실 수 있잖아. 그래서 검사님 얘기 듣고 아, 그래서 그랬구나, 이해가 되더라고."

"하지만 아버지를 원망하는 마음도 크시겠지요."

"글쎄 문제는 그거야. 나도 좀 이상하긴 한데 그런 마음은 뭐, 전혀 없더라고. 실감이 안 난다고나 할까. 검사님도 그런 얘기를 했어. 구라키 씨 때문에 당신 남편이 의심을 받고 자살까지 했으니 원망하는 게 당연하지 않냐고. 하지만 사람 마음이란 게 그렇게 홀떡홀떡 바뀌는 게 아니지. 게다가 이런 말을 하면 이상할지도 모르지만, 구라키 씨 덕분에 이제야 구제되었다는 마음도 들었어."

"구제라고요?"

너무도 뜻밖의 말이어서 가즈마는 잘못 들었나 하고 어리둥절했다.

"내가 지난 30여 년 동안 원한을 품은 건 경찰 쪽이야. 우리 남편은 경찰이 죽인 것이다, 난 지금도 그렇게 생각해. 아니, 그렇잖아, 범인도 아닌 사람을 잡아다가 고문을 했어. 경찰은 자백을 강요한 적이 없다고 했는데 그건 거짓말이지. 내 남편은 성격이 좀 급한 편이기는 해도 나름대로 고집도 있고 옳지 못한 일에는 분개할 줄 아는 사람이었어. 그런 사람이 누구를 죽이고 말고 할 리가 없지. 목을 맨 것은 고문을 참다못해 항의하려고 제 목숨을 건 게 틀림없어. 하지만 경찰은 어땠는 줄 알아? 단 한 번도 사과한 적이 없어. 자살한 건 더 이상 달아날 데가 없어 포기했기 때문이라고 도리어 우리 남편을 나무라는 식으로만 얘기했지. 세상이 참 그렇더라고. 결국 아무 증거도 못 찾았는데도 우리를 살인범 가족으로만 보더라니까. 그러니 도망칠 수밖에 없지. 몰래몰래 숨어 살다 보니 여기까지 와서 남의 눈에 띌세라 근근이 식당 장사나 할 수밖에. 그래도 마음보 사나운 인간은 어디에나 꼭 있게 마련이라서 옛날 일을 시시콜콜 캐내고 못된 소문을 퍼뜨려서 어렵사리 잡은 행복을 물거품으로 만들고……"

요코가 거기까지 얘기한 참에 오리에가 어머니, 라고 나무라듯이 제지했다. 그러고는 더 이상은 말하지 말라는 듯 고개를 가로저었다.

요코는 한숨을 내쉬었다.

"아무튼 여태까지 떳떳하게 얼굴 내밀고 살아본 적이 없어. 우리 과거를 아는 사람들 중에 내 편이라고는 단 한 명도 없었어. 그런데 참 세상 우습지, 당연한 일이지만 진범 구라키 씨만은 사실을 알고 있었어. 알고 있을 뿐만 아니라 우리가 얼마나 고생했는지 다 짐작하고 뒤에서나마 도와주려고 그렇게 애를 쓰더라고. 이번 사건만 해도 우리와의 관계가 무너질까 봐 그런 거잖아. 예전 사건을 사죄하려는 그 마음이 진심이었던 거야."

"진심으로 사죄할 마음이었다면 좀 더 일찍 모든 것을 털어놓았어야 하지 않습니까?"

그러자 요코는 쓴웃음을 지으며 가만히 손을 저었다.

"그야 그런 생각도 했지. 하지만 그건 어려운 말로 이상론이라는 거야. 인간이 얼마나 약한 동물인지, 내 나이가 되면 다 알아."

딱 자르듯이 들려준 그 말에 가즈마는 고개를 떨구는 수밖에 없었다.

"구라키 씨는 그거, 속일 수도 있었어."

요코의 말에 가즈마는 고개를 갸웃했다. "속이다니, 뭘 말입니까?"

"그 히가시오카자키 사건 말이야. 이번 사건에 대해 뭔가 다른 동기를 지어내서 말해도 됐을 거라고. 사소한 일로 말다툼이 났기 때문이라는 식으로. 그러면 아마 형도 더 가벼워졌을 거야. 근데도 그러지 않고 모든 것을 낱낱이 고백했어. 덕분에 우리는 마침내 남편의 억울함을 풀어줄 수 있게 됐어. 방금 전에도 신문사에서 전화가 왔었어. 오랜 세월 고통받은 것에 대해 취재하게 해달라고. 똑같은 전화가 벌써 몇 번째인지 몰라. 아예 집으로 들이닥치는 사람도 있어. 속 시끄러워서 죄다 거절했지만, 우리한테 씌워진 오명이 풀린 건 확실하잖아. 그래서 내가 그렇게 말한 거야. 우리는 구제되었다고."

"그렇군요······."

하지만, 이라고 요코는 고개를 갸우뚱하며 카운터에 팔꿈치를 괴었다.

"이런 식으로 생각하면 이상한 건가? 검사님은 이해를 못 하겠다는 투로 얘기하던데."

"그건 제가 어떻게 말씀드려야 할지······."

가즈마가 말끝을 어물거리자 요코가 입가를 풀며 웃었다.

"아, 그렇겠네. 미안해, 이상한 걸 물어봐서."

호리베가 말했던 대로, 라고 가즈마는 생각했다. 이 모녀는 아버지 편이 되어줄지도 모른다.

저어, 라고 오리에가 가즈마를 보았다. "우리 얘기를 듣고 싶다고 했는데, 이 정도면 되겠어요?"

충분합니다, 라고 가즈마는 대답했다.

"이곳에서 아버지가 어떤 모습이었는지 알고 싶었어요. 방금 그 말씀을 들어보니 잘 알겠네요. 아버지는 역시 속죄할 마음으로 이곳에 찾아오셨던 것 같아요."

"그거 말고 또 뭐가 있겠어?" 요코가 말했다. "검사님도 좀 이상한 질문을 하더라고."

"이상한 질문이라면······."

"구라키 씨가 우리 딸에게 값비싼 선물을 건네거나 데이트를 신청한 적은 없느냐고 하더라니까. 똑같은 질문을 형사한테서도 들은 적이 있어. 쟤를 노리고 드나들었다는 식으로 의심을 하더라고." 요코는 오리에 쪽을 턱 끝으로 가리키며 말했다. "물론 그런 일은 한 번도 없었다고 딱 잘라 말해주고 왔지."

구라키가 다른 속셈이 있어서 이 식당에 드나들었던 게 아닌가, 검찰은 의심하고 있는 것이다. 짓궂은 상상이라는 생각밖에 들지 않았지만, 그런 식으로 바라보는 게 그들의 업무인 것이리라.

"네, 잘 알겠습니다. 저로서는 두 분에 대한 아버지의 태도는 속죄라기보다 자기만족이라고 생각하지만, 방금 그 말씀을 듣고 조금은 마음이 가벼워졌습니다. 고맙습니다." 가즈마는 자리에서 일어나 다시금 머리를 숙였다. "개점 전의 바쁜 시간에 죄송했습니다."

"면회는 어떻게, 가보셨어요?" 오리에가 물었다.

아뇨, 라고 가즈마는 대답했다. "저를 만나지 않겠다고 거절하셨어요. 마주할 면목이 없다고."

"그렇군요⋯⋯." 오리에는 괴로운 듯 미간을 좁혔다.

"부디 건강 잘 챙기셔." 요코가 말했다.

"고맙습니다. 그 말씀, 변호인에게 얘기해서 아버지에게 꼭 전하도록 하겠습니다."

요코는 천천히 고개를 저었다.

"그게 아니고 젊은 분 얘기야. 이래저래 힘든 일이 많지?"

"네, 뭐⋯⋯."

"가해자 가족이 어떤 심정인지 누구보다 내가 잘 알아. 어찌 됐든 경험자니까."

어떤 반응을 보여야 좋을지 몰라서 가즈마는 시선을 떨궜다.

"가즈마 씨라고 하셨던가?" 요코가 이름을 불러주었다. "힘들 때는 그냥 냅다 도망쳐. 눈을 꽉 감고 귀를 막아버리면 돼. 절대 무리할 거 없어."

"고맙습니다. 기억해두겠습니다."

안녕히 계십시오, 라고 말하고 출구로 향했다.

계단을 내려오기 전에 오리에 쪽을 돌아보았다.

"아까 어떤 아이를 배웅하시던데……."

오리에는 잠깐 주춤하면서, 아들이에요, 라고 대답했다.

"엇, 결혼하셨습니까?"

어쩐지 독신일 거라고만 생각했던 터라서 뜻밖이었다.

"지금은 혼자예요. 아들은 전남편이 데려갔는데 이따금 나를 만나러 와서……."

"아, 네……."

쓸데없는 질문을 했구나, 하고 후회했다.

이만 실례합니다, 라고 인사를 건네고 계단을 내려왔다.

쓸데없는 질문이었을 뿐만 아니라 몹시 예민한 부분을 건드렸는지도 모른다고 생각한 것은 빌딩을 나와 걸음을 옮기던 때였다. 요코가 미처 다 말하지 못했던 대사가 머릿속에 떠올랐던 것이다.

"마음보 사나운 인간은 어디에나 꼭 있게 마련이라서 옛날 일을 시시콜콜 캐내고 못된 소문을 퍼뜨려서 어렵사리 잡은 행복을 물거품으로 만들고……."

그건 오리에가 당한 일을 하소연하려던 것인지도 모른다. 어렵사리 잡은 행복이란 결혼해서 아이를 낳고 가정을 꾸렸던 것이리라.

263

하지만 못된 소문, 즉 부친이 살인범이고 유치장에서 목을 매 자살 했다는 소문이 퍼지는 바람에 결국 이혼을 당했던 게 아닐까. 만일 그렇다면 아들을 엄마가 아니라 아빠 쪽에서 데려갔다는 것도 수긍 이 된다.

가즈마는 고개를 돌려 건물을 올려다보았다. 아스나로 식당의 간 판 글씨가 흐릿해졌다.

27

그 가게는 지하철 몬젠나카초역 근처 에이타이 대로변에 있다고 들었다. 스마트폰으로 검색해보니 기요스바시에서는 2킬로미터 남 짓한 거리였다. 미레이는 잠시 망설였지만, 마침 빈 택시가 달려오 는 것을 보고 손을 번쩍 들었다. "바로 근처라서 죄송해요"라고 양해 를 구하고 행선지를 알렸다. 다행히 운전기사의 대답은 그리 무뚝뚝 한 건 아니었다.

하지만 택시가 출발하자마자 후회했다. 아무래도 택시는 큰 도로 와 사거리를 따라가게 되기 때문이다. 구라키 다쓰로는 사람들의 눈 을 피해 이동했을 터라서 이런 경로를 택했을 것 같지는 않았다. 다 음에는 내 발로 걸어보자고 마음먹었다.

몬젠나카초에는 채 10분도 안 되어 도착했다. 요금도 7백 엔 이하 였다. 아버지였다면 1천 엔짜리 지폐를 건네고 잔돈은 안 받았을 텐 데 미레이에게는 그런 발상은 없었다. 교통카드로 계산했다.

택시에서 내려 주위를 둘러보며 걸음을 옮겼다. 도쿄에 살아도 이 근처는 처음이다. 에도시대의 정서가 느껴지고 역사의 흔적이 남은 옛날 동네라는 풍정이었지만, 인터넷으로 검색해본 정보에 따르면 실제로는 대공습으로 이 일대가 모조리 불에 타서 허허벌판이었다고 한다.

미레이는 스마트폰으로 현재 위치를 확인하면서 이동했다. 잠시 뒤 그 가게 앞에 도착했다. 2층 건물의 커피점이다.

안으로 들어가기 전에 에이타이 대로 건너편을 살펴보았다. 낡은 건물에 아스나로라는 간판이 걸린 것을 확인할 수 있었다. 역시 이 커피점이 틀림없는 모양이다.

1층에서 카페라테를 사 들고 계단을 통해 2층으로 올라갔다. 자리는 반절쯤 차 있었다. 다행히 창밖이 내다보이는 카운터석 끝자리가 비어 있어서 그곳에 가서 앉았다.

검찰 측이 제공해준 수사 자료에 의하면 아버지 시라이시 겐스케는 이 커피점에 두 번 왔었다. 게다가 두 번째 왔을 때는 두 시간이나 머물렀다고 적혀 있었다. 목적은 밝혀지지 않았지만, 맞은편에 자리한 아스나로 쪽을 지켜보러 왔던 것으로 추측하고 있다. 1984년에 구라키 다쓰로가 일으킨 사건으로 억울한 누명을 쓰고 체포되어 자살한 인물의 가족, 즉 아사바 모녀라는 이들이 경영하는 식당이다. 구라키에게서 그 모녀 얘기를 들은 시라이시는 현재 두 사람의 상황을 알아보려고 했던 게 아닌가, 라는 것이다.

분명 구라키에게서 그런 얘기를 들었다면 아버지도 그런 정도의 관심은 품었을지도 모른다. 하지만 두 번이나 왔었다는 게 이해가 되지 않았다. 처음 왔을 때 아무 수확도 없었기 때문에 한 번 더 나왔던 것일까. 그러느니 아예 아스나로 식당으로 찾아갔으면 될 게 아닌가. 이름을 밝힐 필요도 없다. 손님으로 그 식당에 가서 식사라도 했다면 모녀의 상황을 직접 눈으로 볼 수 있다. 이런 곳에서 내다보고 있어봤자 그리 대단한 정보도 얻을 수 없다.

그런 생각을 하면서 미레이가 맞은편 건물을 빤히 지켜보고 있을 때, 한 인물이 그 건물 앞에서 발을 멈췄다. 파란 다운재킷을 걸치고 있었다. 미레이는 숨을 헉 삼켰다.

아까 그 남자다…….

사건 현장에 꽃을 올린 것은 오늘이 세 번째다. 눈에 띄지 않게 얼른 끝내고 올 생각인데도 매번 주위에서 꽂히는 시선이 느껴지곤 했다.

하지만 오늘은 사정이 조금 달랐다. 미레이 쪽에서 먼저 그의 존재를 알아본 것이다.

스미다가와테라스에 도착했을 때, 현장 바로 옆에 다운재킷을 입은 사람이 있었다. 우두커니 서 있는 모습이 마음에 걸렸다. 뭔가 특별한 감정을 품은 것처럼 보였다.

미레이가 그쪽으로 다가갔을 때, 그가 걸음을 옮겼다. 마치 뭔가에서 도망치려는 듯한 모습이어서 점점 더 마음에 걸렸다.

게다가 좀 더 결정적인 것이 있었다. 꽃을 올리고 아버지의 명복을 빈 뒤, 미레이가 무심코 옆을 돌아보니 조금 전의 그 남자가 아직도 근처에서 이쪽을 바라보고 있었다. 한순간이었지만 분명 시선이 마주쳤다.

남자는 당황한 기색으로 급히 자리를 떴지만 미레이는 이번 사건과 관련된 사람이 틀림없다고 확신했다. 최소한 시라이시 겐스케가 살해된 장소를 알고 있는 사람이다. 하지만 그런 정보는 언론에도 발표된 적이 없고, 검찰에서 미레이와 아야코에게 결코 입 밖에 내지 말아달라고 주의를 줄 만큼 비밀사항이었다.

그런데 그 사람이 이번에는 아스나로 식당 앞에 나타났다. 대체 무슨 일인가.

그때 건물 안에서 한 남자애와 여자가 나왔다. 둘이 몇 마디 나누는가 싶더니 곧바로 남자애만 어딘가로 가버렸다.

그리고 다음 순간, 뜻밖의 장면이 눈에 들어왔다. 다운재킷의 그 남자가 여자에게 말을 건넨 것이다. 짧은 대화 뒤에 두 사람은 건물 안으로 사라졌다.

미레이는 생각을 가다듬었다. 저 여자는 아스나로 주인의 딸이 아닐까. 식당 주인의 딸이라면, 그녀를 만난 저 남자는 대체 어떤 사람인가.

혹시……

구라키 다쓰로의 아들이 아닐까. 그에 관한 정보를 인터넷에서 본 적이 있다. 미레이가 직접 검색해본 게 아니라 오지랖 넓은 친구가 알려준 것이다. 유명한 광고대행사에 다니는 엘리트, 라고 그럴싸하게 써 내려갔지만 가짜뉴스인지 팩트인지는 알 수 없다. 그 친구에 따르면 어딘가에 고등학교 시절의 얼굴 사진도 올라와 있다는데 그런 건 찾아보고 싶지도 않았다.

하지만 구라키 다쓰로의 얼굴 사진이라면 본 적이 있다. 사쿠마 아즈사에게서 빌려 온 자료에 있었던 것이다. 기품 있고 온화한 표정이 살인범이라는 단어와는 거리가 먼 듯한 모습이었다.

다운재킷의 남자는 한순간 얼핏 본 것뿐이지만 구라키 다쓰로와 닮은 듯한 마음이 들었다.

만일 저 남자가 구라키의 아들이라면 무엇 때문에 아스나로에 찾아온 것일까.

미레이는 사쿠마 아즈사에게서 들은 얘기가 생각났다. 아사바 모녀는 구라키에게 딱히 악감정은 없고 오히려 호감을 가진 듯하다, 그래서 변호인 측의 정상참작 증인으로 법정에 나올 가능성도 전혀 없지 않다, 라는 것이었다.

그런 부탁을 하러 왔을까. 하지만 그건 변호인이 할 일이지 가해자의 가족이 나설 일은 아니다.

가해자의 가족. 머릿속에 떠오른 그 말을 미레이는 되새겨보았다.

물론 가족에게는 잘못이 없다. 혹시 부모 쪽이라면 자녀가 저지른 범죄에 책임감을 느껴야 할지도 모른다. 하지만 부모가 저지른 범죄 때문에 자녀 쪽이 뭔가 피해를 입는다는 것은 객관적으로 생각해보면 명백히 불합리한 일이다.

그런데도 이번 사건으로 구라키 다쓰로의 아들이 다양한 형태의 압박을 받고 있다는 것은 쉽게 알 수 있었다. 인터넷상에는 비난할 대상을 찾으려고 혈안이 된 자들이 너무도 많다. 피해자인 시라이시 겐스케 변호사를 비난하는 글까지 난무하고 있다. 가장 전형적인 비방은 '살해된 것은 어떤 의미에서는 자업자득이다'라는 것이었다. '구라키 다쓰로가 시라이시 겐스케에게 과거의 범죄를 털어놓은 것은 비밀을 지켜주리라는 믿음이 있었기 때문인데 그에게 진실을 밝혀야 한다고 다그친 건 그 믿음을 배신하는 행위다, 궁지에 몰린 쥐에게 도리어 물릴 위험이 있다는 것을 생각하지 못한 어리석은 짓이었다'라는 것이다. 개중에는 가족까지 비방하는 글도 있었다. 얼핏 읽어본 것 중에 '이런 게 바로 〈정의의 억압〉일 텐데 피해자 가족은 그런 건 전혀 감안하지 않고 재판이 시작되면 마치 비극의 주인공이라는 듯이 징징거리며 기자회견이니 뭐니 하고 나설 것이다'라는 게 있었다. 대체 무슨 생각으로 사는 자들인가, 라고 아연했을 뿐이지만, 그래도 상처받는 게 싫어서 애써 인터넷은 들여다보지 않도록 해왔다.

피해자 측에까지 그런 비난을 퍼부을 정도니 가해자 쪽에는 더욱더 무자비한 매리잡언罵詈雜言이 쏟아지고 있을 것이다. 하지만 그것을 고소해한다든가 하는 마음 따위, 미레이는 전혀 들지 않았다. 살인은 가해자와 피해자 가족 모두를 고통에 빠뜨린다는 것을 깨달았을 뿐이다.

식은 카페라테를 마시고 미레이는 그만 일어섰다. 기대했던 수확은 아무것도 얻어내지 못했다. 이 커피점에는 이제 더 이상 올 일도 없을 것 같다.

커피점의 자동문을 지나 인도로 나섰다. 여기서 집에 가려면 지하철이 편리하다. 몬젠나카초역에서 타면 한 차례 환승으로 집에서 가까운 오모테산도역까지 갈 수 있다. 경로는 여러 갈래지만 어느 쪽을 선택하든 20여 분이면 갈 수 있다. 아버지도 자가용이 아니라 지하철을 이용했다면 살해되는 일도 없었을 텐데, 라고 이제 새삼 아무 소용도 없는 생각을 해버렸다.

몬젠나카초역을 향해 걸음을 옮기다가 무심코 맞은편 건물에 시선을 던지고는 흠칫했다. 그 파란 다운재킷을 입은 남자가 건물에서 나왔기 때문이다. 약간 고개를 숙인 채 걷고 있었다. 아무래도 그 사람도 지하철을 이용하려는 모양이다.

미레이는 걸음을 옮기면서 이따금 도로 건너편을 확인했다. 남자 쪽은 그녀를 전혀 눈치채지 못한 것 같았다. 여전히 시선을 떨군 채 그리 가볍다고 할 수 없는 걸음으로 걷고 있었다.

어떻게 할까, 하고 미레이는 망설였다. 이대로 지하철역으로 가면 어딘가에서 그와 마주치고 말지도 모른다. 얼굴을 마주하면 분명 그도 알아볼 것이다. 그러면 나는 어떤 태도를 취해야 할까.

결론을 내리지 못한 채 지하철역 출입구까지 와버렸다. 그대로 계단을 내려갔다. 그 남자도 반대편 출입구를 내려가고 있을 터였다. 이대로 가면 진짜로 마주칠 것이다.

계단을 내려와 긴 통로를 지나갔다. 모퉁이를 돌아가자 자동개표구가 나란히 기다리고 있었다. 그 안쪽에 다시 긴 통로가 있다. 그 남자가 에이타이 대로 반대편 출입구로 내려왔다면 그 통로에서 나타날 터였다.

미레이는 가방에서 교통카드를 꺼내고 천천히 개표구로 다가갔다. 하지만 센서에 카드를 대기 전에 흘끔 안쪽 통로를 쳐다보고 말았다.

역시 거기로 그가 나타났다. 게다가 고개를 숙이지 않고 똑바로 앞을 보고 있었다. 그야말로 정확히 예상한 타이밍에 그와 시선이 덜컥 마주쳤다. 그쪽에서도 알아봤는지 흠칫 발을 멈췄다.

미레이는 고개를 돌리고 개표구를 통과했다. 나카노 방면이라는 표시를 보고 그쪽 계단으로 내려갔다. 아무래도 벌써 지하철이 도착한 모양이다. 뛰어가면 탈 수 있을 텐데 굳이 그렇게는 하지 않았다. 그가 뒤에서 따라오기를 기대하는 마음이 있었다. 왜 그런 기대를 하는지, 스스로도 알 수 없었다.

플랫폼에 내려섰을 때, 지하철 문이 스르륵 닫히고 있었다. 미레이는 차량 한 칸 거리쯤 안으로 더 들어가 걸음을 멈췄다.

선로 쪽을 향했다. 그 순간 파란 다운재킷이 시야 끝에 들어왔다. 천천히 미레이 쪽으로 다가오고 있었다. 이윽고 2미터쯤 떨어진 곳에서 멈춰 섰다.

저기, 라고 그가 조심스럽게 목소리를 냈다. "시라이시 변호사님의 가족이세요?"

미레이는 숨을 가다듬은 뒤 얼굴을 아주 조금만 돌렸다. "네, 그런데요." 눈을 마주 보지 못한 채 대답했다.

"역시 그렇군요. ……저, 구라키 다쓰로의 아들입니다." 억누른 듯 낮은 목소리로 그가 말했다.

미레이는 조금 더 고개를 돌려 흘끔 그의 얼굴을 쳐다보며 "그래요?"라고 말하고는 다시 시선을 돌려버렸다.

"이번 일, 어떻게 사죄해야 좋을지…….."

"그러지 마세요, 이런 데서." 미레이는 말했다. 목소리를 낮출 생각이었는데 스스로도 흠칫할 만큼 험한 말투가 튀어나오고 말았다.

"엇, 죄송합니다."

그는 입을 꾹 다물었다. 하지만 자리를 뜨지 않고 계속 서 있었다. 어색한 침묵의 시간이 흘러갔지만 미레이도 역시 피하지 않았다.

"아까 그 식당에 가셨었죠?" 선로 쪽을 향한 채 미레이는 말했다. "아스나로 식당에."

"어떻게 그걸?"

"그 맞은편 커피점에 있었거든요. 밖을 내다봤는데 우연히 눈에 들어와서……."

"그랬군요."

"재판을 앞두고 준비하는 거예요?"

"아니, 그런 게 아니라…… 아버지 얘기를 물어보러 갔어요. 왜냐면 도저히…… 믿어지지 않아서. 아무리 설명을 들어봐도 실제로 우리 아버지한테 일어난 일이라는 게 상상이 안 돼서. 어쩌면 아버지가 거짓말을 하는 게 아닌가 하는 생각이 머릿속을 떠나지 않아서…… 그래서 내 나름대로 알아보려고 찾아갔어요." 감정이 북받친 듯 말한 뒤에 그는 아, 죄송합니다, 라고 사과했다. "그쪽에게 할 말이 아닌데. 미안해요, 잊어버리세요."

어떤 반응을 보여야 할지 몰라 미레이는 침묵했다. 하지만 불쾌해진 건 아니었다. 그의 말은 아마도 본심인 것이리라. 누구라도 내 아버지가 느닷없이 살인 사건의 피고가 되었다면 의문을 품지 않을 리 없다. 뭔가 큰 착오가 아닌가, 라고 생각하는 게 당연하다.

다음 차가 곧 도착한다는 안내방송이 흘러나왔다.

잠시 뒤 지하철이 도착하고 두 사람 앞에서 문이 열렸다. 승객들이 내리기를 기다려 미레이는 차에 올랐다. 구라키의 아들도 뒤를 이어 탔다. 저절로 나란히 가죽 손잡이를 잡게 되었다. 차 안은 승객으로 빽빽이 차 있어서 일부러 멀리 떨어지는 것도 이상할 것 같아 미레이는 그대로 서 있기로 했다.

"댁이 어디세요?" 미레이는 물어보았다.

"고엔지예요. 근데 잠깐 볼일이 있어서 이다음 가야바초에서 내리려고요."

"그래요?"

미레이는 가야바초 다음 역인 니혼바시에서 내려 환승할 생각이었다. 혹시 물어보면 그런 것까지 대답해야 하나, 라고 혼자 생각했지만 그는 이쪽의 행선지는 물어보지 않았다.

지하철은 곧 가야바초에 도착할 모양이다. 속도가 줄어드는 게 느껴졌다.

잠시 뒤 플랫폼에 들어섰다. 그럼 안녕히, 라고 그가 작은 소리로 말했다.

저기요, 라고 미레이는 입을 열었다. 그와 눈이 마주쳤지만 시선을 피하지 않은 채 말했다.

"나도 그쪽 아버지가 거짓말을 한다고 생각해요. 우리 아버지는 그런 사람이 아니니까요."

구라키의 아들은 눈이 둥그레진 채 말문이 턱 막힌 기색이었다. 뭔가 대답해야 한다고 초조해하는 게 보였다. 하지만 그가 할 말을 생각해내는 것보다 지하철 문이 닫히는 게 더 빨랐다. 결국 하고 싶은 말을 못 한 채 그는 내렸다.

문이 닫히고 차가 출발했다. 플랫폼에 내려선 그가 길 잃은 강아지 같은 눈빛으로 이쪽을 바라보는 것이 창 너머로 보였다.

하지만 나도 똑같은 눈빛인지 모른다, 라고 미레이는 생각했다. 범인이 자백을 했고 이제 사건의 진상은 다 밝혀졌다고 모두들 말한다. 그리고 그 진상을 바탕으로 재판이 시작되려 하고 있다. 하지만 그 진상을 도저히 받아들이지 못하는 사람이 있다. 그건 이 세상에 어머니와 자신뿐이라고 미레이는 생각했었다. 하지만 그런 사람이 또 있었다. 가해자의 가족도 역시 이 일을 받아들이지 못하고 있다…….

구라키의 아들에 대해 생각해보았다. 그를 만날 일은 이제 없을까. 어쩌면 재판에서 보게 될지도 모른다. 하지만 상식적으로 생각해보면, 앞으로 또 다른 접점은 있을 리 없다. 혹시 접점이 있다면 오늘처럼 사건 현장에 꽃을 올리러 갈 때일까. 그가 이따금 그곳을 찾는다면 다시 만날 가능성도 있다.

미레이는 저도 모르게 미간을 찌푸렸다. 이다음에는 언제 꽃을 올리러 갈까, 생각하고 있는 자신을 깨달았기 때문이다. 이 기묘한 가슴의 술렁거림은 뭘까…….

28

미카와안조역에서 택시를 타고 "사사메초로 가주세요"라고 말한 순간, 가즈마의 머릿속에 불안감이 스쳐갔다. 동네 이름을 듣고 운전기사가 이번 사건을 떠올리는 건 아닐까, 하는 생각이 들었기 때문이다.

나이 지긋한 운전기사는 미카와 사투리를 섞어 되물었다. "사사메초? 거기도 꽤 넓은데, 어디쯤이래?"

"산초메 사거리요."

"아, 거기?" 운전기사는 별다른 관심은 내보이는 일 없이 차를 몰았다.

본가는 산초메 사거리에서 한참 더 들어가야 한다. 하지만 너무 집 가까이에서 내리면 운전기사가 이번 사건 쪽으로 상상을 발동할 것 같아 두려웠던 것이다.

지나친 걱정인지도 모른다. 하지만 1984년에 오카자키시에서 일어난 살인 사건의 범인으로 알려진 사람, 즉 유치장에서 자살한 사람은 실제로는 무죄였고, 최근에 다른 사건으로 체포된 사람이 진범이었다는 것, 그리고 그 진범이 사사메초에 산다는 것이 얼마나 이 동네에 퍼졌을지 가즈마는 예상할 수 없는 것이다.

다행인지 우연인지 운전기사는 말수가 적었다. 가즈마는 최근에 이 근처에서 무슨 특이한 일은 없었느냐고 물어볼까도 잠깐 생각했지만, 괜히 긁어 부스럼이 될까 봐 결국 아무 말도 못 했다.

차창으로 밖을 내다보았다. 고향에 돌아온 건 2년 만이다. 친척 제사에 얼굴을 내밀었던 게 마지막이었다. 그때는 당숙에게 도쿄에 가더니 고향에는 아예 발길을 끊기로 했느냐고 크게 혼이 났다. 특히 아버지의 노후를 어떻게 해줄 거냐고 캐물었다. 그런 건 내가 알아서 할 테니 괜히 애 괴롭히지 말라고 대꾸했던 건 아버지였다. 당숙은 다 자네를 걱정해서 하는 말인데, 라고 불만스러운 얼굴을 보였다.

그 당숙도 이제는 아무 연락도 없었다. 호리베가 전해준 얘기로는, 아버지가 친척들에게도 편지를 보냈다고 한다. 내용은 확실치 않지만, 가즈마는 대략 짐작이 갔다. 이번 사건으로 큰 폐를 끼친 것을 깊이 사죄하며 자신과는 연을 끊어도 좋다, 라고 했을 것이다. 즉 가즈마가 받은 편지와 거의 같은 내용이다.

아이치현 미카와 지역에는 일가친척들이 돈독하게 지내는 경우가 많다. 구라키 집안도 예외가 아니어서 이런저런 행사로 자주 모임을 가졌다. 가즈마도 도쿄에 가기 전에는 아버지를 따라 그런 자리에 반드시 참석하곤 했다.

아버지가 그런 편지를 보냈다고 장남이 나 몰라라 할 수는 없다. 제대로 하자면 직접 한 집 한 집 찾아다니며 머리 숙여 사죄해야 할 터였다. 하지만 지금은 도저히 그럴 만한 기력이 남아 있지 않았다.

오늘 본가에 내려온 것은 다른 목적 때문이었다. 아버지에 대해 좀 더 알아보자고 생각한 것이다. 특히 아버지의 과거를 자세히 알아보고 싶었다.

이번 사건에 대해 가즈마는 납득할 수 있는 게 거의 하나도 없었다. 도쿄에 사는 변호사를 살해했다는 것도 그렇지만, 살해 동기로 알려진 1984년의 살인 사건도 아닌 밤중에 홍두깨 같은 얘기였다. 실제로 아직도 전혀 믿어지지 않는다.

자신이 어린애였을 때의 아버지에 대한 기억들은 지금도 선명하게 남아 있다. 선량하고 성실하고 주위 사람을 배려할 줄 아는 좋은 분이었다. 가족에게도 믿음직스러운 존재였다. 그런데 그 얼굴 밑에 살인범이라는 또 다른 얼굴이 감춰져 있었다는 것인가.

말도 안 된다, 이건 분명 뭔가 잘못된 게 틀림없다. 그런 생각이 머릿속에서 지워지지 않았다.

하지만 아버지가 그 '히가시오카자키역 앞 금융업자 살해 사건'과 연관이 있는 것은 사실인 모양이었다. 《주간세보》의 기사에는 구라키 다쓰로가 사체 발견자로서 경찰의 조사를 받았었다고 나와 있었다. 그것을 기자에게 얘기해준 사람이 아버지의 옛 직장 동료라고 하니까 거짓은 아닐 터였다.

만일 정말로 아버지가 그 사건의 진범이라고 쳐도 그렇다면 그때는 왜 체포되지 않았는가. 사체 발견자라고 하면 추리소설이나 미스터리 드라마에서는 가장 먼저 의심을 받지 않던가. 아버지는 경찰이 자신을 용의자로 볼 만한 결정적 근거를 찾지 못했을 거라고 진술한 모양이지만, 이 나라 경찰이 그렇게 쉽게 혐의를 지울 리 없다. 실제로 그런 허술한 수사를 했다가는 미해결 사건이 산더미일 것이다.

역시 뭔가 이상하다. 생각하면 할수록 아버지가 사실대로 진술한 게 아니라는 의심이 들었다.

가즈마의 뇌리에 낙인처럼 달라붙은 말이 되살아났다.

나도 그쪽 아버지가 거짓말을 한다고 생각해요. 우리 아버지는 그런 사람이 아니니까요……. 시라이시 겐스케의 딸이 헤어지는 참에 던진 말이다.

'그런 사람'이라는 건 무슨 뜻일까. 그 말투로 짐작해보면, 구라키 다쓰로의 진술에 드러난 시라이시 겐스케의 인간상에 대해 불만이 있는 것 같았다.

하지만 진술 조서 어디에도 구라키가 시라이시의 인간성을 깎아내리는 듯한 표현은 없었을 터였다. 가즈마가 읽어본 바로는, 오히려 친절하고 정의감이 투철한 인물이라고 얘기했었다. 그렇다면 진술 조서에 나온 시라이시의 언동 자체를 납득하지 못한다는 뜻인가.

공소시효 만료로 살인죄의 처벌을 면한 상대에게 진심으로 속죄할 생각이라면 모든 것을 명백히 밝혀야 한다고 몰아붙였다고 진술했는데 우리 아버지는 그런 언동을 할 리 없다. 그런 사람이 아니다, 라는 말을 하고 싶었던 게 아닐까.

살인 사건 피해자의 유족도 정말 힘들겠구나, 라고 가즈마는 당연한 것을 이제 새삼 깨달았다. 사랑하는 가족이 누군가에게 살해당했다는 사실 자체가 너무도 불합리해서 최소한 그 동기만이라도 납득할 수 있기를 바라는 심정일 것이다. 범인의 진술 내용에 조금이라도 의문이 든다면 그걸 어떻게든 밝혀보려고 하는 건 당연한 일이다. 재판이란 원래 그런 자리였어야 하는데 지금 이대로 일이 흘러가면 구라키 다쓰로의 진술이 진실이라는 전제 아래 모든 것이 결정되고 결국 그걸로 끝나버린다. 시라이시의 딸은 그런 상황에 강한 분노를 느끼고 있는지도 모른다.

그녀의 얼굴을 머릿속에 떠올리면서 가즈마는 신비한 감각에 휩싸였다. 가해자의 아들과 피해자의 딸, 서로 입장이 전혀 다른데도 추구하는 것은 똑같다, 라는 느낌이 든 것이다. 물론 이런 감각을 그녀가 안다면 크게 분노할 게 틀림없지만…….

이런저런 생각에 빠져 있는 사이에 목적지에 도착했다. 가즈마는 택시에서 내리기 전에 얼른 마스크를 썼다. 길가에서 아는 사람을 덜컥 마주칠 수 있기 때문이다. 초등학교 중학교 동창들도 이 동네에 아직 많이 살고 있다. 그나마 겨울이라서 다행이라고 생각했다. 여름에 마스크를 쓰고 다녔다면 도리어 눈에 띄었을 것이다. 독감의 유행이 오늘만큼은 고마웠다.

택시에서 내려 주의 깊게 사방을 살피면서 집으로 향했다. 그리운 고향이었건만 오늘 가즈마는 마치 적지에 몰래 숨어든 공작원의 심경이다.

주로 자동차로 이동하는 일이 많은 지역이라서 도쿄에 비하면 길가를 오고 가는 사람은 적은 편이다. 그래도 전혀 없는 건 아니기 때문에 마음을 놓을 수는 없다. 앞에서 사람이 올 때마다 머리를 쓸어올리는 척하면서 눈가를 가렸다.

호리베에게는 오늘 본가에 다녀오겠다고 미리 전화로 얘기했다. 아버지 없이 오래 비워둔 집이 걱정되어서, 라고 설명했다. 하지만 사건 현장의 위치를 알려달라고 부탁했을 때와 마찬가지로 호리베 변호인은 탐탁지 않다는 반응을 보였다.

"가즈마 씨의 집이니 내가 가라 마라 할 권리는 없어요. 오래 비워둔 집이 걱정된다는 것도 이해합니다. 하지만 기분 좋을 일은 없다고 미리 각오하고 가는 게 좋아요. 왜냐면……."

호리베는 본가도 가택수색이 있었다고 알려주었다. 구라키 다쓰로의 진술에 대한 진위를 확인하기 위해 집 안의 편지며 주소록 등을 압수해 갔다고 한다.

"검찰 측에서 재판의 증거로 제출할 만한 것은 찾지 못한 모양이니까 압수 자체는 별문제가 없습니다. 다만 그것을 계기로 인근에 이번 사건에 대한 얘기가 퍼졌을 게 틀림없어요. 그래서 가즈마 씨가 돌아왔다고 하면 분명 험담을 퍼붓는 사람이 있을 수 있어요. 동네 이미지가 나빠졌다느니 하는."

"알겠습니다. 각오하고 내려가겠습니다."

"가장 좋은 건 들키지 않는 것이겠지요. 남의 눈에 띄지 않게 조용히 집 안을 확인해보고 무사히 도쿄로 돌아오기 바랍니다."

고맙습니다, 라고 인사를 하면서도 복잡한 기분이었다. 변호사에게 뭔가 상의할 때마다 쓸데없는 짓은 하지 마라, 눈에 띄지 마라, 숨을 죽이고 있어라, 라는 말을 듣는다.

드디어 본가 근처였다. 긴장은 더욱더 높아졌다. 주위 상황을 살피면서 다가갔다. 이제 곧 집 앞, 이라는 타이밍에 어디선가 사람들의 말소리가 들렸다. 가즈마는 순간적으로 내 집 앞을 그대로 지나쳤다.

다음 모퉁이를 돌아 잠시 기다렸다가 몸을 돌려 다시 집 앞으로 갔다. 길에 사람이 없는 것을 확인하고 재빨리 대문을 지나 현관으로 달려가 열쇠를 구멍에 꽂았다. 잠금이 풀리는 철커덕 소리가 유난히 크게 느껴졌다. 문을 열고 미끄러지듯이 안으로 들어갔다. 열쇠를 채우고 나서야 긴 한숨이 흘러나왔다. 이렇게 긴장되는 귀향은 태어나서 처음이었다.

두근거림을 가라앉힌 뒤 구두를 벗고 안으로 들어갔다.

10여 년을 함께한 집은 성인이 되고 나서 돌아보면 기억에 있는 것보다 조촐한 인상이다. 복도 폭이 이렇게 좁았었나, 하고 새로운 발견을 한 듯한 기분이었다.

거실로 들어가 실내를 둘러보았다. 집 안에 배어든 향불 비슷한 냄새에 안타까움이 끓어올랐다. 행복한 어린 시절을 보낸 우리 집이 참혹한 폐허가 된 것만 같았다.

벽 쪽의 장식장으로 다가갔다. 유리문이 달린 중간 선반이 있고 그 위쪽은 작은 서랍들이, 아래쪽은 큼직한 미닫이문이 닫혀 있다. 유리문 너머로 찻잔과 주전자가 나란히 놓인 광경은 가즈마가 어릴 때부터 본 모습 그대로 변함이 없었다. 요즘에는 슈퍼에서 사 온 페트병 차만 마셔서 주전자로 내릴 일도 없다, 라고 아버지가 말했던 것이 생각났다.

상단 서랍을 열자 녹차 통, 홍차 티백, 잼병 등이 빼곡하게 들어찼다. 잼병을 손에 들고 보니 아직 개봉도 안 했고 유효기간은 10년 전이었다. 녹차며 티백도 비슷할 것이다.

하단의 미닫이문을 열자 노트며 파일이 나란히 꽂혀 있었다. 노트를 꺼내 펼쳐보니 오래전의 가계부였다. 필체는 어머니의 것이 틀림없었다. 몇 년분의 가계부를 버리지 않고 차곡차곡 챙겨둔 의도는 확실치 않지만, 어쩌면 어머니에게는 일기장 같은 것이었는지도 모른다.

파일 쪽은 요리 레시피를 잡지 등에서 오려낸 것이다.

요컨대 이 찬장에 수납해둔 것은 아버지가 아니라 어머니의 과거인 것이다. 가택수색을 담당한 사람들도 분명 맥이 빠졌을 것이다.

하지만 파일을 돌려놓을 때, 맨 끝의 책등을 보고 흠칫했다. 어머니의 과거만은 아니구나, 하고 다시 살펴보았다.

그것은 앨범이었다. 얄팍한 요즘식이 아니라 번듯한 표지가 달린 것이다. 어린 시절에는 이따금 펼쳐봤었는데 어느 정도 성장한 다음에는 본 적이 없다. 가족끼리 기념사진을 찍는 일도 없어졌기 때문이다.

가만가만 표지를 펼쳤다. 첫 장은 부모님의 결혼사진이었다. 전통 의상의 아버지가 서 있고 그 옆에 화려한 신부 옷의 어머니가 앉아 있었다.

어머니의 이름은 지사토. 사내 결혼이었다고 가즈마는 들었다.

사진 속의 두 분은 젊었다. 다만 컬러사진은 상당히 빛이 바랬다. 가즈마가 태어나기 2년 전의 날짜가 바로 옆에 찍혀 있었다.

그다음 장에도 두 사람만 찍힌 사진이 몇 장 붙어 있었다. 아무래도 여행길인 것 같다. 두 사람의 등 뒤에 거대한 금줄이 보였다. 사진 옆에 작은 글씨로 '이즈모 신사에서'라는 기록이 있었다.

신혼여행 때는 이즈모 신사에 갔었다, 라는 얘기를 들은 기억이 났다. 구라키 집안 역사의 시작인 것인가.

그리고 다음 장에 나온 것은 아기 사진이었다. 이불 위에 벌거숭이로 눕혀져 있다. 물론 가즈마다. 구라키 집안에서 신혼여행 다음으로 큰 이벤트는 장남의 탄생이었던 것이리라.

그 뒤에는 가족 세 명의 사진이 한참이나 이어진다. 아들을 데리고 여기저기 찾아간 모양이다. 바다, 산, 공원……

크리스마스 사진이 있었다. 산타클로스 옷을 입은 가즈마를 가운데 앉히고 아버지 어머니가 양옆에서 카메라를 향해 빙그레 웃고 있었다. 사진 귀퉁이에 찍힌 날짜는 1984년 12월 24일이었다.

1984년……. '히가시오카자키역 앞 금융업자 살해 사건'이 일어났던 해다.

가즈마는 사진을 찬찬히 들여다보았다. 아버지는 루돌프 사슴뿔이 달린 모자를 쓰고 있었다. 그 즐거워 보이는 표정에서는 살인자의 기미 따위는 털끝만큼도 느껴지지 않았다.

다시 한 장 한 장 넘겼다. 가즈마가 그 손을 멈춘 것은 기묘한 단체사진을 발견했기 때문이다. 이 집을 배경으로 가족 3인 외에 10여 명의 남자가 찍혀 있었다. 날짜는 1988년 5월 22일, 옆에 '드디어 마이홈으로 이사!'라는 힘찬 글씨의 기록이 남아 있었다.

아, 그렇구나, 하고 깨달았다. 이사는 가즈마의 가장 오래된 기억 중의 하나다. 어른들이 트럭에서 차례차례 짐을 내려 집 안으로 옮기는 광경이 뇌리에 남아 있다. 이삿짐센터 사람들인가 했지만 그런 게 아니었다. 이 사진에 나온 사람들은 모두 아버지의 회사 동료들이다. 아버지가 회사에 다니던 시절, 후배의 이사를 도와준다면서 일요일에도 나간 적이 있었다. 당시에는 그런 관습이 있었던 모양이다. 직장의 일체감을 높이는 데 효과적이었는지도 모른다.

그 뒤에도 가족사진이 몇 장씩 이어졌지만 가즈마의 초등학교 입학식 때부터는 아버지 어머니의 모습은 극단적으로 줄었다. 소풍, 운동회, 여름 캠프 같은 학교 관련 사진뿐이다. 어쩌다 해수욕장이나 새해 첫 참배로 가족사진이 있었지만 가즈마 옆에 서 있는 건 대부분 어머니 지사토였다. 아버지는 열심히 셔터만 눌렀던 것이리라.

가즈마는 앨범을 다시 미닫이 안에 넣었다. 그립고 반가운 사진들이지만 들여다보는 사이에 허탈함이 쌓여갔다. 게다가 지금은 추억에 젖어 있을 때가 아니다. 집에 온 목적은 아버지의 과거를 알아보려는 것이다.

하지만 30여 년 전의 아버지를 알기 위해서는 무엇을 찾아봐야 하는가. 가장 좋은 것은 일기장일 텐데 그런 걸 썼다는 얘기는 한 번도 들은 적이 없다. 그리고 그런 것이 있었다면 경찰에서 이미 가져가지 않았을까.

아무튼 오래된 것을 찾아보기로 했다. 30여 년 전 아버지가 어떤 생각을 하고 어떻게 하루하루를 보냈는지 짐작해볼 만한 것을 찾아내는 것이다. 경찰에게는 아무 가치도 없더라도 가족에게는 의미가 있는 뭔가가 남겨져 있을지도 모른다.

거실을 나와 옆방으로 건너갔다. 원래는 손님방이었지만 어머니가 세상을 떠난 이후로 아버지가 주로 썼던 곳이다. 예전에는 부부 침실이 2층이었는데 계단을 오르내리기가 힘들고 손님이 찾아오는 일도 거의 없어지자 어머니의 죽음을 계기로 아버지가 이쪽으로 옮긴 것이다. 가즈마의 방도 2층이지만 지금 어떤 상태인지도 잘 알지 못했다. 환기를 위해 이따금 창문을 열어 바람을 들였겠지만, 아마 가즈마가 마지막으로 방을 나왔을 때 그대로 책상 위에 꺼내놓은 물건이 어질러져 있을 터였다.

옆방의 형광등 스위치를 켜고 발을 들이밀기 전에 안의 상황부터 확인했다. 대충 둘러본 바로는 가택수색이 들어왔던 것처럼은 보이지 않았다. 오히려 깨끗이 정리된 느낌이었다. 방바닥에 있는 것은 좌탁과 방석뿐이다. 그 좌탁 위에는 달랑 전기스탠드밖에 없었다. 책장으로 시선을 던졌지만 딱히 책이 줄어든 것 같지도 않았다. 그 옆의 서랍장을 열어보니 잘 개킨 옷가지가 단정히 담겨 있었다.

유일하게 평소와 다르다는 느낌이 든 것은 서랍 한 칸이었다. 안에 든 것이 거의 다 사라지고 없었다. 가즈마는 기억을 더듬어 이 서랍에 편지류 외에 예금통장 등이 있었던 것을 생각해냈다. 아마도 경찰이 압수해 간 것이리라. 편지류는 주변 인간관계를 확인하기 위해서, 통장은 수상한 돈의 흐름이 없었는지 확인하기 위해서인지도 모른다.

그 밖에 서랍 두 개가 있었지만 둘 다 명백히 내용물이 줄어든 것 같았다. 하지만 무엇이 들어 있었는지 가즈마는 짐작도 가지 않았다.

서랍 바닥에 큼직한 갈색 봉투가 남아 있었다. 상당히 두툼하다. 오래된 서류들을 보관해둔 모양이었다.

방석에 앉아 봉투 안의 것들을 모두 좌탁에 꺼내보았다. 등기부등본, 부동산 권리증 같은 것들이었다. 그러고 보니 아버지가 보낸 편지에 그런 얘기가 있었다. 집은 네가 원하는 대로 처분해도 무방하다, 라고.

사용이 끝난 회사 예금통장이며 대출 계약서 등도 들어 있었다. 생각해보니 이 집을 매입하기 위해 회사에서 대출을 받았다, 라고 아버지가 얘기한 적이 있었다. 은행보다 이자가 훨씬 낮다고 했다. 그래서 대출금을 다 갚을 때까지 절대로 회사를 그만둘 수 없다, 라고도 했었다.

가즈마는 흠칫했다. '히가시오카자키역 앞 금융업자 살해 사건'의 상세한 내용이 생각났다. 교통사고를 회사에는 비밀로 하고 싶었다는 게 살해 동기라고 했다.

회사에서 쫓겨나면 마이홈 매입 자금을 빌릴 수 없게 된다……. 칼을 손에 들었을 때, 아버지의 머릿속에 그런 생각도 스쳐갔던 것일까.

암울한 상상으로 한층 마음이 무거워져서 손에 든 통장을 좌탁에 내려놓았을 때였다. 인터폰 차임벨이 울렸다. 소스라치게 놀라 움찔 엉덩이가 들렸다.

이런 시간에 누가……. 전혀 짐작조차 못 한 채 방을 나섰다. 인터폰 수화기가 몇 군데 달려 있다. 가장 가까운 곳은 복도다. 수화기를 들고 "네, 누구십니까?"라고 물었다.

"택배입니다." 남자 목소리가 말했다.

"아, 네……."

수화기를 제자리에 돌려놓고 고개를 갸우뚱했다. 누가 뭘 보내온 것인가. 현재 이 집에 아무도 없다는 걸 모르는 사람인가.

현관 앞에서 문을 열기 전에 도어스코프를 들여다보았다. 밖에 서 있는 것은 택배업자 점퍼를 입은 남자였다. 가즈마는 잠금쇠를 풀고 문을 열었다.

"구라키 씨입니까?" 남자가 물었다.

"그렇습니다."

"이름은?"

"가즈마, 구라키 가즈마예요."

그러자 남자는 한 차례 고개를 끄덕이더니 왼쪽 귀를 만졌다. 그곳에 이어폰이 꽂혀 있는 게 보였다.

남자가 상의 주머니에서 뭔가를 꺼내 내보였다.

"경찰입니다. 이 집에 수상한 인물이 침입했다는 신고가 들어와서 확인하러 나왔습니다."

그가 손에 든 것은 경찰수첩이었다. 다시 잽싸게 챙겨 넣더니 뒤를 돌아보며 한 손을 올렸다.

문밖에 왜건 한 대가 서 있었다. 그 뒤에서 남자 두 명이 나타났다. 한 사람은 제복을 입은 경관이고, 또 한 명은 후드 달린 방한복을 걸친 노인이었다. 그 얼굴을 보고 가즈마는 흠칫했다. 예전부터 잘 아는 인물, 바로 옆집에 사는 요시야마 씨였다.

가즈마 씨, 라고 택배업자 차림의 경관이 이름을 불렀다.

"이건 대답하지 않아도 되지만, 이 집에서 뭘 하고 있었는지 물어 봐도 될까요?"

"뭘 했다기보다 그냥 있었어요. 집을 둘러보러 왔을 뿐입니다. 아버지가 오래 집을 비우셔서."

"그렇군요." 경관은 가즈마의 얼굴과 현관을 번갈아 바라본 뒤 등을 꼿꼿이 세웠다. "이상이 없다는 건 확인됐으니까 이만 돌아가도 록 하겠습니다."

"네에."

실례합니다, 라고 말하고 경관은 빠른 걸음으로 대문 밖으로 나가 왜건에 올라탔다. 차가 출발하자 제복 차림의 경관도 자전거를 타고 떠났다. 뒤에 남은 것은 요시야마뿐이었다. 겸연쩍은 듯한 얼굴을 하고 있었다.

가즈마는 아버지의 샌들을 신고 대문 앞으로 나갔다.

"오랜만에 뵙겠습니다." 요시야마에게 인사를 건넸다.

"응, 그래." 요시야마는 헤싱헤싱해진 머리를 긁적였다. "아까 우리 집 마당에 나왔는데 이쪽에서 소리가 들리더라고. 문이 탁 닫히는 소리야. 아무래도 집 안에서 들리는 것 같아서 거참 이상하다 했지. 아니, 요즘 아무도 없었잖아. 그래서 창문을 봤더니 불이 켜져 있더라고. 이건 못된 놈들이 몰래 들어왔는지도 모르겠다 싶어서 경찰에 신고한 거야. 아이구, 미안하네. 가즈마가 내려왔을 줄은 전혀 생각도 못 하고 그만."

"경찰하고 왜건 뒤쪽에서 지켜보셨어요?"

"그랬지. 집 안에서 혹시 아는 사람이 나오면 말해달라고 했거든. 근데 가즈마가 보이길래 경찰한테 그렇게 얘기했어."

그게 무선을 통해 그 택배업자 차림의 경관에게 전해졌던 것이리라.

자신과 아버지의 처지를 새삼 깨달은 기분이었다. 아이치 현경에도 구라키가는 특별한 존재인 것이다. 그래서 소소한 신고에도 즉각 출동했다. 일부러 택배업자로 변장까지 한 것은 경찰이라고 밝혔다가 자칫 수상한 자가 도주하는 상황을 우려했기 때문일 것이다. 그 왜건 안에는 다른 경관들도 타고 있었는지 모른다.

"정말 미안하네. 괜한 소란을 일으켜서." 요시야마가 얼굴 앞에 손날을 세웠다.

"아뇨, 저야말로 아버지 일로 이웃에 큰 폐를 끼쳐서 죄송합니다."

"아니, 폐라는 것보다 참말로 깜짝 놀랐어."

그때 차 한 대가 옆을 지나갔다. 운전석의 남자가 두 사람을 흘끗 쳐다보는 느낌이 들었다.

"이렇게 서서 얘기하는 것도 좀 그렇고, 우리 집으로 갈까? 차라도 한잔하자."

"아뇨, 하지만……."

"사양할 거 없어. 어차피 우리 집, 아무도 없어."

자아, 자아, 라고 재촉을 받고 옆집으로 들어갔다.

동서양을 절충한 응접실에서 가즈마는 유리 테이블을 사이에 두고 요시야마와 마주 앉았다.

"실은 아직도 믿어지지를 않아. 내가 아는 그 구라키 씨가 사람을 죽이다니……." 요시야마가 주전자로 차를 내려주면서 말했다.

"아버지와는 최근에도 자주 만나셨던가요?"

"당연하지. 마누라가 파트타임으로 일을 나가니까 우리도 낮에는 나 혼자뿐이야. 동네 주민 모임 같은 때는 늘 함께 나갔어."

"그렇게 신세를 졌는데 이런 일이 생겨서 정말로 죄송합니다." 가즈마는 테이블에 두 손을 짚고 머리를 숙였다.

요시야마는 흐음, 하고 신음 소리를 올렸다.

"이게 어디 자네가 사과할 일인가. 그러지 말고, 어서 머리 들어. 자 자, 차나 마시자."

찻잔을 밀어주는 기척이 있어서 가즈마는 얼굴을 들었다.

"방금도 말했지만 나는 당최 믿어지질 않아. 구라키 씨가……. 어쩌다 일이 이렇게 됐는지 모르겠어. 게다가 30여 년 전 살인 사건의 진범이라니, 누군가 딴 사람 얘기인 것만 같아."

가즈마는 퍼뜩 생각나는 게 있었다.

"아 참, 아저씨도 아버지와 같은 공장에서 일하셨지요?"

"그렇고말고. 소속은 달랐지만 둘 다 안조 공장이었어. 구라키 씨는 생산기술부, 나는 생산라인. 점심시간이면 신나게 카드놀이를 했었는데."

"그 무렵에 아버지에게 뭔가 이상한 기색은 없었던가요? 만일 정말로 사람을 죽였다면 전혀 아무 변화도 없다는 건 좀 이상하잖아요."

"아니, 그건." 요시야마는 얼굴을 찌푸리며 고개를 갸우뚱했다. "너무 옛날 일이라서 기억이 안 난다는 말밖에는 어떻게 얘기할 방도가 없어."

"네, 그러시겠죠……."

하지만, 이라고 요시야마는 말했다.

"기억이 안 난다는 건 딱히 인상에 남을 만한 일이 없었다는 얘기잖아. 구라키 씨는 그때도 평소와 전혀 달라진 게 없었던 것 같은데……."

"혹시 아버지가 히가시오카자키 사건 얘기를 한 적은 없었던가요? 사체 발견자로 경찰 조사를 받았다든가."

"응, 그거 말인데, 나도 희미하게 생각나기는 해. 근데 그게 구라키 씨한테서 직접 들은 얘긴지 건너 건너 들은 얘긴지, 영 애매하더라고. 아무튼 별로 인상에 남을 정도는 아니었어."

요시야마의 말은 타당성이 있었다. 사건이 일어난 직후, 아버지에게 눈에 띄는 변화는 없었던 것이다. 그렇다고 그게 범인이 아니라는 근거가 되지는 않겠지만.

"차 마셔. 식어버리겠네."

"고맙습니다. 잘 먹겠습니다."

가즈마는 찻잔에 손을 내밀었다. 그 온기가 요시야마 씨의 배려처럼 느껴져서 더욱 고마웠다. 냉대를 당할 거라고 각오했었기 때문이다.

"집은 어떻게 할 건가?" 요시야마가 물었다. "가즈마가 여기 내려와서 살지는 않을 거고."

"제가 내려오기는 어렵습니다. 그래서 처분해야 할 것 같아요. 팔릴지 어떨지는 모르겠지만."

"그래, 참말로 섭섭하네. 이웃사촌으로 오래 살았는데……. 가즈마도 얘기 들었는지 모르지만, 우리 집 옆에 단독주택을 분양한다는 소식은 내가 알려준 거였어."

"엇, 그러셨어요?"

"이 근처는 대부분 우리 원청회사의 계열사에서 분양한 주택이야. 계열사여서 특별 가격으로 살 수 있었지. 그래서 우리 회사 사람이 많은 거야."

"아, 그 얘기는 저도 들은 적이 있어요."

주민 모임에 가면 회사 사람이 바글바글하다고 아버지가 말했었다.

"결국 처분하는 건가. 거참, 진짜로 섭섭하네. 하지만 어쩔 수 없나……. 구라키 씨네 이사 오던 날이 또렷이 생각나는데. 나도 이삿짐 나르는 걸 거들었거든."

"그러셨습니까. 죄송합니다, 저는 기억을 못 해서."

조금 전에 본 단체 사진 속에 요시야마도 찍혀 있는지도 모른다고 가즈마는 생각했다.

"그야 기억이 안 나는 게 당연하지. 가즈마는 아직 한참 어렸어. 아, 그때는 2주 연속으로 구라키 씨한테 메밀국수를 얻어먹었는데……." 요시야마가 먼눈을 하고서 말했다.

"2주 연속으로 메밀국수를?"

"응, 이사 턱으로 구라키 씨가 메밀국수를 사줬어."

"왜 2주 연속으로?"

"애초에 이사하기로 정한 날에 비가 쏟아지는 바람에 못 하게 됐거든. 근데 그다음 주 일요일은 하필 불멸일佛滅日*인 거야. 그래서 우선 형식적으로나마 구라키 씨가 빗속에 박스 몇 개를 자동차로 싣고 왔어. 그때 배달 메밀국수를 시켜줘서 나하고 둘이서 먹었어. 그러고는 그다음 일요일에 본격적으로 이사를 했는데 그때는 정식으로 이사 메밀국수를 돌렸지. 나는 그것도 받아먹었으니까 2주 연속으로 대접을 받은 셈이지 뭐야."

"네에, 그런 일이……."

가즈마는 다시 이삿날의 단체 사진을 머릿속에 떠올렸다. 원래 예정했던 이삿날은 그 일주일 전이었던 모양이다.

앗, 설마…….

문득 심장이 두근거려서 가즈마는 손으로 가슴을 짚었다. 엄청난 것을 깨달았기 때문이다. 그게 아니면 기억의 착오인가.

"왜 그러나?" 요시야마가 의아한 얼굴로 물었다.

---

* 음양도陰陽道에서 만사가 흉하다고 하는 날이다. 혼사, 이사 등은 이날을 피해서 잡는 풍속이 있다.

"아뇨, 아무것도 아니에요. 이만 가봐야겠습니다. 차, 감사히 잘 마셨습니다."

"응, 그래. 어떤 말을 해줘야 좋을지 모르겠네만, 어쨌든 기운을 차려야 해. 건강 조심하고, 자포자기해서는 안 돼. 알았지?"

"네, 고맙습니다……."

가즈마는 자리에서 일어나 인사를 건네고 현관으로 향했다. 요시야마의 진심 어린 배려가 너무도 고마웠지만, 지금은 한시라도 빨리 확인할 게 있었다.

집으로 돌아와 거실로 뛰어갔다. 장식장 미닫이를 열고 급히 앨범을 꺼냈다. 그리고 그 이삿날의 사진이 붙은 페이지를 펼쳤다.

역시 맞다.

날짜가 5월 22일이라고 되어 있었다. 하지만 당초 예정은 그보다 일주일 전이었다. 즉 5월 15일이다.

1984년의 5월 15일은 '히가시오카자키역 앞 금융업자 살해 사건'이 일어난 날이다.

아버지는 자신이 사람을 죽인 그 날짜를 굳이 이삿날로 택했다는 것인가.

29

일을 마치고 집에 돌아왔지만 거실에도 주방에도 어머니 아야코의 모습은 없었다. 하지만 미레이가 2층으로 올라갔더니 뭔가 소리가 들렸다. 아버지의 서재에서 나는 소리였다. 방문이 열려 있었다.

가까이 가서 안을 들여다보았다. 아야코가 바닥에 앉아 책장의 책을 박스에 담고 있었다.

다녀왔습니다, 라고 인사를 건넸다.

"응, 어서 오너라." 아야코는 뒤를 돌아보았지만 놀란 기색은 아니었다. 미레이가 돌아온 것을 알고 있었던 모양이다. "잠깐만 기다려, 바로 저녁 준비할게. 스튜는 벌써 해뒀어."

"그건 괜찮은데…… 유품 정리?"

"그래." 아야코는 이마를 긁적였다. "이대로 보관해두는 것도 괜찮지만, 남겨두면 언제까지고 딱 끊지 못할 것 같아서."

"언제까지고 이대로 둘 수는 없지." 미레이는 안으로 들어가 침대에 걸터앉았다. 언제부터 아버지 어머니가 침실을 따로 썼는지 기억나지 않았다. "결국 처분해야 하잖아. 어차피 할 거, 빨리 하는 게 좋아."

"그렇겠지? 이 집에서 언제까지 살 수 있을지도 모르겠고." 아야코가 천장을 올려다보며 말했다.

미레이에게는 뜻밖의 얘기였다. "이 집을 비워줘야 한다는 거야?"

응, 하고 아야코가 몸을 일으켰다. "너도 머지않아 떠날 거고, 그러면 나 혼자 살기에는 너무 넓잖니. 관리하기도 힘들고."

"그런가……." 미레이는 말끝을 흐렸다.

얘기가 대답하기 난처한 쪽으로 흘러갔다. 미레이는 아직 결혼할 예정은 없었다. 하지만 평생 독신으로 살 생각인 것도 아니다.

"그리고 앞으로의 일도 생각해야 할 것 같아." 고심이 담긴 어조로 아야코는 말했다.

"앞으로의 일?"

"정확히 말하면, 경제적인 거. 네 아버지 수입이 끊겨버렸으니까."

"응, 그렇지." 미레이도 목소리를 떨궜다. 요즘 줄곧 생각해온 일이기도 했다.

시라이시 겐스케 법률사무실은 이미 문을 닫았다. 그동안 떠안고 있던 안건은 변호사 동료들이 인수해주기로 한 모양이었다.

"저축해둔 게 좀 있지만, 앞으로 절약해서 살아야 할 것 같아. 여차하면 이 집을 처분하고 살림을 간소하게 줄여야겠지."

아야코의 입에서 이런 현실적인 의견이 나올 줄은 생각도 못 했기 때문에 미레이는 내심 놀랐다. 여태까지 전업주부로 살아와서 현실의 힘겨움은 모를 거라고 약간 내려다보는 마음이 있었던 게 사실이다. 하지만 어머니도 나름대로 정확히 현재 상황을 분석하고 장래를 예측하고 있었다.

"저녁 다 차려지면 부를게." 그렇게 말하고 아야코는 방을 나갔다.

미레이는 침대에 앉은 채 새삼 방 안을 둘러보았다. 한마디로 표현하면 살풍경한 방이다. 장식이랄 게 거의 없었다. 서재 책상 위에 가족사진을 올려놓은 것 정도일까. 하지만 그것도 몇 년 전 사진이라서 미레이는 성인식 예복을 입은 모습이었다.

침대에서 일어나 의자에 가서 앉았다. 책상 서랍을 열어보았다. 필기도구며 인감, 약 등이 잘 정리되어 있었다.

카드도 상당히 많다. 대부분 어딘가의 회원 카드였지만, 평소 쓰지 않는 신용카드도 섞여 있었다. 진찰권도 눈에 띄었다.

치과 진찰 카드가 나왔다. 뒷면에 날짜와 시각을 적는 칸이 있었다. 예약 날짜와 시간을 적어두는 모양이다. 무심코 거기에 적힌 숫자를 들여다보고 미레이는 헉 숨을 삼켰다. '3/31 16:00'이라고 적혀 있었다.

3월 31일.

그 날짜에는 특별한 의미가 있다. 도쿄돔에서 프로야구 공식전 자이언츠 대 주니치의 경기가 있었던 날이다. 구라키 다쓰로의 진술에 의하면 그날 밤 그는 이 야구 경기를 보려고 도쿄돔에 갔고 우연히 옆자리에 앉은 시라이시 겐스케를 알게 되었다.

그렇다면 아버지가 도쿄돔에 가기 전에 치과 진료를 받았다는 것인가. 미레이는 고개를 갸우뚱했다.

저녁을 먹으면서 아야코에게 그 얘기를 했더니 "맞아, 이를 뽑은 날이네"라고 즉석에서 대답했다. "네 아버지가 임플란트를 몇 개나 해 넣었잖아. 그중 한 개야. 그러고 보니 그 무렵에 그런 얘기를 했던 것 같아."

"야구 경기가 시작된 건 저녁 6시야. 그 두 시간 전에 발치를 하다니, 그럴 수도 있나?"

"딱히 이상할 것도 없어. 발치는 별로 힘들 것도 없다고 했거든. 통증이 좀 있는 정도고 그것도 진통제를 먹으면 아무렇지도 않다던데."

"하지만 굳이 그런 날에 야구 경기를 보러 갈까?"

"통증을 잊어버리는 데는 마침 좋다고 생각했는지도 모르지. 기분 전환도 되고."

"그런가……."

미레이는 식탁에 놓인 진찰 카드를 빤히 쳐다보았다. 뭔가 석연치 않았다.

다음 날, 회사 일이 끝난 뒤 그 치과로 향했다. 3월 31일의 진료 내용을 자세히 물어보자고 생각한 것이다. 전화로 문의하면 수상하게 생각할 것 같아서 직접 가보기로 했다.

치과는 진구마에의 빌딩 2층에 있었다. 입구는 유리 자동문이다. 진료 시간은 미리 검색해서 오후 6시 30분까지, 라고 알고 있었다. 미레이가 도착했을 때 아직 10분쯤 남아 있었다. 복도에서 기다리다가 30분이 되자마자 안으로 들어갔다.

바로 앞에 접수처가 있고 그 안에서 뭔가 기입하고 있던 젊은 여자가 얼굴을 들었다.

"죄송합니다. 오늘 진료는 끝났어요. 그리고 예약으로 시간을 정하셔야 하는데." 빠른 말투로 미안하다는 듯이 말했다.

미레이는 고개를 끄덕였다.

"진료 때문에 온 게 아니고, 실은 아버지 일로 여쭤볼 게 있어서요." 가방에서 시라이시 겐스케의 진찰 카드를 꺼내 접수대에 올려놓았다.

"아, 시라이시 씨……." 여자의 얼굴에 긴장감이 떠올랐다.

네, 라고 미레이는 대답했다. "딸입니다."

여자는 잠시 망설이는 기색을 보이더니 잠깐만 기다려주세요, 라고 말하고 안으로 사라졌다.

잠시 뒤, 하얀 가운을 입은 남자가 나타났다. 나이는 아버지보다 조금 젊어 보였다.

"시라이시 씨에 대해 뭘 알아보려는 건가요?"

"진료 내용을 여쭤보고 싶어요. 특히 여기 3월 31일의." 미레이는
진찰 카드에 적힌 날짜를 가리키며 말했다.

"무슨 일 때문에 그런 걸?"

미레이는 의사를 슬쩍 올려다보았다. "목적을 밝혀야 하나요?"

흠, 하고 그는 생각에 잠긴 얼굴이 되었다.

"환자 진료에 관한 것은 본인의 허락 없이 입 밖에 낼 수 없어요.
설령 가족이라도."

"하지만 아버지는 돌아가셨어요. 아직 소식을 못 들으셨는지요?"

의사의 표정에 놀란 기색은 없었다. 이번 사건을 알고 있는 것이
다.

"네, 알겠습니다. 그럼 이쪽으로." 이윽고 마음을 정한 듯 의사가
말했다.

안내를 받아 들어간 곳은 '상담실'이라는 팻말이 붙은 작은 사무
실이었다. 책상 위에 컴퓨터와 큼직한 모니터가 있었다.

의사는 미즈구치라고 이름을 밝힌 뒤, 모니터에 입속 뢴트겐 사진
을 띄웠다. 시라이시 겐스케의 것이다.

미즈구치는 오른편 아래쪽 가장 안쪽의 어금니를 가리켰다.

"이 치아가 임플란트라는 건 아시겠어요?"

"네, 거기 나사 같은 게 박혀 있네요."

"맞아요. 발치 후에 잇몸 뼈에 티타늄 토대를 박고 거기에 받침대
를 꽂아 인공치아를 붙이는 것이죠. 치주염으로 뼈가 많이 상한 상

태여서 임플란트를 하시라고 권했어요."

"그 치료는 한 번에 끝나는 게 아니지요?"

"그렇죠. 시간을 두고 단계적으로 시술해야 합니다. 이번 임플란트 치료는 8월쯤에나 끝날 예정이었어요."

"3월 31일에는 어떤 치료를 했던가요?"

"아, 그날은 발치만 했어요. 그대로 토대를 박기도 하는데 시라이시 씨의 경우에는 발치 후의 구멍이 너무 커서 다음으로 미루기로 했죠."

"그 발치 치료에는 시간이 얼마나 걸렸을까요?"

"이 한 개를 뽑는 것이었으니까 시간은 별로 안 걸렸어요. 길어야 20분 정도였죠."

진찰 카드에 '3/31 16:00'이라고 적혀 있었으니까 오후 4시 30분에는 치료가 끝났다는 얘기다.

"이를 뽑은 뒤에는 어떤 느낌인지……. 몹시 아프거나 하지는 않나요?"

"사람에 따라서 달라요. 간혹 심하게 통증을 느끼는 사람도 있죠. 하지만 사랑니가 아닌 경우에는 대부분 진통제를 복용하면 괜찮아요."

"당일 저녁에 외출하는 건 가능할까요? 이를테면 프로야구 경기장에 간다든가."

"프로야구 경기라……. 별문제는 없어요. 붓기는 다소 느껴지겠지만." 미즈구치는 당혹스러운 표정으로 답했다. 질문의 의도를 알 수 없었던 것이리라.

"되도록 움직이지 말라든가 하는 건 없는 모양이네요."

"격한 운동은 삼가는 게 좋다고 말합니다. 그리고 또 다른 주의사항이라면, 술이죠."

"술?"

"발치 뒤에는 한시바삐 상처가 낫는 게 좋겠지요. 그런데 술을 마시면 혈액순환이 빨라져서 출혈이 일어나기 쉬워요. 그래서 당일만이라도 음주는 삼가라고 얘기합니다."

미즈구치의 말을 듣고 미레이는 중요한 것이 생각났다.

"그럼 맥주도 안 되겠네요?"

"그렇죠. 되도록 마시지 않는 게 좋아요."

"그런 말씀을 아버지에게도 하셨던가요?"

"말씀드렸죠. 그뿐만이 아니라……." 미즈구치는 책상 서랍을 열고 종이 한 장을 꺼냈다. "이런 것도 드렸을 겁니다."

미레이는 종이를 받아 들었다. 그곳에는 발치 후의 주의사항이 적혀 있었다. 지나친 양치는 삼갈 것, 강하게 코를 풀지 말 것 등이 적혀 있고, 당일에 음주는 피해주십시오, 라고 명기되어 있었다.

"이거, 제가 한 장 가져가도 될까요?"

"네, 그러세요."

"고맙습니다. 큰 참고가 됐습니다." 미레이는 자리에서 일어나 깊숙이 머리를 숙였다.

30

호리베 다카히로의 변호사 사무실은 니시신주쿠의 오래된 상가 빌딩 2층에 있었다. 안으로 들어가자 바로 앞의 접수 카운터 너머에 중년 여성이 앉아 있었다. 전에도 왔었기 때문에 가즈마의 얼굴을 기억하고 있는지 환하게 웃으며 인사를 건넸다.

"지금 다른 의뢰인을 만나고 계시니까 잠시만 기다려주세요."

"네, 알겠습니다."

벽 쪽에 긴 가죽소파가 있었다. 가즈마는 그곳에 자리를 잡았다.

정면 벽에 텔레비전이 걸려 있었다. 낮 시간대의 시사정보 방송이 흘러나왔다. 유명한 여성 탤런트가 마약 혐의로 체포된 사건을 두고 평론가와 작가 등의 패널들이 토론을 하는 중이었다. 요즘에 인터넷은 애써 들여다보지 않았지만 어쩔 수 없이 열었을 때, 이 사건에 관한 뉴스가 매번 눈에 띄었다.

몇 년 전 그 탤런트를 기용해 토크쇼를 기획했던 것이 생각났다. 사전 미팅 때 대화를 해보니 평소에 어필하던 경박한 캐릭터와는 달리 자기주장이 확실한, 똑똑한 여성이라는 인상이었다. 그 뒤로 내심 응원해왔는데, 그 밖에 또 다른 얼굴도 갖고 있었던 모양이다.

나는 사람 보는 눈이 없는 모양이다, 라고 가즈마는 부쩍 자신이 없어졌다. 내 아버지에 대한 것조차 알지 못하는데 처음 마주한 사람의 인간성을 알아볼 리가 없다.

문이 열렸다가 닫히는 소리가 들려서 그쪽으로 얼굴을 향했다. 안에서 나이 지긋한 남자가 나오는 참이었다. 그는 접수처 직원에게 슬쩍 머리를 숙이고 사무실을 떠났다.

책상 위의 전화가 울렸다. 접수처 직원이 수화기를 들고 잠시 얘기한 뒤 가즈마 쪽을 보았다.

"구라키 가즈마 씨, 이제 들어가셔도 됩니다."

가즈마는 좁은 통로를 지나갔다. 작은 공간에 문은 활짝 열려 있다. 그곳이 상담실이다.

안녕하세요, 라고 말하고 안으로 들어갔다. 와이셔츠 차림의 호리베가 선 채로 뭔가 서류를 옆에 정리하면서 "네, 거기 앉으세요"라고 의자를 권했다.

가즈마가 자리를 잡자 호리베도 맞은편 의자에 앉았다.

"구라키 씨를 만나고 왔습니다." 호리베가 책상 뒤에서 양손을 깍지 끼면서 말했다. "지난번 가즈마 씨가 얘기했던 것도 물어봤어요."

"아버지는 어떤 대답을?"

호리베는 순간 머뭇거리듯이 시선을 돌렸다가 다시 가즈마를 보았다.

"딱히 아무 생각도 없었다, 라고 하시는군요."

"아무 생각도 없었다고요? 아, 잠깐만요. 아버지에게 어떤 식으로 물어보셨어요?"

"가즈마 씨에게서 들은 그대로예요. 의아하게 생각했던 점을 얘기했습니다. 사건이 일어난 게 1984년 5월 15일이고, 그 4년 뒤에 새 집으로 이사하면서 이삿날을 완전히 똑같은 5월 15일로 잡은 것은 어째서인가, 그 날짜에 저항감은 없었는가, 라고요."

"그랬는데 아무 생각도 없었다, 라고 했다고요?"

네, 라고 호리베가 고개를 끄덕였다.

"그 사건을 잊어버렸던 것은 아니지만 날짜는 딱히 의식하지 않았다, 이사할 때 이래저래 바빠서 무엇보다 회사 일에 지장이 없는 날을 선택한 것뿐이다. 구라키 씨는 그렇게 얘기했어요."

가즈마는 고개를 가로저었다.

"말도 안 돼, 그럴 리가 있습니까. 호리베 변호사님도 이상하다고 생각하셨죠? 그렇게 생각하셨으니까 본인에게 확인해보자고 하신 거잖아요."

호리베는 마지못한 기색으로 고개를 끄덕였다.

"분명 부자연스러운 일이죠. 그래서 확인할 가치가 있다고 생각했어요. 어쩌면 특별한 의미가 있었을지도 모르니까요."

"의미?"

"이를테면 공양입니다. 공양의 구실을 찾은 것인지도 모른다고 생각했어요."

무슨 말인지 알아듣지 못해서 가즈마는 고개를 갸우뚱했다. "그게 뭔가 의미가 있다는 말인가요?"

"5월 15일에 이사를 하면 그날은 구라키 씨 집안의 이사기념일이 되겠지요. 그래서 그날 구라키 씨가 성묘를 하러 절에 가건 주위에서는 단순히 기념일을 축하하는 것으로만 생각할 겁니다. 설마 자신이 살해한 피해자를 위한 공양인 줄은 아무도 알지 못해요. 즉 카무플라주인 셈입니다. 만일 그런 목적이었다면 과거의 잘못을 후회한다는 분명한 증거가 될 수 있겠죠. 재판에서 활용할 수 있는 소재가되는 거예요."

가즈마는 금테 안경을 쓴 변호사의 각진 얼굴을 멀거니 바라봤다.

"변호인님은 그런 걸 생각하셨어요?"

"그런 걸, 이라면?"

"재판에 사용할 수 있는지 아닌지를."

"당연하지요." 호리베는 등을 반듯하게 세우고 눈을 둥그렇게 떴다. "나는 변호인이니까 재판에 유리한 소재를 찾는 게 일입니다. 하지만 유감스럽게도 이 건은 빗나갔어요. 아무 생각도 없었다, 라고 해서야 얘기가 안 되죠. 어설피 꺼내 들었다가 오히려 과거 사건을 전혀 반성하지 않는다는 증명이 될 수 있어요." 그렇게 말하고 두 손을 번쩍 드는 포즈를 취했다.

"근데 저는 그럴 생각으로 이삿날 얘기를 했던 게 아니에요."

호리베가 의아하다는 듯 미간을 좁혔다. "그러면 어떤 생각으로?"

"만일 정말로 5월 15일에 살인을 저질렀다면 새집으로 이사하는 날을 똑같은 날짜로 정할 리가 없잖습니까. 젊은 시절의 아버지에게 내 집 마련은 아마 가장 큰 꿈이었을 겁니다. 그 증거로 아직도 대출금 변제 기록이며 주택 적립금 복사본 같은 걸 간직하고 있었어요. 그토록 원했던 내 집으로 이사하는 날을 하필 그 날짜로 잡다니, 그건 있을 수 없는 일이에요."

"그래도 날짜 같은 건 생각하지 않았다고 구라키 씨 본인이 얘기하고 있어요."

"그게 이상하다니까요. 자수하지 않은 것은 공소시효 만료 날을 기다렸다는 뜻이겠죠. 그런데 그 날짜를 잊어버리다니, 말이 안 되잖아요. 아버지는 거짓말을 하고 있어요. 틀림없이 거짓말을……."

스톱, 이라고 호리베가 오른손을 내밀었다. 후우 숨을 토해내고 입을 열었다.

"가즈마 씨가 무슨 말을 하고 싶은지는 알겠는데, 이제 와서 새삼스럽게 사실관계를 다투는 건 득책이 아니에요. 무엇보다 구라키 씨 본인이 범행을 인정하고 있습니다. 다른 사람이 무슨 말을 하건 의미가 없다는 거예요."

"하지만……."

"아니, 이 건은." 호리베가 말을 가로막았다. "이걸로 딱 정리하지요. 이제 다 잊어버리세요. 집착할 일이 아닙니다."

가즈마는 온몸에서 힘이 빠져나가는 느낌이었다. 본가에 내려갔다가 요시야마의 말을 듣고 암흑 속에서 마침내 한 줄기 빛을 찾은 듯한 마음이었는데 그게 아무 의미도 없다는 것인가.

만일, 이라고 호리베가 뒤를 이었다.

"도저히 받아들일 수 없다, 아버지가 거짓말을 하고 있다, 라고 생각하신다면 거짓말을 하는 이유를 찾아오면 됩니다. 그걸 찾아내고 또한 그게 설득력이 있다면 그때는 나도 다시 생각해볼 테니까요."

"거짓말을 하는 이유……."

왠지 다시 그 여자, 시라이시 겐스케의 딸의 얼굴이 퍼뜩 머릿속에 떠올랐다.

31

"그 얘기, 틀림없지요? 아타미에 가자는 얘기를 처음 꺼낸 사람이 이시이 료코 씨란 말이지요?"

고다이가 몸을 앞으로 쓱 내밀며 확인하자 테이블 건너편에 앉은 60대 여성은 약간 겁이 난 얼굴을 하면서도 고개를 끄덕였다.

"네, 틀림없어요. 그래서 각자 시간이 되는 날을 료코 씨에게 알려 주기로 했어요. 그러면 료코 씨가 날짜를 정해서 숙소를 예약할 계획이었거든요."

"직접 만나서 상의했던 겁니까? 아니면 메일이나 다른 연락 방법으로?"

"SNS로 상의했는데요."

"그거, 지금도 남아 있습니까?"

"남아 있죠." 그녀는 스마트폰을 꺼내 터치한 뒤 고다이에게 화면을 보여주었다. "이거예요."

고다이는 화면을 들여다보았다. 그곳에 떠 있는 메시지들은 그녀의 얘기를 충분히 확인해주는 내용이었다.

"이 대화 내용, 절대로 삭제하시면 안 됩니다. 아주 중요한 증거가 될 테니까요."

네, 라고 대답하는 얼굴에 잔뜩 긴장한 표정이 떠올랐다.

"형사님, 료코 씨를 죽인 범인은 이미 체포되었잖아요. 그런데도 아직 조사할 게 남아 있나요?" 스마트폰을 가방에 넣으면서 그녀가 물었다.

"이런저런 사실 확인이 필요하니까요. 아무튼 오늘은 고맙습니다. 이렇게 협력해주셔서 정말 감사합니다." 고다이는 테이블의 계산서를 집어 들고 자리에서 일어섰다.

찻집 앞에서 헤어진 뒤, 수사본부의 쓰쓰이에게 전화를 걸었다. 피해자의 친구에게서 방금 들은 내용을 보고하자 "오, 일보전진이군"이라는 답이 돌아왔다. "방금 전에 검사가 다녀갔어. 자네가 잡은 그 증거로 계장님도 체면이 서겠네. 수고했어. 그만 본부로 들어와."

알겠습니다, 라고 말하고 전화를 끊었다. 오랜만에 거둔 수확에 마음이 한결 가벼웠다.

오쿠타마의 산속에서 여성의 토막 사체가 발견된 것은 지난달의 일이었다. 약 1주일 뒤, 신원이 밝혀졌다. 조후시에 사는 이시이 료코라는 자산가 여성이었다. 살아 있었다면 62세로, 남편과는 사별했고 26세의 외동딸과 둘뿐이었다.

사체 유기 사건으로 수사본부가 꾸려졌다. 경시청에서 나가게 된 게 고다이가 소속된 팀이었다.

수사는 처음부터 난항이 예상되었다. 왜냐하면 이시이 료코의 실종 시기가 언제인지, 확실하지 않았기 때문이다. 딸은 1년 전에 영국으로 유학을 떠났다가 두 달 전에 귀국했고 그제야 어머니가 행방불명인 것을 알았다. 영국 체류 중에는 주로 이메일로 연락을 주고받았는데 이변이 일어난 것은 전혀 알지 못했다고 한다.

피해자의 자택을 조사해본바, 명백히 도난당한 흔적이 확인되었다. 현금카드며 신용카드가 사라지고 없었다. 각 카드의 이용 내역을 조회해본 끝에 지난 8월 말부터 부자연스러운 예금 인출과 신용카드 사용이 시작되었다는 것을 밝혀냈다.

방범카메라 영상에서 한 남자가 부각되었다. 피해자 딸의 전 남자 친구로, 누마타라는 28세의 자칭 뮤지션이었다.

결정적인 증거도 발견되었다. 현장에 남겨진 예금통장 가방에서 누마타의 지문이 검출된 것이다.

임의동행으로 취조에 들어가자 사체 유기에 대해서는 순순히 인정해서 그대로 체포하게 되었다. 이것으로 한 건 낙착, 큰일 하나를 끝냈다고 고다이 팀이 안도한 것도 잠시였다.

누마타가 살해에 대해서는 단호하게 부정하고 나선 것이다.

현금카드나 신용카드를 사용한 것은 인정했다. 누마타 본인의 말에 따르면, 수입이 없어서 힘들다고 하소연을 했더니 이시이 료코 씨가 마음대로 쓰라면서 카드를 내줬다, 라는 것이었다. 그리고 그때 비밀번호도 알려주었다고 한다.

사체 유기에 관해서는 이렇게 해명했다. 돈을 빌려준 데 대한 감사 인사를 하러 집에 갔더니 료코 씨가 목을 매고 죽어 있었다. 이런 사체가 발견되고 일이 시끄러워지면 유학 중인 딸이 공부에 전념할 수 없다는 생각에 일단 감추기로 했다. 료코 씨의 스마트폰으로 그녀인 척하며 딸과 메일을 주고받은 것도 같은 목적이었다…….

그런 말도 안 되는 소리가 통할 리 있겠냐, 라고 고다이 팀은 생각했지만 일이 점점 이상한 방향으로 흘러갔다. 검찰 쪽에서 지금 이대로는 살인죄로 입건할 수 없다고 말해 온 것이다.

문제는 사망 원인이었다. 사체의 손상이 심해 사망 원인을 특정할 수 없었다. 흉기도 발견하지 못했다. 즉 살해했다는 물증이 없는 것이다.

검찰이 고심 끝에 생각해낸 것은 누마타가 주장한, 이시이 료코가 스스로 목을 매고 자살했다는 진술을 부정하자는 것이었다. 그 말이 거짓이라는 것을 증명하면 그 밖의 진술도 뒤엎을 수 있기 때문이다.

하지만 그게 그리 간단한 일이 아니었다. 자살할 동기가 없다, 라는 의례적인 얘기는 재판에서 통하지 않는다. 한 사람이 어떤 남모르는 고민을 떠안고 있었는지 타인은 알 수 없기 때문이다.

그래서 생전의 이시이 료코의 동향을 철저히 알아보기로 했다. 자살할 리 없다는 근거를 최대한 많이 수집하는 것이다.

이윽고 몇 가지 사실이 발견되었다. 첫째로, 이시이 료코가 1년 수개월 전에 생명보험에 가입했다는 것이다. 수령인은 딸이었지만 2년 이내 자살할 경우 보험금은 지급되지 않는다, 라는 조건이 딸려 있었다. 혹시 자살할 마음을 먹었더라도 혼자 남을 딸을 생각했을 것이고 그렇다면 최소한 2년의 기간이 지나기를 기다리는 게 일반적이지 않을까.

이시이 료코가 집을 수리하고 싶다는 말을 자주 했다는 것도 알아냈다. 자살을 생각하는 사람이라면 하지 않을 일이다.

그리고 이번에 고다이가 알아낸 것이 이시이 료코가 친구들과 아타미 여행을 계획했다는 것이었다. 그런 제안을 했던 사람이 여행 직전에 자살할 리가 없다.

오늘은 당당한 얼굴로 수사본부에 들어갈 수 있겠다고 생각하며 고다이가 역으로 향할 때, 스마트폰에 착신이 있었다. 화면을 확인하고는 저절로 눈이 둥그레졌다. 시라이시 미레이의 전화였기 때문이다. 이전 사건, 즉 '미나토구 해안 변호사 살해 및 사체 유기 사건'의 유족이다.

"여보세요, 고다이입니다."

"아, 저는 시라이시 미레이라고 합니다. 지난가을에 살해된 시라이시 겐스케 변호사의 장녀인데요."

"알고 있어요. 그때는 협력해주셔서 고마웠습니다. 그런데 무슨 일로……."

"실은 꼭 상의드릴 것이 있어서요. 그 사건에 관해서."

"어떤 일이죠? 사무적인 것이라면 관할서에서 대응을……."

"아뇨, 수사에 대한 것입니다." 미레이가 강한 어조로 말했다. "수사가 잘못되었다고 생각하니까요."

고다이는 스마트폰을 꾹 움켜쥐었다. "이건 그냥 흘려들을 수 없는 말씀인데요."

"그래서 꼭 제 얘기를 들어주셔야 해요. 시간을 좀 내주실 수 있을까요? 어디든 제가 찾아갈 테니까요."

고다이는 한숨을 내쉬며 손목시계를 들여다보았다. 이쪽으로서는 이미 끝난 사건이라도 유족의 싸움은 끝나지 않은 것이다. 수사가 잘못되었다, 라는 말을 듣고 그냥 넘어갈 수도 없었다.

"장소는 그쪽에서 정해주십시오. 저야말로 어디든 찾아갈 테니까요." 고다이는 말했다.

약 20분 뒤, 롯폰기의 찻집에서 고다이는 시라이시 미레이를 마주했다. 다시 보니 역시 상당한 미인이었다. 다만 조금 야윈 것 같았다.

바쁘실 텐데 죄송합니다, 라고 미레이가 머리를 숙였다.

"괜찮습니다. 그래서, 하실 말씀이라는 건?"

"이거예요." 그녀가 테이블에 내려놓은 것은 치과 진찰 카드였다.

그곳에 적힌 날짜와 시각을 짚어주며 그녀가 들려준 내용은 아닌 게 아니라 눈이 둥그레질 만한 것이었다.

3월 31일, 구라키는 도쿄돔에서 시라이시를 만났다고 진술했었다. 시라이시가 점원에게서 맥주를 살 때 떨어뜨린 천 엔짜리 지폐가 옆자리에 있던 구라키의 술잔으로 날아든 게 계기였다.

하지만 그날 오후 시라이시는 치과에서 발치를 했고 따라서 술은 마실 수 없었다, 라고 미레이는 말하는 것이다.

"아버지는 그런 주의사항을 무시하는 분이 아니에요. 의사가 당일에 술을 마시지 말라고 얘기했다면 절대로 입에 대지 않았을 거라고요." 치과에서 받아 왔다는 주의사항 종이를 보여주며 그녀는 힘주어 말했다.

고다이는 말문이 막혔다. 미레이의 주장은 강한 설득력이 있었다. 이를 뽑았다면 그날은 물론이고 한동안 술은 피해야 한다는 건 상식이다.

"그러면 구라키 씨가 거짓 진술을 했다는 건가요?"

"그렇다고 생각할 수밖에 없잖아요?"

"아뇨, 하지만 이제 새삼 그런 얘기를 하셔도……."

"이제는 돌이킬 수 없으니까 모르는 척 넘어가겠다, 그런 말씀이세요?" 미레이가 쓱 노려보는 시선을 던지며 말했다.

고다이는 한숨을 내쉬었다.

"이런 얘기를 누구 다른 사람에게도 했습니까?"

"변호사에게 얘기했어요. 피해자 참여제도를 도와주시는 분이에요."

"그 변호사는 어떤 대답을?"

"일단 검찰에 얘기해보겠지만, 아마도 묵살당할 거라고⋯⋯."

그럴 것이라고 고다이도 생각했다. 사실관계로는 다투지 않을 예정이라서 굳이 그런 정보를 재판에 끌고 들어가봤자 별 의미가 없는 것이다.

"범인은 체포되었고 동기도 그 범인이 자백을 했어요. 그러면 해결된 거 아니겠습니까."

"아뇨, 사실대로 밝혀지지 않았어요. 나는 진실을 알고 싶은 거예요. 형사님은 그런 생각 안 드세요? 열심히 수사했는데 거짓인 채로 처리해버려도 정말 괜찮아요?"

"아직 거짓이라고 단정할 일은 아닌데⋯⋯."

"아니, 거짓이에요!" 미레이가 날카로운 목소리로 말하고 테이블에 놓인 종이를 가리켰다. "거짓이 아니라면 이건 어떻게 된 것인지, 납득할 만한 설명을 해주세요."

고다이는 입을 다물 수밖에 없었다. 이건 설명할 수 없다.

미안합니다, 라고 미레이가 말했다. 갑자기 확 바뀌어 가늘고 연약한 목소리였다.

"번거로운 일이라는 건 저도 알아요. 고다이 형사님도 이래저래 힘드시겠죠. 하지만 달리 상의할 사람이 없어서⋯⋯."

"힘들다기보다 애초에 유족이 납득하지 못했다면 그걸 어떻게든

해결해주는 게 형사가 할 일이죠." 고다이는 다시금 미레이를 마주

보았다. "이건 나한테 맡겨주십쇼. 나도 나름대로 조사해볼 테니까

요."

"정말 그렇게 해주실 거예요?"

"기대에 응할 수 있을지 어떨지는 모르겠지만."

"고맙습니다. 잘 부탁드릴게요." 미레이는 구원을 얻은 듯한 표정

으로 머리를 숙였다.

고개를 끄덕이면서도 고다이는 겨드랑이에 식은땀이 났다. 이 문

제를 해결할 자신 따위, 전혀 없었기 때문이다.

오후 8시, 고다이가 안에 들어가자 안쪽 테이블에 앉은 나카마치

의 모습이 보였다.

몬젠나카초의 항상 다니던 숯불구잇집이다. 자리에 앉아 생맥주

를 주문했다.

"이 식당에서 고다이 씨와 다시 술잔을 기울이는 날이 이렇게 빨

리 올 줄은 몰랐는데요?" 나카마치가 넥타이를 느슨하게 풀면서 말

했다.

"미안해, 번거로운 일에 불러내서."

"천만에요. 고다이 씨 연락 받고 저도 깜짝 놀랐어요."

시라이시 미레이와 헤어진 뒤 곧장 나카마치에게 전화를 걸어 사

정을 설명했던 것이다.

점원이 생맥주를 내왔다. 둘이서 쨍하고 잔을 마주치고 고다이는

물었다. "그래서, 어떻게 됐어?"

"시라이시 겐스케 씨의 3월 31일의 행적 말이지요? 그거, 수사 자료에 남아 있었어요." 나카마치는 수첩을 꺼냈다. "시라이시 씨의 사무실에 나가이 씨라는 어시스턴트가 있었잖아요. 그 나가이 씨에게서 얘기를 들은 모양이에요. 일정표에 의하면 오후 3시 30분에 시라이시 씨는 사무실을 나갔고 그대로 퇴근했답니다. 일정표에 개인적 용무라고 적혀 있을 뿐, 의뢰인을 만날 예정은 없었대요."

"그렇다면 3시 30분에 사무실을 나온 것은 치과에 가기 위해서였네. 그 뒤에 도쿄돔에 간다는 일정은 적혀 있지 않았던 거지?"

"업무용 일정표니까 그런 건 적지 않았겠죠. 다만 나가이 씨도 변호사님에게서 도쿄돔에 간다는 얘기는 들은 적이 없다고 한 모양이에요."

"그 어시스턴트는 상당히 오래 함께 일했잖아. 오랜만의 프로야구 관전인데, 잡담으로라도 얘기를 했을 법한데 말이야."

"우연히 말을 안 했는지, 아니면 일부러 얘기를 안 했는지······."

"혹은 애초에 야구 경기 같은 건 보러 간 적이 없었는지도 모르지."

고다이의 말에 나카마치는 크게 심호흡을 했다.

"그, 그건 심각한데요? 사건의 구조가 바닥부터 뒤집힐 수 있잖아요."

"이 얘기, 아직 아무한테도 말 안 했지?"

"당연하죠."

"좋아, 당분간 우리 둘만 아는 일로 해두자고."

"알겠습니다. 근데······." 나카마치는 목소리를 낮췄다. "어떻게 하시려고요?"

"아직 모르겠어. 지금부터 생각해봐야지."

점원이 옆을 지나가는 것을 보고 고다이는 안주를 몇 가지 주문했다.

"고다이 씨도 바쁘시잖아요. 요즘 어떤 사건을?" 나카마치가 화제를 바꿨다.

"좀 까다로운 사건이야. 범인은 잡혔는데 후속 작업이 아주 복잡해."

고다이는 현재 뛰어든 사건에 대해 짤막하게 설명했다.

"조후의 자산가 노부인이 살해된 그 사건이구나. 그 얘기, 우리도 전해 들었어요. 용의자가 말도 안 되는 변명을 한다면서요?"

"그렇다니까. 어떻게 그런 거짓말을 둘러대는지, 혀를 내두를 정도야. 근데 생각해보면 그게 일반적인 거 아닌가 싶어."

"일반적이라니, 무슨 말이에요?"

"어떤 범죄자든 당연히 형을 피하고 싶은 거라고. 그러기 위해서라면 별 이상한 거짓말도 둘러대고 보는 게 일반적인 심리야. 그런데 구라키는 어떻지? 그 사람이 거짓말을 둘러댔다고 치고, 그건 대체 무엇을 위한 거짓말일까? 그건 누가 봐도 감형과는 전혀 관계가 없잖아. 근데 왜 거짓말을 하는 거지?"

글쎄요, 라고 나카마치는 고개를 갸웃거렸다.

고다이는 맥주를 꿀꺽 들이켜고 식당 안을 둘러보았다. 구라키를 체포한 직후, 이 식당에 왔을 때의 일이 생각났다.

그날 밤 불길한 예감이 가슴을 스쳤던 것이 아직도 기억난다.

우리는 정말 미궁에 빠지려는 사건을 해결한 것인가, 어쩌면 새로운 미궁에 빠져들고 있는 건 아닌가, 라는 것이었다.

그 불길한 예감이 전혀 사라지지 않은 것을 고다이는 깨달았다. 오히려 더 커져가고 있다.

32

명품 브랜드 보석점에서 젊은 커플이 행복한 미소를 지으며 나왔다. 특히 여자 쪽의 얼굴에 만족감이 흐르고 있었다. 결혼반지를 사러 왔다가 원하는 물건을 찾은 것인지도 모른다.

저 커플 같은 일상이 내게도 찾아올까, 라고 가즈마는 생각했다. 하지만 결혼이나 결혼반지 따위, 상관없다. 단지 스스럼없이 웃을 수 있는 나날이 그리웠다.

긴자의 큰길을 마주한 찻집에 와 있었다. 2층이라서 창유리 너머로 거리가 내다보이는 것이다. 지금부터 만날 상대가 정해준 곳이다. 예약을 해뒀다는 얘기였기 때문에 약속 시간보다 5분쯤 일찍 나와서 이름을 밝히자 이 자리로 안내해주었다. 상대는 예약을 한 것뿐만 아니라 좌석까지 정해둔 모양이었다. 가장 안쪽의 눈에 띄지 않는 자리였다. 용건은 미리 말해주지 않았지만, 은밀한 대화를 나누기 편한 장소가 좋다고 생각했던 것이리라.

약속한 오후 3시가 되었다. 계단으로 시선을 던지자 그가 막 올라오는 참이었다. 점원에게 몇 마디 건넨 뒤, 망설임 없이 가즈마의 테

이블로 다가왔다. 다크브라운색의 재킷을 입었고 어깨에 숄더백을
메고 있었다. 덥수룩한 수염, 갈색으로 그을린 얼굴, 전에 만났을 때
보다 더 교활하게 보이는 것은 선입견이 생겨버렸기 때문일까.

"오랜만이에요." 난바라는 입가에 미소가 번진 채 가즈마의 맞은
편에 앉았다.

"갑작스럽게 죄송합니다." 가즈마는 머리를 숙였다.

"괜찮아요. 좀 놀라긴 했지만."

"그러셨을 거예요."

문의할 게 있으니 만나달라고 연락한 것은 가즈마 쪽이었다. 거절
할지도 모른다고 생각했는데 난바라는 곧장 승낙하고 장소와 일시
를 정해주었다.

점원이 주문을 받으러 왔다. 난바라가 커피를 주문해서 가즈마도
그걸로 했다.

"먼저 양해를 구하고 시작해야겠군요." 난바라는 가슴팍 주머니에
꽂힌 볼펜을 꺼냈다. "이건 녹음 기능도 있는 물건이에요. 우리 대화
를 녹음할 생각인데, 그래도 괜찮겠습니까?"

"네, 그러시죠."

"그러면 감사히." 난바라는 볼펜의 어딘가를 누른 뒤 테이블에 내
려놓았다.

"그때도 대화를 녹음하셨더군요." 볼펜을 바라보며 가즈마는 말했
다. "저희 집에 와서 이런저런 질문을 하셨을 때."

"대화를 녹음하는 건 취재의 철칙이에요." 난바라는 민망해하는
일도 없이 말했다. "《주간세보》 편집부 쪽에서 얘기는 들었어요. 변

호사를 통해 항의를 하셨다던데."

"기사의 뉘앙스에 저항감이 들었으니까요."

"내용을 어떻게 받아들이느냐는 사람마다 각각 다르지요. 그 기사
는 가즈마 씨가 했던 말들을 그대로 요약한 것이었어요. 그렇잖습니
까."

"보기 좋게 유도질문에 넘어갔죠."

"그래서 불만을 토로하려고 나를 불러냈다는 건가요?"

"그건 아니고요. 그 기사에 대해 더 이상 이러니저러니 할 생각은
없습니다. 말해봤자 별수도 없고."

점원이 다가와 두 사람 앞에 커피 잔을 내려놓았다. 그동안에 난
바라는 관찰하는 듯한 눈빛으로 가즈마를 지켜보고 있었다. 자신을
불러낸 이유가 무엇인지, 생각이 복잡할 터였다.

"그 기사, 형편없었어요." 점원의 모습이 멀어진 뒤에 난바라는 입
을 열었다. "좀 더 자극적인 기사로 만들 생각이었는데 결국 마음먹
은 대로 쓰지 못했죠. 공소시효가 만료된 살인 사건이다 보니 역시
모든 게 몇십 년 전 일이라서 유족의 얘기를 취재해보려고 해도 현
장감이 있는 목소리는 구할 수가 없더라고요. 하긴 그런 헛발질은
자주 있는 일이지만." 쓴웃음을 지으며 난바라는 커피에 우유를 넣
고 스푼으로 저었다. "그나저나 그런 형편없는 기사에 대한 항의도
아니라면 오늘은 어떤 용건으로 나를 불러냈어요? 전화로는 물어볼
게 있다, 라고만 하셨는데."

가즈마는 블랙으로 커피를 마시면서 잠시 뜸을 들인 뒤에 입을
열었다.

"제가 궁금한 건 물론 아버지가 일으킨 사건에 대한 것이죠. 이번 사건이 아니라 1984년에 고향에서 일어난 사건."

"'히가시오카자키역 앞 금융업자 살해 사건' 말이군요." 난바라는 정확성을 고집하듯이 길게 말했다. "그 사건의 어떤 점이?"

"어떻게 취재를 하셨지요? 경찰에서는 발표한 적이 없었잖아요."

아, 그 얘기인가, 라고 난바라는 김빠진 기색을 드러냈다.

"그날 가즈마 씨가 해준 얘기로 과거에 구라키 다쓰로 씨가 일으킨 사건이 분명 살인 사건이구나, 하고 딱 감을 잡았어요. 그래서 그때 당시의 지인들을 한 사람 한 사람 찾아다녔습니다. 그 무렵의 샐러리맨들은 인간관계의 범위라는 게 거의 직장으로 한정되어 있거든요. 사원 명단 한 권만 입수하면 연락처쯤은 금세 알아낼 수 있죠. 더구나 그 지역은 단독주택에서 사는 경우가 많아서 다른 곳으로 이동하는 일도 별로 없으니까요."

"그 기사에서 예전 직장 동료 중에 아버지가 경찰 조사를 받은 걸 기억하는 사람이 있었다고 쓰셨지요?"

"게다가 살인 사건의 사체 발견자로 경찰에 불려 간 거였어요. 그 야말로 딱 감이 오더군요, 이건 틀림없다 하고. 다만 구라키 씨가 그 사건의 범인이라는 건 확인할 수 없었어요. 당연하죠, 공소시효가 만료될 정도로 세월이 흘렀으니까. 하지만 기사는 일부러 단정적으로 써봤어요. 그게 잘못된 얘기라면 구라키 씨 본인이나 경찰 쪽에서 항의가 들어올 수도 있겠지만 그때는 내가 책임을 지겠다고 편집부에 얘기했습니다. 물론 절대 그런 항의는 들어오지 않는다는 확신이 있었기 때문에 큰소리를 쳤지요." 정중한 말투였지만 그 얼굴 표정에는 자신감이 넘쳤다.

"그 밖에 그 사건에 대해 기억하는 사람은 없었습니까?"

"몇 명 더 있었는데 별로 주목할 만한 얘기는 나오지 않았어요. 그 래서 당시 피해자의 유족을 만나보자고 마음을 먹었죠. 하지만 살해된 하이타니라는 자는 한 차례 결혼은 했었는데 살해 당시에는 혼자 살았고 아이도 없었습니다. 나로서는 그게 가장 큰 오산이었어요. 그 기사를 만족스럽게 써내지 못한 최대 요인이에요. 공소시효가 만료된 과거 사건의 피해자와 그 유족은 동일한 범인이 또다시 사람을 죽였다는 것을 알면 과연 어떤 생각을 할까, 그 생생한 목소리를 중심으로 기사를 쓰려고 했었는데 완전 실패였으니까요." 난바라는 커피 잔을 손에 든 채 어깨를 으쓱 쳐들었다.

"결국 그 유족은 찾지 못했던 거군요?"

"방금 말했던 것처럼 아내도 아이도 없었어요. 그래도 여기저기 알아본 끝에 딱 한 사람 흥미로운 인물을 찾아냈죠. 하이타니에게 여동생이 있었는데 그 여동생의 아들이 하이타니의 그 사무실에서 일했었다고 하더라고요."

"그 사람의 조카인 거네요."

"그렇죠. 내가 알아보니까 여동생은 이미 사망했지만 조카는 살아 있었어요. 도요하시의 원룸에서 혼자 살고 있고 나이는 50대 중반, 즉 사건 당시에는 갓 20대의 젊은이였다는 얘기가 되죠. 이름은 사카노, 한자로 언덕 판坂에 들 야野 자를 씁니다."

"그 사람을 만나셨습니까?"

"만났죠. 기왕 아이치현까지 달려갔는데, 들고 올 선물이 많으면 많을수록 좋으니까. 그런데 그게 또 계산 착오였어요. 그야말로 완전 헛수고." 난바라는 커피 잔을 내려놓고 어이없다는 듯이 양팔을 크게 펼쳤다.

"그건 무슨 말씀이신지……."

"일단 사카노 씨는 이번에 일어난 사건을 알지도 못했어요. 도쿄에서 변호사가 살해된 사건이라고 내가 얘기했는데도 그게 뭐 어떻다는 거냐는 식이에요. 누누이 설명을 하고 이번 사건에 1984년의 그 사건이 얽혀 있다는 얘기까지 듣고서야 겨우 관심을 보이더라고요. 예전 그 사건은 분명하게 기억하고, 이름은 잊어버렸지만 구라키 다쓰로 씨도 잘 알고 있었습니다. 그뿐만 아니라 자신과 구라키 씨가 사체를 발견했고 경찰에 신고한 건 자신이었다고 술술 얘기했어요."

"그야말로 사건 관계자였던 셈이네요. 그런데 왜 계산 착오였다는 겁니까?"

"사카노 씨가 전혀 유족의 감성을 보여주지 않았거든요." 난바라는 씁쓸한 얼굴로 양쪽 눈썹을 축 늘어뜨렸다. "앞서도 말했지만, 나로서는 외삼촌을 살해한 범인이 공소시효 만료로 완전히 처벌을 면했고 게다가 또다시 살인을 범했다, 라는 얘기를 들으면 펄펄 뛰며 분개해줄 것이라는 기대감이 있었어요. 원망이나 증오의 말을 토로해준다면 그걸 그냥 받아쓰기만 해도 훌륭한 기사가 되니까요. 그런데 사카노 씨의 반응은, 아, 그렇습니까, 라는 식이고 전혀 반응이 없더라고요. 화가 나지 않느냐고 물었더니 어떤 대답이 돌아왔는지 알아요? 어찌 되건 상관없다, 라는 거예요. 범인이 누가 됐든 자신과는 아무 관계도 없다면서."

"살해당한 피해자에 대한 안타까움이 별로 없었다는 건가요?"

"별로 없는 정도가 아니라 피해자에게 악감정까지 품고 있었어요. 그때는 일할 데가 없어서 전화 당번으로 그 사무실에 나갔지만, 그런 인간 밑에서 일하는 게 너무 지긋지긋했다, 라는 거예요. 사기 수법으로 노인네들을 등쳐먹고도 태연한 얼굴을 하는 아주 형편없는 인간이었답니다. 살해되어도 싸다고 생각했고, 누가 범인이든 놀랍지도 않다고 했어요."

"혐오감을 품고 있었던 모양이네요."

"가즈마 씨에게 이런 얘기를 하면 입에 발린 위로처럼 들릴지도 모르지만, 구라키 다쓰로 씨가 하이타니를 살해한 심정은 충분히 이해가 된다고 했습니다. 별로 대단한 사고도 아닌데 큰 부상을 당한 척하면서 전속 운전기사처럼 부려먹고 치료비네 위자료네 돈을 뜯어냈으니까 불끈할 만도 하다고 했어요. 아무튼 그런 식으로 사카노 씨가 말은 엄청 많이 했는데, 기사에 인용할 만한 말은 한 마디도 못 건졌습니다."

"그렇군요."

난바라가 말한 대로 입에 발린 위로에 지나지 않을지도 모른다. 하지만 피해자의 가까운 친척조차 전혀 슬퍼하지 않았다는 말을 듣고 가즈마는 조금은 마음이 편해졌다. 불행의 연쇄는 짧은 편이 좋다.

"그 밖에 또 뭔가 물어볼 게 있습니까?" 난바라가 물었다.

"가장 궁금한 점인데요. 어째서 경찰은 그 당시에 아버지가 범인이라는 걸 밝혀내지 못했을까요? 사체의 첫 발견자라면 어떤 의미에서는 가장 유력한 용의자일 텐데요."

"당연한 의문이에요. 나도 그게 이상해서 경찰 쪽 소식통에게 꼭 알아봐달라고 따로 부탁을 넣었어요. 하지만 역시 아는 게 없었습니다. 30년이나 지난 사건이라 우선 그 당시 사정을 아는 사람 자체가 없어요. 자료도 대부분 폐기되었고."

"그렇습니까……."

다만, 이라고 난바라가 고개를 갸우뚱했다.

"아까 등장했던 그 사카노 씨가 좀 묘한 소리를 했어요. 구라키 다쓰로 씨가 그 사건의 진범이라도 별로 놀랄 건 없지만, 당시에 그 사람은 알리바이가 있었다, 라고 하더라고요."

"알리바이?" 가슴이 철렁해서 가즈마는 저도 모르게 몸을 앞으로 내밀었다. "정말입니까?"

"정말인지 어떤지는 모르겠어요. 사카노 씨의 얘기로는, 현장에 출동한 형사가 사체 발견의 경위에 대해 자신과 구라키 씨를 나란히 앉혀놓고 꼬치꼬치 캐물었는데 그 자리에서 아, 이 사람은 알리바이가 있구나, 라고 생각했다는 거예요. 다만 그 알리바이가 증명되었는지 어떤지는 모른다고 하는 걸 보면 단순히 사카노 씨의 착각이었을 가능성도 있어요."

"하지만 거짓 알리바이였다면 경찰 조사에서 금세 밝혀졌겠지요. 실제로 그 알리바이가 증명되었던 게 아닐까요? 그래서 아버지는 의심을 받지 않았다, 라는 얘기인 것 같은데요?"

"아, 가즈마 씨, 목소리가 커요."

난바라의 말에 가즈마는 급히 주위를 둘러보았다. 다행히 가까운 좌석에 다른 손님은 없었다.

유리잔을 들어 물을 꿀꺽 마시고 억누른 목소리로 뒤를 이었다.

"알리바이가 거짓이라는 걸 알았다면 오히려 의혹이 더 커졌겠지요. 그런데도 다른 사람이 체포될 때까지 경찰이 아버지를 용의 선상에 올리지 않았다는 건 분명 이상한 일이잖습니까."

"아, 잠깐만." 난바라가 오른손을 펼쳐 앞으로 내밀었다. "무슨 말을 하려는지 알겠는데, 그런 얘기를 나한테 해봤자 난감할 따름입니다. 나는 단순히 사카노 씨에게서 들은 얘기를 전해드렸을 뿐이에요. 아버지가 살인범이라는 것을 부정하고 싶은 가즈마 씨의 심정은 이해합니다. 하지만 본인이 자백을 했잖습니까. 받아들이기 힘들겠지만, 그게 현실이에요. 거기에 의문의 여지는 없습니다."

가즈마는 입을 다물었다. 난바라의 말은 타당성이 있었다.

"그 밖에 또 궁금한 점은 없습니까? 없으시다면 나는 이만 일어설까 합니다만." 난바라가 테이블에 내려놓은 볼펜을 집어 들었다.

"그 사카노라는 사람의 연락처를 알려주실 수 있을까요?"

난바라는 당혹스러운 얼굴로 이쪽을 보았다. "가즈마 씨가 직접 만나서 확인하시려고?"

"아직 정하지는 않았지만, 찾아갈지도 모르겠어요."

"그건 정말 헛수고가 될 것 같은데요."

"그래도 일단 부탁드립니다." 머리를 숙였다.

난바라는 한숨을 내쉬었다. 스마트폰을 꺼내 터치하더니 테이블 귀퉁이에 놓인 냅킨 한 장을 뽑아 볼펜으로 쓱쓱 써넣었다.

"사카노 씨의 주소와 휴대전화 번호예요." 그렇게 가즈마 앞으로 밀어주었다.

"고맙습니다." 가즈마는 냅킨을 꼭꼭 접어 호주머니에 넣었다.

"사카노 씨는 술은 별로예요." 난바라가 불쑥 말했다. "그 대신 단 것은 아주 좋아하는 것 같아요. 선물을 들고 갈 거라면 술이 아니라 달콤한 과자류가 좋을 겁니다. 나 만났을 때, 달콤한 프루트 파르페를 먹더라고요."

뜻밖의 충고에 당황하면서도 가즈마는 고개를 끄덕였다. "네, 참고하겠습니다."

"하지만 괜히 고생만 할 텐데." 난바라가 혼잣말처럼 중얼거렸다.

그 말에는 대꾸하지 않고 가즈마는 슬쩍 물어보았다. "그 기사, 후속 기사를 쓰실 예정은 없습니까?"

난바라는 냉담한 표정으로 고개를 가로저었다.

"현재로서는 없습니다. 뭔가 아주 큰일이 터지지 않는 한."

"네……."

난바라는 볼펜을 가슴팍 호주머니에 챙겨 넣고 계산서를 확인하면서 지갑을 꺼냈다.

"아뇨, 이건 제가……."

내겠습니다, 라고 말하기도 전에 난바라가 한 손을 내밀며 제지했다.

"가즈마 씨에게서 대접받을 이유는 없습니다. 게다가 적은 돈이라도 아껴두는 게 좋아요. 앞으로 이래저래 힘든 일이 많을 텐데."

대답할 말이 생각나지 않아서 가즈마는 말없이 고개를 숙였다.

난바라는 자기 몫의 커피값을 테이블 한쪽에 내려놓고 그럼 이만, 이라면서 자리에서 일어섰다. 그 뒷모습을 배웅할 마음은 나지 않아서 가즈마는 창밖으로 시선을 던졌다.

가랑비가 내리기 시작했는지 여기저기서 우산을 펴고 있었다. 가즈마는 머리를 저었다. 우산 따위, 들고 오지 않았다.

33

스마트폰의 착신 화면에 시라이시 미레이의 이름이 뜬 것은 고다이가 자신의 책상에서 보고서를 쓰고 있을 때였다. 자산가 여성이 살해되어 오쿠타마의 산중에서 토막 사체로 발견된 사건은 이제 곧 막을 내릴 것 같다. 범행을 부인하면서 리얼리티가 심히 떨어지는 주장을 늘어놓던 용의자가 드디어 자백을 시작했기 때문이다. 취조를 맡은 경위는 억지로 실토하게 한 것은 결코 아니다, 라고 강조했다.

"경찰이 그동안 착착 쌓아온 정황증거를 보여주고 재판원들이 어떻게 생각하겠느냐고 설득한 거야. 유죄라고 판단되면 그다음은 형기가 문제가 되잖아. 거기서 중요한 것은 피고인이 진심으로 반성하느냐는 점인데 사실을 인정하지 않고 버티면 인상이 아주 나빠진다, 반성하지 않았다는 것 때문에 훨씬 더 무거운 형이 나올 가능성이 높다, 그런 것들을 온화하게, 알기 쉽게 설명해준 것뿐이라고."

이건 믿을 만한 얘기다. 취조 과정이 녹화되는 요즘 같은 시대에 자백을 하라고 위협하는 것은 애초에 안 될 일이기 때문이다. 누명을 쓰고 체포된 용의자가 경찰서 유치장에서 자살을 하다니, 그런 일은 요즘에는 상상할 수도 없다.

멍하니 그런 생각을 하는 참에 시라이시 미레이에게서 전화가 걸려왔기 때문에 고다이는 순간적으로 초자연적 현상을 머릿속에 떠올리고 말았다. 텔레파시인가. 물론 그럴 리 없다고 금세 머릿속에서 지워버렸지만.

"네, 고다이입니다." 목소리를 낮춘 채 주위를 살펴보았다. 다행히 가까이에 동료는 없었다.

"시라이시 미레이예요. 죄송합니다, 바쁘실 텐데 자꾸 전화해서. 지금 잠깐 통화 괜찮을까요?"

"네, 괜찮습니다."

고다이는 스마트폰을 귀에 댄 채 자리에서 일어나 급히 복도로 나갔다. 일단 처리가 끝난 사건의 유족과 연락을 주고받는 게 누군가의 귀에 들어가서 좋을 일이라고는 하나도 없다.

"어떤 일로 전화했는지는 알겠네요." 나지막한 목소리로 고다이는 말했다. "그 도쿄돔 얘기 때문이지요? 죄송한데 요즘 다른 사건에 쫓기느라 시간이 안 나서 딱히 알아낸 게 없습니다." 솔직히 털어놓았다. 애매하게 대답해봤자 별 볼 일 없다.

"네, 그러실 거예요. 재촉하려고 전화드린 건 아니고, 실은 궁금한 게 있어서."

"어떤 것인데요?"

"고다이 형사님은 그 사람의 아들……, 피고인의 아들을 알고 계시지요?"

고다이는 헉 숨을 들이켰다. 전혀 예상조차 못 한 질문이었다.

"피고인이라니, 그 구라키 다쓰로 피고인 말입니까?"

"네, 맞습니다."

"물론 알고는 있는데, 구라키 피고인의 아들에게 무슨 일이라도?"

"연락처를 알려주셨으면 하는데요."

"예에?" 저도 모르게 얼빠진 소리가 튀어나왔다. 너무도 뜻밖이었기 때문이다.

"알려주세요. 꼭요." 시라이시 미레이의 말투는 진지하고 심각한 것처럼 들렸다.

"무슨 일 때문이시죠?"

"납득이 안 되는 문제를 해결하기 위해서예요. 저는 구라키 피고인이 사실대로 진술했다고 믿을 수가 없습니다. 그래서 그 아들에게 확인해볼 생각이에요."

"아뇨, 미레이 씨, 그러시지 않는 게 좋아요. 그쪽에서 사죄하기 위해 찾아왔기 때문에 만나본다, 라는 것이라면 얘기가 다르겠지만, 유족이 먼저 가해자 가족과 접촉하는 건 좋지 않아요. 위협 행위처럼 보일 수 있습니다."

"위협이라니, 그런 짓을 할 생각은 전혀 없어요."

"미레이 씨는 그럴 생각이 없더라도 그쪽에서 어떻게 받아들일지 모르는 문제거든요."

"아뇨, 그분은 그런 이상한 오해는 안 할 거예요."

"그분? 혹시 만난 적이 있어요?"

"네, 딱 한 번. 어쩌다 우연히 보게 됐어요."

"언제? 어디서요?"

시라이시 미레이는 잠시 침묵한 뒤, "이거, 꼭 대답해야 하는 건가요?"라고 되물었다.

"아니, 뭐, 그런 건 아니고요. 미안합니다, 너무 뜻밖이라 나도 모르게 말이 튀어나왔네요. 대답하기 싫으시다면 네, 괜찮습니다."

"대답하기 싫다는 건 아니지만, 설명하기가 좀 어려워서요. 간단히 말하면 그곳에서…… 기요스바시 다리 옆의 사건이 났던 곳에서 우연히 봤어요. 내가 꽃을 올리러 갔을 때, 그분도 거기에 와 있어서……."

"아, 그랬군요."

그럴 가능성은 있을지도 모른다고 고다이는 그제야 이해가 되었다.

"그때 인사라고 할까, 잠깐 몇 마디 나눴어요. 하지만 연락처를 물어볼 마음은 나지 않아서 그대로 헤어졌죠. 더 이상 만날 일도 없을 거라고 생각하기도 했고. 하지만 그 뒤에 이런저런 일이 있어서 그분 이야기를 꼭 들어보는 게 좋을 것 같아요."

"그렇습니까." 고다이는 혹시 주위에 듣는 귀는 없는지 살펴가면서 어떻게 대처해야 할지 머리를 굴렸다. "네, 어떤 상황인지는 알겠습니다. 하지만 제가 그런 걸 알려줄 수는 없어요. 개인정보인 데다 수사상의 비밀이기도 해서."

"고다이 씨가 알려주셨다는 건 아무한테도 말하지 않겠습니다."

"물론 그러시겠지만, 세상 무슨 일이 일어날지 모르잖습니까. 뭔가 말썽이 생겼을 경우, 어떤 경로로 연락처를 알았느냐가 큰 문제가 될 수 있어요."

"어떤 말썽도 절대 생기지 않도록 할게요."

"흔히 얘기하듯이 이 세상에 절대, 라는 건 없잖습니까."

후우 숨을 토해내는 소리가 들려왔다.

"정말 안 돼요?"

"죄송하지만, 양해 바랍니다. 다만 지난번에 말씀하신 거, 구라키 피고인과 시라이시 변호사님이 처음 만난 장소가 도쿄돔이라는 게 사실인가 하는 건 어떤 형태로든 확인 작업을 해볼 작정입니다."

"네에, 알겠습니다. 잘 부탁드릴게요. 바쁘실 텐데 죄송합니다." 시라이시 미레이의 목소리는 명백히 힘이 빠져 있었다.

"아뇨, 또 뭔가 궁금하시면 연락 주십시오."

"고맙습니다."

그럼 이만, 이라면서 시라이시 미레이는 전화를 끊었다.

고다이는 스마트폰을 손에 든 채 팔짱을 끼고 옆의 벽에 몸을 기댔다.

시라이시 미레이는 피해자 참여제도를 이용한다고 했으니까 검찰 측에서 상세한 정보를 얻어냈을 터였다. 그걸 듣고서도 이해가 안 되는 게 많았던 것이리라. 도쿄돔뿐만이 아니다. 분명 그 밖에도 납득 못 할 점이 많은 것이다. 그러지 않고서야 범인의 아들까지 만나보겠다는 생각을 할 리 없다.

말썽이 생기면 큰일인데, 라고 내심 걱정스러웠다. 시라이시 미레이는 강단 있는 여성이다. 상당히 무모한 일에라도 거침없이 뛰어들 듯한 인상이다.

330

고다이는 팔짱을 풀고 스마트폰으로 전화를 걸었다. 곧장 연결되면서 나카마치입니다, 라는 속삭이는 듯한 목소리가 들려왔다.

"나야. 지금 통화 가능해?"

"아, 잠시만."

말없는 시간이 흘러갔다. 남의 시선이 없는 곳으로 이동하는 모양이다. 잠시 뒤, 네, 괜찮습니다, 라는 평소의 목소리가 들렸다.

"근무 중일 텐데 미안해."

"아뇨, 과장님의 따분한 훈시 중에 빠져나올 기회가 생겨서 좋았죠. 얘기하실 거, 그 도쿄돔 건인가요?"

"맞아, 그거. 그 뒤로 뭔가 알아낸 것 좀 있어?"

흐음, 하고 신음하는 소리가 들려왔다.

"제가 알아보긴 했는데, 3월 31일에 시라이시 변호사의 행적에 관한 새로운 정보는 못 찾았어요. 솔직히 말해서 앞으로도 나올 게 없다는 느낌이 드네요."

"역시 그렇지? 현재 시점에서 그렇다면 더 이상은 어려울지도 모르겠다."

"근데 고다이 씨, 그 대신, 이라는 건 좀 이상하지만 수사 자료 안에서 마음에 걸리는 게 눈에 띄더라고요." 나카마치가 목소리를 낮춰 말했다. "그래서 저도 고다이 씨에게 연락할까 하던 참이었어요."

"오, 뭔데?"

"그건 직접 만나서 얘기했으면 좋겠어요. 가까운 시일 내에, 어떻습니까?"

"뭘 이렇게 뜸을 들이나. 나는 손이 많이 가는 사건 하나, 드디어 마무리 작업 중이야. 뭐, 당장 오늘 저녁이라도 괜찮아."

"그럼 오늘 저녁으로 하죠. 그 식당, 괜찮지요?"

"좋아."

오후 7시에, 라고 약속하고 전화를 끊었다.

몬젠나카초의 숯불구잇집에 들어서자 젊은 점원이 고다이의 얼굴을 기억하고 곧장 안쪽 테이블로 안내해주었다. 먼저 도착한 나카마치가 자리에서 태블릿을 들여다보고 있었다. 고다이를 보더니 "엇, 수고 많으십니다"라고 인사를 건넸다. 평소보다 목소리에서 활기가 느껴졌다.

"우리 진짜 단골손님이 된 것 같은데?" 자리에 앉아 생맥주와 술안주 몇 가지를 주문한 뒤에 고다이가 말했다. 메뉴는 볼 것도 없이 척척 주문한 것만 봐도 단골이라고 해도 될지 모른다.

"근데 신기하게 다른 사람하고 올 마음은 안 든다니까요. 여기는 고다이 씨 만날 때만 오는 곳이에요."

"어, 나도 그래. 그나저나 아직 작업이 안 끝난 모양이지? 끝날 때까지 기다릴 테니까 계속해."

"이거요?" 나카마치가 태블릿을 가리켰다. "업무가 아니라 궁금한 게 있어서 검색해봤죠. 실은 이거 보고 있었어요."

나카마치가 태블릿 화면을 고다이 쪽으로 돌려주었다. 그곳에 나온 것은 신문의 TV 편성표였다. 뷰어라서 실제 지면과 똑같다.

그 참에 생맥주가 나와서 "수고!"라고 잔을 들어 건배했다.

"이 편성표가 무슨 문제라도 있어?" 고다이가 물었다.

"날짜 좀 확인해보세요."

"날짜?" 편성표의 위쪽으로 시선을 옮겼다.

"'경로의 날'이에요." 나카마치가 말했다. "구라키의 진술에 나왔었잖아요. '경로의 날'에 우연히 텔레비전에서 유산상속과 유언에 대한 특집방송을 보고 아사바 씨 모녀에게 자신이 죽은 뒤에 전 재산을 증여해서 속죄하자는 생각을 하게 됐다고."

"아, 그래, 그런 얘기가 있었지. 난 그새 싹 잊어버렸네."

"취조할 때, 그게 어떤 방송이었느냐고 취조관이 물었어요. 구라키는 제목은 잊어버렸지만 시사정보 프로그램이었던 것 같다고 대답했습니다. 근데 그 진술에 대한 진위 확인은 한 적이 없더라고요. 그게 좀 마음에 걸렸어요, 구라키가 실제로 어떤 방송을 봤는지. 그래서 아는 신문기자에게 예전 뷰어 좀 보내달라고 연락했죠. 물론 그쪽 지역 신문이에요. TV 편성표도 지역에 따라 다르니까."

"오, 그렇지, 그렇지. 나카마치, 일 잘하는데?"

처음에 고다이가 예상했던 대로 이 젊은 형사는 빈틈이 없다.

"그래서 어떤 프로그램인지 찾아냈어?"

"아뇨." 나카마치는 우울한 표정으로 고개를 갸우뚱했다. "프로그램 소개 글만 읽어본 바로는 그럼직한 것이 없더라고요. '경로의 날' 특집방송은 몇 편 있었는데, 대부분 노인들을 격려하거나 고생담을 소개하는 것뿐이고 유산이니 상속 같은 단어는 눈에 띄지 않았어요. 그래도 명색이 '경로의 날'인데 죽음에 관한 주제는 노인 공경이라는 취지에 어긋난 것일 수 있잖아요. 오히려 그런 주제는 피하는 느낌까지 들더라고요."

"어디 잠깐 보여줘." 고다이는 태블릿을 앞으로 끌어당겼다.

대략 훑어보니 건강 유지법이나 제2의 인생을 즐기자는 등의 글이 눈에 들어왔다. 나카마치가 말한 대로 방송 관계자들은 '경로의 날'에 유산이나 상속 등의 죽음이 연상되는 단어는 적합하지 않다고 생각했는지도 모른다.

술안주가 줄줄이 나와서 그걸 집어 먹고 맥주를 마셔가면서 고다이는 머리를 굴렸다.

다만 TV 편성표의 짤막한 소개 글에 적혀 있지 않았다고 해서 방송 중에 그런 화제가 전혀 나오지 않았다고 단언할 수는 없다. 고령자가 꼭 알아야 할 주의사항으로서 유산상속에 대해 생각해보자, 라는 것은 시사정보 프로그램에서 할 법한 얘기인 것이다.

"근데 할 말이라는 게 이거였어?"

"아뇨, 이건 덤이죠. 이런 소소한 걸로 고다이 씨의 귀중한 시간을 허비하게 할 수는 없잖습니까. 방금 그 얘기는 서론이고, 본론은 지금부터예요. 전화로 수사 자료에서 마음에 걸리는 게 있다고 했었죠? 실은 명함 한 장이에요. 구라키의 자택에서 압수한 명함집에 들어 있던 거."

나카마치는 스마트폰을 터치하더니 이겁니다, 라면서 화면을 고다이 쪽으로 향했다. 그곳에는 명함 사진이 찍혀 있었다. 증거품을 반출할 수 없기 때문에 스마트폰으로 찍어 온 모양이다.

고다이는 얼굴을 바짝 대고 시선을 집중했다. 아마노 료조라는 인물의 명함이었지만 그 직함을 보고는 흠칫했다. '아마노 법률사무실 변호사'라고 찍혀 있었기 때문이다.

"또 변호사야?"

"주소도 확인해보십쇼."

나카마치가 짚어준 쪽으로 시선을 옮겼다. 나고야 주소였다.

"나고야의 변호사 중에 아는 사람이 있었다······?"

"어때요, 이상하죠?"

고다이는 맥주를 꿀꺽 마시고 입가를 훔치면서 나카마치를 보았다. 젊은 형사가 하려는 말을 금세 짐작할 수 있었다.

"아사바 모녀에 대한 속죄로 전 재산을 증여하자고 마음먹었는데 어떤 수속을 밟아야 할지 몰라서 시라이시 변호사에게 상담해보기로 했다, 라고 구라키는 말했어. 하지만 근처에 잘 아는 변호사가 있었다면 우선 그쪽에 상담하는 게 자연스럽잖아. 왜 하필 만난 지 얼마 되지도 않은 시라이시 변호사에게 상담을 했을까."

"게다가 일부러 신칸센 타고 도쿄까지 올라와서." 나카마치가 눈을 반짝이며 덧붙였다.

"진짜 이상하긴 이상하다. 이 명함 사진, 내 스마트폰으로 전송해줄래?"

"알겠습니다." 나카마치가 스마트폰을 터치했다.

고다이는 양파 꼬치구이를 집어 들었다.

"하지만 그 아마노 변호사와 구라키가 어느 정도의 친분 관계였는지는 모르잖아. 어딘가에서 명함을 주고받았을 뿐 그리 잘 아는 사이는 아니었다, 라는 경우도 있어. 그런 정도라면 만난 지 얼마 안 되었어도 야구 경기를 보다가 부쩍 친해진 시라이시 변호사 쪽이 더 상담하기 편하다고 생각했을 수도 있지." 말을 마치고 고다이는 양파를 덥석 베어 먹었다. 특유의 향기가 콧구멍을 자극했다.

"네, 맞는 말씀이에요." 스마트폰을 챙겨 넣으면서 나카마치가 동의했다. "하지만 잘 알지도 못하는 변호사의 명함을 보관해둘까요? 정치가나 사업가처럼 인맥이 필요한 사람이라면 또 모르지만, 구라키는 정년퇴직한 지극히 평범한 일반인이에요."

"그건 그렇지." 고다이는 자신의 스마트폰을 꺼내 이미지가 전송된 것을 확인했다. "이 아마노 변호사를 만나서 구라키와의 관계를 문의해보는 게 가장 빠른 방법인데⋯⋯."

"그거, 제가 할게요. 이번 휴일에라도 나고야에 다녀오겠습니다."

"그렇게 해준다면 고맙기는 하지만⋯⋯." 고다이는 말끝을 흐렸다.

"왜요?"

"상대가 변호사잖아. 수사 영장이라도 들고 가지 않는 한, 그런 사적인 일을 쉽게 얘기해줄 것 같지 않아. 그쪽도 비밀 준수 의무가 있으니까. 어쩌면 상담자 중 한 명이라는 것쯤은 알려줄지도 모르지만 상담한 내용까지는 절대 얘기 안 할 거야."

"아, 그건 그렇겠네요." 나카마치의 목소리 톤이 가라앉았다.

"자네의 소중한 휴일을 그런 일로 날려버리게 하고 싶지도 않고."

"그거야 뭐 괜찮지만. 이제 어떻게 하지요?"

"흠⋯⋯."

고다이의 머릿속에 한 가지 안이 떠올랐다. 하지만 입 밖에 내지는 않았다. 자극적이고 매력적인 안이지만, 그로 인해 일어날 수 있는 사태에 대한 각오가 아직 전혀 없었기 때문이다.

말없이 맥주를 마시고 안주를 집어 먹는 시간이 흘러갔다. 그런데 말이죠, 라고 침묵을 깬 것은 나카마치였다.

"그 사건, 공판을 앞두고 검찰에서 아주 귀찮은 일거리를 보내왔어요."

"무슨 일거리?"

"우리 경찰서에 구라키의 진술에 대한 보강수사를 하라는 지시가 내려왔거든요. 역시 물증이 부족했던 모양이에요."

"뭘 이제 새삼스럽게? 자백은 증거의 여왕이야. 아니면 구라키가 혹시 재판에서 진술을 번복할지도 모른다는 건가. 아니, 그럴 일은 없잖아?"

"네, 저도 같은 생각인데, 검찰에서는 만에 하나의 경우를 걱정하는 모양이에요. 현재 서류가 갖춰진 것은 죄다 정황증거뿐이고, 보도된 적이 없는 살해 현장을 구라키가 알고 있었다, 라는 게 그나마 유일하게 증거다운 증거니까요."

"이른바 비밀의 폭로지. 그때는 그거면 충분하다고 했는데 말이야."

"근데 최근에 인터넷에서 문제 될 만한 게 발견된 모양이에요."

"그게 뭐지?"

"SNS 쪽이에요. 사건 현장에서의 감식 작업을 목격한 누군가가 기요스바시 다리 바로 옆에서 살인 사건이 난 것 같다, 라는 글을 올렸더라고요. 근데 그게 구라키가 체포되기 전이에요. 공식적인 보도는 없었지만 이미 그런 글이 나돌았으니 살해 현장을 알았다는 게 비밀의 폭로에 해당할지 어떨지 애매하게 된 거예요."

고다이는 맥주를 꿀꺽 마시고는 고개를 내저었다.

"SNS에 그런 것까지? 진짜 거치적거리는 게 많은 시대가 됐네."

"구라키의 전화는 스마트폰이 아니고 예전 휴대전화예요. 그래서 위치정보 기록도 없어요. 보강수사를 맡은 팀에서 투덜투덜하고 있어요. 없는 걸 찾아내라고 들볶는 느낌이라고. 이러다가 나도 불려 갈 것 같습니다."

"지문이나 DNA는 결국 안 나오고 끝나버렸어?"

"그렇다니까요. 사건 당일에 구라키가 상경했던 흔적도 못 찾았어요. 도쿄역 주변 방범카메라를 샅샅이 들여다봤는데도. 그리고 또 한 가지, 전화한 흔적도 없어요."

"전화? 언제 한 전화?"

"진술에 의하면, 당일에 구라키는 시라이시 씨에게 두 번 전화를 했어요. 상경했으니 만날 수 있겠느냐는 것, 길을 못 찾고 헤매게 됐으니 기요스바시까지 와달라는 것, 두 번이죠. 그런데 그 발신 내역이 구라키의 휴대전화에 남아 있지 않아요."

"그건 이상하네. 구라키는 어떻게 얘기하고 있어?"

"프리페이드 폰*을 썼답니다."

"프리페이드 폰?" 고다이는 미간이 찌푸려졌다.

"게다가 명의인 불명 폰이래요. 당일에 그걸로 연락했다고 합니다. 범행 후에는 처분해버렸고."

"그런 걸 어디서 입수했는데?"

---

* 요금 선불식 휴대전화로, 기기 구입 후 일정한 금액을 충전하면 개통된다. 인터넷 연결은 불가, 전화만 가능하며 주로 비용 절감이나 한시적으로 전화가 필요할 때 사용한다.

"나고야의 오스라고 아세요? 오스칸논大須観音*으로 유명한 오스."

"응, 들어본 적은 있지."

"거기가 아이치현 최대의 전자상가거든요. 구라키는 예전에 그 상가에서 중고 휴대전화를 둘러보는데 웬 낯선 남자가 다가와 프리페이드 폰을 권했다, 3만 엔이었는데 어딘가 도움이 될 것 같아서 샀다, 라고 얘기했어요."

"그걸 이번에 썼다고? 너무 둘러대는 소리 같은데?"

"그래도 전혀 말이 안 되는 건 아니에요. 자기 전화를 쓰면 시라이시 변호사 전화에 착신 내역이 남아버릴까 봐서 그랬대요."

"전화를 처분해버리면 다 끝난다는 얘기잖아. 실제로 그렇게 했고."

"통신사에 통화 내역이 남을 가능성도 생각했다고 구라키는 얘기했어요. 그게 사실이라면 그 전화는 범행의 계획성을 보여주는 중요한 증거가 되는데……."

실제로는 경찰이 통신사에 요청할 수 있는 것은 발신 내역뿐이다.

"그 프리페이드 폰, 구라키는 어디에 버렸대?"

"자택에 들고 가서 망치로 부순 다음 미카와만灣에 버렸답니다."

고다이는 머리를 내저으며 저도 모르게 쓴웃음을 지었다. "그래서야 뭐, 어떻게 해볼 도리가 없네."

"그러니 모든 걸 구라키의 진술에만 의존할 수밖에 없지요. 그런데 구라키가 재판 직전에야 전부 거짓말이었습니다, 마음이 오락가

---

* 나고야시 주오구 오스에 자리한 사찰 신푸쿠지眞福寺의 통칭으로, 이 사찰에 연유하여 인근 지명도 '오스'로 정해졌다고 한다.

락해서 헛소리를 했습니다, 라고 진술을 뒤엎을 경우, 정황증거만으로 과연 유죄가 나올지, 검찰은 그걸 걱정하는 모양이에요."

나카마치의 얼굴에 긴박감이 감돌았다. 고다이가 소속된 수사 1과 형사들은 완전히 사건이 정리되었다고 생각하고 있는데 아무래도 그게 아닌 모양이다.

"어쩨 가슴이 싸하다. 설마 이 사건, 아직 뭔가 더 있는 건가."

고다이는 맥주잔에 남은 술을 들이켜고 큰 소리로 추가 주문을 했다.

34

다채로운 풍경이 차례차례 나타났다가 뒤쪽으로 흘러간다. 나지막한 산을 배경으로 빼곡히 주택이 들어찼는가 하면, 공업지대가 한참이나 이어지기도 한다. 그 틈틈이 전원 풍경이 펼쳐지고 이따금씩 터널이 시야를 차단했다.

도쿄를 출발할 때는 새파랗던 하늘이 서서히 회색 구름에 침식당하고 있었다. 서쪽 하늘은 한층 더 어둑어둑하다. 마치 자신의 미래를 암시하는 것 같아서 가즈마는 우울해졌다.

도쿄역에서 하행 신칸센 '고다마호'를 타본 게 얼마 만인가. 몇 년 전에 업무차 아타미에 가고 이번이 처음인지도 모른다. 고객과 상담을 마친 뒤 온천물에 몸을 담그고 해산물 요리에 입맛을 다시며 술을 마셨다. 일이 잘 풀린 덕분에 기분도 최고였다. 순풍에 돛 단 듯 흘러가는 일상이 언제까지고 이어질 거라고 믿어 의심치 않았다.

하지만 아마도 그런 일상으로는 돌아갈 수 없으리라. 회사에서는 자택 대기라는 지시 이후 소식이 없었다. 분명 가즈마를 어떻게 처리할지 난감해하고 있을 것이다. 사표를 받고 싶을 텐데 죄를 범한 장본인은 아니라서 억지 해고는 못 하는 것이다.

열차가 하마마쓰에 도착했다. 도요하시는 그다음 역이다.

이래저래 망설인 끝에 어젯밤에 사카노라는 인물에게 전화를 걸었다. 낯선 번호라고 안 받을지 모른다고 생각했는데 그대로 전화가 연결되고 사카노가 받았다. 하지만 가즈마가 이름을 밝혀도 "응? 누구 아들? 다시 말해봐, 잘못 건 거 아냐?"라고 경계심이 담긴 투로 말했다.

"구라키 다쓰로의 아들입니다. 전화번호는 난바라라는 기자를 통해 알았습니다. 난바라 기자의 취재에 응하셨다고 하던데요."

가즈마의 말에 사카노는 잠시 침묵한 뒤 아아, 하고 큰 소리를 냈다.

"그 사람? 알겠네, 알겠어. 왔었어, 난바라라는 기자."

"그때 저희 아버지 얘기가 나왔던 모양인데요."

"아버지라니, 뭐야, 구라키 씨라고? 당신이 그 사람 아들이란 거야?"

"그렇습니다."

"응, 난바라 씨한테 얘기 들었지. 당신 아버지, 하이타니 쇼조를 죽인 범인이었다면서? 깜짝 놀랐어. 게다가 이번에 또 죽였다면서?"

"예, 그게 좀……."

너무도 무신경한 말투에 전화한 것을 후회하는 마음이 솔솔 들었다.

"근데 나한테 뭔 볼일이래?"

"실은 잠깐 얘기를 듣고 싶어서요."

"얘기? 뭔 얘기?"

"그러니까 옛날 그 사건에 대한 얘기요. 사카노 씨가 아버지와 함께 사체를 발견했다고 하던데요."

"아, 그 얘기? 나야 뭐 상관없지만, 그런 얘기를 들어서 뭐 하려고?"

"자세한 것을 알고 싶어서요. 어떤 사건이었는지, 아버지가 어떻게 관련되었는지. 솔직히 말씀드리면 도저히 믿어지지 않는 일이라서요."

"아니, 본인이 그렇게 술술 자백했다면서. 자기가 죽였다고."

"그렇긴 한데, 아무래도 납득이 되지 않습니다."

"그건 내 얘기 들어봤자 매한가지야."

"그럴지도 모르지만⋯⋯."

"뭐, 좋아, 얘기하는 것 정도라면. 낮 시간에는 한가하기도 하고. 언제 오려고? 내일?"

뜻밖에도 쉽사리 승낙해주는 바람에 오히려 맥이 빠졌다.

"내일이라도 괜찮을까요? 물론 저는 빠른 편이 좋습니다."

"그래, 그럼 내일로 하자고. 더 멀리 잡으면 내가 까막까막 잊어버려."

그렇게 갑작스럽게 만나기로 한 것이다.

342

이윽고 고다마호는 도요하시역에 도착했다. 역 건물을 나서자 폭이 넉넉한 도로가 저 멀리까지 뻗어나가고 그 길가에 크고 작은 빌딩이 늘어섰다. 가즈마가 태어난 미카와안조역 근처는 어떻게 이런 곳에 신칸센역을 만들었나, 하는 비난을 듣곤 하지만 이곳은 전혀 이상하지 않았다. 오히려 왜 '노조미호'는 서지 않는지 이상할 정도다.

오하시 대로라는 간선도로를 따라 북쪽 방향으로 걸었다. 사카노가 정해준 찻집은 소개 사이트에 의하면 역에서 3백 미터쯤 된다. 사카노는 찻집이라고 말했지만 사이트에는 화과자점이라고 나와 있었다. 난바라가 말했던 대로 사카노는 단것을 상당히 좋아하는 모양이다.

몇 분 걸어가자 주위의 건물 높이가 부쩍 낮아져서 하늘이 널찍하게 보였다. 그 하늘은 회색빛이 짙어지고 있다. 접이식 우산은 챙겨 왔지만, 비가 내리지 않기를 빌었다.

간선도로에서 옆길로 들어서자 그 즉시 작은 상점과 민가가 많아졌다. 가즈마는 스마트폰으로 위치를 확인하면서 골목을 걸어 들어갔다. 잠시 뒤, 약속한 가게가 눈에 띄었다. 옛 시대를 연상시키는 오래된 건물로, 세월의 흔적이 새겨진 큼직한 간판이 나와 있었다.

가게 앞 쇼케이스에 다종다양한 화과자가 진열되어 있었다. 그걸 곁눈으로 보면서 안으로 들어갔다.

가게 안에는 손님 두 팀이 있었다. 여성 두 명, 그리고 점퍼 차림의 중년 남자 한 명이다. 남자는 주간지에서 얼굴을 들더니 가즈마의 손 쪽을 보고는 코 밑을 쓱쓱 비볐다. 가즈마는 종이가방을 들고 있었다. 그게 서로를 알아보는 표식이다.

가즈마는 남자에게 다가가 "사카노 씨?"라고 물었다. 응, 하고 상대는 고개를 끄덕였다. 약간 통통한 몸집이고 둥근 얼굴에 수염이 나 있었다.

"구라키 가즈마라고 합니다. 갑작스럽게 나오시게 해서 죄송합니다." 가즈마는 명함을 꺼냈다.

사카노는 받아 든 명함을 별 관심도 없다는 듯 쓱 쳐다본 뒤에 말했다. "일단 앉아, 앉아."

고맙습니다, 라고 말하고 맞은편에 자리를 잡았다. 사카노 앞에는 이미 뭔가 다 먹은 듯 빈 컵과 스푼이 있었다.

긴소매 앞치마 차림의 중년 여자가 주문을 받으러 왔다. 벽에 붙은 메뉴판에 커피가 있어서 가즈마는 그걸로 주문했다.

"나는 새알 단팥죽, 그리고 녹차도 한 잔 더 주고." 사카노가 말했다.

일부러 일찌감치 나왔구나, 라고 가즈마는 짐작했다. 남의 돈으로 실컷 먹을 기회인 것이다. 그렇게 생각하니 만남을 선뜻 승낙한 것도 이해가 되었다. 낮 시간에는 한가하다고도 했다.

"도쿄역에서 사 왔는데 괜찮으면 드십시오." 가즈마는 종이가방을 테이블에 올려놓았다. 스펀지케이크에 바나나크림을 듬뿍 채운 것이다.

종이가방 안을 들여다본 사카노는 입가가 벙글벙글 풀어졌다. "어, 미안하네. 잘 먹을게."

가즈마는 등을 반듯하게 세우고 상대를 보았다.

"서둘러서 죄송합니다만, 얘기를 좀 들어봐도 될까요?"

"응, 뭘 알고 싶어?" 사카노는 종이가방을 무릎에 얹고 상자를 꺼내 포장지에 적힌 글씨를 들여다보고 있었다.

"사카노 씨는 1984년 사건이 일어났을 무렵, 피해자 사무실에서 일하셨다고 하던데요."

사카노는 과자 상자를 종이가방에 넣고는 지겹다는 듯한 얼굴로 턱을 끄덕였다.

"어쩔 수 없어서 나갔던 거야. 그때 다니던 회사가 망해버리는 통에 일할 데가 없었거든. 집에서 빈둥거리고 있었더니 어머니가 외삼촌한테 가보라고 하더라고. 전화 당번을 찾고 있다나? 그때까지 외삼촌이 누군지도 몰랐는데 함께 지내다 보니 진짜 한심하더라고. 그런 쓰레기 같은 인간인 줄은 몰랐어."

"난바라 씨 얘기로는, 저희 아버지가 그 사건의 진범이어도 사카노 씨는 상관없다고 하셨다던데요."

"상관없지." 사카노가 몸을 슬슬 흔들면서 말했다. "벌써 30여 년 전 일이고, 애초에 그 인간은 살해되어도 싼 사람이야. 사건 터졌을 때, 결국 이렇게 될 줄 알았다고 생각했어." 앞치마 차림의 여자가 커피와 새알 단팥죽, 그리고 녹차를 내왔다. 사카노는 스푼을 들고 단팥죽 그릇을 자기 앞으로 끌어당겼다. 하지만 그걸 떠먹기 전에 근데 말이지, 라고 입을 열었다.

"난바라 씨 얘기 듣고 전혀 놀라지 않았다고 하면 거짓말이겠지. 당신 아버지 구라키 씨가 범인이라고 해서 놀란 게 아니라 그때 자살한 전자대리점 아저씨가 범인이 아니었다는 것에 깜짝 놀랐어. 여태껏 그 아저씨가 틀림없이 범인이라고 생각했었거든."

"어째서 그렇습니까?"

사카노는 스푼으로 새알을 건져 입에 넣더니 고개를 갸우뚱했다.

"어째서라고 해야 하나. 어떻게 보건 그 전자대리점 아저씨가 가장 수상했어. 그러니 경찰에서도 금세 잡아갔지."

"가장 수상했다니, 그럼 사카노 씨는 그 사람이 체포된 사정을 아십니까?"

사카노는 스푼을 든 손을 좌우로 흔들었다.

"아니, 증거를 대라면 난 그런 건 모르지. 근데 내가 형사였어도 그 전자대리점 아저씨를 잡아들였을 거야."

"그 이유를 얘기해주시면 좋겠는데요."

"뭐, 별것도 아니야. 그 무렵에 전자대리점 아저씨가 매일같이 사무실에 쳐들어왔어. 하이타니가 자기를 속였다면서. 그날도 왔었어. 근데 그때 사장은 외출하고 사무실에 나밖에 없었어. 전자대리점 아저씨가 그렇다면 돌아올 때까지 기다리겠다고 털썩 주저앉더라고. 짜증은 났지만 안 된다고 할 수도 없잖아. 좁은 사무실에 단둘이 있자니 너무 답답해서 나는 사장이 갔을 만한 데를 찾아보려고 나왔어. 아마 한 시간쯤 여기저기 돌아다녔을걸. 근데 결국 못 찾고 사무실로 다시 들어가기로 했어. 그랬는데 당신 아버지 구라키 씨를 건물 앞에서 딱 만난 거야. 아차, 그러고 보니 그날 구라키 씨가 두 번 왔었네."

"두 번?"

"전자대리점 아저씨하고 둘만 있을 때, 구라키 씨가 잠깐 들렀었어. 사장은 없다고 했더니 그대로 나가더라고. 그러니까 두 번이지. 아무튼 그래서 구라키 씨하고 나하고 사무실에 들어갔는데 그때 사체를 발견했어. 게다가 전자대리점 아저씨는 어디론가 사라졌고. 어때, 누가 봐도 전자대리점 아저씨 짓이라고 하겠지?"

가즈마는 사카노가 얘기한 순서대로 머릿속에 떠올려보았다. 분명 전자대리점 아저씨, 즉 후쿠마 준지를 의심할 수밖에 없는 상황이다.

"하지만 아버지는 자신이 하이타니 씨를 칼로 살해한 뒤에 도주하려고 차에 탔을 때 사카노 씨를 봤고, 그래서 방금 도착한 척하면서 다시 차에서 내렸다고 하더라고요."

"엇, 그랬대? 그야 본인이 그렇게 말했다면 그게 맞겠지. 근데 그때 난 그런 건 생각도 못 했어."

"난바라 기자에게 구라키 씨는 알리바이가 있다고 생각했다, 라고 얘기하셨다던데요."

사카노는 스푼을 내려놓고 녹차 잔을 손에 들었다.

"응, 그런 기억이 어렴풋하게 나더라고. 경찰이 도착한 뒤, 형사가 이것저것 질문을 했었는데 사체를 발견하기까지 어디에 갔었느냐는 것도 물어봤어. 나는 사장을 찾으러 근처 찻집이니 주점이니 돌아다녔다고 얘기했지. 그리고 구라키 씨도 뭔가 대답을 했어. 옆에서 그 얘기를 듣고 아, 이 사람도 알리바이가 있구나, 역시 전자대리점 아저씨가 했구나, 라고 생각했던 게 기억난 거야."

"아버지가 어떤 대답을 하셨을까요? 나는 어디어디에 있었다, 라는 식으로 답했을 텐데 그게 어디였는지, 생각나십니까?"

차를 홀홀 마시더니 사카노는 얼굴을 찡그렸다.

"그걸 내가 어떻게 기억하겠어, 벌써 30여 년 전 일인데."

"……죄송합니다."

사카노는 스푼을 들고 남은 단팥죽을 먹기 시작했다.

"뭐, 방금 말했다시피 구라키 씨 본인이 자기 짓이라고 말했다면 그게 사실이겠지. 내가 얘기할 수 있는 건 여기까지야. 전화로도 말했었지? 별로 할 얘기도 없다고."

"네, 알겠습니다."

가즈마는 커피 잔을 들었다. 커피는 완전히 식어버렸다.

돌아오는 신칸센에서는 도요하시로 향하던 때보다 더욱더 마음이 무거웠다. 많은 것을 바란 건 아니지만 희미한 빛 한 줄기쯤은 볼 수 있지 않을까 기대했었다.

하지만 역시나 마음에 걸리는 게 있었다. 1984년 사건이 일어났을 때, 아버지가 경찰의 추궁을 받지 않았다는 점이다. 사카노의 얘기를 들어보면 가장 먼저 후쿠마 준지가 의심을 받은 건 납득이 간다. 하지만 그것과 똑같이 아버지에게도 의심의 눈초리가 향했어야 하지 않을까. 아니, 단순한 의심뿐만 아니라 용의 선상에 올리고 수사를 했어야 한다.

그렇다면 역시 분명한 알리바이가 있었던 게 아닐까. 확인 수사로 명백히 증명됐기 때문에 경찰은 일찌감치 구라키 다쓰로에 대한 혐의를 지워버렸다. 그렇게 생각하면 모든 것이 맞아떨어진다.

도쿄역에 도착했을 때, 바깥은 밤이 되어 있었다. 시계를 보니 오후 7시였다.

문득 기요스바시에 가보자는 생각이 났다. 사건이 일어난 게 마침 이 시간대였기 때문이다. 지난번에 갔던 것은 훨씬 더 이른 시간이었다.

지하철이나 도보로 가면 너무 늦어질 것 같아서 택시를 탔다. 다행히 도로가 한산해서 10여 분 만에 도착했다.

지난번처럼 계단을 타고 스미다가와테라스로 내려갔지만 중간에 기요스바시 다리 쪽을 보고 발을 멈췄다.

교각에 조명이 켜져서 아름다웠다. 덕분에 주위 풍경은 옅은 어둠에 잠겼다. 다리 바로 아래쪽은 아예 깜깜하다고 해도 좋을 정도였다.

천천히 계단을 내려갔다. 스미다가와테라스 산책로도 어슴푸레했지만 주위를 확인하지 못할 정도는 아니었다. 그래도 이 정도면 강 반대편이나 지붕 달린 배에서는 역시 이쪽이 보이지 않을 것이다. 사건 당시에는 공사 때문에 통행금지까지 내려졌다니까 이곳을 범행 현장으로 선택한 이유를 새삼 알 것 같았다.

이 시간대에도 인적이 눈에 띄었다. 달리기를 하는 사람도 있었다.

강을 향해 서 있는 여자가 보였다. 코트 깃이 휘날린다. 그 옆얼굴을 보고 가슴이 철렁했다. 지난번에 만났던 시라이시 겐스케의 딸이 틀림없었다. 가즈마는 저도 모르게 우뚝 서면서 앗 하는 소리를 흘렸다.

그리 큰 소리도 아니었을 텐데 귀에 들어갔는지 그녀가 가즈마 쪽으로 고개를 돌렸다. 그리고 금세 얼굴이 생각났는지 깜짝 놀란 것처럼 눈이 둥그레졌다.

말없이 멀뚱히 서 있는 것도 이상하다 싶어서 가즈마는 그쪽으로 다가갔다. "안녕하세요."

그녀는 잠시 생각에 잠긴 얼굴이더니 이윽고 "네, 안녕하세요"라고 답했다.

"여기, 매일 나오십니까?" 가즈마가 물었다.

"매일은 아니지만, 자주 와요." 상대의 말투는 딱딱했다.

"꽃을 올리러?"

"꽃은 어쩌다 한 번씩. 그날이 그랬죠."

"그렇군요……."

"그쪽도 자주 와요?"

"아뇨, 두 번째예요. 그날하고 오늘."

"그래요?"

가즈마는 한 차례 심호흡을 한 뒤에 말했다.

"혹시 제가 여기 오는 게 불쾌하다면 다시는 오지 않겠습니다."

그녀는 눈을 내리떴다가 곧바로 가즈마를 쳐다보며 고개를 가로저었다.

"내가 그쪽에게 오라 마라 할 권리는 없어요." 그렇게 말하고 강쪽을 향했다. "내가 여기에 자주 오는 건 아버지의 생각을 알아보기 위해서예요. 이미 공소시효가 만료된 30여 년 전 살인 사건의 범인이 죄를 털어놓았는데, 반드시 진실을 밝혀야 한다고 몰아붙였다는 게 이상해서."

"……당신이 알고 있는 아버님이라면 그런 일은 하지 않는다, 라는 건가요?"

절대로, 라면서 그녀는 가즈마 쪽을 돌아보았다.

"절대로 안 하죠. 당신 아버지는 거짓말을 하고 있어요. 엉터리로 지어낸 얘기를."

나도, 라고 대답하는 가즈마의 목소리가 갈라져 나왔다.

"……나도 거짓말이었으면 하는 심정이에요. 그쪽 아버님을 살해했다는 것까지 포함해 모두 지어낸 이야기라면 좋겠습니다."

그러자 그녀는 가즈마를 똑바로 쏘아보는 시선을 던졌다.

"증거 한 가지를 찾아냈어요. 구라키 씨가 거짓말을 한다는 증거를."

이건 흘려들을 수 없는 얘기다. "어떤 거짓말에 대한 증거지요?"

"처음 만난 날 얘기. 아버지와 도쿄돔에서 만났다는 그 얘기는 거짓말이에요."

그러고는 그녀가 들려준 내용은 뜻밖의 것이었다. 당일 시라이시 변호사는 치과에서 이를 뽑았고 그래서 맥주를 마셨을 리 없다는 것이다.

"우리 아버지 쪽은 분명 그날 도쿄돔에 갔을 겁니다." 가즈마는 말했다. "내가 그 티켓을 구해줬으니까요. 그건 분명한 사실이에요."

"어쨌든 우리 아버지는 안 갔어요. 그래서 구라키 씨를 만날 일도 없었어요."

"그러면 두 사람이 어디서 만났다는?"

"모르죠. 왜 그 점에 대해 구라키 씨가 거짓말을 하는지 모르겠어요. 하지만 그게 거짓이라면 우리 아버지를 살해한 동기도 거짓이 되겠죠."

그녀의 말투는 날카로워서 감정적으로 들렸다. 하지만 말하는 내용에는 합리성이 있었다. 두뇌가 명석한 사람, 이라고 가즈마는 느꼈다.

"그걸 누군가에게 얘기하고 상의해봤습니까?"

"검찰 쪽에 그런 얘기를 전해달라고 했는데 아무래도 무시당한 것 같아요. 그리고 형사에게도 얘기했어요. 고다이 씨라는 분인데, 아세요?"

"네, 그 형사라면 사건 발생 직후에 우리 집에도 왔었어요. 근데 그 형사는 어떤 대답을?"

"자기 나름대로 조사해보겠다고는 했는데 별로 기대는 안 해요. 다른 사건 때문에 바쁘기도 할 거고. 그래서 실은 당신 쪽에 연락해보려고 고다이 형사에게 연락처를 알려달라고 부탁했었어요. 거절당했지만."

뜻밖의 말에 가즈마는 당황스러웠다. "나한테 연락을?"

"전에 만났을 때, 아버지가 거짓말을 하는 것 같아서 나름대로 알아보고 있다고 하셨죠? 그래서 어쩌면 나하고 똑같이 뭔가를 찾고 있는지도 모르겠다 싶어서."

"네, 그렇습니다. 몇 가지 알아보고는 있는데, 아직 결정적인 게 아니라서……."

"그거, 나한테도 얘기해줄래요? 아니면 혹시 재판 자료로 쓸 예정인가요?"

"아뇨, 그건 아닙니다. 변호인에게 얘기해봤는데 상대해주지 않았어요."

"그럼 나한테 얘기해도 문제는 없겠네요?"

"그렇겠네요. 알겠습니다, 얘기하도록 하지요."

그 전에, 라면서 그녀는 오른손을 앞으로 내밀었다.

"이름을 여쭤봐도 될까요?"

"엇, 실례했습니다." 가즈마는 품속에서 명함을 꺼냈다. "구라키 가즈마라고 합니다."

그녀는 명함을 받아 눈에 바짝 대고 들여다보았다. 어두워서 보기 힘든 것이다.

"저는 미레이라고 해요. 아름다울 미美에 우두머리 령令."

"시라이시 미레이 씨……."

"이 명함에는 휴대전화 번호도 적혀 있지만, 제 번호를 알려드리는 건 좀 미루기로 하죠. 나중에 알려주지 말걸, 후회할지도 모르니까. 불공평하게 느껴지신다면 이 명함, 다시 돌려드릴게요."

"아뇨, 그렇게 하는 걸로, 괜찮습니다. 혹시 필요 없다면 명함은 버리셔도 됩니다."

알았어요, 라면서 시라이시 미레이는 명함을 코트 주머니에 넣었다.

"내가 알아낸 것은 1984년 사건에 관한 거예요. 그 사건이 5월 15일에 일어났는데……."

가즈마는 아버지가 사건 후 4년째의 5월 15일에 새집으로 이사했다는 것을 얘기했다.

"날씨 때문에 실제 이삿날은 그다음 주로 연기되었지만 그날이 하필 불멸일이라 원래 예정일인 15일에 형식적으로나마 짐 몇 가지

를 옮겼습니다. 아버지는 아무 생각 없이 그날로 정했다는 식으로
얘기한 모양인데, 아들인 내가 이런 말을 하는 것도 좀 그렇지만 평
소에 그렇게 무신경한 분은 아니었어요."

시라이시 미레이는 진지한 얼굴로 고개를 끄덕였다. "정말 뭔가
이상하네요."

"그리고 또 한 가지, 《주간세보》의 기사를 쓴 프리랜서 기자에게
서 마음에 걸리는 얘기를 들었어요."

구라키와 함께 사체를 발견한 사람이 지금까지 구라키는 알리바
이가 있다고 생각해왔다, 그래서 오늘 그 사람에게 자세한 얘기를
들어보려고 도요하시에 다녀왔다, 라고 가즈마는 설명했다.

"실제로 아버지에게 알리바이가 있었고, 그래서 경찰의 의심에서
제외되었던 게 아닌가 하는 생각이 점점 강해지는데……."

"그러니까 가즈마 씨는 아버지가 1984년 사건의 진범이었다, 라
는 얘기 자체가 거짓이라고 생각하시는 거네요?"

"그렇습니다. 제 식구라고 좋을 대로 상상하는 것이라고 하신다면
대답할 말은 없지만."

"아뇨, 그렇다면 시라이시 변호사에게 죄를 고백했다, 라는 말도
거짓인 셈이잖아요."

"그렇죠. 시라이시 변호사님이 진실을 밝히라고 우리 아버지를 추
궁했다는 것도."

가즈마는 시라이시 미레이를 지그시 바라보았다. 그러자 그녀도
눈을 맞춰왔다. 침묵의 시간이 흘러갔다. 둘 사이에서 뭔가 공명하
는 것을 감지했지만, 나만의 착각인 걸까.

"그 상상이 맞는다고 치고, 가즈마 씨의 아버지는 왜 과거의 죄를 덮어쓰려는 걸까요?" 미레이가 당연한 의문을 던져왔다.

"잘은 모르겠지만, 어쩌면……." 느닷없이 한 가지 가능성이 가즈마의 머릿속에 떠올랐다.

"뭔데요?"

"누군가를 감싸주려는 것인지도……."

"공소시효가 만료됐잖아요. 이제 새삼 대신 죄를 덮어쓸 필요가 있을까요?"

그 의문 또한 합당한 것이었다.

"그건 그렇죠. 아……."

가즈마의 귓속에 문득 단어 하나가 되살아났다. 구제…….

"왜요? 뭔 생각났어요?" 심상치 않은 기미를 느꼈는지 미레이가 진지한 표정으로 물었다.

"네. 하지만 억지로 꿰맞춘 것인지도 모르겠어요."

"일단 얘기해보세요. 우선 얘기를 들어봐야 판단을 하죠."

"아버지가 1984년 사건의 범인이라고 자백한 덕분에 구제를 받은 사람들이 있었어요. 아스나로 식당의 아사바 씨 모녀. 전에 만났을 때, 마침내 누명이 풀렸다고 기뻐했습니다. 얘기를 들어보니까, 살인자 가족이라고 여태까지 큰 고통을 받았다고 하더군요."

"그런데 실제로는 누명이 아니라 자살한 그 사람이 정말로 범인이었다. 구라키 씨는 그 모녀를 가엾게 여겨 자신이 진범이라는 거짓 고백으로 그쪽은 억울한 누명이라고 세상에 알리려고 했다?"

"그랬던 게 아닌가 싶긴 한데…… 미안합니다, 역시 억지스러운 얘기네요."

"아니, 그렇지 않아요." 미레이는 크게 고개를 저으며 강한 어조로
말했다. "이미 공소시효가 만료됐으니까 그 사건으로 처벌받을 일은
없어요. 어차피 체포될 거라면 최소한 소중한 사람들을 구제해주자
고 마음먹었다는 건 충분히 가능한 얘기라고 생각해요."

"하지만 그렇다면 아버지가 시라이시 변호사님을 살해한 것은 다
른 동기가 있었다는 얘기가 돼요."

".......그렇죠."

미레이의 얼굴이 뻣뻣해진 것처럼 느껴졌다. 이렇게 의기투합해
서 얘기를 나누고 있지만, 새삼 가즈마가 가해자의 아들이라는 것을
인식했는지도 모른다.

"이대로 아무것도 안 한다면 아버지의 자백대로 재판이 진행될
겁니다." 가즈마는 그녀에게서 눈을 돌리면서 말했다. "동기가 무엇
이었건 미레이 씨의 아버님을 살해한 사람이 우리 아버지가 틀림없
다면 그대로 진행되어도 좋을지 모르지만......."

"좋을 리가 없죠!" 다시금 미레이의 입에서 강한 말이 튀어나왔다.
"나는 진실이 뭔지 알아야겠어요. 그러려고 재판도 하는 거잖아요.
실제 동기가 뭔지도 모른 채 이대로 넘어가는 건 도저히 받아들일
수 없습니다."

"그건 저도 그렇습니다. 하지만 어떻게 해야 좋을지......."

"생각해봐야죠. 어떻게 하면 좋을지, 열심히 고민해볼 거예요. 그
래서 만일 뭔가 생각나는 게 있고 가즈마 씨에게 얘기하는 게 좋겠
다고 판단될 경우에는 연락할게요."

결의에 찬 그 말에 가즈마는 압도되었다. 두뇌가 명석할 뿐만 아니라 강인한 사람이기도 하다.

"알겠습니다. 저도 계속해서 고민해보겠습니다."

미레이는 잠시 망설이는 기색을 보이더니 코트 주머니에서 스마트폰과 조금 전 가즈마가 건넨 명함을 꺼냈다. 왼손에 명함을 들고 오른손으로 스마트폰을 터치했다.

가즈마의 스마트폰이 울렸다. 화면에 번호가 표시되었다. 그녀의 전화번호인 모양이다.

착신음이 멈추고 시라이시 미레이는 스마트폰과 명함을 주머니에 챙겨 넣었다.

"가즈마 씨를 믿어보려고요."

"……고맙습니다. 나도 뭔가 찾아내면 연락을……, 연락해도 될까요?"

"네, 부탁드립니다." 미레이가 입가를 풀며 미소를 지었다. "그럼 이만 갈게요. 가즈마 씨와 얘기할 수 있어서 좋았어요."

"저도, 네, 그렇습니다."

미레이는 빙글 발길을 돌려 걸음을 뗐다. 그 시원시원한 뒷모습에서 가즈마는 눈을 떼지 못하고 한참을 서 있었다.

35

햇빛을 받아 반짝이는 세련된 디자인의 맨션을 올려다보며 고다이는 짧게 고개를 저었다. 그야말로 유명 광고대행사에 다니는 엘리트가 살 만한 곳이다. 원룸이라도 거실과 주방이 딸렸고 임대료는 15만 엔이 넘을 것이다.

1층 공용현관에서 인터폰을 눌렀다. 곧바로 네에, 라는 건조한 목소리가 들려왔다. 마이크를 향해 고다이가 이름을 밝히자 들어오세요, 라는 목소리와 함께 옆의 문이 열렸다.

엘리베이터로 6층에 올라가 이번에는 605호실의 차임벨을 눌렀다.

현관문이 열리고 구라키 가즈마가 모습을 드러냈다. 운동복에 파카를 걸친 차림새였지만 하나같이 명품 브랜드라는 건 한눈에 알 수 있었다. 다만 본인의 용모가 전에 만났을 때보다 여윈 듯이 보인 것은 피폐해졌을 게 틀림없다는 선입견 때문일까.

"갑작스럽게 죄송합니다." 고다이는 머리를 숙였다.

"아뇨, 전화로도 말씀드렸지만, 저도 할 얘기가 있었으니까요."

그가 안으로 안내해주었다. 역시 거실과 주방이 딸린 원룸이다. 넓이도 넉넉하다. 거실에 낮은 소파가 나란히 놓였지만 구라키 가즈마는 주방 식탁 의자 쪽을 권했다. 아닌 게 아니라 이쪽이 얘기하기는 더 편하다.

"그러면 먼저 들어볼까요?" 의자에 자리를 잡고 고다이는 말했다. "가즈마 씨 얘기부터."

구라키 가즈마는 고개를 끄덕이더니 천천히 입을 열었다.

"시라이시 씨의 따님이 제 연락처를 문의했었다던데요?"

느닷없이 허를 찔려서 고다이는 상대의 얼굴을 마주 보았다. "어떻게 그걸?"

"본인에게서 들었습니다."

"본인에게서? 시라이시 미레이 씨에게서 들었다는 거예요?"

"그렇습니다."

"그쪽에서 연락이 왔어요?"

그렇다고 한다면 시라이시 미레이는 어떻게 연락처를 알았을까.

"아뇨, 우연히 만났어요. 기요스바시 다리 옆에서."

"그 얘기라면 나도 미레이 씨에게서 들었어요. 하지만 연락처 교환은 안 했다고 했었는데?"

"그 뒤에 다시 우연히 마주친 거예요."

"또 마주쳐요? 같은 장소에서?"

네, 라고 구라키 가즈마는 대답했다.

우연한 만남이 두 번이나? 아니, 이건 단순한 우연이 아닐지도 모른다, 라고 고다이는 생각했다.

"가즈마 씨가 그곳에 자주 갔었어요?"

"그렇지도 않았어요. 그날이 두 번째였습니다. 하지만 미레이 씨는 자주 나왔던 모양이에요."

"그래요? 그 따님이……."

어쩌면 구라키 가즈마와 마주치기를 기대하며 시간이 날 때마다 나갔던 게 아닐까. 그 여자라면 그 정도의 적극성은 발휘할 것 같다. 하지만 그런 말은 입 밖에 내지 않기로 했다.

"둘이서 어떤 얘기를?"

"꽤 많은 얘기를 했어요, 서로가 의문을 품었던 것들. 미레이 씨는 우리 아버지가 도쿄돔에서 시라이시 씨를 만났다고 진술한 날에 시라이시 씨가 치과에서 발치를 했다고 얘기했습니다. 그 얘기는 고다이 형사님에게도 했다던데요."

"아, 그거라면 들었어요. 발치한 날이라 야구장에서 맥주를 마셨을 리가 없다고."

"설득력 있는 날카로운 지적이라고 생각했는데요, 저는."

"동감입니다."

"저는 1984년에 일어난 사건을 나름대로 알아봤고 그 과정에서 찾아낸 모순점들을 얘기했습니다."

구라키 가즈마가 술술술 해주는 말을 듣고 고다이는 눈이 둥그레졌다.

"나름대로 알아봤다고요? 직접 그런 걸 했다는 거예요?"

"일단 자택 대기 중인 처지니까요. 시간만큼은 처치 곤란일 정도로 많습니다."

자학적인 웃음을 지으면서 구라키 가즈마가 들려준 얘기는 뜻밖의 것이었다. 히가시오카자키에서 사건이 나고 4년 후, 완전히 똑같은 날에 구라키 다쓰로가 새집으로 이사를 했다는 것이다.

"그게 사실이라면 정말 이상하긴 하네."

"사실입니다. 아들인 제가 확인한 것이니까 틀림없어요. 그리고 또 한 가지." 구라키 가즈마의 눈에 깃든 광채에 한층 진지한 맛이 더해졌다. "그 사건 때 아버지는 알리바이가 증명되었던 거라고 생각하고 있어요."

"알리바이?" 뜻밖의 말에 고다이는 어리둥절했다. "그건 또 무슨 얘기예요?"

"실은 사건 관계자를 만나고 왔습니다."

구라키 가즈마의 말에 따르면, 그 관계자는 구라키 다쓰로와 함께 사체를 발견했던 사람으로,《주간세보》에 기사를 썼던 프리랜서 기자에게서 연락처를 알아낸 모양이었다. 그 사람과의 대화를 통해 당시 구라키 다쓰로가 경찰의 의심에서 제외된 것은 알리바이가 증명되었기 때문이 아닌가, 라는 추론에 이르렀다는 것이다.

"아, 잠깐만요. 그러니까 구라키 다쓰로 씨는 지금 자기가 하지도 않은 살인을 자백하고 있다는 겁니까?"

"그런 게 아닌가, 하고 추측한다는 거예요."

"대체 무엇 때문에?"

"구제를 위해서."

"구제?"

"지금부터 하는 얘기는 지나친 비약이라고 하실지도 모르겠지만……."

그렇게 전제를 하고 들려준 구라키 가즈마의 얘기도 깜짝 놀랄 만한 것이었다. 구라키 다쓰로가 아사바 모녀를 구제해주기 위해서 1984년의 살인을 누명으로 만들어준 게 아니냐, 라는 것이었다.

고다이는 구라키 가즈마의 얼굴을 찬찬히 바라보았다. "그런 엄청난 생각을 하다니."

"저도 엉뚱한 상상이라고는 생각합니다. 하지만 그런 가설이 떠오른 뒤로 영 머릿속을 떠나지 않아서……."

고다이는 나지막하게 신음 소리를 내며 손으로 이마를 짚고 방금 들은 이야기를 정리해보았다. 너무 놀란 나머지 조금 혼란스러웠기 때문이다.

"역시 어이없는 얘기일까요?" 구라키 가즈마가 조심스러운 눈빛을 던져왔다.

고다이는 이마에서 손을 내리고 등을 꼿꼿이 세우며 상대를 보았다.

"얼핏 들으면 누구든 말이 안 되는 소리라고 할 것 같아요."

"그렇겠죠?"

그런데 말이죠, 라고 고다이는 뒤를 이었다.

"놀랍게도 정확히 앞뒤가 맞는 얘기예요. 어딘가에 구멍이 있는 건 아닌지 생각해봤는데 못 찾겠어요. 다만 그 가설을 믿어본다면, 구라키 다쓰로 씨는 왜 시라이시 변호사를 살해했는가, 왜 실제 동기를 밝히지 않는가, 라는 의문이 생기게 됩니다."

"맞는 말씀이에요. 그래서 이 추론은 그 지점에서 멈춰버린 상태입니다."

"아, 그래서 그 사건을 담당했던 형사에게 얘기해서 반응을 살펴보기로 한 겁니까?"

"아니, 어떤 느낌을 받으셨는지 의견을 듣고 싶었죠."

"내 느낌은 방금 말한 그대로예요. 어떤 의미에서는 아주 훌륭한 착안입니다. 결코 비꼬는 소리가 아니에요."

"그렇게 얘기해주시니 한결 마음이 놓입니다. 나 혼자 우쭐해서 해본 공상으로 고다이 형사님의 소중한 시간을 빼앗는 건 죄송하니까요. 제가 해드릴 얘기는 이상입니다. 가능하면 이 추론을 염두에 두고 수사를 다시 해주셨으면 하는 바람이 있습니다만……."

"안타깝지만 그건 현시점에서는 어려워요. 가즈마 씨가 말한 것처럼 아직은 공상에 지나지 않으니까요. 구체적인 근거를 제시하지 않는 한, 상부에 재조사를 제안해봤자 퇴짜를 맞을 게 뻔해요."

"역시 그렇군요……." 구라키 가즈마는 어깨를 툭 떨구었다.

"다만 마음속에는 담아두겠습니다. 앞으로 뭔가 새로운 사실이 나올 수도 있으니까."

고다이로서는 단순한 위로의 말일 뿐이었지만, 구라키 가즈마는 잘 부탁한다면서 공손히 머리를 숙였다.

"그건 그렇고, 저도 질문이 있는데 혹시 아버지가 프리페이드 폰을 갖고 있었어요?"

"프리페이드 폰?" 구라키 가즈마는 의아한 듯한 얼굴이었다. "아뇨, 그런 건 모르겠는데요."

"그러면 아버지가 오스의 전자상가에는 자주 드나드는 편이었습니까?"

"오스 전자상가? 네, 전에는 이따금 갔었어요. 가전제품을 바꿀 때라든가. 최근에는 어땠는지 모르지만."

"도쿄의 아키하바라 전자상가처럼 그런 곳에서는 개조한 통신기기나 명의 불명의 전화 같은 불법 물건이 꽤 나도는 모양이던데 구라키 다쓰로 씨는 그런 쪽에 관심이 있었습니까?"

"아버지가요? 아뇨, 전혀 관심이 없었을걸요. 왜 그런 걸 물어보시죠?"

"본인이 그렇게 진술했어요. 오스의 전자상가에서 낯선 사람이 권하는 프리페이드 폰을 샀다고."

"아버지가요?" 구라키 가즈마는 고개를 갸웃거렸다. "그런 얘기, 들어본 적도 없습니다. 수상쩍은 물건에 손을 대는 그런 분이 아니었어요." 납득할 수 없다는 그 얼굴 표정이 연기로는 보이지 않았다.

"화제를 바꿔볼까요? 도요하시에 다녀왔다고 하셨는데 가까운 시일 내에 또 그쪽에 내려갈 예정은 없습니까? 본가라든가."

"아뇨, 당분간 그럴 예정은 없는데……."

"실은 가즈마 씨에게 보여줄 게 있어요." 고다이는 스마트폰을 터치해 구라키 가즈마 앞에 내보였다. 화면에 표시된 것은 지난번에 전송받은 변호사의 명함이다.

"이게 뭐지요?"

"구라키 다쓰로 씨의 명함집에 보관되어 있던 거예요. 혹시 짐작 가는 건 없습니까?"

"없습니다." 구라키 가즈마는 그 즉시 고개를 저은 뒤, 뭔가 생각난 듯 고개를 들었다. "아버지가 이 명함을 보관하고 있었다는 건 이쪽 법률사무실과 관계가 있었기 때문일까요?"

"그건 꼭 집어 얘기하기는 어렵지만 그렇게 생각하는 게 타당하겠지요."

"그렇다면 이상하잖아요. 아사바 씨 쪽에 유산을 증여하는 방법을 상담할 만한 사람이 없어서 시라이시 변호사에게 연락했다……. 아버지의 진술은 그런 얘기였어요. 하지만 이런 명함이 있었다는 건 나고야의 이 법률사무소와 어떤 식으로든 연줄이 있었다는 뜻인데, 우선 이쪽에 상담해보는 게 더 편리하지 않았을까요?"

역시나 엘리트 광고맨답게 두뇌 회전이 빠르다. 고다이가 말하려고 하는 점을 즉각 파악한 모양이다.

"그런 의문이 들었기 때문에 이렇게 물어보고 있는 겁니다."

"이건 정말 큰 의문이에요. 반드시 철저히 조사해주셨으면 좋겠는데요." 구라키 가즈마는 매달리는 듯한 눈빛을 고다이에게 던졌다.

하지만 고다이는 그런 그에게 듣기 좋은 대답은 해줄 수 없었다.

"죄송하지만 상사에게서 그런 지시는 받지 못했습니다. 실은 이 명함에 관한 것은 별반 문제로 떠오르지도 않고 있어요. 관할서의 젊은 형사가 우연히 찾아낸 것뿐이죠."

"하지만 이상하잖습니까." 구라키 가즈마는 스마트폰의 사진과 고다이의 얼굴을 번갈아 바라보며 말했다. "이건 정말 이상해요. 그런데 왜 조사를 못 한다는 거예요?"

"이 사건의 수사는 종결되었다는 게 상부의 판단이에요. 구라키 씨의 진술은 분명하고 별다른 모순도 없습니다. 이 명함을 보여줘도 상사들의 대응은 달라지지 않을 거예요. 쓸데없는 짓은 하지 말라고 나무랄 게 뻔해요."

"어떻게 그런……." 부조리한 상황에 고민하는 듯 구라키 가즈마의 얼굴이 일그러졌다. "어떻게 좀 안 될까요? 이런 분명한 문제점이 있는데도 윗분의 허가 없이는 꼼짝도 못 한다니……."

"다른 일이라면 또 모르지만, 이 사건은 제 독단으로 움직일 수가 없어요. 영장도 없이 도쿄 형사가 갑작스럽게 법률사무실에 찾아와 구라키 다쓰로라는 사람을 알고 있느냐고 물어봤자 대답을 안 해줍니다. 그쪽에는 비밀 엄수 의무가 있으니까요. 다만……." 고다이는 구라키 가즈마의 얼굴을 똑바로 바라보면서 뒤를 이었다. "가족이라면 얘기가 달라집니다."

엇, 하고 구라키 가즈마가 당황한 기색을 드러냈다.

"아들이 직접 찾아가면 그쪽의 태도도 달라질 수 있어요."

"무슨 말씀이시죠? 내가 가서 물어보면 아버지가 명함을 보관하고 있었던 이유를 알려줄 거라는 얘긴가요?"

"다짜고짜 물어봐서는 실패하겠지요. 아무리 부자간이라도 프라이버시는 지켜줘야 하니까요. 하지만 어떻게 말을 하느냐에 따라 그쪽에서 입을 열어줄 가능성이 있습니다."

"어떻게 말을 하느냐에 따라?"

"지금부터 하는 얘기는 그냥 형사의 혼잣말이라고 생각하시고요. 이 얘기를 듣든 안 듣든 그건 가즈마 씨의 자유예요." 그렇게 말하고 고다이는 혀로 입술을 축였다.

구라키 가즈마의 맨션을 나온 뒤에도 고다이는 자신이 한 일이 잘한 것인지 아닌지 답을 내리지 못하고 있었다. 경찰관으로서는 분명 반칙이다. 사건의 진상을 밝히기 위해서, 라고 스스로 마음을 달래기는 했지만, 아버지의 결백을 믿어보려고 발버둥 치는 젊은이의 마음을 공연히 들쑤시는 일이 될지도 모른다는 꺼림칙함은 지워지지 않았다. 구라키 가즈마는 분명 오늘 밤잠을 설치게 될 것 같다.

하지만 그 추리에는 분명 허를 찔렸다.

아사바 모녀를 살인자 가족이라는 고통에서 구제해주기 위해 과거 사건에 대한 허위 자백을 했다, 라는 추론이다. 공소시효가 만료된 사건이라서 대신 죄를 뒤집어쓰더라도 딱히 잃을 것도 없다. 유산을 증여하기로 결심했을 만큼 그 모녀가 소중한 존재였다면 그런 생각을 품었다 해도 이상할 건 없다.

그러면 왜 그토록 소중한 존재인 것인가. 구라키 다쓰로가 정말로 1984년 사건의 범인이라면 남에게 누명을 씌운 것에 대한 속죄라고 이해할 수도 있지만, 범인이 아니라면 얘기는 크게 달라진다.

고다이는 손목시계를 확인했다. 오후 5시를 넘어선 참이었다. 마침 빈 택시가 보여서 손을 들어 세웠다. 뒷좌석에 올라타면서 "몬젠나카초로 가주십쇼"라고 말했다.

오후 5시 반 정각에 아스나로 건물 앞에 도착했다. 개점 시각이지만 아직 손님은 없을 것이다. 그 모녀와 구라키의 관계를 다시 한번 확인해보자고 고다이는 생각했다. 특히 오리에 쪽이다. 정말로 연애 감정을 품은 관계는 아니었던 걸까.

2층으로 계단을 올라갔다. 그러자 베이지색 코트를 입은 남자가 내려왔다. 고다이와 엇갈려 길로 나가는 참이었다. 어디선가 본 얼굴이다 했는데 곧바로 생각났다. 전에 아스나로에 왔을 때, 거의 문 닫을 시간에 들어왔던 그 남자다.

고다이는 다시 계단을 내려가 주위를 둘러보았다. 베이지색 코트의 등이 보였다. 서둘러 뒤를 따라가 실례합니다, 라고 말을 건넸다.

남자는 걸음을 멈추고 경계하는 눈빛을 던졌다.

"갑작스럽게 죄송합니다." 고다이는 온화한 표정을 지으려고 노력하면서 낮은 목소리로 말했다. "저는 경시청의 고다이 형사라고 합니다."

이런 말에 당황하지 않을 사람은 없다. 그 남자도 뜻밖이라는 듯 눈을 깜작거렸다.

"저한테 무슨……."

"방금 아스나로에서 나오셨지요?"

"그렇습니다만."

"잘못 안 것이라면 죄송한데, 혹시 아사바 오리에 씨의 전남편 아니십니까?"

남자는 약간 놀란 기색을 드러냈다. "예, 그런데요……."

"역시 그렇군요. 죄송하지만, 지금 잠깐 시간 좀 내주실 수 있을까요?" 고다이는 최대한 저자세로 물었다.

"혹시 그 살인 사건 때문인가요?"

"맞습니다."

남자는 가늘게 눈을 뜨면서 고개를 저었다.

"그렇다면 별 도움이 안 될 텐데요. 제가 아무것도 몰라서."

"그건 알고 있습니다. 단지 사건 관계자 주변 분들에게 모두 탐문을 해야 해서요. 협조 부탁드립니다. 별로 오래 걸리지도 않을 겁니다."

남자는 곤혹스러운 표정으로 손목시계를 들여다보았다. "그러시다면 네, 알겠습니다."

"감사합니다." 고다이는 머리를 숙였다.

몇 분 뒤, 아스나로 맞은편에 자리한 커피점에서 고다이는 남자와 테이블을 끼고 마주 앉았다.

정식으로 자기소개를 주고받았다. 고다이는 다른 손님에게 보이지 않게 주의하면서 경찰수첩을 제시했다. 남자 쪽은 명함을 꺼냈다. 안자이 히로키라는 이름에 재무성 비서과 과장보좌라는 직함이 찍혀 있었다.

"실은 안자이 씨를 아스나로 앞에서 한 번 본 적이 있었어요. 식당 문을 닫을 때쯤에 오셨던 걸로 기억하는데요."

"아, 그때 남아 있던 손님이 형사님이었군요." 종이컵을 손에 들고 안자이는 고개를 끄덕였다. 그날 밤의 일을 기억한 모양이다.

"오리에 씨가 결혼했었다는 얘기를 얼핏 들었기 때문에 아마 전 남편분일 거라고 혼자 짐작은 했었죠."

"그렇군요. 아, 그보다 저한테는 어떤 일을?" 안자이는 커피를 후룩 마시고 종이컵을 내려놓았다. 그런 건 됐으니 얼른 본론으로 들어가라는 뜻인 모양이다.

"그 살인 사건에 대해서는 알고 계시는 것 같군요. 역시 오리에 씨에게서 들으셨습니까?"

"아뇨, 집안 친척에게서 들었습니다."

"집안 친척? 그건 어떻게?"

"《주간세보》예요. 그 기사를 본 사람이 연락을 해줬습니다. 기사에 유치장에서 자살한 사람의 가족이 나오던데 그게 아사바 씨 얘기 아니냐고. 그래서 나도 구해서 읽어보고 혹시나 해서 오리에에게 전화로 확인했습니다."

"역시 그 사람이었구나, 라고 생각하신 건가요?"

"뭐, 그렇죠." 안자이는 고개를 끄덕이면서도 우울한 표정이었다.

"방금 얘기를 들어보니 이혼 후에도 오리에 씨와 자주 연락을 하시는 모양이지요?"

"그리 자주 연락하는 건 아니지만, 면회가 있어서⋯⋯."

"면회?"

"아들과의."

"아, 그러고 보니 아사바 씨 집에서 사진을 봤습니다. 초등학교 4, 5학년 정도였던 것 같은데."

"지금은 중2예요. 엄마와의 면회 시기나 횟수를 딱히 정해둔 게 없어서 그때그때 일정을 확인할 필요가 있어요."

"오늘도 그래서 아스나로에?"

"아니, 그래서는 아니고⋯⋯." 안자이는 잠시 묵고하는 듯하더니 주위를 둘러본 뒤에 고다이 쪽으로 얼굴을 가까이 댔다. "괜히 이런 저런 억측을 할까 봐 미리 말씀드리겠는데 우리가 이혼한 것은 결코 부부 사이에 문제가 있었기 때문이 아닙니다. 원인은 오리에의 부친 사건 때문이었어요. 하지만 나는 미리 알고 있는 일이었어요. 청혼했을 때, 오리에가 다 얘기했으니까요. 그렇지만 누명이라는 그녀의 말을 굳게 믿었고, 그 시점에 이미 20여 년이 지난 과거 일이었기 때문에 우리만 입 다물면 아무 문제 없을 거라고 생각했습니다. 우리 부모님도 형님의 결혼에는 신중했지만 둘째인 내 결혼 상대에게는 그리 관심이 없었어요. 오리에의 부친은 젊은 나이에 사고로 돌아가셨다고 얘기했는데, 전혀 의심하지 않았습니다. 실제로 결혼하고 한참 동안 아무 문제도 없었어요. 아들도 태어났고, 이대로 평생의 동반자로 살아갈 거라고 생각했었죠."

"그런데 결국 예상 밖의 일이 일어난 모양이네요."

고다이의 말에 안자이는 씁쓸한 얼굴로 고개를 끄덕였다.

"아버지가 시의원을 하고 있는데 후계자가 될 형님이 병으로 쓰러져버려서 한때 나를 그 자리에 올렸던 적이 있었어요. 그렇게 되니까 상황이 크게 달라지더군요. 후원회 인사들이며 집안 모임 쪽에서 마음대로 내 신변을 샅샅이 훑으면서 문제가 없는지 확인에 들어간 거예요. 이른바 '신체검사'라는 것이죠. 거기에 걸려든 게 오리에의 부친 사건이었습니다. 당연히 큰 문제가 됐어요. 나는 후계자가 될 생각이 없다고 밝혔지만, 그걸로 끝날 일이 아니다, 이런 일이 세상에 알려지면 아버지의 이름에 먹칠을 하게 된다고 들고 나섰습니다. 아버지에게도 결혼할 때 그런 사실을 속였다는 것 때문에 크게 책망을 들었어요. 그때 알았다면 결단코 반대했을 거라고."

그럴 법한 일이라고 고다이는 납득했다. 시의원의 세계는 약육강식이다. 적대하는 자들에게는 안성맞춤의 공격거리가 될 것이다.

"그래서 결국 이혼을 선택하셨던 거군요."

"최종적으로 결정한 것은 오리에였어요. 그녀가 헤어지자고 먼저 얘기를 꺼냈죠."

"오리에 씨가……."

안자이는 테이블에 팔꿈치를 괴고 그때 일을 떠올리듯이 먼눈을 했다.

"결혼할 때부터 각오했었다고 하더라고요. 머지않아 아버지 일이 발각되어 헤어져야 하는 날이 올지도 모른다고. 지금까지의 인생이 그런 일의 되풀이였다고. 그렇다면 이번에야말로 그걸 뛰어넘어야 하지 않겠냐고 설득을 해봤는데 오리에는 고개를 끄덕여주지 않았습니다. 멸시를 받으면서 결혼 생활을 이어가는 건 원치 않는다, 당신이나 아들에게까지 폐를 끼치는 것도 괴롭다고 했습니다. 지금이라면 관계자들이 이래저래 손을 써서 은폐해줄 테니까 얼른 헤어지는 게 최선책이라는 얘기를 흐트러지는 일도 없이 지극히 냉정하게 하더군요. 그런 얘기를 듣고 보니 편견에 맞서겠다는 내가 선부르고 유치한 사람이라는 실감이 들어서 더 이상 반론을 할 수 없었습니다."

"안자이 씨도 힘든 입장이었겠네요."

"내가 힘든 거요?" 안자이는 흥 코웃음을 치면서 어깨를 으쓱 쳐들었다. "오리에의 심정을 생각하면 내가 힘든 건 별것도 아니에요. 그래서 최소한 아들이라도 자유롭게 만날 수 있게 해주기로 했습니다. 아들도 이제 많이 커서 요즘에는 혼자 만나러 오기도 하는 모양이에요. 그런데 이 상황에서 그 기사가,《주간세보》의 그 기사가 나온 거예요. 역시 오리에의 부친은 억울한 누명이었다는 게 증명이 된 겁니다. 그렇게 되니까 다시 얘기가 달라졌어요."

"엇, 이혼은 의미가 없었다는 걸로?"

"그건 아닙니다. 그때 이혼하지 않았다면 여기저기서 엄청나게 두들겨 맞았겠지요. 하지만 앞으로는 달라질 거예요. 실은 지금까지는 아들이 오리에를 만나는 것도 반대하는 사람이 많았습니다. 뭐, 앞으로 그런 얘기는 쑥 들어갈 겁니다. 그래서 아들의 교육이라는 관점에서 오리에와 협력해가며 뭔가 할 수 있는 게 없는지, 그런 걸 상의하려고 요즘 아스나로를 자주 찾게 된 거예요. 오늘도 그렇습니다." 안자이는 종이컵을 입으로 옮겼다가 테이블에 돌려놓은 뒤에 고다이를 보았다. "이 정도 말씀드렸으니 충분히 사정을 파악하셨겠지요?"

역시나 시의원의 아들답게 달변가였다. 논리 정연한 설명에 어떤 의문도 끼워 넣을 여지가 없었다.

"네, 충분합니다." 고다이는 안자이의 단정한 얼굴을 바라보며 말했다. "그런데 오리에 씨와 재결합하실 생각은 없습니까?"

안자이는 쓴웃음을 지으며 손을 가로저었다.

"그럴 일은 없습니다. 실은 7년 전에 내가 재혼을 했어요. 지금의 아내와의 사이에 아이도 있습니다. 아들 하나, 딸 하나."

"그렇습니까……."

겉모습만 봐서는 안자이는 40대 중반이다. 7년 전이라면 30대였다. 재혼했어도 이상할 것은 없다.

"다만 지금의 아내는 큰아이의 교육에는 노터치예요. 그래서 더더욱 오리에의 도움이 필요합니다."

"그러면 이제 오리에 씨에 대해 특별한 감정은 없으시다는?"

"이성으로서의 감정은 없어요. 지금도 멋진 여자라고는 생각하지만. 빨리 누군가 좋은 사람을 만나서 행복하게 살기를 빌고 있습니다."

"누군가 좋은 사람이 있는 듯한 기미는 없었습니까? 이를테면 손님 중에 그런 사람이 있었다든가."

안자이는 당혹스러운 표정으로 고개를 갸우뚱했다.

"글쎄요, 나는 영업 중에는 그 식당에 가지 않으니까 그런 건 잘 모르겠군요."

"네에⋯⋯."

다만, 이라고 안자이는 말했다.

"언제였나, 어머니와 우연히 단둘이 있게 됐는데 그때 잠깐 마음에 걸리는 얘기를 하시던데."

"어머니라면 오리에 씨의 어머니 아사바 요코 씨 말입니까?"

"네, 그렇죠."

"어떤 얘기를 하셨는데요?"

"이제 오리에 일은 더 이상 걱정할 거 없다, 오리에도 나름대로 마음을 허락할 수 있는 상대를 찾은 모양이니까, 라고 하시더군요."

"그게 언제쯤이었지요?"

"아마 작년 이맘때쯤이었을 겁니다. 아들 일로 상의할 게 있어서 아스나로에 갔었는데, 그때 그런 얘기를 하셨으니까."

"마음을 허락할 수 있는 상대라면⋯⋯."

"그런 일을 시시콜콜 캐묻는 것도 꼴사나운 짓이다 싶어서 잘됐네요, 라고 대답하고 그 얘기는 거기서 끝냈습니다. 그래서 그 뒤로 그 상대와 어떻게 됐는지는 모르겠어요." 거기까지 얘기한 뒤, 안자이는 미심쩍다는 눈빛을 던져왔다. "그런데 이런 얘기가 무슨 도움이 됐나요?"

"예, 큰 도움이 됐습니다."

협조해주셔서 감사합니다, 라고 고다이는 다시금 머리를 숙였다.

36

사쿠마 아즈사 변호사 사무실에서 미레이가 인사를 끝내고 꺼낸 말에 검은 테 안경 너머에서 사쿠마의 눈이 휘둥그레졌다.

"지, 지금 뭐라고 하셨어요?" 사쿠마가 물었다.

그러니까 그게, 라고 미레이는 입술을 축였다.

"구라키 피고인을 만나고 싶다고요. 구치소에 면회를 갈 생각인데, 변호사님이 함께 좀 가주세요."

동요한 기분을 진정시키듯이 사쿠마는 미레이를 바라보며 심호흡을 했다.

"왜 만나려는 건데요?"

"물론 어떤 사람인지 알아보기 위해서죠. 만나서 얘기해보고 제가 직접 확인할 생각이에요. 그런 다음에 물어볼 거예요, 당신은 왜 거짓말을 합니까, 라고."

사쿠마는 책상 위에서 두 손을 깍지 꼈다.

"역시 구라키 피고인이 도쿄돔에서 시라이시 변호사님을 만났다는 그 진술이 마음에 걸려요?"

"그것도 그렇고 모두 다 의문투성이예요. 범행 동기만 해도 납득이 안 되잖아요. 아버지가 그런 태도를 취했을 리가 없다니까요."

"그 점은 이마하시 검사가 지난번에 말했던 대로 피고인이 일부 각색해서 진술했을 가능성이 있어요. 하지만 자기 사정만으로 살인을 저지른 결과의 중대성에 영향을 끼칠 정도의 내용은 아니니까 그 점을 두고 다퉈봤자 별 의미가 없다고……."

"아니, 그건 아니죠!" 사쿠마 아즈사의 말을 가로막고 미레이는 강한 부정의 말을 던졌다. "일부 각색 정도가 아니에요. 저는 정말 궁금한데요, 그 진술 전체가 각색이 아니라고 어떻게 단언할 수 있죠? 그게 거짓말이 아니라는 명확한 증거라도 있어요?"

"아, 진정하세요. 왜 이러실까, 대체 무슨 일이 있었죠? 아무래도 이상하네. 혹시 누군가 이상한 얘기를 한 거 아니에요?"

흠칫해서 미레이는 고개를 돌려버렸다. "아니, 그런 게 아니라……."

"그런 거네. 누군가 쏘삭거리는 사람이 있군요?"

"쏘삭거리다니, 그런 거 아니라니까요."

"그러면 대체 뭐예요, 미레이 씨, 솔직히 얘기해주세요. 나는 미레이 씨의 대리인이에요. 미레이 씨의 의향에 따르지 않는 발언이나 행동은 할 리가 없습니다. 하지만 본심을 털어놓지 않으면 내가 충분히 도움을 드릴 수 없어요. 혹시 혼자만 아는 비밀이 있다면 저한테 털어놓으셔야 해요. 피해자 참여제도에서 정보 공유는 불가결한 요소예요."

사쿠마의 말투는 뜨거웠다. 물론 그녀에게 뭔가를 비밀로 해서 좋을 일은 하나도 없다. 그건 미레이도 잘 알고 있었다.

"실은…… 아들을 만났어요." 망설이면서도 일단 털어놓았다.

"아들? 누구 아들을?"

"구라키 피고인의 아들."

사쿠마 아즈사가 숨을 헉 삼키는 기척이 느껴졌다. "설마……. 언제요?"

"사건 현장에 꽃을 올리러 갔을 때 우연히 만났어요."

"그래서요?"

"그분도 아버지의, 구라키 피고인의 진술을 납득할 수 없어서 이래저래 알아보는 중이더라고요. 그러던 끝에 특히 옛날 그 사건에 관해 몇 가지 의문점을 발견한 모양이에요. 자기 아버지가 그 사건의 범인이라고 말한 게 거짓이 아니냐는 생각까지 한 것 같아요. 어떻든 그 말이 맞는다면 이번 사건의 동기도 지어낸 얘기라는 게 되잖아요."

사쿠마는 차가운 눈빛으로 고개를 저었다.

"아들이 피고인에게 유리한 증거를 찾으려고 뛰어다니는 거야 당연한 일이죠."

"그분의 목적은 그게 아닌 것 같아요. 이런 얘기를 했었어요. 동기가 무엇이었건 자기 아버지가 살인을 한 게 틀림없다면 재판이 이대로 진행되어도 괜찮다고 생각한다고. 즉 아버지가 살인범이라는 사실 자체는 믿고 싶지 않더라도 받아들이겠다는 거예요. 하지만 동기를 포함해서 진술 내용을 납득할 수 없기 때문에 그분도 나름대로 뛰어다니는 거겠죠. 그래서 꼭 만나보고 싶어요, 구라키 피고인을. 정말로 그런 동기로 살인을 저지를 사람인지 어떤지 내 눈으로 판별해볼 생각이에요."

사쿠마는 안경을 쓱 올리고 눈을 깜작거린 뒤에 지그시 미레이의 얼굴을 보았다.

"뭐예요, 왜 그러세요?"

"아뇨, 구라키 피고인의 아들에게 상당히 공감을 느끼시는 것 같아서."

그 말에 왠지 몸의 혈류가 빨라지는 것을 미레이는 느꼈다.

"진실을 알아내려는 열망이 서로 같았다, 라는 얘기를 하는 거잖아요. 게다가 우리 아버지를 살해한 건 그분이 아니에요. 이번 사건으로 고통받고 있다는 점에서 나는 그분도 피해자라고 생각한다고요. 사실이 그렇잖아요?" 저도 모르게 말이 빨라졌다.

"그건 맞는 말씀입니다. 이상한 소리를 해서 미안해요." 사쿠마는 살짝 머리를 숙였다. "미레이 씨가 어떤 심정인지는 이해해요. 하지만 결론부터 말하면, 지금 이 시점에서 피고인을 만나는 것에는 찬성할 수 없어요. 이마하시 검사도 안 된다고 할 겁니다."

"왜요? 유족이 피고인을 만나면 안 된다는 규정이라도 있나요?"

"그런 규정은 없지만, 미레이 씨는 피해자 참여제도의 참여인이잖아요. 검사와 함께 법정에서 피고인의 죄를 밝혀야 하는 입장이에요. 그건 다양한 객관적 정보를 바탕으로 이루어져야 합니다. 개인적으로 피고인을 접촉하고 자칫 예단을 갖게 되는 건 피해야 한다고요. 게다가 지나치게 노골적인 지적인지도 모르지만, 면회 한 번으로 사람을 판별해낼 수 있겠어요? 아니, 미레이 씨에게 사람 보는 눈이 없다는 뜻은 아닙니다. 나는 현실적인 얘기를 하는 거예요. 설령 미레이 씨 앞에서 구라키 피고인이 공손한 태도를 보이더라도 그걸로 성실한 인간이라고 결론 내릴 수 있는 것도 아니잖아요."

"어려울지도 모르지만, 아무튼 한번 만나봤으면 좋겠어요."

"아뇨, 그러시지 않는 게 좋아요. 이건 제가 부탁드릴게요." 온화한 말투였지만 타협을 허락하지 않는 단호한 울림이 있는 말이었다.

미레이는 고개를 떨구고 한숨을 내쉬었다. "정 그렇다면 뭐, 어쩔 수 없죠."

사쿠마가 아래쪽에서 미레이의 얼굴을 들여다보았다.

"혼자 몰래 만나러 간다든가, 그런 생각 하는 거 아니지요?"

딱 맞혔다. 그런 생각을 머릿속에 떠올렸다. "정말 안 될까요?"

"안 됩니다." 사쿠마는 가슴 앞에서 두 팔을 X자로 엇갈리며 말했다. "그런 생각은 접어주세요. 응하지 않겠다면 저는 이 일에서 손을 떼겠습니다."

"……알았어요." 마지못해 고개를 끄덕였다.

"역시 아직도 동기가 영 마음에 걸리는 모양이네요."

"도쿄돔에서 만났다는 건 분명 거짓말일 테니까 그렇다면 아버지와의 관계도 피고인의 진술과는 다르겠죠. 당연히 동기도 거짓이라는 결론을 내릴 수밖에 없어요."

"그렇군요. 근데 미레이 씨는 양형에 대해서는 어떻게 생각해요?"

"양형……."

미레이의 말끝이 흐려졌다. 솔직히 그런 건 별로 생각해보지 않았던 것이다.

"살인 사건의 유족일 경우에는, 우선은 사형을 원하고 그게 안 되면 최소한 무기징역이라는 식으로 가능한 한 무거운 형을 바라는 분들이 대부분이에요. 그러기 위해 유족들은 협조를 아끼지 않고, 때로는 검사에게 강경한 태도를 요구하는 경우도 많죠. 그래서 미레이 씨의 의향은 어떤지 물어보는 거예요. 어머님은 사형을 원하시는 것 같던데요."

"나는……, 나는 진상을 밝혀낸 다음에 다시 생각해볼 거예요. 무엇이 진실인지도 알지 못한 채로는 피고인의 행위가 얼마나 무거운 죄인지도 가늠할 수 없겠죠. 그렇잖아요?"

"진실……." 사쿠마는 시선을 일단 비스듬히 위쪽으로 향했다가 다시 미레이의 얼굴로 되돌렸다. "좋아요. 구라키 피고인이 진술한 살해 동기는 거짓이라고 하죠. 그러면 실제 동기는 현재 진술한 내용보다 더 잔학할 거라고 생각하세요?"

"그건…… 아직 모르죠."

"이번 사건의 동기를 한마디로 말한다면, 과거의 범죄를 은폐하려고 입막음을 하기 위해 살해했다는 거예요. 시라이시 변호사님에게는 아무 잘못도 없었으니까 재판원들은 지극히 악질적이고 자기 본위의 범행 동기인 것으로 파악하겠지요. 이마하시 검사는 계획성만 좀 더 보강한다면 사형까지 끌고 갈 수 있을 것으로 보고 경찰 쪽에 추가 수사를 의뢰한 모양이에요."

"추가로 어떤 것을 수사하는데요?"

"범행 당일, 구라키 피고인은 시라이시 변호사님에게 연락할 때 프리페이드 폰을 사용했다고 진술했어요. 단 그 전화를 입수한 게 약 2년 전이었고, 흉기로 지참했던 나이프와 마찬가지로 이번 범행을 위해 일부러 구입한 건 아니라고 주장하고 있다는 거예요. 이마하시 검사는 그 진술에 의구심을 품고, 예전부터 갖고 있었던 게 아니라 범행을 결심했기 때문에 이번에 입수한 것으로 보고 있어요. 그러니까 입수 경로를 밝혀내서 피고인이 범행 직전에 그걸 손에 넣었다는 것을 증명할 수만 있다면 계획성의 혐의가 한층 강해지는 것이죠."

미레이는 이마하시의, 그야말로 냉철해 보이는 얼굴을 떠올렸다. 재판을 게임처럼 생각하고 거기서 승리하는 것에 환희를 느끼는 타입으로 보였다.

"얘기가 잠깐 옆길로 새어버렸네요." 사쿠마가 말을 이어갔다. "아무튼 그러니까 이마하시 검사에게 맡겨두면 지금 이대로도 충분히 사형이 나올 가능성이 높아요. 혹시 구라키 피고인이 뭔가 감추고 있고 따로 다른 동기가 있었다고 칩시다. 그게 현재 진술한 내용보다 더 잔학하거나 흉악한 것이라면 별문제는 없겠죠. 하지만 만일 그런 게 아니고 어떤 심각한 사정이 있어서 어쩔 수 없이 범행에 이르렀다는 것이라면 그 사정 여하에 따라 사형은커녕 무기징역도 어려울 수 있어요. 미레이 씨는 그래도 괜찮습니까?"

"그건 어쩔 수 없죠. 내가 원하는 것은 진실이고, 사형 판결이 나오느냐 마느냐는 그다음 문제예요. 아무튼 진상이 어떤 것인지 알고 싶다고요."

사쿠마는 뭔가 생각하는 듯한 표정을 보인 뒤 알겠습니다, 라고 고개를 끄덕였다.

"그 의향을 이마하시 검사에게 전달하도록 하죠. 시라이시 변호사님을 살해한 경위에 대한 피고인의 진술은 믿을 수 없기 때문에 따로 다른 동기가 존재할 가능성도 의심해달라고 얘기할게요. 어때요, 그러면 되겠습니까?"

"네, 그렇게 해주세요. 잘 부탁드립니다."

"다만 알아두셔야 할 것은, 현재 시점에서는 이마하시 검사로서도 어쩔 수 없는 부분이 있을 거예요. 경찰에 의한 수사가 충분히 이루어진 끝에 현재의 상황에 이르게 된 것이니까요. 앞으로 뭔가 새로운 사실이 나오기라도 한다면 얘기는 달라지겠지만."

"너무 물고 늘어지는 것 같지만, 그렇기 때문에 피고인을 직접 만나 물어보려는 거예요. 도쿄돔에서 아버지를 만났다는 얘기는 거짓말 아니냐고."

사쿠마 아즈사는 그건 안 된다는 듯이 머리와 손을 동시에 내저었다.

"시라이시 변호사님이 발치 치료를 받고 그날 저녁에 야구장에서 맥주를 마셨을 리가 없다고 구라키 피고인에게 아무리 얘기해봤자 그런 건 나는 모른다, 시라이시 씨가 실제로 맥주를 마셨기 때문에 그렇게 진술했을 뿐이다, 라고 주장해버리면 더 이상 어떤 반론도 할 수 없다니까요."

"그럼 그 얘기를 재판정에서 지적해보는 건 어떨까요? 피고인이 거짓 진술을 할 가능성이 있다는 것을 재판원들에게 어필하는 효과가 있을 것 같은데요."

"그건 좋은 방법이 아니에요. 공판에서 느닷없이 그런 질문이 튀어나오면 재판원들은 당황할 뿐이에요. 거짓 진술이라고 지적할 때는 그 증거도 함께 제시해야 합니다. 게다가 그 전에 이마하시 검사가 그런 방침을 받아들이고 동의를 해줘야 가능한 일이에요. 피고인의 거짓말을 파헤쳐나가는 절차를 검사와 함께 면밀히 정해둘 필요가 있으니까요. 그러지 않고서는 검찰 측의 예정에 큰 차질을 초래할 뿐이에요."

미레이는 한숨을 내쉬었다. "어렵네요, 재판이라는 거."

"무엇을 원하느냐에 달렸어요. 완전한 진실을, 이라고 하게 되면 일이 간단치 않습니다. 다만 이번 사건의 경우, 동기에 관한 건 나름대로 진실에 근접했다고 저 개인적으로는 생각하는데요."

"그건 어째서요?"

"그야 공소시효가 만료된 과거 사건을 피고인이 자진해서 고백했잖아요. 그런 거짓말을 해서 피고인에게 무슨 메리트가 있겠어요. 혹시 그 반대라면 충분히 이해가 되겠죠. 실제 동기는 과거의 범죄를 감추기 위해서였다, 그런데 그걸 들키지 않으려고 거짓 동기를 준비했다, 라는 것이라면."

미레이는 검지 끝을 사쿠마에게로 향했다. "네, 바로 그거예요."

"그거라뇨?"

"메리트가 있다는 거. 실은 메리트가 있었어요, 구라키 피고인에게."

미레이는 가즈마가 들려준, 아스나로 식당의 아사바 모녀를 구제해주려고 구라키 다쓰로가 1984년 사건을 자신이 한 짓이라고 고백했던 게 아니냐, 라는 가설을 얘기했다.

"공소시효가 만료되었으니까 그 사건으로 처벌받을 일은 없어요. 그래서 자신이 한 짓이라고 말해서 아사바 모녀 쪽은 누명이었던 것으로 만들어주자고 마음먹었다……. 어때요?"

사쿠마는 후유 숨을 토해냈다. "대담한 발상이네요."

"하지만 있을 법한 일이잖아요."

"전혀 말이 안 되는 건 아니죠. 하지만 입증이 안 되면 단순한 상상일 뿐이에요. 피고인의 아들이 자기 아버지를 살인범으로 인정하고 싶지 않은 마음에 만들어낸 망상, 이라고 해도 좋겠지요."

미레이는 미간을 찡그렸다. "그런 심한 말씀을."

"거슬렸다면 사과드릴게요. 하지만 구라키 피고인이 현재의 진술을 바꾸지 않는 한, 우리로서는 그 말을 사실로 받아들일 수밖에 없어요. 구라키 피고인이 30여 년 전 사건의 범인이 아니라는 것은 이제 어느 누구도 증명할 수 없을 테니까요."

그 말에 미레이는 마음이 차갑게 식어가는 것을 느꼈다.

"재판에서 반드시 진상이 밝혀지는 것도 아니네요. 참여할 자신이 없어지는데요."

"묵비권이라는 게 있어요. 피고인이 그것을 행사하는 바람에 진상이 어둠에 묻혀버리는 케이스도 드물지 않아요. 하지만 그렇다고 약해지시면 안 되죠. 아직 공판이 시작되지도 않았는데."

"사쿠마 선생님께는 늘 고맙게 생각하고 있어요. 하지만 세상에는 어떻게도 할 수 없는 일이 있다는 것을 알 만큼은 저도 세상을 겪어 봤다고 생각해요." 미레이는 자리에서 일어섰다. "오늘은 이만 가봐야겠네요."

"아직 시간이 있습니다. 미레이 씨가 납득할 만한 좋은 안은 없는지, 저도 고민해볼게요."

"고맙습니다. 잘 부탁드릴게요."

하지만 방을 나서기 전에 미레이는 문득 발을 멈추고 돌아보았다.

"왜 사죄가 없지요?"

"사죄?"

"구라키 피고인은 죄를 인정하고 크게 반성하고 있다고 들었어요. 하지만 아직 한 번도 우리 유족에게 사죄하는 말은 들어본 적이 없어요. 사죄 편지를 변호인이 우리에게 전해주러 온 적도 없고요. 왜 그럴까요?"

"그건 나로서는 어떻게 말해야 할지……."

"혹시 구라키 피고인은 사죄할 마음이 없는 게 아닐까요? 자신의 범행은 정당한 행위였다고 생각한다든가?"

"그건 아닐 거예요. 감형을 노린 퍼포먼스처럼 보일까 봐 공식적인 사죄는 안 하겠다는 피고인도 적지 않으니까요."

"그런 건가……."

사쿠마가 바짝 경계하는 듯한 눈빛을 던졌다.

"설마 그런 걸 구라키 피고인의 아들과 상의해본다든가, 그런 생각을 하는 건 아니지요?"

"그러면 안 되나요?" 변호사의 반응을 살펴보며 미레이는 말했다.

사쿠마는 어이없다는 듯이 양팔을 펼쳤다.

"그건 안 하시는 게 좋아요. 혹시라도 둘이 만나는 장면을 누군가 보기라도 하면 괜한 오해를 살 수 있어요."

"저는 진상 규명을 위해서는 수단 방법을 가리지 않을 각오예요."

"아뇨, 수단 방법을 가려야 합니다. 무모한 일은 하지 말아주세요. 다른 누구도 아닌 미레이 씨를 위해 드리는 말씀입니다."

"네, 생각해볼게요."

"미레이 씨……." 사쿠마는 난감하기 짝이 없다는 듯 울상이 되었다.

안녕히 계세요, 라고 말하고 미레이는 사무실을 뒤로했다. 미안한 마음은 있었지만, 여기서 안이하게 약속을 했다가 결국 어기게 되는 건 더 싫었다.

건물 밖으로 나오자 차가운 바람이 뺨을 스쳤다. 하지만 그게 상쾌하게 느껴진 것은 한껏 흥분한 탓인지도 모른다. 스스로 생각해도 대담한 얘기들을 줄줄이 말해버렸다. 생각하기 전에 먼저 말이 튀어나온 느낌이다.

구라키 가즈마의 얼굴이 퍼뜩 떠올랐다.

아름답고 진지한 눈빛이 인상적이었다. 어떻게든 힘겨운 현실에 맞서려고 하는 것이 절실하게 전해져 왔다. 분명 업무 능력도 뛰어난 사람이리라. 갑작스럽게 인생이 암전하는 바람에 크게 절망하고 있을 텐데…….

그를 동정하는 마음이 있다는 것에 미레이는 스스로도 흠칫 놀랐다. 피해자의 유족으로서가 아니라 객관적으로 사건을 부감했기 때문인지, 그의 인간적인 뭔가에 영향을 받은 것인지, 아니면 그런 것과는 또 다른 요인 때문인지는 알 수 없었다. 다만 말할 수 있는 것은 그에 대한 혐오감 따위는 전혀 없다는 것이었다.

집에 돌아가자 어머니 아야코가 저녁 식사를 차려놓고 기다리고 있었다. 메인 요리는 뫼니에르*였다. 아야코가 특히 잘하는 생선 요리다.

"아까 사쿠마 선생에게서 전화가 왔었어. 너, 오늘 그 사무실에 갔

---

* 생선에 밀가루와 버터를 발라 구운 프랑스식 요리.

었다면서?" 나이프와 포크를 든 손을 멈추고 아야코가 미레이를 보며 물었다.

"응, 갔었어. 근데 왜?" 뭔가 한소리 들을 듯한 감이 들었지만 애써 아무렇지 않은 척했다.

아야코는 나이프와 포크를 내려놓았다.

"너도 나름대로 이해할 수 없어서 그걸 어떻게든 해결해보려고 한다는 건 알아. 나도 혹시 밝혀지지 않은 사실이 있다면 끝까지 밝혀내고 싶어. 하지만 그쪽과 접촉하는 건 좀 그렇지 않니?"

"그쪽이라니?"

"범인의 가족 말이야. 아들이라던데. 만났다면서? 사쿠마 선생에게서 얘기 들었어. 어머니도 아시는 일이냐고 물어보는데 전혀 처음 듣는 얘기라서 깜짝 놀랐어. 왜 나한테 그런 말을 안 했어?"

"굳이 말할 것도 없는 일이라고 생각했지. 그게 왜?" 어머니 얼굴을 마주 보지 않고 담담히 뵈니에르만 먹었다.

"왜냐니, 그건 아니지. 그쪽은 우리에게는 적이야. 알고 있어?"

미레이는 꼭꼭 씹어서 입 안의 것을 삼키고 얼굴을 들었다.

"적? 그런 생각은 옳지 않아. 범인은 구라키 피고인이고 그 가족에게는 책임이 없어."

"그건 그렇지만 어쨌든 재판에서는 적이야. 그쪽에서는 어떻게든 형을 줄이려고 할 거잖아."

"그 사람, 그런 발상은 없는 것 같던데?"

"그 사람이라니?"

"구라키 피고인의 아들 말이야." 포크로 샐러드를 입에 넣었다.

"얘, 제발 친한 사람 얘기하듯이 그렇게 말하지 마. 아버지를 죽인 범인의 아들이잖아."

미레이는 포크를 내려놓고 어머니를 똑바로 응시했다.

"나는 진실을 알고 싶어. 그러기 위해서는 누가 됐든 만나볼 거고, 필요하다면 손을 잡기도 할 거야. 엄마처럼 그런 말만 하고 있다가는 영원히 진상은 밝혀지지 않아."

아야코가 엄한 눈빛으로 마주 쏘아보았다.

"진실이란 게 그리 간단히 밝혀지는 게 아니야. 밝혀내봤자 별것도 없을 거고. 네 아버지가 자주 얘기했어. 범행 동기를 제대로 설명하지 못하는 피고인들이 많다고. 어쩌다 보니 훔쳤다, 정신을 차리고 보니 살해했더라, 나도 잘 모르겠다, 그런 소리들만 한다는 거야. 구라키라는 사람도 분명 그럴걸. 그 사람도 나름대로 사정이야 있었겠지만, 결국은 얕은 생각에 충동적으로 저지른 짓이야. 뻔히 그렇잖아. 그러니까 이유에 집착해봤자 다 쓸데없어. 우리가 지금 신경써야 할 것은 그 죄에 적합한 형벌이 내려지느냐 마느냐는 것뿐이야. 나는 사형을 원하고 있어. 그렇게만 된다면 소소한 것들은 따지지 않을 거야. 그러니까 미레이, 너한테도 이렇게 부탁할게. 더 이상 공연한 짓은 하지 마. 범인의 아들을 만나다니, 그건 절대 안 되는 짓이잖니."

"절대 안 되는……."

"알겠니? 내 얘기 듣고 있어?"

"듣고 있어. 엄마 생각은 잘 알겠어. 그게 틀렸다는 건 아니야. 하지만 나한테는 내 인생이 있어. 지금 내 인생의 톱니바퀴가 어딘가

에 턱 걸려버렸어. 이대로는 단 1밀리미터도 나아갈 수 없어. 사형
판결 같은 거, 나한테는 아무 의미도 없어."

"미레이……."

"잘 먹었습니다. 오늘 저녁도 맛있었어. 항상 고마워." 그렇게 말
하고 미레이는 자리에서 일어섰다.

37

벽에 걸린 주니치 드래건스의 달력을 보고 요새는 이런 선수가
뛰고 있구나, 라고 가즈마는 생각했다. 인터넷 기사 등으로 이름쯤
은 본 적이 있지만 얼굴을 보는 건 처음이었다. 포지션은 누가 어느
자리인지 가물가물하고 등 번호는 아예 하나도 알지 못한다.

예전에는 아버지를 따라 자주 야구장에 가곤 했다. 현장에서 직
접 보는 프로선수들의 플레이는 박력 만점이었다. 하지만 어느샌가
프로야구에 대한 관심이 엷어져갔다. 대학 입학으로 고향을 떠났기
때문이다. 도쿄에서는 프로야구 공식전을 지상파 방송으로는 거의
볼 수 없다. 인터넷으로 시합 결과를 확인하는 정도만으로 프로야
구 팬이라고 할 수 없다. 게다가 열렬히 응원하는 팀이 있는 것도
아니었다.

그런 점에서 정통파 주니치 팬이던 아버지는 최근에도 1년에 몇
번씩 나고야돔에 나가는 모양이었다. 그것을 잘 알고 있었기 때문에
개막전의 자이언츠 대 주니치 경기 티켓을 지인의 연줄을 활용해

구해드린 것이다. 그 소식을 전화로 알렸을 때의 아버지의 반응을 가즈마는 지금도 기억하고 있다. 나이 든 아버지가 "와우, 진짜?"라는 말투로 얘기하는 건 처음 들었다.

분명 기대감으로 가슴을 두근거리며 도쿄돔에 나갔을 게 틀림없다. 내야 스탠드의 꽤 좋은 자리였으니까 그것에도 은근히 놀랐을 것이다.

그런데 그 옆에 시라이시 겐스케가 앉아 있었다…….

거기까지 상상해본 참에 가즈마는 고개를 갸우뚱했다. 시라이시는 어떻게 그 티켓을 입수했을까. 도쿄돔 개막전이라고 하면 티켓을 그리 쉽게 구할 수 있을 리 없다. 물론 변호사로서 발이 넓었을 테니까 그 인맥으로 어떻게든 했을 수도 있다. 혹은 인터넷 옥션에서 낙찰을 받았는지도 모른다.

하지만 만일 그런 방법으로 구했다면 어떤 형태로든 흔적이 남아 있을 것이다. 경찰은 그런 쪽으로 조사를 했을까.

아니, 아마 그런 조사는 없었을 것이다, 라고 가즈마는 생각했다. 발치 치료를 받았기 때문에 그날 아버지가 도쿄돔에 갔을 리 없다, 라는 시라이시 미레이의 지적에 대해 고다이 형사 쪽은 명확한 반론을 내놓지 못한 모양이었다. 만일 시라이시 겐스케가 티켓을 입수한 경로를 확인했다면 당장 그 얘기를 했을 것이다.

가즈마는 스마트폰을 꺼내 방금 떠오른 생각을 메모로 남겼다. 다음에 시라이시 미레이를 만날 기회가 있다면 얘기해보자고 마음먹었다.

하지만 그녀를 만날 기회가 또 있을까. 사건의 진상에 관해 뭔가 생각나는 게 있고 가즈마에게 얘기하는 게 좋겠다고 판단될 경우에는 연락하겠다, 라고 그녀는 말했었다. 어디까지나 필요할 때만, 이라는 뜻이다. 마음속으로는 가해자의 아들 따위, 더 이상 볼 일이 없다고 생각했을 게 틀림없다. 지난번에는 뜻밖에도 서로 의기투합했다는 느낌에 기뻐했지만, 혼자만의 착각이라는 것을 깨닫고 자기혐오에 빠졌을 뿐이다.

그렇게 생각을 더듬고 있는데 구라키 가즈마 씨, 라고 부르는 소리가 났다. 얼굴을 들자 접수 카운터의 여자가 고개를 끄덕여주었다.

"3번 사무실로 가시면 됩니다." 여자는 안쪽으로 이어진 통로를 가리켰다.

그쪽으로 들어가자 사무실 문이 안으로 열려 있고 작은 책상 너머에 백발의 남자가 온화한 웃음을 띠고 앉아 있었다.

"구라키 가즈마 씨지요? 거기 문 닫으시고 이쪽으로 앉으시죠."

네, 라고 대답하고 가즈마는 하라는 대로 문을 닫은 뒤 의자에 앉았다.

아마노라고 합니다, 라면서 남자는 명함을 내밀었다. 그곳에는 '아마노 법률사무실 대표 변호사 아마노 료조'라고 적혀 있었다. 아버지의 명함집에서 발견했다는 명함과는 디자인이 조금 다르다. 그쪽 명함에는 직함에 '대표'라는 표기는 없었다. 휘하에 젊은 변호사를 들였는지도 모른다.

"오늘 상담하실 내용은 아버님의 유산상속에 대한 것이라고 하셨는데, 구체적으로 어떤 얘기지요?" 아마노가 손 밑의 서류를 들여다보며 물었다. 접수 카운터에서 건네준 종이였다. 그곳에 상담 내용을 미리 적으라고 했던 것이다.

"실은 아버지가 유언장을 작성 중인 모양인데 제가 그 내용을 우연히 보게 됐어요. 그런데 전 재산을 외아들인 제가 아니라 전혀 다른 사람에게 증여하려는 것 같습니다. 그런 게 가능한 건가요?"

그렇군요, 라고 아마노는 고개를 끄덕였다.

"유언장에 그런 내용을 써도 되느냐, 라는 질문이라면 써도 무방하다고 말씀드릴 수밖에 없겠네요. 어떤 내용을 써넣든 본인의 자유니까요. 단 그렇게 써둔다고 반드시 그대로 되느냐 하면 그건 케이스바이케이스, 안 되는 경우도 있다, 라고 대답할 수 있습니다. 어디 보자, 어머님은 지금 어떠시죠?"

"아, 어머니는 돌아가셨습니다."

"네에, 외아들이라고 하셨지요? 즉 가즈마 씨 외에 다른 자녀는 없는 것이네요?"

"그렇습니다."

"그런 경우라면 얘기는 간단합니다. 가즈마 씨가 동의하면 아버님은 전 재산을 다른 사람에게 증여할 수 있습니다."

"제가 동의하지 않으면 어떻게 되지요?"

"전 재산의 증여는 안 됩니다. 아버님 뜻대로 증여할 수 있는 건 전 재산의 반절까지예요. 나머지는 가즈마 씨에게 상속받을 권리가 있습니다. 그것을 유류분이라고 하지요. 그다음은 서로 상의해서 조정에 들어가게 됩니다. 가즈마 씨가 그럴 마음이 있다면 얼마간 더 증여해줘도 되고, 그럴 마음이 없다면 반절을 모두 상속받으면 되니까요."

가즈마는 짐짓 고개를 끄덕였다. "역시 그렇군요."

"역시, 라는 건 무슨 말씀이신지······."

"실은 여기 오기 전에 제 나름대로 알아봤거든요. 유류분에 대해
서도 알아봤고요. 그런데 아버지는 내 의향과는 관계없이 전 재산을
타인에게 내줄 생각인 것 같아요. 전화로 누군가와 그런 얘기를 하
는 것을 우연히 들었습니다. 그때 법률사무실에 확인했다, 라는 얘
기도 하시더라고요."

아마노는 고개를 갸웃거렸다.

"그건 이상하네요. 그렇게 얘기해줄 변호사는 없을 텐데? 실례지
만, 아버님은 실제로 법률사무실에서 상담을 받은 게 아니고 자기
생각을 적당히 얘기하신 게 아닐까요?"

"아뇨, 아무래도 법률사무실에서 상담을 받은 건 사실인 것 같아
요. 왜냐면 제가 명함을 봤거든요." 가즈마는 스마트폰을 꺼내 잽싸
게 터치했다. 화면에 표시된 것은 그 명함이다. 고다이가 스마트폰
으로 전송해준 것이다. 이겁니다, 라고 아마노에게 보여주었다.

그 즉시 백발의 변호사의 표정이 바뀌었다. 자신의 명함을 보여줄
줄은 예상도 못 했던 것이리라.

"어떻게 된 일인지 아버지에게 직접 물어보면 가장 빠를 텐데, 실
은 유언장 작성 자체를 저는 알지 못하는 것으로 되어 있어서······."

"아버님의 성함을 여기 적어주시겠어요?" 아마노는 볼펜을 내밀
며 종이의 여백 부분을 가리켰다.

가즈마가 아버지 이름을 적어주자 잠깐만 기다리세요, 라면서 아

마노는 사무실을 나갔다.

닫힌 문을 보면서 가즈마는 후우 숨을 토해냈다. 잔뜩 긴장했던 탓에 겨드랑이에 땀이 흥건했다.

하지만 일단 여기까지는 잘 해냈다.

방금 그 대화는 고다이가 넌지시 알려준 방법을 바탕으로 한 것이다.

설령 구라키 다쓰로가 실제로 이 법률사무실을 방문했었다고 해도 그 상담 내용은 친아들에게도 결코 알려주지 않을 것이다, 라고 고다이는 말했다.

"하지만 그 상담 내용이 타인에게 유산을 증여하는 것에 관한 것인지 아닌지만 확인하는 거라면 방법이 있습니다. 우선 구라키 다쓰로라는 이름은 밝히지 말고, 똑같은 내용으로 상담을 합니다. 그런 다음에 아버지도 법률사무실에서 상담했던 모양인데 전혀 딴소리를 듣고 온 것 같다, 라고 하는 거예요. 그리고 실은 그 법률사무실이 이곳이다, 라고 말합니다. 당연히 변호사는 당황해서 확인해보겠지요. 만일 구라키 다쓰로 씨가 명함만 보관했을 뿐 상담한 적이 없었다면 변호사는, 당신 아버님이 우리 사무실에 왔었다는 기록이 없다고 대답할 거예요. 상담을 하기는 했는데 뭔가 다른 일 때문이었다면 그렇다고 얘기할 거고요. 그 어느 쪽도 아닐 경우에는 애써 나고야까지 달려간 보람이 있었다, 라고 할 수 있겠죠."

자기 독단의 판단으로 조사에 나설 수 없는 고다이가 가즈마를 부추겨 조종했다는 것은 분명하다. 하지만 결코 악의에서가 아니었다. 그 형사도 사건의 이면에 또 다른 진상이 있는 게 아닌지, 의심하기 시작한 것이다.

고다이가 전수해준 방법은 명안이라고 생각되었지만 유일한 걱정은 아마노라는 변호사가 이번 사건과 구라키 다쓰로의 체포 사실을 알고 있을 경우였다. 그 아들이 찾아왔다고 하면 분명 경계할 것이다.

하지만 아마 그렇지는 않을 거라고 고다이는 말했다. 재판에서 변호인을 맡았다거나 한다면 알 수도 있겠지만, 매일같이 찾아오는 다양한 상담자들의 이름을 일일이 기억하지는 못할 거라는 얘기였다. 가즈마도 동감이었다. 그리고 아마노의 반응을 본 바로는 그 예상이 맞았던 것 같다.

문이 열리고 아마노가 돌아왔다.

"확인했어요. 분명 아버님이 오셨었군요. 재작년 6월이었습니다. 기록을 찾아보는 사이에 나도 생각이 났어요."

"어떤 상담을……?" 심장의 박동이 빨라지는 것을 느끼면서 가즈마는 물었다.

아마노가 자리에 앉아 살짝 고개를 끄덕였다.

"같은 내용이었어요. 혈연관계가 아닌 타인에게 유산을 증여하는 절차에 대해 상담했습니다. 하지만 이상하군요, 아드님 몫의 유류분에 대해서도 분명 설명했을 텐데? 내가 그렇게 말했던 것도 기억나고 기록으로도 남아 있어요. 아버님이 잊어버리셨거나 뭔가 착각을 하셨던 게 아닌가 싶어요. 만일 우리 쪽 설명을 오해하신 거라면 언제든 다시 설명해드리도록 하겠습니다."

"그렇군요. 잘 알겠습니다." 흥분한 나머지 목소리가 약간 떨렸다.

동요가 얼굴에 드러나지 않게 애써 억눌렀다. "아버지에게 넌지시 물어보고 혹시 필요하다면 다시 연락드리겠습니다. 오늘 상담, 감사합니다." 자리에서 일어섰다.

"이제 됐습니까?"

"네, 그렇습니다."

"도움이 됐다면 다행이지만……."

"정말 감사합니다." 이번에는 목소리가 갈라져 나왔다.

법률사무실 건물을 나서자마자 주먹 쥔 오른팔을 휘둘렀다. 보는 눈만 없다면 소리치고 싶은 기분이었다. 그 예상이 맞았다. 아버지는 1년 수개월 전에 이미 아마노 변호사에게 법률상담을 받았다. 그렇다면 새삼 시라이시 겐스케를 찾아가 상담했을 리가 없는 것이다. 이번 '경로의 날'에 텔레비전을 보고 유산을 아사바 모녀에게 증여하자고 생각했다는 것도 거짓말이다.

어떻게 해야 좋을까.

이제부터 나는 어떻게 해야 할까. 이런 중대한 사실을 발견하고도 아무것도 안 한다는 건 말이 안 된다.

높은 빌딩이 우뚝우뚝 늘어선 거리를 나고야역 방향으로 걸으면서 가즈마는 생각했다.

호리베에게 얘기하고 아버지 본인에게 물어봐달라고 할까. 하지만 아버지가 순순히 거짓말이라고 인정할 리가 없다. 범행일과 똑같은 날짜를 이삿날로 잡은 이유를 물었을 때처럼 법률사무실에는 갔지만 아마노 변호사가 하는 말이 이해가 되지 않았다느니 상담해준 내용을 잊어버렸다느니, 어떻게든 둘러댈 것이다.

애초에 호리베 변호인은 미더운 존재가 아니다. 결코 나쁜 사람은 아니고 나름대로 성실히 이번 사건에 임했지만, 그는 아버지의 진술을 전혀 의심하려 하지 않는다. 사실관계를 다투는 건 미리감치 포기하고 오로지 감형으로 이어질 만한 재료를 찾는 데 혈안이 되어 있다.

고다이에게는 이 얘기를 보고해야 하리라. 가즈마가 분명 아마노 변호사를 만났을 거라고 짐작하고, 어떤 결과가 나왔는지 궁금해할 게 틀림없다. 이번 얘기를 듣는다면 눈빛이 달라지지 않을까.

그리고 실은 호리베나 고다이보다 먼저 가즈마의 머릿속에 떠오른 얼굴이 있었다. 시라이시 미레이다. 그녀는 시라이시 겐스케와 구라키 다쓰로의 만남 자체에 의심을 품고 있다. 이 얘기를 들으면 그런 의심이 보다 확고해질 것이다.

하지만 연락을 해도 될까.

뭔가 찾아내면 연락해도 되느냐고 물었을 때, 부탁드립니다, 라고 그녀는 대답했다. 그 말은 단순한 인사치레 같은 게 아니었다. 하지만 이 정보가 과연 그럴 만큼 가치가 있을까. 가해자 아들이 피해자 유족에게 일부러 알릴 정도의 일인가. 중대한 단서라고는 생각하지만, 앞으로 좀 더 새로운 뭔가를 찾아낼 때까지 자중해야 하는 건 아닐까.

이래저래 고민하는 사이에 나고야역에 도착했다. 가즈마는 발매기에서 신칸센 티켓을 구입했다. 행선지는 미카와안조역이다. 마침 맞는 타이밍에 '고다마호'가 들어온다는 건 미리 시각표를 검색해봐서 알고 있다.

전에 본가에 갔을 때, 밀려 있는 우편물을 정리했었다. 하지만 그 뒤에 우체국에 퇴거 신청을 한다면서 까맣게 잊고 있었다. 며칠 전에야 인터넷으로 수속을 마쳤지만, 그 전에 도착한 우편물을 회수할 필요가 있었다. 우편함은 대문 옆에 있다. 거기서 우편물만 챙겨 들고 집에는 들어가지 않은 채 곧바로 역으로 돌아올 생각이다.

플랫폼에 서서 시계를 보니 열차가 들어올 때까지 5분쯤 여유가 있었다. 가즈마는 스마트폰을 꺼냈다. 망설이면서도 시라이시 미레이의 번호를 선택했다. 후우 숨을 토해내고 발신 버튼을 눌렀다. 스마트폰을 귀에 대고 눈을 꾹 감았다. 체온이 상승하고 심장 박동이 빨라지는 것이 느껴졌다.

호출음이 울렸다. 두 번, 세 번. 하지만 받지 않는다. 네 번째 호출음을 들은 참에 가즈마는 전화를 끊었다. 아직 낮 시간이다. 평일이라서 시라이시 미레이도 근무 중일 게 틀림없다. 이런 시간대에 전화를 한 것 자체가 상식 없는 짓이다.

이윽고 고다마호가 천천히 플랫폼에 들어왔다. 자유석 차량은 한산했다. 2인용 좌석의 통로 측에 앉았다. 미카와안조역까지는 10분이면 도착한다. 그래서 지난번 본가에 갔을 때도 노조미호로 나고야까지 가서 다시 고다마호로 갈아탔었다.

열차가 출발하고 잠시 뒤, 스마트폰에 착신이 있었다. 확인해보니 시라이시 미레이에게서 온 것이었다. 가즈마는 급히 자리에서 일어나 수신 버튼을 누르면서 차량 연결 통로로 나갔다.

"네, 구라키 가즈마입니다."

"시라이시 미레이예요. 조금 전에 전화하셨던 것 같은데요."

"실은 알려드릴 게 있어서요. 지금 통화 괜찮습니까?"

"나는 괜찮아요. 무슨 일 있었어요?"

"실은 방금 전에 나고야의 법률사무실에 다녀왔습니다. 그게, 아버지 소지품에서 그 사무실 명함을 발견했거든요. 그렇게 가까운 곳에 잘 아는 법률사무실이 있다면 유산 문제에 대해 일부러 시라이시 변호사님에게 상담할 리가 없다고 생각해서."

"그래서, 어떻게 됐어요?" 미레이의 목소리에 바짝 긴장하는 어감이 실렸다.

"아버지는 재작년 6월에 그 법률사무실에 갔었어요. 상담 내용은……."

가즈마가 아마노에게서 들은 얘기를 들려주자 시라이시 미레이는 침묵했다. 그 시간이 너무 길어서 혹시 전파가 끊겼나 하고 걱정했을 때, 드디어 가즈마 씨, 라는 묵직한 말투의 답이 돌아왔다.

"이제 어떻게 하실 생각이에요?"

"지금 그걸 고민하는 중입니다. 그래도 일단 미레이 씨에게 소식부터 전해야겠다 싶어서."

"고마워요. 깜짝 놀랐어요. 정말 귀중한 정보예요."

"그렇게 말해주시니 마음이 놓입니다."

잠시 뒤 미카와안조역에 도착한다는 안내방송이 흘러나왔다.

"신칸센 안이군요?"

"그렇습니다. 우편물이 밀려 있을 것 같아서 본가에 가보려고."

"그 뒤에 뭔가 다른 일정이 있나요?"

"딱히 없습니다. 곧장 도쿄로 돌아갈 거예요."

"그렇군요⋯⋯." 미레이는 다시 한참 말이 없었다.

열차의 속도가 뚝뚝 떨어졌다. 가즈마는 스마트폰을 귀에 댄 채 몸이 쏠리지 않게 발을 버텼다.

"도쿄 도착은 몇 시쯤이 될 것 같아요?" 미레이가 이윽고 물었다.

가슴이 덜컥했다. 별 의미도 없이 이런 걸 물어볼 리가 없다.

"잠깐만요."

가즈마는 머릿속에서 재빨리 계산했다. 효율적으로 움직인다면 오후 4시에는 미카와안조역으로 다시 돌아올 수 있지 않을까. 고다 마호로 도쿄에 갈 예정이었지만, 다시 나고야역으로 가서 노조미호를 타는 방법도 있다.

열차가 멈추고 문이 열려서 가즈마는 플랫폼으로 내려섰다.

"6시 반쯤에는 도착할 것 같은데요."

"6시 반⋯⋯. 그 뒤에 다른 일정은 없는 거죠?"

"네, 없어요."

"그럼 7시에 어딘가에서 잠깐 만날까요? 자세한 얘기도 듣고, 앞으로의 일도 상의했으면 좋겠는데."

미레이의 제안은 가즈마가 내심 고대했던 것이었다.

"네, 저는 괜찮습니다. 어디로 가면 될까요?"

"어딘가 조용히 얘기할 만한 곳이 좋겠지요? 도쿄역 근처에 혹시 아시는 곳이 있을까요?"

"도쿄역 바로 옆은 아니지만, 긴자 쪽이라면 한 군데 알고 있습니다."

지난번에 난바라를 만났던 그 찻집이다. 가게 이름과 장소를 알려주자 거기라면 괜찮다고 미레이는 말했다.

전화를 끊은 뒤, 가즈마는 복잡한 기분에 휩싸였다. 그녀를 만난다는 생각에 저절로 마음이 들떠 있었다. 하지만 한편으로 그런 기분에 깊은 죄책감이 느껴졌다. 아버지가 살인죄로 심판받으려고 하는 때에 피해자 유족과의 만남에 즐거운 기대를 품다니 어처구니가 없다, 불경스럽다, 하는 비난의 말들이 줄줄이 떠올랐다.

시라이시 미레이는 어디까지나 진상 규명을 위해 만나자는 것뿐이다. 실은 가해자 아들의 얼굴 따위 보고 싶지도 않을 것이다……. 가즈마는 스스로에게 몇 번이고 되뇌었다.

지난번과 마찬가지로 역에서 택시를 타고 사사메초로 향했다. 가즈마는 차 안에서 지참하고 온 마스크를 썼다. 근처에 누군가 있을 때의 대비책이다. 옆집의 요시야마 아저씨는 호의적으로 대해줬지만 그건 지극히 예외적인 경우라고 생각하는 게 좋을 것이다.

작은 사거리 바로 앞에서 가즈마는 택시를 세웠다. 모퉁이만 돌아가면 곧바로 본가다. 요금을 내면서 "금방 돌아올 테니까 여기서 잠깐 기다려주실 수 있을까요?"라고 물었다.

"저런, 그럴 거면 미터기를 그대로 두라고 할 것이지." 나이 지긋한 운전기사가 웃으면서 말했다. 요금도 안 내고 내빼는 경우는 전혀 생각도 안 하는 눈치였다. 이 지역은 그런 곳이다, 라고 새삼 실감했다. 살인자 따위 나올 리가 없는 동네인 것이다.

택시에서 내려 빠른 걸음으로 모퉁이를 지나 남의 눈이 없는 것을 확인하며 본가로 향했다. 다시 주위를 둘러본 뒤에 대문 안으로 들어갔다.

우편함을 보니 역시 이런저런 우편물들이 잔뜩 들어 있었다. 한 손으로 쓸어다 가방에 쑤셔 넣고 서둘러 밖으로 나왔다.

택시로 돌아와 미카와안조역으로 가달라고 말했다.

"역시 미터기를 꺾지 말았어야 요금이 덜 나오는데." 안타깝다는 듯이 말하면서 운전기사가 시동을 걸었다.

가즈마는 가방에서 우편물을 꺼내 확인했다. 고객용 광고 전단, 광열비 검침표 등에 섞여 약간 폭이 넓은 봉투가 나왔다. 발신인 칸에는 '도요타 중앙대학병원'이라고 인쇄되었고 그 밑에 '화학요법과 의사 도미나가'라고 볼펜으로 적혀 있었다.

수신인은 '구라키 다쓰로'라고 되어 있었지만 가즈마는 망설임 없이 봉투를 뜯었다.

38

구라키 가즈마를 만나기로 한 찻집 앞에서 미레이는 어떻게 할까 망설였다. 약속한 오후 7시보다 10분이나 일찍 도착했기 때문이다. 먼저 가서 기다리는 건 성급한 모습으로 비치지 않을까. 그가 들려줄 얘기가 궁금한 건 사실이지만, 안달복달한다는 인상을 주고 싶지는 않았다. 그렇다고 길거리를 돌아다니며 시간을 때우는 것도 이상하다.

고개를 저은 뒤 찻집 자동문 안으로 들어갔다. 왜 그런 걸 신경 쓰는 건가. 상대가 어떤 느낌을 받건 말건 무슨 상관인가. 어쩌다 보니 일찍 도착했다. 그냥 그것뿐이다.

1층은 차와 디저트 매장이고 테이블이 놓인 공간은 2층인 모양이다. 계단을 올라가 널찍한 가게 안을 둘러보았다. 손님들로 3분의 1쯤 자리가 채워져 있었다. 어떤 자리로 할까 하고 둘러보는데 창가에서 일어서는 사람이 눈에 들어왔다. 정장 차림의 구라키 가즈마가 꾸벅 인사를 건넸다. 괜한 걱정이었다. 그가 먼저 와 있었는데.

"오래 기다리셨어요?" 의자에 앉으면서 미레이는 물었다.

"아뇨, 일찍 오기를 잘했는데요. 자칫하면 기다리시게 할 뻔했어요." 가즈마가 말했다. 그도 나름대로 신경을 써준 모양이다.

점원이 물을 내왔다. 미레이는 카페라테를, 가즈마는 커피를 주문했다.

"아까는 갑작스럽게 전화해서 죄송합니다." 점원이 떠난 뒤 가즈마가 머리를 숙였다.

"네, 놀랐어요. 좀 더 자세히 얘기해주시겠어요?"

"물론입니다."

가즈마는 스마트폰을 터치해 미레이 앞에 놓았다. 화면에 명함 사진이 떠 있었다. '아마노 법률사무실'이라는 글자가 확인되었다.

"고다이 형사님이 전송해준 사진입니다. 아버지의 명함집에서 발견했다는군요. 뭔가 짐작되는 게 없느냐고 했는데 저는 처음 보는 명함이었어요."

"이거, 경찰에서는 조사를 했었나요?"

가즈마는 고개를 저었다. "조사할 예정이 없다고 합니다."

"왜요?"

"수사는 이미 종료되었다는 게 경찰 상부의 판단인 모양이에요. 고다이 씨가 이 명함 사진을 보여준 건 개인적인 관심 때문이었어요. 그 형사님도 의문을 갖기 시작한 것 같습니다."

"그래서 오늘 가즈마 씨가 나고야에?"

네, 라고 가즈마는 고개를 끄덕였다.

"이 명함의 아마노 변호사를 만나고 왔어요. 아까 전화에서도 잠 깐 말했지만, 아버지의 상담 내용은 유산을 타인에게 증여할 수 있 느냐는 것이었다는군요. 장남인 나한테 유류분이 있다는 것도 분명 하게 설명해줬다고 했습니다."

"그렇다면 똑같은 일로 우리 아버지에게 상담할 필요가 없잖아요. 이제 확실해진 거 아닌가요? 그쪽 아버지는 거짓말을 하고 있어요. 도쿄돔에서 만났다는 것도, 상속 문제로 우리 아버지에게 상담했다 는 것도 다 거짓말이었어요. 당연히 범행 동기도 거짓일 가능성이 높다는 얘기가 되겠죠."

"도쿄돔에 관해서는 또 한 가지 의문을 발견했습니다."

그 의문이란, 시라이시 겐스케가 경기 티켓을 어떻게 입수했는지 경찰에서 파악을 못 한 게 아니냐는 것이었다. 만일 파악되었다면 미레이의 지적에 대해 고다이는 그건 이미 해결된 사안이라고 대답 했을 것이다.

점원이 다가와 두 사람 앞에 각각 음료를 내주었다. 그사이에 미 레이는 지그시 가즈마의 얼굴을 응시하고 있었다. 가즈마도 진지한 표정으로 그녀의 시선을 받아들였다.

"문제는 이제 어떻게 하느냐는 겁니다." 커피 잔을 들고 가즈마가 말했다. "변호인을 통해 아버지에게 확인해볼까도 생각했는데, 지금까지의 경과를 돌아보면 또다시 없는 말을 둘러댈 것 같아요. 일단 고다이 형사에게는 말할 생각이지만 과연 얼마나 대응해줄지, 미심쩍은 상황이에요."

"저도 참여제도 변호사에게 얘기할지 어떨지, 조금 더 고민해본 뒤에 결정할 생각이에요. 얘기해봤자 도와주지 않을 것 같으니까요. 구라키 피고인이 진술을 번복하지 않는 한, 지금 그대로 공판이 진행되고 그걸로 충분히 이길 수 있다고 검찰 쪽에서는 생각하는 모양이에요. 요즘 절절이 실감하는 게 있는데, 검사나 변호사들은 재판에서 이기기만 하면 진상이 어떤지는 그다음 문제더라고요."

"그건 저도 동감입니다. 변호인은 정상참작을 노려야 한다는 것만 강조할 뿐 내가 아버지의 범행을 인정하지 않는 게 큰 불만인 모양이에요. 나고야의 법률사무실 얘기를 해봤자 쓸데없이 들쑤시고 다니지 말고 가만히 있으라고 할지도 모르겠어요."

"가만히 있으라. 그건……."

나도 마찬가지, 라고 말하려다 미레이는 입을 다물었다.

"그건……?"

"아뇨, 가즈마 씨와는 관계없는 일이에요."

사실은 관계가 없기는커녕 그야말로 관계가 깊은 일이다. 사쿠마 아즈사에게 그 얘기를 하기가 싫은 것도 그러려면 이렇게 가즈마를 만난 것까지 다 말해야 하기 때문이다. 얘기를 한다고 해도 분명 사쿠마 변호사는 손사래를 칠 것이다. 이번에도 어머니에게 고자질을 할지도 모른다.

미레이는 카페라테 잔에 손을 내밀었다. 이 찻집의 카페라테는 향이 풍성해서 맛있었다. 도자기 잔으로 차를 마시는 게 오랜만이기 때문인지도 모른다. 단골 커피점은 하나같이 종이컵이었다.

창밖으로 시선을 돌리자 긴자 거리가 내다보였다. 요즘 이 비슷한 경험을 했던 것이 생각났다. 아버지가 다녀갔다는 몬젠나카초의 커피점에 들렀을 때다. 단 그 동네는 여기처럼 화려하지는 않았다. 그리고 그때 손에 들었던 것은 틀림없이 종이컵에 든 카페라테였다. 맞은편에 자리한 아스나로 식당 건물을 바라보고 있었는데 거기서 구라키 가즈마가 나타났다…….

문득 의문이 떠올라서 가즈마 쪽을 향했다.

"왜요?"

"무슨 일로 그곳에 가셨을까요?"

"그곳?"

"아스나로 맞은편의 그 커피점. 사건이 일어나기 전에 아버지는 두 번이나 그 커피점에 갔었어요. 게다가 두 번째 갔을 때는 꽤 오랜 시간 머물렀다는군요. 구라키 씨에게서 아사바 씨 모녀 얘기를 듣고 그분들의 현재 상황을 확인하러 갔었던 게 아니냐, 라고 추측하는 모양이에요. 하지만 구라키 씨가 유산 증여 문제로 아버지에게 상담했던 게 아니라면 아버지는 무엇 때문에 그 커피점에 갔던 거죠?"

가즈마는 고개를 끄덕였다. "그것도 정말 큰 의문이네요."

"애초에 아사바 씨 모녀의 상황을 알고 싶었다면 그런 곳에서 감시하는 것보다 직접 아스나로 식당으로 찾아가면 됐을 텐데 말이에요."

"맞는 말이에요. 역시 저는 예전 사건을 다시 조사해봐야겠어요. 아마추어가 조사할 수 있는 것이래야 한정적이겠지만, 어쨌든 모든 일의 근원이 그 사건 쪽에 있는 것 같으니까요."

"예전 사건이 일어났던 게 1984년이라고 했던가요?"

"그렇습니다."

미레이는 카페라테를 입에 머금고 살짝 고개를 갸우뚱했다.

"뭔가 걸리는 게 있어요?" 가즈마가 물었다.

"잠깐 생각이 나서요. 나는 나대로 조사해봐야 하나……."

"뭘 말입니까?"

"예전 그 사건 말이에요. 구라키 씨의 진술이 거짓이라면 혹시 우리 아버지도 아사바 씨 모녀와 뭔가 관계가 있을 수도 있어요. 그래서 그 커피점에서 아스나로 식당을 지켜봤다, 라고 하면……."

"설마요. 어떤 관계가 있다는 거지요?"

"그건 모르겠어요. 하지만 일단 내 나름대로 알아봐야겠어요."

1984년……. 미레이가 태어나기도 전이다. 아버지는 그때라면 스물두 살이었으니까 아직 대학생인가. 졸업하고 곧바로 대학 때부터 사귀던 아야코와 동거 끝에 임신을 계기로 혼인신고를 했다는 얘기는 언젠가 들은 적이 있다.

가즈마를 보니 진지한 눈빛으로 허공의 한 점을 응시하고 있었다.

"무슨 생각을 하세요?" 미레이가 물었다.

"아버지가 왜 거짓말을 하는지…… 대체 뭘 지켜주려는 것인지…… 생각해보는 중입니다."

"구라키 씨가 뭔가를 지켜주려고 하는 걸까요?"

"그런 것 같아요. 뭔가를, 이라기보다 누군가를."

"아사바 씨 모녀를?"

"아마도 그렇겠죠?" 그리고 가즈마는 덧붙였다. "게다가 목숨을 걸고."

"목숨을 걸고……."

가즈마는 흠칫한 듯한 얼굴을 하면서 고개를 가로저었다.

"미안합니다. 쓸데없는 말을 했군요. 딱히 아무 근거도 없는 얘기예요. 그냥 잊어버리세요."

서둘러 취소하는 모습이 부자연스러웠다. 뭔가 감추는 게 있다는 느낌이 들었지만, 그의 힘들어하는 듯한 표정을 보고 미레이는 아무 말도 할 수 없었다.

집에 돌아오자 아야코가 "늦었구나"라면서 맞아주었다.

"스튜어디스 시절 친구한테서 연락이 와서 긴자 찻집에서 만나고 왔어."

"어라, 별일이네?"

"왜? 이따금 만나는데?"

"그런 친구를 만날 때는 꼭 술도 마시잖아. 찻집으로 끝난 적이 있었니?"

듣고 보니 맞는 말이었다. 안이한 변명을 둘러댄 것을 후회했다.

"오늘은 친구 쪽에서 좀 조심해준 거 같아. 재판을 앞두고 있는데 술이나 마시자는 건 너무 무신경하잖아. 나는 괜찮았는데, 오늘은 그냥 헤어지기로 했어."

"가끔은 기분 전환도 되고 좋았을 텐데."

"술 마시고 신나게 떠들 때가 아니야. 그런 건 모든 게 끝난 다음에 해야지." 그렇게 말하고 아야코에게 등을 돌린 뒤 자기 방으로 향했다. 말을 길게 했다가 제 무덤을 파는 꼴이 될 수 있다. 의외로 아야코는 감이 예리한 것이다.

둘만의 저녁 식사에는 이제 익숙해졌다. 오늘 저녁 메뉴는 화이트 스튜였다. 아까 그런 대화를 나눈 탓인지 문득 화이트와인이 마시고 싶어졌다.

"엄마, 지난번에 아버지 유품을 정리했었지? 옛날 앨범 같은 것도 있었어?"

"앨범?"

"아버지 어릴 때라든가 학생 때 사진."

아, 하고 아야코는 고개를 끄덕였다.

"한 권 있었어. 네 아버지가 외아들이라 어린 시절 사진이 꽤 많은 편이야. 그런 건 어떻게 해야 할지, 참 어려운 문제구나. 언제까지고 보관해둘 수는 없다는 거 알면서도 냉큼 처분하는 것도 섭섭하고."

"그거, 서재에 있어?"

"책장 맨 아래 단에 넣어뒀을 텐데?" 아야코가 이상하다는 듯한 눈빛을 던졌다. "갑자기 앨범은 왜?"

"보고 싶어서. 생각해보니까 나, 아버지 어린 시절 같은 건 하나도 모르고 있었어. 별로 얘기도 안 해주셨고."

아야코는 후훗 하고 입술을 풀며 웃었다.

"얘기를 하는데도 네가 귀를 기울여주지 않았겠지."

"아, 그런가." 미레이는 아야코를 보았다. "엄마는 대학생 때 아버지를 만났다고 했지? 그때, 몇 살이었어?"

"대학 4학년에 막 올라갔을 무렵이니까 나는 스물한 살. 네 아버지는 재수를 한 데다 4월생이라서 스물셋이었어."

"4학년에 올라간 뒤였구나."

"학부가 달라서 애초에 서로 만날 기회가 없었어. 그런데 우연히 벚꽃놀이 파티에서 알게 됐지. 4월 중순이라서 꽃은 벌써 다 떨어지고 새잎이 돋아났어. 그래도 원래 목적이 꽃구경이 아니니까 아무도 투덜거리지는 않았어." 아야코는 그때가 그립다는 듯이 말했다.

"그 무렵에 아버지는 어떤 학생이었어?"

"갑자기 그렇게 물으니 뭐라고 해야 할지 모르겠네." 아야코는 고개를 갸우뚱했다. "첫 인상은 믿음직스럽고 성실한 사람, 그게 전부였다고나 할까? 하지만 사귀는 동안에 그보다 더 대단하다는 걸 알았어."

"어떤 건데?"

"아무튼 근면하고 일도 열심히 했어. 사법고시 합격을 목표로 열심히 공부하는 사람은 드물지 않지만, 네 아버지는 거기다 아르바이트까지 여간 많은 게 아니었어. 그렇게 일을 하면서 용케도 몸이 버텨내는구나 싶을 정도였어. 하지만 집안 사정을 들어보니까 이해가 되더라. 너도 알지? 홀어머니와 단둘뿐이었다는 거."

"꽤 일찍 할아버지가 돌아가셨다는 얘기는 들었는데."

"네 아버지가 중학생 때, 교통사고로 돌아가셨어. 게다가 가해자는 무면허인 데다 운전했던 트럭은 도난 차량이었어. 가해자는 교도

소에 들어갔지만 배상금을 내줄 리가 없지. 가장을 잃었는데 그냥 울며불며 포기할 수밖에 없었던 거야."

"그랬구나. 처음 듣는 얘기네."

"고생한 얘기는 별로 입 밖에 내려고 하지 않았으니까. 나한테는 다 털어놓았지만."

자신은 시라이시 겐스케에게 특별한 존재였다, 라는 말을 하고 싶은 모양이다.

"다행인 것은 그나마 살 집은 있었다는 거야. 너도 기억나지? 네리마구의 그 작은 단독주택."

"응, 기억나지. 집 앞이 온통 밭이었어."

어렸을 때 몇 번 놀러 간 적이 있다. 그 무렵에는 할머니도 아직 건강하셔서 맛있는 음식을 잔뜩 차려놓고 기다려주곤 했다.

"대학을 졸업한 뒤에도 한 2년쯤 그 집에서 할머니하고 둘이서 살았어. 독립해서 나온 건 법률사무실에서 일하기 시작하면서부터니까 아버지가 스물다섯이나 스물여섯일 때였을 거야."

"근데 그 자취방에 엄마가 쳐들어가서 같이 살아버렸구나?"

아야코는 미간을 찌푸렸다.

"쳐들어가다니, 남 듣기 사나운 소리 하지 말아줄래? 나도 자취방을 빌리려고 했는데 함께 사는 게 더 합리적이라고 미리 상의했던 거야. 네 아버지가 먼저 그러자고 했고."

그건 글쎄요, 라고 생각하면서도 굳이 따지지 않고 넘어가기로 했다.

어머니 아야코의 얘기에서 딱히 걸리는 것은 없었다. 하지만 문제는 1984년, 혹은 그 이전이다. 시라이시 겐스케가 스물두 살 때였으니까 아야코를 만나기 1년 전이라는 계산이 나온다.

"아버지 대학 친구 중에 누군가 엄마도 아는 사람은 없어?"

"몇 명 얼굴 본 적이 있는 정도?"

"요즘도 연락하는 사람은?"

글쎄, 라고 아야코가 고개를 갸웃거렸다.

"스마트폰 주소록이 있긴 한데 연락을 주고받았는지는 모르겠네. 요즘에는 그런 얘기는 통 못 들었으니까."

"그럼 나중에 주소록 보여줄 테니까 대학 친구 이름이 나오면 알려줘."

아버지의 스마트폰은 검찰에서 증거품으로 가져간 채 아직 돌려받지 못했지만, 주소록 등의 데이터는 복사본을 받아둔 터였다.

"그야 괜찮지만 그걸로 뭐 하려고?"

"아직 모르겠어. 하지만 아버지에 대해 좀 더 알아보고 싶어. 어렵게 피해자 참여제도를 이용하기로 했는데 정작 피해자인 아버지를 잘 모른다면 말에 설득력이 떨어질 것 같아."

"그래? ……알았어." 아야코는 납득한 기색은 아니었지만, 일단 고개를 끄덕여주었다.

저녁 식사 후, 미레이는 아버지 방으로 올라갔다. 책장 맨 아래 단에 오래된 앨범이 꽂혀 있었다. 예상했던 것보다 얇다.

펼쳐보니 느닷없이 발가벗은 아기 사진이 눈에 뛰어들었다. 게다가 흑백사진이다. 이불에 눕혀져 있었다.

다시 페이지를 넘기자 두 명의 남녀와 함께 찍은 사진이 많아졌

412

다. 할아버지와 할머니의 젊은 시절이다. 할머니 얼굴이라면 미레이도 알고 있다. 젊은 시절에는 미인이셨구나, 라고 생각했다.

할아버지는 다부진 인상의 얼굴에 체격도 탄탄했다. 종합상사에 다녀서 출장이 잦았다, 라고 아버지가 얘기했던 게 생각났다.

증조부모인 듯 나이 든 두 명의 남녀와 찍은 것도 몇 장이나 있었다. 증조부는 규슈 출신이라고 언젠가 아버지에게서 들은 기억이 있다. 도쿄에 올라와 결혼했다고 했다. 하지만 자세한 건 잘 모른다고 아버지는 말했었다. 증조부도 증조모도 그가 어린 시절에 세상을 떠나셨기 때문이다. 각각 얼굴을 비교해보고 할아버지도 아버지도 증조부를 닮았구나, 라고 미레이는 깨달았다.

아버지의 유치원생 때 모습이 보이기 시작하면서 혼자 찍은 사진이 많아졌지만 초등학교 입학식은 할아버지 할머니와 셋이었다.

미레이가 앨범을 넘기던 손을 멈춘 것은 한 장의 사진이 눈에 들어왔을 때였다. 그때까지와는 명백히 다른 요소를 가진 사진이었다.

어린 겐스케와 함께 찍힌 노부인은 미레이가 알지 못하는 인물이었다. 나이는 70세 정도일까. 두툼한 코트에 머플러를 두르고 있었다. 겨울철이었던 것이리라. 초등학교 저학년인 듯한 겐스케는 점퍼를 입고 야구모자를 쓰고 있었다.

두 사람의 등 뒤에 있는 것이 특히 눈길을 끌었다. 너구리 장식물이 줄줄이 늘어서 있는 것이다. 두 다리로 우뚝 선 도기제 너구리로, 상점 입구 등에서 자주 볼 수 있는 장식물이다.

여기는 어디인가. 그리고 누구인가, 이 노부인은.

비슷한 게 또 있는지 찾아봤지만, 노부인이 찍힌 사진은 없었다.

그뿐만 아니라 중학생이던 겐스케의 사진이 이어진 뒤에는 고교 시절과 대학 시절의 단체 사진과 스냅사진 몇 장이 있을 뿐, 갑자기 법률사무실 때의 사진으로 건너뛰었다.

미레이는 아까 아야코가 했던 얘기가 생각났다. 중학생 때 아버지가 돌아가신 뒤로 홀어머니와 단둘이 살면서 몹시 고생스러웠다는 얘기다. 공부에 아르바이트에 너무 바빠서 기념사진을 찍을 만큼 즐거운 일은 그리 많지 않았는지도 모른다.

페이지를 다시 돌렸다. 그 노부인과 함께 찍은 사진이 역시 마음에 걸렸다.

미레이는 앨범을 들고 1층으로 내려갔다. 아야코는 주방에서 설거지를 하고 있었다.

"엄마, 이 사람 누군지 알아?" 앨범을 펼쳐 들고 사진을 가리켰다.

"그 사진? 나도 이번에 봤는데 전혀 모르겠어. 나이대로 봐서는 증조부 증조모와 아는 분이었나."

"이거, 장소는 어딜까?"

"그야 시가현이지."

금세 대답하는 아야코의 얼굴을 미레이는 마주 보았다. "시가현? 어떻게 알아?"

"그 너구리 장식물, 시가라키 도기*잖아. 시가라키는 시가현에 있고." 그런 것도 모르냐고 나무라는 듯한 말투였다.

"이 할머니가 시가현에 살고 있고, 아버지가 할아버지 할머니를

---

* 시가현 남단의 고카시 시가라키 일대에서 생산되는 도기의 총칭. 너구리 장식물이 특히 유명하다.

따라서 놀러 갔던 걸까?"

"그럴지도 모르지. 나는 그런 얘기는 못 들었지만."

미레이는 앨범을 안고 자기 방으로 돌아왔다. 혹시나 해서 스마트
폰으로 시가라키 도기를 검색해보니 아야코가 알려준 그대로였다.
시가현 고카시에 시가라키라는 동네가 있는 모양이었다.

이건 관계가 없겠구나, 라고 생각했다. 사진 속의 겐스케는 아무
리 봐도 아직 열 살도 안 된 어린 나이다. 즉 거의 50년 전에 찍은
사진이다. 그렇게까지 옛날로 거슬러 올라가는 건 별 의미가 없을
것이다.

하지만 뭔가가 걸렸다. 뭘까. 사진을 보면 볼수록 뭔가 위화감이
느껴지는 것이다.

지그시 들여다보는 사이에 그 정체를 깨달았다. 어린 겐스케가 쓰
고 있는 모자다. 알파벳의 C와 D를 조합해 만든 이 마크는 주니치
드래건스의 것이 아닐까.

스마트폰으로 검색해보고 틀림없다는 것을 확인했다. 즉 이 무렵
부터 겐스케는 주니치의 팬이었다. 하지만 그게 어딘가 이상하게 마
음에 걸렸다.

미레이는 프로야구에는 전혀 관심이 없다. 하지만 구라키의 진술
조서에 기록된 도쿄돔에서의 시라이시 겐스케와의 만남 부분은 거
의 외우다시피 알고 있다. 구라키에 의하면, 겐스케는 원래 안티 자
이언츠였고 그 자이언츠의 V10을 저지해준 게 주니치였기 때문에
팬이 되었다고 했다.

다시금 스마트폰이 활약할 차례였다. 자이언츠 V10을 주니치가

저지, 라고 검색창에 입력해보니 1974년의 일이었다. 즉 겐스케가 열두 살 되던 해다.

구라키의 거짓말을 또 한 가지 찾아냈다. 겐스케가 주니치 팬이 된 동기조차 지어낸 얘기였던 것이다.

가즈마에게도 알려줘야겠다고 생각했다. 오늘은 서로의 메일 주소도 교환했다. 미레이는 앨범 사진을 스마트폰으로 찍어 그 이미지를 첨부하고, 아버지가 V10 저지 이전부터 주니치 팬이었다는 증거 사진을 발견했다는 글을 메일로 송신했다.

잠시 뒤 전화가 걸려왔다. 메일로 답신을 보내는 과정이 답답할 정도로 깜짝 놀란 모양이라고 미레이는 생각했다.

"네, 미레이예요."

"가즈마입니다. 메일 잘 받았어요."

"어때요, 내가 지적한 거? 잘못짚은 건 아니지요?"

"네, 맞아요. 사진 속 남자아이는 아무리 봐도 열두 살보다는 한참 어려 보이니까요."

"그렇죠? 역시 구라키 씨는 거짓말을 하고 있어요."

"동감입니다만, 내가 전화한 것은 다른 이유 때문이에요."

"뭔데요?"

"사진의 배경에 너구리 장식물이 줄줄이 서 있지요?"

"네. 아마 시가현에 갔을 때 찍은 사진인가 봐요. 시가라키 도기 장식물이니까."

"아니, 그게 아닐 거예요. 시가현이 아닙니다. 어디 있는지 내가 아는 곳이에요."

"엇, 어딘데요?"

"여기, 도코나메예요."

"도코나메?"

어디선가 들어본 지명인데 한자가 얼른 생각나지 않았다.

"도기로 유명한 동네예요. 아이치현에 있습니다." 가즈마가 긴박감 가득한 어조로 말했다.

아이치현, 이라는 말이 미레이의 머릿속에 메아리처럼 울렸다.

39

고다이가 나카마치와 함께 구라키 가즈마의 맨션을 나왔을 때, 주위는 이미 밤이었다. 아까 올 때는 아직 환했었다. 시계를 보니 거의 한 시간이 지났다. 그 한 시간 동안 고다이와 나카마치는 깜짝 놀랄 얘기를 들었다. 그것도 한두 가지가 아니었다.

구라키 가즈마에게서 연락이 온 것은 오늘 낮이었다. 어떤 용건이냐고 물어보니 "나고야에 다녀왔어요, 그 법률사무실. 거기서 들은 이야기를 보고드리려고 합니다"라고 말했다.

흘려들을 수 없는 얘기였다. 저녁때 집으로 가겠다고 말하고 전화를 끊은 뒤, 나카마치에게도 같이 가자고 청했다. 나카마치는 물론 동행하겠다고 즉석에서 응했다.

"고다이 씨, 어떻게 할까요." 걸음을 옮기면서 나카마치가 물었다. "몬젠나카초의 항상 가던 그 식당으로 갈까요?"

아니, 라고 고다이는 얼굴 옆에서 손을 가로저었다.

"이 근처로 하자고. 당장 작전 회의를 해야겠어. 운전기사가 들을까 봐 택시 안에서 입을 꾹 다물고 있는 것도 괴롭잖아."

"네, 맞습니다."

고엔지라서 식당이라면 얼마든지 널려 있다. 좁은 도로 옆에 민가를 본뜬 가게가 눈에 띄어서 포럼을 들추고 들어갔다. 다행히 붐비지 않아서 구석 쪽의 4인용 테이블이 비어 있었다.

메뉴를 보니 '생맥주와 안주 세트'라는 게 있었다. 망설임 없이 그걸로 2인분을 주문했다.

"어디 보자." 물수건으로 손을 닦으며 고다이가 말문을 열었다. "어떤 것부터 처리해볼까."

"달랑 우리 둘이서 그걸 다 처리할 수 있을까요?" 나카마치가 쓴웃음을 지으며 어깨를 으쓱 들었다. "죄다 번거로운 일거리인데."

"그렇다고 위에 보고할 수 있는 상황도 아니잖아. 쓸데없는 짓이라고 고함이나 지를 텐데. 그건 됐고, 우선 나고야 법률사무실 얘기부터 해보자."

"가즈마 씨가 정말로 찾아갔다니, 놀랍죠? 고다이 씨가 떠밀어주기는 했지만, 그래도 대단한 행동파예요."

"그만큼 필사적이라는 얘기지. 게다가 그 적극성에 어울리는 큰 성과를 거뒀어."

가즈마에 의하면, 구라키 다쓰로는 재작년 6월에 아마노 법률사무실에 찾아가 유산을 타인에게 증여할 수 있는지 상담했다는 것이다.

"그건 정말 새로운 사실이죠. 완전히 같은 내용을 상담하려고 일부러 도쿄 변호사를 만날 리는 없으니까."

"그렇다면 도쿄돔에서 우연히 한 번 만났을 뿐인 사람을 또다시 보러 온 이유는 뭘까."

점원이 생맥주와 요리를 내왔다. '안주 세트'는 풋콩, 오징어다리 튀김, 두부 등이었다. 나카마치와 건배한 뒤 고다이는 풋콩을 집어들었다.

"그 도쿄돔에서의 만남 자체를 가즈마 씨는 의심하는 눈치였어요."

"시라이시 변호사가 어떤 경로로 야구 경기 티켓을 입수했는지, 수사진이 파악하지 못한 게 아니냐는 지적도 아주 날카로웠어."

"날카롭다기보다 귀가 따가운 말이었죠. 실제로 파악을 못 했으니까요. 물론 화제에 오른 적은 있는데, 당일에 암표상에게서 구입했을 것이다, 아는 사람이 양보해줬을 것이다, 라고 별 근거도 없는 상상만 하다가 결국 이렇다 할 답을 찾지 못한 채 흐지부지 넘어갔어요."

고다이는 끄응, 낮게 신음했다.

"미레이 씨가 발치 치료를 받은 시라이시 변호사가 야구장에서 맥주를 마셨을 리 없다고 했던 것도 반론을 할 수 없었어. 도쿄돔에서의 그 작은 해프닝에 대한 진술은 역시 우리도 다시 생각해봐야 할 것 같아."

"더 대단한 건 그 사진이었어요. 시라이시 겐스케 씨의 어린 시절 사진."

고다이는 크게 고개를 끄덕였다.

"진짜 놀랍더라고, 그런 걸 찾아오다니."

주니치 드래건스 야구모자를 쓴 소년의 사진이다. 거의 50년 전에 찍은 사진이라고 했다. 가즈마가 스마트폰에 저장해둔 것을 고다이와 나카마치에게 보여준 것이다.

"그 사진 속 아이는 아무리 봐도 예닐곱 살 정도예요. 주니치가 자이언츠의 V10을 저지했던 것은 1974년이니까 시라이시 씨가 열두 살 때 일인데 말이죠. 구라키의 진술과는 완전히 어긋나요. 어떻게 그런 모순을 딱 잡아냈는지, 입이 떡 벌어지더라고요."

"게다가 그걸 잡아낸 게 가즈마 씨가 아니라 미레이 씨라는 거야."

"아, 그것도 뜻밖이었어요. 피해자 유족과 가해자 가족이 협력해서 정보를 교환하다니, 보통 감각으로는 상상할 수도 없는 일이잖아요." 나카마치가 머리를 휘휘 내저었다.

"그래, 맞는 말인데 그 두 사람은 특수한 경우야. 공통의 목적이 있었어."

"뭔데요, 그게?"

"둘 다 사건의 진상을 납득하지 못했다는 점이야. 분명 또 다른 진실이 있다, 그것을 꼭 밝혀내겠다, 라고 마음먹고 있어. 그런데 경찰은 이미 수사는 끝났다는 식이고 검찰이나 변호인은 오로지 재판 준비에만 골몰했지. 가해자 측과 피해자 측으로 서로 적의 입장이지만 오히려 그 둘의 목적이 같았던 거야. 그렇다면 한 팀이 되기로 한 것도 실은 이상할 게 없어."

"그런가요……라기보다 아무래도 선뜻 이해하기는 어렵죠. 나는 그 기분, 잘 모르겠던데요." 나카마치는 두부를 입에 넣고 고개를 갸우뚱했다. "빛과 그림자, 낮과 밤, 마치 백조와 박쥐가 함께 하늘을 나는 듯한 얘기잖아요."

"오, 제법 멋들어진 소리를 하네? 아주 딱 맞는 표현이야. 근데 그 두 사람도 그런 걸 알고 하는 일은 아닐 거야. 가즈마 씨도 그렇잖아, 미레이 씨와의 대화를 얘기해줄 때 어쩐지 겸연쩍은 눈치였어. 남들 눈에 기묘하게 보인다는 건 충분히 인식하고 있는 거라고."

그건 어찌 됐든, 이라고 고다이는 화제를 이어갔다.

"나는 그것도 마음에 걸렸어. 어린 시라이시 씨가 수수께끼의 할머니와 함께 사진을 찍은 장소. 아이치현의 도코나메시가 틀림없다고 가즈마 씨가 단언을 했지? 구라키 다쓰로가 1984년에 일으킨 사건의 무대는 아이치현 오카자키시야. 즉 둘 다 아이치현이잖아. 그걸 단순한 우연이라고 봐도 될까? 가즈마 씨는 시라이시 겐스케 씨도 과거 사건과 관계가 있을지 모른다고 생각하기 시작한 것 같아. 미레이 씨도 동감이어서 아버지의 경력을 거슬러 올라가 알아보기로 했다잖아."

"그건 너무 비약이 심한 가설이죠. 아마추어는 발상 자체가 대담하다니까. 하지만, 글쎄요, 아이치현 인구가 아마 전국에서 4위일걸요? 시라이시 씨의 먼 친척뻘인 사람이 그 지역에서 살았다고 해도 전혀 이상할 게 없어요."

"그건 그렇지만, 이를테면 시라이시 씨가 주니치 드래건스의 팬이 된 이유에 대해 구라키가 거짓말을 한 게 아무래도 마음에 걸려. 굳이 그런 거짓말을 할 필요가 없잖아. 사건과는 전혀 관계없는 일인데 말이야." 고다이는 젓가락을 내려놓고 테이블에 팔꿈치를 짚었다. "그러면 이렇게 생각해보자. 구라키가 시라이시 겐스케 씨와의 만남에 대해 거짓말을 했다고 치자고. 실은 전혀 다른 식으로 만났는데 그걸 어떻게든 감추고 싶었다. 그래서 가공의 만남 장소를 궁리하다가 도쿄돔을 생각해냈다. 실제로 그는 도쿄돔에서 치러진 개막전을 보러 갔었으니까. 그리고 시라이시 씨가 주니치 팬이라는 것도 알고 있었다. 하지만 진술 내용을 지어내면서 생각해보니, 도쿄에서 태어나고 자란 시라이시 씨가 내야석에서, 더구나 혼자 야구 경기를 볼 만큼 주니치 열성팬이라는 점이 부자연스럽게 들릴 것 같았다. 그래서 생각해낸 게 원래는 안티 자이언츠였다는 설정이었어. V10을 저지한 것이 주니치였기 때문에 팬이 되었다고. 어때, 그럴싸하지?"

"아, 잠깐만요. 시라이시 씨가 주니치 팬이었다면 그렇게 된 진짜 이유가 있었을 거고, 그렇다면 그걸 솔직히 말하면 끝날 일이잖아요. 알지 못한다면 그냥 모른다고 하면 되는 거고."

"바로 그거야." 고다이는 나카마치의 얼굴을 손끝으로 가리켰다. "구라키는 시라이시 씨가 주니치 팬이 된 진짜 이유를 알고 있었어. 하지만 그건 감춰두는 게 유리하다고 생각했어. 왜 그랬는가. 진짜 이유는 주니치 드래건스가, 아니 아이치현이 시라이시 씨에게 지극히 익숙한 지역이었기 때문이야. 그걸 경찰이 눈치챌까 봐 구라키는 거짓말을 지어낸 거야……. 어때, 이 추리는?"

"지극히 익숙한 지역?"

"어릴 때부터 자주 드나든 지역, 인생에 뭔가 큰 영향을 끼친 곳.

그리고 그곳에서 구라키와 시라이시 씨는 만났다……."

맥주를 마시던 나카마치가 캑캑거렸다. 가슴팍을 몇 번 두드리며 숨을 가다듬고 고다이를 보았다.

"둘이 만난 게 그렇게 옛날이었다고요?"

"만일 그렇다면 어떻게 되겠느냐는 얘기야. 이번 사건의 진상이 밑바탕부터 달라지겠지?"

"달라지고 말고가 아니죠. 위에 보고하지 않아도 되는 겁니까, 이 거?"

"그러고 싶은 마음은 굴뚝같지만, 재수사를 제안하려면 뭔가 결정적인 증거가 있어야 해. 최소한 구라키의 진술을 뒤집을 만한 것이 나와주면 좋겠는데." 고다이는 두부에 양념장을 뿌렸다. "그 뒤로 진위 확인을 위한 보강수사는 어때, 진전된 게 좀 있었어?"

나카마치는 얼굴을 일그러뜨리며 고개를 저었다.

"도저히 진전이라는 말은 못 하죠. 여전히 물증을 찾지 못했는걸요. 자백 조서가 있다고 해도 검찰에서는 사형을 목표로 재판원들의 망설임을 말끔히 없애기 위해서는 뭐든 하나라도 찾아줬으면 하는 눈치예요. 변호인이 혹시라도 피고인은 진실을 감추고 있을 가능성이 있다, 라는 말을 꺼내서 재판원들이 동요할까 봐 걱정하는 거죠."

"그건 어떻게 됐어? 그 프리페이드 폰."

나카마치는 아랫입술을 툭 내밀고 양쪽 손바닥을 위로 향했다.

"안타깝게도 헛수고만 했어요. 아이치 현경에도 협조를 요청해서 오스의 전자상가에서 탐문수사를 해봤는데 구라키에게 그런 물건을 판매한 것으로 보이는 자는 찾지 못했대요."

"그것도 아주 거슬린단 말이야. 전에 가즈마 씨에게 확인했을 때, 구라키는 오스 전자상가에는 이따금 갔었지만 그런 수상쩍은 물건에 손을 댄다는 건 생각도 할 수 없다고 하더라고. 역시 그것도 거짓말인 것 같은데 대체 왜 그런 거짓말을 하는지 이유를 모르겠네."

"이런 건 어떨까요. 구라키는 누군가 다른 사람의 휴대전화를 빌렸다. 그걸로 시라이시 씨에게 연락을 취했다. 하지만 그 사람에게 민폐를 끼치고 싶지 않았다, 혹은 그 사람의 존재가 드러나는 것을 피하려고 프리페이드 폰을 썼다고 주장했다……."

"흠, 전혀 엉뚱한 얘기는 아니네. 자기도 모르는 사이에 공범이 된 사람이 있었다는 건가? 하지만 그건 리스크가 너무 높지 않을까? 만일 시라이시 씨가 휴대전화를 처분하지 못했다면 착신 이력으로 당장 들통이 날 텐데."

"그건 그렇죠. ……엇, 잠깐만요." 나카마치는 튀김을 집으려던 손을 멈췄다.

"왜?"

"가만 생각해보면, 자기 휴대전화로 발신했다는 기록이 남는 걸 피하려는 것뿐이라면 공중전화를 쓰면 되잖아요. 그러면 시라이시 씨의 휴대전화를 처분할 필요도 없고."

고다이는 들고 있던 맥주잔을 내려놓고 지그시 나카마치를 쳐다보았다.

"엇, 왜요? 제가 무슨 이상한 소리를 했습니까?"

"전혀 이상하지 않아. 완전히 정확한 얘기를 했어. 맞는 말이야. 공중전화를 쓰면 끝날 일이었어. 근데 왜 그렇게 하지 않았을까?"

"시라이시 씨가 수상하게 생각할까 봐 그런 거 아닐까요? 공중전화라고 표시가 뜨니까."

"하지만 프리페이드 폰으로 연락한 것은 범행 당일이 처음이었잖아. 그것도 낯선 번호라고 시라이시 씨가 수상하게 여길 거란 생각을 하지 않았을까?"

"공중전화와 낯선 번호……. 양쪽 다 수상하게 여겼겠네요."

"왜 구라키는 프리페이드 폰 같은 걸 썼을까. 아니, 그 얘기 자체가 거짓말인지 참말인지 알 수 없는데……."

"망치로 때려 부숴서 미카와만에 던졌다고 해버리면 경찰에서는 뭘 어떻게 해볼 수가 없어요. 그런 점에서 공중전화는 들고 갈 수도 없고 부숴버릴 수도 없죠. 요즘에는 사용하는 사람이 별로 없어서 지문이 남을 가능성도 있고, 경찰로서는 공중전화 쪽이 더 감사하긴 합니다."

나카마치가 무심코 내뱉은 그 말이 고다이의 뇌리 속 뭔가를 자극했다. 왼쪽 주먹을 이마에 대고 지긋이 생각에 잠겼다.

이윽고 암흑에 빛이 비치듯이 불쑥 떠오르는 것이 있었다. 그것은 점차 뚜렷한 형태를 이루었다. 지금까지 전혀 하지 않았던 발상, 몹시 엉뚱하지만 확신에 가까운 추리가 눈 깜짝할 사이에 구축되었다.

쾅 하고 주먹으로 테이블을 내리쳤다. "아차차……."

나카마치가 놀라서 몸을 뒤로 쭉 물렸다. "왜, 왜 이러십니까."

"내가 얼빠진 짓을 한 것 같아."

"얼빠진 짓? 무슨 말씀입니까?"

"최대한 빨리 알아봐줄 게 있어. 나카마치 혼자서는 안 될지도 모르니까 내가 그쪽 상사에게 설명할게. 나도 우리 계장님하고 상의해 볼 테니까. 독단으로 움직였다고 혼은 나겠지만, 지금 그런 거 신경 쓸 때가 아니야. 만일 내 발상이 맞는다면," 고다이는 심호흡을 한 차례 한 뒤에 뒤를 이었다. "엄청난 사실이 드러나서 사건이 완전히 뒤집힐 거야."

40

목적지 빌딩은 니혼바시에서 도보로 5분 거리에 있었다. 옛날을 떠올리게 하는 레트로 모던 디자인이지만, 공식 사이트에 의하면 최근에 지은 것이라고 한다.

등을 꼿꼿이 세우고 미레이는 정면 현관으로 들어갔다. 널찍한 입구 홀 안쪽에 엘리베이터 여러 대가 줄지어 있었다. 각각 멈추는 층이 다른 모양이다. 미레이는 15층에 서는 엘리베이터를 선택해서 탔다. 동승자는 없었다. 층수 버튼을 누른 뒤, 오른손으로 가슴을 지그시 눌렀다. 조금 긴장했다.

15층에 도착했다. 바로 정면에 유리문이 있었다. 그곳을 지나자 오른편에 접수 카운터가 있고 유니폼 차림의 여자 직원이 보였다. 어서 오십시오, 라고 웃는 얼굴로 맞아주었다.

"시라이시 미레이라고 합니다. 하마구치 상무님과 약속이 있습니다만."

"잠깐만 기다려주세요." 직원은 수화기를 들고 두세 마디 얘기한 뒤 다시 제자리에 내려놓았다. "안내해드리겠습니다. 이쪽으로."

그녀가 안내해준 곳은 고급스럽고 청량한 분위기의 넓은 공간이었다. 대리석 테이블을 중심으로 소파가 배치되었다. 열 명쯤은 넉넉히 앉을 수 있을 것이다. 어디에 앉아야 할지 몰라서 문에서 가장 가까운 곳으로 정했다.

아버지의 스마트폰 주소록을 보여줬더니 어머니 아야코는 예전 대학 때 친구로 생각되는 이름 다섯 개를 짚어주었다. 그중에서도 "아마 가장 친했던 사람은 이분일 거야"라면서 가리킨 게 '하마구치 도루'라는 이름이었다.

"나는 두세 번 만나본 정도지만, 네 아버지가 대학 시절 얘기를 할 때 가장 자주 등장하는 사람이었어. 함께 스키를 타러 간 적이 있다는 얘기도 들었던 것 같아."

지금은 무슨 일을 하는지 물었지만, 그건 모르겠다고 아야코는 대답했다.

"하지만 법조계 쪽으로 진출하지는 않았던 것 같아. 내 친구 하마구치는 일반 회사에 취직했다, 라고 얘기했던 게 어렴풋이 생각나니까. 최근에는 별로 얘기가 나온 적이 없는 걸 보면 사이가 소원해졌는지도 모르겠다."

그래도 미레이는 이 사람에게 연락해보자고 생각했다. 아야코가 짚어준 다섯 명 중에 하마구치 도루만은 메일 주소도 등록되어 있었기 때문이다. 만날 기회는 없었어도 메일 정도는 주고받았는지도 모른다.

즉각 메일을 보냈다. 우선 자기소개부터 하고, 갑작스럽게 메일을 보내는 무례를 사과했다. 그리고 시라이시 겐스케가 사건에 휘말려 목숨을 잃었다는 것을 밝히고, 지금은 공판에 대비해 생전의 아버지에 대해 알아보는 중이라고 설명했다. 이번에 연락드리게 된 것은 아버지의 젊은 날에 대해 잘 아는 분의 말씀을 들어보고 싶었기 때문이다, 잠깐이라도 만나주시면 감사하겠다고 썼다.

메일을 송신하고 채 한 시간이 안 되어 답신이 도착해서 놀랐다. 게다가 하마구치는 시라이시 겐스케의 죽음을 알고 있었다. '법조계 친구에게서 연락을 받았습니다. 가족들만의 장례로 한다는 말을 듣고, 사건이 아직 해결되지 않았던 것도 있어서 제 쪽에서 연락하는 건 삼가고 있었습니다'라는 내용이었다.

지난 10년 가까이 만나지 못했지만 메일 등으로는 연락을 주고받았고, 대학 시절의 추억 얘기 정도라면 언제든 해드릴 수 있으니 기탄없이 만났으면 한다면서, 말미에는 근무처가 적혀 있었다. 유명한 생명보험회사였고 직함은 상무이사였다.

그 뒤로 다시 메일로 날짜와 시간, 장소를 정했다. 회사로 찾아와주는 게 가장 편리하다고 했기 때문에 오늘 이렇게 찾아온 것이다.

달칵하는 작은 금속음이 등 뒤에서 들렸다. 미레이가 돌아보자 천천히 문이 열리고 머리 윗부분이 약간 헤싱헤싱해진 남자가 온화한 웃음을 지으며 들어섰다. 미레이는 급히 자리에서 일어났다.

"아니, 아니, 그냥 앉아 있어요. 편히 얘기합시다."

그렇게 말하고 남자는 명함 한 장을 내밀었다. 미레이는 두 손으로 받아 든 뒤 자신의 명함을 건넸다.

"급한 부탁을 드려서 죄송합니다."

"아니, 전혀 그렇지 않아요. 아하, '메디닉스 재팬'인가요?" 미레이의 명함을 들여다보며 하마구치는 말했다. "내 지인 중에도 여기 회원이 몇 명 있어요. 지금은 회사 관련 시설에서 검진을 받고 있지만 은퇴하면 나도 회원으로 가입해볼까 하는데."

"네, 꼭 그렇게 해주세요. 잘 부탁드립니다."

남자는 미소로 고개를 끄덕이고는 미레이를 마주하는 위치의 소파로 이동했다. 자그마한 몸집이지만 자세가 반듯해서 침착한 관록이 느껴졌다.

하마구치가 자리를 잡자 미레이도 다시 앉았다.

"미레이 씨는 사진으로 봤었어요." 하마구치가 말했다. "갓 태어났을 때쯤이었죠. 시라이시가 보내준 연하장에 사진이 인쇄되어 있었어요. 상당히 급하게 결혼을 하는구나 했더니만 그걸 보고 딱 알겠더군요. 설마 신부에게 그런 경사가 있었을 줄은 몰랐어요. 나도 결혼식에 참석했었는데 전혀 눈치를 못 챘거든요. 한 방 먹었죠." 그때가 그립다는 듯이 실눈이 되어 웃으면서 말했다.

"최근에 아버지와 직접 만나신 적은 없었습니까?"

"이따금 메일로 소식을 주고받으면서 다음에 만나자, 만나자, 라고만 하고 좀체 기회가 없어서 그만. 만났다면 분명 옛날처럼 서로 이야기꽃을 피웠을 텐데." 하마구치는 입가에 웃음이 번지면서도 안타까움을 감추지 못하는 눈빛이었다.

문을 노크하는 소리가 들리고 잠시 실례합니다, 라면서 직원이 들어왔다. 테이블에 찻잔을 내려놓고 나갔다.

"자, 들어요, 식기 전에."

하마구치가 권해줘서 잘 마시겠습니다, 라고 말하고 찻잔에 손을 내밀었다.

"사건 소식을 듣고 정말로 깜짝 놀랐어요." 차를 한 모금 마시고 하마구치가 심각한 표정이 되어 말했다. "언론 보도가 어느 정도나 사실인지는 모르겠지만, 원한 등의 이유로 살해된 것은 아니지요?"

"범인의 진술에 의하면 그렇습니다. 아버지에게 깜빡 발설한 과거의 비밀을 지키려고, 라는 게 이유였어요."

하마구치는 미간을 좁히며 고개를 가로저었다. "허 참, 그런 억지가 어디 있나."

"메일로도 말씀드렸지만, 그래서 아버지의 젊은 시절 얘기를 여쭤보려고……."

"그럼요, 좋지요. 어떤 얘기를 해주면 될까."

"어떤 얘기든 괜찮습니다. 아버지와 관련해 인상에 남아 있는 일 등이 있다면."

"인상에 남아 있는 일……." 하마구치는 찻잔을 내려놓고 다리를 꼬았다. "한마디로, 활력이 넘치는 친구였어요. 공부도 일단 시작했다 하면 아주 철저히 했죠. 밤을 꼬박 새우고 그대로 강의를 들으러 가도 절대 조는 법이 없었어요. 공부를 안 할 때는 아무튼 사방팔방 뛰어다녀요. 아르바이트도 하고, 사법고시 정보 수집도 하고. 실은 내가 법조계 쪽을 포기한 것도 시라이시의 영향이 컸어요. 저렇게까지 열심히 해야 하다니, 나는 도저히 못 하겠다 하고."

하마구치의 말은 공치사로는 들리지 않았다. 아야코에게서 들은 얘기와도 일치했다.

"취미나 오락 같은 건 없었을까요?"

흐음, 하고 하마구치는 고개를 갸우뚱했다.

"그 친구가 뭘 좋아했더라. 독서나 영화 쪽이라면 남들만큼은 흥미가 있었지만, 딱히 마니아라고 할 정도는 아니었어요. 시간 낭비는 질색이라고 자주 얘기했죠. 그 당시에 가정용 게임기가 붐이었는데 그런 건 돌아보지도 않았어요."

"그러면 방학 때도 주로 공부와 아르바이트를 했을까요? 어딘가에 가서 잠시 쉬는 일도 없이?"

"굳이 말하자면 언젠가 겨울에 함께 스키를 타러 간 적은 있었어요. 그래봤자 저가 버스투어였지만. 밤새 열 시간씩 버스를 타고 아침에 도착해서 얼른 옷만 갈아입고 스키를 타는 거예요. 젊으니까 가능한 일이었지요." 하마구치는 옛날을 떠올리는 눈빛이 되었다.

"혹시 아이치현에 간다는 얘기를 한 적은 없었습니까?"

"아이치현?" 하마구치의 눈이 둥그레졌다. 엉뚱한 질문이었는지도 모른다.

"도코나메라는 곳이에요. 도기 생산지로 유명한 곳인데요."

도코나메, 라고 하마구치는 혼잣말처럼 중얼거렸다. "그건 여행으로, 라는 뜻인가요?"

"저도 잘은 모르겠어요. 실은 아버지가 그 지역과 인연이 있는 듯한 사진을 찾았어요. 하지만 그런 얘기는 생전에 들은 적이 없어서 어떻게 된 일인지 궁금해하고 있습니다."

아, 그렇군, 이라고 하마구치는 고개를 끄덕였다.

"도코나메까지 갔는지 어떤지는 확실치 않지만, 시라이시가 이따금 나고야행 고속버스를 탔던 것은 기억이 나는군요."

미레이는 눈을 깜작거렸다. "정말요?"

"응, 틀림없어요. 당시 내가 하숙을 하고 있었는데 시라이시가 나고야에 갈 때마다 내 방에서 자고 간 것으로 해달라고 부탁을 했어요. 아무래도 그쪽에서 하룻밤 자고 오는 모양인데 그걸 어머님이 아시게 하고 싶지 않다는 거예요. 그렇게 다녀오면 항상 선물을 들고 왔어요. 주로 '장어 파이'라는 과자였는데."

"아버지가 할머니에게는 비밀로 하고 나고야에 다녀왔다는 말씀인가요?"

"그렇죠. 나고야에 여자 친구라도 있느냐고 내가 물어봤더니 그런 게 아니라 돌아가신 아버지 대신 가끔 들여다봐야 할 사람이 있다고 얘기하더군요. 나 혼자 생각에, 옛날에 아버님이 신세를 졌던 분인 모양이라고 짐작은 했었는데, 그걸 시라이시에게 확인했던 건 아니고요."

그 사진 속 노부인이다, 라고 미레이는 확신했다.

"그 나고야행에 대해 또 뭔가 생각나시는 일은 없습니까? 사소한 것이라도 괜찮은데요."

"또 뭐가 있었나……." 하마구치는 팔짱을 끼고 고개를 외로 꼬았다.

"대학 시절 내내 나고야에 다녀오곤 했던 건가요?"

"아니, 그러다가 언제부턴가 그게 뚝 끊겼어요. ……아, 그렇지, 생각나네." 하마구치는 자신의 무릎을 탁 치며 고개를 끄덕였다. "그게 3學年 가을이었나, 내가 좀 놀려줬더니 시라이시가 벌컥 화를 낸 적이 있어요."

"놀리셨다고요?"

"그 친구가 한두 달에 한 번꼴로 나고야에 갔었어요. 그런데 한참
뜸하길래 어떻게 된 거냐고 물어봤더니 이제 안 가도 된다는 거예
요. 대답하는 말투가 어째 좀 어물어물하는 것 같아서 역시 그쪽에
사귀는 여자가 있었고 뻥 차인 거 아니냐고 놀렸죠. 그랬더니 아주
무서운 얼굴로 그런 거 아니다, 한심한 소리 하지 마라, 하고 너무
험악하게 화를 내는 바람에 내가 쩔쩔맸죠."

"그런 일이……."

"그 뒤로 둘 다 그런 얘기는 한 적이 없어요. 나도 방금 전까지 까
맣게 잊고 있었는데."

미레이는 아야코가 들려준 이야기를 떠올렸다. 아버지를 만난 것
은 막 4학년에 올라간 4월이라고 했다. 하마구치의 말에 따르면, 그
무렵은 이미 아버지가 나고야에 드나들지 않았던 때다. 그래서 아야
코는 알지 못했던 것이다.

"어때요, 이런 얘기가 좀 도움이 됐나요?" 하마구치가 물었다.

"네, 큰 도움이 되었습니다. 바쁘셨을 텐데 죄송합니다."

"또 궁금한 게 있으면 연락해요. 내가 아는 범위에서라면 뭐든 대
답할 테니까."

"……고맙습니다."

"여성에게 나이를 묻는 건 실례인 줄은 알지만, 지금 몇 살인가
요?"

"저 말씀이십니까? 네, 스물일곱입니다."

"그래요. 그렇다면 아직 모르는 것도 많겠네."

무슨 말인지 알아듣지 못해서 미레이는 고개를 갸웃했다.

"아버지에 대해서. 젊은 시절에는 아버지의 과거 같은 건 전혀 관심이 없다가 돌아가신 뒤에야 유품을 정리하면서 뜻밖의 사실을 알게 되지요. 이렇게 말하는 나도 3년 전에 아버님이 돌아가셨지만, 할아버지 호적을 발견하고 처음으로 아버지에게 여동생이 있었다는 것을 알았어요. 어릴 때 돌아가신 모양인데 그런 얘기는 아버지에게서 한 번도 들은 적이 없었죠. 할아버지나 아버지의 호적등본은 아예 관심이 없었으니까 그런 일이 아니었다면 평생 모르고 넘어갔을 거예요."

"호적을……."

"왜 그러지요?"

"아뇨, 아무것도 아닙니다. 오늘 뜻깊은 말씀을 많이 들었습니다."

"범인은 체포된 모양이지만 재판이니 뭐니 앞으로도 힘든 일이 많겠지요. 부디 건강해야 합니다. 뭔가 도움이 될 일이 있다면 서슴없이 얘기해요."

고맙습니다, 라고 미레이는 깊숙이 머리를 숙였다.

41

예상했던 대로 아마노 법률사무실에서 알게 된 것들을 얘기했는데도 호리베의 반응은 둔하기만 했다. 오히려 또 마음대로 그런 걸 알아봤느냐는 듯이 부루퉁한 얼굴이었다.

"무슨 얘기인지는 잘 알겠어요. 분명 부자연스러운 점이 있군요. 하지만 그쪽은 이제 그만해도 되지 않습니까?"

"그쪽이라면……."

"시라이시 겐스케 씨를 어떻게 만났고 어떤 대화가 오갔고, 그런 거 말이에요. 어찌 됐든 예전의 범행을 시라이시 씨에게 말해버렸다, 그걸 폭로해버릴까 봐서 무아몽중에 죽이고 말았다, 라는 사실에 변화가 없는 한, 다른 건 전혀 중요하지 않아요. 공판과 관계없는 그쪽 부분을 이리저리 들쑤셔봤자 좋을 게 하나도 없다는 얘기예요. 이렇게 말하면 좀 그렇지만, 원래 자백을 했다고 해서 피고인이 모든 진실을 다 말했다고는 할 수 없는 거예요. 아니, 오히려 진실을 말하지 않는 케이스가 대부분입니다. 죄는 인정하면서도 자기 좋을 대로 각색하고 가장 중요한 부분을 애매하게 얼버무리고, 그런 일이 비일비재합니다. 전혀 드문 일이 아니에요." 말귀 못 알아듣는 학생을 조곤조곤 타이르는 선생님 같은 어조로 호리베는 말했다. 하지만 말귀를 못 알아듣기는커녕 가즈마가 예상한 그대로의 답변이었다.

시라이시 겐스케가 야구 경기 티켓을 입수한 경로가 밝혀지지 않은 것이며 주니치가 자이언츠의 V10을 저지하기 이전부터 어린 겐스케가 주니치 팬이었다는 얘기를 여기서 꺼내는 건 관두자고 가즈마는 생각했다. 그런 얘기를 해봤자 아무 소용이 없다.

하지만 이 변호인에게만은 밝혀두지 않으면 안 될 것이 있었다.

"실은 보여드릴 게 있어요." 가즈마는 곁에 둔 가방을 무릎 위에 얹었다.

"뭡니까?"

이거예요, 라면서 가즈마는 봉투를 내밀었다.

봉투를 받아 들고 호리베는 의아하다는 듯이 미간을 좁혔다.

"도요타 중앙대학병원? 화학요법과의 도미나가라는 분이 발신인이군요."

"네, 봉투 안의 서류도 봐주세요."

"하지만 이건 구라키 씨에게 온 사문서잖아요? 본인 허락 없이 봐서는 안 됩니다."

"아들인 제가 괜찮다고 말씀드리는 건데요."

"원래 자녀라도 법률 위반이에요. 신서개봉죄信書開封罪라고, 아십니까? 정당한 이유 없이 봉함된 신서를 개봉한 자는 1년 이하의 징역 혹은 20만 엔 이하의 벌금형에 처한다……."

가즈마는 고개를 저으며 답답함을 드러냈다.

"그런 건 어찌 됐든 상관없습니다. 바쁜 병원 의사가 일부러 편지를 보내다니, 이건 상당한 사정이 있다고 봐야 할 일이잖아요. 긴급시에는 그 신서개봉죄라는 것도 적용이 안 되는 거 아닙니까?"

"그건 케이스바이케이스지만, 뭐 그렇게까지 말씀하신다면." 호리베는 한숨을 내쉬더니 드디어 봉투를 열고 접힌 서류를 꺼냈다.

호리베의 시선을 가즈마는 빤히 지켜보았다. 냉담한 표정이던 변호인의 얼굴이 약간 긴장하고 있었다.

이윽고 호리베가 얼굴을 들었다. "구라키 다쓰로 씨가 대장암?"

"네, 8년 전에 수술을 받았습니다. 3기였어요."

"그런데 그게 재발했다는 겁니까?"

"그렇습니다. 저는 전혀 알지 못했지만."

서류 내용은 항암제 치료를 어느 병원에서 받기로 했는지 알려달라, 라고 문의하는 것이었다. 무슨 얘기인지 전혀 알 수 없어서 가즈마는 발신인 도미나가 의사에게 연락해보았다. 그 결과, 뜻밖의 일이 밝혀졌다.

구라키 다쓰로는 정기적으로 검사를 받았지만 약 1년 전에 재발이 확인되었다. 여러 곳의 림프절로 전이된 것이었다. 그래서 방사선 치료를 하고 약물 요법에 들어갔다. 그 치료를 담당한 사람이 도미나가 의사였다.

약물에 의해 일정한 효과가 나타났지만 부작용도 적지 않았다. 강한 피로감, 구토감 등에 만성적으로 시달렸다. 그래서 약을 이것저것 바꿔가며 시험해보고 있었는데, 어느 날 구라키가 치료를 일시 중단하고 싶다는 의향을 밝혔다. 이사를 하게 되어서 다른 병원에서의 치료를 검토하고 있다고 설명한 모양이었다.

그렇다면 병원이 정해지는 대로 알려달라고 도미나가는 말했다. 그런데 그 이후 연락이 뚝 끊겨버렸다. 전화도 연결되지 않아 별수 없이 문의 편지를 우송했다는 것이었다.

도미나가는 사건에 대한 것은 전혀 알지 못했다. 가즈마는 잠시 망설였지만, 상세한 얘기는 생략하고 구라키 다쓰로가 형사사건을 일으켜 구류 중이라는 것만 밝혔다.

"그러면 현재 치료를 못 받고 있다는 겁니까?"도미나가는 놀라면서도 환자를 걱정해주었다.

"네, 그렇습니다. 아들인 저한테조차 여태 병을 감췄으니까요."

"그렇다면 당장이라도 본인과 상의해서 반드시 치료를 받도록 해야 합니다. 오늘내일 사이에 어떻게 되지는 않겠지만, 이대로 방치해도 되는 건 결코 아니에요." 도미나가의 말투에는 긴박감이 있었다.

가즈마는 그 일을 미레이와 고다이에게는 말하지 않았다. 동정을 바라는 얘기로 들릴 것 같았기 때문이다. 하지만 어떻든 변호인 호리베에게는 긴급히 알려야 할 일이었다.

도미나가와의 통화를 설명한 뒤에 변호인님, 이라며 가즈마는 새삼 호리베의 얼굴을 지그시 바라보았다.

"아버지의 생각을 확인해주시겠습니까? 대체 어떻게 할 작정인지, 암이 재발한 것이며 항암 치료를 왜 말하지 않았는지, 그리고 앞으로 어떻게 할 생각인지."

알겠습니다, 라고 호리베는 고개를 끄덕였다.

"그건 반드시 필요한 일이지요. 내일이라도 구치소에 가서 본인의 의사를 확인하겠습니다."

"잘 부탁드립니다."

혹시, 라면서 호리베가 금테 안경을 밀어 올렸다.

"구라키 씨는 이제 병이 나을 수 없다고 생각했는지도 모르겠네요."

"실은 저도 그렇게 생각합니다만, 변호인님이 그렇게 생각하신 이유는 무엇인지……."

"물론 그러는 게 스토리의 앞뒤가 맞아떨어지기 때문이지요."

"스토리……."

"암이 재발한 것을 알고 목숨이 얼마 남지 않았다고 생각한 구라키 씨는 그렇기 때문에 더더욱 과거의 죄를 시라이시 씨에게 사실대로 고백하려고 했다. 어쩌면 상대는 누가 됐든 상관없었는지도 모른다. 시라이시 씨를 택했던 것은 변호사여서 신뢰할 만하다고 생각했기 때문이었다…… 아, 바로 그거예요!" 호리베는 명안이 떠올랐다는 듯 검지를 바짝 세웠다. "구라키 씨에게 유산을 어떻게 처리하느냐는 것은 그리 먼 얘기가 아니었다. 먼 얘기는커녕 당장 시급한 과제였다. 나고야 법률사무실에서 상담을 받아서 타인에의 증여에 대해서는 잘 알고 있었다. 문제는 그것을 무사히 완수할 수 있느냐는 것이었다. 그렇게 시라이시 씨에게 신의 화살이 날아갔다. 자신이 죽은 뒤에 아사바 씨 모녀에게 유산을 물려줄 수 있도록 잘 처리해달라고 부탁했다. 하지만 시라이시 씨 쪽에서 뜻하지 않은 제안을 했다. 그렇게까지 사죄할 마음이 있다면 살아 있는 동안에 진실을 털어놓는 게 좋다는 것이었다. 구라키 씨는 당황했다. 얼마 남지 않은 인생의 시간을 아사바 씨 모녀와 즐겁게 보내고 싶은 마음뿐이었는데 그 마지막 즐거움을 빼앗길까 봐 두려웠다. 혼란에 빠진 나머지 시라이시 씨를 살해하는, 상궤를 벗어난 행위로 내달리고 말았다……." 단숨에 줄줄줄 얘기한 뒤에 호리베는 어떻습니까, 라고 물었다.

"대단하십니다." 가즈마는 말했다. "짧은 시간에 어떻게 그런 스토리를 생각해내시는지 놀랍네요." 비아냥거리는 것도 미운 소리도 아니고 순수하게 감탄했다.

"일단 전문가니까요. 그 정도 스토리라면 범행에 이르게 된 그 심경에 재판원들도 다소간 동정을 기울여줄 것 같은데, 어떻습니까."

"네, 양형을 경감한다는 의미에서는 좋은 생각인지도 모르겠네요."

가즈마의 말투가 마음에 들지 않았는지 호리베는 뜨악한 눈빛이었다. "무슨 말입니까?"

"아버지는 죽음을 각오했을 것이다, 라는 변호인님의 발상에는 저도 동의합니다. 하지만 그다음부터는 전혀 달라요. 제 생각은 이렇습니다. 아버지는 얼마 남지 않은 자신의 목숨을 걸고 뭔가를, 혹은 누군가를 지켜주려고 했다. 그러기 위해서는 수단 방법을 가리지 않을 각오였다……. 그러니까 아버지의 진술은 거짓입니다. 뭔가 중대한 것을 감추고 있어요. 어쩌면 시라이시 씨를 살해했다는 것 자체가 거짓말이 아닌지, 아니 틀림없이 거짓말이라고 저는 확신합니다."

호리베의 얼굴이 울상이 되었다.

"지금 사실관계를 뒤엎자는 겁니까? 가즈마 씨, 아무리 그래도 그건……."

"변호인님이 동의해주지 못하시는 사정은 잘 알고 있습니다. 아버지 스스로 진술을 번복하지 않는 한, 무리한 얘기겠지요. 어쨌든 우선 병 치료에 대해 아버지에게 물어봐주세요. 모든 것은 그다음에 생각해봐야 할 테니까요."

알았어요, 라고 호리베는 대답했다. 귀찮게 구는 피고인 가족, 이라고 얼굴에 쓰여 있었다.

호리베의 사무실을 나와 신주쿠역으로 가려는데 스마트폰에 착신이 있었다. 표시를 보고 흠칫했다. 시라이시 미레이에게서 온 것이었다. 인도 가장자리로 바짝 붙어 서서 전화를 받았다.

"네, 가즈마입니다."

"미레이예요. 지금 통화 괜찮으세요?"

"괜찮습니다. 무슨 일 있었어요?"

"만나서 꼭 해야 할 얘기가 있어요. 시간 좀 내주실 수 있을까요?"

그녀의 말을 듣고 스마트폰을 쥔 손에 저절로 힘이 들어갔다.

"저는 언제라도 괜찮습니다. 지금 당장이라도."

"그래요? 가즈마 씨는 지금 어디에 계시죠?"

"신주쿠예요."

"저는 지금 우에노 근처에 있어요. 그러면 제가 그쪽으로 갈까요?"

"아뇨, 그러시다면 지난번에도 만났던 긴자의 찻집으로 하지요. 그곳이라면 조용히 얘기도 할 수 있고." 가즈마는 손목시계를 들여다보았다. 이제 곧 4시 반이다. "5시에는 도착할 수 있습니다."

"네, 그러죠. 저도 지금 출발할게요."

그러면 이따가, 라고 말하고 가즈마는 전화를 끊었다. 어느새 심장 박동이 빨라져 있었다. 무슨 일인가 궁금해서인지 아니면 그녀의 목소리를 들었기 때문인지, 스스로도 알 수 없었다. 분명하게 말할 수 있는 것은 피해자 유족을 만나는데도 전혀 마음이 무겁지 않다는 것이었다.

지하철로 긴자까지 이동해 그 찻집에 도착했을 때는 정확히 오후 5시였다. 2층 테이블 공간으로 가자 이미 시라이시 미레이의 모습이 창가 자리에 있었다.

"기다리시게 했군요."

"아뇨, 갑작스럽게 죄송해요."

점원이 물을 내왔다. 지난번과 마찬가지로 미레이는 카페라테를 주문했다. 왠지 같은 걸 마시고 싶어서 가즈마도 카페라테를 주문했다.

"그래서 하실 얘기라는 건?"

"네, 실은 부탁이 있어서요." 미레이는 진지한 눈빛을 던져왔다.

"무슨 일입니까? 제가 할 수 있는 일이라면 뭐든 도와드리죠."

"그렇게 말해주시니 고맙네요. 다름이 아니라 저랑 어디에 좀 갔으면 하는데."

"어디에 가려고요?"

그건, 이라고 말하고 미레이는 호흡을 가다듬듯이 가슴이 살짝 오르내렸다.

"도코나메. 아이치현 도코나메시의 그 사진 찍힌 곳에 데려가주셨으면 해요."

42

관리관과 이사관의 뒤를 이어 회의실에 들어선 인물을 보고 고다이는 마음속에 더욱 기합이 들어갔다. 수사 1과 과장까지 동석할 줄은 예상도 못 했다. 회의실 전체의 공기까지 바짝 긴장하는 것 같았다. 전원이 자리에서 일어나 머리를 숙였다.

몸집은 작은 편이지만 가슴팍이 두툼한 과장이 느긋한 동작으로 자리에 앉는 것을 지켜보고 일동이 착석했다. 혼자 그대로 서 있던 사쿠라카와 계장이 세 명의 상사들 쪽을 향했다.

"그러면 시작해도 되겠습니까?"

윤곽 짙은 얼굴에 테 없는 안경을 쓴 관리관이 의견을 구하듯이 과장과 이사관의 옆얼굴을 돌아보았다. 과장이 고개를 끄덕였다. 관리관은 시작해, 라고 사쿠라카와에게 말했다.

"네. 매우 세세한 내용까지 포함될 예정이라서 현장 담당자가 직접 설명을 드리도록 하겠습니다. 괜찮겠습니까?"

과장과 이사관은 별다른 말이 없었다. 관리관이 그래, 좋아, 라고 말했다.

"죄송합니다."

사쿠라카와가 고다이에게 눈짓을 보냈다.

고다이는 자리에서 일어나 과장 일행 쪽을 향해 자기소개를 한 뒤, 회의 책상에 놓인 모니터 옆으로 이동했다. 다른 동석자는 쓰쓰이와 같은 주임급 이상의 상사들이다. 그들은 이미 어느 정도 사정을 파악하고 있었다. 하나같이 얼굴에 긴박감이 감돌았다.

"작년 가을에 발생한 '미나토구 해안 변호사 살해 및 사체 유기 사건'에 관해 새롭게 중대한 사실이 판명되었기에 이를 보고합니다. 이미 범인으로 아이치현 거주 구라키 다쓰로가 기소되었으나 그 자백 진술 내용에 부자연스러운 점이 많았기 때문에 그것을 확인하는 과정에서 밝혀진 사항입니다. 구라키는 작년 10월 31일 오후 7시 전, 피해자 시라이시 겐스케 씨를 기요스바시 근처로 불러내 살해했다고 진술했는데, 그때 약 2년 전에 아이치현 오스의 전자상가에서 낯선 자에게서 구입한 프리페이드 폰을 사용했다고 말한 바 있습니다. 전화기는 범행 후 망치로 파괴하여 바다에 투기했다는 얘기였습니다. 범행의 계획성을 보여주는 중요 증거품으로서 그 전화기의 존재를 확인해달라는 검찰의 요망이 있었으나 유감스럽게도 끝내 찾지 못했습니다. 그러나 입수 경로를 비롯한 프리페이드 폰에 관한 진술 자체가 부자연스럽다고 의심하고 또 다른 수단, 이를테면 공중전화로 피해자를 불러낸 것이 아닌가 하는 추리에 따라 관할 경찰서와 합동으로 기요스바시 부근 공중전화 근처의 방범카메라를 확인하게 되었습니다."

질문, 이라면서 이사관이 손을 들었다.

"범행을 전면 자백하면서도 피고인이 그 점에 대해서는 거짓말을 한 이유는 무엇이지?"

고다이는 사쿠라카와를 보았다. 이 시점에서 대답해야 할지, 판단이 서지 않았다.

"그 점은 잠시 뒤에 설명드리겠습니다."

사쿠라카와의 답변에 이사관은 말없이 고개를 끄덕였다.

고다이는 컴퓨터의 키보드를 두드렸다. 모니터에 불러낸 것은 기요스바시 부근의 지도다.

"기요스바시 반경 400미터 이내에 공중전화는 4대가 있습니다. 모두 인접지에 방범카메라가 설치되어 이용자를 어느 정도 판별할 수 있는 상태입니다. 사건 당일의 영상을 확인해본바, 해당 시간대에 공중전화를 이용한 것으로 보이는 자는 단 한 명뿐이었습니다.

장소는 고토구 기요스미 니초메, 이 위치에 있는 공중전화입니다."

고다이는 지도상의 한 지점을 가리킨 뒤, 다시 키보드를 두드렸다. 화면이 방범카메라 영상으로 넘어갔다.

우선 눈에 들어온 것은 주류 판매점이다. 그 입구 옆에 공중전화가 있었다.

화면 왼편 하단에 적힌 숫자는 촬영 일시가 작년 10월 31일 오후 6시 40분경이라는 것을 보여주고 있다.

왼편에서 사람이 나타났다. 주위의 시선을 꺼리듯이 사방을 둘러본 뒤, 공중전화 쪽으로 다가간다. 호주머니에서 지갑을 꺼내 뒤적이는 몸짓을 보인 것은 전화카드를 찾기 위한 것이다.

수화기를 들더니 버튼을 눌렀다. 잠시 뒤 전화가 연결된 모양이었다. 이따금 둘레둘레 주위에 시선을 던지면서 대화를 이어가다가 이윽고 수화기를 제자리에 걸었다. 전화카드를 회수하고 그자는 다시 왼편으로 사라졌다. 등장에서 퇴장까지 약 2분이 소요되었다.

고다이는 키보드를 눌러 영상을 멈췄다.

"확인하실 영상은 이상입니다."

"그자의 신원은 판명되었는가?" 이사관이 물었다.

"네, 판명되었습니다." 고다이는 대답했다. "참고인으로 조사했던 인물의 가족이었습니다. 다만 그자 본인을 직접 만나본 수사원은 없습니다."

"구라키 피고인과의 관계는?"

"직접적인 관계는 없습니다. 하지만 구라키 피고인이 범행 동기로 진술한 내용과 매우 깊은 관련이 있는 자입니다."

수사 1과 과장이 이사관의 귓가에 뭔가 작은 소리로 말을 전했다. 이사관은 고개를 끄덕이고 이번에는 반대편 옆의 관리관과 이야기하기 시작했다. 어떤 것을 상의하는지 알 수 없어서 고다이는 어색하게 서 있을 수밖에 없었다.

관리관이 고다이 쪽을 향했다.

"아까 이사관님의 질문에 대한 설명은 언제 들을 수 있지?"

고다이는 사쿠라카와를 보았다. 계장이 끄덕 턱을 당겼다.

"설명드리겠습니다. 구라키 피고인이 이 공중전화를 사용한 자를 감춰주기 위해 프리페이드 폰을 사용했다고 거짓 진술을 한 것으로 추정하고 있습니다."

"즉 피해자를 불러낸 것은 구라키 피고인이 아니라 방금 그 영상속 인물이었다는 건가?"

이사관의 질문에 그렇습니다, 라고 고다이는 답했다.

"영상 속 인물이 구라키 피고인과 공범이라는 것인가?"

그 질문에 답하는 것을 고다이는 한순간 망설였다. 사쿠라카와를 보니 괴롭다는 듯 입이 삐뚜름해져 있었다.

하지만 망설일 때가 아니다. 사실을 왜곡할 수는 없는 것이다.

"공범이 아닙니다." 고다이는 상사들을 향해 말했다. "단순히 피해자를 불러내는 것뿐이라면 굳이 기요스바시 근처 공중전화를 사용할 필요가 없습니다. 영상 속 인물의 거주지는 여기서 상당히 멀리 떨어진 곳이니까요. 공범이 아니라 주범, 즉 그자가 시라이시 겐스케 씨를 살해한 진범이고, 구라키 피고인은 그런 사실을 알고 그를 지켜주기 위해 자신이 살해한 것으로 거짓 자백을 한 것으로 보입니다."

충격적인 발언이었지만 수사 1과 과장이나 이사관들의 얼굴에 놀란 표정은 없었다. 이미 기소한 사건에 따로 진범이 존재할 가능성이 나왔다, 라는 것은 사전에 그들의 귀에도 들어갔고 그렇기 때문에 과장까지 상사들이 모두 동석하기로 했을 것이다.

하지만 물론 이런 보고를 듣고 유쾌할 리는 없어서 세 명의 상사 모두 씁쓸한 표정으로 뭔가 얘기를 주고받았다. 과장은 거의 아무 말도 없이 이따금 고개를 끄덕일 뿐이었다.

사쿠라카와, 라고 관리관이 불렀다. "공중전화의 인물이 도주할 우려는 없는가?"

"현재로서는 그럴 우려는 없는 것으로 보입니다. 자신이 의심을 받는다는 것은 털끝만큼도 생각을 못 할 테니까요."

"진범임을 증명할 방도는 있는 거지? 현장 근처 공중전화를 사용했다는 것만으로는 정황증거조차 될 수 없잖아." 관리관은 이미 사쿠라카와에게서 상세한 얘기를 들었지만 이렇게 다시금 질문하는 것은 과장이나 이사관에게 설명하기 위해서다.

"우선 프라이버시를 지켜주기로 보증한 뒤, 그날 누구에게 전화했는지 추궁할 예정입니다." 사쿠라카와가 대답했다. "범인이 아니라면 쉽게 대답할 겁니다. 또한 DNA 감정 동의서를 받을 예정입니다. 피해자의 의류에서 본인 이외의 DNA가 몇 개 발견되었기 때문에 대조 작업을 진행하겠습니다. 그리고 위치정보 기록을 조사할 예정입니다. 당일에는 공중전화를 이용했지만, 자신의 스마트폰이 있고 범행 당일에도 소지했을 가능성이 높은 것으로 보입니다."

계장의 답변을 듣고 관리관은 이사관과 과장에게로 시선을 돌렸다. 두 사람은 말없이 고개를 끄덕였다.

"그러면 즉시 만나보도록 해. 검찰 대응은 우리 쪽에서 생각해볼 테니까."

관리관의 지시에 알겠습니다, 라고 사쿠라카와는 답했다.

수사 1과 과장이 자리에서 일어나고 이사관과 관리관이 그 뒤를 이었다. 세 사람이 회의실에서 나가는 것을 지켜본 뒤에 고다이는 파이프 의자에 앉았다. 겨드랑이가 땀으로 흥건했다.

"고다이, 수고했어." 사쿠라카와가 말했다. "일이 이렇게 됐으니 그 영상의 중요 참고인은 자네가 만나봐. 임의동행을 해야 할 경우에는 관할서가 아니라 이쪽으로 데려오도록 해. 본청에서 내가 직접 조사할 테니까. 아, 그자는 만나본 적이 있어?"

"없습니다. 사진으로만 봤을 뿐이에요. 게다가 옛날 사진입니다."

"거주지는 파악했지?"

"네, 알고 있습니다. 시부야구 쇼토입니다."

"고급 주택가로군. 되도록 조용히 진행해. 이웃에 알려지지 않게 주의하고."

"알겠습니다."

사쿠라카와는 큰 한숨을 내쉬고 회의실을 나갔다.

뒤에서 누군가 어깨를 툭 쳐서 고다이는 돌아보았다.

"진짜 난감하네." 그렇게 말하고 쓰쓰이가 어깨를 으쓱했다.

"제 실수입니다."

"그런 거야?"

"구라키를 취조할 때 제가 깜빡 말이 샜어요. 도쿄는 사방에 방범 카메라가 있다, 특히 공중전화 부근에는 반드시 카메라가 있고, 범인이 이용했다는 것을 알기만 하면 경찰은 즉시 영상 분석에 들어간다……. 그 말을 듣고 구라키는 이대로는 안 되겠다고 생각했겠죠. 진범이 공중전화를 이용한 것을 알고 있었기 때문입니다. 별수 없이 구라키가 선택한 게 자신이 대신 죄를 뒤집어쓴다는 길이었어요. 그가 범행을 자백했을 때의 모습이 지금도 기억납니다. 느닷없이 모든 것을 털어놓는 식이었어요. 공중전화가 아니라 프리페이드 폰을 썼다고 진술한 것도 같은 이유입니다. 경찰 수사를 멈추게 하려면 다른 방법이 없다고 체념했던 거겠죠."

그날의 일을 떠올리며 고다이는 "제가 얼빠진 짓을 한 겁니다"라고 뒤를 이었다.

"꼭 그것 때문이라고 할 수는 없어. 다른 범죄라면 또 모르지만 살인 사건이잖아. 재판에서 사형이 나올 수 있다고. 그런 죄를 대신 뒤집어쓸 사람이 있으리라고는 누구도 예상을 못 하지."

"그렇죠. 문제는 왜 구라키는 그렇게까지 했느냐는 겁니다." 고다이는 모니터를 보며 키보드를 두드려 영상을 되감았다. 한 인물이 옆얼굴을 내보이고 있다.

그의 사진을 본 것은 아사바 모녀 집에 갔을 때였다. 초등학교 때의 모습이 찍혀 있었다. 그때는 이름을 묻지 않았지만 지금은 알고 있다.

소년의 이름은 안자이 도모키, 부친 안자이 히로키에 의하면 중학교 2학년이라고 했다.

43

나고야역 플랫폼에 내려선 순간, 가즈마는 차가운 공기가 오히려 상쾌하게 느껴졌다. 뺨이 달아올랐기 때문이다. 신칸센 노조미호 안에서는 내내 긴장 상태였다. 자신들을 기다리는 게 무엇인지 알지 못하는 데 대한 불안과 두려움, 하지만 드디어 진상에 근접한 듯한 기대감이 혈류와 함께 온몸을 휘감았기 때문이라는 건 틀림이 없지만, 바로 옆에 시라이시 미레이가 앉아 있는 영향도 적지 않았을 것이다. 설마 그녀와 함께 여행을 하게 될 줄은 바로 얼마 전까지는 상상도 못 했었다.

"이다음은 민영 철도선인가요?" 시라이시 미레이가 물었다.

"그렇죠. 그쪽의 나고야역까지는 도보로 이동합니다. 하지만 가까우니까 괜찮아요."

나고야역 구내는 널찍하다. 수많은 사람들이 오가는 가운데 가즈마는 미레이가 자신을 놓칠까 봐 이따금 등 뒤에 신경을 쓰며 걸어갔다.

잠시 뒤 민영 철도선의 나고야역 개표구에 도착했다. 가즈마가 승차권을 사 오겠다고 말하자 미레이는 매표소까지 따라왔다.

2인분 승차권을 구입했을 때, 당연한 일이지만 그녀가 요금이 얼마인지 물었다. 내 것까지 내줄 이유는 없다, 라고 하면 대답할 말이 없는 일이라서 가즈마는 사실대로 알려주었다. 그리고 그녀가 내민 돈을 받아 들 수밖에 없었다.

개표구를 지나 4번선 플랫폼에서 중부국제공항행 특급열차를 기다렸다. 그 열차를 타면 도코나메까지 약 30분 만에 갈 수 있다.

긴자 찻집에서 그 사진에 찍힌 곳에 데려가주었으면 한다, 라고 시라이시 미레이가 말했던 것이 이틀 전이다. 그 이유를 듣고 가즈마는 깜짝 놀랐다. 사진 속 노부인이 누군지 알았다, 시라이시 겐스케의 할머니였다, 라는 것이었다.

"실은 아버지와 할아버지의 호적등본을 우편으로 받았어요. 수속이 꽤 번거로웠지만 우송으로 신청했더니 전부 보내주더군요. 거기서 알게 된 게 할아버지가 계모 밑에서 컸다는 거였어요."

"아, 잠깐만요. 미레이 씨의 할아버지라면 시라이시 변호사님의 아버지? 그리고 그분이 계모 밑에서 자랐다는 건가요?"

그녀에게서 들은 것을 머릿속에서 정리하며 말해봤지만 몇 세대에 걸친 얘기라서 얼른 감이 오지 않았다.

"네, 증조부가 이혼을 하셨어요. 내가 아는 증조모는 재혼한 분이었어요. 그리고 조부는 헤어진 전처와의 사이의 아이였고."

"그 전처라는 분이⋯⋯."

"그 사진 속 노부인인 것 같아요. 호적에 의하면 본적지가 아이치현 도코나메였어요. 이혼 후에 본가로 돌아간 거겠죠?"

이름은 니미 히데라고 적혀 있었다, 라고 미레이가 알려주었다.

"히데 씨가 재혼했는지 어떤지는 확실치 않지만 조부가 친아들이니까 그 아들인 시라이시 겐스케, 즉 우리 아버지는 히데 씨의 친손자예요. 조부가 증조부 모르게 친어머니에게 손자 얼굴을 보여주려고 했다는 건 그리 이상한 일은 아니겠죠. 그 사진은 조부가 아들 겐스케를 데리고 몰래 도코나메에 갔을 때 찍은 것 같아요."

그녀의 이야기를 듣고 있는 사이에 한참 먼 옛날 일이지만 가즈마도 점차 상황을 리얼하게 머릿속에 그려볼 수 있었다.

"아버지의 대학 친구분에게서 들은 얘기인데, 당시 아버지가 고속버스로 나고야에 자주 드나들었어요. 돌아가신 아버지 대신 가끔 들여다봐야 할 사람이 있다, 라고 얘기했다는 거예요. 그게 바로 히데 씨였던 게 아닌가, 제 생각에는 틀림없는 것 같아요."

미레이의 추측은 타당하게 생각되었다. 오히려 그런 경우 외에는 생각할 수 없었기 때문에 가즈마도 동의했다.

"하지만 중요한 건 그다음이에요. 대학 3학년 가을쯤부터 나고야에 가는 일이 뚝 끊겼다는 거예요. 그 친구에게는 이제 안 가도 된다, 라고 설명한 모양인데……."

"이제 안 가도 된다……. 즉 그럴 필요가 없어졌다는 얘기일까요? 이를테면 히데 씨가 돌아가셨다든가?"

"그런지도 모르겠어요. 히데 씨의 호적을 떼어볼까도 생각했는데 시간이 없어서 거기까지는 손을 쓰지 못했어요. 하지만 마음에 걸리는 게 있었습니다."

"그게 뭐지요?"

"아버지가 대학 3학년 때라면 1984년이에요. 그해 5월에 가즈마 씨가 얘기했던 그 사건이 일어났었죠."

등에 오싹 한기가 내달리는 것을 가즈마는 느꼈다.

"시라이시 겐스케 씨가 그 사건과 관계가 있다는?"

"모르겠어요. 내가 전혀 잘못짚은 것일 수도 있겠죠. 하지만 확인하지 않고 넘어갈 수는 없는 일이잖아요. 그래서 이렇게 부탁드리는 거예요." 미레이는 뭔가 각오가 담긴 눈빛으로 지그시 가즈마를 보았다. "그 사진을 찍은 곳에 데려가달라고."

예상도 못 한 일의 연속이었다. 하지만 미레이의 부탁을 거절할 이유는 없었다. 그 자리에서 두 사람의 일정을 조정해 오늘 도코나메로 향하기로 결정했던 것이다.

가즈마로서는 아버지 일도 걱정이었다. 호리베가 어제 구치소에 가서 면회를 하고 왔다. 병에 대해 물어보자 "병원 의사 선생이 그런 연락을 해줬습니까. 공연한 짓을 하셨네"라고 떨떠름한 반응을 보였다고 한다. 역시 끝끝내 감출 생각이었던 모양이다.

어떻게 할 작정이냐는 호리베의 추궁에 아버지는 "이제 됐습니다"라고 대답했다.

항암 치료는 너무 힘든 데다 계속 받아본들 완치도 어렵고 오래 살 수 있다는 보증도 없다. 그러느니 남은 인생을 내 나름대로 즐겁고 쾌적하게 보내자고 생각하던 차에 일이 이렇게 되었다. 모든 게 허사가 되어버렸다.

"그러니 사형이 나와도 괜찮습니다. 그걸로 편해질 수 있다면, 그러면 다 좋지요. 호리베 선생, 하루빨리 결판을 내주세요. 선생도 이런 일, 힘들잖습니까." 옅은 웃음을 띤 채 그렇게 말했다고 한다.

그런 얘기를 호리베에게서 전화로 듣고, 역시 아버지는 거짓말을 했던 거라고 가즈마는 확신했다. 그가 아는 아버지는 그런 식으로 자포자기에 빠지는 성격이 아닌 것이다.

왜 아버지는 거짓말을 하는 것인가. 이번 도코나메행으로 그 수수께끼를 풀 작은 단서나마 얻을 수 있기를 가즈마는 마음속으로 빌었다.

특급열차가 도착하고 가즈마는 미레이와 함께 올라탔다. 그다지 붐비지는 않았다.

도코나메에는 얼마 만에 가보는 것인가. 도쿄에 올라간 뒤로는 분명 한 번도 간 적이 없다. 고교 시절에 사귀던 여자 친구와 다녀왔던 게 마지막인지도 모른다. 길가에 도기 장식물이 늘어선 풍정 있는 오솔길은 그때 그 모습 그대로일까.

"주소, 한 번 더 보여주세요."

가즈마가 말하자 미레이는 가방에서 스마트폰을 꺼냈다. 한 손으로 터치해 가즈마 앞에 내보였다. 화면에 낡은 호적등본이 찍혀 있었다. 조부의 호적인 것 같았다. 시라이시 신타로라는 이름이다.

그 시라이시 신타로의 친모로서 니미 히데의 본적지가 나와 있었다. 아이치현 지타군 오니자키초. 지금은 없어진 지명으로, 합병에 따라 도코나메시로 바뀌었다는 건 미레이가 검색으로 알아냈다.

"인터넷으로 검색해보니까 현재 도코나메시 가바이케초라는 지역인 듯한데, 더 이상 자세한 건 찾을 수 없었어요."

"이만큼 알아냈으니 어떻게든 될 겁니다. 그쪽에서 근처 주민들에게 문의해서 찾아보기로 하죠."

히데 씨의 집이 지금도 남아 있는지 어떤지는 확실치 않다. 하지만 도코나메시는 오래된 동네. 주민의 전출입이 그리 많지 않을 터라서 히데 씨에 대해 알고 있는 이웃사람을 만날 확률이 낮지는 않다고 가즈마는 생각했다.

열차가 도코나메역에 도착했다. 밖으로 나가자 널찍한 로터리에 택시가 줄을 서 있었다. 나고야나 도요하시와는 달리 건물이 한참 저 멀리에 보였다.

택시 승차장 근처에 하얀 왜건 한 대가 세워져 있고 그 옆에 정장 차림의 중년 남자가 서 있었다. 왜건 옆구리에 찍힌 글자를 보니 예약한 렌터카 회사였다. 가즈마는 그쪽으로 다가가 이름을 밝혔다.

남자는 기다리고 있었노라고 말하고 왜건의 슬라이드도어를 열어주었다.

가즈마와 미레이를 실은 왜건은 중앙분리대가 있는 주요 간선도로를 따라 달려갔다. 차창 밖으로 내다보니 큰길가에도 높은 건물은 하나도 없었다. 저 먼 곳에 있는 민가의 지붕까지 확인할 수 있었다.

무척 큰 주차장이구나 했더니 시청 것이었다. 렌터카 매장이 그 옆인데 이건 의외로 조그만 건물이다.

어떤 길을 달리게 될지 짐작도 안 되어서 일단 덩치가 작은 SUV를 택했다. 한바탕 수속이 끝나자 카운터 남자 직원에게 가바이케초로 가는 길을 물어보았다.

"요 앞의 도로를 동쪽으로 달리다가 오부도코나메선으로 좌회전하면 그다음은 일직선으로 쭉 가기만 하면 됩니다."

내비게이션도 필요 없을 만큼 간단해요, 라면서 직원이 웃었다.

운전은 오랜만이다. 차에 타고 안전벨트를 맨 뒤에 신중하게 출발했다.

"나는 잘 알지도 못했지만, 도코나메가 상당히 유서 깊은 지역이라던데요?" 바깥 경치를 바라보며 미레이가 말했다.

"도자기 제작의 역사가 아주 오래된 곳이죠. 헤이안 시대나 그 이

455

전까지 거슬러 올라갈 정도니까요. 전국 각지의 유적에서 도코나메 도자기가 발견된다는 얘기를 들은 적이 있습니다."

"와아, 그렇구나."

미레이는 고개를 끄덕이며 대답하더니 그 사진, 이라고 혼잣말처럼 중얼거렸다.

"너구리 장식물 앞에서 어린 손자와 찍은 그 사진, 단순한 기념사진이 아니라 고향에 대한 자부심 같은 게 있었는지도 모르겠네요. 할머니는 이런 멋진 곳에서 살고 있단다, 라는."

"그럴지도…… 아니, 틀림없이 그렇겠네요."

문득 생각난 게 있어서 가즈마는 차를 길옆에 세웠다. 내비게이션이 아니라 스마트폰으로 현재 위치를 확인해보았다.

"그 사진을 찍은 곳, 제가 어딘지 알고 있다고 했었죠? 실은 여기서 아주 가까워요. 가바이케초에 가기 전에 잠깐 들러보는 건 어떨까요?"

미레이는 눈빛을 반짝였다. "그렇게 해주시면 너무 좋죠. 부탁드립니다."

"그렇게 하죠. 나도 오랜만에 가보고 싶기도 하고."

도코나메역 근처까지 돌아가 유료 주차장에 차를 세웠다. 지도를 보니 목적지까지는 도보로 불과 몇 분 거리였다.

주요도로에서 옆길로 빠져 잠깐 걸어가자 '도자기 산책길 보행자 입구'라고 적힌 간판이 보였다. '차량 통행금지'라고 적힌 입간판도 있었다.

"여기예요?" 미레이가 물었다.

"아마 그럴 겁니다."

길은 완만한 오르막이다. 올라갈수록 도로 폭이 조금씩 좁아졌다. 자칫 차를 타고 들어왔다가는 몹시 난감할 것 같다.

옛 전통가옥이 연상되는 오래된 주택이 눈에 띄었다. 길옆으로 작은 도자기 장식물이 띄엄띄엄 보이기 시작했다.

이윽고 명소로 알려진 '덴덴 고개' 입구에 도착했다. 미레이가 "와아, 멋있다"라고 탄성을 올렸다. 언덕의 벽 전면에 작은 구멍이 뚫린 둥근 도자기가 촘촘히 박혀 있었다.

"도코나메 도자기로 만든 옛날 소주병이라고 합니다."

조금 더 들어가자 이번에는 벽면에 온통 토관土管이 박힌 언덕길이 나왔다. 그 이름도 '토관 고개'였다. 물론 이것도 도코나메에서 생산된 도기를 활용한 것이다.

도자기를 파는 아담한 상점이 군데군데 있었다. 동물 모양의 장식물이 많은 것 같다. 특히 고양이를 모티프로 한 것이 눈에 띄었다.

"그 사진은 아마 이 산책로 어딘가에서 찍었을 거예요." 가즈마는 말했다. "50여 년 전이라면 이제는 풍경이 많이 바뀌었겠지만 길가에 도코나메 도기제 너구리들이 줄을 선 곳이라면 역시 여기밖에 없습니다."

미레이는 감개 깊은 듯 주위를 둘러보았다. 그 눈이 붉어진 것을 보고 가즈마는 조용히 시선을 피해주었다. 아버지의 어린 시절을 떠올리고 있는 게 틀림없었다.

표시된 순로順路를 따라 들어가자 길 끝 쪽에 거대한 계단식 도자기 가마가 있었다. 국내 최대 규모라는 얘기를 들은 적이 있다. 높이

457

가 서로 다른 열 개의 굴뚝이 늘어선 모습은 장관이다.

"아버지가 왜 이 동네 얘기를 해주지 않았을까요? 이런 멋진 곳이라면 한 번쯤 데려와도 좋았을 텐데."

미레이의 소박한 의문에 경솔하게 의견을 밝힐 수는 없다고 가즈마는 생각했다. 그 의문에 대한 답이 지금부터 두 사람이 마주해야할 진실인지도 모르기 때문이다.

유료 주차장으로 돌아와 다시 가바이케초를 향해 출발했다. 거리가 4킬로미터쯤이니까 10분도 걸리지 않을 것이다.

민가와 작은 상점이 늘어선 외줄기 도로를 따라 북쪽으로 달렸다. 상점 대부분은 새시 문이 내려져서 영업을 하는 기척이 없었다. 어떤 지방 도시에서나 보게 되는 광경이다. 분명 차로 조금만 가면 대규모 쇼핑몰이나 대형 슈퍼마켓이 있는 것이리라.

잠시 뒤 가바이케초역 앞에서 가즈마는 브레이크 페달을 밟았다. 도로 우측에 작은 우체국이 보였기 때문이다.

"왜요?"

"저기 가서 물어보는 게 좋겠어요."

"우체국에서?"

"그렇죠. 나한테 생각이 있어요."

이미 오래전에 망한 듯한 상점이 길가에 있어서 그 앞에 차를 세웠다.

우체국에 들어가자 카운터의 중년 여성이 상냥하게 인사를 건넸다. 카운터에는 그 밖에 남자 한 명이 더 앉아 있을 뿐이다. 안쪽에서는 직원 몇 명이 각자 책상을 마주하고 일을 하고 있었다.

"안녕하세요? 잠깐 여쭤볼 게 있어서요."

가즈마는 카운터의 여성에게 50여 년 전에 이 근방에서 살던 사람의 집을 찾고 있는데 갖고 있는 주소가 옛날 주소뿐이라서 난감해하고 있다고 설명했다.

얘기를 들었는지 안쪽에 있던 나이 지긋한 남자가 자리에서 일어나 카운터로 나왔다. "어떤 주소예요?"

미레이가 스마트폰을 꺼내 니미 히데의 본적지를 보여주었다.

남자는 노안경을 쓰고 화면을 들여다보며 말했다. "아, 이건 정말 옛날 주소네. 합병된 동네 쪽이야."

잠깐 이쪽으로, 라고 손짓을 해서 가즈마는 미레이와 함께 카운터 안으로 들어갔다. 남자는 "여기서 잠깐 기다려요"라고 말하고 어딘가로 사라졌다. 다른 직원들은 타지에서 온 커플에게는 전혀 관심이 없는지 돌아다보지도 않았다.

잠시 기다리자 남자가 돌아왔다. 옆구리에 두툼한 파일을 안고 있었다. 1965년이라는 연도 표시가 보였다.

남자는 책상 위에 파일을 펼쳤다. 오래된 지도 복사본을 여러 장 모아둔 것이었다.

"어디 보자, 오니자키초라면…… 이 근처네. 아까 그분 성함이 어떻게 된다고 했지요?"

니미 히데 씨예요, 라고 미레이가 대답했다.

"응, 여기 있네, 니미 씨 집. 어항 쪽이에요."

남자가 지도 한 곳을 손끝으로 짚어주었다. 니미, 라는 글자가 확인되었다. 가즈마는 자신의 스마트폰으로 현재 위치를 표시해 그에 해당하는 곳을 찾아보았다. 옆에서 미레이도 똑같은 검색을 하고 있었다.

"지금도 이 집에 누가 살고 계실까요?"

가즈마가 물어보자 남자는 고개를 갸우뚱하며 쓴웃음을 지었다.

"배달 직원에게 물어보면 금세 알겠지만, 댁들도 어차피 지금 그쪽으로 갈 거지요? 그렇다면 직접 눈으로 확인해보면 되겠네요. 그 주소에 지금 어떤 사람이 살고 있는지 우리가 무턱대고 알려줄 수는 없어요."

당연한 얘기였다. 그야말로 개인정보인 것이다. 예상을 뛰어넘는 친절한 응대였는데 깜빡 무리한 부탁을 해버렸다.

죄송합니다, 고맙습니다, 라고 거듭 감사 인사를 하고 우체국을 나왔다.

"성공이었네요." 차로 돌아오면서 가즈마가 말했다.

"가즈마 씨가 기지를 발휘해준 덕분이죠. 역시 함께 와주셔서 다행이에요."

"별것도 아닌데요, 뭘. 그럼 서둘러서 가볼까요. 어두워지면 집 찾기가 더 힘들 테니까."

하지만 불과 몇 분 만에 목적지 주변에 도착했다. 세월의 흔적이 새겨진 민가가 길게 이어진 주택가였다. 근처에 임대주차장은 여기저기 있었지만 잠깐 세워둘 주차장은 전혀 없는 모양이다. 어쩔 수 없이 도롯가에 차를 세워놓고 스마트폰으로 지도를 들여다보며 동네 안으로 들어갔다. 한참 빙빙 돌아본 끝에 미레이가 "이곳인데?"라고 낙담한 목소리로 말했다. 그녀가 가리킨 곳은 주차장이 되어 있었다.

"이웃주민들에게 물어봐야겠어요. 오래된 집이 많으니까 분명 아는 사람이 있을 겁니다."

그렇게 둘이 한 집 한 집 찾아다니며 니미 히데 씨를 아는 사람이 있는지 물어보았다. 처음에는 다들 무슨 일인가 하고 미심쩍어했지만, 미레이가 사진을 내보이며 이 소년이 저희 아버지고 함께 찍은 이 할머님 집을 찾고 있다고 설명해주면 이내 경계심이 풀렸다.

그런 집이 있었다는 것을 아는 사람은 몇 명 있었다. 하지만 누가 살았는지 기억하는 사람은 없었다.

희망적인 반응이 나온 것은 일곱 번째로 '도미오카'라는 문패가 걸린 집에 갔을 때였다. 애들 할아버지에게서 그 집 얘기를 들은 적이 있다, 라고 40대의 주부인 듯한 아주머니가 말해준 것이다. 할아버지, 라는 건 그녀의 시아버지였다.

"그러면 할아버님을 잠깐 뵐 수 있을까요?" 미레이가 물었다.

"네, 그럼요. 지금 어협 모임에 가셨는데 곧 돌아올 거예요. 그때까지 기다릴 수 있어요?"

"물론입니다. 저희는 차에서 기다릴 테니까 돌아오시면 전화로 연락 주세요."

"그래도 괜찮지만, 여기 안에서 기다리는 건 어때요? 이제 오실 때도 다 됐는데."

미레이는 어떻게 할까요, 라고 묻는 얼굴로 가즈마를 돌아보았다.

"그렇게 하죠. 어차피 길에 서서 얘기할 수도 없을 테니까요."

"그럼 그게 좋지. 어서 들어와요, 들어와." 아주머니가 손짓을 하면서 말했다.

아주머니가 안내해준 곳은 불단이 있는 다다미방이었다. 중학생 남자애가 복도에서 얼굴을 쏙 내밀었다가 금세 어딘가로 가버렸다.

아주머니가 차까지 내줘서 가즈마는 허둥거렸다. 죄송해요, 라고 미레이도 미안해하고 있었다.

"아이구, 일부러 도쿄에서 여기까지 내려온 모양인데, 차 한 잔쯤은 대접해야지, 뭘." 아주머니는 얼굴을 찡그리며 말하더니, 뭔가 생각에 잠긴 표정이 되었다. "내가 여기 시집온 게 벌써 20년인데 그때만 해도 아직 거기에 집이 있었어요. 하지만 아무도 안 사시는 것 같더라고요. 언젠가 그런 얘기가 나와서 우리 시아버지가 히데 씨라는 노인네가 살았다고 했어요. 아마 혼자 사셨다고 했던 것 같아."

가즈마는 미레이와 서로 얼굴을 마주 보았다. 그 사진의 노부인이 틀림없다고 암묵적으로 의견의 일치를 보았다.

드르륵 미닫이문이 열리는 소리가 났다. 이어 걸걸한 목소리가 들려왔다.

"아, 오셨네." 아주머니가 자리에서 일어나 방을 나갔다.

두런두런 얘기하는 소리가 복도에서 들려왔다. 이윽고 아주머니와 함께 할아버지 한 분이 나타났다. 검게 그을린 얼굴에 탄탄한 체격의 노인이었다. 어협 모임에 갔다는 걸 보면 어부인 모양이다.

안녕하세요, 라고 미레이가 정좌하고 인사했다. 가즈마도 머리를 숙였다.

"뭐야, 히데 씨 집을 찾아오셨다고?" 노인이 자리에 앉으면서 말했다. 목소리에 놀란 기색이 담겨 있었다.

"저희 아버지가 어렸을 때 그분을 만나셨던 것 같아서요."

미레이는 스마트폰의 그 사진을 찾아 노인에게 내보였다.

"응? 어디 보자……." 노인이 옆의 작은 장식장 서랍을 열고 안경을 꺼냈다. 그것을 쓰고서야 스마트폰을 받아 들었다. 화면을 들여다보며 미간에 주름이 깊어지더니 이윽고 아아, 하고 입이 동그래지면서 고개를 끄덕였다. "그렇지, 이 사람이네. 이름이 히데 씨였어. 그나저나 참말로 옛날 사진일세."

"서로 왕래가 있으셨던가요?" 스마트폰을 다시 받으면서 미레이가 물었다.

"아, 내가 아니라 우리 모친하고 친하게 지냈어. 우리 모친이 이 근처에서는 드물게 여학교를 나와서 제법 인텔리입네 했는데, 그 히데 씨는 초등학교 선생님이셨으니까 서로 죽이 잘 맞았던 모양이야. 책도 같이 읽고, 아주 친했어."

"히데 씨는 어떤 분이셨어요?"

노인은 잠깐 고개를 갸우뚱하고 입을 열었다.

"어떤 분이었냐……. 어머니뻘이니까 나는 멀찌감치 본 것뿐이지만, 맘씨도 곱고 상냥한 분이었어. 방금도 말했다시피 우리 모친이 콧대가 높아서 남을 하대하는 버릇이 있는데 그 히데 씨를 나쁘게 말하는 건 들어본 적이 없어."

"그렇습니까……."

고개를 끄덕이는 미레이의 얼굴에 안도하는 기색이 엿보였다. 아마도 증조모에 해당하는 인물에 대한 얘기인데 칭찬을 듣고 반갑지 않을 리 없다.

"그 히데 씨는 같이 사는 가족은 없었습니까?"

"그 전에야 있었겠지만 내가 기억하는 한에서는 항상 혼자 살았어. 그러니까 그게……." 노인은 얼굴을 찌푸리고 뭔가를 생각해내려는 듯 손끝으로 미간을 긁적였다. "한 번 결혼한 적이 있었다고 했지, 아마? 그래서 아들이 이따금 만나러 왔던 것 같아. 도쿄의 아주 좋은 대학에 합격했다고, 우리 모친이 역시 혈통이 다르다나 어쨌다나…… 아니, 그게 아닌가? 그러면 나이가 안 맞는데? 그 무렵에는 히데 씨도 완전히 할머니였어. 아들이 대학생은 아닐 거고……."

노인은 이마에 손을 짚고 기억을 더듬고 있었다.

그러면, 이라고 미레이가 말했다. "혹시 그 사람이 손자 아니었을까요?"

아아, 하고 노인이 입을 헤벌렸다.

"그래, 그게 맞지. 기억이 뒤죽박죽이 됐네. 그건 손자야. 우리 모친이 한 번 얘기했었어. 히데 씨 아들은 불귀의 객이 됐다고. 그런데 전남편 쪽 눈치가 보여서 아들 장례식에도 못 갔다고 눈물바람을 했다는 거야. 그나마 그 뒤로 손자가 자주 찾아와줘서 다행이었지. 그 손자는 몇 번 본 적이 있다고 모친이 얘기했었어."

"그 손자라는 분에 대해 그 밖에 또 기억나시는 것은요?"

"손자 쪽? 아니, 나야 잘 모르지. 그냥 얘기만 들었어. 게다가 히데 씨도 어느샌가 없어져버렸고."

"다른 데로 이사하셨던가요?"

"그랬을 거야. 무슨 큰일을 당했다더라고." 노인이 허연 눈썹을 찡그렸다.

"큰일을⋯⋯."

"원래 히데 씨가 양친 때부터 부자여서 나름대로 재산이 꽤 있었던가 봐. 그래도 여자 혼자 살자면 아무래도 불안하다고 자산운용이라나 투자라나, 요즘 식으로 말하면 재테크라는 것에 손을 댔던 모양이야. 그런데 그걸 중개해준 놈이 겉만 번드레한 사기꾼이어서 엄청난 손해를 본 거야. 게다가 그걸 도로 찾으려야 찾을 방도가 없었어. 그 사기꾼 놈이 살해되어버렸으니."

가즈마는 옆에서 듣고 있다가 가슴이 철렁했다.

"그거 혹시 오카자키시에서 일어난 사건 아닙니까?"

가즈마의 말에 노인은 허를 찔린 듯 주름에 감싸인 눈이 둥그레졌다.

"엇, 당신, 젊은 사람이 어떻게 그런 걸 알지? 맞아, 그 사건. 당초에는 히데 씨를 극진히 돌봐주던 이가 갑작스레 칼을 맞고 죽었다고 우리 모친이 깜짝 놀라서 얘기했었어. 근데 얼마 뒤에 실은 그자가 사기꾼이었고 여태 히데 씨를 속였다고 해서 재차 깜짝 놀랐지 뭐야."

가즈마는 아연했다. 시라이시 겐스케의 조모는 '히가시오카자키역 앞 금융업자 살해 사건'으로 죽은 자의 금융사기 피해자였던 것이다.

미레이는 얼어붙은 듯 온몸이 굳어 있었다. 뺨이 뻣뻣하게 긴장한 것이 옆에서도 느껴졌다.

"엇, 왜들 그래? 내가 뭐 이상한 소리라도 했나?" 노인이 의아하다는 듯 두 사람의 얼굴을 번갈아 보았다.

"아뇨, 아무것도 아닙니다." 미레이가 대답할 만한 상태가 아닌 것 같아서 가즈마가 대신 말했다. "그 밖에 뭔가 더 생각나시는 건 없을까요? 히데 씨가 그 뒤에 어떻게 지냈다든가 어디로 이사를 했다든가."

노인은 고개를 가로저었다.

"그건 모르겠네. 히데 씨가 생각난 것도, 이런 얘기를 하는 것도, 참말로 오랜만이야. 이 근처에서는 이제 나 말고는 아무도 모를 거야."

"그렇습니까. 오늘 귀한 말씀, 정말 고맙습니다."

"도움이 된 거야?"

"네, 큰 도움이 됐습니다."

다시 한번 감사 인사를 하고 가즈마는 미레이를 보았다. 그녀는 멍해져 있다가 퍼뜩 정신을 차린 듯 노인을 향해 깊숙이 머리를 숙였다.

도미오카의 집을 나와 차로 돌아온 뒤에도 두 사람은 말이 없었다. 가즈마가 입을 연 것은 시동을 켠 다음이었다.

"여기 좀 더 돌아다니면서 알아볼까요?"

미레이는 고개를 저으며 모르겠어요, 라고 가느다란 목소리로 중얼거렸다.

"가즈마 씨는…… 어떻게 하는 게 좋을 것 같아요?"

"아무 생각도 안 나네요. 우선 이런 얘기를 고다이 형사에게 해볼까 하는데, 어떨까요?"

미레이는 한숨을 흘렸다.

"더 알아보는 건 힘에 부치는 일이겠죠, 우리끼리는."

"제 생각도 그렇습니다. 그러면 이만 도쿄로 돌아갈까요?"

네, 라고 대답하는 미레이의 목소리는 힘이 없었다.

민영 철도선으로 나고야역까지 가는 동안에도 두 사람은 거의 말이 없었다. 신칸센 노조미호에 타고 지정석에 나란히 앉은 뒤에도 마찬가지였다.

미레이의 머릿속에서 어떤 상상이 휘몰아치는지 가즈마는 가늠조차 해볼 수 없었다. 가즈마 자신도 오늘 알게 된 일들을 어떻게 해석해야 할지, 앞으로 어떻게 추리를 해나가야 할지, 막막하기만 한 것이다.

30여 년 전에 일어난 '히가시오카자키역 앞 금융업자 살해 사건', 아버지 구라키 다쓰로가 범인은 자신이라고 고백했던 그 사건에 시라이시 겐스케도 관련이 있었다.

이 사실을 어떻게 받아들여야 할까.

막연히 뇌리에 떠오르는 것은 있었다. 하지만 입 밖에 내기에는 너무도 중대하고 심각한, 또한 가혹한 상상이다. 도저히 미레이에게는 들려줄 수 없는 것이었다.

하지만 아마도 똑같은 상상이 아닐까.

옆에 앉은 이 아름다운 여성도 똑같은 스토리를 머릿속에 그리고 있는 게 아닐까.

불길하고도 절망적인, 아무 구원도 없는 스토리를.

슬쩍 옆얼굴을 살펴보려고 했을 때, 왼쪽 손가락 끝이 그녀의 손에 닿았다. 가즈마는 순간적으로 얼른 손을 물렸다. 심장이 꿈틀 뛰었다.

그러자 다시 손끝이 닿는 감각이 있었다. 나는 움직이지 않았는데? 이윽고 미레이 쪽에서 손을 댄 것이라고 깨달았다.

머뭇머뭇 그 손을 잡았다. 그녀는 거절하지 않았다.

앞을 향한 채 손에 꾹 힘을 주었다. 그녀도 마주 잡아주었다.

이대로 둘이 어디론가 사라져버릴 수 있다면 좋겠다고 가즈마는 생각했다.

44

사쿠라카와가 말했던 대로 시부야구 쇼토에는 고급주택이 줄을 잇고 있었다. 집집마다 개성 넘치는 건축 디자인이어서 주민들이 이웃과 미적 감각을 경쟁하려는 것 같았다.

안자이 히로키의 저택은 서양식이었다. 대문은 없고 그 대신 도로에서 현관까지 넓고 긴 통로 양쪽으로 차 두 대를 세울 수 있는 공간을 만들었다. 현재는 좌측에 외제차 한 대가 서 있을 뿐이니까 우측 공간은 내객용인지도 모른다.

손목시계로 시각을 확인했다. 오후 1시 정각이다. 오늘은 토요일이고, 이 집에서 아무도 외출한 사람이 없다는 것은 감시 담당 수사원이 확인했다.

고다이는 저택을 올려다보며 스마트폰으로 전화를 걸었다. 번호는 이미 등록해두었다.

전화가 연결되고 네에, 라는 침착한 남자 목소리가 들렸다.

"안자이 씨지요?"

"그렇습니다만."

"휴일에 이렇게 연락드려서 죄송합니다. 경시청 수사 1과의 고다이라고 합니다. 일전에 몬젠나카초에서 인사드렸던 사람입니다."

아아, 하고 안자이는 누군지 기억해준 모양이다. "무슨 일이십니까?"

"실은 지금 댁 앞에 와 있어요. 아드님 안자이 도모키에게 물어볼 것이 있습니다."

"예에? 도모키에게?"

천만뜻밖이라는 반응이다. 그럴 만도 하다.

"네. 지금 잠깐 들어가도 되겠습니까."

"도모키에게 뭘 물어본다는 겁니까?"

"그건 본인을 만난 다음에 말씀드리겠습니다."

숨을 삼키는 듯한 기척이 있었다. 짧은 침묵 동안에 고다이도 호흡을 가다듬었다.

"잠깐만 기다리세요."

"알겠습니다. 저희는 여기서 대기하고 있으니까요."

안자이는 말없이 전화를 끊었다. 인사할 여유를 잃은 것이리라.

고다이는 2층 창문을 올려다보았다. 커튼 너머에서 사람 그림자가 움직인 것 같았다.

"혹시 도망치지는 않겠죠?" 뒤쪽에서 후배 형사가 물었다.

"그럴 리는 없어." 고다이는 곧바로 부정했다. "아버지 쪽이 전혀 상황을 알지 못해서 당황한 거야. 아들을 빼돌린다느니 하는 발상

469

자체가 없을걸."

후배 형사는 납득한 듯 고개를 끄덕였다. 이곳에는 차량 운전 담당을 포함해 세 명을 데려왔을 뿐이다. 뒷문이 있을 경우에는 그쪽에도 감시를 붙이겠지만, 다른 출구가 없다는 건 이미 확인했다.

나카마치 등 관할서 경찰은 부르지 않았다. 사쿠라카와가 새로 나온 피의자는 본청에서 직접 취조한 뒤에 관할서에 넘기겠다고 말했기 때문이다.

스마트폰이 울렸다. 화면에 안자이 히로키의 이름이 표시되어 있었다.

"네, 고다이입니다."

"안자이예요. 기다리시게 해서 죄송합니다. 도모키가 지금 집에 있기는 한데, 만나기가 어려운 상태예요. 내일이나 모레, 다시 한번 와주셨으면 합니다." 애써 침착한 말투를 썼지만 목소리가 미세하게 떨렸다. 경찰이 왔다는 말을 듣고 도모키가 강하게 거부하고 있는지도 모른다.

"그렇습니까. 하지만 저희도 워낙 급한 상황이라서 오늘 꼭 본인의 얘기를 들었으면 합니다. 여럿이 들어가는 게 아니고 저 혼자만 아드님을 만날 테니까 허락해주십시오."

"아뇨, 그래도……. 저녁때까지만이라도 기다려주시면 안 되겠습니까?"

"그건 좀 어렵습니다. 경우에 따라서는 본청 쪽으로 데려갈 수도 있어서요. 아드님이 미성년자라서 되도록 이른 시간에 하는 게 서로 안심이 될 것 같습니다."

"본청이라면, 경시청 본부 말입니까?"

"경우에 따라서는 그렇다는 말씀입니다. 반드시 그렇다는 건 아니고요." 고다이는 본심을 숨기고 정반대의 말을 애써 온화한 어조로 말했다.

"그러면 한 시간만…… 아니, 30분이라도 시간을 좀 주시지요. 제가 아들에게 자세히 물어본 다음에……."

"무엇을 어떻게 물어볼 생각이십니까?"

"그건……." 안자이는 말을 잇지 못했다.

"되도록 짧게 끝내겠습니다. 부모님이 납득하시지 못할 일은 하지 않습니다. 양해 바랍니다."

안자이는 침묵했다. 고민하는 표정이 눈에 선히 떠올랐다.

"우리 애가 그 사건과 관련이 있는 건가요?"

"아직 모르는 일입니다. 다만 그럴 가능성이 부각되었기 때문에 이렇게 찾아온 겁니다."

후우 숨을 토해내는 소리가 들렸다.

"제가 동석해도 되겠지요?"

이런 요구는 충분히 예상했었다. 그럴 경우의 대응책은 따로 사쿠라카와의 지시가 있었다.

물론입니다, 라고 고다이는 대답했다.

다시 말도 없이 전화가 끊겼다.

현관을 지켜보고 있자 문이 열리고 짙은 남색 스웨터를 입은 안자이 히로키가 모습을 드러냈다.

고다이는 후배 형사들에게 현재 위치에서 대기하라고 지시한 뒤,

현관으로 다가갔다. 안자이에게 머리를 숙였다. "무리한 부탁을 드려서 죄송합니다."

"도모키가 무슨 짓을 했습니까?" 그렇게 묻는 안자이의 얼굴에는 이미 초조감이 감돌고 있었다.

"그걸 확인하려고 왔습니다. 아드님과 뭔가 얘기는 해보셨습니까?"

"아뇨, 경찰이 왔다는 얘기만 했습니다."

"그랬더니 아드님은 어떤?"

안자이는 힘없이 고개를 가로저었다.

"아무 말도 안 하는군요, 알았다고만 하고. 근데, 알겠어요."

"무엇을 아신다는……."

"뭔가 찔리는 게 있는 거예요. 동요했을 때일수록 제 감정을 드러내지 않는 아이니까."

안자이의 말을 듣고 고다이는 두 가지 느낌이 들었다. 이 인물은 냉철하고 영리하다. 하지만 아버지로서 아이와 제대로 소통하고 있다고는 생각되지 않았다.

들어오세요, 라고 안자이가 손을 집 안으로 향했다.

문 안쪽에 넓은 현관홀이 있었다. 실례합니다, 라고 말하고 고다이는 구두를 벗었다. "부인과 다른 자녀분은?"

감시 담당 형사에 의하면 온 가족이 집 안에 있을 터였다.

"2층에 있어요. 죄송하지만, 차는 준비하지 못할 것 같군요."

"아뇨, 전혀 괜찮습니다. 그보다 도모키도 다른 가족과 2층에?"

"아뇨, 자기 방에."

고다이는 옆의 계단을 올려다보았다. "혼자서요?"

"그렇습니다."

"지금 즉시 데려오시는 게 좋겠습니다. 아무래도 좀 걱정이……."

10대의 감수성은 복잡하다. 혼자 뒀다가 자칫 손목이라도 긋는다면 일이 커진다.

안자이는 얼굴이 잔뜩 굳은 채 계단을 올라갔다.

하지만 괜한 걱정이었던 모양이다. 잠시 뒤 안자이가 아들을 데리고 내려왔다.

"이쪽으로 오시죠."

안자이가 아들과 함께 안쪽으로 들어갔다. 고다이도 두 사람의 뒤를 따라갔다.

큼직한 창문으로 햇살이 듬뿍 들어오게 설계한 거실에서 고다이는 대리석 테이블 너머로 도모키와 마주 앉았다. 안자이 히로키도 옆에 있었다.

도모키는 바짝 마른 소년이었다. 턱이며 목이 가늘고 아직 어린 티가 남았다. 고개를 떨군 채 고다이 쪽은 쳐다보려고도 하지 않았다.

"도모키, 스마트폰 갖고 있지?"

고다이의 질문에 도모키는 무표정하게 침묵했지만 이윽고 짧게 고개를 끄덕였다.

"소리 내서 대답해주면 고맙겠는데."

"똑바로 대답해야지!" 안자이가 답답한 듯이 나무랐다.

고다이는 왼손을 내밀어 제지하고 다시 한번 물었다. "스마트폰, 갖고 있지?"

네, 라고 도모키가 대답했다. 높고 가는 목소리가 갈라져 나왔다.

고다이는 들고 온 가방에서 A4 사이즈의 종이를 꺼냈다. 방범카메라 영상을 출력한 것이다. 그것을 도모키 앞에 놓았다.

"이거, 도모키 맞지?"

안자이가 목을 빼고 들여다보았다. 대조적으로 도모키는 흘끗 쳐다봤을 뿐이다. 하지만 그 순간 숨을 헉 삼키는 것을 고다이는 확인했다.

"어때, 도모키의 모습이 맞지?"

"……그렇겠죠."

"그렇겠죠……. 애매한 말이구나. 자기 모습이니까 좀 더 분명히 대답해줄 수 있을 것 같은데, 어때?"

옆에서 안자이가 뭔가 나무라려다 이번에는 꾹 참았다.

"……예요." 도모키가 중얼거렸다.

"응? 미안한데, 조금만 더 큰 소리로."

도모키는 심호흡을 하더니 "나예요"라고 대답했다.

고맙다, 라고 고다이는 말했다.

"아까 스마트폰이 있다고 했지? 그런데 이 영상에서는 왜 스마트폰이 아니라 공중전화를 썼을까. 그날만 스마트폰을 깜빡 잊어버렸나? 하지만 전화카드를 갖고 있었어. 그런 카드를 항상 지갑에 넣고 다니니?"

도모키는 대답하지 않았다. 고개를 푹 숙인 채였다.

"그러면 전화는 누구한테 걸었지? 친구? 아는 사람? 이건 금방 확인이 되니까 거짓말은 하지 않는 게 좋을 거야."

이 질문에도 답이 없었다. 하지만 이런 반응은 고다이가 예상했던 것이었다.

"누구에게 전화했는지, 그것만 알려주면 아저씨는 돌아갈게. 그 사람이 누구든 더 이상 물어보지 않고 돌아갈 거야. 약속할게. 그러니까 얘기 좀 해주면 안 될까?"

도모키가 몸을 잘게 흔들었다. 마음의 망설임이 몸으로 나온 것인지 아니면 생리적인 공포감으로 떨고 있는 것인지, 그 모습만으로는 알 수 없었다.

안자이가 옆에서 도모키, 라고 중얼거렸다. "대답해라." 이를 갈며 신음하는 듯한 목소리였다.

왜, 라고 도모키가 목소리를 냈다. "왜 물어보는데요?"

"응? 왜냐고?" 고다이는 되물었다.

"알잖아요, 누구한테 걸었는지." 도모키가 고개를 푹 숙인 채 말했다.

고다이는 앉음새를 바로잡고 등을 곧추세웠다. 이제 한 발짝만 더 가면 된다. "도모키가 직접 자기 입으로 말해줬으면 하는 거야."

도모키가 얼굴을 들고 처음으로 고다이 쪽을 보았다. 그 표정을 보고 고다이는 흠칫했다. 소년의 입가에 옅은 웃음이 떠 있었다.

"시라이시 씨한테 걸었습니다. 됐어요?"

거의 동시에 고다이는 굵은 숨을 토해냈고 안자이는 정말이냐고 되물었다.

"그건 성이고, 이름도 알고 있다면 말해줄래?"

"알아요. 시라이시 겐스케 씨." 도모키는 포기했다는 듯한 표정으로 대답했다.

고다이는 가방에서 노트와 볼펜을 꺼내 도모키 앞에 놓았다.

"여기에 써줄 수 있을까? 네 이름과 오늘 날짜도 쓰고."

도모키는 볼펜을 손에 들고 노트에 쓰기 시작했다. 시라이시 겐스케, 라고 쓴 뒤에 잠시 생각해보더니 뭔가를 덧붙여 썼다. 그 손 밑을 들여다보고 고다이는 눈이 둥그레졌다.

시라이시 겐스케 씨는 내가 죽였습니다.

그렇게 적혀 있었다.

45

현관 차임벨이 울리는 소리를 들은 순간, 미레이의 가슴속에 안 좋은 예감이 스쳐갔다. 누군가 불길한 바람을 몰고 온 게 아닐까.

아야코가 인터폰에 응답하고 있을 것이다. 택배 같은 것이라면 좋을 텐데, 라고 생각했다.

계단을 올라오는 발소리가 점점 가까워졌다. 직감이 맞았구나, 라고 확신했다.

노크 소리에 네, 라고 대답했다.

문이 열리고 복도를 등진 채 아야코의 그림자가 섰다. 방의 불은 꺼져 있다.

"미레이, 자고 있니?"

아니, 라고 이불 속에서 대답했다. "누구 왔어?"

"경찰에서 오셨어. 처음에 우리 집에 왔던 그 고다이라는 형사님."

후우 숨을 토해냈다. 역시 그런가. 하지만 찾아온 사람이 고다이라니 그나마 다행이라는 마음이 들었다.

"뭔가 중요한 할 얘기가 있다는구나. 너도 같이 들어줬으면 좋겠다는데."

알았어, 라고 말하고 몸을 일으켰다. "지금 몇 시야?"

"6시 조금 지났어."

"그래?"

창밖은 어두웠다. 그리 오래 잔 것도 아닌데 의외로 시간이 빨리 흘러갔다.

"잠깐만 기다리시라고 해줘. 화장을 좀 하고 싶으니까."

아침부터 아무것도 먹지 않았다. 내내 방에 있었다. 분명 얼굴이 형편없을 것이다.

아야코가 방의 불을 켰다. "미레이, 너 괜찮은 거야?"

"뭐가?"

"뭐냐니, 어제부터 계속 몸이 안 좋다는 말만 하고, 대체 무슨 일이니? 금요일에 직장에서 무슨 일이라도 있었어?"

금요일이라는 건 이틀 전이다. 구라키 가즈마와 도코나메에 다녀온 것은 아야코에게는 말하지 않았다.

"고다이 씨, 아래층에서 기다리잖아. 차라도 한 잔 드려야지."

아야코는 석연치 않은 얼굴로 등을 돌렸다. 걸음을 떼려는 것을 엄마, 라고 미레이는 불러 세웠다.

뒤를 돌아본 아야코에게 "각오하는 게 좋을 것 같아"라고 말했다.

아야코가 의아한 듯 미간에 주름을 잡았다. "무슨 각오?"

"고다이 씨, 좋은 얘기를 하러 온 건 아닐 거야."

"그야 나도 알지. 아버지가 살해되었어. 좋은 얘기가 있을 리가 없잖니."

"그보다 더한 거야. 생각보다 훨씬 더 안 좋은 얘기. 눈앞이 피잉돌 만큼."

아야코의 얼굴이 굳었다. 그것을 보고 죄송하다고 생각했다. 이런 식으로 말하고 싶었던 건 아니었다. 하지만 어머니도 이제 곧 알아야 할 일인 것이다.

"미레이, 뭔가 알고 있니? 얘, 어서 말해봐."

"내가 말하지 않아도 고다이 씨가 곧 알려줄 거야." 미레이는 침대에서 내려와 창문 앞에 섰다. 레이스 커튼을 걷자 유리창에 자신의 어두운 얼굴이 비쳤다.

아야코는 아무 말 없이 자리를 떴다. 계단을 내려가는 발소리가 음울하게 들렸다.

미레이는 작은 테이블 앞에 앉아 내던져둔 화장품 파우치를 끌어왔다.

문득 구라키 가즈마가 머릿속에 떠올랐다. 그는 지금 뭘 하고 있을까. 어떤 생각을 하고 있고, 내일은 또 무엇을 할 생각일까.

도코나메에서의 일이 되살아났다. 그런 곳까지 찾아갔던 게 잘못이었을까. 굳이 알지 않아도 될 일을 알아버린 걸까.

생각하고 싶지 않은데 생각이 나버린다. 불길한 스토리가 만들어져가는 것을 애써 멈추려고 해도 그런 노력과는 반대로 더욱더 확실한 형태가 점점 드러난다.

지나친 생각이었으면 좋겠다. 뭔가 잘못된 것이었으면 좋겠다.

고다이가 찾아온 건 전혀 다른 용건 때문이었으면 좋겠다.

하지만 아마도 그건 무리한 바람이리라. 거울을 마주하고 립스틱을 바르면서, 각오를 해야 하는 건 나도 마찬가지라고 미레이는 생각했다.

거실로 내려가자 소파에 앉아 있던 고다이가 몸을 일으키며 인사를 건넸다. 정장 차림에 넥타이를 매고 있었다. 전에 만났을 때와 별반 다를 바 없는 옷차림인데도 제대로 갖춰 입은 것처럼 보이는 것은 표정이 굳어 있기 때문이다. 미레이가 자리에 앉자 고다이도 앉았다.

"너도 홍차 줄까?" 아야코가 곁에서 물었다.

"아니." 미레이는 퉁명스럽게 대답하고, 고다이를 보았다. "용건을 말씀해주세요."

네, 라고 고다이는 두 손을 무릎 위에 얹었다.

"우선 양해를 구해야겠는데요. 오늘 말씀드리는 것은 정식으로 허락받은 건 아닙니다. 당분간 유족에게는 알리지 않는 게 좋겠다는 의견도 있었어요. 하지만 앞으로의 일을 생각하면 현시점에 밝혀진 것만이라도 한시바삐 알려드리는 게 두 분을 위해 좋겠다는 제 판단에 따라 이렇게 찾아왔습니다. 그래서 지금부터 말씀드리는 것은 어디까지나 비공식입니다. 두 분께 외부 발설 금지를 부탁드리고 싶은데, 괜찮겠습니까?"

미레이는 아야코를 보았다. 둘이서 고개를 끄덕인 뒤 "약속합니다"라고 말했다.

고맙습니다, 라고 고다이는 머리를 숙였다.

"결론부터 말씀드리겠습니다. 시라이시 겐스케 씨가 살해된 사건에서 새로운 용의자가 나왔습니다. 현재 구류 중인 구라키 피고인의 범행일 가능성은 지극히 낮아서 기소가 곧 취하되고 구라키 피고인은 석방될 것으로 보입니다."

저런, 이라고 아야코가 작은 비명을 냈다. "그게 무슨 말씀이세요?"

"방금 말씀드린 그대로입니다. 새로 진범으로 떠오른 인물의 진술은 타당성이 있고 이미 몇 가지 진위 확인 수사도 끝났습니다. 구라키 피고인의 진술보다 설득력이 있어서 사실대로 얘기하는 것으로 보입니다."

"대체 누굽니까, 그게?" 아야코가 강한 말투로 물었다.

"죄송하지만, 그건 아직 말씀드릴 수 없습니다."

"알려주세요. 아무한테도 말 안 할 테니까."

"죄송합니다. 때가 되면 반드시 말씀드리겠습니다."

"아니, 그래도…… 이건 이해할 수가 없는 일이죠."

엄마, 라고 미레이가 말했다. "잠깐만, 조용히."

아야코가 흠칫 놀란 듯 눈이 둥그레졌다.

미레이는 고다이 쪽을 향했다.

"그 얘기뿐인가요? 우리에게 따로 할 얘기가 있는 건 아니고요?"

고다이는 진지한 눈빛으로 미레이를 마주 보았다.

"네, 그 밖에도 할 말이 있습니다."

"그러실 거 같아요. 오히려 그 얘기가 더 중요하겠죠. 범인이 누구냐는 것보다." 동요했는데도 왠지 유창하게 말이 흘러나왔다.

"미레이, 그게 무슨 소리니?"

"동기는 뭐였어요?" 아야코의 질문은 못 들은 척하고 미레이는 고다이에게 물었다. "그 범인이 아버지를 죽인 이유 말이에요. 어떻게 얘기하고 있죠?"

고다이가 반응을 살피는 듯한 눈빛으로 미레이를 보며 말했다. "뭔가 아시는군요?"

"알고 있어요, 아버지의 과거. 30여 년 전 아이치현에서 일어난 사건에 아버지가 관여했다는 거. 그렇죠?"

곁에서 아야코가 흠칫 놀라는 기척이 있었다.

"어떻게 그걸?" 고다이가 물었다.

"설명하려면 얘기가 길어질 것 같네요. 실은 며칠 전에 아이치현 도코나메에 다녀왔어요."

"도코나메?" 고다이가 의아한 듯 미간을 좁혔다. 그쪽 일은 아직 모르는 모양이다.

"아버지의 할머니가 사시던 곳이에요. 거기서 이런저런 얘기를 듣고 왔습니다. 하지만 예전의 그 사건과 관계가 있다는 것만 알았을 뿐, 구체적으로 아버지가 어떻게 했는지는 모르겠어요. 하지만 상상은 했어요. 그 상상이 제발 빗나가기를 빌고 있는데, 어떻게 될지……. 아마 그 대답을 고다이 씨가 들고 오신 것 같은데, 맞나요?"

고다이는 미레이의 얼굴을 지그시 바라본 뒤에 네, 라고 고개를 끄덕였다. "그렇습니다."

"얘기하세요, 각오는 되어 있으니까."

고다이는 고개를 끄덕이고 호흡을 가다듬듯이 가슴을 폈다.

"우선 조금 전의 질문부터 대답해야겠군요. 진범이 얘기한 동기는
복수입니다. 시라이시 변호사 때문에 자신을 포함해 가족이 불행해
졌다, 그래서 그 억울함을 풀기 위해 살해했다, 그렇게 말하고 있습
니다."

"어째서 우리 아버지 때문에 불행해졌다는 건가요?" 이미 답을 알
고 있는데도 미레이는 굳이 확인했다.

"30여 년 전, 미레이 씨가 방금 말했던 그 사건, '히가시오카자키
역 앞 금융업자 살해 사건'의 범인으로 한 사람이 체포됐습니다. 그
는 무죄를 주장하며 경찰서 유치장 안에서 자살했어요. 그리고 그
사건의 범인이 자신이라고 구라키 피고인이 자백했던 것은 이미 알
고 계시지요? 하지만 이번에 시라이시 겐스케 씨를 살해한 진범으
로 밝혀진 자의 말에 따르면, 그건 구라키 피고인의 거짓말이고 예
전 사건의 범인은 시라이시 변호사다, 그걸 알고 있었기 때문에 복
수했다고 합니다."

고다이의 입에서 단숨에 흘러나온 말 한 마디 한 마디가 늪에 던
져진 돌멩이처럼 차례차례 미레이의 가슴속에 가라앉았다. 그때마
다 뭔가를 하나하나 잃어가는 느낌이 들었지만 이상하게도 고통스
럽지는 않았다.

마침내 진실에 가닿았다. 이제 더 이상 길을 헤맬 일은 없다. 어디
에도 갈 필요가 없고, 애써 찾아내야 할 것도 없다. 그건 마치 성취

감 같은 감정이어서 체념이 편안함으로 바뀌는 듯한 기묘한 감각을 맛보았다.

46

석방이 결정된 구라키 다쓰로가 구치소에서 나오기를 기다려 고다이는 임의동행을 청했다. 구라키는 거부하지 않고 온화한 표정으로 경찰이 준비한 차량에 올랐다. 짐은 작은 여행가방 하나뿐이었다.

더 이상 피고인도 아니고 피의자도 아니다. 죄를 대신 덮어쓰고 범인인 척한 것은 범인 은피에 해당되지만 그걸로 체포하느냐 마느냐는 아직 정해지지 않았다. 구라키를 뒷좌석 한가운데 앉히고 형사 둘이 양쪽에 붙어 앉는 일도 없이 고다이 혼자만 옆에 앉았다.

"그동안 큰 폐를 끼쳤습니다." 차가 출발하고 잠시 뒤, 구라키가 사과했다.

"이제 사실대로 얘기해주실 거지요?" 고다이가 물었다.

구라키는 한숨을 내쉬며 창밖으로 시선을 던졌다. "뭐, 이제는 어쩔 수 없지요."

지난 수개월 동안, 상당히 여위었다. 하지만 안색은 나쁘지 않다. 체념을 껴안고 저 멀리를 바라보는 옆얼굴은 모든 것을 깨친 사람만이 가진 분위기에 감싸여 있었다.

차가 경시청 본부 청사에 도착했다. 조사는 이곳에서 하기로 되어 있다. 자신이 직접 물어보겠다고 사쿠라카와가 말했기 때문이다. 다만 고다이의 동석도 허락해주었다.

"자, 어디서부터 얘기를 들어볼까요." 취조실에서 마주하자 사쿠라카와가 말했다.

구라키는 쓴웃음을 지으며 고개를 갸우뚱했다. "어디서부터 얘기해야 좋을지……."

고다이, 라고 사쿠라카와가 얼굴을 이쪽으로 향했다. "자네는 어디서부터 듣고 싶어?"

"물론 옛날 사건부터 들어야겠죠." 고다이는 즉각 답했다.

사쿠라카와가 구라키를 보았다. "그걸로, 어떻습니까?"

구라키는 말없이 눈꺼풀을 감더니 잠시 뒤에 다시 눈을 떴다.

"역시 거기서부터 말할 수밖에 없겠군요. 그런데 상당히 긴 얘기가 될 겁니다."

"괜찮습니다. 지금 이 순간을 기다려왔으니까요. 얼마든지 함께해드리죠. 어때, 고다이, 자네도 그렇게 생각하지?"

"예, 부탁드립니다." 고다이는 머리를 숙였다.

이윽고 구라키의 이야기가 시작되었다.

1984년 5월.

그때 막 서른세 살이 된 구라키는 하루하루가 즐거웠다. 석 달 전에 큰아들 가즈마가 태어났기 때문이다. 아내 지사토와 결혼한 게 그 2년 전이니까 내내 기다리던 아기였다. 지사토는 구라키보다 한 살이 많아서 나이로 봐도 슬슬 마음이 급해지던 참의 임신이었다.

구라키가 근무하던 부품공장은 대기업 자동차회사의 자회사로 사원은 1천 명 정도였다. 사원 대부분이 기계공이고 구라키도 선반이며 절삭기를 다루는 부서에 있었다.

자동차 산업은 호조를 보여서 일은 늘 바빴다. 주휴 2일이라고 해도 토요일에 쉬는 경우는 한 달에 한두 번이었다. 잔업도 많았다. 하지만 그만큼 수당이 많아져서 새 가족이 생긴 구라키로서는 환영할 일이었다.

공장에는 자차로 출퇴근을 했다. 모회사가 판매하는 세단이었다. 중고였지만 승차감은 나쁘지 않았다. 다만 세차를 하지 못해 하얀 차체에 항상 흙먼지가 줄을 그리고 있었다.

그날 아침에도 평소처럼 지사토와 가즈마의 배웅을 받으며 차에 올랐다. 연립주택이지만 이제 곧 내 집을 마련할 계획을 갖고 있었다. 주택 재형저축은 입사 때부터 계속 넣어서 나름대로 착착 쌓여 있었다.

편도 1차선 도로는 붐비는 편이다. 앞쪽으로 오르막이 보였다. 그곳을 넘어서면 정체된 차들이 길게 꼬리를 물고 있는 게 보일 터였다. 그 앞 사거리의 빨간 신호가 긴 것이다.

좌측 갓길을 자전거로 달려가는 남자가 있었다. 검은 양복자락이 펄럭거렸다. 오르막인데 힘들겠다, 라고 생각하며 구라키는 그 자전거를 앞서갔다. 곁눈으로 남자를 보니 뭔가 언짢은 듯 얼굴을 찌푸리고 있었다.

언덕 위로 올라서자 역시 차들이 줄을 선 게 보였다. 구라키는 잠깐 망설이다가 옆길로 빠지기로 했다. 언덕을 내려선 참에 왼편으로 작은 길이 있다. 한참 돌아가게 되지만 시간적으로는 더 빨리 공장에 도착할 수 있는 샛길이다.

이제 곧 언덕이 끝난다 하는 타이밍을 노려 차를 왼편으로 붙였을 때였다. 뭔가가 구라키의 왼쪽 시야 끝에 들어왔다. 그리고 그 직후, 차 바로 옆에서 쓰러졌다. 사람이라는 건 알았다. 접촉 사고구나, 라고 생각했다.

급히 차를 갓길에 세우고 운전석에서 뛰쳐나갔다.

쓰러진 것은 조금 전 자전거를 타던 그 남자였다. 얼굴을 찌푸리며 허리춤을 붙잡고 있었다.

"괜찮습니까?" 구라키가 물었다. "어디 다치신 데는⋯⋯."

남자가 몸을 웅크린 채 입가를 틀며 중얼거렸다. 잘 들리지 않아서 구라키는 얼굴을 바짝 댔다. "네, 뭐라고요?"

"아프다고!" 남자가 버럭 소리를 질렀다.

"앗, 죄송합니다."

구라키가 사과하자 남자는 비어 있는 오른손을 내밀었다. "명함."

"예?"

"명함 말이야. 직장이 있으면 갖고 있을 거 아냐. 아, 그리고 면허증."

얼른 내놓으라는 듯이 남자는 손바닥을 까딱거렸다.

구라키는 지갑에서 명함과 면허증을 꺼내 남자에게 내보였다. 남자는 양쪽을 번갈아 쳐다보더니 안주머니에서 볼펜을 꺼냈다.

"명함 뒤에 집 주소와 전화번호."

"제 주소 말입니까?"

"당연하지. 뭘 물어?" 퉁명스럽게 남자가 말했다.

하라는 대로 명함 뒤에 주소와 전화번호를 적었다. 남자는 낚아채 듯이 가져가 곧장 확인했다. "아파트야? 아니면 연립?"

주소에 호실이 딸려 있기 때문일 것이다. 연립입니다, 라고 구라 키가 대답하자 남자는 한심하다는 얼굴을 했다. 가난뱅이냐, 라고 실망한 것인지도 모른다.

"경찰에 전화하고 오겠습니다. 그리고 구급차도 부를게요."

남자는 못마땅한 얼굴로 슬쩍 턱을 당겼다. 알았다는 뜻인 모양이 다.

수십 미터 떨어진 곳에 공중전화 박스가 있었다. 거기서 119와 110[*]에 걸었다. 당황한 탓에 상황을 전달하는 데 시간이 걸렸다. 그 다음에는 회사에 전화해 몸이 안 좋아서 오늘은 쉬겠다고 사무직원 에게 전했다. 다행히 미심쩍어하는 것 같지는 않았다.

전화를 끊고 현장으로 돌아가자 남자는 땅바닥에 양반다리를 틀 고 앉아 담배를 피우고 있었다. 자전거 짐칸에 묶어두었던 가방을 옆에 챙겨놓았다.

"정말 죄송합니다." 구라키는 다시금 사과했다.

남자는 말없이 가방에 손을 넣어 뭔가를 꺼냈다. 명함이었다.

구라키는 받아 들고 들여다보았다. '그린 상점 사장 하이타니 쇼 조'라고 적혀 있었다.

"미치겠네." 혼잣말처럼 하이타니가 중얼거렸다. "오늘 여기저기 돌아볼 곳이 많은데 왜 내가 이런 봉변을 당해야 하냐고."

---

* 일본 경찰 긴급신고번호.

"죄송합니다." 구라키는 머리를 숙였다.

"거기 적힌 번호로 전화 좀 해줘. 젊은 녀석이 받을 테니까 사고 났다고 얘기하고 오전 일정 취소하라고 해."

"알겠습니다." 명함을 손에 들고 발길을 돌렸다.

다시 전화박스까지 달려가 명함의 번호에 전화를 걸었다. 그린 상점입니다, 라고 대답하는 목소리는 아닌 게 아니라 젊은 남자의 것이었다.

하이타니가 지시했던 대로 전하자 상대는 역시나 놀란 기색으로 물었다. "사고라니, 얼마나 큰 사고예요? 혹시 중상?"

"아니, 얘기도 하고 담배도 피우고, 그리 많이 다치지는 않으신 것 같은데."

구라키의 말에 "아, 그래요?"라는 김빠진 듯한 답이 돌아왔다. 이걸 어떻게 해석해야 할지 알 수 없는 채로 구라키는 통화를 끝냈다.

전화박스를 나왔을 때, 구급차 사이렌 소리가 들렸다.

구급대원들은 하이타니의 부상이 경상이라는 것을 알고는 안도했다기보다 겨우 이 정도 일로 불러냈냐고 짜증이 난 것처럼 보였다. 그래도 둘이서 하이타니를 구급차에 싣고 다시 사이렌을 울리며 달려갔다. 자전거는 나중에 구라키가 하이타니의 사무실에 가져다 주기로 약속하고 열쇠를 받았다.

이어서 경찰차가 도착해 현장 검증이 시작되었다.

상황을 묻는 교통과 경관에게 구라키는 가능한 한 상세하게 설명했다. 가능한 한, 이라는 것은 구라키 자신이 파악하는 한, 이라는 뜻이다. 실은 구라키도 뭐가 어떻게 됐는지 잘 알지 못했다.

현장 검증은 세 명의 경관이 맡았다. 그들은 도로와 구라키의 차, 그리고 남겨진 자전거를 찬찬히 관찰했지만, 전원의 얼굴에 당혹스러운 기색이 있었다. 몇 번이나 고개를 갸웃거렸다.

나중에 연락한다는 말을 듣고 구라키는 풀려났다. 경찰서에 끌려가는가 하고 내심 걱정했지만 그렇지는 않은 모양이었다.

차를 운전해 집으로 돌아갔다. 눈이 둥그레진 지사토에게 사고가 났다고 털어놓았다. 얘기를 듣자마자 그녀는 얼굴이 새파래졌다. "그, 그래서 이제 어떻게 되는 거야?"

"모르겠어. 상대의 부상에 따라 다르겠지. 그리 크게 다치지는 않은 것 같아."

"회사에는 얘기했어?"

"아니, 안 했어. 가능하면 비밀로 하려고."

"응, 그래야겠지?"

모회사가 자동차회사라는 것도 있어서 구라키의 회사는 사원의 교통위반이나 사고에 민감했다. 보고하면 반드시 인사과에 전달되고 사정평가에 영향을 끼칠 것이다. 이따금 게시판에 사고 내용을 붙여놓기도 하는 것이다. 이니셜만 적혀 있지만 누군지 금세 알게된다.

구라키는 연립 주차장에 차를 두고 택시를 불러 현장으로 다시 돌아갔다. 하이타니의 자전거를 가져오기 위해서였다.

자전거를 타고 남자가 건네준 명함의 주소지로 갔다. 역 앞에 있는 건물인 모양이다. 중간에 화과자점이 눈에 띄어서 얼른 들어가 모나카 종합세트를 샀다.

건물에 가보니 생각했던 것보다 허름해서 외벽 페인트가 군데군데 벗겨져 있었다.

'그린 상점'은 2층이었다. 자전거를 인도 옆에 세우고 계단을 올라갔다.

녹이 슨 문짝에 '그린 상점'이라고 적힌 명패가 붙어 있었다.

인터폰이 있길래 눌러보았다. 안에서 차임벨 소리가 울렸다.

문이 열리고 젊은 남자가 얼굴을 내밀었다. 셔츠에 청바지의 털털한 차림이었다.

구라키는 이름을 밝히고 사고를 낸 사람이라고 설명했다.

"아, 예에, 아까 사장한테서 전화 왔었어요. 곧 이쪽으로 올 거 같은데."

"그럼 여기서 기다려도 될까?"

젊은이는 음, 하고 고개를 갸우뚱하더니 "될걸요?"라고 대답했다. 자신은 허락해줄 권리가 없다는 말투였다.

"그럼 잠시만." 구라키는 안으로 들어갔다. 사무실 넓이는 다섯 평 남짓할까. 한가운데 큼직한 테이블이 있고 그 위에 박스, 서류, 병 등의 기구 같은 게 잡다하게 올라와 있었다. 주위에 줄을 맞춰 서 있는 선반에도 물건이며 서류가 가득 쌓였다.

젊은이는 창가의 책상 앞에 앉아 만화잡지를 읽기 시작했다. 책상 위에는 전화와 팩스가 있었다.

파이프 의자가 눈에 띄길래 구라키는 거기에 앉았다.

"하이타니 씨는 좀 어때, 많이 아픈 것 같아?"

구라키의 물음에 젊은이는 만화잡지에서 눈을 떼는 일도 없이 글쎄요, 라고 무심한 대답을 할 뿐이었다.

구라키는 새삼 사무실 안을 둘러보았다. 뭘 생업으로 하는 회사인지 알 수 없었다. 사원은 이 젊은이 한 명뿐인가. 그렇다 쳐도 사원다운 옷차림이 아니다.

책상 위의 전화가 울렸다. 젊은이가 수화기를 들었다.

"그린 상점입니다. ……죄송합니다, 사장님이 지금 외출 중이라서요. ……다나카 씨라고요. 네, 항상 감사합니다. ……그 건이시라면 나중에 하이타니 사장이 연락드리도록 하겠습니다. ……예, 예, 알겠습니다. 꼭 전하겠습니다. 앞으로도 잘 부탁드립니다. 그럼 이만 실례합니다." 만화잡지를 손에 든 채 늘어져 앉은 자세로 젊은이는 대답했다. 말 자체는 공손하지만 책을 줄줄 읽는 듯한 말투여서 성의라고는 하나도 전해질 것 같지 않았다.

수화기를 내려놓더니 젊은이는 다시 만화에 열중하기 시작했다.

절커덕 소리가 나고 현관문이 열렸다. 하이타니의 모습을 보고 구라키는 자리에서 일어섰다.

"어, 왔어?" 하이타니는 미간에 주름을 잡고 들어왔다. 오른쪽 다리를 절룩거렸다. "하아, 아파 죽겠네. 이게 뭔 횡액인지 모르겠다."

"죄송합니다." 구라키는 머리를 숙였다. "다치신 데는 좀 어떻습니까?"

"어떠냐니, 보면 알 거 아냐. 똑바로 걸을 수가 있어야 말이지. 전치 3개월이야, 3개월. 의사가 당분간 안정을 취하래. 이것 참, 대체 어쩔 거야?"

"뼈에는 이상이 없었던 거지요?"

"뼈만 안 부러지면 괜찮은 줄 알아? 실제로 이 고생을 하고 있는데?"

"아, 죄송합니다."

하이타니는 다리를 절룩거리며 젊은이 쪽으로 다가가더니 "누구 전화 온 사람 없어?"라고 물었다.

"방금 전에. 다나카라는 사람. 할배 목소리."

"다나카 씨? 알았어. 아, 오늘은 그만 가봐."

"진짜?" 젊은이는 잽싸게 일어서더니 만화잡지를 손에 든 채 구라키 옆을 지나 사무실을 나갔다.

하이타니는 젊은이가 앉았던 의자에 털썩 앉더니 전화를 자기 앞으로 끌어당겼다. 가방에서 꺼낸 수첩을 펼쳐놓고 수화기를 들고는 어딘가에 전화를 걸기 시작했다.

"여보세요, 다나카 씨? 네네, 하이타니입니다. 전화 주셨다면서요, 죄송합니다." 여태까지와는 전혀 딴사람처럼 하이타니는 상냥한 목소리로 말했다. "아, 예에, 그 건이신 줄 알았습니다. 실은 그 일로 그쪽과 얘기를 하고 온 참이에요. ……네에, 목표하신 대로 순조롭게 가격이 올라가고 있답니다. ……네네, 물론이지요. ……네에, 그러니까요, 지난번에도 말씀드렸다시피 기일까지는 해약이 안 되는 상품이에요. ……그렇죠, 역시 조금 기다려주셔야 할 거예요. 그래야 수익도 더 높아지죠. ……바로 그겁니다. 자, 그러면 그렇게 이해해주시면 감사하겠습니다. 이렇게 연락 주셔서 고맙습니다. 앞으로도 잘 부탁드립니다. 네, 그럼, 네, 건강하십시오."

수화기를 내려놓은 뒤, 하이타니는 잔뜩 찌푸린 얼굴로 수첩에 뭔

가 써넣더니 한숨을 내쉬었다. 뒷목을 주물주물 주무르면서 구라키
쪽을 향했다.

"그나저나 어떻게 할 거야?" 조금 전까지의 통명스러운 말투로 돌
아왔다.

"……진단서는 어떻게 나왔습니까?"

"진단서? 응, 뭐라고 어려운 얘기를 줄줄 써놨더라고. 그걸 어디에
뒀더라." 하이타니는 상의 호주머니며 가방 속을 뒤져보더니 큰 소
리로 혀를 끌끌 찼다. "대체 어디 둔 거야. 뭐, 됐고, 우선 오늘 치료
비부터 내줬으면 좋겠는데."

"네, 그건 물론." 중요한 진단서를 왜 잃어버렸다는 것인지 의아하
게 생각하면서 구라키는 지갑을 꺼내 들었다. "영수증은 있습니까?"

"글쎄 진단서하고 같이 영수증도 사라져버렸어. 나중에 찾아줄 테
니까 일단 치료비부터 줘. 3만 엔이 넘었어."

"3만 엔이라고요?"

뭐에 그렇게 많이 들었는지 따져보고 싶은 기분이었다.

"당신, 자동차 보험 들었잖아. 어차피 돈 나올 텐데 뭘 걱정이야?"

"아뇨, 그게 보험 적용을 안 할 수도 있어서……."

"그래? 그거야 당신 사정이지. 나는 당신이 치료비 안 주면 괴로
워진다고. 인신사고를 내놓고 치료비 내는 걸 미적거린다는 얘기,
난 들어본 적이 없어."

"아니, 절대 그런 건 아니고요. 다만 지금 가진 돈이 없어서……."

하이타니의 얼굴이 구겨졌다. "얼마 있는데?"

구라키는 지갑을 열었다. 2만 몇천 엔뿐이다. 큰돈을 들고 다니는

습관은 없다. 현금카드는 아내 지사토가 갖고 있다.

그런 얘기를 하자 하이타니는 답답하다는 듯이 한숨을 내쉬었다. "별수 없네, 2만 엔만 받을게."

구라키는 만 엔짜리 지폐 두 장을 내밀었다. 하이타니는 그걸 낡아채 안주머니에 찔러 넣었다.

"저기……."

"뭐?"

"부족한 건 다음에 드릴 테니까 우선 2만 엔 인수증이라도 써주시면 안 될까요?"

하이타니가 눈을 뒤집었다. "내가 안 받았다고 잡아떼기라도 할까봐?"

"그건 아니지만, 정확히 해두는 게 좋을 것 같아서요."

"잡아뗄 일 없으니까 걱정 마. 그보다 앞으로 어떻게 할지, 그거나 얘기해보자. 내가요, 고객을 한 분 한 분 찾아다니는 게 일이야. 근데 몸뚱이가 이러니 어떻게 해볼 수가 없잖아. 대체 어쩔 거야?"

"……죄송합니다." 거듭 머리를 숙이는 수밖에 없었다.

"우선 집에서 여기까지 발이 필요해. 자전거도 당분간 못 타고 뭔가 대책을 세워야지."

하이타니에 의하면 자택은 이 사무실에서 3킬로미터 거리였다.

"택시를 타고 싶은데 불러봤자 냉큼 오지도 않고 길에 빈 차도 없고, 어휴, 이걸 어떡하나." 그렇게 말하면서 하이타니는 지갑에서 명함을 꺼냈다. 구라키의 명함이었다. 그가 뒷면에 적어준 집 주소를 지그시 들여다보다가 이윽고 입을 열었다. "당신 회사, 아침 몇 시까지야?"

"출근요? 9시까지인데요."

"그래? 그러면 딱 좋네. 7시 반에 우리 집으로 와. 그래서 나를 태우고 이 사무실까지 데려다줘. 그러고 회사에 가면 시간이 딱 맞잖아?" 구라키의 명함을 책상 위에 휙 던지면서 "그렇게 하자, 그게 좋아"라고 혼자서 정해버렸다.

"……아침마다, 매일?"

"그렇지. 당신이 힘들면 다른 사람을 시키든지."

구라키는 재빨리 생각을 굴렸다. 그런 일을 대신 해줄 사람은 없다. 7시에 집을 나서면 어떻게든 될 것 같았다.

"알겠습니다. 내일부터요?"

"집에서 여기 사무실에 오는 건 내일부터 하자고."

하이타니는 옆의 메모장에 뭔가 쓱쓱 쓰더니 이거, 라면서 내밀었다. 주소와 전화번호가 적혀 있었다. 하이타니의 자택인 모양이다.

"퇴근하는 건 오늘부터 해줘. 이따가 6시까지 오면 돼."

"아, 잠깐만요. 오늘은 회사를 쉬었으니까 저녁에 올 수 있지만, 평소에는 거의 매일 잔업이에요. 8시로 해주시면 안 될까요?"

"8시? 난 그 시간까지 여기서 뭐 하라고?"

"그럼 최소한 7시로. 부탁드립니다." 구라키는 깊숙이 허리를 꺾었다.

하이타니는 큰 한숨을 내쉬었다.

"별수 없네. 그럼 7시로 하자고. 그 대신 늦으면 안 돼."

"알겠습니다. 명심하겠습니다."

하이타니는 의자에 몸을 비스듬히 기대고 팔짱을 낀 채 구라키를 올려다보았다.

"우선 그 정도로 하고……. 손해배상에 대해서는 좀 더 생각해볼게. 그리고 계속 병원에 다닐 거야. 치료비는 그때그때 청구할 테니까 그렇게 알아. 지갑에 돈, 제대로 넣고 다니라고."

"네……."

구라키의 가슴속에 검은 안개가 뭉클뭉클 퍼져갔다. 뭐든 시키는 대로 했다가는 결국 엄청 뜯기는 거 아닐까. 하지만 지금 시점에서는 대항할 만한 무기가 없었다.

구라키는 선물을 들고 온 게 생각났다. 모나카 종합세트다.

"괜찮으시면 이거……." 머뭇머뭇 내밀었다.

"과자야? 난 단것은 별로지만 뭐, 고마워. 거기 어디다 놔둬. 아, 다음에는 술이 좋은데, 위스키라든가."

당장 오늘 저녁에라도 가져오라는 뜻인가 하고 생각했을 때, 현관 차임벨이 울렸다.

"이 시간에 누구야? 거기, 문 좀 열어줘."

하이타니의 말에 구라키는 문을 열었다. 점퍼를 걸친, 아직 학생인 듯한 젊은 남자가 서 있었다. 그는 구라키를 보자 꾸벅 인사를 하고 "하이타니 씨 계십니까?"라고 물었다.

"아, 하이타니는 난데, 누구?" 구라키의 등 뒤에서 하이타니의 목소리가 날아왔다.

"저는 시라이시라고 합니다. 니미 히데 씨의 손자예요."

"니미 히데 씨……. 아, 그 할머님? 건강하게 잘 지내십니까. 요즘 한참 못 뵈었는데 말이지요." 하이타니의 말투는 젊은 남자를 대하는 것치고는 공손했다.

"그럭저럭 잘 지내시는데, 좀 물어볼 게 있어서 상담을 하러 왔습니다. 할머니가 다리가 안 좋아서 바깥출입도 힘들고, 어려운 얘기는 잘 모른다고 하셔서."

"저런, 내가 그렇게 어려운 말씀을 드린 기억은 없는데?" 하이타니의 말투는 여전히 부드러웠다. 구라키를 대할 때와는 사뭇 다르다.

시라이시라는 청년이 사무실 안으로 들어왔다.

"할머니에게 얘기 들었습니다. 하이타니 씨의 추천으로 투자를 시작하셨다고요."

"아, 그거? 추천을 했다고 할까, 나한테 상담을 하시길래 요즘은 이런저런 것도 있습니다, 라고 소개를 했지. 근데 그게 무슨 문제라도?"

"할머니 말씀으로는 먼저 상담을 청한 게 아니라 은행 예금만으로는 안 된다고 강하게 추천하셨다던데요?"

"그건 듣는 쪽에서 어떻게 받아들이느냐에 따라 다르지. 이런저런 세상 얘기를 하던 차에 할머님이 노후 문제를 걱정하시는 것 같아서 돈을 불리려면 이러저러한 방법이 있습니다, 라고 알려드린 것뿐이야."

하이타니의 설명을 듣고서도 청년이 납득하는 기색은 없었다.

"할머니는 생각해보겠다고만 했는데 당장 다음 날에 낯선 사람들을 데려와서 이것저것 계약하게 했다고 얘기하셨어요."

"그러니까 그건 해석을 어떻게 하느냐에 따라 다르다고 말했잖아. 계약하게 했다니, 말씀이 좀 지나치시네. 나는 그냥 친절한 마음에서 알려드린 건데."

청년은 화가 치민 듯 표정이 험해져서 고개를 저었다.

"네, 그러시다면 그건 됐고요. 어쨌든 할머니가 계약했던 거, 전부 해약하고 싶습니다."

"해약?" 하이타니가 미간에 주름을 새겼다. "뭔 소리야, 그게?"

"돈을 돌려달라는 얘깁니다. 할머니가 받았다는 증권들은 가져왔어요." 젊은이는 안고 있던 가방에서 대형 봉투를 꺼냈다. "골프 회원권 보관증, 그리고 레저 회원권과 회원제 리조트 권리증, 총액 2천 8백만 엔입니다."

그의 얘기를 옆에서 듣고 있다가 너무 큰 액수에 구라키는 눈이 휘둥그레졌다.

"해약하고 싶다면 각각 그 회사에 얘기해요. 담당자 명함은 할머님이 갖고 계실 테니까."

"물론 전화를 했죠. 그런데 규정상 지금 당장은 해약해줄 수 없다는 거예요."

"그렇다면 어쩔 수 없네. 해약 가능한 기일까지 기다리셔야지."

"할머니는 언제든지 해약할 수 있다는 말을 들었다고 하셨어요. 하이타니 씨에게서."

"어라? 나는 그런 얘기 안 했지. 그냥 각 회사의 담당자를 소개했을 뿐이야."

"곤란한 일이 있으면 언제든 얘기하라고 하셨다면서요."

"그런 말씀이야 드렸지. 근데 무슨 곤란한 일이 있어?"

"전부 해약하고 싶다니까요. 돈을 돌려주세요."

"아니, 글쎄." 하이타니가 책상을 내리쳤다. "형씨, 이거 알아? 그건 각 회사와 형씨 할머님의 문제지, 나는 관계없어. 나는 소개만 했다니까? 계약 내용에 불만이 있으면 직접 그쪽에 얘기하라고. 자자, 내가 좀 바쁘니까 그만 가주셔, 가시라고." 오른손으로 탈탈 털어내는 시늉을 했다.

"그래도……."

"그만 가라고!" 하이타니가 자리에서 벌떡 일어서려다가 "으, 아파라" 하고 얼굴을 찌푸렸다. 그 얼굴로 구라키 쪽을 쳐다보았다. "뭘 멍하니 쳐다보고 있어? 얼른 쫓아내."

왜 내가, 라고 구라키는 당혹스러웠지만 상황상 거절하기가 어려웠다. 어쩔 수 없이 "그만 가시죠"라고 청년 앞을 가로막고 섰다.

청년은 분통이 터지는지 입술을 깨물며 구라키를 노려본 뒤, 발길을 돌려 밖으로 나갔다.

문이 닫히는 것을 지켜보고 구라키는 뒤돌아섰다. 하이타니와 눈이 마주쳤다.

"뭐야, 그 얼굴은?" 하이타니가 입가를 삐뚜름하게 틀고 말했다. "왜, 불만 있어?"

"아뇨, 그건 아니고……." 구라키는 눈을 돌렸다.

"내가 영 속이 안 좋아. 오늘은 일찍 집에 가야겠어. 5시야. 5시에 여기로 오라고."

"알겠습니다. 그럼 실례합니다."

구라키는 하이타니 쪽은 쳐다보지 않고 머리만 숙인 뒤 문을 열고 사무실을 나왔다.

집에 돌아와 지사토에게 사정을 얘기하자 그녀는 불안한 듯 미간을 좁혔다.

"뭐야, 그 사람? 무슨 수상한 일을 하는 사람인가?"

"하는 일도 수상하고, 아주 교활한 것 같아. 진단서를 안 보여주는 것도 이상하고. 하필 그런 이상한 사람하고 엮여버렸네." 그렇게 말하고 구라키는 옆에서 편안한 얼굴로 잠이 든 가즈마의 뺨을 쓰다듬었다. 평화롭고 행복이 가득한 나날에 느닷없이 검은 구름이 자욱하게 드리웠다.

"보험회사에는 연락했어?"

"아니, 그게⋯⋯."

구라키는 가능하면 자동차 보험은 쓰고 싶지 않았다. 가입한 보험회사는 직장에서 알선해준 곳이고 모회사의 계열사이기도 하다. 사원에게는 보험료를 할인해주는 혜택이 있는 것이다. 다만 보험을 적용했을 경우, 사고 내용이 반드시 모회사와 구라키가 일하는 자회사에 전달된다는 얘기가 있었다. 그걸 피하려고 경미한 사고의 경우에는 보험을 적용하지 않는 게 사원들 사이의 불문율이었다.

"하지만 그쪽이 비용을 너무 많이 청구하면 결국 보험을 쓸 수밖에 없잖아?"

"그건 그렇지. 하지만 겉으로 보기에 그리 큰 부상도 아니고, 그렇게까지 큰 비용이 나올 리는 없는데⋯⋯."

우선 경찰의 연락을 기다려보자, 라는 것으로 얘기는 끝이 났다.

5시까지는 시간이 있었지만 아무것도 할 마음이 나지 않았다. 멍하니 텔레비전을 보며 시간을 때웠다. 하지만 하나도 머릿속에 들어오지 않았다. 잠이 깬 가즈마가 팔다리를 바둥바둥하는 모습이 유일한 위안이었다.

5시 정각에 데리러 가자 하이타니가 이거, 라면서 가방을 내밀었다. 들고 가라는 뜻인 모양이다. 역시나 불끈 화가 났지만 구라키는 말없이 받아 들었다.

하이타니는 여전히 다리를 절룩거렸지만 그렇게 걷기 힘든 것처럼은 보이지 않았다. 병원의 진단 결과가 마음에 걸렸다.

"차가 왜 이렇게 너저분해? 가끔 세차도 좀 하지." 그렇게 말하고 문을 열더니 하이타니는 뒷좌석에 탔다.

"죄송합니다." 저절로 대답하고서야 왜 내가 사과를 하는 건가, 라고 구라키는 생각했다.

하이타니가 지시하는 대로 차를 운전했다. 15분 만에 하이타니의 집에 도착했다. 작고 오래된 단독주택으로, 모양새뿐인 마당은 있었지만 주차장은 없었다.

"내일 아침 7시 반이야. 늦지 말라고." 하이타니가 차에서 내렸다.

구라키는 변속 레버를 바꿨다. 차가 출발하기 전에 새삼 하이타니의 집을 돌아보았다. 창문에서 불빛이 새어 나오지 않는 걸 보면 혼자 사는지도 모른다.

내일부터 매일같이 와야 하는가 생각하니 우울해졌다. 대체 언제까지 계속해야 하는 건가.

휘휘 고개를 내젓고 차를 몰았다.

다음 날부터 구라키는 하이타니의 '발'이 되었다. 하라는 대로 아침 7시 반에 집에 데리러 가 사무실까지 태워주었다. 저녁 7시에는 사무실로 가서 하이타니를 태우고 집에 데려다주었다. 회사에는 아내가 몸이 아프다고 둘러대고 잔업 시간을 조정해달라고 했다.

그것뿐이라면 그나마 참는다지만 하이타니는 거의 날마다 돈을 요구했다. 택시비, 약값, 자전거 수리비 등의 명목이었다. 영수증은 써줬지만 모두 손으로 쓴 것이라서 신빙성이 없었다. 명백히 숫자 3을 8로 고쳐 쓴 것도 있었다. 하지만 증거가 없으니 불평을 할 수도 없었다.

게다가 걸핏하면 구라키의 회사에 전화를 걸어 그런 비용을 재촉하는 것이었다. 그러고는 불만 있으면 상사를 바꿔라, 라는 뜻의 말을 몇 번이나 입에 올렸다. 구라키가 회사에 사고를 감추려고 한다는 것을 알고, 사실대로 불어버리기 전에 시키는 대로 하라는 식으로 은근히 협박하는 것이다.

그렇게 며칠이 지났다. 퇴근 후 하이타니의 사무실에 갔더니 문 앞에 사람이 있었다. 지난번에 왔던 시라이시라는 청년이었다. 그쪽도 구라키를 기억한 모양이었다. 사장은 어디 갔습니까, 라고 물었다.

"안에 없어?" 구라키는 문을 가리켰다.

"잠겼어요. 아무도 없는 것 같은데요."

"그래?"

구라키는 손목시계를 보았다. 오후 7시까지는 아직 조금 시간이 있었다.

"열쇠, 갖고 계신 거 아니에요?" 청년이 구라키를 보며 물었다.

"아니, 나는 여기 직원이 아니라서."

"엇, 그래요?" 청년은 뜻밖이라는 얼굴을 했다. 지난번에 구라키가 하이타니의 지시를 따르는 것을 봤기 때문에 부하 직원이라고 생각했던 것이리라.

청년도 손목시계를 들여다보며 난감하네, 라고 중얼거렸다.

"뭔가 문제가 있는 것 같던데?" 구라키는 넌지시 물어보았다.

청년은 미심쩍은 눈빛으로 구라키를 쳐다보았다. "그쪽도 사장하고 거래를?"

"아니, 아니야." 구라키는 고개를 저었다. "교통사고를 냈어. 그래봤자 큰 사고도 아니지만 어쨌든 내가 가해자라서."

"아, 그런 거였군요." 청년의 눈에서 의심의 빛이 사라졌다.

"지난번에 듣기로는 학생 할머님이 뭔가 계약을 한 모양이지?"

청년은 한숨을 내쉬며 고개를 끄덕였다.

"할머니가 도코나메에서 혼자 사시는데, 오랜만에 가봤더니 골프 회원권 보관증이라는 게 있더라고요. 이게 뭐냐고 물어보니까 투자라는 거예요. 구입한 골프 회원권을 회사에 맡기면 운용을 해준다면서. 82세의 할머니가 그런 생각을 했을 리는 없고, 그래서 차근차근 물어봤죠. 그랬더니 누가 권해서 계약을 했대요. 레저 회원권에 회원제 리조트 권리증까지 계약을 했더라고요. 그걸 한 사람이 권유했고, 그 회사 직원들도 그 사람이 줄줄이 데려왔다는 거예요."

"그 권유한 사람이라는 게 하이타니 사장?"

"맞아요." 청년은 고개를 끄덕였다. "여기 사장, 전에 보험회사에

다녔답니다. 할머니 친구분이 돌아가셨을 때 생명보험을 자신이 처리해드렸다면서 찾아온 모양이에요. 말을 얼마나 잘했는지 할머니가 딱 믿고 맡긴 거예요. 오히려 친절하게 돌봐주는 사람이라고 칭찬을 하더라니까요. 하지만 누가 봐도 이건 수상쩍은 계약이잖아요."

구라키는 전화 응대를 하던 하이타니를 떠올렸다. 분명 부드럽고 공손한 말투여서 구라키를 대할 때와는 완전 딴판이었다.

"여기 사장, 믿을 만한 사람은 아닌 거 같아. 교활한 데다 돈 문제도 복잡하고. 학생이 말하는 대로 그런 투자라면 아무래도 수상하지. 얼른 해약하는 게 좋아."

"저도 그렇게 생각하는데 영 먹히지를 않아요. 회사마다 연락해봐도 해약은 안 된다, 막대한 수수료가 발생한다는 말만 하고……."

점점 더 미심쩍은 얘기였다. 악덕상술에 걸려든 게 아닌가. 구라키는 최근에 일어난 순금 페이퍼 사기 사건이 생각났다. 순금을 판매한 뒤 상품 대신 순금 보관증이라는 것을 발행해주고 회사가 그 대금을 착복했던 사건이다. 전국적으로 피해자가 속출해서 피해액이 2천억 엔이 넘는다고 했다.

"그래서 하이타니에게 책임을 지라는 거구나. 하긴 그 방법밖에 없네. 여기 사장도 그 사기꾼들과 한패일 테니까. 분명 한몫 단단히 챙겼겠지."

"그럴 것 같아서 찾아왔는데……. 안 되겠어요, 지금 출발해야 고속버스를 탈 수 있어서."

"어디서 왔어?"

"도쿄입니다."

"엇, 이 일 때문에 일부러 도쿄에서?"

"저 말고는 할머니를 돌봐드릴 가족이 없어요. 아버지가 외아들인데 오래전에 돌아가셨고, 어머니는 살림살이가 벅찬 형편이라서 제가 이따금 와서 돌봐드리고 있어요."

청년은 도쿄의 대학 법학부 3학년이라고 말했다. 홀어머니와 둘이 살고 있는 모양이었다.

"어릴 때부터 할머니한테는 사랑도 받고 도움도 많이 받았어요. 노후의 소중한 재산인데 이렇게 날리는 건 너무 딱하잖아요. 저는 절대 포기 안 합니다."

"그래, 나도 할 수 있는 한 도와줄게." 구라키는 진심으로 말했다.

청년이 돌아가는 참에 연락처를 교환했다. 그의 이름은 시라이시 겐스케라고 했다.

시라이시를 배웅하고 돌아오는데 하이타니가 불쑥 나타났다. 경계하는 눈빛으로 "방금 저 학생하고 무슨 얘기 했어?"라고 물었다.

구라키는 딱 감이 왔다. 하이타니는 사무실 앞에 시라이시가 있는 것을 보고 어딘가에 숨어 있었던 것이다.

"뭐, 별 얘기 안 했어요."

"진짜야?"

"얘기하면 안 될 일이라도 있습니까?"

하이타니가 쓰윽 노려보았다. "그거, 무슨 뜻이야?"

"딱히 깊은 의미는 없는데요."

흥, 하고 하이타니가 코웃음을 쳤다. "뭐, 됐어. 가자고."

하이타니가 걸음을 뗐다. 한쪽 다리를 절룩거리지 않는 것을 보고
"다리, 다 나은 것 같네?"라고 구라키는 말해보았다.

"아픈데 꾹 참는 거야. 미리 말해두겠는데, 자전거 타려면 아직 한
참 더 있어야 해."

한참 더 운전기사 노릇을 해라, 라는 말을 하고 싶은 모양이다.

그날 하이타니는 웬일로 돈을 요구하지 않았다. 뭔가 생각하느라
머릿속이 복잡한지 집에 도착할 때까지 아무 말이 없었다.

사고로부터 정확히 일주일째 되는 날 낮에 지사토가 회사로 전
화를 걸어왔다. 경찰에서 연락이 왔다는 것이었다. 시간 되는 대로
와달라는 얘기였기 때문에 구라키는 조퇴를 신청하고 경찰서로 향
했다.

교통과 한쪽의 작은 책상을 끼고 구라키는 담당 경관과 마주했다.

"실은 좀 망설였어요." 담당자는 서류를 앞에 놓고 말했다. 현장 약
도가 그려진 서류였다. 옆에 구라키의 차를 촬영한 사진도 있었다.

"무슨 말씀이신지……."

담당자는 사진을 손에 들었다.

"사고 직후에 구라키 씨 차를 조사해봤는데 접촉한 흔적이 확인
이 안 됐어요. 이런 얘기는 실례가 될지도 모르지만 그 차, 오랫동안
세차를 안 했지요? 흙먼지가 많아서 자전거와 접촉했다면 쓸려간
자국이 반드시 있었을 거예요. 그런데 아무리 살펴봐도 눈에 띄지
않았어요."

"그럼 접촉한 적이 없었다는 건가요?"

"그렇게 생각하는 게 타당하겠지요. 추측해보자면 구라키 씨 차가

가까이 다가오니까 하이타니 씨가 당황해서 자전거 핸들을 급하게 꺾었던 게 아닌가 싶어요. 물론 하이타니 씨는 자기 자전거가 부딪힌 게 분명하다고 주장하는데 그건 착각일 거예요. 아무튼 우리로서는 사고 서류를 작성하기도 곤란한 건이에요. 추측만으로 이러저러하다고 할 수도 없고."

요컨대 사고를 증명할 만한 게 아무것도 없다, 라는 얘기인 모양이다.

"그러면 저는 어떻게 하면 될까요?"

"바로 그건데요." 담당자는 팔짱을 꼈다. "보험회사에는 연락했습니까?"

"아뇨, 아직. 사고 내용이 확실해진 다음에 할까 하고요."

"상대 쪽 하이타니 씨와는 뭔가 얘기가 됐어요? 합의라든가."

"구체적으로는 아직 없었어요. 다만 이것저것 해달라는 게 있어서."

구라키는 하이타니가 요구한 것들을 말했다.

"어휴, 그렇게까지?" 담당자는 심각한 얼굴로 고민해보더니 이윽고 잠깐만 기다리라면서 자리를 떴다. 상사인 듯한 사람에게 다가가 뭔가 수군거리고 있었다.

잠시 뒤 담당자가 돌아왔다.

"상사와 상의해봤는데, 구라키 씨도 충분히 반성한 것 같고 상대에게 최대한 성의도 보였어요. 처벌만이 능사는 아니니까 이번 일은 보류하기로 얘기가 됐습니다. 앞으로 더욱 신중하게 운전하도록 해주세요."

"그러면 사고로 처리되지 않는 거예요?"

"사고를 뒷받침할 만한 증거가 하나도 없으니까요."

"하지만 그걸 하이타니 씨가 받아들일지······."

"뭐, 받아들이고 싶진 않겠죠. 하지만 어느 정도 각오는 했을걸요? 사고로 취급하지 않을 수도 있다는 건 처음부터 넌지시 얘기해두었으니까요."

"엇, 그렇습니까?"

"정말로 차와 접촉했느냐, 착각한 거 아니냐, 라고 처음에 물어보면서 사고 흔적이 전혀 보이지 않는다는 얘기를 했었어요. 사고로 처리될지 어떨지 정밀하게 조사한 뒤에 결정하겠다는 말도 했고."

처음 듣는 얘기였다. 하이타니는 그런 말은 한 마디도 하지 않았다. 담당 경관의 얘기를 듣고 보니 이제야 마음에 짚이는 게 있었다. 하이타니는 찔끔찔끔 작은 돈은 요구했지만 첫날 이후 손해배상이라는 말은 전혀 입에 올리지 않았다. 어차피 못 받을 줄 뻔히 알았기 때문이다.

"그 하이타니라는 자." 담당자가 목소리를 낮췄다. "조심해요. 사고로 처리된 것도 아니고, 되도록 관여하지 않는 게 좋아요. 운전기사 요구도 딱 잘라 거절하세요. 사고 사실이 없는 이상, 구라키 씨에게는 아무 보상 의무도 없는 거니까요."

"네, 잘 알겠습니다."

경찰이 이렇게까지 말해주니 마음이 든든했다.

"병원에서 얘기를 좀 해봤는데 여간 엄살이 심한 게 아니에요. 의사는 단순 타박상이라고 진단했는데, 본인은 아파 죽는 시늉을 하더라니까."

"엇, 진짜요?"

구라키는 치료비로 3만 엔을 낸 것을 얘기했다.

담당자는 미간에 주름을 잡고 고개를 저으며 다시 한번 조심하는 게 좋다고 되풀이했다.

경찰서를 나오면서 구라키는 가슴을 쓸어내렸다. 사고로 처리하지 않는다면 회사에 알려져도 괜찮다. 한시라도 빨리 지사토에게 얘기해주자는 생각에 공중전화로 달려갔다. 얘기를 듣고 지사토는 좋아서 목소리 톤이 높아졌다. 진심으로 안도하는 게 전해져 왔다.

"오늘 저녁은 축하 파티야. 맛있는 거, 만들어야겠어."

"좋지, 기대할게." 그렇게 말하고 전화를 끊었다. 콧노래가 절로 나왔다.

그나저나 화가 나는 건 하이타니다. 지금까지 이러니저러니 해가며 10만 엔 남짓 뜯어갔다. 다행히 영수증은 모두 보관해뒀다. 최소한 반절은 돌려받아야겠다고 마음먹었다.

시계를 보니 오후 5시 반이었다. 상당히 이른 시간이었지만 그 사무실에 가보기로 했다. 게다가 오늘 저녁에는 하이타니를 차로 모실 생각은 눈곱만큼도 없다. 오늘 저녁만이 아니다. 운전기사 노릇을 두 번 다시 할까 보냐, 라고 생각했다.

사무실 문을 열자 낯선 남자가 돌아보았다. 양복 차림에 땅딸막한 체형이었다. 나이는 40대 중반쯤일까. 표정이 험악하고 눈빛에 여유가 없었다.

그 전화 담당 젊은이는 안쪽에 앉아 있었다. 만화잡지에서 얼굴을 들고 구라키 쪽을 향했다.

"하이타니 씨는?" 구라키가 물었다.

"아직 안 들어왔어요. 나도 이제 퇴근해야 하는데." 젊은이가 얼굴을 찌푸리며 말했다.

어떻게 할까, 하고 구라키는 망설였다. 여기서 하이타니가 올 때까지 기다릴까. 하지만 먼저 와 있는 사람이 있다.

결국 사무실 안에 들어가지 않고 문을 닫았다. 어딘가에서 시간을 때우다가 다시 오자고 생각했다.

근처에 책방이 있어서 주간지를 사 들고 얼마 전에 오픈한 패밀리 레스토랑으로 갔다. 카운터석에서 커피를 마시면서 주간지를 읽다가 일단락된 참에 시계를 보니 오후 7시를 넘긴 시각이었다.

아차, 늦었네, 하이타니에게 한소리 듣겠다, 라고 퍼뜩 생각했다가 아니, 그게 아니지, 라고 깨달았다. 비굴해질 필요 따위는 없다. 의연한 태도로 당신이 나를 턱짓으로 부려먹을 이유는 없다, 라고 말해주면 되는 것이다.

다시 차를 타고 사무실로 향했다. 건물 앞 길가에 차를 세우고 나오는 참에 낯익은 얼굴과 마주쳤다. 전화 당번을 하는 젊은이였다.

"하이타니 씨, 들어왔어?"

구라키의 물음에 젊은이는 고개를 갸웃갸웃했다.

"모르죠. 하도 안 와서 혹시 찻집에 박혀 있나 하고 찾아다녔는데 어디에도 없더라고요."

"아까 누군가 손님이 와 있었잖아."

젊은이는 어깨를 으쓱 쳐들었다.

"손님이라기보다 항의하러 온 사람이죠."

"그 사람은 돌아갔어?"

젊은이는 고개를 저었다.

"글쎄요, 나도 모르죠. 아마 아직 있을걸요? 좁은 사무실에 둘이 있기가 영 어색해서 내가 나와버렸거든요."

손님 혼자 사무실을 지키게 했다는 건가. 사장도 그렇지만 직원도 참 그렇다.

2층으로 계단을 올라갔다. 젊은이가 사무실 문을 열고 들어갔다. 구라키도 그 뒤를 따라갔다.

젊은이의 발이 갑자기 뚝 멈췄다. 그 바람에 구라키는 그의 등에 부딪힐 뻔했다.

왜 그래, 라고 물으려다가 구라키는 앞쪽에 시선을 던지고는 숨을 헉 삼켰다.

바닥에 하이타니가 뒤로 벌러덩 쓰러져 있었다. 회색 양복 차림이고 느슨하게 풀어진 넥타이가 얼굴에 걸려 있었다.

그리고 가슴에는 시커먼 얼룩이 번지고 있었다. 그게 검은색이 아니라 짙은 빨간색이라는 것은 금세 알았다.

젊은이가 신음 소리를 흘리며 뒷걸음질을 쳤다. 몸을 바들바들 떨고 있었다.

"경찰에 연락해야 돼." 구라키가 말했다. 목소리가 갈라졌다. "빨리!"

젊은이는 안쪽을 쳐다보며 주저하는 기색이었다. 전화 쪽으로 가려면 하이타니 옆을 지나가야 하기 때문이다. 게다가 전화 수화기가 옆에 내려져 있었다.

"공중전화가 낫겠다. 이 사무실에 있는 건 함부로 손대면 안 돼."

지문이 언뜻 생각나서 얘기한 것이었지만, 젊은이가 그 의도를 이해했는지 어떤지는 알 수 없었다. 하지만 그는 창백해진 얼굴로 사무실을 뛰쳐나갔다.

구라키는 다시금 하이타니를 내려다보았다. 눈꺼풀이 가늘게 열려 있지만 아마도 그 눈은 이미 아무것도 못 볼 터였다.

바로 옆에 칼이 떨어져 있었다. 피가 잔뜩 묻었다. 주위를 찬찬히 보니 몸싸움을 한 듯한 흔적이 있었다.

사체 옆을 지나 안쪽으로 들어갔을 때, 베란다 쪽에서 덜컹하는 소리가 났다. 구라키는 흠칫 놀라서 그쪽으로 시선을 집중했다. 유리문이 열려 있었다.

그리고 그 건너편에 사람이 있었다. 그야말로 지금 막 난간을 뛰어넘으려는 참이었다.

그 인물도 구라키 쪽을 보았다. 서로의 시선이 마주쳤다.

시라이시 겐스케였다. 며칠 전 만났을 때의 그 온후한 얼굴이 험상궂게 굳어 있었다.

마주 본 시간이 얼마나 됐는지는 알지 못한다. 아마 아주 짧은 동안이었으리라. 그 시간이 지난 뒤에 구라키는 스스로 생각해도 뜻밖의 행동에 나섰다.

지문이 찍히지 않게 조심조심 유리문을 닫았다. 그리고 시라이시 겐스케를 향해 슬쩍 고개를 끄덕여주었다. 괜찮아, 여기는 내가 알아서 처리할게, 라는 듯이.

그 뜻이 전해졌는지 시라이시 겐스케는 한 차례 머리를 숙인 뒤 난간을 뛰어넘었다. 이곳은 2층이다. 어떻게든 내려갈 수 있다. 여차하면 뛰어내리면 될 것이다.

구라키는 유리문의 고리를 채웠다. 여기에도 지문이 찍히지 않게 조심했다. 이런 곳에 손을 댔다는 건 절대로 경찰에게 들켜서는 안 된다.

지워버려야 할 지문도 있다. 구라키는 바닥에 떨어진 칼을 집어들고 티슈페이퍼로 손잡이를 닦아냈다. 칼은 원래 이 사무실에 있었던 것이다. 그렇다면 범행은 충동적인 것이다. 그 청년이 지문을 닦아낼 만큼 냉정한 상태였으리라고는 생각되지 않았다.

칼을 바닥에 돌려놓은 직후, 경찰차 사이렌 소리가 들려왔다.

가장 먼저 도착한 사람은 무라마쓰라는 형사였다. 사무실 전화 당번 젊은이와 나란히 앉아 이런저런 질문에 대답했다. 그 뒤 경찰서로 이동해서 다른 형사에게서도 똑같은 질문을 받았다.

극히 일부분을 제외하고 구라키는 자신이 알고 있는 것, 보고 들은 것을 하나도 감추지 않고 말했다. 극히 일부분, 이라는 건 물론 시라이시 겐스케에 관한 것이다. 유리문의 고리를 잠근 것이며 칼의 지문을 닦아낸 것도 덮어두지 않으면 안 된다.

조사가 끝나고도 한참을 기다려야 했지만, 마지막에는 "늦게까지 죄송했습니다. 협조해주셔서 감사합니다"라고 정중하게 배웅해주었다. 형사는 자세한 얘기까지는 하지 않았지만, 그 말투로 봐서는 구라키의 알리바이가 확인된 모양이었다. 패밀리 레스토랑에 문의를 했던 것이리라.

집에 돌아오자 지사토가 불안과 놀람이 가득한 얼굴로 기다리고 있었다. 교통사고 건에서 겨우 벗어났다고 좋아했는데 이번에는 살인 사건의 관계자라니, 그럴 만도 했다.

하지만 구라키의 얘기를 듣고, 괜한 불똥이 튈 염려는 없겠다고 생각했는지 서서히 침착해졌다.

"그래도 너무 무서워. 대체 어떤 사람이 범인일까." 불안이 사라진 탓인지 지사토는 호기심을 드러냈다.

"글쎄, 워낙 사기꾼 짓만 했으니까 원한을 품은 사람도 많았겠지." 구라키는 그렇게 대답해두었다. 물론 시라이시 겐스케 얘기는 아내에게도 말할 수 없었다.

그날 밤 구라키는 이불 속에서 자신의 행위를 돌아보았다. 사건 현장을 위장하고 조사 때는 거짓말을 했으니까 옳은 짓일 리는 없다. 하지만 착하고 성실해 보이는 시라이시 겐스케라는 청년의 인생이 그런 식으로 엉망이 되는 건 차마 볼 수 없었다. 아무리 생각해봐도 나쁜 놈은 하이타니고 칼에 찔려도 자업자득이라는 마음이 들었다. 낮에 교통과에서 들은 말이 생각났다. 처벌만이 능사가 아니다, 라고 그 담당 경관도 말하지 않았던가.

다만 경찰은 무능하지 않다. 머지않아 시라이시 겐스케를 알아내고 증거를 잡아낼 가능성도 큰 것이다. 아니, 시라이시 겐스케 본인이 자수를 할 수도 있다.

그때는 솔직히 사실대로 털어놓자고 구라키는 마음먹었다. 아까운 청년이라고 생각했기 때문에 감싸주고 싶었다, 라고 말하면 처벌은 면해줄지도 모른다.

용의자가 체포되었다는 뉴스가 나온 것은 사건으로부터 3일 뒤였다. 구라키가 본 신문기사에 의하면, 체포된 사람은 후쿠마 준지라는 44세의 전자대리점 경영자로, 하이타니와 금전 문제로 다툼이 있어서 사건 당일에도 사무실을 찾아왔다고 아르바이트생이 증언했다, 라는 것이었다. 후쿠마 준지는 사무실에 찾아간 것은 인정했지만 범행은 부인하고 있다, 라고 기사는 끝을 맺고 있었다.

그 사람이구나, 라고 구라키는 생각했다. 사무실에서 혼자 기다리던 땅딸막한 체형의 남자다. 그리고 아르바이트생이라는 건 그 전화 당번 젊은이가 틀림없다.

어떤 증거를 잡고 경찰이 그 사람을 범인이라고 생각했는지는 모르지만, 완전히 오인 체포였다. 후쿠마라는 사람 입장에서는 천만뜻밖의 재난이다. 하지만 곧 사실이 밝혀져 석방될 것이다.

문제는 이 뉴스를 본 시라이시가 어떻게 생각하느냐는 것이었다.

이름을 밝히고 나설지도 모르겠다고 구라키는 생각했다. 죄 없는 사람이 체포됐는데 아무렇지도 않을 리 없다. 시라이시 겐스케가 자수하면 나한테도 형사가 찾아올 것이라고 구라키는 각오했다.

그런데…….

그로부터 다시 4일이 지난 날 저녁, 텔레비전에서 흘러나오는 뉴스를 보고 구라키는 놀라서 젓가락을 떨어뜨릴 뻔했다.

후쿠마 준지가 유치장에서 자살을 했다는 것이다. 옷을 찢어 가늘게 꼬아서 유치장 쇠창살에 묶고 목을 맸다고 했다. 교도관이 잠깐 눈을 뗀 사이에 일어난 일인 모양이었다.

후쿠마가 자백을 하지 않아 매일같이 취조가 있었다고 한다. 수사

책임자는 취조 과정은 적정했다고 회견에서 변명을 하고 있었다.

왜 그러냐고 옆에서 지사토가 물었다. "당신, 얼굴빛이 안 좋아."

"아니, 그야." 구라키는 헛기침을 하고 뒤를 이었다. "깜짝 놀랐으니까 그렇지. 자살이라니."

"그러게. 범인이 자살이라니, 생각도 못 한 일이 벌어졌어."

그게 아니야, 저 사람은 범인이 아니라고.

그렇게 대답할 수도 없어서 구라키는 젓가락을 내려놓았다. 식욕은 어디론가 사라져버렸다.

그 뒤로도 후속 보도가 나오기를 기다렸지만 자세한 내용은 알수 없었다. 경찰 측의 명백한 실수였기 때문에 정보가 제한되고 있는지도 모른다.

시라이시 겐스케에게서 전화가 걸려온 것은 토요일 낮의 일이었다. 후쿠마가 자살하고 4일이 지났을 때였다. 마침 지사토가 외출하고 집에 없어서 구라키가 수화기를 들었다. 여보세요, 구라키 씨 댁입니까, 라는 음울한 목소리를 듣고 시라이시 겐스케의 창백한 얼굴이 머릿속에 떠올랐다.

"나도 전화할까 말까 망설이던 참이야. 직접 만나서 얘기할까 하고."

네, 라고 시라이시는 대답했다. 자신도 그럴 생각으로 연락했다고 말했다.

도쿄에서 곧장 출발하면 오후 5시경에는 도착할 거라고 해서 6시로 약속을 잡았다. 장소는 구라키의 알리바이를 증명해준 패밀리 레스토랑이었다.

차를 타고 약속 장소로 가자 안쪽 테이블석에 시라이시가 앉아 있었다. 척 보기에도 얼굴이 부쩍 초췌해졌다.

시라이시는 우선 "죄송합니다"라고 떨리는 목소리로 사과했다.

"나한테 사과할 일은 아니지."

구라키의 말에 네에, 라고 청년은 고개를 떨궜다. 온몸에 비통한 슬픔이 감돌았다.

"그보다 그날 무슨 일이 있었는지 얘기해줄 수 있어?"

알겠습니다, 라고 말하고 시라이시는 커피 잔에 손을 내밀었다. 잔과 받침접시가 닿는 소리가 달각달각 울렸다. 손이 떨렸기 때문이다.

시라이시는 커피를 한 모금 마신 뒤 그날 일을 이야기하기 시작했다. 목소리는 작고, 기억을 더듬는지 단어를 고르는지 이따금 긴 침묵이 이어졌다. 하지만 듣다 보니 논리가 정연하고 모순도 없었다. 아마도 머리가 좋은 것이리라.

그 설명에 의하면 사건 내용은 다음과 같은 것이었다.

할머니가 계약한 각종 금융상품에 대해 시라이시는 통산성* 소비자상담실에 문의해보았다. 그러자 해당 계약 건은 불만 신고와 상담이 줄을 잇고 있어서 악덕상술의 혐의가 짙다는 답변이 돌아왔다.

시라이시는 할머니가 하이타니에게 사기를 당했다고 확신했다. 원금이 돌아오지 않는다는 것을 뻔히 알면서 하이타니는 악덕업자를 소개했던 것이다. 아니, 업자에게 시라이시의 할머니를 '제물'로

---

* 통상산업성의 약칭. 우리나라의 산업통상자원부에 해당하는 일본 경제산업성의 전신이다.

바쳤다는 게 맞는 말인지도 모른다. 당연히 어떤 형태로든 대가가 주어졌을 것이다.

그래서 다시 하이타니를 추궁하기 위해 그런 상점으로 찾아갔다. 어떻게든 책임을 지게 할 작정이었다.

사무실에는 하이타니 혼자 앉아 있었다. 다만 분위기가 이상했다. 뭔가 휩쓸고 간 것처럼 실내가 뒤엎어졌다. 격투라도 벌인 것 같았다.

시라이시를 보자마자 하이타니는 입가가 삐뚜름해졌다. "뭐야, 이 번에는 너야?"

그 말에 선객이 있었고 한바탕 소란이 벌어졌다는 것을 알았다. 하지만 그런 건 어쨌든 상관없다. 시라이시는 통산성 소비자상담실 에서 들은 얘기를 하면서 책임을 지라고 다그쳤다.

하이타니는 키들키들 웃었다. 자신은 업자를 소개했을 뿐, 최종적 으로 계약을 결정한 것은 그 할멈이니까 나는 아무 책임이 없다, 라 고 지금까지 해온 변명을 되풀이했다.

분통이 터진 시라이시가 노려보자 하이타니는 혹박한 눈빛으로 을러댔다.

"너도 사람 칠래? 어디, 치고 싶으면 쳐봐. 맘대로 쳐보라고." 얼굴 을 들이대며 말했다.

시라이시가 지그시 버티고 서 있자 흥, 하고 코웃음을 쳤다.

"뭐야, 주먹질도 못 하는 놈이잖아. 그 주제에 여기까지 쳐들어와? 어쭈쭈, 착하지, 어서 집에 가라, 아가야."

그 말에 시라이시는 폭발했다. 작은 싱크대에 놓인 칼이 눈에 들어왔다. 문득 정신을 차렸을 때는 그것을 움켜쥐고 있었다.

역시나 하이타니의 얼굴에서 여유의 웃음은 사라졌다. 하지만 산전수전을 겪은 사기꾼은 쉽게 물러서지 않았다.

"주먹질 대신 칼질이야? 그런 짓을 하면 어떻게 될까? 네 인생, 한 방에 끝장이야."

시라이시는 분했지만 자신이 찌르지 못한다는 건 잘 알고 있었다. 굴욕감을 곱씹으며 칼을 옆의 책상에 내려놓았다.

그러자 하이타니는 무슨 생각을 했는지 갑자기 수화기를 집어 들었다.

"칼을 내려놨다고 끝날 일이 아니지. 경찰에 신고해야겠어. 이건 명백한 살인미수야. 거기 칼에 네 지문이 찍혔어. 변명도 안 통해."

하이타니의 말에 시라이시는 당황했다. 그의 마음속을 읽은 것처럼 하이타니는 히쭉 웃었다.

"이봐, 이렇게 하자. 경찰에 신고는 안 할게. 그 대신 다시는 이 사무실에 나타나지 마. 할멈 건으로 떠들고 다니지도 말고. 어때, 괜찮지?"

그런 거래에 응할 수 있을 리 없다. 싫다, 라고 시라이시는 거절했다.

"그러면 신고해야겠네. 사람을 물로 봤네. 이봐, 난 한다면 하는 사람이야."

하이타니가 전화 다이얼에 손가락을 넣는 것을 보고 시라이시는 다시 칼을 움켜쥐었다.

거기서부터 시라이시의 기억은 잠시 혼란에 빠졌다.

하이타니가 "찌를 테면 찔러봐"라고 말했던 것 같은데 확실하게
는 기억나지 않았다. 정신을 차렸을 때는 온몸을 던지듯이 하이타니
의 가슴팍에 칼을 찔러 넣은 뒤였다.

하이타니는 무너져 내리고 그대로 뒤로 벌렁 넘어졌다. 칼은 시라
이시의 손에 남았지만 자신이 뽑아낸 것인지 하이타니가 쓰러지는
참에 뽑힌 것인지는 알 수 없었다.

놀라서 우두커니 서 있는데 누군가 계단을 올라오는 소리가 들렸
다. 시라이시는 칼을 내던진 뒤 유리문을 열고 베란다로 나갔다. 그
문을 닫을 여유는 없었다.

누군가 사무실 안으로 들어왔다. 들키기 전에 도망쳐야 한다고 생
각했다. 베란다에서 아래를 보니 어떻게든 될 것 같았다. 마음을 정
하고 난간에 훌쩍 올라탔다. 그때 뭔가가 발에 차여 덜컥 떨어졌다.

안에 있던 사람이 다가왔다. 시라이시를 알아봤는지 눈이 휘둥그
레져 있었다.

아는 얼굴이었다. 교통사고를 일으켜 하이타니와 옥신각신하고
있던 사람이다.

이제 다 끝났다고 생각한 순간, 그가 뜻밖의 사인을 보내왔다. 슬
쩍 고개를 끄덕여준 것이다. 시라이시에게는 그것이 빨리 도망쳐라,
라고 재촉하는 사인으로 보였다.

고맙습니다, 라고 진심을 담아 머리를 숙였다.

"그런 인간 때문에 한 젊은 청년의 인생이 망가지는 건 차마 볼
수 없었어." 시라이시의 이야기를 다 들은 뒤, 구라키는 말했다.

"제가 어리석었어요. 너무도 경솔했습니다." 시라이시는 고개를

들지 못하고 있었다.

"그건 맞는 말이지만, 그 순간에 욱할 수밖에 없었다는 건 나도 잘 알겠어. 얘기 들으면서 그자의 비열함에 새삼 화가 날 정도야."

"그렇게 말해주시니 조금 마음이 편해지네요. 실은 그때 구라키 씨가 못 본 척 보내준 것도 사정을 알기 때문이라고 생각했어요. 그 래서 그 후의厚意에 기대서 자수를 안 했는데……."

그래, 라고 구라키는 고개를 끄덕였다.

"이 사건, 아무한테도 말 안 했지?"

"아무한테도 말 못 합니다. 어머니는 아들의 성공만을 인생의 보 람으로 삼고 사시는데……. 하지만 나 대신 체포된 사람이 있고 게 다가 자살까지 했다는 소식을 듣고는 정말 어떻게 해야 할지 모르 겠어서……." 시라이시는 괴로움에 헐떡이는 듯한 목소리를 냈다. 당장이라도 울음이 터지는 게 아닌지 구라키는 걱정스러웠다. 이런 곳에서 눈물을 보여서는 민폐가 된다.

"솔직히 말하면 나도 괴로워. 내가 그 일을 경찰에 감추는 바람에 죄 없는 사람이 범인으로 몰렸어. 게다가 그런 일까지 일어날 줄은 상상도 못 했어."

"저는 어떻게 해야 할까요. 역시 지금이라도 자수하는 게 좋을까 요?"

시라이시의 질문에 구라키는 섣부른 대답을 할 수는 없었다. 지금 이 사태를 불러들인 책임의 일정 부분이 자신에게 있다는 건 충분 히 인식했다.

"경찰이 찾아오지는 않았어?"

"네, 전혀. 할머니 댁에 한 차례 왔었는데 별다른 질문도 없었답니다."

"그 사무실에 전화받는 젊은 친구가 있었는데, 만났던 적이 있어?"

"아뇨, 저는 못 봤어요. 거기서 만난 건 하이타니와 구라키 씨뿐입니다."

"그랬구나."

그렇다면 경찰이 시라이시 쪽에 주목할 가능성은 낮다고 구라키는 생각했다. 하이타니의 고객 명단에 시라이시의 할머니 이름은 있겠지만 도쿄에 사는 손자까지 의심하는 일은 없지 않을까.

이윽고 구라키는 조용히 입을 열었다.

"후쿠마 씨라고 했던가? 그 사람 일은 정말 딱하게 됐지만, 오인 체포는 경찰 책임이야. 게다가 이미 잃어버린 목숨은 돌이킬 수 없어. 나는 살아 있는 사람의 행복을 우선 챙겨야 한다고 생각해." 청년의 진지한 눈을 지그시 들여다보며 구라키는 말을 이어갔다. "시라이시 군과 어머님의 행복을."

"그래도…… 그래도 괜찮을까요?" 시라이시가 물었다. 눈이 충혈되어 있었다.

"괜찮을 거야. 물론 도저히 양심의 가책을 견딜 수 없다면 시라이시가 원하는 대로 해도 되겠지만."

그는 몇 번이나 눈을 깜작거렸다. 심호흡을 거듭한 뒤, 한 차례 크게 고개를 끄덕였다.

"고맙습니다. 이 은혜는 꼭 갚겠습니다."

구라키는 얼굴 앞에서 손을 저었다. "그럴 필요 없어. 건강하게 잘
지내면 돼."

"네."

고맙습니다, 라고 청년은 다시 한번 말했다.

역으로 간다는 시라이시를 배웅한 뒤, 주차장에 세워둔 차에 올랐
다. 구라키 자신도 후련한 심정이었다. 그 청년이 이번 일을 후회하
고 한층 더 성실하게 살아가기를 진심으로 빌었다.

살아 있는 사람의 행복을 우선 챙겨야 한다……. 차의 엔진을 켜
면서 자신이 했던 말을 곱씹어보았다. 내가 한 말이지만 참 괜찮은
얘기였다고 내심 흐뭇해했다.

그게 큰 잘못이었음을 깨달은 것은 몇 년이 지난 다음이었다.

47

찻잔이 비어갈 무렵, 입구 쪽에서 인기척이 났다. 미닫이문이 열
리고 전통 옷차림의 중년 아주머니가 얼굴을 내밀었다. "일행분이
오셨습니다."

미닫이문이 좀 더 열리고 나카마치가 들어섰다.

"죄송합니다, 기다리시게 해서. 잠깐 길을 헤매는 바람에."

"맞아, 찾기 쉽지 않은 곳이지." 고다이는 말했다. "괜찮아, 나도 방
금 도착했으니까."

나카마치는 옛 민가를 본뜬 실내를 둘러보며 바닥 아래로 다리를

넣는 테이블 앞에 앉았다.

아주머니가 나카마치에게 차를 내주고 고다이의 찻잔에도 새로 따라주었다.

"식사 전에 할 얘기가 있어서 그러는데, 요리는 잠시 뒤에 주셨으면 합니다." 고다이가 아주머니에게 말했다.

"알겠습니다. 이따 필요하실 때 인터폰으로 알려주세요."

"네, 고맙습니다."

아주머니가 나가자 나카마치는 다시 실내를 휘휘 둘러보았다.

"이런 멋들어진 식당을 어떻게 아셨대? 역시 수사 1과는 다르네요."

"나도 윗분들 따라서 두어 번 와본 것뿐이야. 근데 오늘은 누가 들을까 봐 속닥속닥하기 싫어서."

니혼바시 닌교초의 요리점에 와 있었다. 조용히 얘기할 수 있는 별실이 좋다고 생각했기 때문이다.

"요리도 좋지만, 고다이 씨 얘기에 기대가 큽니다. 저는 띄엄띄엄 전해 들은 것밖에 없었잖아요."

"그 점은 나도 미안하게 생각해. 공중전화 주변 방범카메라 확인 일거리만 잔뜩 던져주고 그 뒤는 우리끼리 처리해버렸으니까. 근데 섣불리 발설하기 어려운 예민한 문제들이 좀 있었어."

"재무성 고위급 아들인 데다 열네 살이라니, 아닌 게 아니라 어려움이 많았겠죠."

"그런 것도 있었지만 공판 직전의 피고인이 석방되느냐 마느냐 하는 일이었잖아. 검찰 측과 보조도 맞춰야 하고, 본청 간부들도 이래저래 고민이 많았을 거야."

그렇겠네요, 라고 나카마치가 고개를 끄덕였다.

"안자이 도모키는 현재 자택 연금 중이고, 내일 그쪽 경찰서로 이송할 예정이야."

"네, 얘기 들었어요. 그 뒤에 송검送檢이지요?"

"그 전에 수사 1과 과장이 기자회견을 할 거야. 상당히 시끄러울 것 같으니까 그렇게 알고 있어."

"그 얘기도 들었습니다. 각오하고 있죠."

고다이는 차를 후루룩 마시고 후우 숨을 토해낸 뒤에 나카마치를 보았다.

"살해 동기에 관한 얘기는 들었어?"

"네, 들었습니다. 간이 떨어진다는 게 이런 걸 두고 하는 말이겠죠. 진짜 깜짝 놀랐어요. 설마 시라이시 씨가 옛날 사건의 진범이었을 줄이야. 게다가 그걸 구라키 피고인, 아니지, 구라키 씨가 덮어쓰려고 했다면서요. 아, 저는 자세한 내막까지는 아직 못 들었습니다."

"옛날 사건은 이따 요리 들어온 뒤에 설명해줄게. 얘기가 아주 길거든. 우선 이번 사건에 대해 관계자들에게 사정청취한 내용을 대강 얘기하려고. 그쪽 상사들한테는 얘기가 건너갔지만 나카마치 급에는 아직 안 내려갔을 테니까."

"그렇죠. 우린 그냥 졸병인데요."

"나도 비슷한 처지인데 어쩌다 보니 세부 정보를 접하는 입장이됐어. 어쨌든 나카마치에게는 알려줘야겠다 싶어서 이렇게 불러냈어. 관할서에서도 보강수사는 했었지만 아무래도 전모를 파악하지는 못했을 테니까."

"네, 고맙습니다."

"구라키 씨가 아사바 모녀에게 접근한 경위는 처음 진술한 내용과 큰 차이는 없어. 차이가 있다면 구라키 씨는 범인이 아니라 진범 시라이시 씨를 감싸줬다는 점뿐이지. 어쨌든 그 바람에 억울한 누명을 쓴 사람이 생겨나고 결국 아사바 씨 가족은 여태껏 고통스럽게 살아왔으니 그 보상을 해주자는 생각으로 두 사람에게 접근했던 거야. 물론 옛날 사건에 자신이 관여했다는 건 밝히지 않았어. 바로 최근까지."

"바로 최근까지? 그러면……."

"응, 1년 전쯤에 오리에 씨한테는 고백했던 모양이야. 양심의 가책을 견딜 수 없었기 때문이다, 라고 구라키 본인은 말했는데 아마 좀 더 복잡한 심리가 얽혀 있는 것 같아."

나카마치가 고개를 갸웃거렸다. "복잡한 심리?"

"그 부분은 오리에 씨 본인에게서 직접 들은 얘기가 큰 도움이 됐어."

"그래요? 오리에 씨가 뭐라고 했는데요?"

"뭐, 한마디로 안타까운 얘기라고 할까."

고다이는 범인 은피 혐의로 아사바 오리에를 취조했을 때의 일을 떠올렸다. 지금까지의 흐름에 따라 고다이가 그 역할도 떠맡았던 것이다.

내가 구라키 씨를 좋아하게 되어버렸어요…….

쓸쓸한 웃음을 지으며 그녀가 했던 말이 고다이의 귀에 달라붙어 있었다.

"친절하고 다정한 분이기도 하지만, 무엇보다 든든하게 기댈 수 있어서 좋았어요. 함께 있으면 진심으로 위안이 되더라고요. 몸도 마음도 맡기자 싶어서 어느 날 그런 마음을 털어놓았어요. 물론 구라키 씨도 나를 그리 밉게 본 건 아니라는 자신감은 있었죠. 그리고 그 바람대로 구라키 씨도 답을 해주셨어요. 나도 네가 좋다고. 하지만 이제 나이도 있고, 깊은 관계를 맺는 건 관두자고 하더군요. 나는 그건 받아들일 수 없었어요. 내가 싫다면 솔직히 싫다고 말하면 되지 않느냐고 따졌죠. 그랬더니 구라키 씨가 뭔가 힘들어하는 얼굴로 갑자기 무릎을 꿇는 거예요. 깜짝 놀랐어요. 그렇게까지 나와 깊은 관계를 맺기가 싫은가, 라고 생각했어요. 하지만 그 뒤에 구라키 씨가 들려준 얘기에 정신이 아득해질 만큼 큰 충격을 받았습니다."

오리에의 부친 후쿠마 준지가 자살한 원인이 된 사건, 즉 '히가시오카자키역 앞 금융업자 살해 사건'의 범인을 눈앞에서 도망치게 해줬다, 라고 구라키가 고백했던 것이다. 선뜻 믿을 수 없는 얘기였지만 구라키가 굳이 그런 거짓말을 할 리는 없었다.

머릿속이 하얘졌다, 라고 오리에는 그때의 심경을 표현했다.

"하지만 충격은 컸어도 구라키 씨를 원망하는 마음은 없었다는 거야. 그때 범인을 신고했다면 아버지가 체포될 일도 없었겠지만, 오인 체포도 피의자 자살도 모두 경찰의 실수였기 때문이라는 얘기지. 하지만 진짜 이유는 구라키 씨에 대한 호감이 더 강했기 때문이라고 나는 보고 있어."

"네, 저도 동감입니다. 그나저나 그 뒤로 두 사람의 관계는 어떻게 됐어요?" 나카마치의 눈빛에 호기심이 번졌다.

"아니, 결국 남녀관계로 발전하는 일은 없었던 모양이야. 하지만 마음적인 연결은 더욱더 강해졌던 것 같아. 왜냐면 구라키 씨에게서 들은 그 얘기를 어머니 요코 씨에게도 함구했더라고. 즉 둘만의 비밀이 생긴 거야. 게다가 오리에 씨는 구라키 씨의 생일에 선물도 해 줬어. 그게 뭐였는지 알아?"

"선물?" 예상 밖의 질문이었는지 나카마치는 눈만 끔벅거렸다. "글쎄요, 모르겠는데요. 어떤 선물이었어요?"

"스마트폰. 오리에 씨 명의로 계약한 거였어. 앞으로 연락은 이걸로 해달라면서 선물했다는 거야. 구라키 씨가 가진 게 구식 휴대전화뿐이라 마음껏 연락을 주고받을 수 없는 게 불편했던 모양이야. 구라키 씨는 요금은 자신이 부담한다는 조건으로 그 선물을 받아줬어. 그렇게 두 사람만의 멋진 핫라인이 생겼는데 결국은 그것 때문에 이번 사건이 터졌어."

"엇, 왜요?" 나카마치의 표정이 아연 긴장했다.

고다이는 상의 안주머니에서 수첩을 꺼냈다. 그다음 이야기는 메모를 보면서 하는 게 편할 것 같았기 때문이다.

"9월 중순, 구라키 씨는 스마트폰으로 인터넷을 검색하던 중 우연히 마음에 걸리는 이름을 발견했다. '시라이시 법률사무실'이라는 곳이었다. 시라이시라는 성씨는 그리 드물지 않지만, 옛날 사건의 진범 청년이 법학부 학생이었던 것을 기억했기 때문에 일단 그 법률사무실 공식 사이트에 들어가봤다. 그렇게 경영자가 시라이시 겐스케이고, 게재된 얼굴 사진을 통해 그때 그 청년이 틀림없다고 확신했다. 시라이시 씨가 번듯하게 성공한 것을 기뻐하면서도 그 사건을 지금은 어떻게 받아들이는지 궁금해져서 마음먹고 전화를 해봤다. ……그게 10월 2일이야."

"법률사무실에 착신 기록이 남아 있었던 날이군요. 그 기록 때문에 고다이 씨는 아이치현 사사메초라는 곳까지 구라키 씨를 만나러 갔었죠?"

"응, 그렇지. 아무튼 전화를 받은 시라이시 씨는 구라키 씨를 기억하고 있었다. 그래서 두 사람은 만나기로 약속했다. 6일, 도쿄역 근처 찻집에서 재회하게 되었다. ……그 모습이 가게 방범카메라에 찍혀 있어서 구라키 씨를 체포하게 됐다는 건 나카마치도 알고 있지?"

"물론 똑똑히 기억하지요." 나카마치는 찻잔을 손에 들고 고개를 끄덕였다.

"시라이시 씨는 그 사건을 한시도 잊은 적이 없고 평생 죄책감에 시달렸노라고 했다. 범행 자체도 그렇지만 누명으로 자살한 후쿠마 씨의 유족에게도 죄송한 마음이었다. 그래서 구라키 씨는 아사바 모녀 얘기를 들려줬다. ……그 얘기를 듣고 시라이시 씨가 어떤 행동을 취했는지는 시라이시 씨 본인의 스마트폰을 통해 알 수 있었어." 고다이는 수첩에 시선을 떨구고 이야기를 이어갔다. "위치정보 기록에 의하면 그다음 날인 7일, 시라이시 씨는 몬젠나카초를 돌아다녔어. 아마 아스나로 식당을 찾아본 거겠지. 가게를 찾아내자 맞은편의 커피점에 들어갔어. 그리고 20일, 이번에는 같은 커피점에서 두 시간 가까이나 머물렀다고 나와 있어."

"아사바 씨 가족이 어떻게 지내는지 보려고 했겠죠. 차마 아스나로 식당에 직접 찾아갈 용기가 나지 않아서……."

"사건 발생 직후에 시라이시 씨 집에 갔었던 거 생각나? 그때 시라이시 씨에 대해 부인이 이런 말을 했었어. 요즘 좀 기운이 없다고 할까, 뭔가 생각에 잠기는 일이 많았다고."

"네, 계속 마음에 걸렸겠죠. 어떻게 해야 할까 고민했던 거네요."

"내 생각에는 변호사를 사직할 각오도 했던 것 같아. 우리가 아다치구의 공장에서 야마다라는 청년에게도 탐문수사를 나갔었잖아. 딱히 별다른 용건도 없이 시라이시 씨가 찾아와서 여기 일은 좀 익숙해졌느냐고 물어봤다고 했었어. 변호사를 그만두기 전에 마지막으로 의뢰인들의 근황을 확인해보려고 했던 게 아닌가 싶어."

"그러고 보니 네, 그렇군요. 게다가 그 친구도 시라이시 씨가 어쩐지 기운이 없으신 것 같았다고 했어요."

나카마치는 얼굴을 찌푸리며 이마를 긁적이고는 아, 안타깝네, 라고 중얼거렸다.

"한편 구라키 씨도 어떻게 해야 할지 고민하고 있었다. 한참을 망설인 끝에 시라이시 씨 얘기를 오리에 씨에게 말해주기로 결심했다. 전화로는 제대로 설명할 수 없겠다고 생각해서 메일을 보냈다. 그 핫라인으로. 그런데 그 메일이 사건의 방아쇠가 되었다." 고다이는 수첩에서 얼굴을 들고 말했다. "그 메일을 훔쳐본 자가 있었던 거야."

"엇, 그게 안자이 도모키?"

나카마치의 물음에 고다이는 고개를 끄덕였다.

"어릴 때부터 엄마 휴대전화와 스마트폰을 빌려서 놀았기 때문에 잠금을 푸는 방법은 알고 있었어. 그게 버릇이 되어서 엄마를 만나러 올 때마다 몰래 메일을 훔쳐본 모양이야. 그렇게 시라이시 씨에 대한 것을 알게 됐어. 10월 27일, 안자이 도모키는 시라이시 씨의 법률사무실을 살펴보러 갔어. 안에 들어갈지 말지는 정하지 않았다, 라고 본인은 말하고 있어. 그 건물 앞에 서 있는데 우연히 시라이시 씨가 나왔다는 거야. 안자이 도모키가 빤히 쳐다보자 뭔가 이상한 느낌이 들었는지 시라이시 씨가 자신에게 무슨 볼일이 있느냐고 말을 건네더래. 안자이 도모키는 이름을 말하고 후쿠마 준지의 손자라고 밝혔어. 시라이시 씨는 깜짝 놀란 모습이었지만, 지금은 급한 선약이 있으니 다시 연락해달라고 양해를 구하고 명함을 내줬어. 그 명함에 업무 때 쓰는 휴대전화 번호가 적혀 있었던 거야."

나카마치는 얼굴을 찌푸리며 고개를 휘휘 저었다.

"시라이시 씨가 어떤 심경이었을지, 상상만 해도 가슴이 먹먹해지네요."

"그러게 말이야. 애초에 자신이 뿌린 씨앗이라지만, 정말 동정의 마음을 금할 수가 없더라고."

"그래서 안자이 도모키가 나중에 시라이시 씨에게 연락을?"

고다이는 다시 수첩으로 시선을 떨구었다.

"사흘 후 30일에 전화를 걸어 다음 날 저녁에 몬젠나카초에서 만나기로 약속했어. 중요한 것은 그때부터 이미 공중전화를 이용했다는 점이야. 휴대전화는 없다고 거짓말을 하고. 착신 이력이 남을까 봐 미리 준비한 거지."

나카마치의 눈빛이 험해졌다. "그러니까 그 시점에 벌써 범행을?"

"맞아, 그때부터 이미 계획했다는 얘기지. 본인도 그렇게 인정했어. 10월 31일, 안자이 도모키는 이전부터 갖고 있던 나이프를 호주머니에 넣고 집을 나왔다. 고토구 기요스미에 도착하자 그곳의 공중전화로 시라이시에게 연락해 기요스바시 다리 아래의 스미다가와 테라스로 와달라고 말했다. 기요스바시를 살해 장소로 정한 것은 공사 중이라 산책로가 도심의 사각지대가 된 것을 사전에 알았기 때문이다. 오후 7시 조금 전, 시라이시 씨가 약속 장소에 나온 것을 보고 혹시 주위에 사람이 있는지 확인한 뒤, 느닷없이 나이프로 찔렀다. 머릿속에서 수없이 시뮬레이션을 해봤기 때문에 별문제는 없었다. 시라이시 씨가 쓰러지는 것을 보고는 그대로 도주했다. 장갑을 껴서 지문은 남지 않았을 것이라고 생각했다." 고다이는 일단 수첩을 내려놓았다. "안자이 도모키의 범행에 관한 진술 내용은 이상이야."

"엇, 거기서 끝이에요? 아니, 시라이시 씨의 사체는 스미다가와테라스가 아니라 미나토구 해안의 길가에 불법 주차된 차 안에서 발견됐잖아요. 그럼 안자이 도모키 이외에 다른 누군가가 차를 운전해서 그쪽으로 이동했던 거예요?"

"당연히 그런 얘기가 되겠지. 평범한 중학생이 운전은 못할 테니까. 애초에 사체를 차 안으로 옮길 수도 없어. 근데 그 점에 대해 설명하기 전에 범행 후의 안자이 도모키의 행동부터 얘기하자고. 그는 자택으로 돌아가 평소처럼 태연하게 지냈어. 범행에 대해서는 아무에게도 말하지 않았고. 그다음 날, 나카마치도 알다시피 사체가 발견되고 대대적인 수사가 시작되었어. 뉴스로도 나왔고. 그러자 사건을 알게 된 구라키 씨는 깜짝 놀랐어. 시라이시 씨 얘기를 오리에 씨에게 메일로 보내고 며칠 안 된 때였으니까. 설마설마하면서도 혹시 오리에 씨가 이번 사건과 관련된 건 아닌지 걱정이 돼서 연락을 해봤어. 하지만 오리에 씨는 전혀 짐작되는 게 없었어. 자신은 시라이시 씨를 접촉한 적도 없고, 시라이시 씨의 일은 아무에게도 얘기하지 않았다고 구라키 씨에게 대답했어. 하지만 그 뒤에 이래저래 생각해보니 구라키 씨에게서 온 메일을 훔쳐봤을지도 모르는 사람이 딱 한 명 있다는 게 퍼뜩 생각난 거야."

"구라키 씨에게서 시라이시 씨에 관한 메일을 받은 뒤, 안자이 도모키가 식당에 찾아왔던 게 생각난 거군요."

"그렇지. 설마 그럴 리 없다고 생각하면서도 무서운 상상이 자꾸 떠올라서 겁에 질린 오리에 씨는 안자이 도모키를 불러냈다. 엄마 스마트폰의 메일을 봤지?, 라고 단정적으로 캐물어본바, 아들이 태연히 인정했다. 그뿐만 아니라 충격적인 얘기를 늘어놓았다……."

나카마치는 몸을 앞으로 쓱 내밀었다.

"시라이시 씨를 칼로 찔러 살해한 게 자기라고 엄마한테 얘기했다는 거예요?"

"맞아. 그야말로 지옥에 굴러떨어진 듯한 기분이었다, 라고 오리에 씨가 말했어."

고다이는 다시 오리에를 취조하던 때의 일을 떠올렸다. 아들에게서 시라이시 씨를 살해한 게 자신이라는 말을 들어야 했던 순간을 진술할 때, 오리에 씨는 넋이 나간 듯한 얼굴이었다.

"반드시 복수를 하고 싶었다. 어릴 때부터 살인자의 손자라는 말을 듣는 게 너무 괴로웠다. 그것 때문에 엄마와도 헤어져 살아야 했다. 아버지가 재혼을 했지만 새로 들어온 여자를 엄마로 받아들일 수 없고 그 여자가 낳은 아이들을 동생이라고 생각할 수도 없다. 살인자의 손자니까 어쩔 수 없다고 포기했었는데 구라키 씨라는 사람에게서 온 메일을 보고 그게 아니라는 걸 알았다. 그 시라이시라는 변호사 때문에 우리 가족은 평생 고통받지 않았는가. 그렇게 생각하니 도저히 참을 수가 없었다……."

아들의 말을 듣고 암담한 기분이었다고 오리에는 말했다. 30여 년 전의 비극이 아들 도모키의 인생까지 어그러지게 하다니, 우리는 분명 저주받은 사람들이라고 절망했다. 그 저주가 아직 풀리지 않았는데 안자이 히로키와 결혼하고 아이까지 낳아버린 것을 이제 새삼 후회했다는 것이었다.

당연한 일이지만, 얼른 경찰에 연락해야 한다고 오리에는 생각했다. 하지만 그 전에 구라키에게 이 일을 알리는 게 좋겠다고 생각해서 그 자리에서 전화를 걸었다. 그때 일을 오리에는 다음과 같이 진술했다.

"구라키 씨는 한참이나 할 말을 잃고 있었지만, 이윽고 좀 더 자세한 상황을 알고 싶다고 하시더군요. 그 말투가 뜻밖일 만큼 침착해서 아직 사정을 이해하지 못하신 게 아닌가, 했을 정도였어요. 하지만 전혀 그런 게 아니었는지, 지금 도모키가 옆에 있다면 좀 바꿔달라고 하셨어요. 전화를 받은 도모키에게 아주 세세한 것까지 물어보는 것 같았습니다. 그러고는 다시 제가 전화를 받았어요. 그랬더니 구라키 씨가 경찰에 알려서는 안 된다고 다짐을 하시더라고요. 자기

가 어떻게든 처리할 테니까 지금은 섣불리 움직이지 말라는 얘기였
어요."

그 뒤 한참 동안 구라키에게서는 별다른 연락이 없었다. 오리에는
언제 경찰이 들이닥칠지 몰라 조마조마한 심정으로 하루하루를 보
냈다.

"그다음은 구라키 씨의 진술을 바탕으로 얘기하는 게 좋겠다."고
다이는 다시 수첩을 넘겼다. "안자이 도모키에게서 범행의 자초지종
을 들은 구라키 씨는 어떻게든 이 아이를 지켜주어야만 한다고 생
각했다……."

"모든 일이 30여 년 전 자신의 과오에서 비롯되었다고 생각했기
때문이군요."

"물론 그것도 있었어. 하지만 그것뿐만은 아니었어. 구라키 씨는
안자이 도모키의 말을 듣고 그 사람의 의도를 알아본 거야."

"그 사람이라니, 누구의?"

"여기서 아까 나카마치가 지적했던 의문에 대한 답이 나오게 돼.
안자이 도모키는 기요스바시 다리 근처에서 시라이시 씨를 칼로 찔
렀다고 했잖아. 하지만 뉴스 보도에 의하면 사체가 발견된 곳은 전
혀 다른 장소야. 그 점을 이상하게 생각한 구라키 씨가 추리 끝에 내
린 답은 단 한 가지였어. 즉 그 차를 시라이시 씨 자신이 운전해서
옮겼다는 것."

"예에?" 나카마치의 입이 떡 벌어졌다. "시라이시 씨가 아직 죽지
않았던 거예요?"

"빈사의 상태였지만 겨우겨우 몸을 움직일 수 있었어. 사고력도

있었고. 죽음 직전의 꺼져가는 의식 속에서 어서 이 차를 다른 곳으로 이동시키지 않으면 안 된다고 시라이시 씨는 생각했던 거야. 아마 휴대전화를 처분한 것도 시라이시 씨 본인이었겠지. 차에 타기 전에 스미다가와강에 던져버렸다든가. 차를 이동시킨 뒤에는 핸들을 닦아내고 뒷좌석으로 들어가서 결국 쓰러졌어. 왜 그렇게 했는가. 더 이상 얘기하지 않아도 알겠지?"

"수사에 혼선을 주기 위해서였군요. 차를 이동해두면 아이의 범행이라고는 생각할 수 없을 테니까. 즉 시라이시 씨는 마지막 온 힘을 쥐어짜서 안자이 도모키를 지켜주려고 했던 거네요."

"구라키 씨도 그렇게 짐작한 거야. 시라이시 씨는 안자이 도모키를 지켜주는 것으로 과거의 죄를 갚으려고 했던 거라고. 그렇기 때문에 구라키 씨는 그 뜻을 존중해주기로 마음먹었어. 도쿄에서 고다 이라는 형사가 찾아왔을 때, 이제 시간문제일 뿐 경찰이 곧 자신이나 아스나로 식당을 주목할 것이라고 예상하고, 여차하면 자신이 죄를 대신 받기로 각오했다. 그러자면 한 치의 어긋남도 없는 이야기를 만들어내야 한다. 어디를 어떻게 건드리든 흔들림 없는 줄거리를 짜야 한다고 생각했다. 안자이 도모키를 지켜주고, 나아가 아사바 가족의 오랜 세월의 원한을 풀어주고, 그 양쪽을 충족시킬 만한 스토리가 바로 그 1984년 사건의 진범은 나였다, 라는 것이었다. 물론 오리에 씨와의 핫라인이 되어준 스마트폰도 처분했다…… 망치로 때려 부숴서 미카와만에 버린 것은 프리페이드 폰이 아니라 그 스마트폰이었어."

나카마치는 두통을 견디듯이 양쪽 손끝으로 관자놀이를 꾸욱 누르면서 후우 긴 숨을 토해냈다.

"뭐라고 표현해야 할지 알 수 없는 기분이네요. 인간이란 그렇게까지 할 수 있는 걸까요?"

"이 얘기는 나카마치도 들었겠지만, 구라키 씨는 암으로 살날이 그리 많이 남지 않았다는 것을 알고 있었어. 하지만 아무리 그렇다 해도 무서울 만큼의 정신력과 지력이었어. 게다가 오리에 씨도 정말 괴로웠을 거야."

"네에, 그랬겠지요."

"실제로 오리에 씨도 그런 말을 했어. 여차하면 아이의 죄를 자신이 대신하겠다는 구라키 씨의 말에 그건 절대 안 될 일이라고 극구 반대했다. 하지만 구라키 씨의 결심이 워낙 강경해서 도저히 그 뜻을 꺾을 수 없었다. 그러던 차에 구라키 씨가 체포됐다는 뉴스를 보고는 어떻게도 해볼 수가 없게 되었다, 라는 거야."

당시의 심경을 말하는 오리에의 서글픈 표정이 아직도 고다이의 눈에 어른거렸다. 진심으로 죽음까지 생각했었다, 라고 그녀는 말했다.

"내가 도모키와 함께 죽어버리는 게 가장 좋은 방법이라고 생각했어요. 그 전에 사실을 경찰에 알리려고 편지를 써보기도 했어요. 하지만 그렇게 해봤자 구라키 씨를 더 큰 슬픔으로 몰아넣는 일이 될 것 같고, 정말 어떻게 해야 할지 알 수가 없었어요."

구라키가 체포되고 고다이와 나카마치가 식당에 찾아왔을 때, 이 형사님들이 반드시 진상을 밝혀주면 좋겠다고 마음속으로 빌었다고 한다.

"그러면 체념도 할 수 있잖아요. 구라키 씨에게도 얼굴을 들 수 있고. 그래서 이제라도 이렇게 일이 다 밝혀져서 참 다행이라고 생각합니다. 진상을 밝혀주신 경찰에게 감사드리고 싶은 심정이에요. 아니, 결코 비꼬는 소리가 아니에요. 진심으로 하는 말입니다."

눈물을 주르륵 흘리면서 오리에가 들려준 그 말은 분명 거짓이 아니라고 고다이도 실감했다. 하지만 탐문수사로 그녀들을 만났을 때, 그런 기색은 털끝만큼도 감지하지 못했었다. 이 세상 여자들은 모두 배우, 라고 새삼 깨달았다.

오리에는 어머니 요코에게 그런 일들을 감춰야 하는 것도 힘들었다고 말했다. 요코는 뭔가 이상하다는 눈치는 챈 모양이었지만, 둘이 있을 때 그 사건에 관한 것은 일절 입에 올리지 않았다.

"자, 그게 이번 사건의 진상이야. 얘기가 진짜 길어졌네." 고다이는 손목시계를 들여다보았다. 벌써 30분이나 지난 시각이다.

나카마치는 끄응 신음 소리를 흘렸다.

"얘기만 듣고도 어쩐지 배가 빵빵해져버린 느낌이에요."

"그럼 요리는 취소할까?"

"아뇨, 먹을 건 먹어야죠. 그나저나 인과因果라는 건 정말 오묘하네요. 살인은 역시 살인을 부르는 건가요? 30여 년이 지나서야 손자가 복수를 하다니."

"그건 단정적으로 말할 수 없어. 오랜 세월 동안 자신과 가족이 누명으로 고통을 겪었다, 그 원인이 된 사람을 알았기 때문에 죽었다? 그야 단순하고 말하기 편리한 이유겠지. 하지만 열네 살 소년을 살인으로 내달리게 한 것은 그보다 훨씬 더 복잡한 심리여서 어른들은 도저히 이해하기 어려운 것일 수도 있어. 그나저나⋯⋯." 고다이는 고개를 갸웃거렸다. "그 웃음은 대체 뭐였는지 모르겠단 말이야."

"웃음?"

"희미하게 웃었어, 안자이 도모키가. 공중전화로 누구한테 연락했는지 이름을 말해주기 직전에. 허 참, 난 그 웃음의 의미를 아직도 모르겠단 말이야."

"예에⋯⋯." 나카마치도 당혹스러운 얼굴이었다.

고다이는 팔을 뻗어 인터폰 수화기를 집어 들었다. 이제 요리를 내오셔도 된다고 말하고 수화기를 내려놓은 뒤, 찻잔에 남은 차를 홀짝 마셨다.

"자, 그럼 요리를 맛보면서 구라키 씨가 시라이시 씨를 도망치게 해준 30여 년 전 사건을 얘기해볼까."

"네, 진짜 궁금하네요. 아, 그리고 그 두 사람은 앞으로 어떻게 될까요?"

"그 두 사람이라니?"

"시라이시 미레이와 구라키 가즈마."

아, 하고 고다이는 고개를 끄덕였다.

"빛과 그림자, 낮과 밤⋯⋯. 두 사람의 입장이 완전히 뒤바뀌었어. 하지만 그렇기 때문에 더더욱 그 두 사람만이 공감할 수 있는 뭔가가 있지 않을까? 어쩌면 누구보다 강한 인연이 싹틀지도 모르지."

나카마치가 눈이 둥그레졌다. "정말 그럴까요? 그런 기적 같은 일이 일어날까요?"

"에이, 그냥 희망사항이야. 내 꿈이랄까. 형사라는 게 험악한 현실만 지켜봐야 하는 직업이잖아. 가끔은 희망적인 꿈이라도 꾸고 싶네."

고다이가 그렇게 말했을 때, 요리 나왔습니다, 라는 아주머니의 말소리와 함께 미닫이문이 열렸다.

48

차임벨 소리를 듣고 현관으로 나갔다.

문밖에 서 있는 사쿠마 아즈사를 보고 미레이는 그녀를 처음 만났을 때가 생각났다. 예상했던 것보다 젊고 자그마한 몸집, 그리고 검은 테 안경과 정장에 백팩을 등에 멘 모습이 인상적이었다. 이 변호사의 모습을 찬찬히 바라본 것은 그때 이후 오늘이 처음이다. 그동안 몇 번이나 만났는데도 얘기하고 토론하느라 상대를 제대로 바라볼 여유도 없었다.

들어오세요, 라고 미레이는 미소로 맞아들였다. 이 세상에 몇 안 되는 내 편이라고 생각하는 건 나 혼자만의 생각일까.

"어머니는 외출하셨어요. 영화나 보고 온다면서." 사쿠마 아즈사를 거실로 안내한 뒤에 미레이는 말했다.

"그래요?" 사쿠마 아즈사는 뜻밖이라는 듯 눈이 둥그레졌다. "어떤 영화를?"

글쎄요, 라고 홍차 잔을 테이블에 내려놓으며 미레이는 고개를 갸우뚱 기울였다.

"딱히 정해둔 건 아니고 시간 되는 걸로 보겠죠. 아마 뭐든 상관없을걸요? 사쿠마 씨에게서 어떤 얘기도 듣고 싶지 않은가 봐요. 집에 있으면 결국 귀를 기울이게 될 테니까 아예 나가버린 거예요. 어떤 영화를 볼지는 모르겠지만 아마 스토리도 머릿속에 들어오지 않을 게 뻔해요."

사쿠마 아즈사는 난감한 듯 눈꼬리가 축 처졌다.

"제가 그렇게 안 좋은 이야기를 듣고 올 거라고 생각하신 모양이죠?"

"그냥 겁이 난 거예요. 어떤 용건인지는 모르지만 어차피 좋은 얘기일 리 없다, 새롭게 드러난 사실 따위, 전혀 듣고 싶지 않다, 하고."

사쿠마 아즈사는 테이블에 시선을 떨구었다. "네, 실제로 그리 좋은 얘기는 아니에요."

미레이는 무릎 위에 양손을 포개고 심호흡을 했다.

"난 괜찮으니까 편히 얘기해주세요."

사쿠마 아즈사에게서 전화가 온 것은 오늘 오전이었다. 상의할 일이 있으니 집에 들러도 되겠느냐고 묻길래 괜찮다고 대답했다.

"그 새로 잡힌 범인은 어떻게 처리되었는지, 현재 상황은 알고 있어요?"

변호사의 물음에 미레이는 고개를 가로저었다. "아뇨, 아무것도."

그 사건에 관한 보도는 일절 찾아보지 않고 있다.

"14세 이상에 해당되어서 형사사건으로 책임을 묻게 됩니다. 게다가 중대 사건이기 때문에 체포한 뒤에 송검으로 처리됐어요. 다만 그다음에 가정재판소로 송치될 거예요. 가정재판소에서는 다시 사건을 심사해서 소년감별소*로 보내거나 혹은 소년원 송치, 보호관찰, 불처분, 그리고 검찰에의 역송 중 한 가지로 결정이 납니다. 14세의 소년을 송검하는 일은 드물지만, 이번에는 살인 사건이라서 검찰로 보내졌어요. 즉 앞으로 성인과 똑같이 재판을 받고 판결이 내려질 겁니다."

사쿠마 아즈사가 담담히 해주는 얘기에도 미레이는 아무 느낌도 들지 않았다. 그렇습니까, 라고 대답했지만 마치 남의 일이라는 투로 들렸는지도 모른다.

"그래서 담당 검사가 미레이 씨에게 이번에도 피해자 참여제도를 이용하실지 어떨지 의사를 타진해달라고 문의해 왔어요. 나한테 연락한 것은 피고인이 구라키 다쓰로 씨였을 때 참여 변호사로 일했기 때문이겠죠. 나도 알겠다고 대답했어요. 설령 이번에 그 제도를 이용한다고 해도 내가 다시 참여 변호사로 일할지 어떨지는 확실치 않다, 하지만 미레이 씨의 의향을 확인해드릴 수는 있다, 라고 말했더니 예상보다 훨씬 더 많은 정보를 제공해주더라고요. 그래서 그런 얘기를 하려고 연락드린 거예요. 물론 오늘은 제가 개인적으로 하는 일이니까 보수를 청구할 생각은 없습니다."

"네, 이렇게 와주셔서 고맙습니다." 미레이는 머리를 숙였다. "하지만 사건의 자세한 내용이라면 경찰에서도 어느 정도 설명해준 게 있고, 실은 더 알고 싶은 것도 없어요."

"그건 그렇지만, 검찰 수사로 새롭게 밝혀진 사실도 있습니다."

* 범죄 소년을 심판 전에 수용하는 기관. 우리나라에서는 소년분류심사원으로 개칭되었다.

542

"새롭게 밝혀진……."

여기서 또 새롭게 밝혀질 일이 있다는 건가. 불길한 예감이 몰려왔다.

"이번 피고인에 관해서는 그게 쟁점이 될 것 같아요. 어때요, 좀 더 얘기해도 될까요?"

별로 듣고 싶지는 않지만, 그렇다고 도망칠 수도 없다.

"네, 부탁드립니다." 미레이는 자세를 바로잡았다.

사쿠마 아즈사는 홍차 잔을 옆으로 옮기더니 백팩에서 파일을 꺼내 테이블 위에 펼쳤다.

"구라키 다쓰로 씨가 피고인이었을 때와 마찬가지로 이번에도 사실관계로는 다투지 않을 거예요. 쟁점은 동기 부분입니다. 새로운 피고인은, 과거 사건의 누명으로 조모와 모친이 오랜 세월 고통을 받았고 자신도 부모의 이혼, 주위에서 따돌림을 당하는 등의 어려움을 겪었다, 그래서 과거 사건의 진범을 알게 되자 복수심에 범행에 이르렀다, 라고 주장해왔어요. 그런데 검찰이 이 소년의 담임교사와 동급생 등을 탐문조사해본 결과, 그 주장에 의심할 만한 점이 많은 것으로 드러났습니다."

엇, 하는 소리가 미레이의 입에서 흘러나왔다. "그럼 그게 동기가 아니었어요?"

사쿠마 아즈사는 몸을 웅크린 채 검은 테 안경을 손끝으로 밀어 올리고 파일에 시선을 떨구었다.

"초등학교 때 한동안 조부가 살인자라는 소문이 돌아 주위에서 곱지 않은 시선을 받은 적은 있지만 그 일로 따돌림을 당했다는 것

은 확인되지 않았다, 현재 다니는 중학교에서도 마찬가지여서 별반
차별적인 환경은 아니었다고 판단된다, 라는 견해가 나왔습니다. 그
래서 검사는 해당 소년에게 지금까지 어떤 어려움을 겪었는지, 조모
나 모친에게서 지금까지 어떤 고통을 겪어왔다고 얘기를 들었는지,
구체적으로 추궁했다고 합니다. 그것에 대해 소년의 대답은 지극히
애매해서 결국 조모나 모친에게 어떤 고생담을 들었던 게 아니라
자신이 머릿속에서 적당히 이야기를 지어냈다는 게 서서히 밝혀졌
다는 거예요."

"그렇다면 복수하겠다는 생각을 할 이유도 없었을 텐데요?"

사쿠마 아즈사는 미레이를 보며 고개를 끄덕이더니 다시 파일을
들여다보았다.

"검사도 똑같은 의문을 품고 복수를 결심하기까지의 심경을 철저
히 캐물었습니다. 그랬더니 피고인 소년이 지금까지와는 전혀 질이
다른 범행 동기를 얘기하기 시작했습니다."

"전혀 질이 다른……. 그건 무슨 말이에요?"

"그 아이는," 사쿠마 아즈사가 미레이를 지그시 노려보며 말을 이
어갔다. "살인에 흥미가 있다고 했습니다."

변호사의 말을 이해하기까지 잠시 시간이 걸렸다. 몇 초의 침묵
뒤에 미레이는 어, 하는 소리를 흘렸다. "흥미?"

사쿠마 아즈사는 천천히 고개를 끄덕이고 다시 파일로 시선을 떨
구었다.

"초등학교 때, 조부가 살인범이었다는 게 주위에 알려졌지만 따돌
리기는커녕 오히려 자신을 두려워한다는 것을 느끼고, 살인의 영향

력에 관심을 갖게 되었다. 이윽고 사람을 죽일 때의 기분이 어떤지 알고 싶어 누구든 죽여보자는 생각을 품었다. 물론 살인이 중범죄이고 그 죄를 범하면 인생이 끝난다는 것은 이해하고 있었기 때문에 그 검은 욕망은 상상 속에만 가둬두었다. 그런데 구라키 씨가 어머니에게 보낸 메일을 훔쳐보면서 그런 상황이 단숨에 변해버렸다. 사람을 죽여도 되는 동기가 생겼다고 생각했다. 오랜 세월의 원한을 풀기 위해서였다고 하면 사람들도 용서해주지 않을까, 형벌도 가벼워지지 않을까, 라고 생각했다. 그런 마음이 눈 깜짝할 사이에 뭉클뭉클 자라나 행동의 원동력이 되었다……. 소년의 진술을 요약하면 그런 얘기예요."

미레이는 평형감각이 어긋난 듯한 감각에 휩싸였다. 휘청거리지 않으려고 테이블에 손을 짚었다. "설마 그런……."

"시라이시 씨를 살해한 뒤, 범행을 어디까지 감출지는 결정하지 못했다는군요. 뭔가 증거를 들이대면 굳이 저항할 것 없이 바로 자백할 계획이었답니다."

미레이는 가슴에 손을 짚었다. 심장 박동이 빨라져 있었다.

"구라키 씨가 자기 죄를 대신해서 체포된 것에 대해서는 어떻게 얘기했대요?"

"뭐가 어떻게 됐는지 잘 알지 못했던 모양이에요. 어른들이 죄를 덮어줬다는 인식은 있었지만 자세한 사정을 이해하지는 못했던 것 같다고 검사가 얘기하더군요."

미레이는 가슴을 누르며 마음이 가라앉기를 기다렸다가 입을 열었다.

"그건 정말 질이 다른 동기예요. 사건을 보는 방식도 달라질 수 있잖아요."

"그렇습니다. 담당 검사의 견해는 이런 거였어요. 피고인 소년은 전혀 반성하지 않고, 그뿐만 아니라 아직도 자신의 행위를 정당화하고 있다. 자신이나 가족의 원한을 풀어주겠다는 동기는 살인 욕구를 채우기 위해 나중에야 설정한 것에 지나지 않는 등, 그 심성이 심히 왜곡되었다. 소년을 동정하거나 그 행위를 정당화 혹은 상찬하는 분위기가 형성되는 것도 간과할 수 없는 점이므로 검찰로서는 강경한 태도로 공판에 임하고자 한다……. 그래서 유족인 시라이시 씨 쪽에도 피해자 참여제도를 활용하실지 꼭 확인해달라는 거였어요."

파일에서 얼굴을 들고 어떻게 하시겠습니까, 라고 사쿠마 아즈사가 물었다.

미레이는 고개를 숙이고 목 뒤로 양손을 꼈다. 그대로 잠시 생각해본 뒤에 원래의 자세로 돌아왔다.

"어머니와도 상의해야겠지만, 이번 재판에는 참여하지 못할 것 같아요."

"그렇습니까." 사쿠마 아즈사의 얼굴에 희미하게 낙담하는 기색이 떠올랐다. "이유를 물어봐도 될까요?"

"제대로 설명하기는 어렵지만, 한마디로 말하면 납득했기 때문이라는 게 되겠네요."

"납득이…… 되셨어요?"

석연치 않은 얼굴의 변호사에게 네, 라고 미레이는 딱 잘라 말했다.

"오늘 자세한 설명을 들을 수 있어서 좋았어요. 이제 더 이상 의문점은 하나도 없습니다. 그렇구나, 그런 일로 아버지가 돌아가셨구나, 모두 납득했습니다. 그 아이에게 어떤 판결이 내려지느냐, 그건 검찰이나 변호인에게는 중요할지도 모르지만 저한테는 어떻게 되든 상관없어요. 그리고 순수한 복수심이 아니라 비뚤어진 심리가 범행의 원동력이었다고 해도 그렇게 비뚤어지게 만든 것은 아버지예요. 칼에 찔린 뒤, 아버지 스스로 차를 운전해 다른 곳으로 옮겼다는 얘기도 들었습니다. 아버지는 죽음으로 죄를 갚았다는 것이겠지요. 그날 아침에⋯⋯." 미레이는 잠시 호흡을 가다듬고 다시 입을 열었다. "사건이 일어난 날 아침에, 아버지가 눈 얘기를 하셨어요. 올겨울에 눈이 많이 내릴까, 하는 얘기. 예전에는 가족끼리 해마다 스키를 타러 갔는데 최근에는 완전히 뜸해졌었죠. 지금 생각해보면 아버지는 행복했던 시절을 돌아보셨던 것 같아요. 그리고 그 행복한 날들을 이제는 놓아버려야 한다고 각오를 하셨던 거예요. 그러니까 숨을 거둘 때도 아버지는 분명 원통한 마음은 없으셨을 거라고 생각합니다."

사쿠마 아즈사는 후우 숨을 토해내며 고개를 끄덕였다.

"알겠습니다. 그러면 담당 검사에게 그렇게 전하도록 할게요."

"네, 부탁드립니다."

사쿠마 아즈사는 파일을 백팩에 챙겨 넣으며 물었다. "요즘 직장에는?"

"휴직 중이에요. 아마 이대로 그만두게 될 것 같네요. 공소시효가 만료되었다고는 해도 살인범의 딸을 접수처에 앉혀둘 회사는 없을 테니까."

사쿠마 아즈사는 서글픈 눈빛을 했다. "역시 주변에 변화가 있었 군요."

"주변뿐만 아니라 전국적으로 미움을 샀죠. 집 전화는 해지했어 요. 험한 항의 전화가 너무 많이 와서. 그리고 우편물도 많이 오던데 요. 욕설 편지뿐만 아니라 면도칼이나 정체불명의 하얀 가루 같은 거. 지나치게 악의적인 경우에는 경찰에 신고했었는데 그것도 한이 없어서 요즘에는 그냥 내버려둘 때가 많아요."

사쿠마 아즈사는 괴로운 듯 미간을 좁혔다.

"시간이 지나면 상황은 달라질 거예요. 그런 건 금세 달아올랐다 가 금세 식으니까."

"그러면 좋을 텐데……. 어머니가 아예 외국으로 이민을 갈까, 라 고 하더라고요. 하지만 거기서 어떻게 살아야 할지도 모르겠고, 애 초에 그럴 만한 경제적인 여유도 없어요." 미레이는 어깨를 으쓱하 고 입술을 풀며 후훗 웃었다. "신기하죠? 얼마 전까지는 피해자 유 족이었는데 이제는 가해자 가족이라니."

"피해자 유족이라는 점은 변함이 없어요. 그러니까 재판에도 참여 해주시면 좋지 않을까 싶은데……."

"그 얘기는 더 이상 하지 마시고요. 사쿠마 선생님께는 정말로 큰 도움을 받았습니다. 내 생각만 밀어붙여서 난처하신 적도 많았지 요? 사과드립니다."

사쿠마 아즈사는 백팩을 무릎 위에 얹은 채 가만히 고개를 기울 였다.

"나는 문득문득 생각나는 게 있어요. 구라키 씨가 자백을 했는데도 미레이 씨는 그 진술을 납득할 수 없다면서 어떻게든 진상을 알아내려고 했죠. 그걸 내가 좀 더 강하게 막았더라면 좋지 않았을까. 그랬더라면, 아, 이름이 뭐였더라, 그 우수한 형사분……."

"고다이 씨."

"네, 맞아요, 그 고다이 형사가 사건에 의문을 품지도 않았을 거고, 지금 같은 상황도 벌어지지 않았을 텐데, 하는 생각."

"그래서 구라키 씨가 유죄를 받고 다 잘됐다, 잘됐다, 하는 거? 사쿠마 선생님, 그걸로 정말 괜찮다고 생각하세요?" 미레이는 변호사의 얼굴을 들여다보았다.

사쿠마 아즈사는 얼굴을 찡그리며 고개를 저었다. "실격이겠죠, 법률을 다루는 자로서는."

"저도 수없이 똑같은 생각을 해요. 쓸데없는 짓을 해버렸는지도 모른다는 생각. 하지만 진실이 밝혀져서 구원을 받은 사람도 있잖아요."

누구 얘기인지 사쿠마 아즈사는 금세 알아들은 모양이다.

"구라키 씨의 아드님 얘기군요."

"그분이야말로 가해자 가족이라는 걸로 큰 고통을 겪었어요. 아마지금은 이전의 일상을 회복했겠지요? 그렇게 생각하면 내가 한 일도 잘못은 아니었다, 인간으로서 올바른 행동이었다, 라고 받아들일수 있어요. 그분이 행복해졌다면 그건 나한테도 구원이니까." 그렇게 말하면서 미레이는 둘이서 걸었던 '도자기 산책길'의 풍경을 떠올리고 있었다.

49

구라키 가즈마가 오랜만에 아스나로 식당에 가보기로 한 것은 기
요스바시 사건 발생으로부터 1년 반 정도가 지난 무렵이었다. 몬젠
나카초의 상점가를 지나가면서 혹시 식당이 폐업했으면 어떻게 하
나, 내심 걱정했다. 식당 문을 닫았을 뿐만 아니라 거주지를 옮겼을
가능성도 있다. 여기저기 손을 쓰면 연락처쯤은 알 수 있을지도 모
른다. 하지만 그렇게까지 해가면서 만나야겠느냐고 묻는다면 대답
할 도리가 없다. 오늘도 이래저래 망설이던 끝에 찾아온 것이다.

이윽고 그 건물 앞에 도착했다. 올려다보니 아스나로 간판이 붙어
있었다. 하지만 실제로 식당 영업을 하는지는 알 수 없다.

전에 이곳에 왔을 때의 일이 생각났다. 사건 현장에 꽃을 올리는
시라이시 미레이의 모습을 발견한 뒤에 터벅터벅 걸어서 여기까지
왔었다. 그때 이 건물에서 아사바 오리에와 그 아들이 나왔었다. 지
금 돌이켜 생각해보니 그 아이가 바로 안자이 도모키, 즉 시라이시
겐스케를 살해한 진범이었다. 얼굴에 어린 티가 남아 있는, 그런 잔
혹한 짓은 도저히 할 수 없을 듯한 소년이었는데, 인간이란 겉모습
만으로는 정말 알 수 없는 것이라고 새삼 실감했다.

가즈마는 좁은 계단을 올라갔다. 아스나로는 아직 있었다. 입구에
'준비 중'이라는 팻말이 걸렸고 거기에 미닫이문 틈새로 불빛도 흘
러나왔다.

가즈마는 심호흡을 한 뒤에 미닫이문을 열었다.

가게 안은 전에 왔을 때의 모습 그대로였다. 청결한 느낌의 묵직

한 테이블이 줄지어 놓여 있다. 그 테이블을 팔을 둘둘 걷어 올린 채 닦고 있는 사람이 있었다. 아사바 오리에다. 그녀는 무심코 이쪽을 돌아보더니 건전지 끊긴 인형처럼 움직임이 딱 멈췄다.

"갑작스럽게 죄송합니다." 가즈마는 사과했다. "전화로 전하려다가 직접 뵙고 말씀드리는 게 좋을 것 같아서."

"전할 일이……." 오리에가 혼잣말처럼 중얼거렸다. 퍼뜩 정신이 난 듯 행주를 옆으로 치워놓고 두 손을 몸 앞에 가지런히 포개며 머리를 숙였다. "오랜만이에요."

"지금 잠깐 괜찮을까요? 잠깐이면 됩니다만."

"괜찮아요. 차 내올 테니까 여기 앉아요."

"아뇨, 그건 신경 쓰시지 말고."

하지만 가즈마의 말을 못 들었는지 오리에는 카운터 너머로 갔다.

옆의 의자를 빼내서 앉았다. 척척 차를 준비하는 오리에는 약간 여윈 것 같았다. 가게 안을 둘러보니 역시 별다른 변화는 없었다.

"어머님은 오늘은 안 나오셨어요?" 가즈마는 아사바 요코의 안부를 물었다.

"요즘 통 안 나와요. 부쩍 늙어버리셔서." 오리에가 쟁반에 찻잔을 얹고 돌아왔다. 어서 들어요, 라면서 가즈마 앞에 내려놓고 맞은편에 자리를 잡았다.

가즈마는 고맙습니다, 라고 한 모금 마신 뒤에 찻잔을 내려놓았다.

"잘 지냈어요?" 오리에가 물었다.

"네, 그럭저럭."

"직장은?"

"회사에 다시 나갑니다. 예전과는 업무 내용이 좀 달라졌지만."

고객과 얼굴을 마주할 일이 없는 부서로 이동했지만, 그런 세세한 것까지 얘기할 필요는 없을 것이다.

"광고대행사라고 했었지요? 다행이에요. 아버님도 한결 마음이 놓이셨겠네."

"네, 그 아버지 얘기인데요." 가즈마는 등을 꼿꼿이 세우고 애써 웃음을 띠면서 말했다. "지난주에 영면하셨습니다."

앗, 하는 소리와 함께 오리에의 표정이 굳어졌다.

"반년 전에 암이 폐로 전이되어서 아이치현 병원에서 계속 치료를 받았는데 결국 회복하지 못하셨어요."

오리에의 눈이 금세 붉어졌다. 손등으로 눈가를 훔치면서 흐읍 숨을 들이쉬었다.

"그랬군요. 너무 슬픈 소식이네요. 삼가 조의를 표합니다."

"아버지와 마지막으로 만나신 게 언제였습니까?"

그게 아마, 라고 오리에는 기억을 더듬는 얼굴이 되었다.

"도모키가 체포되고 한 달쯤 됐을 때였어요. 여기로 오셨었죠. 가즈마 씨는 몰랐던가요?"

"네, 저한테는 얘기 안 하셨어요. 그 무렵이라면 이미 안조 본가에 가서 지내실 때인데? 나한테는 비밀로 하고 도쿄에 다녀가신 모양이네요. 아버지와는 어떤 얘기를 하셨는지."

후우 숨을 토해내고 오리에는 입을 열었다.

"사과를 하셨어요, 도모키를 지켜주지 못해서 미안하다고. 그래서

제가 말씀드렸어요. 구라키 씨가 하신 일은 잘못이었다고, 옛날과
똑같은 잘못을 하셨다고, 그렇게 말씀드렸어요."

"똑같은 잘못?"

"그때도 진범을 알면서도 도망치게 해주셨잖아요. 그게 애초의 잘
못이에요. 거기서부터 모든 톱니바퀴가 어긋나버렸어요. 그렇죠?"

가즈마는 얼굴을 찌푸리며 눈썹 위를 긁적였다.

"그런 말씀을 듣고 우리 아버지, 상당히 뼈에 사무치셨겠네요."

"입이 열 개라도 할 말이 없다고 하셨어요." 오리에가 실눈이 되어
조용히 웃었다. "가즈마 씨는 어때요, 아버님과 찬찬히 얘기도 나누
고 그랬어요?"

"사건에 대해서라면 석방된 그다음 날에 아버지가 얘기해주셨어
요. 30여 년 전 일과 이번 일을. 그래서 저도 드디어 이해했습니다.
방금 말씀하신 대로 분명 아버지가 한 일은 큰 잘못이었지만, 우리
아버지답다는 생각도 들었어요. 유난히 책임감 강하고 자기희생도
마다하지 않는 분이었으니까."

"그건 그렇지만 그 바람에 주위 사람, 특히 친아들을 고생시킨 건
좋지 않았죠." 오리에가 미간을 좁히며 말했다.

"그런데 아버지에 의하면 그게 필요했었답니다."

"필요? 그건 무슨 말씀이신지……."

"자신이 대신 잡혀간 것 자체는 별로 힘들지 않았대요. 병으로 살
날이 얼마 남지 않았다는 것도 알고 있었고, 그래서 사형도 두렵지
않았답니다. 하지만 자신 때문에 아들이, 즉 제가 세상의 냉대를 받
고 직장에서 쫓겨날지도 모른다고 생각하면 마음이 아파서 잠이 오

지 않았다, 그리고 이런 괴로움이 바로 형벌이구나, 하고 깨달았다는 거예요. 이걸 감수하는 게 자신에게 주어진 운명이라고."

얼굴이 구깃구깃해진 채 그런 고뇌를 토로하던 아버지의 모습이 가즈마는 바로 어제 일처럼 기억났다. 그 얘기를 듣고 새삼 알게 된 것이 있었다. 내가 벌을 받는 것보다 내 가족이 박해를 받을지도 모른다는 공포가 훨씬 더 고통스럽다는 것을.

"구라키 씨가 그런 말씀을……. 그렇군요." 복잡한 마음속을 짚어보듯이 오리에의 시선이 방황하고 있었다.

가즈마는 식당 안을 잠깐 둘러본 뒤에 그녀에게로 시선을 돌렸다.

"가게는 좀 어떻습니까. 그냥 보기에는 별반 달라진 건 없는 것 같은데."

"경영 상태라면 그리 좋지는 않아도 딱히 나쁘지도 않다고 해야겠지요. 인터넷에 이런저런 글들이 올라온 모양이지만 우리는 원래부터 단골손님들로 꾸려나가던 가게니까요."

"그러시다면 다행입니다."

일련의 사건은 인터넷상에서는 '기요스바시 사건'이라는 명칭으로 확산되었다. 가게 실명까지는 밝히지 않았어도 '범인의 어머니가 경영하는 몬젠나카초의 식당'이라고 나와서 아스나로 얘기라는 것을 눈치챈 사람도 적지 않을 터였다.

그런 기사나 댓글은 애써 피해왔지만, 친구 아메미야의 말에 따르면 '죄를 대신 덮어쓰고 체포된 아이치현 거주의 남성'에 관해서는 대부분 호의적인 글이 많다고 한다. 진범인 중학생에 대해서도 동정적인 의견이 많고, 오히려 '예전에 살인을 저질렀으나 공소시효가 만료되고, 평생 태연히 변호사로 일해온 피해자'에 대한 비난이 들끓고 있다는 것이다.

하지만 사람들은 금세 싫증을 내고 관심도 옅어져가게 마련이다. 최근에는 거의 화제에도 오르지 않아서 가즈마도 이제 조마조마한 마음 없이 인터넷을 이용할 수 있었다.

"실은 아버지가 남겨주신 말이 있어요. 아사바 씨 가족을 돌봐줬으면 좋겠다, 만일 네가 여유가 있다면 유산의 몇 퍼센트는 증여해줄 수 없겠느냐, 라고 하셨습니다."

그러자 오리에가 오른쪽 손바닥을 이쪽으로 내밀었다.

"그 얘기는 구라키 씨와도 했었어요. 제가 딱 잘라 거절했죠."

"아버지에게서 그 얘기는 들었습니다. 하지만 저로서도 일단 확인은 해야 할 것 같아서."

"이렇게 마음을 써주시고, 고마워요. 그런데 마음만 받도록 할게요. 그것만으로도 저한테는 큰 격려가 되니까요." 오리에가 머리를 숙이며 말했다.

말투는 부드러웠지만 단단한 결의와 각오가 충분히 감지되었다. 어느 누구에게도 기대지 않고 살아가려는 것이다. 그 의지를 뒤흔들 필요는 없으리라. 알겠습니다, 라고 가즈마는 대답했다.

안자이 도모키에게 어떤 형벌이 내려졌는지 궁금하기는 했지만 묻지 않기로 했다. 소년범이라도 일정 기간은 구속될 터였다. 그다음에는 아버지가 아니라 어머니 쪽에서 거둬주지 않을까. 그런 예감이 들었다.

손목시계를 보니 개점 시각인 오후 5시 반이 거의 다 되었다. 가즈마는 자리에서 일어섰다.

"다른 일정이 있어서 오늘은 이만 가보겠습니다. 다음에는 친구들 데리고 손님으로 찾아오겠습니다."

"네, 꼭 와요. 기다릴 테니까." 오리에는 흐뭇한 듯 눈이 둥그레져서 말했다.

건물 밖으로 나온 뒤, 가즈마는 상의 안주머니에서 한 장의 엽서를 꺼냈다. '사무실 이전 알림'이라고 인쇄된 엽서다.

오리에에게 다른 일정이 있다고 말했지만, 아직 마음을 정한 건 아니었다. 이 엽서를 보내준 사람에게 아버지의 죽음을 알려야 할지 어떨지, 아직 결정하지 못했다.

큰길가에 서자 빈 택시가 다가왔다. 가즈마는 망설이면서도 손을 번쩍 들었다. 택시에 타고는 "이다바시로 가주세요"라는 말이 저절로 튀어나왔다. 게다가 엽서에 그려진 약도를 운전기사에게 내보였다.

목적지 빌딩 앞에 도착하고 보니 아직 6시도 안 된 시각이었다. 가즈마는 빌딩을 올려다보며 몇 차례 심호흡을 한 뒤에 걸음을 옮겼다.

엘리베이터를 타고 4층에서 내렸다. 바로 옆에 유리문이 있고 '사쿠마 법률사무실'이라는 표시가 보였다. 문 건너편에 카운터가 있었지만 아무도 없었다.

가즈마가 입구로 다가가자 유리문이 자동으로 열렸다. 네에, 라고 어디선가 목소리가 들리더니 카운터 옆의 커튼이 열리고 사람이 나왔다. 블라우스에 감색 카디건을 걸치고 있었다. 그녀는 가즈마의 얼굴을 보고 헉 숨을 삼키는 얼굴을 했다.

시라이시 미레이였다. 이전과 다름없이 아름다웠지만 인상이 조금 달라 보이는 것은 머리를 짧게 자른 탓인지도 모른다. 하지만 도코나메에서 돌아와 도쿄역에서 헤어질 때에 비하면 얼굴빛이 환해져 있었다. 만나는 건 그날 이후 처음이다.

"오랜만입니다." 가즈마는 머리를 숙였다.

미레이는 후우 긴 숨을 토해냈다. "어떻게 여기에?"

"알림 엽서를 보내주셔서……."

"알림 엽서?"

"이거." 가즈마는 그 엽서를 내밀었다. "미레이 씨가 보낸 거 아니었어요?"

미레이는 엽서를 받아 들고 수신인의 이름을 확인하더니 고개를 저었다. "아뇨, 저는 모르는 일인데요."

"그럼 누가……."

엽서의 발신인은 '변호사 사쿠마 아즈사'라고 인쇄가 되었지만 그 옆에 손 글씨로 '시라이시 미레이(사무)'라고 적혀 있었다.

"미레이 씨, 무슨 일이야?" 커튼 너머에서 목소리가 들리더니 검은 테 안경을 쓴 자그마한 몸집의 여성이 나타났다.

"선생님, 이거 생각나세요?" 미레이가 엽서를 내보였다.

안경을 쓴 여성이 엽서를 받아 들고 수신인 이름을 확인하더니 고개를 끄덕였다. "이거, 내가 보냈어요."

"왜요?" 미레이가 물었다.

"미레이 씨에게 좋을 것 같아서요."

"나한테?"

안경을 쓴 여성은 웃음을 띤 채 엽서를 가즈마에게 돌려주고 커튼 너머로 사라졌다. 그리고 곧바로 다시 나타났다. 코트와 백팩을 손에 들고 있었다.

"난 먼저 퇴근할게요. 미레이 씨, 사무실 뒷정리 좀 부탁해요."

"……네, 수고하셨습니다."

사쿠마 아즈사 변호사는 가즈마에게 의미심장한 미소를 던지더니 사무실을 나갔다.

가즈마는 미레이 쪽으로 몸을 돌렸다. "언제부터 여기에서?"

"작년 여름부터예요. 사무실 이전을 계기로 사무직원을 새로 채용할 때 변호사님이 불러주셔서."

"사쿠마 변호사와는 아버님 쪽 인맥으로?"

"처음 계기는 그쪽 인맥이었죠. 피해자 참여제도를 이용했을 때 우리를 도와준 분이에요."

"그랬군요……."

피해자 참여제도. 그 말을 들었던 게 벌써 한참 옛날인 듯한 느낌이 들었다.

미레이는 어색한 듯 고개를 숙이고 있었다. 말을 이어갈 화제가 생각나지 않는 것이다.

"실은." 가즈마가 입을 열었다. "아버지가 지난주에 돌아가셨어요."

엇, 하고 미레이가 얼굴을 들었다.

"전부터 암 진단을 받고 치료 중이었는데 이번에 그만……"

"저런, 상심이 크셨겠네요. 삼가 고인의 명복을 빕니다."

"고맙습니다."

"오늘 그 얘기를 전하려고 여기까지?"

"네, 그렇긴 한데." 가즈마는 숨을 가다듬은 뒤 말을 이어갔다. "그건 그냥 형식상의 이유예요."

"형식상의?"

"본심은 전혀 다른 데 있다는 뜻이에요. 솔직히 말하면, 엽서를 받고 당장이라도 달려오고 싶었어요. 하지만 용기가 나지 않았죠. 아버지 돌아가시고 마침 핑곗거리가 생긴 김에 달려왔습니다. 그날 일을," 가즈마는 미레이의 눈을 응시했다. "도코나메에 갔던 그날 일을 잊을 수가 없어서. 아마 평생 잊지 못할 겁니다."

미레이가 눈을 떨궜다. "……저도 그럴 거예요."

"몹시 힘든 하루였으니까요. 다만 잊고 싶지 않은 것도 있었어요. 돌아오는 신칸센에서 미레이 씨와 손을 잡은 건 잊고 싶지 않던데요. 어떻게 말해야 할지 모르겠는데, 뭔가를 똑같이 이해한 듯한 느낌이었다고 할까. 그래서…… 그래서 오늘, 왔습니다." 가즈마는 고개를 숙이고 오른손을 내밀었다. "다시 손을 잡아줄 수 있습니까, 라는 말을 하고 싶어서."

상대에게 마음이 전해지고 그 마음에 응해주기를 고대했다.

하지만 그 손을 맞잡아주는 손은 없었다. 가즈마가 머뭇머뭇 얼굴을 들자 미레이는 두 손을 포개 가슴에 얹고 가만히 아래쪽만 보고 있었다.

"살아 있을 자격이 있나, 라는 생각이 들 때도 있어요." 가느다란 목소리로 조용히 말하기 시작했다. "사람을 죽이고도 처벌을 면한 채 남들처럼 살면서 가정까지 꾸렸다니, 그런 사람의 딸이 살아 있어도 괜찮은 건지 모르겠어요. 어머니는 아버지와는 타인이죠. 하지만 내 몸에는 살인자의 피가 흐르고 있잖아요. 만일 내가 아이를 낳는다면 그 아이에게도 그 피가 이어지겠죠. 그게 용서받을 수 있는 일일까요?"

가즈마는 내밀었던 오른손을 거둬들였다.

"나도 선조를 거슬러 올라가면 살인자 한두 명은 있을 텐데요. 옛날에는 전쟁도 많았고."

"그럴지도 모르겠네요." 미레이가 힘없이 웃었다. "사쿠마 선생님이 그러더라고요. 죄와 벌의 문제는 너무 어려워서 간단히 답을 낼 수 있는 게 아니다, 그걸 앞으로도 깊이 고민해봐야 할 테니까 자신의 일을 도와줬으면 한다, 둘이 함께 답을 찾아내자고."

묵직한 말이었다. 그것이 가슴속에 털썩 가라앉는 것을 가즈마는 느꼈다.

"죄와 벌의 문제……. 미안합니다. 나 역시 아무 고민도 없는 건 아닌데 경솔한 행동을 했군요. 사과드립니다."

아뇨, 라고 미레이는 고개를 저었다.

"가즈마 씨의 그 마음, 정말 기쁘게 생각해요. 만일 언젠가 내가 어떤 식으로든 답을 찾아낸다면 꼭 알림 엽서를 보내겠습니다. 그때도 가즈마 씨가 내게 손을 내밀어줄 마음이 남아 있다면 그때는 저도 그 손을 잡고 싶으니까."

가즈마를 응시하는 눈빛은 그 말이 거짓이나 사탕발림이 아니라는 것을 보여주고 있었다. 아직 그녀에게는 시간이 필요한 것이다.

그리고 그런 시간을 내어줄 수 있는 사람, 기다려줄 수 있는 사람도 필요할 터였다.

알겠습니다, 라고 가즈마는 말했다.

"오늘은 이만 가야겠군요. 하지만 잊지 말아요. 그날이 아무리 멀더라도 나는 손을 내밀 겁니다. 약속할게요."

고맙습니다, 라고 말하고 미레이는 빙긋이 웃었다.

그 뺨에 눈물이 한 방울 흘러내렸다.

죄와 벌, 거대한 균형의 가늠자

도쿄 미나토구 해안 길가에 방치된 차량의 뒷좌석에서 한 남자가 복부에 칼이 박힌 사체로 발견된다. 55세의 변호사 시라이시 겐스케였다. 항상 약자의 편에 서고, 의뢰인의 감형만이 아니라 스스로 죄를 깨닫도록 설득하며 상대측의 입장도 헤아리는 공정하고 양심적인 변호사였다. 그를 아는 사람들은 하나같이 누구에게도 원한을 살 리 없는 인물이라고 증언한다. 범인은 과연 누구인가.

즉각 수사본부가 설치되고, 경시청의 고다이 형사와 관할 경찰서의 나카마치 순경이 한 팀이 되어 관계자에 대한 탐문수사에 나선다. 피해자의 스마트폰 위치 추적으로 살해 현장은 차량 발견지에서 20분 거리의 '스미다가와테라스 산책로'라는 게 밝혀진다. 법률사무실의 통화 목록을 바탕으로 고다이 형사는 66세의 구라키라는 인물을 만나러 아이치현 안조시로 향한다. 헛걸음을 각오하고 목록에 오른 의심 인물 전원을 훑어보는 수사였다. 실제로 경비 절감을 이유로 나카마치는 동행이 허락되지 않았을 정도다.

하지만 이 출장에서 고다이 형사는 큰 공을 세운다. 구라키의 집에서 발견한 도쿄 도미오카 하치만구 신사의 부적에서 이상함을 감지하고 그것을 단서로 사건의 수수께끼를 풀어낼 열쇠를 찾아냈기 때문이다. 이번에는 증거를 들고 나카마치와 함께 재차 구라키를 찾아가는데, 그는 체념한 듯 시라이시 변호사를 자신이 살해했노라고 자백한다. 더욱더 놀라운 일은 이번 사건이 33년 전 '히가시오카자키역 앞 금융업자 살해 사건'에서 시작되었고 그 사건의 진범 또한 자신이라는 것이었다.

"전부 내가 했습니다. 그 모든 사건의 범인은 나예요…… 저는 사형을 받아 마땅하다고 생각합니다."

1984년에 용의자의 자살로 종결된 살인 사건이 2017년에 한 남자의 자백으로 완전히 뒤집히면서 경찰의 오인 체포 문제가 부각된다. 다만 구라키 피의자가 공연히 그런 거짓 자백을 할 리는 없으므로 그를 유력한 피의자로 검찰에 송치하며 이번 사건은 마무리되는 분위기다. 하지만 '한 건 해결!' 뒤의 각별한 맛의 맥주잔을 기울이면서도 고다이 형사는 새로운 미궁에 빠져든 게 아닌가 하는 의심을 떨쳐버릴 수 없는데…….

『백조와 박쥐』는 히가시노 게이고가 작가 생활 35주년을 기념하여 2021년 4월에 발표한 작품이다. 『편지』 『방황하는 칼날』 『백야행』 등을 통해 작가가 평생 꾸준히 추구해온 이른바 '사회파 추리소설' 계열로 분류할 수 있는 이 작품은 가히 그 이름에 값할 만한 대작이다. '죽어 마땅한 인간'이라는 사적인 판단은 어디까지 허용될 수 있는가, 정의를 위한 분노의 절차는 무엇인가, 경찰, 검찰, 변호사, 판사 등 공정한 판결을 내리기 위한 조직의 애환과 한계와 맹점, 공소시효 폐지와 소급 적용을 둘러싼 문제점, 언론의 무신경한 취재 경쟁과 상업화의 분류奔流 속에서 기민하게(혹은 야비하게) 이루어지는 취재 현실, 가해자와 피해자 가족에게 쏟아지는 인터넷상의 경박한 재단과 호기심의 배설, 살인 자체에 대한 욕망이라는 뒤틀린 인성 등등, 인간의 죄와 벌을 둘러싼 바로 지금의 굵직굵직한 논의들이 한자리에 총망라된다. 자칫 무거울 수 있는 소재를 짜임새 있게 정리해서 시종 흥미롭게 이끌어가는 솜씨에서는 그다음, 그다음이 궁금해져서 책장을 넘기는 손을 멈추기 어렵다, 라는 말을 실감할 수 있다.

살해당할 이유가 없을 듯한 양심적인 변호사의 살인 사건을 중심으로 고다이 형사, 살인을 자백한 구라키의 아들 가즈마, 살해당한 시라이시 변호사의 딸 미레이, 세 사람의 시점을 따라가며 경찰 수사본부의 형사들, 검사, 변호인, 피해자 참여제도 후원 변호사와의 이야기가 잘 짜인 허구의 세계로 조곤조곤 흥미롭게 펼쳐진다. 수수께끼의 복선을 깔고 거둬들이는 과정의 능수능란함은 말 그대로 타의 추종을 불허한다. 거기에 가해자의 아들과 피해자의 딸이라는 정반대의 입장에 선 남녀 주인공이 '가족이기 때문에' 비로소 알 수 있는 의문점을 매개로 서로의 고통에 공감하고 이윽고 서로에게 특별한 감정이 싹트는 과정은 극적인 재미를 더해준다. 발로 뛰는 형사들의 한 끼 밥 얘기에 담긴 애환, 도쿄와 아이치현 각지를 여행하는 듯한 현장감도 멋지다. 각각의 캐릭터의 특징 또한 뚜렷하다.

히가시노 게이고가 만들어낸 이 세계에서 모든 등장인물들은 인간 사회와 조직이 가지는 한계 속에서도 각자에게 주어진 일을 직업적인 소명 의식에 따라 그 나름대로 공정하게 수행한다. 아마도 소설이 아닌 현실 세계에서는 정의로운지 아닌지 단번에 가를 수 있는 파렴치한 가해자와 피해자, 형사, 검사, 변호사가 있을지도 모르지만, 작가의 시점은 그런 흑백 이분법의 세계를 그려내려고 하지 않는다. 각자 마땅히 해야 할 자신의 일을 하는데도 맞닥뜨리게 되는 죄와 벌의 오류를 찬찬히 드러내 보이고 있을 뿐이다. 그렇게 작가가 판단을 보류하고 감정에 휩쓸리지 않은 덕분에 각 등장인물에게 얼마나 공감하고 분노하고 안타까워할 것인지는 온전히 독자에게 주어지는 선물이 되었다. 정의와 공정이란 무엇인지, 단죄의 균형을 맞출 가늠자는 어떤 기준에 따라야 하는지, 저절로 생각해보고 찾아나가는 경험은 이 책에 투자해준 독자 몫의 배당금, 사회적 인간으로서의 성숙한 지성으로 착착 쌓여가지 않을까. 이 작품의 가장 큰 마법이자 장점으로 꼽고 싶다.

이 소설에서 '누가 보더라도 악인'이라고 판단할 만한 등장인물이라면 악덕상술로 노인들을 등쳐먹는 사기꾼 하이타니가 유일할 것이다. 모든 사건의 단초가 된 원흉이다. 하지만 그의 사기 치는 품새며 교활함이 어딘지 코믹하게 읽히지 않는 것도 아니어서 '누가 보더라도'라는 부분 또한 다시 한번 생각해보게 한다.

선의에서 행한 일이 본의 아니게 매우 나쁜 결과로 나타나는 것처럼 딱한 일도 없다. 그 순간적인 판단이 어떤 거대한 균형의 원을 일그러뜨리는 바람에, 원래의 순로를 평탄하게 굴러가야 했을 여러 사람의 인생이 궤도를 벗어나 엉뚱한 악의 싹이 자라는 풀밭으로 내달려버린 것인가. 성실한 청년의 미래 전체를 망가뜨릴 수 없다는 판단이 잘못된 것이었을까. 그렇다면 죄에 합당한 벌을 그때 받았어야 했을까. 선뜻 답을 내리기 어렵다. 양심의 꺼림칙함과 속죄의 마음으로 살아갔을 두 사람의 심정을 생각하면 오로지 안타까움을 금할 길 없다. 때로는 짧고 때로는 긴 하루하루를 살아오면서 어느덧 먼 과거로 밀려났던 자신의 과오와 다시 마주했을 때, 시라이시 변호사의 마음속에는 어떤 회한과 각오가 오갔을까. 책을 다 읽은 뒤에도 오래오래 되짚어보게 된다. '행복한 날들을 이제는 놓아버려야 한다'고 각오했을 것이고, 그래서 눈을 감는 순간에도 원통하지 않았을 것이라는 딸 미레이의 말이 그나마 위로가 될까. 젊은 우리는 죄와 벌에 그만큼 깊은 책임감을 갖고 있는지도 스스로 묻게 된다. 히가시노 게이고 35주년의 작품이 던져주는 묵중한 질문이다.

평생 죄를 품어 안고 살다가 스스로 그 죄를 책임진 그의 죽음은 그래도 여전히 애석하다. 합당한 벌을 받을 기회조차 앗아 간 어처구니없는 반전의 살인이 너무도 가증스러워서 책의 처음으로 돌아가 부품공장에서 일하는 젊은이의 말을 다시 읽어보았다. 시라이시 변호사가 노래방 사장의 갑질을 밝혀준 덕분에 실형을 면했을 뿐만 아니라 일자리까지 얻어 삶의 희망을 갖게 된 청년의 말이다.

"그놈은 진짜 멍청한 놈이죠, 멍청이에다 쓰레기, 차라리 죽는 게 나을 놈이에요. 그 선생님에게 원한을 품다니, 그건 절대로 있을 수 없어요."

아사바 모녀의 끝없는 고난에는 가슴이 미어진다, 라는 말로는 다 표현할 수 없을 만큼 가슴이 아프다. 그나마 그녀의 연심戀心을 밝혀 준 고다이 형사 팀의 수사가 감사할 따름이다. 이보다 더 짧고 강하고 값진 사랑이 또 있을까.

범인들은 자신이 왜 나쁜 짓을 했는지 설명하지 못하는 경우가 대부분이라고 한다. 진실을 파헤쳐봤자 오히려 파헤치지 않느니만 못한 잔인한 결과로 나타날 수도 있다고 한다. 그래도 납득할 때까지 진실을 찾아 나서고 그것이 누군가에게는 구원이 된다는 것도 감동적이다. 서로 정반대의 입장인 두 사람, 백조와 박쥐처럼 너무도 달라서 조합이 어려운 두 사람이었기 때문에 오히려 공감할 부분이 있었다는 것에도 고개를 끄덕이게 된다.

죄와 벌에 대해 공정하고도 균형을 잃지 않는 판단이란 쉽게 답을 찾기 어려운 것이리라. 그 답을 더듬더듬 찾아나가고 그때그때 수정해나가는 과정이 있을 뿐인지도 모른다. 그런 때에 이 이야기의 가공의 등장인물들에게 얼마나 깊이 공감하고 얼마나 더 많은 안타까움을 샅샅이 발굴해내서 가슴으로 느꼈는지, 그 감성적 경험의 큰 진폭이 분명 좋은 길잡이가 되어줄 수 있을 것이다. 작가가 애써 감춰둔 감정의 물줄기를 파내 옮긴이의 말에 길게 담은 까닭이다. 다른 어떤 작품보다 번역의 보람을 진하게 느꼈다. 히가시노 게이고 35년의 역작, 의미 있는 독서를 원하는 모든 이들에게 강력하게 추천하고자 한다.

백조와 박쥐

지은이 히가시노 게이고
옮긴이 양윤옥
펴낸이 김영정

초판 1쇄 펴낸날 2021년 8월 16일
초판 8쇄 펴낸날 2024년 5월 9일

펴낸곳 (주)현대문학
등록번호 제1-452호
주소 06532 서울시 서초구 신반포로 321 (잠원동, 미래엔)
전화 02-2017-0280
팩스 02-516-5433
홈페이지 www.hdmh.co.kr

ISBN 979-11-90885-92-8 03830

* 책값은 뒤표지에 있습니다.
* 파본은 구입처에서 교환해드립니다.